Rappenschwarz II

In Gedenken an die Tierschützer,
die in Afrika im Kampf gegen Wilderer ihr Leben verloren haben.
Eintausend in den letzten zehn Jahren.

Annette Kinnear

Rappenschwarz II

Thriller

10 9 8 7 6 5 4 3 2

Lektorat:	*Renate Wagner*
Umschlaggestaltung:	*Kirsty Macfie, www.mac2design.carbonmade.com*
Bildnachweise:	*Dschungel: © Shutterstock 94596871 Kostyantyn Ivanyshen*
	Frau: © Shutterstock 103628948 Nina Malyna
	Pferd: © Shutterstock 134952614Zuzule
	Gorilla: © Shutterstock 142182817dptro
	Liebespaar: © Shutterstock 47723926 Serg Zastavkin
	Pferdeauge: © Shutterstock 2954226 Yusef El-Mansouri
Druck:	*Pressel Digitaler Produktionsdruck, Remshalden*
Verlag:	*www.annettekinnear.com*
ISBN:	*978-3-00-043102-9*

1.
Charlotte

Das Mädchen hatte Durst.

Das Zeichen für Durst war einmal hupen, für Hunger musste sie zweimal hupen. Das durfte sie aber nur einmal am Tag. Für Toilette, Langeweile, Notfälle und alles andere - überhaupt nicht hupen. Das hatten die beiden ihr am ersten Tag eingebläut. Gleich würde es losgehen: das Gebrüll, die Verachtung, die Drohungen. Trotzdem drückte sie auf die Hupe. Einmal. Eigentlich verspürte das Mädchen kaum noch Durst, aber hupen tat gut, egal wofür. Hauptsache sie war nicht alleine. Sie kamen, sahen nach ihr. *Waren noch da!*

Nach dem Hupen: Warten. Mit der Zeit marschierte auch Charlottes Angst voran. Einige Minuten rührte sich nichts, bevor sie das erwartete Gepolter vernahm, gefolgt von dem teils seligen, teils furchterregenden Geräusch des Entriegelns der Tür. Hoffentlich ist es der Gute, Picasso. Bitte lass es Picasso sein, beschwor sie die Tür. Der Große torkelte herein. Wann immer sie den Großen ansprach, nannte sie ihn ‚Niemand', weil seine Antwort auf ihre Frage nach seinem Namen ‚Niemand' gewesen war. Den anderen, den Guten, nannte sie Picasso, weil er am ersten Tag eine Skizze von ihr angefertigt hatte. Daraufhin bat sie ihn um Papier und Stift, was er ihr verweigerte. Sie sah ihn nie wieder mit einem Zeichenblock. Die Anrede schien die beiden Männer nicht zu stören. Sie amüsierten sich darüber.

»Durst? Schon wieder? Was ist los mit dir?« ‚Niemand' stolperte auf Charlotte zu. Vor ihren ängstlichen Augen wippte eine Schnapsflasche hin und her, die von ‚Niemand's rechter Hand baumelte. Er hatte den Flaschenhals zwischen Zeige- und Mittelfinger gefasst und war so hinüber, dass sie befürchtete, sie würde herunterfallen, zerbrechen und einen Wutanfall auslösen. Wutanfälle zu vermeiden, war ihr erstes Gebot, wichtiger noch als der Wunsch nach Aufmerksamkeit. Schon bereute sie, gehupt zu haben.

Er hielt ihr die Flasche an den Mund. »Trink.«
»Ich brauche Wasser, keinen Schnaps.«

»Hast du jetzt Durst oder nicht?«

»Nein.«

»Warum hupst du hier herum? Bist du blöd, oder was? Glaubst du, ich habe nichts anderes zu tun?«

»Schnaps stillt den Durst nicht«, erklärte sie.

»Haha, meinen schon. Komm, sauf dich voll.«

Sie wandte sich ab.

‚Niemand' flößte dem Mädchen gewaltsam den vierzigprozentigen Alkohol in den Rachen, der brannte wie Feuer.

Sie blubberte und sabberte herum.

»Undankbare Kuh!«, blaffte er und taumelte hinaus.

Charlotte rezitierte gedanklich die neun Gebote, die sie sich gesetzt hatte und fügte, wie jeden Tag, ein weiteres hinzu:

1. Gebot: Vermeide Wutanfälle!
2. Gebot: Wehre dich nicht, wenn es zu einem Wutanfall kommt!
3. Gebot: Versichere dich mehrmals täglich, dass sie noch da sind!
4. Gebot: Wechsle jeden Tag mindestens einen Satz mit ihnen, der sie an ihre Menschlichkeit erinnert!
5. Gebot: Setze dir jeden Tag ein Zeichen, dass du noch fühlen und denken kannst!
6. Gebot: Iss jeden Tag, was sie dir vorsetzen, um bei Kräften zu bleiben!
7. Gebot: Trink mehrmals am Tag, auch wenn du keinen Durst hast!
8. Gebot: Weine nicht in ihrer Gegenwart, wenn du es vermeiden kannst!
9. Gebot: Schäme dich nicht, wenn du auf die Toilette musst!
10. Gebot: Hupe nicht unnötig!

Tag 10 ging zu Ende. Ein guter Tag in der Hölle.

2.
Catherine

Das südafrikanische Gefängnis, in das man den berüchtigten Apartheidsverbrecher Willem Van der Sonsen von der Hochsicherheitsanstalt ‚C Max' aufgrund von guter Führung vor ein paar Jahren verlegt hatte, war ein Mittelstufengefängnis mit schonenden Bedingungen. Eingebettet in einen grünen Landstrich hätte man es mit einem Golfplatz verwechseln können. Von der Straße aus sah Catherine eine riesige gepflegte Grünanlage. Sogar ein paar Sandbänke zierten den Rasen, über welchen die Justizbeamten wohl tatsächlich an ihren freien Tagen Golfbälle schlugen. Lediglich eine Schranke mit Wärterhäuschen ließ vermuten, dass sich ein Justiz- oder Militärgelände hinter dem Grün verbarg. Catherine musste ihren Namen nennen und ein Formular ausfüllen, während ein Sicherheitsbeamter telefonierte und ein anderer ihren Kofferraum durchsuchte. Beim Passieren von zwei weiteren Schranken winkten die Beamten Catherine nach kurzen Stopps durch und sie folgte den Schildern zu Trakt Vier. Links und rechts von der Straße durch die Gefängnisparkanlagen tat sich eine kleine Siedlung auf, ein Fußballfeld aus Staub, ein verlassener Spielplatz. Catherine vermutete richtig, dass es sich hierbei um Personalwohnanlagen handelte. Nicht weit dahinter erspähte sie weitere, diesmal umzäunte, einstöckige Gebäudeblocks, nicht mit Elektrozäunen, wie sie erwartet hatte, sondern doppelt gerollten NATO-Drahtzäunen.

Auf einem Parkplatz vor einer Durchgangstür, gerade breit genug für Passanten, parkte sie ihren schwarzen Alfa Julietta und schritt auf einen zweiten Durchgang zu. Sie wirbelte sich ungehindert durch die Drehgittertür und überquerte einen Platz zu einer schlichten Bürohütte. Dort wurde sie von einer Beamtin gefilzt, die ihre Personalien aufnahm. Aus Catherines Jackentasche grub sie ihr Handy und ihren Kugelschreiber hervor und nahm sie ihr ab. Die Handtasche hatte Catherine vorsorglich im Wagen gelassen. Ihren Notizblock durfte sie mitnehmen, allerdings hatte sie ohne Stift sowieso keine Verwendung dafür, fiel ihr später ein. Sie kam an eine weitere Drehtür, diesmal mit einer Sicherheitsvorkehrung in Form einer Tastatur mit Fingerabdruckvorkehrung rechts und einer Kamera links. Catherine wartete auf irgendeine Anweisung.

»Das Elektronikschloss ist defekt«, erklärte die Wärterin. »Gehen Sie einfach durch.« Die Frau verschwand kurz in dem Bürohäuschen und tauchte auf der anderen Seite der Drehtür wieder auf. Catherine drückte gegen den Mechanismus. Abermals ließ sich die Tür widerstandslos rotieren und rastete nach dem Durchgehen auch nicht ein. Von dort führte die Beamtin in brauner Uniform Catherine auf einem Fußgängerpfad durch circa hundert Meter Grünanlage. Sie passierten ein Besucherzentrum.

»Müssen wir nicht dort hinein? Zum Besuchergebäude?«

»Nein, Ihr Termin findet direkt im Gefängnisinneren statt«, antwortete die sympathische Frau und plauderte auf dem Weg weiter aus dem Nähkästchen: »Die Sicherheit hier wird eigentlich softwaregesteuert, aber die Justizbehörde hat seit vier Monaten unseren IT-Dienstleister nicht mehr bezahlt. Da haben sie uns vor drei Wochen die Sicherheitsanlage abgeschaltet.«

»Oh«, erwiderte Catherine erschrocken.

Die Frau zuckte die Achseln. »Kein Geld«, setzte sie erklärungsfreudig hinzu. »Sind Sie von der Presse?«

»Nein, ich besuche jemanden.«

»Ich frage wegen Ihrer Sondererlaubnis. Die bekommen sonst nur Journalisten, Politiker und NGOs. Geht es um Spendengelder?«

»So in etwa«, antwortete Catherine knapp und gedachte grimmig des Bestechungsgeldes, das Trevor, ihr Anwalt, hatte hinblättern müssen. So teuer, wie er angenommen hatte, war es doch nicht geworden. Es gelang ihm unerwartet leicht, ihr rasch über einen korrupten Gefängnisseelsorger diesen Termin zu vermitteln.

Die junge Frau lächelte ihr ermutigend zu. »Ist dies Ihr erster Besuch in Sin City?« Der Spitzname dieser Vollzugsanstalt ist eine Anspielung auf die berühmte südafrikanische Kasinostadt Sun City in einer benachbarten Provinz.

»Ja.«

»So hier wären wir«, trällerte sie fröhlich wie eine fürsorgliche Krankenschwester, während sie einen altmodischen Klopfer an einer dicken grauen Eisentüre betätigte. Durch eine kleine Luke schob die Vollzugsbeamtin ein Papier hindurch und die Tür wurde aufgeschlossen. »Bis später. Ich hole Sie ab, sowie Sie dazu bereit sind.«

Catherine sah sie fragend an.

»Zu diesem Trakt habe ich keine Zugangsberechtigung. Ein Kollege wird Sie ab hier begleiten.«

»Wie viel Zeit habe ich?«

»Solange Sie brauchen.«

»Oh, danke«, nickte Catherine erstaunt. So unkompliziert hatte sie sich das nicht vorgestellt.

Drinnen musste sie sich in einer Liste registrieren, die auf ein Brett geklammert war, an dem ein Stift an einem vor Abnutzung bröseligen Strick baumelte. Die vorherigen Eintragungen stammten von religiösen Organisationen, Juristen oder Bewährungshelfern. Am Tag zuvor hatte sich schon einmal ein Besucher für Dr. Van der Sonsen eingetragen. Catherine las: ‚Jack Jackson'. In der Rubrik ‚Besuchsgrund' hatte er ‚Interview für Buchprojekt' angegeben. Catherine schmunzelte, weil sie den Namen für ein Autoren-Pseudonym hielt. Sie trug ‚Seelsorge' ein, weil sie nicht wusste, was sie sonst hätte angeben können. Nach den Buchstaben ‚Seel' gab der Stift seinen Geist auf. Mürrisch reichte der Wärter ihr seinen – noch unansehnlicher, an der Spitze halb abgebrochen und kaum noch benutzbar. Bei jedem Buchstaben bog sich die Mine nach oben und verwandelte die letzte Silbe in unleserliches Gekritzel.

Nun schritten sie zusammen durch mehrere Gänge. Die engen Flure rochen penetrant nach billiger Großküchenkost und das Scheppern von Töpfen und Geschirr machte sie auf die Zeit aufmerksam: 11.20 Uhr. Wieder im Freien - einem nicht überdachten Innenhof - sah sie mehrere Zellblocks, vergleichbar mit Hütten, die einstöckig in Hufeisenform angelegt waren. Im Zentrum befand sich ein kleiner Garten und das offene Ende des Hufeisens mündete in eine kleine Empfangsterrasse. Von dort gelangte man in einen Veranstaltungssaal mit Bühne. Der Saal war überdacht, aber an drei Seiten offen.

An einem der soliden Terrassentische aus Gusseisen wartete ein Insasse auf seine Besucherin. Er trug einen orangefarbigen Overall, wie die verschiedenen ‚Gärtner', die überall auf der Anlage die Rasenflächen, Blumenbeete und Gemüseacker pflegten. Hundertzwanzig einsitzende Gartenarbeiter bearbeiteten das Tausend-Hektar-Grundstück, hatte die Wärterin ihr erklärt. Dieser Mann erhob sich und schritt selbstbewusst auf Catherine zu.

Van der Sonsen zeigte sich von seiner charmanten Seite. Wie ein liebenswürdiger Gastgeber bot er ihr einen Platz an. Im Gefängnis! Aber wenn man von den paar Wärtern, Gittern und Schlössern absah, merkte man kaum, dass man sich in einer Strafvollzugsanstalt befand. Ein gelangweilter Vollzugsbeamter gähnte auf einem Stuhl, der weit genug entfernt stand, dass er ihrem Gespräch nicht folgen konnte.

»Ich würde Sie gerne zu einem Getränk einladen, aber wie Sie sehen, sind meine Möglichkeiten begrenzt. Das heißt, etwas zu trinken kann ich Ihnen schon organisieren. Für das, was man uns serviert, – er zog das Verb schmunzelnd in die Länge – kann ich allerdings nicht garantieren. Darf ich Ihnen eines anbieten?«

»Nein danke, ich habe keinen Durst«, lehnte Catherine ab, als ginge es bei der höflichen Geste tatsächlich darum, ihren Durst zu stillen.

»Nein, was frage ich lange herum? Warten Sie einen Moment.« Van der Sonsen unterhielt sich kurz mit dem Wärter auf Afrikaans, der sich daraufhin entfernte. In Catherine zog ein mulmiges Gefühl auf. Kein einziges Mitglied des Bewachungspersonals war zugegen. Sie inmitten eines schlecht gesicherten Gefängnisses, Tuch an Tuch mit einem Schwerverbrecher! Der nicht Rivas war!

»Entschuldigen Sie meine Frage. Ist es normal, dass Besuche nicht überwacht werden und von unbegrenzter Dauer sein dürfen?«

»Normal ist es nicht«, erwiderte Van der Sonsen in mysteriösem Ton. Seine Antwort verhieß eine Anspielung auf VIP Status, aber weil er seiner Stimme eine dezente Note Charme verlieh, fiel es Catherine nicht schwer, ihm das nachzusehen. Catherine schauderte, als sie sich vergegenwärtigte, wie leicht man sich zuweilen von solch charismatischen Blendern einnehmen ließ. Wieder zog sie einen Vergleich mit Rivas, ihrem ehemaligen Kidnapper, der zu ihrem Liebhaber geworden war, und verteidigte ihn sogleich: Das ist nicht das Gleiche!

Aus beruflichen Gründen beherrschte Catherine die Fähigkeit, das Alter eines Menschen einzuschätzen. Diesen Mann, obwohl sie *wusste*, dass er achtundsiebzig war, hätte sie für nicht älter als fünfundsechzig gehalten. Ein anderer Insasse in dürftigem Schuhwerk und zerschlissenem Overall schlurfte vorbei und verschwand hinter einer Theaterkulisse. Seine Ausstattung lenkte Catherines Aufmerksamkeit auf Van der Sonsens gepflegte Erscheinung. Kurz darauf sprang eine Bohrmaschine an und Van der Sonsen sofort auf. »Muss das jetzt sein, Bongani?«, rief er in

Richtung Bühne. Der Lärm des Bohrers verhinderte eine Antwort. »Entschuldigen Sie. Wir führen am Wochenende ein Musical auf. Stört Sie der Lärm?« Catherine schüttelte den Kopf, obwohl es sie gewaltig nervte. Nicht nur das schrille Geräusch, auch die Vorstellung einer Drillmaschine in den Händen eines Inhaftierten hinter einer dünnen Wand aus Pappe erfüllte sie mit Grauen. In ihrer regen Fantasie wähnte sie sich von Männerhänden ergriffen und mit dem Bohrer auf ihren Hals gerichtet als Instrument der Befreiung von hunderten von Gefängnisinsassen. Da sie merklich erschauderte, erriet Van der Sonsen ihre Bedenken: »Keine Angst, ausschließlich vertrauenswürdigen Häftlingen werden solche Aufgaben zugeteilt.« Der Wärter kehrte mit zwei Gläsern gefüllt mit einem künstlichen Orangengetränk zurück. Wie ein Kellner stellte er sie ab, bevor er zu seinem Stuhl zurückkehrte. Und wie ein Hausherr dankte Van der Sonsen dem Beamten. Er wandte sich seinem ‚Gast' zu und hob sein Glas. »Prost. Es schmeckt entsetzlich. Lassen wir uns davon nicht die Stimmung verderben.«

Peinlich berührt von der Sympathie, die der Mann für sie zu empfinden schien, bemühte sich Catherine gleichfalls charmant aufzutreten. Es ekelte ihr vor dem Glas und seinem Inhalt, aber sie nahm einen Schluck von dem extrem zuckerhaltigen Getränk. »Oros?«

»Etwas in der Art.«

»Worum geht es in dem Stück?«

»Um eine Großmutter vom Lande, die im Alter von siebenundsechzig ihre fünf kleinen Enkelkinder aufzieht, weil zwei ihrer Töchter ihrer HIV-Infektion durch AIDS erlagen.«

»Das ist hierzulande eine alltägliche Geschichte. Was ist das Besondere an dieser Aufführung?«

»Die Großmutter stützt sich auf die finanzielle Hilfe ihres kriminellen Sohnes. Als er verhaftet wird, ist sie bis auf die dürftige staatliche Kinderhilfe und Armenrente mittellos. Sie gibt die Kinder in die Obhut ihrer Schwester und reist nach Johannesburg, um Arbeit zu suchen. Der Bus gerät zufällig in eine Polizeikontrolle. Sie erkennt in einem der Polizisten ihren verschollenen Neffen und… Ach, warum kommen Sie nicht am Samstag und finden heraus, wie es weitergeht? Unterschätzen Sie uns nicht! Unser Männerchor ist einer der besten des Landes.«

»Welche Rolle spielen Sie in dem Stück?«

»Einen Dorfarzt. Keine Angst, ich singe nicht!«

Catherine weigerte sich, sich mit seinem Humor zu arrangieren und erwiderte trocken: »Danke, dass Sie zugestimmt haben, mich zu sehen.«

»Werden Sie dabei sein?«, ließ Van der Sonsen nicht locker. »Jeder Insasse darf eine Einladung aussprechen. Jeder Darsteller zwei. Eine Karte habe ich noch.«

»Das ist reizend von Ihnen, doch ich werde nicht kommen. Aber danke, dass wir uns heute unterhalten dürfen.«

»Besuch von einer bezaubernden, jungen Frau? Welcher Mann würde sich das entgehen lassen?«

»Flirten Sie mit mir, Dr. Van der Sonsen?«

»Verzeihen Sie, so meinte ich das nicht. Es scheint, ich habe verlernt, wie man ein Kompliment ausspricht, ohne sich zu blamieren. Im Ernst, selbstverständlich würde ich jederzeit Rainers Tochter empfangen. Nennen Sie mich Willem, Catherine, Ihr Vater und ich kannten uns gut. Mein Beileid, ich weiß, er ist vor ein paar Jahren verstorben. Herzinfarkt nicht wahr?«

Catherine starrte entgeistert ins Leere.

Sagte er gerade ‚empfangen'? Wer ist dieser Mensch? Ist er größenwahnsinnig?

Bestürzt erkannte sie eine weitere Parallele, die man zu Rivas ziehen konnte. Sie vergaß zu antworten.

»Es war doch ein Herzinfarkt?«

»Verzeihung, ja.«

»Ich verfolge mit Interesse, was sich hinter diesen Mauern abspielt. Den Faden nach draußen nicht zu verlieren, fällt nicht immer leicht, aber ist mir ein großes Anliegen.«

Catherine räusperte sich. »Dr. Van der Sonsen, darf ich gleich zum Thema kommen?« Seinen Vornamen brachte sie nicht über die Lippen. Sie ärgerte sich über ihre Unfähigkeit ein warmes Gespräch zu eröffnen, obwohl der Mann ihr das keineswegs erschwerte. Sie brauchte seine Hilfe für ihren Plan, den grässlichen, geplanten Anschlag der Terrorgruppe ‚Western Initiative for Countering Eastern Domination', kurz WICED, zu verhindern. Es beschämte sie, wenn auch unter Zwang, mit vollem Einsatz deren Vorhaben ermöglicht zu haben, indem sie den Rassenforscher Dr. Bernhard Ruckebier identifiziert und für das Projekt angeworben hatte. Sie ermahnte sich, objektiv zu bleiben und sich nicht zu verurteilen. Und auch sich endlich zusammenreißen und weniger abweisend aufzutreten.

»Natürlich dürfen Sie. Ich bin neugierig auf den Grund für Ihren Besuch, Catherine.«

»Damit meine ich *zum Thema kommen*, ohne um den heißen Brei herumreden zu müssen. Ist das in Ordnung?« Van der Sonsen heftete seine Augen eindringlich an ihre und voll Unbehagen fuhr Catherine fort, ohne seine Bestätigung abzuwarten. »Sie waren ein Kunde meines Vaters, richtig?«

»Auf Wunsch Ihres Vaters machten wir unsere Beziehung nie öffentlich bekannt. Ihnen gestehe ich selbstverständlich, ja, wir pflegten eine enge Geschäftsbeziehung.«

»Ich betreibe diese Geschäfte weiter. Aus diesem Grund ist mir bekannt, dass Sie an ‚besonderen' Aufträgen zusammengearbeitet haben.« Catherine lockte Van der Sonsen in eine Falle. Sie verfügte über keinerlei Beweise, hegte nur den Verdacht.

»Besondere Aufträge? Wollten wir einen Eiertanz nicht vermeiden?«

»Entschuldigen Sie, Sie haben recht.«

»Catherine, ich will es Ihnen einfach machen, wenn Sie mir klipp und klar sagen, was Sie zu mir führt. Wie kann ich Ihnen helfen?«

»Es ist so, *Willem*.« Fast verschluckte sie sich an seinem Vornamen. »Ich habe einen Kandidaten, einen Bioterrorexperten anzubieten. Hochkarätig. Ich weiß nicht, an wen ich mich wenden soll.«

»Erzählen Sie mir mehr.«

Catherine beschrieb das fiktive Profil eines Waffenchemieexperten mit Anspielung auf kriminelle Aktivitäten, das Dr. Ruckebier ähnelte. Durch diese Finte hoffte sie, sich an die Hintermänner der WICED herantasten zu können und sie zu entlarven. Einmal aufgedeckt müssten sie ihre Pläne abbrechen. Eine simple, aber nicht ungefährliche List. Für Catherine war es unvorstellbar, tatenlos herumzusitzen, während die WICED ungehindert mit ihren Plänen voranmarschierte, die arabische Welt mit dem für Mensch und Tier tödlichen Venecuelan Encaphilitis Virus zu infizieren. VEE war das Fachgebiet von Bernhard Ruckebier, den Catherine der WICED während ihrer Geiselnahme in Südamerika zugespielt hatte.

»Und von mir wollen Sie wissen, wer an ihm Interesse zeigen könnte?«

»Ja, Willem. Wen kennen Sie?«

»Kann ich Ihnen vertrauen?«

»Wen kennen Sie Willem?« Catherine ging auf Konfrontation. Sie hatte Erfahrung.

Van der Sonsen auch. »Ich kann es also nicht.«

Catherine antwortete nicht und nahm durch eine lange Sprechpause und eindringlichen Augenkontakt viel Raum ein. Äußerlich wirkte sie standhaft. Innerlich bröckelte die Fassade zunehmend ab.

Durchhalten. Schweigen.

»Naja, was soll's? Ich mag Sie.«

Bingo!

»Wenn ich Ihnen diesen Gefallen tue, Catherine, werden Sie sich revanchieren?«

»Was kann ich für Sie tun, Willem?«

»Kommen Sie zu unserem Stück.«

Das war alles?

»Nein, das werde ich nicht, Willem. Wenn ich zusagte, ohne jede Absicht zu erscheinen, würde ich lügen. Möchten Sie das?« Catherine erfand absichtlich keine Ausrede. Männer wie Van der Sonsen schätzten starke Gesprächspartner und reagierten üblicherweise positiv auf unerwartete Provokationen. Das hatte sie bei Rivas und ihrem Vater oftmals beobachtet, ebenso bei manchen ihrer hochkarätigen Kunden und Kandidaten.

»Volksrepublik China. 1999. Chilanchi.«

»Was soll ich damit anfangen?«

»Recherchieren Sie.«

»Was ist Chilanchi? Ist das eine Person? Ein Ort? Etwas zum Essen? Wo soll ich ansetzen?«

»Bei unserem Theaterstück.«

»Willem, das ist doch nicht Ihr Ernst. Sie liefern mir einen Tipp für einen potentiellen Millionendeal. Im Gegenzug muss ich mir Ihre Gefängnisaufführung ansehen? Weshalb legen Sie so viel Wert darauf?«

»Kommen Sie oder nicht?«

»Nein.« Van der Sonsen strich sich mit der Kuppe seines abgewinkelten Zeigefingers bedächtig über den leicht offenen Mund und schmunzelte. »Willem, ich möchte Sie noch um etwas bitten. Ich würde gerne Bischof Tutu kennenlernen. Sie stehen doch mit ihm in Kontakt? Bitte vermitteln Sie mir einen Termin.« Catherine plante, zweigleisig mit ihrer Aufdeckung der WICED, einen Friedensexperten wie Bischof Tutu in ihr Vorhaben einzuweihen, und ihn um Hilfestellung zu bitten.

Van der Sonsens überlegener Gesichtsausdruck verschwand für einen kurzen Moment. Schnell fasste er sich und erwiderte in frostigem Ton: »Catherine, ich muss gar nicht wissen, worum es hier geht. Diesen Wunsch kann ich Ihnen nicht erfüllen. Sie überschätzen mich. Bischof Tutu, in seiner Rolle als Vorsitzender der Wahrheitskommission bemühte sich, in meiner Sache einzulenken. Da ich keine Anstalten machte, das Amnestieangebot anzunehmen, ließ er mich irgendwann fallen. Sein Interesse an mir erlosch, meines an ihm existierte nie. Es gibt keinerlei Berührungspunkte.«

»Er wird Sie sehen, Willem und dann könnten Sie mich einbringen. Bis dahin habe ich Ihnen erläutert, um welche Angelegenheit es sich handelt«, log Catherine und lockte rasch noch: »Auch dieses Anliegen hängt mit den Aktivitäten meines Vaters zusammen.«

»Entschuldigen Sie Catherine, ich möchte diese unsinnige Unterhaltung jetzt beenden. Es interessiert mich nicht herauszufinden, welche Beweggründe sie hierher trieben. Sie sind offensichtlich übergeschnappt. Catherine, wenn ich Frieden mit den Feinden meiner Vergangenheit schließen wollte, bräuchte ich nicht Ihr Zutun. Ich handle stets bewusst. Damals glaubte ich, dass Rassentrennung die beste Lösung für mein Land sei, und tue es noch. Eine Rechtfertigung bin ich niemandem schuldig. Meine Gefängnisstrafe abzusitzen und wahrscheinlich hier zu sterben, ziehe ich der Option vor, meine Theorien jenen erläutern zu müssen, an denen sie ohnehin verschwendet sind. Ich hatte damals die Wahl: feiger Widerruf, indem ich Reue vortäusche und um Gnade bettele oder zu meiner Überzeugung zu stehen. Nach fast zwei Jahrzehnten hinter Gittern wird sich das nicht ändern. Jetzt nicht mehr. Seit ich hierher verlegt wurde, teile ich meine Zelle mit vierzehn männlichen schwarzen Insassen. Sechsundneunzig Prozent der Inhaftierten und hundert Prozent des Personals in diesem Gefängnis sind schwarze Afrikaner. Isolationshaft für den Rest meines Lebens würde ich bevorzugen. Das nennt man die Ironie des Schicksals, Catherine. Mir tut nichts mehr weh. Leben Sie wohl.«

Gut, dachte Catherine, ich habe auch nicht widerrufen, indem ich mich von diesem Ekel zu einem Singspiel einladen ließ. Das fehlte noch. Chilanchi, China, 1999 - ein Anfang. »Auf Wiedersehen *Dr. Van der Sonsen*. Ich wünsche Ihnen alles Gute für Ihr Stück.«

Im Auto rief sie Tom, ihren Mitarbeiter und engsten Verbündeten, an. Für ihre geheimen Konversationen hatten sich beide ein separates Handy ohne Vertrag angeschafft. »Chilanchi, China 1999.«

»Ja und? Kommt das von Van der Sonsen?«

Catherine erzählte ihm kurz von dem Gespräch. Tom klang verärgert. »Das hast du ja prima hingekriegt. Das Bestechungsgeld für das?«

»Na hör mal! Wie viel hättest du ihm denn entlocken können? Gut, das mit Tutu habe ich vermasselt, aber sollte ich diesem Ungeheuer noch mehr Honig ums Maul schmieren? Mir war eh schon schlecht. Klemm dich ans Internet. Du hast jetzt Luft. Du weißt, ich bin die nächsten Wochen absolut nicht ansprechbar, aber gleich nach meiner Rückkehr, stöbere ich nochmal Vaters Datenbank durch. Da sind noch zwei Hinweise, die ich nicht entschlüsseln konnte, vielleicht hilft uns das weiter.« Catherines Vaters unselige Datenbank mit Auskünften über kriminelle Wissenschaftler, war der Auslöser für ihre Entführung gewesen.

»Halt, etwas mehr brauche ich schon. Ist das ein Name?«

»Was weiß ich? Ein Krimineller, eine Verschwörung, eine Partei. Finde es heraus. Ich bin dann mal weg. Vergiss nicht morgen den Wagen abholen zu lassen.«

»Geht klar, aber Cat, denkst du nicht, dass du über das Theaterstück noch einen Hinweis bekommen hättest? Vielleicht wollte er dir dadurch etwas mitteilen.«

»Daran habe ich nicht gedacht, aber ich hätte sowieso nicht kommen können, ohne meine Reise abermals zu verschieben. Der schnelle Gefängnistermin warf alles durcheinander. Tut mir leid, das Rätsel musst du alleine lösen. Ach und nenn mich nicht Cat! Gewöhn dir das wieder ab. Woher kommt das überhaupt?«

»Sag ich dir ein andermal. Also guten Flug. Wenn es nicht so läuft, wie du dir das vorstellst, ich meine, wenn du uns brauchst, wir sind immer für dich da.«

»Danke Tom. Bis bald. Oh du, noch etwas. Ich treffe mich heute Abend mit Alex. Wenn alles gut geht, biete ich ihm an, am Montag anzufangen, damit er nicht noch drei Wochen ohne Arbeit ist.«

»Ja, und?«, fragte Tom miesepetrig. Er konnte Alex, ihren ehemaligen IT-Angestellten, nicht ausstehen.

»Sei nett zu ihm okay, Tom? Du musst ihn einweisen. Und verhindern, dass er sich benachteiligt fühlt. Wenn wir ihn wieder nehmen, müssen wir seine Vergangenheit hinter uns lassen. Unsere Mitarbeiter würden spüren, dass du ihn nicht magst. So eine Mobbingaktion möchte ich ihm nicht zumuten und können wir uns auch nicht leisten.«

»Wenn *du* ihn wieder nimmst!«

»Bitte Tom! Es ist mir ein großes Anliegen, das weißt du doch.«

»Weiß ich Catherine, aber musst du immer deinen Kopf durchsetzen? Warum hörst du nicht hin und wieder auf mich? Du solltest deine seelischen Bedürfnisse nicht mit unseren geschäftlichen vermischen. Lass die Finger von dem Kerl.«

»Du glaubst, ich verrenne mich?«

»Nein, ich glaube nicht, dass er Probleme bereiten wird, es geht ums Prinzip.«

»Darum geht es auch mir. Wenn das alles ist?«

»Ja, ja schon gut. Vielleicht will er sowieso nichts mehr von dir wissen!«

»Dann hätte er das Terminangebot nicht wahrgenommen.«

»Wer weiß! Was ist eigentlich mit deinem spanischen Pferd?«

»Der Termin mit Van der Sonsen ging vor. Du weißt doch, dass ich die Reise nach Andalusien verschieben musste.«

»Wann erledigst du das jetzt?«

»Sobald ich kann«, wich sie aus.

»Soll ich inzwischen etwas für dich anleiern?«

Gerührt hielt sie einen Moment inne. »Nein, das kann nur ich erledigen, Tom, aber das ist lieb, danke. Wir sehen uns in drei Wochen. Du rufst mich nur an, falls es sich absolut nicht vermeiden lässt okay?« Tom grinste. Das sah sie sogar durch das Telefon. »Tom! Wisch dir bitte dein verschmitztes Grinsen vom Gesicht.« Toms Schmunzeln wurde breiter. »Du bist froh, dass ich dich ein paar Wochen in Ruhe lasse?« Tom antwortete nicht. »Bin ich eine Nervensäge?«

»Jetzt geh schon. Denkst du, Trevor und ich kämpfen uns für dich ab, weil du uns nervst, oder weil wir dich gern haben und dir helfen wollen?«

»Alles wie abgesprochen?«

»Alles wie geplant Catherine. Viel Glück und mach dir keine Sorgen. Ich regle das hier.«

3.
Catherine

Sie studierte an einem Ecktisch gerade die Getränkekarte, als sie kurz aus dem Fenster blickte und Alex zielstrebig über den Kies zum Eingang kommen sah. Sie schüttelte Alex' Hand und bot ihm einen Platz an. Es war 18.00 Uhr, der Treffpunkt Catherines Lieblingslokal, eine kleine Rastabar im Norden Johannesburgs. Diese Bar bestach nicht durch ihr äußeres Erscheinungsbild, sondern mit seinem geerdeten, einheimischem Charme. Dass Alex abweisend und kalt sein würde, bestenfalls verwirrt - darauf war sie gefasst. Er zeigte keine dieser Reaktionen. Stattdessen sagte er nach einem knappen Gruß sofort: »Catherine, es tut mir leid, das von damals. Wochenlang dachte ich an nichts anderes mehr. Ich war unter dem Druck einfach ausgerastet.«

Catherine nickte. »Was möchten Sie trinken?«

»Nichts, Catherine. Ich werde gleich gehen. Ich nahm lediglich die Gelegenheit wahr, um mich zu entschuldigen.«

Enttäuscht bestellte sie ein Mineralwasser. »Möchten Sie nicht wissen, warum ich mich mit Ihnen treffen wollte, Alex?«

»Ich vermute, es geht um die Konsequenzen meiner Tat.«

»Alex, ich möchte mich auch bei Ihnen entschuldigen.«

»Sie sich bei mir? Weshalb? Wofür? Catherine, nach etwas Reflexion realisierte ich, dass ich an Ihrer Stelle kaum anders reagiert hätte. Erst ermöglichte ich einem Fremden, Ihnen nachzuspionieren und gewährte ihm Einsicht in Ihre Datenbank. Dann mussten Sie sich von mir beschimpfen und sogar angreifen lassen. Welche Wahl blieb Ihnen, außer mich zu feuern?«

»Alex, ich habe auch nachgedacht, bestimmt nicht weniger als Sie. Sie waren vorbestraft. Ich wusste das. Verzeihen Sie, wenn ich das so krass sage, aber diese ‚Vorbelastung' war ein Hinweis darauf, dass schwierige Situationen eine große Herausforderung für Sie darstellen. Das entging mir damals. Bitte seien Sie mir nicht böse. Verstehen Sie, was ich meine?«

»Ja.«

»Trotzdem stellte ich Sie ein. Und erwartete, dass Sie sich vorbildlich verhalten würden. Ehrlich gesagt, ich machte mir vor, dass Sie sich aus Dankbarkeit und Loyalität sogar besonders anstrengen würden. Mir wurde bewusst, dass ich jedem anderen Mitarbeiter die Möglichkeit zu einem klärenden Gespräch eingeräumt hätte. Ihnen sprach ich lediglich die

Kündigung aus. Ihre erste Reaktion, zu leugnen betrachte ich rückblickend als normal. Mein Fehler war nicht die Beendigung des Arbeitsverhältnisses, sondern die Wahl des Zeitpunkts und die Vorgehensweise. Je größer der Zuständigkeitsbereich, desto verantwortungsbewusster hat man zu handeln. Jedoch benahm ich mich wie ein gekränktes Kind. Sie reagierten ebenfalls unreif und schon hatten wir den Salat. Wenigstens einer von uns hätte sich seines Erwachsenenstatus besinnen und danach handeln sollen. Diese Verantwortung nehme ich als wirtschaftlich überlegener Gesprächspartner auf mich. Das ist es, was mir leidtut, Alex.« Alex rutschte unbehaglich auf seinem Stuhl herum. Aufmerksam beobachtete Catherine ihn dabei. »Wollen wir das Ganze einfach vergessen, Alex? Was sagen Sie dazu?«

»Das ist jetzt nicht Ihr Ernst, oder?«

»Wittern Sie eine Falle?«

»Ich frage mich, was ist passiert? Erlitten Sie Schaden, weil ich Informationen weiterreichte? Erwarten Sie eine Gutmachung von mir oder bieten Sie mir die Stelle aus Mitleid oder schlechtem Gewissen an?«

Catherines Hände begannen zu zittern. Sie überlegte blitzschnell, in welche Richtung sie das Gespräch lenken sollte. Sie entschied sich, wie so oft, für volle Pulle voraus. »Ja, es ist etwas passiert, Alex.« Alex starrte auf ihr Wasserglas, das gerade abgestellt wurde. Catherine ergriff die Gelegenheit. »Darf ich Sie wirklich nicht zu einem Drink einladen?«

»Nein danke.«

»Wovon leben Sie momentan Alex?« Von einem jungen Mann wie Alex wurde von der Gesellschaft erwartet, dass er sich zur Arbeitslosenüberbrückung auf dem Bau oder im Garten einer Mittelklassefamilie eine Beschäftigung suchte. Einem Vorbestraften wie Alex entzog sich selbst diese Möglichkeit. Catherine befürchtete deshalb, ihn durch ihre Aktion wieder in die Kriminalität getrieben zu haben.

»Ich schlage mich schon durch, Catherine. Machen Sie sich keine Gedanken um mich. Danke, dass wir uns unterhalten durften, und es tut mir leid, dass ich Ihnen finanziellen Schaden zugefügt habe. Das war gedankenlos, aber nicht meine Absicht.«

»Es entstand kein finanzieller Schaden, jedenfalls nicht direkt. Sie fragten, ob etwas passiert sei, und ich bestätigte das. Aber Sie trifft keine Schuld. Genau wie Sie erhielt ich ein Angebot, bin darauf eingegangen und musste dafür büßen. Das hatte nichts mit Ihnen zu tun. Es wäre auch ohne Sie passiert, dessen bin ich mir sicher. Alex, möchten Sie wieder für

Firm Commitments arbeiten? Es würde mich sehr freuen. Niemand in der Firma außer Tom weiß über den Vorfall Bescheid und ich habe mich bei ihm vergewissert, dass er zustimmt. Selbst unsere Personalreferentin kannte damals nicht den wahren Kündigungsgrund, außerdem ist sie inzwischen ausgeschieden.«

»Catherine, ich weiß nicht, würde das gut gehen?«

»Also gut, warum testen wir das nicht? Ich schlage vor, Sie fangen auf Auftragsbasis an, und wenn alles gut läuft, sehen wir weiter. In Ordnung?«

»Welche Rolle tragen Sie mir an?«

»Erinnern Sie sich an Jan, unseren Sicherheitsexperten?«

»Ja.«

»Er ist nach Australien ausgewandert. Wir könnten Sie auf seinem Gebiet fördern, Ihre Kenntnisse aufmöbeln. Es wird in nächster Zeit einiges auf uns zukommen, was das Recherchieren in gesicherten Netzwerken betrifft. Kann ich Sie als Verbündeten betrachten?«

»Ja!«

»Dann beweisen Sie es mir. Wer waren Ihre Ansprechpartner? Ich brauche Namen, E-Mail-Adressen und Telefonnummern von den Leuten, die damals mit Ihnen in Kontakt traten.«

»Die Kommunikation lief ausschließlich über das Telefon mit nur einem Mann - über eine spanische Vorwahl. Er nannte sich Javier.«

»Festnetz oder Handy?«

»Das weiß ich nicht.«

»Telefonnummer?«

»Moment.« Alex zog sein Handy aus der Hosentasche und nannte die Nummer, die Catherine sofort in ihr Adressbuch einspeicherte.

»Gut Alex, ich fliege morgen für ein paar Wochen nach Europa. Wenn Sie möchten, können Sie am Montag anfangen. Tom wird Sie einweisen und Ihre ersten Aufgaben sind diese: Machen Sie sich auf dem Gebiet Internetsicherheit schlau und protokollieren Sie alles, was Ihnen zu Ihren Gesprächen mit Javier einfällt. Geben Sie alles an Tom weiter, während ich weg bin.«

»Catherine, geht es um etwas Kriminelles, ich meine muss ich irgendwo rein hacken?«

»Ich möchte, dass Sie Tom und mir bei einer Ermittlung helfen. Ich kann Ihnen nicht versprechen, dass Sie nicht einige moralische Grenzen überschreiten müssen, aber im Wesentlichen planen wir diese Organisation, die Sie und mich damals ansprach, zu überführen. Ist also nicht ungefährlich. Aber unser Ziel ist es, verbrecherische Taten zu verhindern, nicht sie zu begehen. Kommen Sie damit klar?«

»Ja.«

»Gut, dann fokussieren Sie darauf, diesen Monat so viel wie möglich über gesicherte Datenbanken herauszufinden und assistieren Sie Tom bei seinen Recherchen. Bis dahin bin ich zurück und wir entscheiden zusammen, wie es weitergeht.«

»Catherine, ich bin kein unbeschriebenes Blatt, was äh, das Knacken von Datenbanken betrifft.«

Catherine lachte. »Das ist mir bekannt, Alex, deshalb unterbreite ich Ihnen das Angebot.«

»Sie benützen meine kriminelle Vergangenheit?«

»Nein, Alex, sollten Sie diese Aufgabe ablehnen, steigen Sie in Ihren alten Job ein. Wir haben Sie nie ersetzt. Während unseres Gesprächs riefen Ihre Kenntnisse diese Aufgabe auf den Plan. Das ist alles. Wenn Sie nicht mitmachen wollen, werde ich es Ihnen nicht verübeln.«

»Nein, Catherine. Ich möchte da eingesetzt werden, wo ich am nützlichsten sein kann. Ich melde mich am Montag um 8.00 Uhr bei Tom im Büro.«

»Super, es versteht sich hoffentlich, dass das unter uns bleibt?«

»Ja, das ist klar.« Alex druckste herum.

»Ist gut, Alex, Sie müssen mir nichts beteuern. Wir haben uns alles gesagt und ich muss jetzt los. Packen.«

»Gute Reise, Catherine. Wohin in Europa soll es gehen?«

»Nach Schottland.«

»Ist es geschäftlich?«

»Nein, Alex, privat. Ich muss ein Versprechen halten.«

Im Auto dachte Catherine wie Rivas sich freuen würde, wenn er wüsste, dass sie seine Anweisung, seinen alten Professor Lammingcourt aufzusuchen, befolgte. Rivas hatte ihr nach ihrer Befreiung und kurz vor seiner Verhaftung eine Gesprächstherapie mit diesem renommierten forensischen Psychiater und Trauma-Experten nahegelegt. Sie fragte sich, wie es Rivas ging. Waren seine Schussverletzungen verheilt? Verspürte er noch Schmerzen? Sie überlegte, worüber er nachdachte, ob er sich ihrer so oft besann, wie sie sich seiner, ob er sie noch liebte. Sie stellte sich ihn im Krankenhaus vor - mit einem Verband an Kopf und Schulter, einsam, traurig, unter Polizeibewachung. Dann fragte sie sich, ob man nach so vielen Wochen überhaupt noch einen Verband trug. Seine schönen Haare – waren sie nachgewachsen oder wurden sie immer wieder abrasiert? Vielleicht war er nicht traurig, sondern wütend? Auf sie. Dass sie ihm diese Suppe eingebrockt hatte. Fürchtete er sich vor seiner Verhandlung und dem Gefängnis? Oder wusste er von den Plänen der WICED, ihn zu befreien? Sie konnte sich seine Situation nicht richtig vorstellen und hoffte, ihn bald besuchen zu dürfen. Trevors Anläufe ihr eine Besuchserlaubnis zu besorgen, waren fehlgeschlagen. Er erhielt nicht den kleinsten Fetzen einer Auskunft, aber er blieb dran, das hatte er ihr versprochen. Sollte ihm das gelingen, während sie sich in Schottland aufhielt, würde sie sofort abbrechen und zu Rivas nach Berlin ins Krankenhaus fliegen. Davon abgesehen waren die nächsten drei Wochen ihrer Therapie gewidmet. Ihr Unbehagen über das Unbekannte glich sich durch die Neugier und Vorfreude auf dieses Abenteuer aus. Sie sah der Möglichkeit, die psychologischen Aspekte der Auswirkungen ihrer Entführung besser verstehen zu können, mit Spannung entgegen.

Zwei Tage später stand sie vor der Haustür eines alten Privathauses im schottischen Hochland.

Catherine ging einmal um das abgeschiedene Haus herum, suchte einen Praxiseingang, fand keinen. Verwirrt und leicht gereizt, weil das alles nicht ihren Vorstellungen entsprach, kehrte sie zur Vorderseite des Hauses zurück. Sie klopfte sich vor Kälte schlotternd den schmelzenden Schneematsch ab, während sie an der Türglocke läutete. Durch einen Langstreckenflug vom Sommer der südlichen Hemisphäre in den europäischen Winter katapultiert zu werden, hatte gleich am Ankunftstag in ihren erschrockenen Gliedern einen heftigen Protest ausgelöst. Die Heizung ihres Kia Rio Leihwagens war defekt und der dickköpfige Radiator ihres Hotelzimmers ließ sich absolut nicht nach oben regulieren. Die maximale Zimmertemperatur in diesem Hotel empfand sie als kaum noch erträgliche Zumutung. All dies trug dazu bei, dass sich ihre Wahnvorstellung verstärkte, dass Wetter und Technik sich gegen sie verschworen hatten, in der Absicht ihren Aufenthalt höchst unangenehm zu gestalten. Das war nicht weit von der Realität entfernt. Humphrey Lammingcourt gedachte sie aus ihrer durch Verdrängung gewonnenen Stabilität herauszureißen, um sie seelisch wieder tief in das Martyrium ihrer Entführung einzutauchen. Aus dieser abgründigen Tiefe heraus plante er, sie ihre Erlebnisse mit seiner Unterstützung neu verarbeiten zu lassen. Sein Behandlungsansatz setzte voraus, dass der Patient seinen Teil der Verantwortung an den Geschehnissen übernahm, wenn auch nur zu zehn Prozent - unabhängig davon, was es aufzuarbeiten gab und egal wie ungerecht es ihm erscheinen musste. Unangenehme Bedingungen förderten echtes Wachstum schneller zutage und ein rasches Voranschreiten hielt er in diesem Fall aufgrund der ungewöhnlichen Umstände für unabdingbar.

Von dieser therapeutischen Taktik wusste Catherine natürlich nichts. Hatte keinen blassen Schimmer, welche Qualen ihr hinter dieser Tür auflauerten.

4.
Catherine

8.55 Uhr. Kein einziger wärmender Sonnenstrahl durchdrang das Grau des schottischen Morgenhimmels. Lammingcourt öffnete ihr persönlich die Tür. Er empfing sie nicht in seinem Büro oder Sprechzimmer, wie sie erwartet hatte, sondern in seinem Wohnzimmer. Es war nicht warm eingeheizt – das Komplott zog sich zu - dadurch wirkte das alte Haus noch unheimlicher, als es ohnehin war. Die Einsamkeit der altersbedingten Abschottung von der Gesellschaft machte sich überall spürbar. Sie merkte sofort, dass sich außer dem alten Arzt kein anderer Mensch im Haus befand. Auch von einem Hund oder einer Katze gab es keine Anzeichen. Dr. Humphrey Lammingcourt, unumstritten einer der angesehensten Psychoanalytiker der letzten Jahrzehnte, auf dem Abstellgleis. Passiert das eigentlich jedem alten Menschen, sinnierte Catherine. Sogar Menschen wie ihm? Kurz erschauderte sie bei der Vorstellung alt zu sein. Sie wollte ihre Hand ausstrecken. Ein mulmiges Gefühl verhinderte das und der Psychiater bot ihr seine nicht an. Stattdessen deutete seine rechte Hand in Richtung einer Durchgangstür und führte sie in ein erbärmlich eingerichtetes Sprechzimmer. Wortlos zeigte er auf einen Stuhl vor seinem Schreibtisch. Die obligatorische Couch zierte seine Praxis, aber nicht in Rot, sondern mit einem vergilbten Stoffbezug überzogen. Über ihn war zu allem Überdruss ein durchsichtiger Plastiküberzug geworfen. Catherine legte den Schutzbezug sofort als Beleidigung aus, als ob man dem Patienten zutraute, dass er sich während einer Sitzung einnässen würde. Neben dieser Geschmacklosigkeit machten sich ein unpassender Kaffeetisch aus billigem Fichtenholz und zwei Korbsessel aus Rattan im Achtzigerstil breit. Die abgenützten Möbelstücke schienen wahllos zusammengewürfelt, die Farben schlecht koordiniert und der Raum war durch einen offenen Vorhang unterteilt. Hinter ihm erspähte sie eine Arztliege sowie verschiedene medizinische Instrumente. Ein Blutdruckmessgerät und ein Stethoskop baumelten von der Wand, ein großer Handspiegel lag auf einer Ablage neben einem Spuckbecken scheinbar aus dem neunzehnten Jahrhundert. Neben der Ausstattung kam Catherine auch der Mann altmodisch vor. Er wirkte unmodern distanziert und scheu. Catherine hatte einen wärmeren Menschen erwartet und fand es schwer, Entspannung oder ein Vertrauensverhältnis auch nur vorzutäuschen. Auch verurteilte sie Lammingcourts unprofessionelle

Kleidung. Abwertend musterten ihre missbilligenden Augen seine abgeschabte Billighose aus synthetischem Material und sein ausgefranstes Sakko. Das Hemd hing teilweise aus dem Gürtel, der die nach unten rutschende Hose kaum zu bremsen vermochte, obwohl er sie bis tief über den Bauch nach oben gezogen hatte, wie man das bei Greisen oft beobachten kann. Von Fluchtgedanken ergriffen, bereute sie heftig ihre Entscheidung. Warum hatte sie dieser Abmachung zugestimmt? Aus welchem Grund hatte Rivas darauf bestanden, dass sie sich ausgerechnet bei diesem Psychiater in die Therapie begeben sollte? Der Mann schien mindestens hundert Jahre alt zu sein. Wahrscheinlich war er schon senil, argwöhnte sie. Telefonisch hatten sie ausgemacht, dass Lammingcourt zwei bis drei Sitzungen mit ihr führen und man dann gemeinsam entscheiden würde, ob man fortfahren wollte. Wenn ja, würde sie zwanzig Tage in Schottland verbringen. Wenn nicht, am nächsten Tag abreisen. Für ein paar Tage in den Highlands nur zur Erholung hatte Catherine nicht die Ruhe. Zu viel gab es zu erledigen. Die Zeit drängte ohnehin.

»Was bringt Sie zu mir, Frau Zitgow?«

»Nennen Sie mich bitte Catherine.« Die Frage verdutzte sie. Er kannte doch den Grund für ihren Besuch.

»Gut, Catherine. Wie kann ich Ihnen helfen? Sie erwähnten bei unseren Vorgesprächen Rivas Romero. Wissen Sie, wo er sich aufhält?«, drängte Lammingcourt auf Information, ohne jegliche Bemühung, zuerst Vertrauen aufzubauen.

»Ja, er…«

»Sch…sagen Sie mir nicht wo.«

»Sie fragten mich doch gerade! Und was wir besprechen, ist vertraulich.«

»Und das soll es bleiben. Deshalb fragte ich, *ob* Sie etwas wissen, nicht *was* Sie wissen. Die Polizei wird mich eventuell aufsuchen. Solange der Verdacht besteht, dass ein Verbrechen geschehen *wird*, muss ich aussagen. Und…«

»Es *wird* kein Verbrechen geschehen!«, protestierte sie gereizt, wie immer wenn jemand ihrem geliebten Rivas etwas vorwarf oder gar unterstellte.

»Und Rivas ist und war auch nie mein Patient. Deshalb teilen Sie mir in Bezug auf seinen Aufenthaltsort nur mit, was Sie auch der Polizei bekanntgeben würden. Alles andere fällt unter die Schweigepflicht.«

»Rivas ist bereits verhaftet worden. Sein Aufenthaltsort ist der Polizei sehr wohl bekannt!«

--- oOo ---

Catherine wusste nicht: Rivas war längst frei. Fünfhundert Meilen in südlicher Richtung von ihrem Aufenthaltsort genoss er gerade mit seiner Patin und Komplizin Maria Santa Cruz eine Tasse Kaffee.

--- oOo ---

»Nachdem das geklärt ist, wollen Sie mir sagen, warum, wie Sie andeuteten, Rivas Sie zu mir schickte? Sie sagten, Sie wären seine Geisel gewesen. Wann war das?«

»Von Mitte Mai bis Ende September dieses Jahres.«

»Inzwischen ist es Ende November. Warum kommen Sie erst jetzt?« Catherine antwortete nicht. Lammingcourt erklärte: »Catherine, nach einer Entführung ist es wichtig, unverzüglich psychologisch behandelt zu werden, am besten stationär. Ich legte Ihnen am Telefon nahe, sich in die New Yorker Klinik einweisen zu lassen, die ich Ihnen empfahl. Es ist nicht zu spät, ich rate Ihnen dringend zu diesem Schritt. Ich kann das noch heute veranlassen.« Catherine blieb stumm und verzog keine Miene. »Warum antworten Sie mir nicht?«

»Ja warum? Zuerst klagen Sie mich an, nicht früher zu Ihnen gekommen zu sein, jetzt teilen Sie mir mit, dass Sie mich nicht hier haben wollen. So habe ich mir das nicht vorgestellt, Dr. Lammingcourt. Sie behandeln mich wie ein unerwünschtes Kind.«

Lammingcourt kritzelte eine Notiz nieder, verteidigte sich aber weder gegen ihre Vorwürfe, noch gab er irgendeine Erklärung über den geplanten Gesprächsverlauf ab. Stattdessen forderte er sie auf: »Nennen Sie mich Humphrey, Catherine. Im Laufe der nächsten Wochen werden wir viel zusammen erleben, wenn wir uns entscheiden miteinander zu arbeiten.«

»Nein danke!«, erwiderte Catherine stur und verfehlte seine subtile Antwort auf ihre Anschuldigung. Ihre Intelligenzleiter war in diesem Augenblick nicht hoch genug, um über das Dach zu spähen und zu erkennen, dass er ihr durch das Angebot als so viel ältere Person und renommierte Kapazität gerade bewies, dass er sie absolut nicht zum Kind herabstufte. Er ließ sich allerdings nicht zwingen, die Leiter auf ihre

Ebene herunterzufahren. Sein Ziel war den Patienten mental nach oben zu befördern, nicht zu ihm herabzusteigen. Ein Kind-zu-Kind-Gespräch würde sie beide nicht weiterbringen.

»Ich respektiere Ihre Entscheidung«, sagte er schlicht und zwang sie somit sofort zur Verantwortung. »Stört es Sie, wenn ich Sie weiterhin Catherine nenne?«

»Ich bat bereits darum!« Sie vernahm ihre eigene ungehaltene Antwort und wusste selbst nicht, worüber sie sich so ärgerte. Der alte Mann tat ihr plötzlich leid und sie ermahnte sich zu mehr Höflichkeit.

»Waren Sie verletzt? Ich meine körperlich.«

»Ja.«

»Wie geht es Ihnen jetzt?«

»Eigentlich gut. Ich leide nicht unter Alpträumen oder Angstzuständen. Körperlich und seelisch fühle ich mich stark. Jetzt wollen Sie wieder wissen, warum ich dann hier bin.« Sie sah ihn unschlüssig an. »Vielleicht gerade deshalb? Das ist nicht normal.«

»Erzählen Sie mir, wie Sie aufgewachsen sind, Catherine.«

»Was hat das mit der Entführung zu tun?«

»Möchten Sie lieber gleich darüber sprechen?«

»Deshalb bin ich hier.«

Lammingcourt gefiel das nicht. Er wurde misstrauisch. Das war ungewöhnlich. Er beschloss, vorerst auf ihren Wunsch einzugehen. »Was möchten Sie mir erzählen?«

»Naja, ich weiß nicht. Wo soll ich da anfangen?«

»Berichten Sie mir davon, wie Sie in die Gewalt Ihres Entführers kamen.«

Catherine erzählte ohne irgendeinen Zusammenhang. Sie wirkte konfus und war unfähig eine chronologische, sachliche Berichterstattung abzugeben. Also doch nicht, erachtete der erfahrene Experte. Das beruhigte ihn, denn Opfer, die sich ohne Schwierigkeiten sofort kohärent mitteilten, fielen aus dem Rahmen. Oftmals handelte es sich um Simulanten, von denen er durch den forensischen Aspekt seiner Karriere viele entlarvt hatte. Er war jahrelang für die französische Einwanderungsbehörde tätig gewesen – zuständig dafür, echte Opfer von Folter und Geiselnahmen von Möchtegernasylanten zu unterscheiden. Diese jahrelangen Aussonderungen hatten ihm eine ausgeprägte ‚déformation professionelle' beschert. Misstrauen war seine

Berufskrankheit geworden. Für einen Moment hegte er den Verdacht, dass etwas faul sei. Die merkwürdigen Umstände und das untypische Verhalten der Patientin waren bizarr. Nun, da sie in das bekannte Muster zurückfiel, klang sein Unbehagen ab. Er entschied, dass es sich um eine zielstrebige Patientin handelte, die sich überschätzte und die Ereignisse nicht nur verdrängte, sondern gewaltsam unterdrückte.

»Catherine, Sie fragten vorhin, was die Vergangenheit mit Ihren jüngsten Erlebnissen zu tun habe. Sehr viel. Es ist wichtig, dass ich Sie kennenlerne. Dass Sie hier sind, bedeutet, dass Sie Antworten suchen. Auf welche Fragen wird sich im Laufe der Zeit herausstellen. Ich musste Sie aber fragen, was Sie zu mir führt, damit ich erfahre, wonach Sie bewusst suchen und was Sie von mir erwarten. Aber auch wenn der tiefere Sinn Ihres Besuchs sich uns beiden noch entzieht, werden wir ihn ergründen. Stellen Sie sich ein Puzzle vor. Am besten beginnt man doch mit dem Rahmen, nicht wahr?«

»Stimmt.« Ihr Handy klingelte. Sie warf einen Blick auf die Nummer. Lammingcourt runzelte die Stirn. »Äh, Entschuldigung Dr. Lammingcourt, aber ich muss das Gespräch annehmen. Es geht um mein Pferd. Es ist wichtig.« Lammingcourt nickte und Catherine stand auf, während sie auf ‚Annahme' drückte, und entfernte sich von seinem Schreibtisch. »Ja ist gut. Nein, nein, das ist in Ordnung. Ich kümmere mich darum. Freut mich, dass es aufwärtsgeht. Auf Wiederhören, Belinda.«

Lammingcourt, der sie aufmerksam beobachtet hatte, erfühlte intuitiv, dass Pferde in der Geschichte, die sie ihm in Kürze anvertrauen würde, eine Rolle spielen würden. Er knüpfte an: »Erzählen Sie mir von Ihrem Pferd.«

»Ich habe zwei. Hier geht es um Illusion of Love. Er ist letzte Woche von einem anderen Pferd getreten worden. Das war die Tierärztin. Ich habe alles ferngehalten, was mich ablenken könnte, aber wenn mein Pferd verletzt ist, Dr. Lammingcourt, muss ich mit der Tierärztin sprechen dürfen. Illusion wurde hoch oben getroffen, an der Niere, direkt unterhalb des Rückgrats. Die Verletzung war sehr schwer, aber ich hörte gerade, dass er morgen aus der Klinik entlassen wird. Später muss ich den Transport organisieren, aber in dieser Stunde wird es keine weiteren Unterbrechungen geben.«

»Machen Sie sich Sorgen um Ihre Pferde?«

»Absolut nicht. Sie sind wunderbar untergebracht, werden gut gepflegt und von meiner Reitlehrerin täglich bewegt«

»Wir werden uns noch näher über Ihre Pferde unterhalten, jetzt erzählen Sie mir erst einmal von Ihren frühesten Kindheitserinnerungen.«

»Naja, ich weiß nicht, da gibt es nicht viel zu erzählen.«

»Wie lief Ihr Tag ab, als Sie klein waren? Gehen Sie weit zurück.«

Plötzlich sprudelte es aus ihr heraus und innerhalb von fünfzig Minuten hatte sie fast alles erzählt, was ihre Kindheit geprägt hatte, einschließlich ihrer Missbrauchserfahrung als Achtjährige, von der sie Rivas beteuert hatte, niemals wieder ein Wort darüber zu verlieren. Es war ihr unverständlich. Wie war es möglich, in so kurzer Zeit so viele Geheimnisse zu enthüllen, wunderte sie sich. Und gleich in der allerersten Sprechstunde? Mit jemandem, den sie eigentlich gar nicht mochte. Oder mochte sie ihn etwa doch? »Wie geht es jetzt weiter, Dr.? Werden Sie mir helfen?«

»Kommen Sie heute Nachmittag zurück, wie verabredet. Und morgen treffen wir eine Entscheidung. Was haben Sie jetzt vor, Catherine?«

»Ach, ich werde in meinen Gasthof zurückfahren und nach dem Mittagessen spazieren gehen. Außerdem muss ich meinen Leihwagen umtauschen, die Heizung funktioniert nicht. Bitte bemühen Sie sich nicht, ich finde den Weg alleine«, winkte sie ab, als der Therapeut sich steif erhob. Irgendwie wollte sie ihn bitten, sich für sie zu entscheiden, und wieder zögerte sie, einen Schritt auf ihn zuzugehen. Catherine stieg in ihren Leihwagen und fuhr vor Kälte schlotternd nach Fort William zurück, eine Kleinstadt in den kaledonischen Highlands. Lammingcourts Haus lag fünf Kilometer außerhalb. Er lebte nämlich nicht mehr, wie das Internet verhieß, in Edinburgh. Tom hatte ihn stattdessen in diesem Provinznest aufgestöbert, in das er sich vor knapp einem Jahr zurückgezogen hatte.

--- oOo ---

Das Tot Inn, eine bescheidene Pension, lag direkt im Zentrum dieser ländlichen Stadt. Etwas Schickeres außerhalb hätte sie bevorzugt, aber direkt in der Stadt zu sein bescherte Lammingcourt einen therapeutischen Vorteil. Der Verkehr, die Fußgänger und die Läden sorgten dafür, dass sie sich in dieser schweren Zeit zwar von ihrem Tagesablauf, nicht aber vollkommen von menschlichem Kontakt zurückziehen konnte. Aus diesem Grund hatte Lammingcourt darauf bestanden, dass sie gerade dieses kleine Hotel buchte. Und zu gemütlich sollte es ihr nicht werden. Den Preis, sich ein wenig unwohl zu fühlen, musste sie bezahlen. Sich in einem luxuriösen Wellnessresort verhätscheln zu lassen, hätte sie zu sehr abgelenkt.

Lammingcourt hatte sich überreden lassen, sie eventuell drei Wochen lang, zweimal am Tag zu therapieren. Er war nicht von dem Experiment erbaut gewesen, wusste, wie anstrengend das für die Patientin werden würde. Zu seinem Bedauern hatte sie sich nicht abweisen lassen, aber selbstverständlich weckten die Hintergründe bezüglich seines ehemaligen Protegés Rivas Romero seine Neugier. Dies allerdings bereitete ihm ein ethisches Problem. Man behandelte keine Opfer, deren Peiniger man persönlich kannte. Dass Rivas das überhaupt vorgeschlagen hatte, musste einen besonderen Grund haben, denn das wusste er ja. So eine Anfrage war in seiner ganzen Laufbahn noch nie an ihn herangetragen worden. Deshalb reizte sie ihn. Er hatte nichts zu verlieren, was seinen Ruf betraf, und rechtfertigte seine Entscheidung mit einem Generationsmotiv: Er fasste den Vorsatz, getrennt von der Akte der Patientin, eine weitere über sich anzulegen. Darin würde er den Vorgang protokollieren und kommentieren, um der Nachwelt einen Einblick in seine Einsichten zu gewähren. Er würde Catherine nicht schaden, das gewährleistete seine langjährige Erfahrung. Wenn ein Therapeut das wagen würde, könnte nur er das sein. Im weitesten Sinne diente man damit nicht nur angehenden Therapeuten, sondern auch zukünftigen Opfern und Tätern. Aufgrund dieser Überlegung hatte er diesem ersten Treffen zwar zugestimmt, aber im Vorfeld auf ein verbindliches Abkommen ihrerseits bestanden. Einmal ‚unter Vertrag', durfte sie die Therapie nicht abbrechen. Diese mündliche Vereinbarung war moralisch verpflichtend, wenn auch nicht rechtlich. Denn es war zu erwarten, dass bei ihr früher oder später der Wunsch aufkommen würde, sich der Behandlung zu entziehen. Das war normal. Dann würde sie in ein seelisches Loch fallen. Selbstverständlich bot diese Festlegung keine hundertprozentige Sicherheit, dass sie durchhalten würde, aber diese Abmachung brachte auch für ihn eine ethische Verpflichtung mit sich. Wenn er sich einmal dazu entschlossen hatte, eine Therapie zu beginnen, würde er sie auch beenden. In ihrem Fall war das besonders wichtig, denn auch die Nachhaltigkeit dieser relativ kurzen Gesprächstherapie besorgte ihn. Nur wenn er es schaffen würde, sie wieder vollkommen dem emotionellen Hexentanz auszusetzen, den sie durchlebt hatte - und das würde sehr schmerzhaft für sie werden - hätte sie eine Chance auf langfristigen Erfolg. Aber ganz ohne Therapie können die Folgen eines solchen Erlebnisses fatal sein. Fast fünfzig Prozent aller Kidnapping-Opfer leiden unter posttraumatischen Belastungsstörungen, fast vierzig Prozent unter Depressionen und alle quälen sich mit eindringlichen Bildern und Erinnerungen, die sich schwer abschütteln lassen. Manche erlangen nie wieder ein gesundes Selbstbild, hunderte von Opfern von lebensbedrohlicher Gewalt begehen Selbstmord. Andere leben aggressive Fantasien mit wahllosen Sexualkontakten aus. Oft treten sie anfangs zu stark ins Leben, um sich im Anschluss monatelang abzukapseln. Abgesehen von zwischenmenschlichen Beziehungsstörungen wie Misstrauen, Scheu vor festen Bindungen und körperlicher Nähe sowie Angst vor Menschenmassen, kämpfen sie mit körperlichen Symptomen wie Durchfall, Kopfschmerzen und Schlafstörungen. Nicht selten entwickeln Überlebende Essstörungen. Catherines extremes Untergewicht ließ den erfahrenen Psychiater vermuten, dass sie bereits daran litt. Ihre ablehnende, widerspenstige Haltung hatte er gleich in den ersten Minuten als eine der möglichen Auswirkungen ihrer Erfahrung diagnostiziert. Fast alle Opfer ihresgleichen hatten Schwierigkeiten im Umgang mit Autoritätspersonen. Lammingcourt war sich seines Status als solches bewusst und nahm keinen ihrer Angriffe persönlich - solch unreife Gefühlsregungen gehörten für ihn seit Jahrzehnten der Vergangenheit an. So leicht würde sie ihn nicht umpusten! Trotzdem, eine stationäre Behandlung, wenigstens für einige Wochen, und zwar so schnell wie möglich, war indiziert. Von seinem Vorschlag, sich in die Hände einer weltführenden New Yorker Trauma- und Stressklinik zu begeben, wollte Catherine aber nichts wissen. Ebenso wenig wie sich an einen ihm vertrauten Arzt nach Edinburgh überweisen zu lassen. Sogar unter der Zusicherung, dass er sie täglich auch persönlich in Zusammenarbeit mit seinem Kollegen aus der Ferne behandeln würde, lehnte sie diese Empfehlung ab. Er hoffte dennoch, sie dazu bewegen zu können, sobald sie Vertrauen zu ihm gefasst hatte.

Am Nachmittag kehrte Catherine zurück und Lammingcourt ging den Weg des ‚In diesem Zimmer'. Das war eine persönliche, erfolgreiche Therapiemethode, derer er sich gerne bediente. Wie der Patient sich in der Gegenwart benahm, was er empfand und wie er auslebte, was im Sprechzimmer zwischen dem Patienten und dem Therapeuten vorfiel, gab

Aufschlüsse über das Gesamtbild der Verfassung des Patienten im Leben außerhalb der Praxis. Jeden Kampf, den sie mit ihm im Behandlungsraum austrug, hieß er daher willkommen.

--- oOo ---

»Wie war Ihr Spaziergang?«, fragte er einleitend, als sie sich zu ihrer Nachmittagssitzung einfand.

Sein Ton war identisch mit dem vom Vormittag, aber Catherine erlebte ihn nicht mehr als kalt, sondern als warm und herzlich. Auch klang er so aufrichtig interessiert an ihrer Antwort auf seine simple Frage, dass ihr das Erwidern umso schwerer fiel. »Schön, danke«, presste sie gequält heraus. Sie erinnerte sich an die Details, die sie ihm vor wenigen Stunden anvertraut hatte, und wand sich vor Scham. Einem Fremden!

»Was ging Ihnen bei Ihrem Spaziergang durch den Kopf?«

»Ich grübelte darüber nach, wie erstaunlich es ist, wie schnell Sie mir meine intimsten Erinnerungen entlockten.«

»Was empfanden Sie dabei?«

»Ich fühlte mich wie ein Häufchen Elend. Ich tue es noch.«

»Wie erleben Sie dieses Unwohlsein?«

»Was meinen Sie? Ich sagte doch: wie ein Häufchen Elend.«

»Etwas genauer bitte. Was sagt Ihr Gehirn, Ihr Herz, Ihr Körper über diese Erfahrung? Gehen Sie es der Reihe nach durch.«

»Also mein Gehirn signalisiert mir, dass dieser Rückblick auf die Entführung und meine Jugend nicht wichtig ist - weil ja vorbei! Mein Herz schämt sich, mich einem Fremden bedingungslos anvertraut zu haben und mein Körper? Naja, mir ist etwas schlecht, im Bauch, wissen Sie.«

Dr. Lammingcourt nickte und sagte: »Mhm.« Dieses verständnisvolle ‚Mhm' löste einen unerklärlichen Redeschwall aus und Tränen, die urplötzlich aus dem Nichts auftauchten, ergossen sich unkontrolliert über ihr schönes zartgrünes Kleid. Energisch griff sie nach einem Taschentuch auf Lammingcourts Schreibtisch, wischte sich die Tränen ab, warf ihre langen Haare nach hinten und berichtete von ihrer Entführung. Es gelang ihr, unter seiner warmen Ermutigung innerhalb der nächsten fünfzig Minuten eine bis auf wenige Details überraschend umfassende Reportage abzugeben. Wieder staunte sie darüber, wie schnell alles ging. Was Catherine nicht wusste, war, dass Lammingcourt diese ‚minimalen Ermutigungen', wie man sie in der Fachsprache nennt, genau da anbrachte, wo sie den gewünschten Effekt erzielen würden. »Wir sehen uns morgen, Catherine. Das machen Sie gut. Sie haben heute viel Mut bewiesen und wir sind ein großes Stück vorangekommen. Wenn Sie heute Nacht träumen, schreiben Sie es auf und wir sprechen morgen darüber.«

»Ich träume nie«, erwiderte Catherine.

Der alte Herr kommentierte den Einwand mit einem weiteren »Mhm« und begleitete sie diesmal zur Tür.

--- oOo ---

Einen Augenblick überlegte Lammingcourt, dann griff er entschlossen zu seinem vergilbten Karteikasten, griff in die Spalte S und wählte eine Nummer in Argentinien. Dort war es kurz nach 10.00 Uhr. »Buenos días! Señora Santa Cruz, por favor.«

»Wer spricht bitte?«, fragte Sophia, Marias Hausangestellte.

»Dr. Humphrey Lammingcourt aus Großbritannien.«

»Un momento por favor Doctor.«

Ein Mann kam an den Apparat. »Lo siento. Señora Übersee.«

»Können Sie sie erreichen?«

»Sí Señor.«

»Sie möchte mich zurückrufen. Hier ist meine Nummer.«

»Sí, voy a llamarla ahora mismo. Adiós Doctor«, versicherte man ihm den baldigen Rückruf.

Wenige Minuten später meldete sich Maria auf seinem Festnetz. »Humphrey! Oh, wie geht es Ihnen?«

»Mir geht es gut, wie steht es mit Ihrer Gesundheit, Maria?«, fragte Lammingcourt in britischer Höflichkeit, aber sprödem Tonfall.

Maria wunderte sich über die seltsame Abwesenheit von Wärme eines Menschen, den sie respektierte, mochte und gut zu kennen glaubte. Um dies zu kompensieren, ergoss sie einen Wortschwall über den Anrufer: »Mir geht es blendend, Humphrey! Ach, wie schön, dass Sie sich melden. Ist Catherine bei Ihnen? Sie haben mir nach Tamaryns Tod sehr geholfen. Ich weiß nicht, was ich ohne Sie gemacht hätte. Nie hätte ich den Anschlag überwunden, wenn Sie nicht vierundzwanzig Stunden am Tag für mich da gewesen wären. Ich weiß, dass Sie Catherine helfen können.«

»Maria, ich komme gleich auf den Punkt.«

»Wie immer«, lachte Maria mit einer letzten herzlichen Fröhlichkeit, die sofort darauf erlosch.

»Ich möchte mit Rivas sprechen.«

Nie zuvor hatte Maria ihren Psychiater so kalt erlebt. Es gab wenig, das Maria aus der Bahn warf, aber darauf war sie absolut nicht eingestellt. Sie stotterte in untypischer Ratlosigkeit: »Es tut mir leid, Humphrey, ich weiß nicht, wo er sich momentan befindet.«

Lammingcourts taktische Anweisung wirkte. Statt lange herumzufragen, gelang es ihm, in einem Zug zu ergründen, dass Rivas sich nicht in polizeilichem Gewahrsam befand, wie Catherine glaubte oder vorgab zu glauben. »Natürlich wissen Sie das, Maria, aber beruhigen Sie sich, ich will nicht wissen, wo er ist, auf keinen Fall. Ich muss lediglich dringend mit ihm telefonieren. Maria, ich traf mich heute, anscheinend auf seinen ausdrücklichen Wunsch hin, mit dieser jungen Frau. Es würde ihr helfen, wenn ich mit ihm sprechen könnte. Wir haben wenig Zeit für diese Therapie. Meine Nummer haben Sie und Rivas weiß, wie man verdeckt telefoniert. Nehmen Sie ihm die Entscheidung nicht ab. Wenn ich in den nächsten zwölf Stunden nichts von ihm höre, gehe ich davon aus, dass er sich nicht einschalten will. Das würde mich zu einer negativen Entscheidung bewegen. Den Grund werde ich Ihnen nicht nennen. Ich verlasse mich auf Sie. Niemand wird von unserem Gespräch erfahren. Worin immer Sie sich verstrickt haben, interessiert mich nicht. Es geht mir ausschließlich um meine Patientin, wie ich mich auch einmal für Sie eingesetzt habe. Vergessen Sie das nicht.« Noch bevor Maria etwas erwidern konnte, hatte Lammingcourt eingehängt, ohne sich zu verabschieden.

Der alte Mann, der das Telefonat angespannt und stehend geführt hatte, sank erschöpft in seinen Stuhl. Nachdenklich schenkte er sich aus einem schlichten Krug ein Glas Wasser ein. Dann zog er ein Röhrchen Tabletten aus seiner Schreibtischschublade, schüttete vier davon in seine Hand, kippte sie in seinen Rachen, warf den Kopf nach hinten und schluckte sie, ohne mit der Wimper zu zucken. Das Wasser hatte er vergessen.

5.
Catherine

Am nächsten Morgen erschien Catherine in trüber Stimmung. Nach nur einem Therapietag fühlte sie sich erschöpft und immer noch resistent. Was sollte das alles? Was gab es da zu reden?

»Guten Morgen Catherine«, begrüßte sie Lammingcourt wieder ohne Handschlag.

»Hallo Doktor.«

»Wie fühlen Sie sich heute?«

»Dr. Lammingcourt, ehrlich gesagt, ich weiß nicht, was ich hier soll. Ich möchte nach Hause. Es war ein Fehler zu kommen. Sie werden sowieso meine Behandlung ablehnen. Das kommt mir gelegen. Ich werde nicht weitermachen.«

»Denken Sie an Ihre bindende Zusage.«

»Es war unfair von Ihnen mir das aufzuzwängen, während Sie sich weigerten, mir das Gleiche zuzusichern. Aber das ist jetzt egal. Es tut mir leid, aber ich kann das nicht. Ich bezahle die nicht stattfindenden Stunden.«

»Warum sind Sie dann noch hier, Catherine?« Lammingcourt hielt sich nicht damit auf, die einseitige Kondition zu rechtfertigen oder Catherine zu erläutern, dass er sich nicht über das verlorene Honorar sorgte. Auch machte er sie nicht darauf aufmerksam, dass sie unbewusst versuchte, ihn zu feuern, um sich nicht seiner von ihr befürchteten Abweisung auszusetzen. Oder gar die bevorstehende Auseinandersetzung mit dem eigenen Ich zu vermeiden, auf das sie, das erahnte ihr Unterbewusstsein, zusteuerte, wenn sie die Therapie fortsetzte.

»Rivas wollte es so, das hatte ich Ihnen doch am Telefon schon erklärt«, erwiderte sie zappelig.

»Sie nicht?«

»Nein.«

»Machen Sie immer, was Rivas Ihnen aufträgt?«

Sie stutzte, erkannte sofort, worauf ihr Therapeut hinauswollte, waren schon beim Thema. »Ich mag es, wenn er mir sagt, was ich tun soll.«

»Sie lassen sich gerne anleiten?«

»Im Gegenteil!«, entrüstete sich Catherine energisch.

»Was ist hier anders?«

»Ich muss nicht nachdenken, keine Verantwortung übernehmen, es ist einfacher seine Anweisungen zu befolgen, als sich gegen ihn aufzulehnen. Nein, Quatsch, daran liegt es nicht. Es ist einfacher weil, weil, ich weiß nicht warum. Verstehen Sie mich?«

»Klären Sie mich näher auf.«

»Rivas ist, wissen Sie, er ist… Ich vermisse ihn.« Die Aufarbeitung der Entführung war längst nicht vorbei schwante ihr, als sie nach passenden Worten suchte. Und, dass ihr vor kurzem erwachter Tatendrang und ihre Pläne, schnell mal die Welt zu retten, größtenteils einen verzweifelten Fluchtversuch in eine bessere Zukunft darstellten. Wie Rivas prophezeit hatte: Du steckst mitten drin. »Sie haben recht, Dr. Lammingcourt. Ich brauche Hilfe.«

Er nickte. Immer wenn der alte Herr nickte, fühlte sie sich sicher und verstanden, man konnte sagen behütet. Durch ein einziges Nicken! »Wobei soll ich Ihnen helfen, Catherine?« Sein Telefon läutete. Nummer unbekannt. Er hob ab und sagte: »Einen Augenblick bitte«, drückte auf ‚Stumm' und wandte sich an seine Patientin: »Catherine, ich schlage vor, dass wir unser Gespräch heute Nachmittag fortsetzen. Die verlorene Stunde holen wir nach.«

Nachholen? Wann? War das ein Freud'scher Versprecher? Hatte er sich zu einer Zusage durchgerungen?

»Ich möchte dieses Gespräch annehmen«, gestand er knapp als Antwort auf ihren verwunderten Blick. »Dafür entschuldige ich mich, es wird niemals wieder vorkommen, aber das ist nicht der einzige Grund. Ich bin überzeugt, dass eine Unterbrechung angebracht ist. Vertrauen Sie mir?«

»Ja, natürlich. Bis später, Dr. Lammingcourt. Catherine rutschte unruhig auf ihrem Stuhl herum, erhob sich aber nicht.

»Ruhen Sie sich aus, Catherine, Sie machen das gut. Wir sehen uns heute Nachmittag.«

Sie nickte und ging.

Lammingcourt begleitete Catherine zur Tür, um sich zu versichern, dass sie das Haus verließ, und schloss hinter ihr ab. Dann eilte er in sein Sprechzimmer zurück, um Rivas' Telefonat anzunehmen. »Danke, dass du mich zurückgerufen hast. Ich habe dir wenig zu sagen, Rivas, also komme ich gleich zur Sache. Ich werde mich um sie kümmern, Rivas, aber ich nenne dir zwei Bedingungen: dass du sie nie wieder siehst, und dass du dich stellst.«

»Wenn ich die zweite Bedingung erfülle, erledigt sich die erste. Humphrey, es gab zwei Vorfälle mit US-Amerikanern. Ein Opfer stammte aus Maryland. Dafür droht mir die Giftspritze.«

»Schlimm, schlimm.«

»Du bist doch gegen die Todesstrafe.«

»Du bist eine Ausnahme.«

»Humphrey, ich kann die letzten zehn Jahre nicht mehr rückgängig machen.«

»Das ist *dein* Problem.«

»Verstehe.«

»Ich verlange nicht, dass du alle möglichen Geständnisse ablegst, Rivas, aber für die Verbrechen, die dein Gewissen belasten, wirst du dich stellen, sofern du ein Gewissen besitzt. Sonst schicke ich sie heute Nachmittag nach Hause und überlasse sie ihrem Schicksal.«

»Einen solchen Fall würdest du niemals ablehnen. Du bluffst.«

»Du bist noch feiger als ich annahm. Ich werde meine Drohung wahrmachen. Ich werde sie nicht therapieren, Rivas. Ich bin alt, ich bin krank. Ich bin zwar Arzt, aber ich muss sie nicht behandeln, ich werde sie überweisen und was sie dann macht, ist ihre Sache. Es tut mir unendlich leid für sie, aber ich werde keinesfalls das seelische Blutbad aufwischen, das du und Maria angerichtet habt, während du dich deiner Verantwortung entziehst. Ihr widert mich an. Nach diesem Gespräch werde ich jeden Kontakt mit euch abbrechen. Du bist eine Schande für unseren Beruf, ach was sage ich - für die Menschheit. Mir ist klar, dass du eventuell doch der Justiz entkommst. Irgendein schmieriger Verteidiger wird dich aus deinem Schlamassel holen, dafür wird Maria sicherlich sorgen, aber sehen wirst du Catherine nie wieder. Das ist meine Bedingung.«

»Was ist denn los, Humphrey? Catherine hat dir anscheinend schon erzählt, was ihr widerfahren ist, aber deshalb schickte ich sie ja zu dir. Das ist doch alles nicht neu für dich. Warum verhältst du dich mir gegenüber so verbittert? Ich bereue meine Taten, ich habe ihnen ein Ende gesetzt und bemühe mich verzweifelt um irgendeine Form der Reparation. Und du unterschätzt Catherines Zuneigung zu mir. Das hatte ich nicht von dir erwartet.»

»Dich fallen zu lassen, ist ihre beste Chance, ihre Zukunft in Angriff zu nehmen. Du weißt genau, eure gegenseitige Zuneigung ist pathologisch. Ja und ich meine nicht nur ihre zu dir, Rivas, sondern auch deine Empfindungen für sie. Wie dem auch sei, wenn dir etwas an ihr liegt - ich gehe davon aus, das tut es, sonst hättest du mich heute nicht zurückgerufen - musst du sie loslassen. Und, wie ich sagte, du wirst dich stellen, denn ich werde mich nicht dazu benutzen lassen, dein endlich erwachendes Gewissen zu beruhigen.«

»Was um Himmelswillen hat meine strafrechtliche Situation mit deiner Behandlung zu tun? Solltest du nicht neutral bleiben, deiner Patientin helfen und andere Aspekte ausschalten? Du lieferst Fakten, heilst Patienten und das Rechtswesen kümmert sich um die Gerechtigkeit. Du selbst hast stets darauf bestanden, und gelehrt, dass die Erkenntnisse der forensischen Psychiatrie der gerichtlichen Aufklärung dienen, aber der behandelnde Arzt sich von einer Urteilsfällung fernzuhalten hat.«

»Lebe wohl, Rivas.«

»Ich stimme zu«, schickte Rivas schnell hinterher.

»Du stellst dich?«

»Du lässt mir keine andere Wahl, Humphrey, allein die Tatsache, dass sie sich dir anvertraut hat und nun weggeschickt würde, möchte ich ihr nicht zumuten. Humphrey, ich werde alles tun, was ich tun kann, um ihr eine glückliche Zukunft zu ermöglichen. Du irrst dich in einem Punkt – es liegt keine Gegenübertragung auf das Opfer vor. Ich liebe sie wirklich und ja, ich werde mich stellen, Humphrey. Ich bitte dich nur um etwas Zeit. Ich muss etwas erledigen.«

»Catherine hat mir bereits von eurem Plan erzählt, ‚die Welt zu retten'. Sie nannte keine Details, aber du willst wohl irgendeinen geplanten Anschlag, den du inzwischen bereust, abwenden. Das kannst du auch erreichen, indem du die Behörden einschaltest. Die Sonne geht auch ohne dich auf und unter, Rivas.«

»Humphrey, es ist kompliziert. Aber ich gebe dir mein Ehrenwort, sobald alles geregelt ist, werde ich mich der Justiz stellen. Catherine wird mich danach sowieso nie wieder sehen, denn einen ‚schmierigen' Anwalt werde ich nicht beauftragen, auch wenn ich im Mississippi Todestrakt enden werde. Sollte ich dennoch überleben, und sie mich immer noch will, werde ich ihr das nicht verweigern. Dieses Eingeständnis kann ich dir also nicht machen. Ich werde sie niemals aufgeben, sollte ich überleben. Das ist ein rein hypothetischer Einwand, denn die Chance, dass ich der Todesstrafe oder Lebenslänglich entgehe, gleicht einem Sechser im Lotto, aber stellen werde ich mich. Was danach kommt, mag das Schicksal entscheiden. Ich verspreche es dir. Hilf ihr! Bitte.« Sein Gesprächspartner antwortete nicht. »Bitte. Humphrey.«

»So viel Opferbereitschaft kaufe ich dir nicht ab.«

»Warum stellst du eine Bedingung, die ich deiner Meinung nach nicht erfüllen werde?«

»Ich möchte überzeugt werden.«

»Wenn ich einen anderen Weg sähe, würde ich diesen nicht gehen, da hast du recht. Dass ich zustimme, ist keine limbische Entscheidung. Sie ist kalkuliert. Mein Leben ist im Eimer, Humphrey, so oder so bin ich ziemlich am Ende. Ich werde mir in den nächsten Wochen viele Feinde machen und auf ein gutes Ende vermag selbst ich als Optimist kaum zu hoffen. Wenn ich Catherine noch etwas Gutes auf ihren Weg mitgeben kann, möchte ich das tun. Und das kann ich am besten mit deiner Hilfe.«

»Wie viel Zeit brauchst du?«

»Sechs bis sieben Monate.«

»Somit habe ich nichts in der Hand außer dein Versprechen.«

»Erinnerst du dich noch an den einen Abend in deiner Wohnung in Paris? Wir sprachen über H.L. Mencken, der gesagt hat: ‚Alle Menschen sind Lügner. Ich leugne das'.«

Lammingcourt entglitt ein nostalgisches Lächeln. Wie sehr hatte er Rivas gemocht, wie sehr auf ihn gebaut. Er war der einzige Student in seiner gesamten Laufbahn, dem er seine Nachfolge zutraute. Bis heute hatte nie wieder jemand wie Rivas den Weg in sein Leben gefunden. Sein Talent, seine Intelligenz, seine Zielstrebigkeit. Wie viel Leid hatte dieser junge Mann der Welt beschert. Und wie viel hatte er auch seinem Mentor zugefügt, indem er ihn so sehr enttäuschte. »Ja, ich erinnere mich gut an diesen Abend. Es war das erste Mal, dass ich mich privat mit einem meiner Studenten traf.« Warum hast du dein Leben verspielt?, fügte er gedanklich hinzu.

»Du hast nichts in der Hand außer mein Versprechen und ich nichts als dieses Zitat über schonungslose Selbstehrlichkeit. Ich habe einen schlechten Charakter, Humphrey, aber ich habe Charakter. Ich werde mein Versprechen halten. Mehr kann ich dir nicht geben. Und das Letzte was ich dir sagen will, Humphrey ist, dass ich erst durch Catherine gelernt habe, wie es ist, auf die Hilfe eines anderen Menschen angewiesen zu sein, wie es ist, jemanden um etwas bitten zu müssen. Das tue ich jetzt.«

»Ich werde mich um sie kümmern«, versicherte Lammingcourt Rivas. »Und wenn sie dich nach meiner Behandlung immer noch sehen will, und sich weiterhin von dir an der Nase herumführen lässt, wird sie es diesmal mit offenen Augen tun. Dafür werde ich sorgen. Und dann ist das allein ihre Sache. Ich kann meine Patienten an die Tränke führen. Wenn sie nicht trinken wollen, liegt das außerhalb meiner Verantwortung. Lebe wohl.«

»Danke, Humphrey.«

Lammingcourt krümmte sich beim Auflegen vor Leibschmerzen. Er schleppte sich gebückt zum Kästchen neben seiner Arztliege, kramte mit zitternden Händen nach einer Spritze und zog sie auf. Er seufzte die Decke an und sagte laut: »Gütiger Gott im Himmel, hilf mir noch drei Wochen durchzuhalten.«

6.
Catherine

»Hier bin ich! Für meine Tränentherapie«, eröffnete Catherine tapfer das Gespräch. So ein Sträuben und Herumgeheule würde ihr nicht noch einmal passieren. In diesem Moment erlebte sie sich stark, gefasst und reif. Im nächsten brach sie in Tränen aus. »Entschuldigen Sie Doktor, ich benehme mich unmöglich. Es tut mir so leid, ich weiß nicht, was mit mir los ist.«

Lammingcourt riss ein Kosmetiktuch aus der Pappschachtel auf seinem Schreibtisch und reichte es der jungen Frau. Da konnte man nichts machen. Es galt abzuwarten und zu versuchen, mit einem halbwegs rationellen Gespräch voranzukommen, wenn auch langsam, sprach er sich Geduld zu. Eine Weile kämpfte er sich wacker durch, aber Catherine unterbrach, wie am Morgen zuvor, die Unterhaltung damit, oft und laut und nicht sehr damenhaft ihre Nase zu putzen. Das irritierte ihn. Die Tränen in Ehren, aber die unmanierliche Blaserei überstieg die Grenzen seiner Toleranz. Er wurde sich dessen bewusst und begann sogleich seine heftige Reaktion auf ihre menschlichen Züge zu analysieren. Er entschied, es lag an seinem eigenen Zeitdruck. Schon zu Beginn zwei von nur vierzig Stunden für Tränen zu opfern, setzte ihn noch mehr unter Druck. Seine Verstimmung über das unschickliche Naseputzen deutet er nun als ein Ablenkungsmanöver seiner eigenen Seele. Durch die Einsicht überführt, störte diese sich nicht länger an Catherines Mangel an Manieren. »Das muss es nicht. Ihre Tränen sind verständlich. Jede Art der Kommunikation ist schwer für ein Opfer eines solchen Verbrechens. Seien Sie nicht zu streng mit sich. Sie machen das gut.«

»Wir machen weiter?«

»Ja. Alles wird gut, Catherine. Sie befinden sich nach Ihrer Verdrängung im ersten Stadium der Konfrontation mit ihrem Trauma. Das ist, muss, schmerzhaft sein. Es führt kein Weg daran vorbei.«

Catherine schluchzte erneut los und den Rest der Stunde verbrachte sie mit Weinen, genau wie die Sitzung davor.

Hinterher machte sich Catherine im Auto so frisch es ging und fuhr nicht in ihr Gästehaus zurück, sondern in die nächste Kneipe. In dem Pub setzte sie sich an einen kleinen Tisch und bestellte ein Lager und ein kleines Ploughman's Lunch – Käse, Pickles und Weißbrot -, was ein spätes

Mittagessen und ein frühes Abendessen darstellen sollte. Ein Mann in ihrem Alter setzte sich unaufgefordert zu ihr. Er überredete sie zu einem zweiten Bier. Eine halbe Stunde später befand sie sich in seinem Schlafzimmer und zog sich aus.

Eine weitere halbe Stunde später zog sie sich wieder an und fuhr zum Inn zurück. Sie wusste nicht einmal den Namen des Mannes, mit dem sie gerade geschlafen hatte. Catherines dritte sexuelle Beziehung ihres Lebens, begonnen und beendet in einer Stunde. In welchen Abgrund war sie gefallen? Sie hatte keinen blassen Schimmer, warum sie das getan hatte, aber von Regungen wie Einkehr oder Bedauern war sie meilenweit entfernt. Auffallend war vor allem ihr Mangel an Gewissensbissen. Rivas hatte sie Treue bis an ihr Lebensende geschworen, auch wenn sie ihn nie wiedersehen würde. Nun war von Treue weit und breit nichts in Sicht. Blitzschneller, ungeschützter Sex, natürlich ohne jegliche Befriedigung ihrerseits, weil sie immer so viel Zeit brauchte, um in Fahrt zu kommen – ohne Rivas sowieso - in einer billigen Bleibe. Mit einem arbeitslosen Kneipenhänger mit einer gewaltigen Fahne. Schämen tat sie sich nicht. Nur wundern.

7.
Catherine

»Dr. Lammingcourt, ich will mich selbst zerstören«, lieferte Catherine ihrem Therapeuten ihre Eigendiagnose. Sie erzählte gehetzt von ihrem Erlebnis vom Vortag, begleitet von hyperaktiver Körpersprache.

»Woraus ziehen Sie den Schluss, dass Sie sich zerstören möchten, weil Sie eine kurze sexuelle Beziehung eingegangen sind?«

»Na hören Sie mal«, zischte Catherine. »Dafür muss man nicht zehn Jahre studieren, das ist doch offensichtlich.«

»Ist es das für Sie? Für mich ist es durchaus nicht evident. Deshalb frage ich Sie nochmal, wie kommen Sie darauf? Empfinden Sie *den Wunsch nach dem Wunsch* zur Selbstzerstörung?«

»Nein!«, schoss es aus Catherine heraus. Ihrem Nein folgte die Erleuchtung. Lange brachte sie keinen Ton heraus, bevor sie leise gestand: »Ja. Das ist es. Genau das ist.«

»Nun?«

»Nun was?«

»Was verbirgt sich hinter diesem Wunsch?«

»Das wissen Sie am besten.«

»Ich weiß es nicht. Geben Sie mir einen Hinweis. Haben Sie einen Ansatzpunkt, worauf dieser Wunsch zurückzuführen ist?«

»Es ist alles meine Schuld, Dr. Lammingcourt. Wenn ich einmal in meinem Leben nicht nur an mich gedacht hätte, an was *ich* will, dann wären wir nicht nach Saumur gefahren. Rivas hatte einen Plan, einen guten. Ich habe ihn zerstört.«

»Entführungsopfer geben sich oft die Schuld an ihrer Lage und belasten sich auch mit Vorwürfen, wenn dem Täter etwas zustößt.«

»Dr. Lammingcourt, ich habe gehört, dass wenn man ständig bei sich die Schuld für etwas sucht, für das man nicht verantwortlich ist, das zu einer Neurose führen kann. Wenn man hingegen immer die Schuld von sich weist, wenn man dafür Verantwortung tragen musste, deutet das auf Charaktermangel hin. Trifft das hier zu? Bin ich neurotisch?«

»Wer sagte das und in welchem Zusammenhang?«

»Ich weiß es nicht mehr.«

»Catherine, man sprach hier sicher von allgemeinen Szenarios, denn eine echte Neurose ist tief verwurzelt und lässt sich nicht über einen Kamm scheren. Ihr Erlebnis ist absolut außergewöhnlich und Ihre

Schuldzuweisung kein Zeichen von Neurose, ebenso wenig wie eine Schuldabweisung ein Merkmal von Charaktermangel wäre. Sie befanden sich in einer lebensbedrohlichen Ausnahmesituation. Die Suche nach dem eigenen Versagen ist ein in der Gefangenschaft erlernter Überlebensmechanismus. Das Opfer kann es sich nicht leisten, eine unkluge Entscheidung zu treffen, deshalb wägt es pausenlos ab, ob und wie es ein Verschlimmern der Situation vermeiden kann. Hierzu gehört auch, im Nachhinein zu prüfen, ob man ein Täterverhalten mitverursacht hat. Daraus entsteht langfristig ein entstelltes Bild. Auch wiederholt missbrauchte Kinder durchleben diese Erfahrung. Sie geben sich nicht selten die Schuld am Verhalten der Erwachsenen. Auch sie malen sich entstellte Bilder aus und zwar buchstäblich. Sie zeichnen zum Beispiel Erwachsene mit überdimensionalen Genitalien. Oder wenden wir uns einem alltäglichen Beispiel zu: Radfahren. Wenn man als Anfänger die Balance noch nicht gefunden hat, schwingt man das Lenkrad übertrieben hin und her. Sie haben sich nichts vorzuwerfen. Ihren wahren Anteil an der Verantwortung werden wir im Verlauf der nächsten Stunden noch durchleuchten.«

Mit dieser letzten Bemerkung stach Lammingcourt in ein Wespennest von Widerstand. »Meine Verantwortung?«, frage sie überreizt, brach den durch den Ton angekündigten Kampf aber kraftlos ab und weinte wieder los.

Lammingcourt ließ sie ausweinen und fragte dann: »Woran können Sie diese Lust auf eine mögliche Selbstzerstörung noch erkennen?« Der Arzt wusste, Selbstzerstörung ist der Tiefpunkt der Pathologie und der gemütskranke Patient durchlebt zahlreiche Stadien, bevor er an diesen Punkt gelangt. Solche Seelen erfinden zahlreiche Methoden, die Vernichtung von Leben herbeizuführen, von extremer Selbstvernachlässigung und Rückzug aus dem Leben bis hin zur mörderischen Provokation der Gesellschaft. Die junge Frau präsentierte kein einziges begleitendes Symptom. Sich jedoch danach zu sehnen, vermittelte einen lauten, posttraumatischen Hilferuf. Wenn er bei Mitmenschen früh genug anklang, die Unterstützung leisteten, war ein möglicher Absturz in diesem frühen Stadium relativ leicht abzuwenden. Für einen kurzen Augenblick rührte ihn die Tatsache, dass Rivas dafür gesorgt hatte, dass seinem Opfer diese Hilfeleistung zuteilwürde, und bereit war, dafür einen hohen Preis zu bezahlen.

Catherine allerdings verstand nicht, warum der Therapeut sie nicht weiterhin verteidigte, ihr nicht intensiver das Gegenteil beteuerte. Es sei absolut nicht ihre Schuld, müsse er doch hoch und heilig geloben, stattdessen sprach er von ihrer eigenen Verantwortung. Dann hatte er ihr sogleich die nächste unangenehme Frage gestellt. Statt zu antworten, schleuderte sie ihm Vorwürfe entgegen. »Was jetzt? Muss ich mich selbst therapieren? Stellen Sie immer nur Fragen? Haben Sie keinerlei Antworten oder Ratschläge für mich?«

»Möchten Sie das?«

»Ja.«

»Gut. Hier ist mein Ratschlag, Catherine. Sie haben die Wahl – Sie vertrauen mir und respektieren den Prozess oder Sie galoppieren auf einer unendlichen Volte weiter und kommen nicht vom Fleck. Mein Rat ist, lassen Sie sich fallen, versuchen Sie nicht länger Ihre eigene Fähigkeit, den Heilprozess voranzutreiben zu unterdrücken. Machen Sie mit! Das ist mein Rat.«

Catherine lachte versöhnlich über die reiterliche Metapher. »Dr. Lammingcourt! Ich bin beeindruckt. Sie kennen sich ja richtig gut aus mit Reiten! Und ‚Mach mit' - das hat Rivas auch immer gesagt.«

Lammingcourt lächelte geschmeichelt über das Kompliment. Es war ihm wichtig, analogisch dort anzusetzen, wo Patienten seelisch den leichtesten Zugang finden würden. »Ich helfe Ihnen auf die Sprünge, was meine Frage betrifft. Überlegen Sie Catherine, wie stand es gestern Nachmittag um Ihr Selbstwertgefühl, als Sie sich von einem unbekannten Mann in sein Bett einladen ließen?«

Sofort brach Catherine erneut in Tränen aus. »Ach, Dr. Lammingcourt. Sie haben den Nagel auf den Kopf getroffen. Wer kann oder wird mich je lieben? Ich fühle mich so schmutzig. Jeder Mann, der erfährt, was Rivas mit mir gemacht hat, und wozu ich mich auch noch willentlich einließ, wird mich verachten. Rivas ist der Einzige, der weiß, wie ich bin, und er liebt mich trotzdem. Verstehen Sie mich?«

»Was hat Rivas mit Ihnen gemacht, Catherine? Hat er Sie zu sexuellen Handlungen gezwungen?«

»Niemals! Wie kommen Sie darauf?« Catherine schaltete auf stur und stellte sich absichtlich dumm, um dieses heikle Thema zu meiden.

Insgeheim fiel Lammingcourt eine Last von der Schulter – wenigstens hatte sein ehemaliger Lieblingsstudent sie nicht vergewaltigt, schnaufte er unmerklich auf und fuhr nüchtern fort: »Zwang bedeutet nicht nur die

Anwendung von körperlicher Gewalt. Auch nur implizierte Drohungen, die Angst vor Essensentzug oder Isolation...«

»Das ist mir bekannt, Dr. Lammingcourt, aber so war es nicht. Ich habe alles freiwillig mitgemacht, das ist es ja gerade. Ich wollte Sex mehr als er. Er war frei, er brauchte mich nicht für sexuelle Zwecke. Warum glaubt mir eigentlich niemand, dass es mir bei ihm gut ging? Mir ging es nie besser. Ich will wieder bei ihm sein. Ich liebe ihn.«

»Catherine haben Sie schon einmal über die Möglichkeit nachgedacht, dass Ihre Erinnerung an die Zeit unter Rivas' Gewaltherrschaft eine fantasieuntermauerte Verzerrung sein könnte?«

»Was meinen Sie?«

»Dass Sie die Realität verdrängen?«

»Ich liebe ihn und er mich.«

»Catherine, Menschen lieben Menschen, die sich für sie interessieren. Entführungsopfer stehen im Mittelpunkt. Bedenken Sie, wie wichtig sie sind! Wichtig genug um sie gewaltsam zu entführen, sie zu ‚pflegen'. Geiseln stehen im Lebenszentrum jedes Kidnappers. Manche Menschen fantasieren sogar davon, gekidnappt zu werden oder beneiden insgeheim die Opfer von Entführungen um die Aufmerksamkeit, die sie bekommen.«

»Wenn das stimmt, dass man nur Menschen liebt, die sich für einen interessieren, warum verliebt sich ein Mädchen in der Disco in einen Typen, der sie gar nicht beachtet? Das ist doch Unsinn!«

»Ich spreche nicht vom Verliebtsein, sondern von Liebe. Wovon sprechen Sie?«

»Von Liebe«, bestätigte Catherine einsichtig.

»Erzählen Sie mir mehr darüber, wie wohl Sie sich a… fühlten?« Lammingcourt sprang fast das Wort ‚angeblich' von der Zunge und schaffte es gerade noch rechtzeitig die wertende Wortwahl zu unterdrücken. Catherine bemerkte es nicht.

»Ich fühlte mich natürlich nicht immer gut, es war alles so schrecklich, aber was niemand zu verstehen scheint…«

»Wen meinen Sie?«

»Na, Sie! Und die Polizei und meine Freunde Trevor und Tom.«

Lammingcourt notierte die Namen, um später auf sie zurückzukommen.

»Sprechen Sie weiter.«

»Ach, was soll ich sagen?«

»Darf ich für Sie antworten, denn ich verstehe Sie sehr gut, Catherine?«

»Ja.«

»Sehen Sie, Rivas zog einen Kreis. Innerhalb des Kreises waren Sie sicher. Sie wurden beschützt, Sie wurden versorgt, Sie bekamen Nahrung, Kleidung, Zuwendung, Unterhaltung und sogar eine Arbeit wurde Ihnen zugeteilt. Das gab Ihrem Leben einen Sinn. Sie waren nützlich, mehr noch – Sie wurden dringend gebraucht. Aber innerhalb dieses Kreises waren Sie auch hilflos und Rivas allmächtig. Wenn das Überleben längere Zeit von einem einzigen Menschen abhängt, kann man dieses Wesen durchaus ‚lieben', denn tut man es nicht, hat man gar nichts mehr, woran man noch glauben kann.«

»Stimmt. Ist das immer so?«

»Nicht immer aber oft. Das ist eines der Programme innerhalb einer Ausnahmesituation, wie Sie sie durchlebt haben. Aber in der Freiheit können Sie dieses Programm langsam herunterdrehen. Liebe für den Entführer war in der Gefangenschaft absolut nicht unangebracht, ist aber in der Freiheit nicht mehr notwendig. Kennen Sie die Lichtschalter, mit denen man die Helligkeit langsam dimmen kann?«

»Ja.«

»Denken Sie, es ist Ihnen möglich, jeden Tag einen Millimeter daran zu drehen?«

»Wenn ich das Licht nicht dämpfen oder gar ausschalten will? Wenn ich will, dass es so hell scheint, wie nur möglich?«

»Dann bedeutet das, dass Sie sich noch in Gefangenschaft befinden, Catherine.«

»Rivas hat mich gehen lassen, aber jetzt muss ich mich noch selbst befreien, nicht wahr?«

»Deshalb sind Sie hier. Bedenken wir zusammen die Welt außerhalb dieses Kreises. Schließen Sie zu allererst die Augen und betten Sie sich in das Wohlgefühl des Kreises.«

Catherine schloss die Augen.

»Fühlen Sie es?«

»Ja.«

»Nun schreiten Sie im Geiste über die Linie. Was sehen Sie?«

»Gefahr.« Sie öffnete die Augen und staunte über die Einsicht.

»Mhm.«

Catherine sagte: »Ich weiß jetzt, was Sie mit Verzerrung meinen. Natürlich lauert die wirkliche Gefahr im Kreis, nicht in der Freiheit außerhalb des Rings.«

»Mhm.«

Tränen flossen. Unter ihrer Flut stammelte sie: »Ich sah nicht Sehnsucht nach Rivas außerhalb des Kreises oder Einsamkeit. Auch sah ich keine Möglichkeiten und Chancen. Ich erblickte lediglich das grelle Licht von Gefahr! Sie haben recht. Es besteht eine Verbindung.«

Er gewährte Catherine eine kurze Pause und fuhr dann fort. »Wie sieht es mit Ihren Essgewohnheiten aus?«

»Ach das. Das musste ja kommen. Geht es nun um meine Verantwortung?« Wieder Tränen wegwischen, wieder Naseputzen.

»Zum Teil ja. Und?«

»Es ist wahr, ich esse wenig. Wissen Sie, ich war sehr abgemagert, damals in Südamerika und Rivas, naja, er kennt mich so. So wie ich damals war, hat er mich geliebt. Ich möchte mich nicht verändern.«

»Sie fürchten, er würde Sie abweisen, wenn Sie ein paar Kilo zunehmen?«

»Er hat mich oft dazu angehalten, mehr zu essen, sagte sogar einmal er möge spröde Skelette wie mich nicht.«

»Die ‚Essensregelung' ist das wirkungsvollste Druckmittel überhaupt, ein Opfer gefügig zu machen.«

»Ich bekam immer genug zu essen! Auch während der Verschleppung im Dschungel und auch in den Bestrafungsphasen hat er mir nie länger als sechzehn Stunden eine Mahlzeit vorenthalten. Zugegeben, manchmal fiel sie dürftig aus, aber zeitweise wurde ich sogar sehr gut versorgt.« Catherine glitt zurück in die Vergangenheit. Sie erinnerte sich an Joe, Rivas' Helfer, der für die Lebensmittelversorgung auf der Finca, auf der sie gefangen gehalten wurde, verantwortlich gewesen war. Im Geiste schrieb sie auf Joes Einkaufszettel: Ananas, Joghurt, Pfefferminzbonbons, Butterkekse. Heißhunger meldete sich an und sie plante spontan ein opulentes Abendessen in einem märchenhaften Schlossrestaurant, an dem sie mehrmals bewundernd vorbeigefahren war.

Lammingcourt nickte allwissend, aber nicht überheblich. »Ich sprach von Essensregelung im Allgemeinen, nicht von Vorenthaltung. Hinter allem, was in so einer Situation im Zusammenhang mit Essen steht, verbirgt sich eine Taktik. Vor allem bei Rivas können Sie davon ausgehen, dass er mit genau bemessenen Rationen und der Menüwahl sein Ziel verfolgte. Er hat sie sehr wohl ausgehungert, um sein Ziel zu erreichen, aber er hat es so eingefädelt, dass Sie noch funktionieren konnten. Bedenken Sie die mentale Arbeit in Zusammenhang mit der Recherche, die er Ihnen aufbürdete. Hätte Ihr Gehirn sich auf die Aufgabe konzentrieren können, wenn Sie, wie das bei Hungernden der Fall ist, sich vor Bauchschmerzen gekrümmt und an nichts anderes mehr hätten denken können, als daran, wie Sie an einen Bissen Hundefutter herankommen?«

Catherine projizierte ihre aufwallende Enttäuschung über Rivas' Motive sofort in ihren Psychiater und lenkte ab: »Sagen Sie mir jetzt bloß nicht, dass ich mehr essen muss.«

»Das ist nicht nötig, Catherine, Ihre Essstörung ist im Begriff, sich aufzulösen. Sobald Sie merken, dass Sie die Kontrolle über Ihr Leben erlangt haben, besteht keine Notwendigkeit mehr, das Kontrollbedürfnis auf Ihre Essgewohnheiten zu übertragen. Und wenn es noch ein paar Wochen dauern wird, ist das eben so. Die Zeit, die man braucht, ist die Zeit, die man braucht. Ich habe diesem Thema nichts hinzuzufügen.«

Innerlich staunte Catherine über Lammingcourts Vorhersage und über den großen Appetit, den sie vor wenigen Minuten schon entwickelt hatte, äußerlich blieb sie stur. Das wollte sie nicht zugeben. Warum, wusste sie nicht. Vielleicht weil ihr das alles zu einfach erschien? »Machen Sie das immer so? Nichts machen?«

Lammingcourt lachte gelassen. »Jede Therapie ist auf den Patienten abgestimmt. Ihre Essstörung ist, das haben wir in den Gesprächen über Ihre Vergangenheit etabliert, keine chronische, sondern ein Symptom Ihres Traumas. Sie wird sich auflösen, sobald Ihr Leben wiederhergestellt ist. Bei einer Blutvergiftung ‚doktort' man nicht pausenlos an dem Schnitt herum, sondern lenkt den Fokus auf die septische Infektion, so verheilt die Blutvergiftung und die Schnittwunde.«

Sie verbrachten den Rest der Sitzung und die weitere Zeit damit, über Catherines Lebenseinstellung und ihren Alltag zu sprechen. Und in den nächsten Tagen tastete Lammingcourt sich sensibel weiter vor und erhob ihre Anamnese. Catherine fasste Vertrauen. Sie wurde mutiger mit ihren Enthüllungen und entwickelte eine unglaublich starke Zuneigung zu dem alten Mann. Und mit ihr ein beängstigendes Maß an Abhängigkeit von seiner zu ihr. Er erklärte ihr, das sei temporär und normal, und versicherte ihr, dass sie nichts zu befürchten habe, denn er habe alles im Griff.

Manchmal wuchs ihre Zuneigung so sehr, dass sie unsicher wurde und nach Bestätigung heischte, dass sie ihn nicht nerve. Er wies ihre Affinität ihm gegenüber mit zärtlicher Sensibilität von sich, aber beteuerte geduldig, dass sie ihm nicht lästig sei, woraufhin sie jedes Mal erleichtert aufschnaufte. Als ihr permanenter Fokus auf ihren Therapeuten ihr selbst zur Last wurde, denn sie war auch zwischen den Sitzungen absolut von ihm ergriffen, bat sie um einen Erholungstag. Sie hoffte, sich dadurch ein wenig abnabeln zu können.

Lammingcourt hatte seinen Terminplan penibel vorausberechnet. Abgesehen von seinem Gesundheitszustand, glaubte er nicht an Therapien, die sich in die Unendlichkeit zogen. Sein Ziel war innerhalb des vorkalkulierten, festgesetzten Zeitraums zu erreichen, dass er bis zum Zeitpunkt der letzten paar Stunden für den Patienten überflüssig geworden war. Danach würde er den Patienten erfolgreich aus der Therapie entlassen. Auch Rivas‘ eigene gewissenhafte Vorbereitungen, was Catherines Entführung betraf, waren ein Nebenprodukt aus der Schule Lammingcourts. Nach anfänglichem Zögern gewährte ihr der Therapeut doch ihren Wunsch, obwohl es ihm zeitlich nicht ins Konzept passte. Diese Stunden, zusammen mit der durch Rivas‘ Anruf unterbrochenen, mussten aufgeholt werden.

Catherine schlief sich gründlich aus, um sich gelassen in ihren Erholungstag zu begeben. Sie plante einen Ausflug zum Berg Ben Nevis und Loch Linnhe und wollte gerade aufbrechen, als ihr Handy klingelte.

8.
Catherine

»Ja, Tom? Ist etwas passiert?«

»Sorry, dass ich anrufe, Cat, aber ich glaube es ist wichtig.«

»Weiß ich doch. Leg los.«

»Erinnerst du dich an eine Kandidatin namens Sylvia Westerman?«

»Wegen ihr rufst du an?«

»Kennst du sie?«

»Ja, ich hab sie mal vermittelt. Sie ist eine Spendenaktionärin. Das war ein Glückstreffer. Spendensammler werden gesucht wie warme Semmeln. Diese war ausnahmsweise nicht zu teuer und echt gut, ich hatte sie in ein paar Tagen unterbekommen. Soweit ich weiß, blieb sie nicht lange und ging nach Übersee. Nette Frau. Was ist mit ihr?«

»Sie wollte dich sprechen. Es geht um einen neuen Job.«

»Also Tom, nun hör mal. Das kann doch warten oder lass eine der Beraterinnen das machen.«

»Das habe ich ihr vorgeschlagen, aber sie bestand darauf mit dir zu sprechen, auch wenn es dauert.«

»Na dann wartet sie eben! Ich habe dafür jetzt keinen Kopf, Tom. Ich meine, ich weiß, sie hängt an mir, das war mir damals schon bewusst. Sie glaubte, ich hätte mich sehr für sie eingesetzt, weil sie bei den anderen Agenturen überall abgewiesen wurde. Aber das ist nun mal kein gängiger Beruf. Sie wussten nicht, was sie mit ihr anfangen sollten, dabei war es so einfach. Ich habe dreimal telefoniert und schon hatte ich sie untergebracht. Sie war einfach nur gut. Das war nicht schwer.«

»Sie erzählte mir, sie war ein Jahr bei Amnesty International in Amsterdam und wurde vor zwei Jahren nach New York versetzt. Sie ist hier auf Urlaub und will sich, nachdem sie eine Stelle gefunden hat, wieder permanent hier ansiedeln. Am Freitag fliegt sie heim.«

Der Groschen fiel. »Oh Tom, du bist ein Genie! Ich rufe sie sofort an. Gib mir ihre Nummer.«

Nach dem Auflegen wählte sie umgehend eine US-Nummer an, die nach Südafrika geroutet wurde, wo die Kandidatin sich momentan befand. »Hallo Sylvia! Hier spricht Catherine Zitgow. Wie geht es Ihnen?«

»Oh Catherine, guten Tag. Das tut mir jetzt leid, ich sagte Ihrem Kollegen doch, dass ich warte, bis Sie zurück sind. Ich bin dann zwar wieder in den Staaten, aber wir können das gerne telefonisch regeln. Ich wollte Sie nicht belästigen, nicht im Urlaub.«

Catherine entschloss sich, bei der Wahrheit zu bleiben. »Sylvia, ich bin nicht auf Erholungsurlaub. Ich mache eine Psychotherapie.«

»Oh nein! Entschuldigen Sie bitte.«

»Das macht nichts. Ablenkung tut gut. Tom meinte, Sie suchen wieder eine Stelle in Südafrika?«

»Ja, ich möchte nach Hause und vor allem weg von politisch-humanitären Aufgaben. Ich finde die Arbeit seelisch sehr belastend. Ehrlich gesagt, ich überlege gerade, ob ich mich nicht auch einer Therapie unterziehen sollte.«

»Das kann ich Ihnen nur empfehlen, Sylvia.«

Catherine erzählte oberflächlich von ihren Erfahrungen, um Vertrauen aufzubauen und Sylvia hörte fasziniert zu. Das Gespräch vertiefte sich und sie machten vor dem Auflegen aus, am nächsten Tag wieder zu telefonieren.

Danach telefonierten die beiden täglich miteinander. Catherine ahmte Lammingcourts Tonfall und Ausdrücke nach und schlüpfte in die Rolle der Therapeutin. Vor Lammingcourt hielt Catherine diese Gespräche geheim. Sie hatte ihm ja zugesichert, sich auf die Therapie zu konzentrieren und vermutete auch, er würde wütend über ihr manipulatives Spiel sein. Nach vier Tagen zuhören und erzählen, erachtete Catherine, dass der richtige Moment gekommen sei, ihren Angriff zu wagen.

Vor Ende des letzten Telefonats mit Sylvia, sagte Catherine: »Sylvia, wie gesagt, sobald ich zurück bin, kümmere ich mich sofort um einen Posten für Sie, aber ich habe auch eine Bitte an Sie.«

»Sie an mich? Was könnte ich für Sie tun, Catherine?«

»Sylvia, Sie haben sicher die privaten Telefonnummern und E-Mail-Adressen von hohen Tieren, die Spendengelder an Ihre Organisation überweisen.«

Sylvia lachte. »Natürlich, das ist mein Job. Von Hollywood bis Washington.«

»Ich brauche diese Namen und Telefonnummern.«

»Was?«

»Bitte Sylvia, ich kann Ihnen das nicht erklären. Ich mache keinen Unfug damit, aber es ist wirklich wichtig.«

»Catherine, das darf ich nicht. Was wollen Sie denn damit?«

»Sylvia, bitte. Ich brauche die Namen und Telefonnummern der zehn bis zwanzig reichsten Menschen der Welt, die sich für humanitäre Zwecke einsetzen. Vor allem zur Terrorbekämpfung in Zusammenhang mit dem Nahen Osten.«

»Ich darf diese Informationen nicht weitergeben, das müssen Sie verstehen!«

»Sylvia, haben Sie solche Kontakte?«

»Catherine bitte!«

»Sylvia bitte!«

»Ich müsste nachsehen, aber spontan fallen mir zwei oder drei Namen ein.«

»Geben Sie mir wenigstens die Namen.«

»Catherine Sie haben mir so sehr geholfen in den letzten Tagen. Ich habe Ihnen vertraut, aber jetzt machen Sie mir Angst. Erklären Sie mir, warum Sie diese Informationen möchten. Wollen Sie an diese Leute vermitteln?«

»Gewissermaßen. Aber Sie haben recht, tut mir leid, ich hätte nicht fragen sollen.«

»Nein, nein, man kann immer fragen, aber das geht nicht«, bemühte sich die junge Frau um Versöhnung.

»Ich habe absolutes Verständnis«, heuchelte Catherine. Die Saat war im Boden. Nun würde sie nicht mehr lockerlassen. Vorerst aber gaukelte sie ihrer Gesprächspartnerin enttäuschtes Verständnis vor. Catherine war der Überzeugung, dass sie der Frau durch Weiterbohren ein oder zwei Namen hätte abringen können. Aber sie wollte mehr. Sie wollte *alle* Kontakte und unter ihnen würde sie sie finden, die vermeintlichen Weltretter. Sylvia hatte bestätigt, dass sie Zugang hatte und wurde zum neuen Dreh- und Angelpunkt von Catherines Plan. Deshalb setzte sie alles auf eine Karte und zwang sich zum Abbruch. »Ich melde mich, wenn ich wieder zu Hause bin. Dann legen wir gleich los. Keine Angst, bevor Sie sich versehen, sind Sie wieder daheim und arbeiten für den Tierschutz, wie Sie sich das wünschen.«

»Danke Catherine«, stotterte Sylvia bedrückt und hängte auf.

Indessen widmete sich Catherine weiterhin in bester Laune ihrer Therapie. Die Sitzungen wurden spannender, die Erkenntnisse tiefgreifender.

Dann folgte die Flaute.

An Tag fünfzehn fand sie sich zu ihrer siebenundzwanzigsten Stunde in dem Sprechzimmer ein, das sie inzwischen als wohlig empfand. Eine gemütliche Routine hatte sich eingespielt, die sie sogar ein wenig langweilte. Diese Sitzung würde sie in wenigen Momenten aus ihrer Komfortzone herausreißen und zu ihrer schwersten bisher werden. Trotz genauer Planung hatte Lammingcourt den Zeitpunkt nicht vorhersehen können. Er ergab sich von selbst und führte seine Patientin zum Durchbruch.

9.
Catherine

»Dr. Lammingcourt, bin ich krank?«, eröffnete Catherine die Stunde.

»Sie meinen geisteskrank?«

»Ja.«

»Wie kommen Sie darauf?«

»Naja, Sie sind mein *Arzt*, ich bin Ihre *Patientin.*«

»Dass ich Arzt bin, kann ich nicht ändern, aber würden Sie es bevorzugen, wenn wir unser Verhältnis ab jetzt als Klientenbeziehung definieren würden?«

»Im Gegenteil, es gibt mir Sicherheit. Es ist nur, wir hatten nun schon viele Sitzungen und ich weiß immer noch nicht, was mit mir verkehrt ist.«

»Verkehrt ist?«

»Ja, verkehrt ist. Sie sind der Arzt, ich bin die Patientin. Ich will jetzt eine Diagnose, eine Prognose, irgendeine ‚Nose'. Steht mir das nicht zu? Ich meine, das werden Sie doch hinkriegen!«

»Ich gebe Ihnen beides. Ihre Diagnose ist nichts weiter als eine für Ihre Lage typische posttraumatische Belastungsstörung. Das ist absolut normal unter diesen Umständen und temporär. PTBS entwickelt sich auch bei Autounfällen zum Beispiel, bei Stürzen vom Pferd oder kann sich sogar bei Opfern eines kleinen Diebstahls einstellen. Ungewöhnlich wäre eher, wenn sich kein PTBS präsentierte, vor allem wenn bei dem Ereignis körperlicher Schmerz im Spiel war. Das menschliche Gehirn bildet ein Schmerzgedächtnis. Damit will es bewirken, sich in der Zukunft vor ähnlichen Gefahren zu schützen. Der Patient entwickelt irrationale Ängste, die über das gesunde Maß von angebrachter Vermeidung von Gefahr hinausgehen. In Ihrem Fall konnte ich das bislang nicht beobachten. Sie gehen eher in die Richtung Intensität, Aggressivität und Tatendrang. Meine Aufgabe ist es, Sie bei der Wiederherstellung der Balance zu begleiten. Die Arbeit leisten Sie. Sie sind ein gesunder Mensch. Was die Prognose betrifft, ist sie gut, sofern Sie weiterhin mitmachen und nicht den Mut verlieren.«

»Verschreiben Sie mir deshalb keine Pillen?«

»Hatten Sie das erwartet?«

»Ich wusste nicht, was auf mich zukommt, aber jetzt haben Sie es mir erklärt. Ich brauche keine Pillen.«

»Catherine, ich verrate Ihnen ein Geheimnis. Wenn ich meinen Rezeptblock heraushole, dann nur, weil ich mit meinem Latein am Ende bin, und das bin ich in Ihrem Fall noch lange nicht.«

Catherine musste herzhaft lachen und ihr Psychiater schmunzelte mit.

»Bin ich ein ‚Durchschnittsfall' für Sie?«

»Ich werde ehrlich mit Ihnen sein. Ich möchte Sie nicht Ihrer Einzigartigkeit berauben, aber keine Behandlung stellt für mich einen Durchschnittsfall dar.«

»Also doch Durchschnitt.« Er schmunzelte. »Dr. Lammingcourt?«

»Ja?«

»Langweile ich Sie?«

»Nein.«

»Mögen Sie mich?«

»Ja.«

»Wirklich?«

»Ja.«

»Warum?«

»Warum ist das wichtig?«

»Ich glaube, ich habe mich ein bisschen in Sie verliebt.«

»Das wundert mich nicht.«

»Haha, weil Sie so unwiderstehlich sind?«

»Bin ich das nicht?«

»Im Ernst.«

»Catherine wen kennen Sie, dem Sie sich bisher so intensiv anvertraut haben wie mir?«

»Niemanden.«

»Mhm.«

»Rivas sagte einmal Vertrauen ist das Fundament der Liebe.«

»Es ist natürlich, dass Sie durch unsere Gespräche eine große Zuneigung zu mir empfinden. Ich würde mir eher Sorgen machen, wenn das Gegenteil der Fall wäre, aber auch das passiert in einer Therapie.«

»Werden Sie von Ihren Patienten immer geliebt oder gehasst?«

»Jede Situation ist anders gelagert. Vielen Patienten bin ich gleichgültig. Die Emotion, die sich aus der therapeutischen Beziehung ergibt, ist aber in jedem Fall ein wichtiger Behandlungsansatz.«

»Ich glaube, ich liebe Sie. Ich meine, ich himmle Sie an, so wie man es tut, wenn man verliebt ist, aber ich liebe Sie auch. In meinem Leben habe ich nur zwei Menschen geliebt, meinen Vater und Rivas. Und jetzt Sie, Dr. Lammingcourt.«

»Möchten Sie mit mir über Ihre Mutter sprechen?«

»Nein!«

Lammingcourt ließ das Thema fallen. Vorerst. Er spürte jedoch, dass mit dem kurzen ehrlichen Gespräch über ihre Empfindung zu ihm, eine Tür aufging. Sie war bereit zu einer tieferen Analyse. Schweigend hielt er den Raum und wartete ab.

»Ich habe etwas geträumt, Dr. Lammingcourt«, verkündete Catherine stolz darauf, sich endlich an einen Traum erinnern zu können.

Die Augen des Arztes funkelten auf. »Erzählen Sie mir von Ihrem Traum.«

Catherine kicherte. »Interessiert Sie das wirklich?«

»Ja, Catherine. Erzählen Sie.«

»Warum ist das wichtig?«

»Die Träume während einer Therapie offenbaren uns Ihr Unterbewusstsein, den Kern der Seele, ungetrübt durch die Schutzmechanismen des Wachzustands. Die Botschaft eines Traumes kann sehr hilfreich sein.«

»Und wenn es nur Unsinn ist?«

»Eine Psychotherapie ist immer auch mit einem Risiko verbunden. Der Patient schämt sich, fürchtet, sich lächerlich zu machen, macht sich potentiell verwundbar. Dafür habe ich volles Verständnis, aber ich versichere Ihnen, hier in diesen Räumen sind Sie sicher. Wenn Sie jedoch dazu nicht bereit sind, Catherine, kann ich Ihr Vertrauen nicht erzwingen.«

»Okay. Ich sitze in einem großen alten Bus. In dem Bus ist ein Chirurg, wissen Sie, mit der ganzen Ausrüstung, einer Maske vor dem Gesicht, in Grün gekleidet, einem Skalpell in der Hand.«

Dr. Lammingcourt verzog keine Miene.

»Warum schmunzeln Sie?«

»Ich schmunzle?«

»Entschuldigen Sie, habe ich mir das eingebildet?«

»Ich glaube schon, denn bisher habe ich mich nicht amüsiert. Aber nehmen wir an, ich schmunzelte wirklich. Ist das schlimm für Sie?«

Catherine lachte. »Ich finde es irgendwie lustig. Fühlt sich nicht jeder Mensch von den Träumen anderer gelangweilt? Sie interessieren sich sogar hierfür.«

»Was sagt der Chirurg?«

»Nichts. Er legt sein Skalpell nieder und reicht mir ein Brett mit einem Krankenhausformular. Auf ihm lese ich in blauer Schrift ‚Drogenentzug'. Ich will es ausfüllen, aber verfüge über keinen Stift. Niemand hat einen Kuli - die anderen Fahrgäste, der Chirurg, der Fahrer - alle suchen verzweifelt, aber wir finden keinen. Deshalb kann der Fahrer nicht losfahren. Ich schäme mich, weil ich die Fahrgäste aufhalte. Mehr weiß ich nicht mehr. Vollkommener Unsinn. Ich kann nicht glauben, dass Sie diesem Blödsinn eine Bedeutung zumessen. Ich bin doch nicht heroinsüchtig!«

»Wonach sind Sie süchtig, Catherine?«

Sie erlebte schon wieder einen Aha-Moment. »Nach Rivas.«

»Mhm. Welche Lücke mag er in Ihrem Leben füllen, Catherine«

»Das weiß ich nicht.«

»Haben Sie eine Ahnung, was der Traum noch bedeuten könnte?«

»Nichts, das ist Quatsch. Ich füllte beim Einchecken das Hotelformular aus, wahrscheinlich habe ich das noch in Erinnerung. Apropos Formulare. Warum musste ich bei Ihnen keines ausfüllen? Sie haben meine Personalien gar nicht aufgenommen.«

»Ich bin zu alt für Formulare, Catherine«, erwiderte er auf die sanfte Anklage und notierte ihre Bemerkung. Dass es ihr wichtig war, dass ihre Personalien erfasst wurden, könnte eine beiläufige Frage gewesen sein, aber psychologisch auch mit dem Wunsch nach Identität zusammenhängen. Das gedachte er bald zu durchleuchten, wollte aber im Moment ihren Traum näher unter die Lupe nehmen. »Beschreiben Sie den Chirurgen.«

»Das kann ich nicht. Er ist ja vermummt. Ich kann nur sagen, er scheint schüchtern zu sein.«

»Wie verhalten sich die anderen Passagiere?«

»Sie sind hilfsbereit. Nett.«

»Was schließen Sie daraus?«

»Daraus? Nichts. Ich weiß nicht, was Sie meinen.«

»Catherine, wenn man eine Therapie dieser Art macht, ist es nicht ungewöhnlich, von einer Reise zu träumen. Die Insassen in dem Bus spiegeln vielleicht jene wider, die an der Therapie indirekt beteiligt sind. Wer könnte das sein?«

»Es ist niemand beteiligt.«

»Wer hat Sie auf dem Weg zu mir unterstützt?«

»Mein Mitarbeiter Tom und mein Anwalt. Ich verstehe. Die anderen Menschen im Bus suchen nach einem Stift, sie wollen mir helfen. Es stimmt, Trevor und Tom haben mich ermutigt, diesen Schritt zu tun.« Catherine schwieg einen Moment nachdenklich. »Sind Sie der vermummte Chirurg?«

»Empfinden Sie mich als undurchschaubar?«

Catherine borgte sich Lammingcourts »Mhm«, und fügte hinzu: »Mysteriös, überlegen, nicht ungefährlich. Sie scheinen so viel Macht über mich zu haben.«

Lammingcourt nickte. »Das Skalpell. Es schneidet tief. Ich könnte Sie verletzen.«

»Die Schüchternheit des Chirurgen passt auch ins Bild. Ich finde Sie auch manchmal scheu und distanziert. Sie halten Abstand, wo ich mir doch Ihre Nähe wünsche, aber ich komme nicht an Sie heran.«

»Hinter die Maske.«

»Genau.«

»Das Transportmittel, der Bus, ist alt.«

»Wie Sie und Ihr Haus und Ihre Einrichtung.«

»Im Bus findet sich kein Stift. Sie können das Klinikformular nicht ausfüllen.«

»Vielleicht bedeutet das, dass ich in dieser Therapiereise Fortschritte machen will, und meine Mitmenschen wünschen sich auch, dass ich fortschreite. Aber mir fehlt etwas.«

»Was könnte das sein?«

»Courage? Der Stift, den ich brauche, um die Sucht anzuerkennen, ist nicht vorhanden. Keiner kann mir helfen.«

Wieder nickte Lammingcourt ermutigend. »Es stimmt, es gehört eine gehörige Portion Mut dazu. Worüber möchten Sie mit mir sprechen und fanden noch nicht den Mut dazu?«

»Dr. Lammingcourt, ich habe Ihnen alles gesagt.«

»Vielleicht konnten Sie sich noch nicht aufraffen, mir eine wichtige Frage zu stellen.«

»Also ich habe da schon eine, aber dabei geht es eher um etwas Banales.«

»Etwas Banales? Wie meinen Sie das?«

»Ich habe eine praktische Frage.«

»Stellen Sie sie.«

»Wofür ist der Handspiegel auf Ihrer Arztliege gedacht?« Catherine hoffte, sich mit diesem harmlosen Ablenkungsmanöver aus der Affäre ziehen zu können. Sie irrte sich.

»Damit begutachten Patienten ihre Geschlechtsteile.«

»Wie bitte?«

»Viele Menschen haben Probleme, sich mit ihrer Anatomie auseinanderzusetzen. Wie Sie vielleicht auch, Catherine.«

»Ich? Sie denken, weil ich schockiert reagierte, dass ich nicht weiß, was da unten los ist.«

»Was ist bei Ihnen da unten los? Sagen Sie es mir.«

»Pfui, Dr. Lammingcourt darüber spricht man nicht. Außerdem gibt es nichts zu berichten. Ich bin ganz normal.«

»Es gibt kaum ein Entführungsopfer, das nicht auf irgendeine Weise sexueller Gewalt ausgesetzt ist oder zu sexuellen Handlungen manipuliert wird, Catherine. Irgendwann müssen wir den Tatsachen ins Auge sehen. Ihre Frage über den Spiegel bietet eine Gelegenheit dazu. Ist es schwer für Sie, über sexuelle Intimität mit mir zu sprechen? Mir ist aufgefallen, wie sehr Sie es bisher vermieden haben.«

»Es gibt wirklich nichts zu sagen, Dr. Lammingcourt, ich spreche ja mit Ihnen über alles, aber da ist nichts. Er hat mir nichts getan.«

»Doch das hat er Catherine. Viele Opfer von Folterung tendieren dazu, die Misshandlungen herunterzuspielen.«

»Ich wurde nie gefoltert! Und erst recht nicht vergewaltigt! Nicht einmal belästigt oder anzüglich angesprochen! Rivas ist ein Gentleman!«

Lammingcourt schlug im Geiste die Hände über dem Kopf zusammen. »Sprechen wir über das Thema allgemein, in Ordnung? Wenn auch nur um eine Wissenslücke zu füllen. Die meisten Menschen setzen sich ungern damit auseinander, nicht nur die Opfer eines Verbrechens. Aus diesem Grund werden ihre Aussagen von der Öffentlichkeit oft nicht ernst genommen, oder das Opfer der Lüge bezichtigt oder sogar beschuldigt, aus freien Stücken mitgemacht zu haben. Nicht selten werden sie von der Gesellschaft grausam dafür verurteilt, sich mit dem Entführer arrangiert zu haben, um zu überleben. Es wäre gut, wenn wir uns ein wenig darüber austauschen würden, welchen Extremsituationen Opfer von solchen Gewalttaten im Allgemeinen ausgesetzt sind. Das würde unseren Prozess, sagen wir einmal, ‚abrunden'. Sind Sie damit einverstanden?«

»Dr. Lammingcourt, Rivas hat mich geschlagen, damals auf der Farm, aber das war nun mal so. Ich habe mich damit abgefunden. Ich entschuldige sein Verhalten nicht, aber ich möchte mich da auch nicht in etwas hineinsteigern oder in Selbstmitleid verfallen. Wissen Sie, es war entsetzlich, das streite ich nicht ab, aber ich habe auch Verständnis dafür. Unter den Umständen.«

»Inwiefern?«

»Wenn er mir jeden Tag ein Küsschen gegeben hätte, mit der Bitte seinen Plan auszuführen, hätte ich es doch nicht gemacht.«

»Und weil er ein Ehrenmann ist, hat er sie nur hin und wieder ‚ein bisschen zusammengeschlagen'.«

»Sie sind unprofessionell!«

»Seien Sie nachsichtig mit mir, wenn ich auf Aussagen wie diese subjektiv reagiere. Ich mag für Sie ein altersschwacher Greis sein, ein Mediziner und Seelenklempner, der nichts zu empfinden hat, aber bedenken Sie ich bin ein Mensch, ein Mann, kein Objekt. Wenn ich Sie betrachte und dann die Szenarios abrufe, die Sie geschildert haben, werde ich doch auch ein bisschen mitleiden dürfen. Es ist ein Irrtum anzunehmen, dass Therapeuten keine Gefühle haben. Absolut alle Gefühlsregungen zu verdrängen oder zu überspielen ist eine Praxis aus dem letzten Jahrhundert. Für den Zynismus bitte ich Sie um Verzeihung, der war fehl am Platz. Dafür, dass meine Kommentare hie und da in Richtung Sympathie statt Empathie gehen dürfen, bitte ich Sie um Erlaubnis. Es soll unsere Gleichberechtigung nicht untergraben, aber wissen Sie Catherine, wenn man so alt ist wie ich, verliert man schon mal die Konzentration. Es ist mir herausgerutscht, und es wird vielleicht wieder vorkommen. Ja es war unangebracht, aber ich bin froh, dass es passiert ist. Eine ehrliche Beziehung zwischen uns ist mir wichtiger als professionelle Etikette. Ist das in Ordnung?«

»Oh ja, das ist okay, Dr. Lammingcourt, jetzt wo Sie es mir erklärt haben. Es tut gut, jemanden auf seiner Seite zu haben, ich fürchte nur immer, dass ich mich selbst bemitleide, das fände ich schrecklich. Noch mehr Angst habe ich davor, dass Sie Rivas verurteilen. Sie müssen ihn als Ganzes sehen.«

»Das tue ich Catherine. Rivas ist in gewisser Hinsicht Ausdruck der potentiellen Pathologie eines jeden Menschen. Das kann jedem passieren, dem niemals Grenzen gesetzt wurden, denn das war bei ihm der Fall. Weder in seiner Kindheit noch als Erwachsener hat ihm je irgendwer eine klare Linie gezogen. Auch ich nicht, Catherine. Er war mein Lieblingsstudent. Wenn er aus der Reihe fiel, entging mir das nicht, aber auch ich ließ ihn gewähren. Es ist sehr schwer, sich seinem Charme zu entziehen.«

»Sie sind der erste Mensch außerhalb seines engsten Kreises, den ich einmal etwas zu seiner Ehrenrettung habe sagen hören.«

»Ich verteidige sein Verhalten keineswegs, ich ziehe lediglich eine mögliche Ursache in Erwägung. Aber Ursachen sind in der Philosophie der Ethik nicht von Bedeutung. Das Urteil über die geltende Moral sollte von der Ursachenergründung unabhängig bleiben. Das ist meine persönliche Meinung.«

»Aber man muss die Quellen eines Verhaltens doch in Betracht ziehen, bevor man ein Urteil fällt.«

»Genau das war meine Aufgabe als forensischer Psychiater, Catherine. Wie die Rechtsprechung der Gesellschaft das umsetzt, müssen wir den Experten überlassen. Wenn sie es nicht hinbekommen und das ist manchmal durchaus der Fall, haben wir Situationen wie Serienmörder, die freigesprochen werden, oder lächerlich geringe Strafen absitzen müssen und nach ihrer Freilassung wieder Morde begehen. Der ‚Entzug' regt während der Haft in fast jedem Fall die Fantasie an und die Morde nach der Entlassung häufen sich und laufen noch brutaler ab. Die Rehabilitierungsquote von Serienkillern liegt nach einigen mir vorliegenden Studien bei null Komma null Prozent. Das bedeutet eine Rückfallquote von hundert Prozent, Catherine.«

»Ich weiß, dass das Gegenteil von null Prozent hundert Prozent ist, Doktor!«, antwortete sie widerborstig. »Rivas ist aber kein *Serien*mörder. Warum ziehen Sie diesen Vergleich? Trauen Sie ihm zu, dass er wieder morden wird?«

»Das können wir bei keinem Wiederholungstäter ausschließen, Catherine.«

»Darf ich nochmal auf etwas zurückkommen, was Sie vorhin gesagt haben?«

»Gerne.«

»Sie sagten, das *kann* jedem Menschen passieren. Heißt das, dass es dennoch nicht bei jedem vorkommt, obwohl die Grenzen in dessen Leben nicht genau definiert waren?«

»Ich bin kein Freudianer, Catherine, aber ich möchte gerne einen Abstecher in Freuds Richtung machen, denn es gibt eine gewisse

Verbindung zwischen seiner Lehre und den psychodynamischen Entwicklungsmustern von Wiederholungstätern. Es muss dabei nicht um Rivas gehen, wir sprechen weiterhin allgemein. Interessiert Sie das?«

»Ja!«

»Sigmund Freud entwickelte eine interessante Theorie, das Strukturmodell der menschlichen Psyche. Eines der drei Komponenten dieses Models ist das Über-Ich. Ist Ihnen der Begriff bekannt?«

»Ich habe schon einmal davon gehört, ist das so eine Art Übermensch?«

Lammingcourt schmunzelte väterlich und warf einen diskreten Blick auf die Uhr auf seinem Schreibtisch, bevor er antwortete. »Nein, aber am besten hole ich noch weiter aus. Seine Theorie besagt, dass jeder Mensch von der Geburt bis zur Pubertät fünf psychosexuelle Entwicklungsphasen durchläuft. Das sind die orale Phase oder Periode, die anale, die phallische, die Latenzperiode und die genitale Phase.«

»Das sagt mir nichts. Das klingt sehr ‚psychologisch'!«

»Schlagen Sie die Phasen nach, Catherine, sie sind leichter zu verstehen, als man denkt, aber für eine umfangreichere Erklärung haben wir heute keine Zeit. Ich möchte auf etwas Bestimmtes hinaus.«

»Gute Idee. Ich werde im Hotel danach googeln.«

»Wenn ein Kind eine dieser Phasen nicht erfolgreich überwindet, kann diese Fixierung in einer Phase eine Pathologie auslösen. Um es zu vereinfachen, nennen wir es einen mentalen Kurzschluss. Dieser wird ausgelöst von zu viel oder zu wenig von dem, was das Kind in der jeweiligen Phase braucht, um seelisch gesund erwachsen zu werden. Neulich fragten Sie mich nach den Ursachen einer Neurose. Erinnern Sie sich?«

»Ja, Sie sagten, ich sei nicht neurotisch.«

»Eine entscheidende Quelle für Neurose findet man laut Freud zum Beispiel in der analen Phase, da ist das Kind zwei bis drei Jahre alt. Wenn bestimmte natürliche Entwicklungen in dieser Phase unterdrückt oder verdrängt werden, kann sich ‚anales' Verhalten zu einer Neurose steigern.«

»Ja, das ergibt Sinn. Man sagt, wenn jemand einen mit Pedanterie nervt, dass er ‚anal' fixiert ist. Wenn es extrem ist, kann ich mir durchaus vorstellen, dass man es mit einem Neurotiker zu tun hat.«

»Sehr gut. Wir überspringen diese Phasen jetzt und kommen später auf sie zurück. Freud strukturierte die menschliche Psyche folgendermaßen: das Es, das Ich und das Über-Ich. Ich weiß, das klingt wieder ‚psychologisch', aber es ist nicht kompliziert. Ich erkläre es Ihnen, in Ordnung?«

»Ja, bitte.«

»Jeder Mensch ist mit einem Es geboren. Das Es ist unbewusst und dort befinden sich die lebenswichtigen Instinkte und Triebe. Aus dem Es heraus entwickelt sich das Ich, sozusagen der Chef der Psyche. Das Ich spielt sich konträr zum Es im Raum des Bewusstseins ab. Wie ein Manager verhandelt das Ich ständig mit dem Es, dem Über-Ich und der externen Welt, um im Leben gut über die Runden zu kommen. Das ist eine schwierige Aufgabe.«

»Ja, ich verstehe, was Sie meinen. Das Es fürchtet sich vor einem Sturz beim Reiten und sagt, heute fahre ich lieber nicht zum Stall. Das Ich kontert, aber komm, das ist nicht gefährlich, nur weil du gestern runtergefallen bist, muss das heute nicht noch einmal passieren. Wenn man das Es in jeder Situation entscheiden ließe, würde man sich gar nicht mehr aufs Pferd trauen.«

Lammingcourt lachte. »Naja, ganz so ist es nicht, aber so ungefähr. Aber bedenken Sie, wie wichtig das Es im Kampf um Sicherheit und Überleben ist. So weit so gut. In der Latenzphase, also wenn das Kind ungefähr sechs Jahre alt ist, entwickelt sich das Über-Ich resultierend aus der Identifikation mit der Vaterfigur.«

»Rivas hatte keinen Vater, also konnte sich das bei ihm nicht entwickeln«, folgerte Catherine voreilig.

»Es geht hier um eine Vater*figur*, das muss nicht der Vater des Kindes sein. Bleiben Sie bei mir, Catherine.«

»Entschuldigung.«

»Das Über-Ich entwickelt sich auch aus dem Glauben und den Regeln, Sitten und Normen der Gesellschaft. Man nennt es auch das Gewissen. Es sitzt teils im Unterbewusstsein und teils in der bewussten Wahrnehmung.«

»Über-Ich bedeutet Gewissen?«

»Ja. Das Über-Ich kreiert ein Idealbild von sich selbst und prüft damit das Ich. Es entwickelt moralische und ethische Werte. Wenn das Handeln des Ichs diesen moralischen Grundsätzen nicht entspricht, entsteht zum Beispiel ein Gefühl von Schuld oder Angst, bewusst oder unbewusst. Das Über-Ich wächst heran und wird im Menschen sehr stark. Es beginnt, Entscheidungen zu regulieren. Es und Ich kommunizieren sozusagen über das Über-Ich. Wenn ich noch ein Stück Kuchen esse, habe ich ein schlechtes *Gewissen* - reguliert durch das Über-Ich - weil mein Ich weiß, dass ich davon dick werde. Aber mein Es will es haben. Es hat Hunger auf noch ein Stück. Je stärker das Über-Ich ist, desto mehr wird es sich durchsetzen.« Catherine dachte an Rivas' ständige Regelbrüche, während Lammingcourt fortfuhr. »Bei Serientätern hat man nun festgestellt, dass sie ein ausgesprochen starkes Es haben. Sie lassen sich von den spannenden Fantasien und der Lust des Es zur Umsetzung treiben. Das Gewissen ist aufgrund der Mängel in der Latenzphase nicht genug ausgeprägt, um den Trieb des sexuell- und aggressionsgetriebenen Es zu bremsen. Die interne Verhandlung ist sozusagen gescheitert. Deshalb ist es wichtig, im forensisch-psychiatrischen Gutachten zu ergründen, ob das bei diesem Täter der Fall war, oder ob eine andere Ursache der Tat zugrunde lag. Alle Serienmörder fixieren in dieser Latenzphase, was nicht ausschließt, dass sie noch andere Fixierungen haben. Zur Klarstellung Catherine: die Latenzperiode ist die Zeit in der das Kind, weil es nun ein Über-Ich hat, lernt auf Lustbefriedigung manchmal zu verzichten oder sie zu verschieben und seine Energie in anderen Bereichen einzusetzen. Diese Funktionalität ist bei solchen Mördern defekt.«

»Verstehe. Als Sie vorhin über die Abwesenheit von Grenzen in Rivas' Leben sprachen, bezogen Sie sich auch auf die internen Richtlinien eines Menschen.«

»Ja, weder Rivas' Umgebung im pragmatischen Sinn, noch eventuell seine Entwicklung durch die fünf Phasen, schafften es, ihm diese zu setzen. Wir wissen es natürlich nicht genau, aber das wäre eine mögliche Ursache für seine oftmals sadistischen Handlungen. Er hat nicht darüber fantasiert, oder sexuell damit nur gespielt, wie es manche Menschen tun, er hat sie ausgelebt. Mit echten Opfern. Wie Ihnen. Bei sadomasochistischen sexuellen Arrangements zwischen Partnern zum Beispiel erlaubt das Über-Ich dem Es das Spiel bis zu einem gewissen Grad, zieht aber eine klare Grenzlinie. Bei Serientätern gibt es diese Begrenzung nicht. Ich glaube nicht, dass Rivas kein Über-Ich hat. Ich vermute, er hat ein unterentwickeltes. Wenn er Ihnen beteuerte, dass er nur aus sachlichen Gründen Menschen entführte, quälte oder umbrachte, dann gibt er damit dem Willen seines Es ein Alibi. Es will die Tat, und Ich führt sie aus und rechtfertigt sie. Die beiden arrangieren sich, weil das geschwächte Über-Ich den beiden nicht viel entgegenzusetzen hat.«

»Denken Sie, das ist ihm klar?«

»Rivas? Theoretisch ja.«

»Dann hätte er mich bewusst belogen.«

»Bei seinem Hintergrundwissen über die psychische Struktur des Menschen könnten wir erwarten, dass er sich dessen bewusst ist. Bedenken Sie jedoch, um solche Muster in sich selbst erkennen zu können, braucht man das Über-Ich, also den Richter. Aber wenn der Richter nicht funktionsfähig ist, Catherine, wie kann er seine Aufgabe erfüllen? Kennen Sie den Begriff Catch 22?«

»Ja. Das ist, wenn zwei Dinge sich gegenseitig ausschließen, nicht wahr?«

»Ja, in Bezug auf eine Wahl zwischen zwei sich gegenseitig aufhebenden Optionen. Der Begriff ist der Titel eines Romans von Joseph Heller aus dem Jahre 1961. Darin geht es um einen Soldaten, der dem Kriegsdienst entkommen möchte. Er will sich krankschreiben lassen, aber in der Satire gibt es die Regel, dass nur wer geisteskrank ist und selbst verlangt, krankgeschrieben zu werden, nach Hause darf. Aber wer den Wunsch hat, aus dem Kriegsdienst entlassen zu werden, kann nicht geisteskrank sein, denn der Wunsch dem Horror des Kriegs zu entrinnen, ist ein Zeichen eines funktionierenden Verstands. Es besteht also keine Möglichkeit für den Protagonisten, nach dieser Regel den Kriegsdienst zu vermeiden. Ihre Frage, ob Rivas Sie absichtlich belogen hat, muss ich also in diesem paradoxen Zusammenhang beantworten.«

»Ein einfaches Nein hätte mir gereicht, Dr. Lammingcourt.«

»Ja und Nein Aussagen, liebe Catherine, sind nicht Teil meiner Aufgabe. Sie müssen sich Antworten auf Fragen selbst erarbeiten.«

Catherine kicherte beschämt. Sie hatte angefangen, den erzieherischen Aspekt ihrer Therapie zu schätzen und war sich darüber im Klaren, dass ihr Therapeut sie nicht mehr lange begleiten würde. Er brachte ihr das Angeln bei, statt ihr den tafelfertigen Fisch zu servieren.

»Dr. Lammingcourt, kann man auch ein überentwickeltes Über-Ich haben? Also zu viel ‚des Guten'?«

»Ja. Karen Horney, eine berühmte Psychoanalytikerin nannte das ‚die Tyrannei des Sollens'.«

Die Stunde war schnell verstrichen, aber Lammingcourt fühlte sich frisch. Er erkannte die Gelegenheit, seine heute so lernbegierige Patientin an den Kern seiner Therapie heranzuführen. Er beabsichtigte ihr die Realität ihrer Beziehung zu Rivas zu vermitteln und sie dazu zu bringen, ihre Fixierung auf ihn und seine manipulative Macht über sie auf allen

Ebenen wahrzunehmen. »Unsere Zeit ist um, Catherine, aber was halten Sie davon, wenn wir eine der verlorenen Stunden heute nachholen und weitermachen?«

»Ja gerne. Am liebsten würde ich gleich bei Ihnen einziehen!«, scherzte sie.

»Brauchen Sie eine kurze Pause?«

»Nein, mir geht es gut. Und Sie? Darf ich Ihnen vielleicht eine Tasse Tee kochen?«

»Ich brauche weder eine Pause noch einen Tee. Mir geht es ebenfalls gut, aber ich bedanke mich dafür, dass Sie auch an meine Bedürfnisse denken.«

»Ist das nicht normal?«

»Nein das ist ungewöhnlich und Zeugnis Ihrer Empathie. Kehren wir zu unserem ursprünglichen Plan zurück. Wir reden nicht über Sie oder Rivas, sondern über erweiterten Zwang im Allgemeinen.«

»Erweiterten Zwang?«

»Folter.«

»Also gut.«

»Ich schlage vor, wir fertigen eine Liste an. Sobald ich eine Foltermethode erwähne, die Ihnen aus Ihrer Gefangenschaft bekannt vorkommt, machen Sie ein Strichlein auf diesem Papier hier.« Er schob ihr einen gespitzten Bleistift hinüber und riss eine Seite aus seinem Notizblock, die er ihr ebenfalls reichte. Ich mache ebenfalls einen Strich, wenn ich eine Veränderung in Ihrer Körpersprache erkenne. Hinterher vergleichen wir unsere Strichlisten. Sind Sie damit einverstanden?«

»Ja.«

»Eines müssen Sie noch wissen, Catherine. Das Ziel von Folter ist nicht immer dem Opfer Schmerz zuzufügen.«

Catherine runzelte argwöhnisch die Stirn.

»Allerdings geht es *immer* darum, den Willen des Opfers zu brechen.«

Catherine nickte. »Das ergibt Sinn.«

»Die erste Kategorie ist körperliche Folter. Betrachten wir als erstes das sogenannte ‚stumpfe Trauma' - hierzu gehören Schläge, Tritte, Hinfallen.«

Mit großer Dramatik zog Catherine zwei kurze vertikale Linien. Als sie bemerkte, dass Lammingcourt drei Striche machte, fügte sie einen halben dazu für den Tag, an dem Rivas sie mit den Füßen geschubst hatte.

Fortwährend beobachtete der Analytiker ihre minimalen nonverbalen Signale. Catherine war so gefangen von ihrer Verdrängung der Geschehnisse und ihrem romantischen Bild von Rivas, dass er das Experiment wagte, sie über diesen Umweg mit der Realität zu konfrontieren und ihr die Details zu entlocken. »Auch positionelle Folter gehört in die physische Kategorie. Damit ist gemeint, dass das Opfer in eine bestimmte Position gebracht und über einen Zeitraum angebunden bleibt, Glieder werden gestreckt oder aufgehängt und Bewegungen verhindert. Quetschen, Verbrennungen, Säure oder Messerstiche werden ebenfalls eingesetzt. Drähte werden unter Fingernägel geschoben, oder Körperteile, unter anderem auch Geschlechtsteile, elektrischen Schocks ausgesetzt. Damit wären wir bei dem Spiegel. Auch Augen, Nase und Gaumen werden geschockt. Körperteile werden zerschmettert, Knochen gebrochen oder entfernt oder Sehnen durchtrennt, um das Opfer am Fliehen zu hindern. Heutzutage ist eine der häufigsten Foltermethoden wiederholte Schläge auf die Fußsohlen. Man nennt das Falanga. Opfer werden fast ertränkt, erstickt oder sie werden von Tieren angegriffen. Auch Schlafentzug oder Zwangsarbeit gehören dazu.«

Catherine blieb gefasst und vertiefte sich in ihre Strichliste. Sie zählte nach: viereinhalb Striche.

»Ein weiterer Aspekt der körperlichen Folter ist, das Opfer mit seinen natürlichen Bedürfnissen zu quälen. Dazu gehören das Aushungern, der Entzug von Flüssigkeit und der ständige Kampf um die Erlaubnis für Toilettengänge. Das Letztere ist besonders ‚wirkungsvoll', wenn die gegenteilige Strategie des Entzugs verfolgt wird: das Einflößen oder die unter Gewaltandrohung erzwungene Aufnahme von großen Mengen von Flüssigkeit oder Nahrungsmitteln, in die gespuckt oder uriniert wurde.« Catherine machte einen halben Strich für die angedrohte Gänsemast, während Lammingcourt fortfuhr. »Abgesehen von der körperlichen Belastung, sorgt sich das Opfer pausenlos darum, wo und wann es austreten darf, ohne sich zu beschmutzen. Das hört sich im Vergleich zu Tritten und Schlägen mild an, ist aber ein großer körperlicher und seelischer Stressfaktor, weil diese Angst nie abreißt. Nach einer ‚erfolgreichen Verhandlung' über einen Toilettengang, beginnt das Opfer sofort sich um das nächste Mal zu sorgen.«

Catherine nickte, zog einen weiteren Strich über das Papier und bekräftigte: »Ich weiß. Man hasst den eigenen Körper und schämt sich so.«

»Die nächste Kategorie, Catherine ist die sexuelle Folter.«

»Die können wir auslassen, mir ist nichts passiert, das sagte ich bereits.«

»Hierzu gehören außer Vergewaltigungen auch sexuelle Demütigung, erzwungene sexuelle Handlungen und erzwungene Nacktheit.« Lammingcourt sah Catherine zusammenzucken und fügte einen weiteren Strich hinzu.

»Hierzu habe ich eine Frage. Es stimmt, er hat mir angedroht, mich ausgezogen vor versammelter Mannschaft zu präsentieren. Auch wurde ich zweimal in einem Keller fast vollständig ausgezogen, aber sie haben das nie für sexuelle Zwecke ausgenützt. Warum machen sie das? Das mit dem Ausziehen?«

»Hierfür gibt es verschiedene Gründe, Catherine. Der Mensch ist, wenn er nackt ist, schutzlos und leichter verwundbar. Außerdem spielt das natürliche Schamgefühl eine demütigende Rolle. Ein nackter Mensch ist dem Täter ausgeliefert. Diese Methode soll die Hilflosigkeit erweitern und den Willen senken oder ausschalten.«

»Das stimmt, das war für mich auch das Schlimmste, was man mir angetan hat.«

»Was *er* Ihnen angetan hat, Catherine, diente auch seiner persönlichen Befriedigung.« Lammingcourt griff sofort Catherines neutrales Wort ‚man' auf. Es war erstaunlich: Er hatte einen Täter, der voll die Verantwortung übernahm und ein Opfer, das mit jedem Atemzug versuchte, sie von ihm fernzuhalten.

»Das glaube ich nicht, Rivas ist kein Perverser!«

»Es ist ein weitverbreiteter Irrglaube anzunehmen, dass all diese Verbrecher pervers oder Psychopathen sind. Auch so manch bewusst handelnder Mensch ergötzt sich an solch einer Überlegenheit. Gehen Sie gedanklich zurück: Wie verhielt er sich in Momenten der Gewalttätigkeit? Schien er geknickt, reuevoll, als ob es ihm leidtäte, Ihnen das anzutun? Denken Sie nicht an seine Beteuerungen hinterher, wie verhielt er sich in diesen Momenten?«

Catherine erinnerte sich daran, wie Rivas sie im Keller rauchend betrachtet hatte, als sie halbnackt vor dem Stuhl auf der Plane kniete. Wie er sie bei dem Vorfall im Hausgang belehrt hatte, als Joe, sein Helfer, sie in seinem Auftrag bis auf die Unterwäsche ausgezogen hatte. Wie überlegen er sich dabei gefühlt haben muss. Es stimmte. Sie brachte nicht über die Lippen, zu gestehen, dass der weise Professor recht hatte, aber sie nickte stumm und machte einen weiteren Strich.

»Hat er bei diesen…«, er räusperte sich, »Entkleidungsaktionen Ihr Gesicht bedeckt?«

»Bedecken lassen. Ja einmal, kurz vor der Strangulierung im Keller. Woher wissen Sie das? Ich habe das nie erwähnt.«

»Damit raubt man dem Opfer seine Identität. Dessen Vorenthaltung oder das Bedecken des Gesichts stiehlt dem Opfer sein Ichbewusstsein und gleichzeitig werden seine Gesichtsausdrücke, die ja seine Menschlichkeit vermitteln, ausgeschaltet.«

»Ja, das ist mir passiert.«

»Während Sie nackt und gefesselt waren, hat er Sie bekotet oder auf Sie uriniert?«

Catherine stockte der Atem. »Das machen sie?«

»Manchmal.«

»Rivas würde das niemals tun. Außerdem war ich nie ganz ausgezogen.«

»Einer der anderen?«

»Keiner von ihnen hätte das getan. Rivas hätte das nie zugelassen! Er hat mich immer beschützt.«

»Fast jeder Langzeit-Kidnapper avanciert in den Augen des Opfers zum Beschützer, Catherine. Sehen Sie ihn auch im Rückblick noch in dieser Rolle?«

Catherine antwortete, ohne zu zögern: »Ja. Und er würde niemals solche abscheulichen Dinge tun. Sie kennen ihn doch. Trauen Sie ihm das wirklich zu?«

»Catherine, der Mensch in mir traut ihm nicht einmal zu, was Sie mir berichtet haben, was nicht heißt, dass ich Ihnen nicht glaube. Ich glaube Ihnen jedes Wort, aber auch für mich ist es schwer logisch nachzuvollziehen, was sich bei solchen Geiselnahmen abspielt. Der Therapeut in mir jedoch wundert sich über nichts.«

»Warum machen sie das?«

»Auch dabei geht es entweder um Erniedrigung oder einfach nur um sexuelle Befriedigung.«

»Damit befriedigen sich Menschen?«

»Manchmal«, wiederholte Dr. Lammingcourt.

»Ich bin naiv!«

»Warum sagen Sie das?«

»Weil ich so viel erlebt habe und mir trotzdem nicht vorstellen kann, dass es so etwas gibt. Dr. Lammingcourt, arbeiten Sie auch mit Tätern?«

»Ja, in meiner Laufbahn arbeitete ich sogar hauptsächlich mit Tätern.«

»Schildern sie Ihnen solche Taten?«

»Ja.«

»Verachten Sie sie dann?«

»Nein.«

»Warum nicht?«

»Das ist schwer zu erklären. Klischees wie ‚ich verachte die Tat, nicht den Täter' will ich Ihnen ersparen, aber die Beziehung zwischen einem Therapeuten und seinem Patienten schließt jedes Urteil aus. Sonst könnte sie nicht existieren. Kein Patient hätte eine Aussicht auf eine erfolgreiche Behandlung.«

»Rivas ist nicht Ihr Patient, also ist es in Ordnung, dass Sie ihn verachten, nicht wahr?«

»Worauf wollen Sie hinaus, Catherine?«

»Ich möchte wissen, was Sie mit dieser Aufklärung bezwecken.«

»Es ist wahr, dass ich das Idealbild, das Sie aufgebaut haben, ins rechte Licht rücken möchte. Ich bemühe mich, Rivas zu humanisieren. Der Superheld muss zum Sterblichen werden. Ihnen eine andere Perspektive aufzuzeigen ist mein Ziel. In jedem Opfer schlummert auch der Hass auf seinen Entführer, aber Sie Catherine, haben ihn so tief begraben, dass sie sich dessen nicht bewusst sind. Gerade aus diesem Grunde sind Ihre Träume von so großer Bedeutung. Ich versuche Ihr Bewusstsein wachzurütteln, damit wir Ihre Erfahrungen in ihrer Gesamtheit verarbeiten können.«

»Sie gehen damit zu weit in die entgegengesetzte Richtung: Sie enthumanisieren ihn so extrem, dass sich mir nicht das Bild eines Menschen statt eines Helden offenbart, sondern das Bild eines Monsters. Sie pinseln herum mit einer Farbpalette aus Folter, sexueller Perversion und allen Abscheulichkeiten der Menschheitsgeschichte und beschmieren ihn damit. Dr. Lammingcourt, je mehr Sie versuchen, mich von seiner Schlechtigkeit zu überzeugen, desto mehr empfinde ich für ihn. So ging es mir auch mit Rivas, als er versuchte, mir zu verdeutlichen, wie schlecht er sei. Ihre Bemühungen scheitern wie seine. Ich sehe dieses Bild nicht. Je anschaulicher Sie es darstellen, desto verschwommener wird es für mich.«

Lammingcourt ließ sich nicht aus der Reserve locken. Ruhe ausstrahlend sagte er mit warmer Stimme: »Kommen Sie mit mir mit, bleiben Sie mutig, Catherine.«

Sie vermochte nur zu nicken und er fuhr fort: »Beschäftigen wir uns nun mit psychischer Folter. Hierzu zählen die Androhung von Mord, Scheinhinrichtungen oder die Androhung von der Ermordung von Familienmitgliedern. Auch dass von einem verlangt wird, sich gegen seine Religion oder Überzeugung zu stellen, ist Teil hiervon. Zum Beispiel einen Vegetarier zwingen Fleisch zu essen, oder einem gläubigen Juden oder Muslimen alle Mahlzeiten außer Schweinefleisch vorzuenthalten.«

Catherine machte zwei Striche: einen für die zwei Scheinhinrichtungen und einen für die Morddrohungen. Entschlossen fügte sie schließlich einen halben Strich dafür hinzu, dass er sie gezwungen hatte, sich gegen ihr Gewissen für seinen abscheulichen Plan querzulegen.

»Die Umwelt spielt ebenso eine Rolle. Isolation, die Abwesenheit von Privatsphäre, extreme Temperaturen, Geräusche oder das Aussetzen in eine fremde Vegetation oder Kultur gelten als Folter. Häufig wird dem Opfer die persönliche Hygiene vorenthalten, oder Schlaf oder Licht. Oder das Gegenteil: Das Opfer wird permanentem Licht ausgesetzt. Mit dieser Maßnahme raubt man ihm seinen natürlichen Rhythmus.«

»Wie in einer Hühnerbatterie.«

»Ja.«

Catherine legte ihren Stift nieder. »Ich sehe was Sie meinen. Auch Rivas versuchte mehrmals, mir das zu verdeutlichen, aber erst heute habe ich es begriffen. Wir müssen nicht weitermachen.«

»Eine weitere Art der Folter ist die pharmakologische.«

Catherine spitzte die Ohren.

»Dem Opfer werden Halluzinogene, muskellähmende Medikamente oder Schlafmittel verabreicht.«

»Gehören Verhütungsmittel auch dazu?«

»Wenn Sie gegen den Willen des Opfers eingegeben wurden, ja. Ist das passiert?«

»Gegen meinen Willen und mein Wissen! Mir wird langsam vieles klar. Rivas versuchte mir weißzumachen, das wäre nicht schlimm und zu meinem eigenen Schutz geschehen, aber es hat mich tief verletzt, Dr. Lammingcourt. Ich fühlte mich so ‚vergewaltigt'. Ich weiß noch genau, wo ich mich befand.«

»Mhm«, bestätigte der Arzt sanft und Catherine begann zu erzählen. Sie gab alles wieder: Gerüche, Farben, Geräusche. So intensiv war ihre Erinnerung an diesen Nachmittag in Peru, dass sie darüber erschrak. Auch sprach sie wirr durcheinander, verwechselte manches und verstrickte sich in Widersprüche. Das war es, was den ausschlaggebenden Fortschritt brachte. Ohne Zurückhaltung ihrer Emotionen erzählen zu können, brachte sie voran. Es machte nichts, wenn sie sich ein bisschen verirrte, sie brauchte sich nicht länger zu konzentrieren, niemanden mehr zu schützen und sich keine Gedanken mehr darüber zu machen, ob man ihr glauben oder sie verstehen würde. Lammingcourt ermutigte sie, immer wenn sie ins Stocken kam, mit offenen Fragen und Aufforderungen: Erzählen Sie mir mehr! Was geschah dann? Wie sah das Zimmer aus? Wer war anwesend? Was fällt Ihnen noch ein? Wie war das für Sie? Catherine, erschöpft, erhielt ein großes Lob, bevor er sie nach über zwei Stunden aus der Mammutsitzung Stunden in ihr Hotel entließ.

An der Sprechzimmertür kehrte sie um und setzte sich wieder. »Dr. Lammingcourt, darf ich Sie etwas fragen?«

»Ja.«

»Versprechen Sie mir, ehrlich zu antworten?«

»Ich verspreche es.«

»Rivas hat mir mehrmals weißmachen wollen, dass es für uns keine gemeinsame Zukunft geben kann. Ich vermute nach unserem Gespräch heute, dass es ihm bei dieser Aussage nicht nur darum ging, wie er mich in der Vergangenheit behandelt hat. Vielleicht ist er sich seiner ‚psychologischen Struktur' doch bewusst und fürchtet, dass er mir wieder etwas antun könnte?«

»Das ist möglich. Er ist überdurchschnittlich intelligent.«

»Das ist nicht meine Frage an Sie. Das war nur die Einleitung!«

»Oh entschuldigen Sie gnädige Frau!«, amüsierte sich der Arzt über die Rüge seiner Patientin, die ihm sehr ans Herz gewachsen war. Den Plan, sie nach Edinburgh zu schicken, hatte er längst aufgegeben.

»Jetzt kommt die Frage, okay?«

»Ich bin bereit«, antwortete er mit ebenbürtiger Dramatik.

»Wenn Rivas und ich wieder zueinander fänden, glauben Sie, *Sie persönlich,* wie Rivas auch, mit aller Überzeugung, dass wir keine Zukunft hätten?«

»Catherine stehen Sie bitte auf.« Catherine erschrak. »Nein, nein, keine Angst, stehen Sie auf und setzten Sie sich hier hinter meinen Schreibtisch.« Er erhob sich und ging um den Tisch herum. Nachdem Catherine sich gespannt auf seinen ‚wichtigen' Arztstuhl gesetzt hatte, nahm er auf dem Besucherstuhl Platz.

»Catherine, Sie sind jetzt der Therapeut Humphrey Lammingcourt und ich Ihre Patientin Catherine Zitgow.«

»Ja?«, kicherte Catherine gespannt.

»Betrachten Sie bitte die Akte vor Ihnen. Fassen Sie sie an, blättern Sie ein bisschen darin herum.«

Catherine starrte auf die Akte. Sie war dünn, weil Lammingcourt sich bei den Gesprächen nur wenige Notizen machte. Die meisten Eintragungen galten hinterher seinem Protokoll, von dem Catherine natürlich nichts wusste. Sie fand die dünne Akte mysteriös. Einblick in ihre Patientenunterlagen zu bekommen, erfüllte sie mit Ehrfurcht. Sie blätterte sie nur oberflächlich durch, denn ihr war sehr mulmig bei diesem merkwürdigen Experiment. Davon abgesehen konnte sie sein Gekritzel auch kaum lesen.

»Ich stelle Ihnen nun eine Frage. Versprechen Sie mir, sie ehrlich zu beantworten?«

»Ja«, gelobte Catherine, legte in kindischer Manier ihre Hand ans Herz und strahlte ihn mutig an.

»Glauben Sie, dass Rivas und ich eine Zukunft hätten?«

»Danke Dr. Lammingcourt. Danke, dass Sie mir meine Frage so tiefgründig beantwortet haben.« Sie schwieg einen langen Moment und fragte dann: »Wenn ich dennoch dieses Risiko eingehe, bin ich zum Scheitern verurteilt, nicht wahr?«

»Mir persönlich ist kein Fall bekannt, in dem eine Beziehung zwischen Opfer und Kidnapper langfristig gutging.«

»Was ist das Schlimmste, was mir passieren kann?«

»Ich sage Ihnen, was Sie *bestenfalls* erwartet: ein gebrochenes Herz. Das ist meine ehrliche Meinung. Können Sie damit leben? Wollen Sie damit leben?«

»Ich wünschte, ich könnte diese Frage beantworten. Bis morgen Dr. Lammingcourt.«

»Ja, bis morgen.«

10.
Charlotte

Das Entriegeln der Tür riss Charlotte aus dem Schlaf. Noch bevor sie aufstehen konnte, riss Picasso sie hoch und bog ihre Hände nach hinten. Er schnürte einen Kabelbinder so eng um ihre gekreuzten Handgelenke, dass Charlotte vor Schmerzen losbrüllte. Das Ganze lief in einem Handgriff ab, der nicht einmal eine Sekunde zu dauern schien, und in der nächsten hüpfte sie in Panik auf und ab. Das linke Handgelenk brannte wie Feuer. Aber schlimmer, dem rechten wurde das Blut abgeschnitten, dass sich kein Finger der rechten Hand mehr bewegen ließ. Wie eingefroren streckte die Hand sich in die Höhe. Charlotte stieg das erhitzte Blut in den Kopf, ihr wurde es übel und schwindelig. Sie rannte in ihrem Verlies hin und her, sprang auf und ab und schrie und schrie. »Das ist zu fest, das ist zu fest, meine Hand, bitte, meine Hand!«

»Stell dich nicht so an, das vergeht gleich wieder.«

»Nein, das vergeht nicht. So habt ihr es noch nie gemacht, das ist zu fest, das ist zu fest! Ich sterbe! Ich sterbe«, rief Charlotte in Panik und raste im Raum umher. Sie bekam kaum noch Luft, konnte nicht weinen oder betteln, nur brüllen und sie war von dem Drang besessen, in Bewegung zu bleiben.

»Hol die Zange«, wies Niemand Picasso an. »Wir machen das anders.«

»Wie denn?«

»Das geht so nicht, du siehst doch, dass sie nicht stillhält. Wir müssen sie ganz anbinden, nicht nur ihre Hände fesseln. Hab ich doch gleich gesagt.«

»Ich hab so etwas noch nie gemacht.«

»Was habt ihr noch nie gemacht? Was habt ihr vor?«, schrie Charlotte und rannte noch immer unkontrolliert von einer Ecke des Raumes in die nächste.

»Siehst du gleich«, antwortete Niemand und wandte sich an seinen Komplizen. »Ich auch nicht, aber das hättest du dir denken können bei der hysterischen Kuh. Lass mich nur machen, gleich hält sie still.«

Charlotte stellte sich rücklings vor Niemand und hüpfte vor ihm auf und ab, während sie auf Befreiung mittels Beißzange wartete. Sie hatte nicht genügend Reserven, sich weitere Gedanken darüber zu machen, was sie als Nächstes vorhatten. Gefangen von den intensiven Schmerzen quälte sie die Frage, wie lange es dauern würde, bis ihre rechte Hand verfaulen und herunterfallen würde, wie in einem schlechten Horrorfilm. Als sie die Beißzange sah, die sie von dem Kabel befreien würde, biss sie die Zähne zusammen und rührte sich nicht. Dass die Schneide der Zange nicht in den Zwischenraum zwischen Kabel und Fleisch passte, war offensichtlich. Sie würden sie hineinbohren müssen. So kam es auch, Charlottes Handgelenke waren verletzt, aber ihre Hände frei. Während sie jedoch wieder herumsprang und ihre Handgelenke schüttelte, zerrten sie sie in den Duschraum. Dort zwangen sie sie auf den Boden und fesselten jetzt ihre Hände an einem Rohr. Dann spreizten sie ihre Beine und banden den einen Fuß an dem unteren Waschbeckenrohr an, den Strick zum anderen Fuß zogen sie bis zum Gitterfenster, weil keine andere Vorrichtungsmöglichkeit vorhanden war. Charlotte kreischte und wand sich, aber durch das Strampeln verrutschte ihr Kleid, und mit dem Saum einmal nach oben verschoben, würde sie keine Möglichkeit mehr haben, ihn wieder nach unten zu streichen. Es war nicht nur Keuschheit, die Charlotte so besonnen reagieren ließ. Bis zu diesem Tag war es ihr gelungen, visuelle Stimulationen zu vermeiden, indem sie auch nachts, obwohl sie oft vor Hitze glühte, nie ihr Kleid ablegte, egal wie unbeobachtet sie sich auch glaubte. Die Angst vor den Auswirkungen einer auch nur angedeuteten Entblößung ihres Intimbereichs trieb sie fast in den Wahnsinn.

»Meine Güte, wenn sie jetzt schon so brüllt, kann das ja heiter werden. Am besten wir stopfen ihr gleich was ins Maul.«

»Nein, nein, das ist nicht nötig, ich bin ruhig«, versprach Charlotte. Ihre panische Angst vor einer Knebelung stammte daher, dass sie seit ihrem vierten Lebensjahr chronisch an einem retronasalen Hustenreiz litt. Am ersten Tag mit Picasso und Niemand wäre sie beinah an einem Klebeband über ihrem Mund erstickt. Seitdem hatten die beiden Entführer ihr weitere Knebelungen erspart.

»Was jetzt kommt wird aber wehtun, wie sollst du dabei nicht schreien? Da würde ja sogar ich brüllen und du willst uns doch nicht mit Gekreische nerven oder?«, lachte Niemand hämisch.

»Aber warum? Was habe ich getan? Ich habe doch gar nichts getan«, wimmerte Charlotte.

»Wir brauchen Fotos, es geht nicht anders«, erklärte Picasso.

»Fotos? Von mir hier auf dem Duschraumboden? So?«

»Es geht nur um deine Füße.«

»Was ist mit meinen Füßen?«

»Das wirst du gleich herausfinden.«

»Du musst auch ihren Gesichtsausdruck fotografieren«, forderte Niemand. »Und ein Ganzkörperfoto. Warte, ich schiebe ihr Kleid hoch. Für den dramatischen Effekt.«

»Lass, den Quatsch!«, bellte Picasso. »Wir setzen auf die Füße, die sind das Wichtigste. So wissen sie, dass sie es mit Profis zu tun haben.«

»Picasso, Niemand, bitte, ich habe doch nichts getan. Ihr habt mir bisher auch nichts getan. Warum denn jetzt? Wenn ihr euer Geld habt und ich freikomme, werden sie nach euch suchen, aber ich werde sagen, ihr habt mich gut behandelt.«

Niemand erschien mit einem Schlagstock und einer merkwürdig aussehenden Metallkette aus drei langen, dünnen Gliedern und einem Handgriff. »Wird schnell gehen, mach die Augen zu, gleich bist du durch, Zuckerschnecke.«

11.
Catherine

»Guten Morgen Catherine, kommen Sie herein«, begrüßte Lammingcourt seine Patientin am Tag achtzehn. Von heftigen Schmerzen geplagt, bangte er um genug Konzentration, die Sitzung durchführen zu können, rechnete damit, eventuell abbrechen zu müssen. Es bereitete ihm große Sorgen. Opioide hatten längst ihre Wirkung verloren. Vorsorglich hatte er eine kleine Dosis eines Morphins eingenommen, wenig genug, um präsent bleiben zu können. Catherine spürte seine Bedrückung nicht und sprudelte los.

»Ich habe wieder geträumt, Doktor und diesmal werden Sie mir recht geben, dass es Unsinn war. Man träumt manchmal auch nur Quatsch, oder?«

»Träume sind eigensinnig, Catherine, und ich bin nicht allwissend. Manchmal kommt man nicht hinter ihre Botschaft. Wollen wir den Traum gemeinsam durchgehen?«

»Ich war ziemlich gestresst in dem Traum.«

»War es ein Alptraum?«

»Das nicht, ich war nur ziemlich verstört. Also ich bin auf einer Tropeninsel in einer luxuriösen Urlaubsanlage. Ich bin frohen Mutes, obwohl es mein Abreisetag ist. Ich freue mich, nach Hause zu kommen. Das ist merkwürdig, nicht wahr? Normalerweise will man doch bleiben?«

»Erzählen Sie weiter.«

»Ich gehe zur Rezeption, um auszuchecken, aber als ich meine Hand in meine Tasche stecke, bemerke ich, dass ich beraubt worden bin. Mein Pass und mein Geld sind weg. Es ist entsetzlich. Ich will zum Flughafen, aber ich kann nicht abreisen. Ich werde meinen Flug verpassen. Immer wieder krame ich die Handtasche durch. Alles ist noch vorhanden, mein Make-up, meine Zigaretten, was man eben in der Tasche hat, aber das Wichtigste ist weg. Das Personal reagiert zuvorkommend, aber sie können mir nicht helfen. Ein älterer Herr, auch ein Gast, erscheint an der Rezeption. Er sagt, dass es auf der Anlage Diebe gibt und dass es sich um einen alltäglichen Vorfall handelt. Das Personal pflichtet ihm bei. Als sie mit den Achseln zucken, fange ich an zu weinen, aber die Tränen kommen nicht heraus, mir tun die Augen weh.«

»Und dann?«

»In der nächsten Sequenz sitze ich auf einem Stuhl in einer ärmlichen Hütte, es ist eine Polizeistation oder irgendeine Behörde. Ich sitze vor einem vergitterten Fenster. Der Beamte ist beschäftigt, niemand kümmert sich um mich. Ich zünde mir eine Zigarette an und sogleich springt jemand auf und jagt mich nach draußen.«

»Was geschah dann?«

»Ich bin aufgewacht.«

»Was empfanden Sie beim Aufwachen?«

»Verwirrung, Stress.«

»Haben Sie eine Ahnung, was der Traum bedeutet?«

»Nicht die geringste.«

»Catherine, in der Traumpsychologie bringen wir die Handtasche einer Frau manchmal in Verbindung mit ihrer Sexualität.«

»Weshalb? Ich sehe da keinen Zusammenhang.«

»Die Handtasche kann ein Symbol für die Vagina darstellen.« Catherine lief rot an. Gnadenlos fuhr Lammingcourt fort. Da musste sie jetzt durch. »Wenn Sie Ihren Traum unter diesem Aspekt betrachten, was fällt Ihnen hierzu ein?«

»Dass Sie Unsinn reden.«

»Wie steht es mit Ihrem Pass?«

»Ich brauche den Pass, um nach Hause zu kommen und durch seinen Verlust kann ich es nicht. Eine Schranke vielleicht, eine Barriere?«

»Wir bringen Ausweise normalerweise in Verbindung mit der Identität des Träumers.«

»Oh! Heißt das, ich weiß nicht, wer ich bin?«

»Sie kramten nach Ihrem Ausweis. Vor dem Diebstahl hatten sie einen. Vielleicht suchten Sie nach Ihrer alten Identität, aber sie ist Ihnen abhandengekommen?«

»Das ist möglich. Durch die Entführung. Rivas sagte einmal, er würde einfach einen Namen für mich erfinden, wenn er ihn nicht kennen würde. Bei seinen Worten fühlte ich mich unwichtig.«

»Sie wurden aus der Hütte verjagt, weil sie gegen die Regel eine Zigarette rauchten. Sie waren ungezogen. Erzählen Sie mir von Ihrer Mutter, Catherine«, führte Lammingcourt sie in eine andere Richtung.

»Ich habe keine Mutter«, beharrte Catherine, wie immer.

»Sie haben eine Mutter, Catherine. Wie heißt sie?« Diesmal würde Lammingcourt nicht lockerlassen.

»Diana.«

»Erinnern Sie sich an ihr Aussehen?«

»Ja.«

»Beschreiben Sie sie.«

»Sie war klein, wie ich. Sie hatte rote Haare und grüne Augen, wie ich.«

Lammingcourt gelang es, fast eine Stunde lang mit Catherine den Traum zu zerpflücken und über den Verlust ihrer Mutter zu sprechen. Das hatte sie noch niemals getan, auch mit Rivas nicht. Das Puzzle, das an ihrem ersten Tag mit dem Rahmen begann, formte ein Bild und Catherine begriff sich zunehmend als Ganzes. Sie fand es plötzlich spannend und aufregend, wenn auch schmerzhaft, sich an ihre Mutter zu erinnern. Am Nachmittag setzten sie die Unterhaltung über ihre Mutter fort und in dieser Nacht träumte Catherine abermals von ihrer Handtasche. Sie war aus einem Konferenzzimmer nach einer Vorlesung nach draußen gegangen. Als sie in den Saal zurückkehrte, fand sie ihre Handtasche auf einem Stuhl in der letzten Reihe. Sie war mehr ängstlich als verärgert, ihre Tasche vergessen zu haben und ahnte, dass es einen Diebstahl gegeben hatte, weil die Tasche an einem anderen Platz lag. Diesmal war sie komplett leer. Wieder war sie gestresst.

Die sich häufenden Träume während einer Therapie sind nicht ungewöhnlich und dienen dem Psychiater bei seiner Behandlung, deshalb war Lammingcourt erfreut darüber. Nachdem sie ihm ihren Traum erläutert hatte, fragte er wie immer: »Welche Schlüsse ziehen Sie aus diesem Traum?«

»Geht es jetzt wieder um meine Vagina?«

»Eventuell.«

»Was soll damit sein? Ich verstehe das nicht. Diese Träumerei macht mir langsam Angst.«

»Weshalb?«

»Durch sie scheinen Sie Dinge über mich herauszufinden, aber Sie sagen mir nicht was. Sie fragen mich immer nur, was ich dazu meine. Dann ärgere mich über Sie, weil ich glaube, dass Sie mir Einblicke vorenthalten.«

»Finden Sie, dass ich Sie nicht genügend an Ihre eigenen Einsichten heranführe?«

»Nein, eigentlich nicht, Sie haben es ja gerade getan und am Ende kann ich selbst alles kombinieren, da haben Sie recht. Es ist nur... recht umständlich. Halten Sie wirklich nichts zurück?«

»Wenn ich glaube, dass es wichtig ist und Sie vorwärts bringt und Sie dazu bereit sind, nicht. Fangen wir mit diesem Traum von vorne an und beziehen wir nochmal Ihren Traum von gestern mit ein. Einmal waren Sie auf einer Urlaubsanlage. Sie hatten eine Reise zu einem exotischen Ziel unternommen.«

»Die Therapie. Unbekanntes Gebiet.«

»Genau. Sie nehmen an einem Seminar teil. Es findet eine Vorlesung statt.«

»Ich lerne etwas.«

»Ja.«

»Wie bei Ihnen hier. Sie sind ein Professor. Professoren halten Vorlesungen.«

»Mhm. Jemand entwendet Dinge aus Ihrer Handtasche. Sie haben keinen Ausweis, jetzt auch kein Make-up. Wie fühlen Sie sich ohne Make-up?«

»Nackt. Ausgesetzt. Ungeschützt. Man könnte sehen, wie hässlich ich bin.«

»Sind Sie das?«

»Nein, ich weiß, dass ich nicht hässlich bin, Dr. Lammingcourt, darüber müssen wir nicht sprechen.«

»Ihr Unterbewusstsein ist vielleicht anderer Meinung? Warum sonst wäre ihm gerade dieser Kommentar entschlüpft? Als Sie anfingen eine weitere Sekunde nachzudenken, merkten Sie, dass es nicht stimmt, aber spontan entfuhr Ihnen das Gegenteil.«

»Aber was kann ich tun?«

»Wir setzen uns damit auseinander. Wie wir es gerade tun. Die bewusste Wahrnehmung dessen, was sich unterschwellig abspielt, bringt langfristig die Heilung der Seele.«

»Das ist mir aufgefallen, ich fühle mich so okay mit allem, wissen Sie, was ich meine?«

»Ich weiß genau, was Sie meinen. Fahren wir fort. Ihr Geld wurde gestohlen, Sie sind mittellos.«

»Hilflos und bedürftig wie in meiner Gefangenschaft.«

»Kommen wir auf die Handtasche zurück.«

»Oh Gott, muss das sein, Dr. Lammingcourt?«

»Nein.«

»Wie?«

»Es muss nicht sein. Sie haben die Möglichkeit in den letzten paar Stunden, die wir noch miteinander verbringen, diesen Aspekt zu durchleuchten. Ich offeriere Ihnen diese Möglichkeit. Wenn Sie mein Angebot nicht annehmen wollen, werde ich mich damit abfinden. Können Sie das auch?«

»Dr. Lammingcourt! Sie nehmen mir auch gar nichts ab.«

»Haben Sie sich gewünscht, dass ich antworte, ja, Sie müssen es?«

»Irgendwie schon, aber Sie zwingen mich immer in die Selbstverantwortung. Sie machen es mir schwer, Dr. Lammingcourt.«

»Weil es Ihr Leben ist, Catherine. Ich zwinge Sie ja auch nicht, mir meinen Teil der Arbeit abzunehmen.«

»Okay, okay, schon gut. Also was ist jetzt mit meiner Vagina?«

»Was empfinden Sie bei der Vorstellung, dass jemand gezielt Ihre Handtasche durchsucht und Sachen entwendet, die der Dieb haben will?«

»Eine Handtasche ist sehr intim. Ich glaube das ist sie für jede Frau. Im Traum bin ich darüber entrüstet und traurig, sogar verzweifelt.«

»Das wundert mich nicht. Stellen Sie sich den Dieb vor. Im Geiste - sehen Sie einen Mann oder eine Diebin?«

»Es ist ein Mann.«

»Wie geht er vor?«

»Er ist in Eile, er ist brutal bei dem Herumkramen. Er stochert darin herum.«

»Er verfolgt ein Ziel - es eilt. Er *stochert* herum und er stiehlt Ihnen Ihr Identitätsdokument. Kinder haben keine Pässe, nur Erwachsene. Wer hat in Ihnen herumgestochert und Sie Ihrer erwachsenen Identität beraubt, Catherine?«

Sie erblasste. »Oh mein Gott. Warner, mein einziger Freund vor Rivas war es nicht. Rivas?«

»Mhm. Was ist mit dem Mann aus dem Pub?«

»Rivas und der Mann aus dem Pub.«

»Mhm.«

»Wer waren Sie mit ihm?«

»Niemand. Er kannte nicht einmal meinen Namen.«

»Wer waren Sie mit Rivas?«

»Seine Geisel.«

»Und nach Ihrer Befreiung?«

»Immer noch seine Geisel?«

»Mhm, im Geiste zwar, aber er hielt Sie immer noch gefangen. Sie haben sich gefangen halten lassen.«

»Ich möchte nicht mehr, dass Diebe… in meiner Handtasche… *stochern.* Wenn ich jetzt jemanden… an meine Handtasche… lasse, dann muss das jemand sein, dem ich vertraue und dass ich es ganz bewusst zulasse. Will mir mein Traum das vermitteln?«

»Wenn Sie es sagen.«

»Sie möchten nicht, dass ich Rivas wiedersehe, richtig?«

»Was ich möchte, tut nichts zur Sache.«

Bitte sagen Sie es mir. Sagen Sie mir, wie gern Sie mich haben, dass Sie nicht möchten, dass ich nicht sicher bin. Spielen Sie meinen Vater, bitte Dr. Lammingcourt, nur für einen einzigen Augenblick. Ich vermisse ihn so.

»Catherine, ich werde wie immer ehrlich mit Ihnen sein. Ich bin mehr als dreimal so alt wie Sie. Ich habe ein anderes Geschlecht, wuchs in einer anderen Kultur auf. Mein Leben wurde von Eindrücken geprägt, die sich von Ihren unterscheiden. Ich sehe Ihre Lage aus einer anderen Perspektive und nüchtern betrachtet, ja, wenn ich ehrlich bin, ich persönlich würde es bevorzugen, wenn Sie ihn nie wieder sehen würden. *Aber*, wenn Sie Kontakt zu Rivas aufnehmen, Catherine, sind Sie jetzt relativ sicher, jedenfalls seelisch. Sofern Sie das *wünschen,* werden Sie es aufrechterhalten können. Denn im Zuge unserer Zeit zusammen, mache ich Sie auf alles aufmerksam, was es zu bedenken gibt. Zu keinem Zeitpunkt habe ich Sie geschont und Sie haben tapfer mitgearbeitet. Wenn Sie von nun ab wach bleiben *wollen*, werden Sie wach sein *können*, auch in Bezug auf Ihre Liebe zu Rivas. Nachdem ein Alkoholiker einen Entzug durchlebt hat, sehnt er sich manchmal nach der Zeit davor. Das Leben mit Alkohol war eine schreckliche Zeit, aber auch eine schöne. Er verdrängt die Realität und die Glücksmomente rücken in den Vordergrund. Er ist verliebt in seine Erinnerungen. Wenn er rückfällig wird, merkt er: Diesmal ist es anders. Er spürt, es wird nie wieder so sein, wie vorher. Seine Fantasien sind Blasen. Er kann dieses angebliche Glücksgefühl nie wieder greifen. Seine Beziehung zu Alkohol wird nie mehr so ‚romantisch‘ sein wie vor dem Entzug.«

»Damit meinen Sie meine Beziehung zu Rivas, nicht wahr, Dr.?«

»Enttäuscht Sie diese Vorstellung?«

»Seltsamerweise nicht. Ich glaube Ihnen, was Sie sagen. Das ergibt Sinn.«

»Wäre dies ein guter Zeitpunkt die Stunde zu beenden? Wir haben noch ein oder zwei Minuten. Wenn Sie noch etwas auf dem Herzen haben…?«

»Nein, ich finde, es reicht für heute.«

Nachdem Catherine gegangen war, griff Dr. Lammingcourt zu einer Spritze und legte sich nieder. Mit jedem Behandlungstag musste er die Dosis erhöhen. Ohne diese Schmerzmittel hätte er keine Sitzung mehr durchstehen können. Die Zeit drängte, aber nach diesem Tag schritten sie enorm voran. Alle Auswirkungen ihrer Gefangenschaft durchleuchteten sie faktisch, ohne Resistenz, ohne Verdrängung und ohne weitere Rücksichtnahme auf Rivas' hypothetische Beweggründe. Unter anderem machte Lammingcourt Catherine auf ihre Hyperaktivität aufmerksam sowie auf das Wechselspiel zwischen ihren Wutausbrüchen und ihrer Abkapselung. Er erläuterte den Unterschied zwischen kontra-phobischem Tatendrang und selbstbewusstem Handeln. Er warnte sie ebenfalls vor der Gefahr, in zerstörerische Unsicherheit abzutauchen, wenn sie hin und wieder von Zweifeln geplagt wird. Sie lernte zu erkennen, wenn sie Tatsachen beiseiteschob, statt sich der Realität zu stellen, und wie man aus der Abstumpfung herausfindet und wieder präsent werden kann. Ihre ohnehin durch die Erfahrungen geschärfte Wahrnehmungsfähigkeit konnte sie nun nicht nur in Bezug darauf einsetzen, ob man dem Gegenüber vertrauen könne, sondern sie lernte, auch ihre eigenen Empfindungen nüchtern zu prüfen. Sie durchlebte Momente der tiefen Trauer, ohne sich Selbstmitleid vorzuwerfen und auch Augenblicke der Zufriedenheit mit sich selbst, so viel überwunden zu haben. Diese Zufriedenheit unterschied sich von ihrem Stolz, den sie mit Trevor und Tom zutage gelegt hatte. Sie fühlte sich reif und stark. Sie musste sich nichts mehr beweisen und niemanden von sich überzeugen. Sie stand nun dem Leben mit Vernunft gegenüber und fühlte sich voller Energie und frei von Ballast. Auch in die Wunde, dass Catherines Mutter sie verlassen hatte, stach er unerbittlich so oft hinein, bis kein Tropfen Eiter mehr ihre Seele vergiften konnte. Ihr Ichbewusstsein als erwachsene Frau und ihre Kindheitsidentität waren wieder kongruent.

Einmal erkundigte sie sich, ob es nicht üblich sei, einen Fall wie ihren abzulehnen, wenn man mit dem Täter persönlich bekannt war. Lammingcourt nutzte die Gelegenheit, sich mit ihr über seine

Entscheidung und seine Motive auszutauschen. Es traf sich gut. Es ermöglichte ihm, in seinem Protokoll festzuhalten, ob und wie diese Ausnahmelösung auf den Patienten wirkte. Catherine bestätigte, es habe sie kein einziges Mal gestört. Sie persönlich fand es eher hilfreich und fügte hinzu, dass sie sich aber vorstellen könnte, dass diese Methode nicht immer glattgehen würde. Sie fügte hinzu, dass sie nie das Gefühl hatte, dass es ihn oder sie belastete, auch nicht, wenn sie über Sex mit Rivas sprachen. Er lachte, als sie meinte, er gehe mit so viel Neutralität an dieses heikle Thema heran, dass sie sich genauso gut über Rezepte für Gemüsesuppen hätten unterhalten können. Manchmal fand sie, Dr. Lammingcourt urteilte härter über Rivas als einen anderen Kidnapper, aber das war ihre einzige Beobachtung. Lammingcourt gestand ihr, dass sie das richtig eingeschätzt hatte.

So schleppten sich Catherine und ihr Psychiater durch vierzig anstrengende Therapiestunden. Lammingcourt kämpfte mit der körperlichen Belastung und Catherine rang mit allem, was man während einer Therapie, die eigentlich Jahre andauern konnte, in einem so kurzen Zeitraum intensiv durchmacht. Lammingcourt füllte jede Rolle aus, die sie ihm in ihrem Übertragungswahn aufzwängte. In ihrem Geiste wurde der Mann zu ihrem Vater, Beschützer und nicht selten zu einem allwissenden Gott. In diesen wenigen Wochen entwickelte sich eine tiefe Beziehung, die sie vollkommen einnahm. Ihre intimen Gespräche und die daraus resultierende Verbundenheit ließen kaum Platz für auch nur eine Emotion oder einen Gedanken, der nicht eng mit der Therapie verknüpft war.

Was Rivas betraf, war sie nüchterner und fühlte sich fähig, besonnen ihre Zukunft zu planen, ohne dass jeder Atemzug mit ihm in Verbindung stand. Sie liebte ihn noch immer, aber nicht mehr blind, taub und stumm wie zuvor.

Einige Tage vor dem Ende der Therapie fiel sie in eine kurze Depression, aber Lammingcourt, der damit gerechnet hatte, steuerte auch das zeitlich so, dass die allerletzten Stunden fröhlich und leicht ausfielen. Bei einer dieser letzten Stunden stattete er sie mit den Telefonnummern von Therapeuten aus, die sie aufsuchen könnte, sollte das nötig werden und versicherte ihr, auch ihn dürfe sie jederzeit anrufen.

Am Abschlusstag verbrachten sie, entgegen seiner Gewohnheit, die Sitzungen pünktlich zu beenden, fast drei Stunden miteinander. Sie tranken Tee, aßen Zitronencremekekse und er erzählte sogar aus seinem Leben. In Middlesex geboren wuchs er als Sohn eines Franzosen und einer walisischen Mutter auf. Sie praktizierte als Allgemeinmedizinerin in der Draycott Avenue in Kenton, einem Vorort von London. Ihr Herz schlug vor allem für alternde Patienten. Sein Vater kämpfte sich als Künstler durch, dem sich zeitlebens jeglicher Erfolg und Ruhm versagte. Catherine hatte seinen Nachnamen für einen englischen gehalten und erfuhr, dass es sich eigentlich um einen französischen handelte. Danach sprach sie ihn immer französisch aus. Sie fand, das klang sehr vornehm. Laaminkur! Nach dem Studium am Institute of Psychiatry auf dem King's College in London, Europas größtem Forschungszentrum und Bildungsinstitut für Psychiatrie und Psychologie, war er nach Paris gezogen. Dort verbrachte er den größten Teil seiner Karriere. Catherine nützte seine gesprächige Stimmung und ‚interviewte' ihn beflissen. Alle Informationen sog sie mit großem Interesse in sich auf. Zwischendurch lobte er sie für ihren Mut und ihre Kraft, bis er seine Patientin mit einem zufriedenen Lächeln und einem warmen doppelten Händedruck entließ. Gerne hätte sie ihn umarmt, aber seine Körpersprache lud nicht dazu ein. Catherines Respekt war zu solch einer intensiven Verehrung herangewachsen, dass selbst die impulsive Catherine sich zu zügeln vermochte und lediglich seine beiden Hände fasste und sie einen Moment länger als nötig festhielt.

Eine Weile sah er ihr nach. Erst als sie hinter der letzten Kurve außer Sicht war, kehrte er in sein Haus zurück. Todmüde legte er sich auf seine Therapiecouch und schlief ein.

12.
Catherine

Wie unter Drogen mit einer heiteren Leichtigkeit kehrte Catherine in ihre Pension zurück und packte für den nächsten Tag. Danach ging sie gelangweilt aber in sentimentaler Stimmung zu Fuß in ihr kleines Pub, um sich ein letztes Lime'n Lager zu gönnen. Der Weg von ihrem Inn zu dem Pub führte an dem Reihenhaus vorbei, in dem sie mit dem unbekannten jungen Mann geschlafen hatte. Beim Packen war ihr zum ersten Mal aufgefallen, dass sie ihr kleines Cadre Noir Kettchen vermisste, und es kam ihr in den Sinn, dass sie es an jenem Nachmittag dort verloren hatte. Kurzentschlossen klopfte sie an die Tür. Ein junger Mann öffnete. Er ließ sie aber nicht herein, sondern teilte ihr mit, sein Mitbewohner sei ausgegangen und dass sie es in dem Pub versuchen sollte.

Er saß allein an demselben Tisch, an dem sie sich damals kennengelernt hatten. Sie fragte ihn nach der Kette. Der Mann erwiderte, es sei ihm kein Kettchen aufgefallen, bot ihr aber an, mit ihr später dort vorbeizuschauen, um es miteinander zu suchen. Sie ließ sich auf ein Bier einladen und er erzählte ihr, er hieße Bill und wurde zudringlich, worüber sich Catherine nicht besonders wunderte, ihn aber scharf abwies. Daraufhin verschwand er kurz, um zu telefonieren und forderte sie schließlich zum Aufbruch auf.

Ohne Argwohn begleitete sie Bill zu seinem Haus, ging ins Schlafzimmer und suchte dort herum. Bill und sein Freund taten eine Weile so, als würden sie ihr bei der Suche helfen. Ihre gelangweilte Halbherzigkeit war nicht zu verkennen und verärgerte Catherine. Damals hatte sie nur das Schlaf- und das Badezimmer betreten, dehnte in ihrer Verzweiflung die Suche aber auf das Wohnzimmer und die Küche aus. Langsam wurde sie misstrauisch, denn sie vermutete, dass das Kettchen in ihrem Besitz war, sie es ihr aber vorenthielten. Vielleicht hatten die beiden es wirklich nicht und deuteten ihren verlängerten Aufenthalt in der Wohnung als den Wunsch nach einem erotischen Nachmittag. Anders konnte sich Catherine im Nachhinein nicht erklären, wie es zu der bösen Überraschung hatte kommen können, die ihr als Nächstes widerfuhr. »Ich muss es wohl doch im Hotelzimmer oder woanders verloren haben«, stellte sie fest. In einem letzten diskreten Anlauf, ihnen das Amulett zu entlocken, falls sie es doch versteckt hatten, fügte sie hinzu: »Es ist nicht wertvoll, aber ich hänge sehr daran. Wenn ihr es noch findet, ruft mich bitte an.« Sie gab Bill ihre Nummer und verabschiedete sich.

»Musst du schon gehen?«, fragte Bill an der Wohnzimmertüre. Der andere Mann saß auf der Couch.

»Ja, leider, aber danke, dass ich mich umsehen durfte.«

»Komm, wir machen uns einen schönen Nachmittag, so wie das letzte Mal.« Bills Freund schlenderte zu ihnen herüber.

»Äh? Nein!«, schüttelte Catherine den Kopf und betrachtete kurz den anderen Mann, der sie eindringlich ansah. »Ich muss los. Wirklich. Also lebt wohl.«

»He, komm, was kann so dringend sein, dass du dich nicht noch ein bisschen mit uns amüsieren kannst?«

Mit uns? Sagte der gerade ‚mit uns'?

»Tut mir leid, Bill, das mache ich nicht.« Sie wandte sich zur Tür und betrat den Gang. In dem Moment riss Bill sie zurück, zerrte sie ins Schlafzimmer, schleuderte sie aufs Bett und warf sich auf sie, während der andere von der Tür aus zusah. Catherines Pfefferspray befand sich griffbereit in ihrer Tasche, aber die lag inzwischen außer Reichweite auf dem Boden. Mit aller Kraft wehrte sie sich und schaffte es so bis zur Tür zum Gang, wo ihr Bills Freund den Weg abschnitt.

»Blöde Schlampe«, schrie Bill ihr nach und: »Lass sie gehen.« Doch sein Freund hielt sie fest und Catherine rief nach Hilfe, während sie weiter versuchte, die Haustüre zu erreichen. Im nächsten Moment fiel buchstäblich die Tür in den Gang und ein großer Afrikaner stürzte sich auf Bills Freund, während eine Frauenhand Catherine aus dem Haus zog. Kurze Zeit später kehrte der Mann aus dem Haus zurück, reichte ihr ihre Handtasche und sie eilten zu dritt die Straße hinunter in Richtung Pension.

An der nächsten Ecke hielten sie an und Catherine verschnaufte sich einen Moment, durcheinander und von Kopf bis Fuß zitternd. »Wer sind Sie?«

»Wir bringen Sie zu unserem Auftraggeber, Catherine. Haben Sie keine Angst, Sie sind jetzt sicher.«

Catherine standen die Haare zu Berge. »Sind Sie von der WICED?«, kreischte sie, der Hysterie nahe. Die beiden sahen sie verständnislos an. »Wer ist Ihr Auftraggeber?«, herrschte Catherine die beiden an.

»Wir kennen seinen Namen nicht, Catherine, aber wir haben eine Nachricht für Sie.« Die Frau reichte Catherine einen Zettel.

Sie las: ‚Catherine, lass dich von diesen Leuten zu mir bringen. 1248'. Ein Name stand nicht dabei. Aber Catherine, wie viele Entführungsopfer, vertraute niemandem mehr und rannte weg. Selbstverständlich hatte man sie in Windeseile eingeholt. »Wir haben auch noch das für Sie, Catherine.« Die Frau zückte ein kleines Diktaphon, drückte auf ‚Play' und hielt es ihr hin.

»Catherine, ich bin's«, ertönte Rivas' Stimme, aber seinen Namen nannte er nicht. »Erinnerst du dich an den Tag in der Hirtenhütte? Da war niemand außer uns beiden. Wir fanden keinen Stiefelknecht, also übernahm ich diese Rolle. Weißt du noch? Wenn du dennoch diesen Leuten nicht traust, lassen sie dich jetzt gehen. Nimm den nächsten Zug nach London, keinen Flug, und fahre mit einem Taxi zur 33 Sorten Road in Knightsbridge. Dort warte ich auf dich.« Die Frau drückte auf die Stopptaste und wartete Catherines Reaktion ab.

Catherine schossen unsäglich furchterregende Gedanken durch den Kopf, nichts ergab einen Sinn. Das war seine Stimme, aber wenn es sich um eine Fälschung handelte? Er hätte Pedro und Joe von dem Nachmittag erzählen können. Hatten sie nicht alle drei herzhaft gelacht, als sie in der Küche nach ihrem erotischen Ausflug mit Rivas den Abwasch erledigte? Und Maria – die beiden standen sich nah – ihr traute sie alles zu. Was wäre, wenn er sich auch mit ihr darüber beiläufig amüsiert hatte? Vielleicht wollte Maria sie in eine Falle locken? Dann zweifelte sie wieder: die belanglose Geschichte mit dem Stiefelknecht? Warum hätte er das erwähnt? Es musste sich um eine Falle handeln, Rivas war ja im Krankenhaus. Unter Polizeibewachung! Falls nicht, was würde er mit diesem Treffen beabsichtigen? Das wich von seinem Plan ab, sie erst in sechs Monaten zu kontaktieren. Bis dahin waren es noch circa drei Monate. Gut, aber es war ohnehin nichts nach Plan gelaufen. Catherine schwirrte der Kopf.

Wie aus der Ferne wehte der anklingende franko-afrikanische Akzent der Frau zu ihr herüber: »Wollen Sie nicht mit uns reisen, Catherine? Es wäre einfacher und sicherer für Sie. Wir tun Ihnen nichts, wir passen auf Sie auf. Das ist unser Job.«

»Ich muss ins Inn«, bestand Catherine, als gäbe es auf der ganzen Welt nichts Dringlicheres.

»Wir fahren Sie hin«, sagte die Stimme sanft.

»Ich gehe zu Fuß.«

»Also gut«, gab die Stimme nach und die Frau und ihr Kollege zogen sich zurück. Darüber, dass die beiden ihr folgen würden, bestand für Catherine nicht der geringste Zweifel. Trotzdem zog sie es vor, ohne Begleitung zu gehen. Sie überlegte. Morgen sollte sie nach Südafrika abreisen und jetzt das. Rivas in London? Er wollte sie sehen? Er wartete dort auf sie? Catherine wusste nicht mehr, wo ihr der Kopf stand. Dr. Lammingcourt! Er würde wissen, was zu tun sei. An ihrem Gasthof setzte sie sich in ihr Leihauto und fuhr zu seinem Haus. Auf ihr Klingeln und Klopfen reagierte niemand, deshalb kehrte sie am späten Abend zu seinem Haus zurück, aber wieder rührte sich nichts. Kurzerhand fasste sie den Entschluss, nach London zu fahren. Sie schüttelte ein Datum aus dem Ärmel und bat Gabi telefonisch um eine Flugumbuchung auf die übernächste Woche. Die ganze lange Nacht fand sie keine Minute Schlaf.

Am nächsten Vormittag buchte sie ihren Zug nach London, machte sich abermals zu Dr. Lammingcourts Haus auf, fuhr wieder weg, und mittags suchte sie ihn ein viertes und letztes Mal erfolglos auf. Sie checkte aus und vertrieb sich aufgewühlt den entsetzlich langen Tag, bis sie um 19.50 Uhr in den Scotrail Zug nach London Euston stieg. Das Schlafabteil teilte sie sich mit einer älteren Dame, die ihre Tochter in Golders Green, einem Vorort von London, besuchen wollte. Immer wieder hielt sie Ausschau nach dem afrikanischen Paar, konnte sie aber nirgends erspähen. Das war auch nicht möglich, denn Catherines kongolesische Bewacher waren inzwischen von Lucien Bertrand abgelöst worden. Rivas hatte den Auftrag für ihren Personenschutz nachgeholt, sobald er aus dem Krankenhaus entlassen worden war. Von der ruhigen Ausstrahlung der Frau angezogen fasste sie Vertrauen zu ihrer Reisebegleiterin und fragte sie: »Wenn man vor einer schwierigen Entscheidung steht, Mrs. Levine, die, wenn man falsch wählt, so gefährlich ist, dass sie vielleicht tödlich ausgeht, woher weiß man dann, welchen Weg man gehen soll?«

»Gefährlicher als Gefahr, Catherine, ist Sicherheit in den falschen Händen. Blicken Sie auf die Hände. Was sehen Sie?«

Was sehen Sie?, das hatte sie auch Lammingcourt gefragt, als sie im Geiste aus dem Kreis trat. Mrs. Levine hatte ihr die Gretchenfrage gestellt und Catherine fand in sich während der zwölfstündigen Zugfahrt nicht die leiseste Souffleuse, die ihr eine Antwort hätte zuflüstern können.

Als sie sich um 7.47 Uhr in Euston von Mrs. Levine verabschiedete, tauschten sie ihre Telefonnummern aus, bevor die Rentnerin von ihrer Tochter und ihrer Enkelin auf dem Bahnsteig in Empfang genommen wurde. Catherine schaute ihnen eine Weile traurig nach und ging zum Taxistand. Draußen fühlte sie sich einsam und überwältigt von dem Londoner Rummel. Sie wählte Lammingcourts Nummer. Keine Antwort. Wie aus dem Nichts drängte sich Mrs. Levine in ihre Seele. ‚Schauen Sie auf die Hände'. Sie hörte ihre Worte nicht. Sie spürte sie. Das war kein lautes, wiederholtes Dröhnen in ihrem Kopf, sondern eine leise sanfte Welle, die zärtlich ihre innere Bauchgegend umspülte und ein dringendes, leicht unangenehmes Gefühl auslöste. Es vermittelte Catherine, dass sie nicht fürchtete, in eine Falle gelockt zu werden, auch nicht, ob sie Rivas vertrauen konnte oder nicht. Knapp zwei Tage nach dem Ende von Lammingcourts Lektionen schickte ihr das Leben das Abschlussexamen: Ihre Pläne waren kein Spiel. Viel zu locker war sie an die Sache herangegangen. Welchen unsagbaren Herausforderungen würde sie sich stellen müssen, wenn sie ihr Ziel, die WICED zu zerstören und mit Rivas vereint zu werden, weiter verfolgte? Würde sie es überleben? Einmal war sie davon gekommen. Durfte sie ihr Schicksal ein zweites Mal herausfordern? Damals war sie überrumpelt worden und befand sich nicht selten in einem halbwachen Zustand, um überhaupt funktionieren zu können. Heute war sie hellwach. Diesmal würde es keine Ausreden geben und erst recht kein Anfängerglück. Und sie konnte ihre Zukunft auch nicht in Lammingcourts Hände legen. Dass durch seine Unerreichbarkeit dieser Rettungsring ihr in dieser schweren Stunde nicht zugeworfen wurde, gab ihr die letzte Gewissheit. Es ging um *ihre* Hände. Sie musste sich entscheiden: vertraust du *dir selbst* oder nicht? Kannst du ein volles Leben meistern? Mit allem, was es dir eingepackt hat? Oder kannst du es nicht? Du hast die Möglichkeit, deine Ziele zu erreichen und jede Gefahr zu überwinden, denn dein Verstand, deine Seele und deine körperliche Kraft werden dir dabei helfen. *Aber* wenn du es trotz alledem nicht schaffst, wirst du sterben. Bist du dazu bereit? Wenn nicht, schäme dich nicht, alles ist gut, nimm den nächsten Flug nach Hause und führe ein solides, kleibürgerliches Leben. Eine sichere Zukunft ist gut. Eine abenteuerliche Zukunft ist gut. Aber du musst wählen. Jetzt Catherine. Du musst dich jetzt entscheiden. Welches Leben wählst du?

Sie stieg in ein Taxi.

13.
Catherine

Dreißig Minuten später drückte sie dem Taxifahrer fünfzehn Pfund in die Hand, während er ihr Gepäck auslud, und schritt auf das Haus Nummer 33 zu, ohne das Wechselgeld abzuwarten. Spontan drehte sie sich um und gab ihm ein Zeichen zu warten. Eine Minute lang stand sie regungslos vor der Tür, dann schluckte sie den Kloß in ihrem Hals, winkte den Taxifahrer fort, und klingelte. Der Würfel war gefallen. In diesem Moment erklomm Catherine die erste Stufe der Leiter zu einem neuen Abenteuer. Und diesmal tat sie es wissentlich.

»Guten Tag, Catherine«, sagte Sandrine, Rivas' Kindheitsfreundin, die ihr die Türe öffnete, und ihr herzlich die Hand schüttelte. Eigentlich hieß die Frau Daria. Nur Rivas nannte sie Sandrine. Aus beruflichen Gründen hatte Catherine einen festen Händedruck, aber in diesem Moment zwang ihre Verwunderung ihre Glieder in eine machtlose Erschlaffung. Rivas hatte sie erwartet, eventuell auch Maria. Darauf, diese iberisch-französische Venus so bald wiederzusehen, war sie absolut nicht eingestellt gewesen. Sandrine war wie bei ihrer ersten Zusammenkunft natürlich-schön, doch heute trug sie einen dezenten Lippenstift. Ihre schmale hellbraune Veloursleder Hose von Laurèl in Kombination mit einem elfenbeinfarbenen Chloé Kaschmirpullover umschmeichelte ihre Mannequinfigur. Sie erinnerte an die selbstbewussten, natürlichen Grazien aus französischen Liebesfilmen. Ihr einziges ‚Accessoire' war ein unaufdringlicher Hauch von frisch gepflücktem Lavendel. Sie duftete eher nach Seife als nach einem Parfüm. Der Zauber dieser einzigartigen Erscheinung verfehlte nie seine Wirkung.

Sie war noch von Bewunderung ergriffen, als Pedro, Rivas' rechte Hand, erschien. Sie fiel ihm in die Arme und Pedro hielt sie fest, bis sie die Umarmung auflöste. »Wo ist Rivas, Pedro?«

»Komm«, erwiderte er und führte sie ein Kaminzimmer. Bis auf das Knistern eines offenen Kaminfeuers war es totenstill im Haus. Das besinnliche Ambiente lud nicht zum Drauflosplappern ein, sondern lockte sie vor den Kamin, um sich aufzuwärmen. Eine Weile stand sie vor dem ungewöhnlichen Vormittagsfeuer und wärmte sich die Hände. Es war kurz nach halb neun morgens und bitterkalt. Sandrine setzte sich und Pedro stand schweigend neben Catherine, bis sie neben Sandrine in der üppig gepolsterten mit Tartanstoff überzogenen Couch so tief versank, dass ihre kurzen Beine nicht mehr auf den Boden reichten. Leicht verschnupft registrierte sie, dass Sandrine dieses Problem nicht plagte. Obwohl diese aufgrund ihrer Modelmaße von 1,80 Meter sicher ein paar Kilo mehr auf die Kissen drückte, lehnte sie sich weit zurück und schlug dennoch ohne Schwierigkeiten das rechte Bein über das linke. Aber diese Vergleiche waren für Catherine heute nebensächlich. Sie spürte, dass Rivas nicht im Haus war. Er hätte sie nicht warten lassen, das war ihr vollkommen klar. Catherines Blick wanderte von Sandrines Beinen kurz zurück auf ihr Gesicht und wandte sich Pedro zu. »Also, was habt ihr mir zu sagen, das so schwer ist, dass keiner von euch beiden Worte findet? Warum wurde ich hierher gelockt, Pedro? Sandrine?«

Sandrine übergab mittels Blickkontakt an Pedro und er antwortete: »Es ist keine Falle. Rivas hatte dich heute Morgen hier erwartet, Catherine, aber während du gestern Nacht auf Reisen warst, klagte er über unerträgliche Kopfschmerzen. Heute Morgen um 4.00 Uhr haben wir ihn, natürlich unter Protest, ins Krankenhaus eingewiesen. Es ließ sich nicht mehr vermeiden.«

Catherine blieb gefasst. »Welches?«

»Charing Cross Hospital in der Fulham Palace Road. Dort kümmert sich der Chef-Neurologe der Imperial Traumatic Brain Injury Clinic um ihn. Er ist in den besten Händen.«

»Unter welchem Namen?«

»Seinem eigenen, Catherine.«

»Aber die Polizei?«

»Er wird nicht mehr polizeilich gesucht.«

»Was meinst du? Ich meine, ich weiß, dass die WICED ihn befreien wollte, aber gesucht würde er doch deswegen umso dringender!«

»Sie haben den Fall abgeschlossen.«

»Wie abgeschlossen? Wie soll das gehen?«

»Ich kenne die Einzelheiten nicht.«

»Pedro!«

»Ich weiß es wirklich nicht, Catherine«, log Pedro wieder einmal, um das Thema vorerst zu vermeiden. »Aber wir haben dir einen Rückflug gebucht und bringen dich heute Nachmittag zum Flughafen.«

»Was soll das heißen? Ich verstehe *nichts*!«

»Rivas geht es nicht gut, du musst nach Hause. Wenn es ihm besser geht, wird er sich mit dir in Verbindung setzten.«

»Ich möchte mit Maria sprechen.«

»Sie ist bei Rivas.«

»Rufen wir sie an.«

»Catherine, bitte. Es tut mir so leid, und Sandrine auch.« Er warf ihr einen hilflosen Blick zu. Sie nickte stumm. »Und vor allem tut es uns für Rivas leid, aber es hat sich alles anders ergeben als geplant.«

»Ruf mir bitte ein Taxi.«

»Wir bringen dich später zum Flughafen. Dein Flug geht erst am Abend.«

»Pedro, bist du so dumm, oder tust du nur so? Ich fahre selbstverständlich ins Krankenhaus.«

»Das geht nicht, Catherine, sie werden dich nicht vorlassen.«

»Das sehen wir dann schon. Rufst du mir jetzt ein Taxi oder nicht, sonst stelle ich mich auf die Straße und fahre per Anhalter?« Pedro sagte etwas zu Sandrine auf Spanisch und stand auf. »Wohin willst du?«

»Meinen Autoschlüssel holen. Lass deinen Koffer stehen, wir kommen später hierher zurück.«

»Fährst du mich ins Krankenhaus?«

»Ja.«

»Ehrlich?«

»Jaaa! Jetzt komm schon.«

Sandrine begleitete die beiden zur Tür und sagte bedrückt: »Bis später. Bonne chance!«

Pedro und Catherine kämpften sich eine Dreiviertelstunde durch den Londoner Stoßverkehr, um die fünf Kilometer Strecke zu bewältigen, und wurden von Maria am Empfang begrüßt. Diesmal umarmten sich Catherine und Maria kurz, aber nur ihre Schultern berührten sich. Noch wahrten beide Distanz.

»Hallo Catherine. Ich habe Sie erwartet. Sandrine rief mich an. Kommen Sie mit«, sagte sie in freundlichem Ton und zu Pedro: »Danke Pedro, du kannst fahren, ich bringe Catherine später zurück, oder rufe dich an.«

»Ich darf ihn sehen?«

»Ja, er hat schon nach Ihnen gefragt. Er war sich sicher, dass Sie sich nicht würden abweisen lassen. Sie können nicht lange bleiben, er hat fokale Anfälle und kann sich aufgrund der viszeralen Auren nicht lange konzentrieren«, fachsimpelte Maria.

»Was bedeutet das?«

»Das sind epileptische Krämpfe, Catherine.«

»Rivas ist Epileptiker?«

»Nein, sie wurden durch eine intrakranielle Blutung ausgelöst, das ist eine sekundäre Hirnverletzung, eine Blutung innerhalb des Schädels, die noch mit seiner Schussverletzungsoperation zusammenhängt. Er hat starke Kopfschmerzen, aber keinen Bewusstseinsverlust. Auf der Komaskala erreicht er einen Wert von elf. Der maximale ist fünfzehn, der minimale drei. Alles unter acht bedeutet eine ernste Hirnblutung.«

»Wird er gesund?« Eigentlich wollte Catherine wissen, ob er bleibende Schäden davongetragen hatte, aber sie fand die Worte nicht. Oder wollte sie die Antwort nicht hören?

»Wir hoffen es, Catherine. Er leidet unter erhöhtem Blutdruck, ausgelöst von dem enormen Hirndruck, aber die Ärzte dürfen ihn nicht senken, denn er gewährleistet die Hirnperfusion, die Durchblutung.«

»Verstehe«, schwindelte Catherine, ohne auch nur ein Wort verstanden zu haben.

»Deshalb lassen wir Sie auch zu ihm, er würde sich aufregen, wenn wir es verhindern würden und damit würde sein Blutdruck noch höher ansteigen. Aber bitte verhalten Sie sich besonnen.«

Catherine nahm Maria diese Ermahnung nicht übel. Sie war dankbar für jede Auskunft und jede gut gemeinte Anweisung. »Schon klar, ich werde mich ruhig verhalten, Maria.«

Das Einzelzimmer war schlicht eingerichtet, mit Betonung auf medizinische Apparate, statt Komfort, wie jedes Zimmer einer Intensivstation. Irgendwie hatte Catherine sich vorgestellt, er läge in einer kleinen Luxusklinik mit gehobener Ausstattung. Rivas' Matratze war zu dreißig Prozent aufgerichtet, wie das bei Hirntrauma-Patienten üblich ist. Die Bilder aus Saumur blitzten auf: Rivas bewusstlos im strömenden Regen, blutend auf dem nassen Asphalt, die Notärzte, die seinen Kopf hochhielten. Sie schüttelte die Erinnerungen ab und zwang sich zurück in die Gegenwart. Er trug eine Sauerstoffmaske, nahm sie aber ab, sobald Catherine sich auf einen Stuhl neben ihn gesetzt hatte. Er lachte sie an, schien sich zu freuen, sie zu sehen. Sie hielten sich einen Moment in den Armen. Niemand sprach. Maria hatte inzwischen das Zimmer verlassen. »Ich habe dir nichts mitgebracht«, bekannte Catherine. »Ich dachte gar nicht daran. Vielleicht kann ich dir etwas besorgen?«, fragte sie hilflos.

Ich habe alles, was ich brauche, wollte Rivas antworten, aber überlegte krampfhaft, was er ihr auftragen konnte, um ihr die Möglichkeit zu geben, etwas für ihn zu tun. »Ein paar Pfefferminzbonbons wären nicht schlecht, Catherine, die gibt es sicher unten im Shop. Aber mach dir keine Sorgen, es geht bald aufwärts.« Catherine schwieg bedrückt. Sie wusste einfach nicht, was sie sagen sollte. Rivas erahnte ihre Befürchtung und versicherte: »Es geht mir gut, Catherine, die Kugel traf mein Großhirn, das Stammhirn ist verschont geblieben. Weder geistige noch körperliche Funktionen sind beeinträchtigt. Es gab heute früh nur eine kleine sekundäre Komplikation. Mach dir keine Sorgen. Es tut mir nur wahnsinnig leid, dass du da durchmusst. Ich konnte nicht ahnen, dass ich nicht für dich da sein werde, wenn du kommst. Wenigstens weißt du, dass es mir gut geht und heute Abend fliegst du beruhigt nach Hause. Den Flug hat Pedro heute Morgen in aller Herrgottsfrüh geregelt. Sobald ich auf den Beinen bin, rufe ich dich an. So haben wir uns unsere Zusammenkunft nicht vorgestellt, nicht wahr?«

Schon befand sich Catherine in einer Klemme. Sie hatte Maria versprochen, Rivas nicht aufzuregen, aber selbstverständlich hatte sie nicht die geringste Absicht am Abend ins Flugzeug zu steigen. Was tun? Sie kaute an ihren Lippen und überlegte. Die Lösung ergab sich, wie auch oft in ihrem Beruf, durch eine Fragestellung, statt einer zurückweisenden Antwort. »Rivas, wie lange denkst du, wirst du im Krankenhaus bleiben müssen?«

»Eine Woche, ein paar Tage, genau weiß ich es nicht. Ich habe den ganzen Morgen geschlafen, habe bisher kaum etwas mitbekommen.«

In gespielter Demut fuhr sie geschmeidig fort: »Rivas, darf ich bitte noch in London bleiben? Wenn du wirklich möchtest, dass ich fliege, mache ich es, aber wenn es dir nichts ausmacht, könnte ich dich doch jeden Tag kurz besuchen. Was wäre schon dabei, hm?«

»Das bringt doch nichts, Baby«, wandte er sanft ein.

»Rivas, ich bin nicht mehr so anhänglich, wie du mich in Erinnerung hast. Es wird kein Theater geben, ich werde nicht darauf bestehen, aber ich habe keine dringenden Verpflichtungen zu Hause. Wenn es dich nicht stört, würde ich gerne ein paar Tage bleiben.« Bloß nicht nerven, ermahnte sie sich und wählte jedes Wort sorgfältig. Sie brannte darauf herauszufinden, warum er sie zu sich geholt hat, aber das war jetzt nebensächlich.

»Ist schon gut, Catherine. Dein Zimmer ist ja schon hergerichtet. Pedro wird dich gut versorgen. Du kennst ihn ja.«

Sie lachte zögerlich. »Spiegeleier mit Bratkartoffeln?«

»Wenn ihm nichts Besseres einfällt.«

»Und Maria?«

»Maria wird garantiert Pedros Spiegeleier nicht essen.«

»Nein, ich meine, was sagt sie dazu?«

»Maria kann nicht bestimmen, wen ich um mich haben will und wen nicht.«

»Wohnt sie auch da?«

»Ist das ein Problem? Catherine, ich kann dir hier in die Intensivstation kein Bett reinstellen lassen. Möchtest du lieber in ein Hotel?«

»Nein, schon gut.« Catherine bemerkte bestürzt, dass Rivas, der notorische Regelbrecher noch vor ein paar Wochen, dieses Extrabett zu erzwingen wenigstens versucht hätte. Aber sie wusste auch, dass es Rivas beruhigen würde, zu wissen, dass Pedro für sie sorgen würde. Außerdem konnte sie die Gelegenheit nutzen, mehr über die WICED herauszufinden. Sie beschloss, vorübergehend in das Haus in der Sorten Road einzuziehen.

»Maria ist okay, Catherine, lass dich nicht von ihr einschüchtern, und sie wird dich respektieren. Du wirst sie ohnehin kaum zu Gesicht bekommen. Sie wird die ganze Zeit vor meiner Tür hier verbringen, du wirst schon sehen. Das wirst du aber nicht machen, alles klar? Eine Bewacherin reicht«, scherzte er.

Catherine betrachtete Rivas. Viel gesünder sah er aus, als sie befürchtet hatte. Er hatte keine Glatze, sondern kurze stoppelige Haare, die ihm sehr gut standen. Seine Haut war etwas fahl, aber er hatte kein Brillenhämatom, welches man an den typischen Waschbäraugen erkennen konnte. Das wäre ein Zeichen einer Schädelfraktur gewesen, das wusste Catherine. Diese musste also verheilt sein. Und, er war weder abgemagert noch sah er schwach aus. Genauso, wie sie ihn noch in Erinnerung hatte. Maria kam herein und signalisierte Catherine, sich zu verabschieden. Rivas und Catherine umarmten sich und küssten sich kurz auf die Lippen, bevor Maria sie nach Knightsbridge brachte. Im Auto fragte Catherine Maria, warum Rivas nicht von der Polizei gesucht wurde. Sie erwiderte nur, Rivas müsse ihr alles selbst erklären, weil er sie gebeten habe, nicht mit ihr darüber zu sprechen.

Vier Tage lang besuchte Catherine Rivas zwei bis drei Mal am Tag. Sie konnte ihn ungehindert sehen, zu jeder Zeit – dafür hatte Maria gesorgt - und brachte ihm jedes Mal etwas mit. Saisonfrüchte, verschiedene Teesorten, Blumen, ein Buch über Südafrika, eines über den Kölner Dom, und jedes Mal Pfefferminzbonbons, die sich in seiner Schublade häuften, bis er sie eines Morgens den Schwestern schenkte, um nicht irgendwann aufzufliegen. Es bereitete ihr Freude, die Geschenke auszusuchen und ihn damit zu überraschen. Zwischendurch besuchte sie die National Gallery und kam mit einem Stapel Souvenirs zurück. Darunter ein Poster mit einer Abbildung des Gemäldes von George Stubbs‘ Whistlejacket. Weil Rivas das zu gefallen schien, shoppte sie fortan gezielt nach klassischen Pferdemotiven. Bei Harrods ergatterte sie eine Abbildung von Napoleon Bonaparte auf Marengo, seinem Araberhengst. Das Original war von Jean-Louis-Ernest Meissonier im neunzehnten Jahrhundert gemalt worden. Marengo war absolut schusssicher und stand Napoleon auf fast allen Feldzügen zur Seite. Achtmal wurde er in Schlachten verwundet und kämpfte sich unter anderem durch Austerlitz, Jena und Wagram. Seinen Namen gab Napoleon ihm nach der Schlacht bei Marengo. Kriegsberichten zufolge konnte der El Naseri Knirps von nur 1,45 Meter Stockmaß knapp hundertdreißig Kilometer in fünf Stunden galoppieren. Auch den Russlandfeldzug überlebte er. Marengo wurde schließlich von den Briten in Waterloo erbeutet und nach England gebracht. Dort starb er im hohen Alter von achtunddreißig Jahren. Deckversuche schlugen fehl, er hinterließ keine Nachkommen. Was von Marengo geblieben war, war sein Huf in eine Schnupftabakdose umgeformt und sein Skelett, das den Ruhm des Pferdes im Imperial War Museum in London fortsetzte. Weil es sie freute, dass sie Rivas mit solchen Sachen die Krankenhauslangeweile vertreiben konnte, machte sie sich am nächsten Tag auf, um einen Bildband über berühmte Kriegspferde zu kaufen. Und so lasen sie zusammen die Geschichten und betrachteten bewundernd die schönen Bilder. Rivas ergänzte diese Unterhaltungen mit seinen eigenen Geschichten über berittene ‚Feldzüge‘ auf Andalus, seinem schwarzen Hengst, den Catherine in Südamerika kennen und lieben gelernt hatte. Er erzählte ihr von einer regelrechten Verfolgungsjagd an der Stadtgrenze von Huancayo, einer verlassenen Gegend hoch in den peruanischen Anden. Die beiden konnten sich nur durch einen Sprung in einen eiskalten Gebirgssee retten. Sein Wunderpferd verstand selbstverständlich, dass er auch seinen Kopf unter der Wasseroberfläche lassen musste, während Rivas neben ihm, ebenfalls untergetaucht an seinem Hals hing. Andalus war so schlau, dass er zum Atmen jedes Mal nur kurz die Nüstern hob, bis die Gefahr vorbei war.

Rivas und Catherine verstanden sich so gut wie nie zuvor und Catherine glaubte, Lammingcourt habe sich in einem einzigen Punkt geirrt. Wenn sie mit diesem Mann keine Zukunft hätte, würde sie sie mit niemandem finden. Was auch immer kommen mochte, sie musste und würde den ganzen Weg mit ihm gehen.

Mit Maria gab es im Haus keine Probleme. Sie hatte einen kleinen Stab um sich, den sie herumkommandierte, und ansonsten sahen sie sich kaum. Bei den wenigen Zusammenkünften zwischen den beiden spielte Maria die bezaubernde Gastgeberin. Die kluge Frau hütete sich davor Catherine in irgendeiner Weise zu reizen, da sie unter allen Umständen Rivas schonen wollte, falls er davon erfuhr. Pedro wurde zu Catherines Gesellschafter, Koch und Chauffeur. Oft, aber nicht immer, begleitete er sie mit dem Auto bei ihren Einkaufsexpeditionen, manchmal nahm sie die Piccadilly Line. Mit Sandrine tauschte sie drei Tage lang Mode- und Naturkosmetiktipps aus und kam gut mit ihr zurecht. Hin und wieder gab Sandrine Catherine ein paar Einblicke in Rivas‘ schelmische Kindheitsstreiche und einmal gingen sie zusammen einkaufen. Inzwischen war Sandrine abgereist.

Am fünften Tag wurde Rivas aus dem Krankenhaus entlassen und Maria gestattete Catherine, ihn mit dem WICED-Wagen abzuholen, obwohl Maria es gerne selbst getan hätte. Das war einer der schönsten Momente ihres Lebens. Rivas im Auto neben ihr - wieder vereint! Dass sie ihn heimbringen und versorgen konnte, erschien Catherine ein Übermaß des Glücks, dass es fast ihr unheimlich wurde. Sie kannte dieses Glucken-Wohlgefühl nur im Zusammenhang mit ihren Pferden und konnte es nicht richtig einordnen.

Catherine sehnte sich nach Intimität und sah ihrer sexuellen Wiedervereinigung mit nervöser Freude entgegen. Doch schon am ersten Abend zu Hause kollidierten ihre starken Persönlichkeiten und alles kam anders, als sie erwartet hatte.

14.
Catherine

Den Tag verbrachten Maria, Pedro und Catherine zusammen, während Rivas sich die letzten Medikamentenreste aus dem Körper schlief. Am Spätnachmittag reiste Maria für einige Tage in die Camargue. Pedro händigte sie eine lange Liste mit Anweisungen aus, wie er für Rivas zu sorgen hatte. Catherine traute sie das anscheinend nicht zu. Rivas, mittlerweile genervt von Marias fortwährenden Versuchen ihn zu bemuttern, war nach dem Aufstehen extrem missgelaunt. Er wollte raus und anständig essen gehen. Catherine bevorzugte einen gemütlichen Abend zu Hause. Noch übersah sie seine Gereiztheit und schlug unbedarft vor: »Komm, lass uns unseren ersten Abend zu Hause verbringen. Du bist gerade erst aus der Klinik entlassen worden, das ist alles zu anstrengend für dich. Pedro kann uns was kochen, so wie in alten Zeiten.«

»Catherine ich mag heute keine Tortillas und fang du nicht auch noch mit gut gemeinten Ratschlägen an. Ich bin kein Invalide und mir wird das ehrlich gesagt langsam zu viel.«

»Entschuldigung. Aber er kocht doch nicht nur Eier- und Kartoffelgerichte, außerdem wollte ich dir von meiner Therapie erzählen, du hast mich noch gar nicht danach gefragt. Interessiert sie dich nicht? Und ich will endlich wissen, warum Kommissar Moreau dich gehen ließ. Stimmt das überhaupt?«

»Sie suchten mich aufgrund des Vorfalls in Marseille, das weißt du ja.«

»Ja, wegen Mord.«

»Während ich in Berlin im Krankenhaus lag, spürten sie auch meinen Komplizen in Madrid auf. Sie erhoben nach meiner Verhaftung wohl mit erneutem Elan die Ermittlungen und verstärkten die Suche an den Grenzübergängen.«

»Wie haben sie ihn gefunden?«

»Er hatte Lungenkrebs im fortgeschrittenen Stadium und wollte die letzten Wochen zu Hause in Spanien verbringen. Bei seiner Einreise nach Madrid schnappte die Falle zu. Er gestand die Tat und hat mich entlastet.«

»Er hat den Mord auf seine Kappe genommen?«

»Er hat die Tat als seine gestanden und bei der Befragung über mich angegeben, dass ich an dem Mord nicht beteiligt war.«

»Also hat er dich doch gedeckt? Du hast doch den Mord begangen?«

»Das habe ich nie gesagt. Ich habe gesagt, ein Kollege hatte etwas verpatzt, und wenn zwei sich streiten, freut sich der Dritte, in diesem Fall die Polizei. Ich war es wirklich nicht, Catherine.«

»Das stimmt, das hast du gesagt. Warum hast du mich nicht aufgeklärt? Die ganze Zeit hielt ich dich für schuldig.«

»Ich bin schuldig Catherine, nur in diesem einen Fall eben nicht.« Jedenfalls hatten wir uns in der Wolle, denn der Mord war nicht geplant gewesen. Er sollte lediglich ein paar Dokumente in dem Privatbüro des Opfers kopieren, aber Gabrio verlor die Nerven, als der Politiker plötzlich zur Terrassentür hereinspazierte und ihn seine Sachen durchwühlen sah. Er fand, ich hätte nicht gut genug aufgepasst. Ich saß ja nur im Auto und bewachte den Haupteingang - und ich warf ihm natürlich vor, uns unnötig in einen Mord verwickelt zu haben. Im Streit passte ich einen Moment lang nicht auf, fuhr über eine rote Ampel und wurde identifiziert. Eigentlich ganz banal. So kam es, dass die Polizei uns vier Jahre lang suchte.

Gabrio ist einer von Marias Mitarbeitern. Sie organisierte natürlich einen Verteidiger, aber Gabrio lehnte das ab, da er keine Verteidigung mehr brauchte oder wollte. Er hatte nur noch drei bis vier Wochen zu leben und ist inzwischen auch verstorben. Vor seinem Tod erzählte er dem Anwalt genau, was er zu Protokoll gegeben hatte und der Anwalt informierte umgehend Maria. Es lief, während ich im Koma lag, ein Plan, mich gewaltsam zu befreien, sobald ich transportfähig wäre, das weißt du ja. Auf diese Maßnahme konnte die WICED dann verzichten. Als es mir gut genug ging, vernommen zu werden, mussten sie mir einen Anwalt gewähren. Er erzählte mir dann Gabrios Geschichte und ich sagte genau das gleiche aus. Das war nicht schwer, es war ja die Wahrheit, bis auf die Tatsache, dass ich wusste, worum es ging. Das war die einzige Notlüge, zu der ich greifen musste, um die Mittäterschaft zu umgehen. Unsere Aussagen deckten sich. Sie hatten nichts mehr in der Hand außer, dass ich ‚unwissend' im Auto während *seines* Einbruchs wartete, und bei Rot über eine Ampel fuhr. Dann natürlich auch die Flucht mit dir in Paris. Der Anwalt gab an, die Handschellen wären ein Spiel gewesen, die Wertsachen und die Kleidung ein Geschenk meiner wohlhabenden Patentante für meine Freundin. Das Bargeld sei dein eigenes gewesen und von einer Entführung hätte ich nichts gewusst. Meinen falschen Pass fanden sie natürlich auch. Das haben wir damit erklärt, dass ich ‚unschuldig' von der Polizei wegen Mord gesucht wurde und aus Verzweiflung keinen anderen

Ausweg sah. Wegen *deines* falschen Passes werden sie dich sicher noch einmal befragen wollen. Wir haben angegeben, ich hätte dich dazu gezwungen, weil du mit mir unterwegs gewesen seist, aber die Zusammenhänge seien dir nicht ganz klar gewesen.«

»So ein Unsinn. Das klingt ja, als hätte ich einen Dachschaden. Moreau mag mich für dumm halten, aber für so blöd nun auch wieder nicht.«

»Das ist doch egal! Aber es ist kein französischer Pass, interessiert sie also nicht sonderlich. Wenn, dann werden sie den Fall nach Deutschland abgeben. Unser Anwalt wird das übernehmen, du brauchst dir keine Sorgen zu machen. Das war einer der Gründe, warum ich die Gelegenheit deines Aufenthalts in Großbritannien nützen wollte - um dich zu warnen.«

»Nein, das ist nicht egal. Wie soll das funktionieren? Ich habe mir einen falschen Pass verpassen lassen und war mir darüber ‚nicht ganz im Klaren'? Das glaubt Kommissar Moreau niemals.«

»Das hat in erster Linie der Staatsanwalt zu entscheiden. Und dann ein Richter. Bis dahin ist es für sie ein langer Weg.«

Catherine sah ihn skeptisch an und sagte: »Ebenso für mich. Na toll!«

»Okay, Catherine, wenn es dazu kommt, musst du ihnen nur eine asthenische Persönlichkeitsstörung vorgaukeln. Darauf werde ich dich noch vorbereiten, sollte es nötig werden.«

»Was zum Teufel ist eine ästhetische Persönlichkeitsstörung? Ich will das *jetzt* wissen.«

»Eine *asthenische* – und du *möchtest* das jetzt wissen.«

»Will, möchte. Ich lasse mich nicht mehr bevormunden.«

»Ein bisschen musst du das schon noch. Vorübergehend. Darum geht es nämlich. Asthenisch bedeutet kraftlos, schwach.«

»Hihi. Das kauft er uns nie ab.«

Rivas freute sich, dass Catherine anfing, das lockerer zu sehen und beschloss sie einzuweihen. »Bei so einer Persönlichkeitsstörung ist der Partner in einer Beziehung vom anderen abhängig. In der Psychologie nennen wir das co-dependent. Die Person klammert und zeigt keine Eigeninitiative, hat ein mangelndes Durchsetzungsvermögen und leidet häufig an schweren Depressionen, was zu Inkompetenz führt. Dadurch wird sie hilflos und anhänglich bis zur Unterwürfigkeit.«

»Ein Teufelskreis.«

»Genau. Diese Menschen sind froh, wenn sie sich um nichts kümmern müssen und der Partner alle Entscheidungen trifft. Sie haben panische Angst davor verlassen zu werden, vertreten keine eigene Meinung mehr und haben ein geringes Selbstvertrauen.«

»Stimmt. Das werde ich gut spielen können, weil ich durch die Entführung ja so in ungefähr weiß, wie sich das anfühlt. Aber an dem Mangel an einer eigenen Meinung und dem geringen Selbstvertrauen werde ich scheitern. Meine Meinungsfreiheit und Bestimmtheit sind in mir tief verwurzelt, das konnte ihm während der Vernehmungen nicht entgangen sein. Ich war ziemlich frech, weißt du?« Catherine hoffte stolz, Rivas damit imponieren zu können.

»Kein Problem. Es gibt nämlich zwei Prägungsmuster bei einer asthenischen Störung. Die Grundprinzipien sind gleich, aber wie die Person mit ihrer Umwelt interagiert geht in zwei verschiedene Richtungen. Die eine ist passiv-abhängig. Diesem Menschen fällt es schwer, sich sozial anzupassen und er ist sehr zärtlichkeitsbedürftig. Die andere Variante ist lebhaft und charmant und kommt in der Regel in der Gesellschaft gut zurecht. Diese Menschen haben einen Hang zum Drama.«

Catherine lachte: »Oh, das passt wie die Faust aufs Auge. Das kriege ich hin.«

»Eben.«

»Sag mal Rivas, bin ich vielleicht auch ein ästhetischer Patient?«

»*Asthenisch*! Fang schon mal an zu üben. Aber zu deiner Frage: Was sagte denn Humphrey?«

»Posttraumatisch.«

»Na siehst du. Nur ein Prozent der menschlichen Bevölkerung leidet unter Asthenie. Du hast dich lediglich an deine Situation angepasst. PTBS ist unter den Umständen normal und absolut keine Persönlichkeitsstörung.«

»Wenn es das so selten gibt, wird es vielleicht doch schwer?«

»Iwo. Voraussichtlich wirst du gar nicht persönlich aussagen müssen. Unser Anwalt wird ein Gutachten nach dem anderen vorlegen. Deine Therapie mit Humphrey nutzen wir auch und deine Entführungsfantasie passt uns auch in den Kram.« Catherine staunte so sehr über diese Unverfrorenheit, dass sie nicht fragte, wie es sich mit Lammingcourts Schweigepflicht verhalten würde. Rivas fügte hinzu: »Entschuldige, das habe ich nicht so gemeint, natürlich war deine Entführung keine Fantasie.«

»Das weiß ich doch, Rivas. Ich staune darüber, wie ihr das alles hinbiegt. So leicht kann man der Justiz durch die Lappen gehen! Mit ein bisschen Psychologie.«

»Eine Prise Rechtsverdrehung kommt schon auch dazu. Man nützt jede mögliche Lücke. Das passiert am Tag abertausend Mal, überall auf der Welt. Aber in deinem Fall wurdest du wirklich zu dem Pass gezwungen. Du bist der Inbegriff von Unschuld, musst dir also wirklich nichts vorwerfen. Du gabst ja an, entführt worden zu sein und man schenkte dir keinen Glauben. Selber schuld, wenn sie jetzt diese Story aufgetischt bekommen.«

»Hm. Okay, nachdem das geklärt ist, bleiben dennoch Fragen offen. Wusstest du, dass sie im Wagen eine Waffe fanden?«

»Ja, sie ist auf den ‚Freund' zugelassen, dem der Wagen gehört. Da sie gemeldet ist und ich sie nie angefasst hatte und auch kein Verbrechen mit ihr begangen wurde, können sie damit nichts anfangen. Alle der WICED zur Verfügung gestellten Dinge laufen offiziell. Und wenn etwas passiert, erfindet man plausible Ausreden, so wie ja auch in deinem Fall. Stets mangelt es an Beweisen, selbst wenn die Erklärung nicht immer glaubwürdig klingt. Beim Hotelzimmer das gleiche. Die Spur zur Suite würde zu einem echten, in der Gesellschaft unbescholtenen Sponsor führen. Auch da würden sie auf der Stelle treten.«

»Was ist eigentlich mit dem Hotel?«

»Welchem Hotel?«

»Rivas, das Heriton!«

»Das war ein Witz, Catherine. Im Heriton haben wir nie gewohnt. Ich bin eines Abends hineinspaziert, habe mich als Gast ausgegeben, weil ich weiß, wie schwer Cadre Noir Karten kurzfristig zu haben sind und sie bar bezahlt. Wir wohnten die ganze Zeit bei Sandrine.«

»Wenn sie mich danach fragen?«

»Zu meinem Fall werden sie dich sicher nicht mehr befragen, aber wenn, denk an dein Syndrom. Du hast nicht auf die Adresse geachtet, erinnerst dich an wenig, aber Sandrine kannst du beschreiben. Wie ihre Wohnung aussieht, beschreibe ich dir noch. Bleibt noch die Geschichte mit der Straßensperre. Hier sagte unser Anwalt, ich wäre aufgrund der Marseille-Angelegenheit in Panik geraten. Für diese Straftat rechnen wir noch mit einem Nachspiel, aber auch hier gibt es wieder psychologische Tricks. Und, sie haben noch ein größeres Problem als wir. Die Knallerei der Flics damals ist ein großes juristisches Problem für sie. Ich flüchtete ja nur, und erwiderte nicht einmal das Feuer, geschweige denn damit anzufangen. Sie hätten zwei Verfahren am Hals – die strafrechtliche Gegenklage und die zivile Klage auf Schadenersatz und Schmerzensgeld.

Hinzukommt die lästige Presse. ‚Französische Polizei schießt mehrmals wild auf Liebespaar'. Weißt du Catherine, in Frankreich ist das so: Hier haben die Behörden Angst vor dem Volk, nicht das Volk vor den Behörden.«

»Ja, das stimmt. Sie sind sehr emanzipiert, das habe ich schon beobachtet. Sie organisieren sich und verhalten sich solidarisch.«

»Erbe der Revolution. Jedenfalls hoffen wir, dass sie den Fall zu den Akten legen. Eine total verpatzte Mission will man unter den Teppich kehren. Schon als wir nur erwähnten, Gegenklage zu erheben, machten sie einen Rückzieher.«

»Ja, das drohte Trevor ihnen auch an, und mich ließen sie danach gleich gehen, aber ich weiß nicht, Rivas. Dieser Kommissar schien mir ziemlich verbissen, nicht leicht einzuschüchtern und sehr intelligent.«

»Mag sein, Catherine, aber sein Team hat das verpatzt, das wird ihm klar sein. Und dem Staatsanwalt wird bewusst sein, mit welchem Rechtsbeistand er es hier zu tun hat. Gerade wenn dein Kommissar intelligent ist, werden er und der Staatsanwalt sich darüber ernsthaft Gedanken machen. Und schau, kurz nach der Androhung von Gegenmaßnahmen, zogen sie die Beamten vom Krankenhaus ab. Als es mir besser ging, bezahlte Maria die Rechnung und ich spazierte zur Vordertür hinaus. Angeblich laufen die Ermittlungen in andere Richtungen weiter, es liegt aber sonst nichts gegen mich vor.«

»Du hast Nerven!«

»Ich habe Hilfe.«

»Du hattest nicht mal ein Kautionsverfahren?«

»Nein. Ich bin verdächtig, aber nicht angeklagt. Das wird schon, Catherine, mach dir keine Sorgen. Das Gute daran ist, dass ich mich wieder unter meiner eigenen Identität frei bewegen kann.«

»Das ist ja mal wieder typisch.«

»Was meinst du damit?«

»Die Reichen kommen mit allem weg.«

»Freust du dich denn nicht, dass es so gut für mich ausgegangen ist?«

»Rivas, doch. Entschuldige. Natürlich bin ich froh darüber, aber es stimmt mich nachdenklich, weißt du? Es gibt keine Gerechtigkeit.«

»Es gibt genügend Verbrechen, für die ich es verdiene, eingesperrt zu werden. Aber bei aller Reue, für einen Mord, den ich nicht begangen habe, werde ich mich nicht bestrafen lassen.«

»Da hast du ja recht, Rivas. So habe ich das nicht gemeint.«

»Außerdem, mein Dilemma ist nicht vorbei Catherine. Für mich geht es jetzt erst richtig los.« Rivas dachte an sein Versprechen, das er Lammingcourt gegeben hatte, sich zu stellen. Er sorgte sich um sein Vorhaben, sich in der ihm verbleibenden Zeit von der WICED zu lösen. Er zerbrach sich darüber den Kopf, wie er Maria und ihren Cousin und Geschäftspartner Carlos überreden könnte, den Anschlag - alle Anschläge - abzubrechen. Er musste sie davon überzeugen, neue Wege zu ergründen, um den Frieden auf der Welt herzustellen, falls das überhaupt möglich war. Und daran glaubte er inzwischen nicht mehr. Je mehr er darüber nachdachte, desto mürrischer wurde er.

»Was meinst du damit?«

»Das erkläre ich dir ein andermal, aber jetzt kommen wir zu dir.«

Pedro erschien mit einem Einkaufskorb voll frischem Gemüse und Lebensmitteln.

»Wo hast du dich denn herumgetrieben?«

»Auf dem Markt in Covent Garden. So, jetzt koche ich uns etwas Ordentliches.«

»Rivas will essen gehen Pedro«, petzte Catherine und freute sich über die Verstärkung.

»Auf keinen Fall. Ich mache uns jetzt eine Vitaminbombe von einem Salat und dann brate ich uns drei ausgezeichnete argentinische Steaks mit frischem englischem Wintergemüse. Mhm.«

Rivas seufzte.

Catherine strahlte.

»Unser Patient muss wieder zu Kräften kommen, nicht wahr?«, hänselte er Rivas, weil er hoffte, ihn damit auf die Palme zu bringen.

Rivas durchschaute ihn und verdarb ihm die Freude, indem er mit den Achseln zuckte. »Also gut, ich bin überstimmt.«

Catherine fragte Pedro: »Kann ich dir helfen?«

»Um Himmelswillen bleib von der Küche weg! Dich kann ich da gar nicht gebrauchen.«

Catherine kicherte und fragte Rivas in kokettem Ton: »Was machen wir denn mit dem angebrochenen Abend?« Rivas wandte sich ab und schenkte sich einen Scotch ein. Darüber war Catherine so entsetzt, dass sie gar nicht bemerkte, wie abweisend Rivas auf ihren Flirtversuch reagiert hatte. »Du kannst doch jetzt keinen Alkohol trinken.«

»Lass mich in Ruhe mit deinem Gemecker, okay?«, fuhr er sie an und wischte sich die nicht vorhanden Haare aus der Stirn.

»Seit wann trinkst du keinen Bourbon mehr?«

»Passt nicht zu dem Schottenkaro.« Er deutete mit dem Kopf zur Couch.

»Was seid ihr für Snobs!«, entfuhr es Catherine. Nach ihrer anfänglichen Abwehrhaltung hatte sie Lammingcourt für seinen schlichten Lebensstil bewundert. Er war bodenständig und richtete den Fokus auf das Wesentliche, nicht auf das Drumherum, wie Maria und ihre Entourage.

»Wie ich mich erinnere, konntest du in Paris von dem ganzen Luxus nicht genug kriegen.«

Gerade belanglose Anlässe werden oft zur Geburtsstunde von Auseinandersetzungen. Catherine hatte diese absolut nicht kommen sehen. Sie führte Rivas' Stimmungswechsel auf die Nebenwirkungen der Medikamente zurück. »Das stimmt nicht, Rivas, ich sagte damals schon, ich wünschte uns eine kleine Wohnung, und dass ich kochen und bügeln würde und dass wir…«

»Und ich habe dir gesagt, das ist nichts für mich«, unterbrach er sie unwirsch.

»Rivas?«, unterbrach Catherine das unwürdige Gerangel in sachlichem Ton.

»Ja?«

»Ein einziges Mal hast du mir gesagt, dass du mich liebst. Wenn das noch der Fall ist, muss ich das jetzt von dir hören. Ich lasse mich nicht mehr vertrösten, du sagst es mir jetzt, oder du wirst nie wieder die Gelegenheit haben.«

»Ich liebe dich, Catherine.«

Sie atmete auf, dachte, alles ist gut und sagte: »Küss mich.«

»Ich kann nicht, Catherine.«

»Was?«

»Ich bin wütend.«

»Was habe ich getan?«

»Auf mich. Ich bin wütend, weil ich immer wollte, dass du ohne mich glücklich wirst, dass du andere Beziehungen eingehst. Als es dazu kam, konnte ich mich kaum einkriegen, ich kann es noch nicht.«

»Beziehungen? Wovon sprichst du?«

»William Wood.«

»Wer zum Teufel ist William Wood?«

»Das fragst du mich?«

»Bill? Bill ist William Wood?«

»Was bist du für ein Flittchen! Kennst du nicht mal seinen Namen?«

»Was?«

»Die Unschuld vom Lande hast du mir monatelang vorgespielt. Ach so verletzlich und rein hast du dich gegeben. Rivas, ich schäme mich so. Rivas, ich kann das nicht. Rivas, ich habe keine Erfahrung, blabla. Ach was soll's? Wie wir sehen, bin ich noch wütender auf dich, als auf mich.«

»Oh mein Gott, Rivas, das tut mir so leid«, begann Catherine zu zerbröseln. Sie nahm an, er sei eifersüchtig, aber dann wurde Rivas noch verletzender.

»Du kannst schlafen, mit wem du willst, Catherine. Das habe ich dir schon immer beteuert, aber muss es ausgerechnet der nächstbeste Idiot aus der Dorfkneipe sein?«

Catherine blickte in Rivas' verhärmten Gesichtsausdruck und ärgerte sich über sein Unverständnis. Und darüber, dass er sie nicht einmal fragte, wie es ihr ergangen war, was im Grunde dazu geführt hatte. Ihre eigene Entrüstung rückte in den Vordergrund und verdrängte die Scham. »Woher weißt du davon? Wer sind überhaupt die beiden Afrikaner, die mich aus Bills Wohnung zogen?«

»Du siehst ja, was passiert, wenn du solche Dummheiten machst!«

»Beantworte bitte meine Frage.«

Rivas entgegnete in bevormundendem Ton: »Du kommst jetzt mit mir in mein Zimmer, ich habe dir etwas zu zeigen und du mir etwas zu erklären.«

Im Zimmer öffnete er eine Schublade und hielt ihr ein Foto unter die Nase. Es zeigte Catherine an der Schranke vor Van der Sonsens Gefängnis. »Was hast du mit Van der Sonsen am Hut?«

»Nur weil ich einen Gefängnisbesuch mache, folgerst du, ich hätte Van der Sonsen besucht?«

»Der Name ist dir also ein Begriff?«

»Ja, Rivas, aber ich kann besuchen, wen ich will, okay? Woher weißt du überhaupt, wen ich besuchte und wer machte dieses Foto?«

»Und was ist mit der hier?« Er zeigte auf ein Foto von Sylvia Westerman.

»Das ist eine Kandidatin. Rivas bitte beruhige dich! Du darfst dich nicht so aufregen.«

»Ich rege mich aber auf, Catherine. Was soll das? Was willst du mit den Leuten? Du machst einen Besuch in einem Gefängnis, in dem rein

‚zufällig' eine Person einsitzt, die in Menschenrechtsverletzungen auf allerhöchster Ebene verwickelt war. Die andere ist eine Person, die auch nur ‚zufällig' für eine Menschenrechtsorganisation mit prominenten Spendern in regelmäßigem Kontakt steht. Hatte ich dir nicht gesagt, du sollst deine verdammte Datenbank vernichten? Keine einzige meiner Anweisungen hast du befolgt.«

»Ich bin doch in die Therapie gegangen und die beiden sind nicht aus der Datenbank«, verteidigte sich Catherine wie weggeblasen von seinen Vorwürfen.

»Catherine, du hast keine Ahnung, in was du dich hier verfängst. Man macht mir die Hölle heiß, verdammt noch mal. Ich weiß ja gar nicht mehr, wie ich dich noch schützen kann. Selbst Maria kommt schon in Bedrängnis.«

»Maria, Maria, Maria. Hör auf! Soll ich zusehen, wie sie die halbe Welt ausrottet, mithilfe von *meinem* Kandidaten? Was ist los mit dir, Rivas? Ich liebe dich so, ich wollte doch nur mit dir zusammen sein und… und.«

»Und dich schnell mal mit einer der mächtigsten Untergrundbewegungen der Welt in den Ring stellen? Sag mal, wie durchgeknallt bist du eigentlich? Ich mache das, Catherine, *ich* mache das, hast du verstanden?«

»Du hörst auf mit der WICED?«

»Ich würde es, wenn du mir nicht ständig in die Quere kämst. Catherine, ich muss dich vor der WICED schützen, und dann brauche ich die WICED wieder, um dich vor deinen Dummheiten zu schützen. Wie soll ich den Anschlag verhindern, wenn sich alles nur um dich dreht? So ein Irrsinn.«

»Catch 22.«

»Was?«

»Nichts. Du willst den Anschlag verhindern? Wirklich?«

»Ja, Schatz, ich habe noch keinen konkreten Plan, ich bin ja erst seit ein paar Wochen wieder auf den Beinen, aber so geht das nicht.«

»Schatz. Du hast Schatz gesagt. Sag mir nochmal, dass du mich liebst.«

»Ich liebe dich.«

»Ich dich auch. Nimmst du mich in die Arme?«

Während sie sich umarmten, fragte Catherine sanft: »Rivas, willst du mir bitte erklären, woher du das alles weißt?«

»Erst bist du dran mit Erklären.«

»Nur wenn du nicht mehr so irrsinnig wütend auf mich bist.«

»Sag mir, was du vorhast.«

»Ich habe begriffen, dass hinter der WICED mächtige westliche Geldgeber die Drähte ziehen. Ich vermute, dass die WICED nichts weiter ist, als das Ausführungsorgan dieser querulanten Gruppe von Idealisten, die sich anmaßen, die Welt verbessern zu können. Ich wollte den Schaden verhindern, oder wenigstens begrenzen, den ich mit der Vermittlung Ruckebiers angerichtet habe. Du hast mir die Namen nicht verraten wollen. So hoffte ich, durch verschiedene Tricks mithilfe von Leuten wie Van der Sonsen und Sylvia an sie heranzukommen.«

»Wer weiß davon?«

»Trevor und Tom.«

»Hinter der WICED steht keine organisierte Gruppe, nur unabhängige, sehr mächtige Gönner. Wie hättest du sie aufhalten wollen, wenn du an sie herangekommen wärst?«

»Ich wollte ihnen drohen, die Sache publik zu machen und hoffte, dass sie die Pläne abblasen würden.«

»Was sie *aus*blasen würden, ist dein Leben, Catherine.«

»Ich habe einen Brief verfasst.«

»Wo ist der?«

»Bei Trevor.«

»So ein Quatsch! Glaubst du, du bist hier in einem Film mit einem löchrigen Plot?«

»Und du? Du hast überhaupt keinen Plan. Hast du selbst gesagt!«

»Ja, weil meine Pläne nicht billigen Drehbüchern entspringen! Ich muss mir eine gute Lösung überlegen, Catherine, ich brauche Zeit und Ruhe. Wenn ich mich die ganze Zeit um dich sorgen muss, wie soll ich da einen Meisterplan formulieren?«

»Wo würdest du ansetzen?«

»Bei Maria, Catherine, das schaffen wir nicht alleine.«

»Wir? Heißt das, du wirst mich einbeziehen?«

»Du hängst bereits mitten drin. Die WICED weiß über alle deine Bewegungen Bescheid. Du musst jetzt offiziell zu uns überwechseln.«

»Niemals.«

»Nachdem was du dir bisher geleistet hast, werden sie dich so lange überwachen, bis sie von deiner Sympathie überzeugt sind. Wenn du sie vom Hals haben willst, musst du jetzt mitspielen. Du hast keine Wahl mehr. Ich wollte dir das ersparen, du hast es versaut. Selber schuld.«

Pedro rief zum Essen.

»Komm Rivas, lassen wir ihn nicht warten. Und nach dem Essen klärst du mich auf, okay?«

»Mir ist der Appetit vergangen.«

»Gut, dann nicht. Ich habe jedenfalls Hunger und werde es mir schmecken lassen.«

Catherine ging nach unten und gestand, dass Rivas und sie sich gestritten hatten und er nichts essen wollte.

»Du hast dich sehr verändert, Catherine«, stellte Pedro fest.

»Das stimmt, aber wieso sagst du das?«

»Als ich dich das letzte Mal sah, hättest du Rivas nicht einfach so sitzen lassen. Im Gegenteil, du wärst diejenige gewesen, die auf stur gestellt und das Essen verweigert hätte.«

»Heißt das, ich soll ihn holen?«

»Nein, er schmollt nicht, Catherine, naja, vielleicht ein bisschen, aber das ist sehr untypisch für ihn. Wir wollen aus der WICED raus, Catherine. Er durchlebt eine Zeit der Veränderung. Es würde ihm helfen, wenn du abreisen würdest. Deine Anwesenheit erschwert sein Vorhaben.«

»Bist du auch dabei?«

»Ja.«

»Maria?«

»Er ist noch nicht zu ihr durchgedrungen. Jetzt iss, es wird alles kalt.«

»Und Rivas? Soll ich ihn wirklich nicht überreden?«

»Das bringt nichts. Er lässt sich doch von dir nicht wie ein Kleinkind bitten, seine Häppchen aufzuessen. Lass ihn in Ruhe. Er beruhigt sich wieder.«

Nach dem Essen wärmte sie dennoch Rivas' Portion auf und brachte sie ihm nach oben. Er lag auf dem Bett und starrte vor sich hin. »Bist du noch sauer?«, fragte sie, während sie den Teller abstellte.

»Ich bin maßlos enttäuscht von dir.«

»Komm, iss. Du wolltest doch essen gehen. Das Steak war mir nicht durch genug, aber dir wird es schmecken. Naja, perfekt ist es nicht mehr, nach dem Aufwärmen.«

»Nie im Leben hätte ich gedacht, dass du mich mal zum Essen drängen würdest.«

»Weißt du noch… der Hungerstreik?«, schwelgte Catherine.

»Mhm.«

»Das war eine schlimme Zeit, Rivas.«

»Glaubst du, du wirst darüber hinwegkommen?«

»Ich bin es Rivas.«

Er musterte sie.

»Was ist?«

»‘Wer der Folter erlag, kann nicht mehr heimisch werden in dieser Welt, das eingestürzte Weltvertrauen nicht wiedergewinnen. Schon ab dem ersten Schlag‘.«

»Jean Améry sagte so etwas in der Art, ich weiß es von Dr. Lammingcourt. Es ist alles da, nichts wird mehr verdrängt, nichts mehr schöngeredet, was war, war. Ich liebte dich damals. Und ich liebe dich heute, aber anders.«

»Nichts auf der Welt hätte mir schöner vermitteln können, dass du mir verziehen hast, ohne schnulzig zu wirken.«

»Ja, das meinte ich damit, Rivas. Ich glaube wir sind seelenverwandt.«

»Okay, das ist jetzt schnulzig. Wo ist denn das Besteck? Soll ich das jetzt mit den Fingern essen? Und wo ist eigentlich der Salat?«

»Oh! Sorry, der Rest vom Salat ist zusammengeklatscht, aber das Besteck hole ich dir. Nasch schon mal mit den Fingern an dem feinen Gemüse.« Catherine steckte verführerisch die erste Kuppe ihres Zeigefingers in den Mund und lutschte daran. Als er nicht reagierte, ging sie nach unten und holte das Besteck. Als sie zurückkam, war er eingeschlafen. Oder tat so.

Catherine ging nach unten. Rivas war nicht zu begreifen. Sie wusste sich nicht zu helfen, griff zum Handy, um Lammingcourt anzurufen. Es meldete sich niemand. »Das gibt‘s doch nicht«, sagte sie laut und schüttelte den Kopf.

Pedro stieß zu ihr und fragte: »Was ist?«

»Pedro, seit Tagen kann ich meinen Therapeuten nicht erreichen. Das ist total merkwürdig.«

»Dein Psychiater ist tot, Catherine. Tut mir leid.« Er zuckte unbeholfen die Achseln und verzog das Gesicht. »Rivas wird dir morgen alles erklären. Ich muss jetzt ins Bett. Brauchst du noch was?«

Catherine schüttelte den Kopf und versank stumm in der dicken Polstercouch.

Am nächsten Tag kam sie nicht aus dem Bett. Immer wieder drehte sie sich um und fantasierte sich im Halbschlaf die verrücktesten Theorien zusammen. Die WICED hatte Lammingcourt getötet, um ihre Spur zu vernichten, Rivas hatte zugestimmt. Maria wollte sie liquidieren und musste alle Indizien, die zu ihr führen könnten, zerstören und so weiter, und so fort. Alle Erklärungen landeten bei: Lammingcourt musste ihretwegen sterben.

Gegen 10.00 Uhr klopfte Rivas an ihre Tür. Schlaftrunken rief sie: »Verschwinde!«

Die Tür ging auf, er setzte sich auf ihre Bettkante. »Stimmt, du darfst heute schlechte Laune haben. Tut mir leid, wegen gestern.«

»Hau ab Mensch!«, rief sie und drehte sich um. Er griff zärtlich unter die Decke und sie motze ihn an: »Hör auf, du Blödmann! Ich hasse dich.« Rivas zog seine Hand hervor und strich ihr eine Weile über den Kopf. Das tat so gut, sie konnte es nicht abwehren, aber verkraften konnte sie das erst recht nicht. »Was habt ihr mit ihm gemacht, Rivas?«

»Wovon redest du verdammt nochmal? Was ist denn?«

»Dr. Lammingcourt ist tot.«

»Woher weißt du das?«

»Pedro.«

»Idiota!«, entschlüpfte es Rivas auf Spanisch. »Catherine, das tut mir so leid, ich hätte es dir selbst beibringen wollen.«

»Beibringen? Was gibt es da beizubringen? Er ist tot und ihr habt ihn umgebracht.«

»Ach so«, sagte Rivas. »Jetzt verstehe ich dich.« Daraufhin wandte er sich zum Gehen.

»Wohin willst du?« Sie kroch aus der Decke und richtete sich auf. Um die Auswirkungen des Langschlafs auf ihr Aussehen zu vertuschen, fuhr sie sich mit den Fingern durch die Haare.

»Ich gebe dir Zeit zum Aufwachen, Catherine. Sobald du dich zu einem vernünftigen Gespräch in der Lage siehst, findest du mich unten.«

»Ach, verschwinde schon!«

Zehn Minuten später schlurfte sie in die Küche auf der Suche nach Kaffee. Und Antworten.

15.
Charlotte

»So, Kleine zieh dich mal aus!«

Das Mädchen erstarrte. Niemand schien von allen guten Geistern verlassen. Nüchtern war er noch gefährlicher als betrunken. Sie schrie um Hilfe. Picasso kam herein.

»Sag mal, geht‘s noch? Was brüllst du hier herum, dumme Ziege?«

»Unsere kleine Sogutwie ist jetzt fällig«, erklärte Niemand grinsend.

»Lass den Quatsch, du Idiot.«

»Mein Name ist Charlotte!«

»Dein Name ist Sogutwie, hast du das schon wieder vergessen?«, fragte Niemand abgelenkt und verdrehte die Augen, als ticke sie nicht richtig. Charlotte schwieg. »Sag deinen Namen du blöde Kuh! Sag ihn!« Er brüllte wie besessen.

»Sogutwie.«

»Und jetzt sagst du uns, warum du Sogutwie heißt!«

»Weil ich, weil ich«, stammelte Charlotte, »so gut wie tot bin.«

»Noch dreimal, damit du es nicht gleich wieder vergisst.«

Sie wiederholte den Satz dreimal.

»Na also, geht doch!«

»Lass sie in Ruhe! Komm, wir müssen los.«

»Blöde Zicke!«

»Versau jetzt nicht alles. In ein paar Stunden sind wir sie los. Fahr das Auto vor. Jetzt mach schon.« Er fasste seinen Komplizen am Arm.

Der schüttelte ihn ab. »Das erfährt doch niemand.«

»Und wenn sie plappert? Beschädigte Güter bringen weniger Geld. Jetzt reiß dich zusammen, verdammt nochmal!«

»Das ist unsere letzte Gelegenheit.«

»Hör auf mit dem Blödsinn!«, mahnte Picasso seinen Komplizen nochmal und zu Charlotte sagte er: »Los jetzt, komm, wir müssen weg.«

»Okay, okay, ich geh ja schon«, gab Niemand nach und verschwand.

Charlotte sackte in sich zusammen. Wieder eine Übergabe? Zu wem jetzt?

»Hast du mich nicht gehört? Los jetzt! Marsch!« Picasso zog sie hoch und Charlotte stolperte zu ihren Sachen: ein Jäckchen, das sie sich überzog, eine am Rand abgestoßene Dessertschüssel aus Emaille und eine große goldfarbene, gerippte Dose. Das Etikett hatte sich gelöst, aber es handelte sich dabei um so etwas wie eine leere Essiggurkendose aus der Gastronomie. Aus der Dessertschüssel aß sie mit den Fingern, trank sie und wusch sich dürftig. Die Gurkendose war ihre Toilette. Sie war halbvoll, weil sie sie nur jeden zweiten Tag ausleeren durfte. Dafür brachten sie sie in den kleinen Duschraum mit einer Toilette. Duschen durfte sie nie, aber sie erlaubten ihr, die Toilette jeden zweiten Tag einmal für das große Geschäft zu benützen. Da sie kaum zu Essen bekam, mühte sie sich jedes Mal ab, um die Gelegenheit wahrzunehmen. Es war eine Qual, weil ihr Körper nie den vorgegebenen Toilettenzeiten gehorchen wollte. Picasso stürzte sich auf sie, zog sie von den Sachen weg zur Tür. Charlotte sträubte sich mit aller Kraft.

»Ich brauche meine Sachen, ich gehe nicht ohne meine Sachen«, brüllte sie. Sie hatte sich diese zwei Utensilien hart erkämpft, und wollte keinesfalls von vorne anfangen. »Du kannst nichts mitnehmen, du beknackte Nuss! Du weißt doch inzwischen, wie es läuft.«

»Ich gehe nicht ohne meine Sachen.«

»Also gut, hol dir die Schüssel.« Sie grapschte nach der Schüssel und der Dose. »Die Dose bleibt hier, sie ist zu groß.«

»Picasso, bitte, ich brauche die Dose.«

»Wofür?«, quälte er sie.

»Das wissen Sie doch!«

»Willst du den ganzen Hausrat mitnehmen? Was soll das werden? Eine Luxusreise? Du kannst dein Geschäft in die Schüssel machen. Musst dich halt entscheiden, was dir wichtiger ist.« Er drückte ihr die Hand so schmerzhaft zusammen, dass sie die Dose losließ. Sie fiel herunter. »So eine Sauerei! Spinnst du? Wisch das auf.«

»Ich brauche einen Lappen.«

»Zieh deine Jacke aus«, schrie er.

»Picasso, warum brüllen Sie die ganze Zeit? Ich bin nicht taub.«

»Taub nicht, aber doof. Wo du jetzt hinkommst, brauchst du keine Jacke. Da wirst du schwitzen.« Sie zog die Jacke aus und wischte damit den Urin auf, den sie verschüttet hatte. Er verschwand kurz und kehrte mit einer Plastiktüte zurück. »Hier rein damit.« Sie war zu klein und Charlotte mühte sich ab, die Jacke hineinzustopfen und besudelte sich überall noch mehr. Er knotete die Tüte zu und warf sie ins Eck. Dann packte er Charlotte und schleppte sie zur Haustüre.

»Ich muss mir die Hände waschen!«

»Was ist denn jetzt schon wieder?«

»Wenn ich mir die Hände nicht waschen darf, wird Ihr Auto übel riechen.«

»Das tut es sowieso mit dir hinten drin. Also gut.« Er ging mit ihr den Duschraum und sie wusch sich die Hände. Dabei trank sie hastig ein paar Tropfen von dem herrlichen fließenden Wasser.

»Hör auf, sonst musst du gleich wieder aufs Klo. Versau uns nicht das Auto, verstanden!« Er zog sie durch den Gang vor die Tür. Kurz davor brüllte er sie an: »Knie dich hin!«

Charlotte tat es.

»Falte die Hände und sag ein Gebet auf.«

»Was?«

»Ein Gebet. Sag eins auf!«

»Ich kenne keine Gebete.«

»Jeder Mensch kann beten. Sag eins auf, los! Jetzt, bevor wir losfahren, los!«

»Ich weiß keines«, schrie sie verzweifelt.

»Bist du etwa eine Heidin?«

»Nein, nein ich bin keine Heidin«, beteuerte sie schnell.

»Also dann, mach schon.«

»Lieber Gott, müde bin ich, geh zur Ruh, schließe beide Augen zu«, zitterte sich Charlotte durch die dürftigen Zeilen des einzigen Gebets, das sie noch von ihrer mexikanischen Erzieherin kannte.

»So ein Blödsinn! Du sollst beten, dass uns nichts passiert und dass wir das Geld für dich bekommen. Los bete!«

Charlotte spürte, dass auch der ‚Gute', Picasso, zum ersten Mal die Nerven verlor. In Panik suchte sie nach Worten, die ihn beruhigen würden. Niemand kam zurück. Das auch noch, stöhnte sie innerlich. »Lieber Gott, bitte mach, dass wir sicher sind und dass Picasso und Niemand ihr Geld bekommen«, stammelte sie bebend.

Niemand grinste. »Gute Idee, das mit dem Beten«, bekräftigte er seinen Freund.

Picasso schubste das kniende Mädchen mit dem Fuß und sagte: »Das kannst du besser! Los, nochmal!«

»Lieber Gott, beschütze uns und mach, dass Picasso und Niemand den Preis für mich bekommen, den sie sich vorstellen.«

»Damit sich ihre Mühe lohnt«, sagte er vor.

»Damit sich ihre Mühe lohnt«, wiederholte sie.

»Im Kofferraum betest du weiter, verstanden?«

»Ja.«

Niemand öffnete die Haustüre. Die blendende Sonne brannte sich schmerzhaft durch die Stirn des Mädchens, das vierzehn Tage fast kein Sonnenlicht mehr gesehen hatte. »Steh auf und steig in den Kofferwagen. Beeil dich los!«

»Meine Dose, bitte Picasso!«, bettelte sie, aber vergebens. Sie schubsten sie die paar Schritte über den verlassenen steinigen Weg zum Wagen. Da sie nicht schnell genug hineinkletterte, packten die beiden zu und beförderten sie in den brütend heißen Kofferraum. Die Kofferraumtür knallte zu, dann zwei Autotüren, und der Wagen setzte sich in Bewegung.

Auf zur nächsten Hölle.

16.
Catherine

Catherine betrachtete Rivas, der zu ihr in die Küche gekommen war, und quälte sich mit der absurden Frage, ob ihm auch nur halb so viel an ihrem Wohl lag, wie ihrem Therapeuten. Es wird nie wieder so sein wie vorher, hatte dieser ihr prophezeit. »Hast du ihn umgebracht?«

»Catherine komm, jetzt hör auf. Wirst du mich jetzt immer des Mordes beschuldigen, wenn ein Mensch stirbt, selbst wenn er uralt ist?«

»Wann ist er gestorben, Rivas?«

»Ich habe in der Nacht nach deiner letzten Sitzung in sein Haus einbrechen und deine Akte stehlen lassen. Er war bereits tot. Ich wollte die Akte verschwinden lassen. Zu deinem Schutz.« Rivas dachte an die WICED.

»Zu *deinem* Schutz meinst du wohl?« Catherine dachte an die Polizei.

»Die Akte könnte dich belasten, ich weiß ja nicht, was du Humphrey erzählt hast.«

»Du meinst, du *wusstest* es nicht.«

»Ich habe sie nicht gelesen.«

»Du lügst.«

»Ich bin zwar ein Realist, aber was da drin steht, will selbst ich nicht wissen.«

»Na toll. Ich interessiere dich nicht.«

»Außerdem tut man das nicht.«

»Wer's glaubt, wird selig.«

»Sag mal, was willst du eigentlich, hm? Wenn ich die Unterlagen eingesehen hätte, wärst du wütend. Weil ich es nicht getan habe, bist du auch wütend.«

»Stimmt, das passiert, wenn man vertrauliche Akten klaut. Wo ist sie jetzt?«

»An einem sicheren Ort.«

»Hat Maria sie gelesen?«

»Natürlich nicht.«

»Und der Dieb?«

»Keine Ahnung. Und wenn - für den wäre das bloß Psychogeschwafel in unleserlichem Gekritzel.«

»Besonders leid tut es dir ja wohl nicht?«

»Was?«

»Dass er tot ist. Ein Mitwisser weniger.«

»Das ist Unsinn. Ich habe dich doch zu ihm geschickt.«

»Ja, lieber er, als jemand, den du nicht kennst. So behältst du die Kontrolle.«

»Schluss jetzt.«

»Wenn du ihn nicht umgebracht hast und auch keiner von eurer Sippe, woran ist er dann gestorben?«

»Woran er gestorben ist, Catherine, weiß ich nicht, aber du warst seine letzte Patientin. Er lag friedlich auf seiner Therapiecouch. Ich glaube, deine Behandlung hat seinen Tod um ein paar Wochen verzögert. Er war bereits todkrank, als du ihn das erste Mal aufsuchtest.«

»Oh und ich habe nichts bemerkt. Ich fühle mich entsetzlich, Rivas.«

»Das musst du nicht, Baby. Er hätte es nicht gemacht, wenn er es nicht gewollt hätte. Es geht nicht darum, dem Leben Tage zu geben, sondern den Tagen Leben. Du hast seinen letzten Tagen Leben gegeben.«

»Moment, woher weißt du das?«

»Er hat es verlauten lassen.«

»Du warst kürzlich mit ihm in Kontakt?«

»Ja.«

»Habt ihr über meine Therapie gesprochen?«

»Indirekt.«

»Rivas, woher wusstet du, dass das meine letzte Sitzung war und das mit Bill? Ich habe das nur Dr. Lammingcourt anvertraut, und wenn du unsere Gespräche nicht nachgelesen hast, woher weißt du dann davon? Es kann doch unmöglich sein, dass er dir davon erzählt hat. Das kann ich nicht glauben, ich kann mich nicht einmal entrüsten, weil ich es einfach nicht glauben kann.«

»Setz dich mal hin. Darf ich dir nachschenken?« Rivas holte sich eine Tasse Kaffee.

»Danke, ich hab noch.«

»Ich habe für dich ein paar Bodyguards organisiert.«

»Das afrikanische Paar.«

»Pierrette und Eden, Lucien und Edmundo. Es sind vier.«

»Warum brauche ich Leibwächter?«, fragte Catherine in frostklirrendem Ton.

»Ich hatte dir versprochen, für dich da zu sein, wenn du mich brauchst.«

»So habe ich mir das nicht vorgestellt.«

»Auch am anderen Ende der Welt.«

»Ich erinnere mich, aber warum musstest du ‚für mich da sein‘?«

»Das haben wir ja gesehen!«

Catherine blickte beschämt zu Boden. »Ja, das war dumm, das mit Bill.«

»Und seinem Freund.«

»Rivas, wenn du denkst, dass ich da mit zwei Männern rumgemacht habe…«

»Nein, das ist mir klar. Und die zwei Hohlköpfe tun keiner Fliege mehr was zuleide.«

»Was meinst du? Hat Eden ihnen was getan?«

»Sagen wir mal, er hat sie ins Jenseits von Eden befördert.«

»Er hat sie umgebracht?«

»Das war ein Witz! Beruhige dich.«

»Mit so etwas spaßt man nicht.«

»Sorry, das war zu verlockend. Aber im Ernst, ich hatte sie aus reiner Vorsorge angeheuert. Es sollte nicht für immer sein, sondern nur, bis wir wieder zusammen sind.«

»Okay, und bei der Gelegenheit lässt du mich gleich mal rund um die Uhr beschatten und dir darüber Bericht erstatten, was ich so treibe. Mit Van der Sonsen und Sylvia zum Beispiel.«

»Das wusste ich von der WICED.«

»Verstehe«, sagte sie gespielt gefasst und im nächsten Moment brüllte sie los: »Ich werde von zwei Teams den ganzen Tag und die ganze Nacht bespitzelt? Bist du noch bei Trost?«

»Catherine, es ist so, okay? Bis ich diesen Mist hier aufgewischt habe, *ist das so*. Kapiert?«

»Wie redest du eigentlich mit mir?«

»Wie redest du mit mir?«

»Rivas, wird mein Alptraum nie enden? Ist das jetzt immer so? Werde ich immer und immer und immer eine Gefangene sein?«

»Es wird bald alles vorbei sein, vertrau mir. Bitte.«

»Wie geht es jetzt weiter, Rivas?«

»Du fliegst nach Hause und tust endlich was ich dir aufgetragen habe. Kauf dir dein Pferd, kümmere dich um deine Hüfte. Wie geht es der eigentlich?« Bei einer Auseinandersetzung während ihrer Verschleppung nach Südamerika war ihre Hüfte verletzt worden. Rivas hatte ihr deshalb nach ihrer Befreiung aufgetragen, einen Orthopäden aufzusuchen.

»Gut.«

»Hör auf, der WICED hinterher zu schnüffeln und mach dir ein schönes Leben. Offiziell sagen wir, ich habe dich von den Idealen der WICED überzeugt, damit sie endlich ihre Leute abzieht. Wenn alles vorbei ist, sehen wir weiter.«

»Gestern hast du mir versichert, du beziehst mich ein.«

»Tue ich ja, aber doch nicht, indem ich dich der Meute ausliefere.«

»Ich möchte dir und Pedro helfen, Rivas.«

»Pedro?«

»Er hat es mir gesagt.«

»Du hilfst uns, indem du machst, was ich sage.«

»Ich mache nicht mehr, was du sagst.«

»Nie mehr? So aus Prinzip?«, lachte Rivas jetzt.

»Ich bin so traurig. Ich hatte ihn so gern«, wechselte Catherine das Thema, plötzlich wieder von Trauer überkommen.

»Das kann ich gut verstehen.«

»Ich leg mich wieder hin.«

»Okay.«

»Kommst du?«, fragte Catherine verwundert über seine gleichgültige Reaktion.

»Später.«

»Ich brauche dich jetzt.«

»Später, Catherine.«

»Hast du eine andere?«

»Was?«

»Oder hast du durch die ganzen Hirnoperationen keine Libido mehr?«

»Was?«

»Naja, mit dir stimmt doch was nicht.«

»Sei nicht so gemein, okay?«

»'Tschulidge! Aber was ist los mit dir?«, begann sie erneut. »Ich pack das nicht mehr. Lammingcourt tot, du desinteressiert an allem, was mich betrifft, die WICED am Hals, die Bewachung. Mir wird das alles zu viel.«

»Deshalb sage ich ja, du musst nach Hause. Und ich bin nicht desinteressiert. Ich muss zu Maria in die Camargue, Catherine, ich kann hier nicht mit dir heile Welt spielen.«

»Okay, hier ist der Deal. Ich bleibe bei dir. Bei der WICED mache ich zum Schein mit. Ich rufe jetzt Tom an und sage ihm, dass er mit der

Recherche wegen Chilanchi aufhören und sich stattdessen um das Geschäft kümmern soll, weil ich noch nicht zurückkommen kann.«

»Was hast du gerade gesagt?«

»Dass ich bei dir bleibe, basta.«

»Nein. Das mit Chilanchi. Was weißt du darüber?«

»Nichts. Aber – weißt du denn nicht, dass mir Van der Sonsen diesen Tipp gab?«

»Woher denn? War ich etwa dabei?«

»Wird mein Telefon nicht abgehört? Ich habe für Tom und mich zwar zwei extra Handys gekauft, aber ich dachte mir vorhin, dass das wahrscheinlich nichts genützt hat.«

»Doch, es wird abgehört. Hast du dich über Chilanchi mit jemandem unterhalten?«

»Mit Tom.«

»Das heißt, die WICED hat es mir verschwiegen. *Maria* hat es mir verschwiegen, denn alle Informationen gehen direkt an sie.«

»Willst du mir endlich erklären, worum es hier überhaupt geht?«

»Chilanchi ist eine verschlüsselte Wortkombination. Eine phonetische Abwandlung des chinesischen Begriffs für Hunger – Chila. Und der suahelische Begriff für Land – Nchi. In welchem Zusammenhang erwähnte Van der Sonsen das?«

»Ich tat so, als hätte ich einen kriminellen Genforscher anzubieten und wollte wissen, an wen ich mich wenden kann, um Kontakte zu knüpfen.«

»Das würde bedeuten, dass sie das Projekt neu aufrollen oder aufgerollt haben.«

»Welches Projekt, Rivas? Und von wem sprichst du?«

»Ende der Neunziger plante eine chinesische Gruppierung Landkäufe von großen Flächen in Afrika und Südamerika für den genmanipulierten Anbau von Futter und Nahrungsmitteln. Der Plan war, die zukünftige Nahrungsmittelversorgung für das eigene Land zu sichern. Die Sache geriet aus den Fugen. Später ging es darum, mit den Gütern bestimmte Gruppen zu versorgen, die unerwünschten jedoch mit verseuchter Nahrung zu überfluten. Der halbe afrikanische und der halbe amerikanische Kontinent würden sich auf diese Weise selbst ausrotten. Bis diese armen Länder entdecken würden, dass das mit der Lebensmittelkette in Verbindung steht, wäre es zu spät. Deshalb brauchen sie wahrscheinlich Wissenschaftler, die Methoden entwickeln, die die Ursachenfindung erschweren, wie auch VEE schwer zu diagnostizieren ist. Aber soweit ich weiß, wurde nie etwas daraus. Es gab interne Zwistigkeiten - das übliche Gerangel um Macht und Geld.«

»So verfolgen Menschen wie Van der Sonsen noch vom Gefängnis aus ihre Ziele. Und die WICED ist daran beteiligt.«

»Das sicher nicht. Die WICED hat außer mit islamistischen nordafrikanischen Staaten keinen Konflikt mit Afrika und mit Südamerika schon gar nicht. Das kommt aus einer anderen Ecke.«

»Die Sponsoren?«

»Ja, sie planen wohl nicht nur die islamische, sondern die gesamte Dritte Welt systematisch auszurotten.«

»Aber weshalb?«

»Edelmetalle, Öl, Ackerland? Was weiß ich?«

»Vielleicht geht es den Geldgebern gar nicht um ‚abendländische Werte', wie du es nennst, sondern um Schürf- und Bohrrechte für Mineralien und um Anbauflächen. Vielleicht handelt es sich nicht um irre Idealisten, sondern klar denkende machthungrige Kapitalisten? Sie benützen wahrscheinlich die Glaubensterrortheorie als Vorwand, um Gruppen wie die WICED zu motivieren. Glaubst du, das ist möglich?«

»Kann sein.«

»Gingen nicht die Konquistadoren in Amerika damals genauso vor? Sie ‚säubern' den Kontinent von unerwünschten Bewohnern und bereichern sich an den Bodenschätzen und an allem, was die Agrikultur des Landes hergibt. Sie besiedeln es zudem mit ihren eigenen Völkern und haben die Macht, die neuen Gebiete so zu gestalten, dass sie ihren eigenen Vorstellungen entsprechen.«

»Weit hergeholt, aber es ist möglich.«

»Was die WICED vorhat, ist auch weit hergeholt, und dennoch gibt es solche Spinner! Und zur Ausrottung gehen sie bei den Arabern zuerst über Pferde und bei den Afrikanern und Südamerikanern über die Not.«

Rivas schwieg. »Warum sagst du nichts?«, bohrte Catherine.

»Ich denke nach.«

»Haha!«, lachte Catherine los.

»Spinnst du jetzt?«

»Jetzt geht's euch an den Kragen, dir und deiner Maria und Pedro. Jetzt seid ihr betroffen. Darüber denkst du nach!« Rivas ignorierte Catherines Attacke. Catherine besann sich und stellte fest: »Wenn das stimmt, haben wir ein großes Problem.«

»Wenn das stimmt, haben wir eine Lösung, Catherine. Wenn sich die WICED gegen ihre Financiers stellt, werden diese ihre Spenden einstellen, sie vielleicht sogar bekämpfen. Die WICED wird im Gegenzug alles tun, um Chilanchi zu verhindern und vor allem Südamerika zu schützen. Die WICED ahnt durch deinen Anruf, dass hier etwas anläuft. Deshalb musste Maria dringend weg. Ich wunderte mich, dass sie so kurz nach meiner Entlassung aus dem Krankenhaus abreiste. Das passt nicht zu ihr.«

»Warum hat sie dich nicht ins Vertrauen gezogen?«

»Das ist keine Vertrauenssache, sie will mich schonen. Ich könnte mich ja ‚aufregen'.«

»Also was du planst… das wäre ungefähr so wie ein getarnter Angriff von außen. Statt einer direkten Konfrontation zettelt man einen internen Bürgerkrieg an, damit die Stämme sich untereinander bekämpfen. So muss man keinen teuren Krieg führen. Sobald das Land geschwächt ist, übernimmt man es. Die Stämme sind in diesem Fall die diversen Interessengruppen und Drahtzieher, das Land steht für ihre Pläne. So eine Strategie verfolgst du?«

»So ungefähr.«

»Wird das denn klappen?«

»Woher soll ich das wissen? Es ist ein Ansatz. Catherine du bist ein Genie. Auf Chilanchi wäre ich nie gekommen.« Rivas hob sie hoch und drückte sie.

»Siehst du, ich bin doch für was gut«, schnaufte Catherine atemlos, weil er ihr vor Freude die Luft abdrückte.

»Wolltest du dich nicht hinlegen?«, regte er an.

»Keine Lust mehr.«

»Schade.«

Catherine blühte auf. »Schade? Ich dachte, jetzt hast du erst recht keine Zeit mehr für mich.«

»Blabla, rede nicht so viel, du verrücktes Huhn.«

»Mit verrückten Frauen hat man besseren Sex.«

»Ach, ist das so?«

»Ja, das ist so.«

»Das kannst du nicht beurteilen!«

»Wer dann?«

»Ich«, sagte er, hob sie hoch und trug sie nach oben.

17.
Catherine

Nach der eingeschlummerten Libido - diese Tatsache hatte Catherine richtig erkannt - war Rivas‘ Sexualtrieb nun gewaltig. Er fiel ihm schwer, sich dem langen Vorspiel zu widmen, das Catherine stets brauchte und definitiv von ihm erwartete. Deshalb zwang er sich, während ihrer obligatorischen Anlaufphase an etwas anderes zu denken. Aber nicht an seine Sorgen, das würde ihn zu weit in die entgegengesetzte Richtung lenken. Kurz nachdem die Romantik des Getragenwerdens, das sie so liebte, abgeklungen war, bemerkte Catherine seine Ablenkung und schloss daraus das Gegenteil: dass er sie nicht begehrte. Sie machte sich los und fragte: »Rivas du bist nicht bei der Sache. Gefalle ich dir nicht mehr?«

Rivas sah die düsteren Wolken aufziehen und wusste, so wird das nichts. Aber eine Chance gab es noch. »Zieh dich wieder an.«

»Was?«

»Los mach schon.«

»Rivas, was soll das? Bist du verrückt geworden?«

»Zieh dich sofort an und verschwinde aus meinem Zimmer.«

Ohne ein weiteres Wort sammelte Catherine wutentbrannt ihre Sachen zusammen und streifte ihr Kleid über. Die Unterwäsche nahm sie mit. Sie stürmte in den Gang und knallte die Tür hinter sich zu. An ihrer eigenen Schlafzimmertür angekommen, flog seine Tür hinter ihr auf, und Rivas sprang ihr hinterher. Er holte sie ein, warf sie unsanft über seine Schulter als wäre sie ein Sack Kohlen, und, zurück im Schlafzimmer, aufs Bett. Bei dem Gerangel am unteren Ende des Bettes fiel ihr Kopf nach hinten, gefolgt von ihrem gesamten Oberkörper. Rivas zog sie an den Hüften in einem Schwung zurück und ihr Kleid hoch. Catherine winkelte die leicht gespreizten Beine ab, um auf den Sohlen und Ellbogen abermals ans Bettende zu rutschen, als ob sie ihm entkommen wollte. Eigentlich war sie ja wütend, warum musste sie die ganze Zeit lachen? Sie täuschte weiter empörten Widerstand vor - so gut es zwischen dem Gekicher ging - aber als sie Rivas in sich spürte, ergriff eine genüssliche Schlaffheit ihren Körper, der sie machtlos erlag. Inzwischen hing ihr Kopf wieder nach hinten über den Bettrand. Sie schloss die Augen und stöhnte sich zwischen schnellen, tiefen Atemzügen den heißen Atem aus den Lungen. Plötzlich fühlte sie, wie Rivas sie mit einer Hand am Kinn fasste und ihren Kopf nach oben zog. Das tat weh. Ein bisschen. Catherine stöhnte lauter.

»Sieh mich an!«, forderte er forsch. Ihr Kinn immer noch fest im Griff, schüttelte er ihren Kopf. »Los, sieh mich an!« Sie öffnete kurz die Augen und wie von selbst schlossen sie sich wieder. »Hey, hörst du mir nicht zu?« Sie blickte so lange in seine Augen, bis ihr die Konzentrationskraft ausging. Er ließ ihr Gesicht los und wie ein Schiff in einem Tropensturm wippte sie jetzt ohne Halt auf und ab. Immer weiter rutschte sie vom Bett nach unten, immer höher schlugen die Wellen bis sie sich beide auf dem Boden wiederfanden. Wie sie dahin gekommen war, wusste sie nicht. Warum sie nassgeschwitzt war, wusste sie auch nicht. Sie hatte sich nicht um die kleinste Bewegung ihrerseits bemüht. Es war zu schön gewesen, sich endlich, endlich wieder ihrer Lust zu unterwerfen. Atemlos rappelten sich beide auf. Rivas fand wie so oft irgendeinen Fetzen Stoff, der ihr bei der Bewältigung seines Hormonstaus helfen sollte, damit sie nicht sofort ins Badezimmer rennen musste.

Big Ben schlug zur Mittagsstunde.

Catherines Handy klingelte. Es war Sylvia. »Ja Sylvia?«

»Ihre Bitte geht mir nicht aus dem Kopf. Ich möchte Ihnen die Namen geben, ich weiß, dass Sie gute Leute vermitteln. Was ist schon dabei?«

»Oh Sylvia, es tut mir leid, dass sie sich gezwungen fühlen mir zu helfen, aber das hat sich inzwischen erledigt. Ich brauche die Informationen nicht mehr. Ich hätte Sie nie danach fragen sollen. Können Sie mir verzeihen?«

»Irgendwie bin ich erleichtert, aber auch enttäuscht, ich wollte Ihnen wirklich helfen. Das wirkt sich doch jetzt nicht negativ auf meine Bewerbung aus, oder?«

»Was meinen Sie? Weil Sie sie mir nicht gleich gegeben haben?«

»Ich dachte eher, vielleicht war das ein Test? Dann hätte ich ihn jetzt vermasselt.«

»Das ist Unsinn, Sylvia. Nun erzählen Sie mal, wie geht es Ihnen momentan?« Die beiden telefonierten noch circa zwanzig Minuten und Catherine spürte, dass sich ihre neue Freundschaft zu vertiefen schien. Catherine hatte keine Freundin. Da gab es Gabi, ihre Assistentin, und Claudia, ihre Reitlehrerin. Und natürlich waren Trevor und Tom mit ihr eng befreundet, aber eine Beziehung zu einer weiblichen Vertrauten hatte sie seit ihren Teenagerjahren nicht mehr genossen. Die Vorstellung eine Freundin zu haben gefiel ihr und sie wunderte sich darüber.

Danach wollte Rivas endlich raus aus den vier Wänden und sie verbrachten den Rest des Tages im Londoner West End. Zu Abend aßen sie in einem Edelitaliener in Knightsbrigde, nicht weit von ihrem Haus entfernt. Das Restaurant war insofern ungewöhnlich, als dass man das gewünschte Menu selbst zusammenstellte und bis spätestens mittags vorbestellen musste. Dazu gab man zwei Wünsche an, falls der Markt an diesem Tag nicht die frischen Zutaten hergab, die der Koch benötigte. Catherine bestellte sich Gnocchi con Scampi und Rivas Pescatrice Trevisana - Seeteufel mit Wein, Tomaten und Radicchio. Auf Antipasti und Nachspeisen verzichteten sie, aber eines musste sein: Taittinger! Rivas hatte auch Catherines Lieblingschampagner im Vorfeld bestellt, um ihr eine Enttäuschung zu ersparen.

»Du hast ja ganz schön zugepackt heute Mittag. Mein lieber Mann«, sinnierte Catherine in bewunderndem Ton.

»Hat es dir nicht gefallen?«

»Das weißt du doch, aber Rivas, warum musste ich dich unbedingt ansehen?«

»Ist das nicht offensichtlich?«

»Nein, dieses Spiel verstand ich nicht.«

»Das war kein Spiel.«

Catherine ging ein Licht auf. »Du wolltest mich zwingen, wahrzunehmen, mit wem ich schlafe.« Rivas antwortete nicht. »Das war nicht nötig, Rivas. Du behandelst mich wie ein Schlampe.«

»Gerade bestätigtest du noch, dass es dir gefallen habe.«

»Da wusste ich nicht, dass du es ernst meintest. Aber sag mal, Rivas, hattest du denn seit unserer gewaltsamen Trennung keinen Sex mehr?«

»Catherine ich lag im Krankenhaus. Mit den Schwestern oder den Beamtinnen vor der Tür? Im Koma?«

»Danach.«

»Schon seit dem Tag, an dem du auf der Farm in Peru ankamst, beziehungsweise schon davor, denn ich kam ein paar Tage vor dir dort an, habe ich mit niemandem geschlafen außer mit dir.«

»Also seit du mich kennst«, stellte Catherine freudig fest. »Ist das nicht schwer? Ich meine, ein viraler Mann, monatelang keinen Sex?«

»Abstinenz kann man sich antrainieren, wie alles andere auch. Solange man sich nicht visuell oder manuell stimuliert, geht das Sexualbedürfnis in den meisten Fällen zurück. Durch den Akt kurbelt man es wieder an.«

»Wie beim Reiten.«

»Reiten?«

»Ja, je mehr man reitet, desto mehr will man es. Wenn man sich längere Zeit nicht aufs Pferd setzt, klingt die Lust langsam ab. Einmal im Sattel und die Sucht beginnt von Neuem. Eines interessiert mich noch, was deine Situation betrifft. Wenn die ganze Zeit eine weibliche Geisel herumschwirrt, hat man doch visuelle Stimulation?«

»Wenn sie aussieht wie du und in meinen Hemden herumläuft, ja. Aber zum ‚Mannsein' gehört ein gewisses Maß an Disziplin.«

»Durch das Über-Ich, das das Es zügelt.«

»Humphrey hat Spuren hinterlassen. Das ist eines seiner Lieblingsthemen. Weshalb hat er bei dir in dieser Richtung nachgeforscht?«

»Bei mir nicht, aber bei dir.«

Rivas schluckte. »Ihr habt über die Struktur *meiner* Psyche gesprochen?«

»Ja, im Zusammenhang mit deinen Handlungen und Entscheidungen als Kidnapper.«

»Was hat er gesagt?«

»Muss ich dir das sagen?«

»Du stehst nicht vor Gericht. Niemand muss sich zum Reden zwingen lassen, außer vor Gericht, und auch das nicht immer, wie du weißt.«

»Er hat dich mit einem Serientäter verglichen«, offerierte Catherine dennoch die Information.

»Aha.«

»Bist du jetzt sauer auf ihn? Oder auf mich?«

»Er wird gewusst haben, warum er das Thema aufgriff. Hat es dir geholfen?«

»Ich glaube schon, Rivas.«

»Das ist die Hauptsache.«

»Würdest du wieder morden?«

»Dich quält die Frage, ob ich dir wehtun werde, nicht wahr?«

»Es gibt viele Leute, die das glauben. Ich streite das ab.«

»Wer?«

»Trevor, Tom, Dr. Lammingcourt.«

»Und wie ist deine Meinung? Weil man etwas abstreitet, bedeutet es noch lange nicht, dass es nicht so ist.«

»Nein, ich glaube es nicht, Rivas. Allerdings habe ich mir und Tom und Trevor geschworen, dass ich, falls es noch einmal passieren sollte, dich sofort verlassen würde.« Rivas schwieg. »Bist du enttäuscht?«

»Nein, ich würde das Gleiche tun.«

»Du meinst, wenn du in meiner Lage wärst?«

»Nein, Catherine, sollte mir je wieder die Hand ausrutschen, werde ich derjenige sein, der sich verabschiedet. Das habe *ich* mir geschworen. Und weil ich dich keinesfalls verlieren will, wird das nicht passieren.«

»Bist du sauer, weil ich das gesagt habe?«

»Wir müssen über alles sprechen können, was im Raum steht, Catherine. Das ist in Ordnung. Hattest du Angst heute Mittag? War dir das zu viel?«

»Natürlich nicht!«, entrüstete sich Catherine. »Ich mag das. Warum eigentlich?«

»Wir wissen es nicht, Catherine. Mit ‚wir' meine ich die Psychologie, genauer gesagt, die Sexualwissenschaft. Aber wir wissen, dass viele Frauen davon fantasieren, einfach genommen zu werden. Allerdings natürlich vom Sexualpartner ihrer Wahl.«

»Da bin ich froh, ich dachte schon, dass mit mir etwas nicht stimmt.«

»Über einen Zeitraum von fünfzehn Jahren stimmten mehrere unabhängige Studien zu hundert Prozent in ihrer Erkenntnis überein, dass fünfzig Prozent aller Frauen darüber fantasieren, dem männlichen Partner sexuell ausgeliefert zu sein.«

»Wenn es das so oft gibt, warum habe ich noch nie davon gehört?«

»Es ist ein gesellschaftliches Tabu. Außerdem könnte es mit dem falschen Partner zu Missverständnissen führen. Alle befragten Frauen, auf die es zutraf, fantasierten dabei über einen Sexualpartner, den sie begehrenswert fanden. Sie behielten die Kontrolle über die Vorstellung und sie verspürten in der Fantasie keine Schmerzen. Du bist nicht alleine.«

»Hm. Aber warum ist das so?«

»Diese Fantasien stehen oft in Zusammenhang mit Einschränkungen im wirklichen Sexualleben. Die erotische Fantasie hilflos zu sein, beruhigt das einem von der Gesellschaft aufgebürdete Gewissen. So muss man sich nichts vorwerfen, muss die Verantwortung für seine sexuellen Wünsche nicht übernehmen. Man behält seine Unschuld und Reinheit.«

»So ein Quatsch.«

»Es gibt noch eine andere Theorie, nicht so weitverbreitet wie die erste. Diese stützt sich auf die Evolutionslehre. Sie bringt die Fantasie mit der Wahl eines starken, überlegenen Partners in Verbindung. Er kann den körperlich schwächeren Partner beschützen. Und die Nahrungsbeschaffung, also die Jagd, fällt ihm leichter, als einem weniger aggressionsgetriebenen Individuum.«

»Fantasieren Männer auch?«

»Noch häufiger als Frauen.«

»Stellen sie sich dann vor, der andere Pol zu sein, also der Überwältiger?«

»Männerfantasien kreisen häufiger um Sex mit zahlreichen Sexualpartnern oder um die Geschlechtsteile der Frau. Visuelle Fantasien dieser Art sind nach Studien bei Frauen weniger üblich.«

»Und du? Hast du auch schon einmal über Sex mit mehreren Frauen gleichzeitig nachgedacht?«

»Nicht nur das.«

»Du hast es gemacht?«

»Catherine, ich habe mit so ziemlich allem experimentiert, was es gibt.«

»Was macht dich am glücklichsten? Sexuell meine ich?«

»Du. Du machst mich glücklich, Catherine.« Er schenkte ihr nach. »Komm trink aus. Wir haben morgen einen anstrengenden Tag vor uns.«

»Weißt du, was ich an dir liebe?«

»Dass ich ein toller Liebhaber bin«, scherzte Rivas.

»Dass man mit dir über alles reden kann. Du wärst ein wunderbarer Therapeut, Rivas.«

»Ich habe zwar nicht viel praktische Erfahrung, aber wohl schon eine Berufskrankheit.«

»Warum haben wir morgen eigentlich einen anstrengenden Tag vor uns?«

»Weil wir dich auf deine Abreise vorbereiten.«

»Rivas, es ist bald Weihnachten. Können wir nicht bis dahin noch zusammenbleiben? Ich stelle es mir so schön vor. Ich würde Plätzchen backen, den Baum schmücken, Geschenke einpacken«, träumte Catherine laut.

»Ich muss Weihnachten zu Maria, Catherine. Weihnachten wird sie total sentimental, das ist ein wichtiger Feiertag für sie. Wir verbringen die Festtage immer in der Camargue mit Carlos, Sandrine und ein paar anderen Familienmitgliedern.«

»Das ist auch ein wichtiger Feiertag für mich. Ich werde auch sentimental!«, rebellierte sie in bockigem Ton.

»Möchtest du mit uns feiern?«

»Mit der WICED Sippe? Auf keinen Fall!«

»Catherine, ich kann Maria an Weihnachten nicht alleine lassen. Sie ist dreihundertfünfundsechzig Tage im Jahr vierundzwanzig Stunden am Tag für mich da. Wenigstens einen davon muss ich ihr zurückgeben. Ich bin ihr engster Vertrauter.«

»Ich bin auch dreihundertfünfundsechzig Tage im Jahr vierundzwanzig Stunden am Tag für dich da. Du bist auch mein engster Vertrauter«, protestierte sie kindisch. »Mich alleine zu lassen, ist in Ordnung, ja?«

»Wärst du bereit, Weihnachten in Argentinien auf Marias Hazienda zu feiern? Dazu könnte ich sie überreden. Da kannst du backen, soviel du willst. Marias Küche ist der Traum eines jeden Sternekochs.«

»Ich möchte, dass wir zusammen bei mir feiern. Ich habe auch eine Küche, weißt du!«

»Schlaf drüber, okay? Morgen reden wir weiter. Komm, wir müssen los.«

Aufgrund des langen Krankenhausaufenthalts hatte Rivas notgedrungen mit dem Rauchen aufgehört, an diesem Abend fing er wieder damit an. So schlenderten sie spätnachts vom Restaurant zurück nach Hause, rauchend, redend, ihre gemeinsame Zukunft schmiedend.

Catherine überredete Rivas, doch noch ein wenig Zeit mit ihr in London zu verbringen. So verbrachten sie den nächsten Tag unterwegs in der Stadt und am darauffolgenden unternahmen sie einen Ausflug aufs Land. Sie fuhren mit dem Auto nach Devon und holten bei kalorienreichen Devonshire Cream Teas nach, was sie in Lima begonnen und in Paris verloren hatten: das gegenseitige Kennenlernen. Rivas erzählte von Andalus, über den er regelmäßige Berichterstattung aus Argentinien einholte. Catherine schilderte bis ins kleinste Detail ihre Therapie, ihre Verhöre und wie es ihr allgemein ergangen war. So gelang es Catherine, die gefürchteten Abreisepläne unbestimmt in die Länge zu ziehen, bis sich die Realität nicht mehr verdrängen ließ - Maria kehrte zurück.

18.
Catherine

Schnee fiel. Das Thermometer zeigte minus vier Grad an. Catherine entzückte sich über die Flocken, war aber den europäischen Wintertemperaturen nicht gewachsen. Gedanklich fröstelnd mummelte sie sich in ihre dicken Wintersachen ein, nahm keine Rücksicht auf die weibliche Eleganz. Hauptsache die Sachen hielten warm. Maria trat ein und unverzüglich wurde Catherines Erscheinungsbild zum Opfer von Marias gnadenloser Qualitätskontrolle. Mit prüfendem Blick musterte sie den dicken Pulli von der Kaufhausstange und die Mittelklasse Jeans aus der Kinderabteilung. Catherine hatte in den letzten drei Wochen vier Kilo zugenommen. Von den wenigen Kleidungsstücken in ihrem Gepäck passte fast keines mehr, außer ihrem grünen Kleid und eben gerade noch dieser Kombination von Pulli und Stretchjeans. Marias missbilligender Blick entging Catherine nicht und untergrub ihr Selbstvertrauen. Mangelndes Selbstbewusstsein manifestierte sich aber bei Catherine immer so, dass sie noch mehr aufdrehte, nicht dass sie sich verkroch. In Vorbereitung auf die sich anbahnende Konfrontation wallte innerlich die Wut auf, noch bevor Maria die Gelegenheit zu einem Kommentar finden konnte. Als sie dazu kam, kochte Catherines Temperament schon auf voller Betriebstemperatur, während Maria sich noch warmlief. Der Kampf der Titanen war eröffnet.

Rivas musste zu einer Nachuntersuchung in die Klinik und Maria und Catherine sollten ihn begleiten. Obwohl es absolut nicht nötig gewesen wäre, denn sie war ohnehin wie aus dem Ei gepellt, hatte Maria sich vor dem Termin umgezogen. Als Catherine aufbruchsbereit in ihrer alltäglichen Aufmachung im Hausflur erschien, fragte Maria: »Haben Sie nichts anderes in Ihrem Koffer?«

»Ich reise mit leichtem Gepäck«, erwiderte Catherine schnippisch.

»Sandrine war doch mit Ihnen einkaufen! Hat man in ganz London nichts für Sie finden können?«

»Es war einmal eine junge Headhunterin. Sie war für einen Geschäftstermin außerordentlich gut gekleidet und freute sich auf das Treffen. Wie konnte sie erahnen, dass es sich dabei um eine Falle handelte, die ihre eine böse Hexe gestellt hatte? Die Zauberlehrlinge der bösen Hexe ergriffen die Frau und beraubten sie ihrer schönen Kleidung.

Stattdessen steckten sie sie in Armeekleidung und verschleppten sie in einen dunklen, gefährlichen Zauberwald. Bald waren ihre Sachen verschlissen und verschmutzt, aber die böse Hexe zeigte kein Erbarmen mit der Frau und hielt sie lange Zeit gefangen. Das Leiden der Frau berührte sie nicht. Eines Tages überließ sie ihr einen Koffer prall gefüllt mit edlen Kleidungsstücken, aber nicht um ihr zu helfen, sondern um ihre Gefangene von ihr abhängig zu machen. Gerne hätte die Frau selbst gewählt und sich selbst versorgt, aber die Hexe versagte ihr dieses Recht. Sie musste sich damit abfinden und die Sachen der Hexe tragen. Bis sie sich befreien konnte. Von diesem Tag an ließ sie sich nie wieder Vorschriften machen. Vor allem nicht von bösen Hexen und ihren Zauberlehrlingen. Ich bin soweit. Gehen wir?«

Wieder zu Hause nörgelte Catherine herum und Rivas drängte Catherine seinerseits endlich zum Pferdekauf, um vom Thema Maria abzulenken.

»Kann das mit dem Hengst nicht warten, bis wir für immer zusammen sind, Rivas?«

»Nein, erledige das jetzt, Catherine. Ich möchte, dass du dich so bald wie möglich von einem Pferd verwöhnen und liebhaben lässt. Es wird dir guttun, mein Schatz. Aber ich werde Alberto anrufen, und ein Pferd für dich aussuchen lassen. Probereiten ist nicht notwendig, aber anschauen musst du ihn dir auf jeden Fall vor dem Kauf, um sicherzugehen, dass ihr beiden euch versteht. Dabei geht es nicht um die Qualität des Pferdes, das kläre ich mit Alberto schon, sondern um die emotionale Bindung. Nicht nur du musst den Hengst kennenlernen dürfen, sondern auch er dich. Ihr müsst beide die Chance bekommen, eure Zu- oder Abneigung zu zeigen, bevor ihr euch füreinander entscheidet. Dem Pferd die Möglichkeit zu geben, seinen Besitzer zu wählen, und nicht nur umgekehrt ist eine wichtige Voraussetzung für eine tiefe Freundschaft, die weit über das übliche Maß von gegenseitigem Vertrauen hinausgeht.«

»Ja, das sehe ich ein. Wohin soll ich ihn denn schicken?«

»Lass ihn erst mal bei Alberto. Danach sehen wir weiter.«

»Wir sind heimatlos«, stellte sie bedrückt fest.

»Wieso? Du hast doch eine Heimat?«

»Aber keine gemeinsame und du hast gar keine. Du musst bei Maria wohnen oder in WICED Wohnungen.«

»Ich habe ein Haus in Boston, Catherine und ein Appartement in Marseille.«

»Wieso weiß ich nichts davon?«

»Du hast nie danach gefragt.«

»Okay, aber wo immer ich das Pferd hinschicke, dauert es nicht ewig, bis es bei mir ist?«

»Die WICED kann die Quarantänebestimmungen umgehen.«

»Wie?«

»Beziehungen. Bestechungsgelder.«

»Findest du nicht, dass wir uns langsam ohne die WICED Bequemlichkeiten zurechtfinden sollten?«

»Ja, das stimmt. Wir machen das offiziell, okay?«

»Mhm. Und was machen wir nun wegen Weihnachten? Ich habe keine Lust auf Maria und ihr Haus. Ich würde mich unwohl fühlen, nie könnte ich bequeme Sachen anziehen. Aber wenn ich wählen muss zwischen Weihnachten alleine oder Weihnachten mit dir bei Maria, müsste ich mich damit abfinden.«

»Du würdest das verkraften? Maria? Ihr Haus?«

»Solange du zu mir hältst, ist nichts ein Problem für mich. Mit ihr komme ich schon zurecht, Rivas. Aber ich erwarte von dir, dass du dich entweder heraus oder zu mir hältst, wenn du eine Wahl treffen musst. Auch wenn ich im Unrecht bin. Schaffst *du* das?«

»Wenn mehr Männer sich darüber im Klaren wären, wie wichtig das ist, gäbe es weniger Scheidungen. Scheidungsgründe, in der tieferen Analyse, stehen häufig in Verbindung mit den Familienmitgliedern des Paares. Wir sind zwar nicht verheiratet, aber mir ist vollkommen bewusst, dass jede Frau erwartet, im Leben ihres Mannes die Hauptrolle zu spielen. Und das tust du für mich, Catherine.«

»Ich liebe dich.«

»Ich liebe dich auch, Catherine. Weißt du was, wir müssen nicht zwischen zwei schlechten Optionen wählen. Lass uns neue erfinden. Was haben wir denn da? Die zwei offensichtlichen sind Weihnachten du in Südafrika und ich wie jedes Jahr in der Camargue oder Weihnachten zusammen mit Maria in Argentinien.«

»Ich habe eine Idee«, rief Catherine dazwischen. »Weihnachten hier in London, nur wir beide.«

»Geht nicht, das Haus ist gebucht. Am Dreiundzwanzigsten müssen wir spätestens alle hier raus.«

»Was wird aus Pedro?«

»Der fliegt zu seiner Familie nach Bogotá.«

»Ruckebier?«

»Appleton.«

»Hm, sogar der Terrorismus macht Weihnachtspause.«

Catherine fiel auf, dass Rivas sie nicht, wie zuvor auf Anti-Terrorismus korrigierte. Stattdessen sagte er schmunzelnd: »Option Vier: Weihnachten nur du und ich in Boston.«

Catherine begriff sofort. »Oh Rivas, das wird wunderbar. Wie die Tage in Paris, nur wir beide. Ich freue mich so. Wann können wir abreisen und für wie lange?«

»Wir können übermorgen fliegen, dann sind wir rechtzeitig für Heiligabend dort. Wir bleiben bis kurz nach Neujahr und dann aber ab mit dir zu Alberto, abgemacht?«

»Ja, einverstanden. Aber was ist mit Maria?«

»Ich werde mit ihr reden. Sie ist keine Idiotin, Catherine, und nicht halb so egoistisch, wie du sie einschätzt. Sie wird enttäuscht sein, aber sie wird Verständnis zeigen. Sie bürdet sich mir nie auf. Ich habe nur immer an der Weihnachtsregel festgehalten. Mittlerweile haben sich eben die Prioritäten verlagert.«

Catherine kicherte bei der Vorstellung, diese Priorität zu sein. »Rivas, Boston ist sehr vornehm. Ich möchte dich nicht blamieren. Maria hat ja irgendwie recht, ich habe wirklich nichts anzuziehen, nichts passt mir mehr.«

»Du weißt doch, dass ich dich so mag, wie du bist, aber wenn du es für nötig hältst, dann geh doch einkaufen. Du sitzt hier an der Quelle, Oxford Street ist die bedeutendste Einkaufsstraße Europas und die Läden in der angrenzenden Regent Street sind sehr schick. Fahr mit der U-Bahn zur Haltestelle Bond Street und schon bist du da. Oder, warte bis du in Boston bist, dann musst du die ‚Neuerwerbungen' nicht schleppen.«

»Gut, so machen wir's. Ich muss jetzt ein paar Leute anrufen, Rivas.« Sie rief Tom und Gabi an, um sie über ihre neuesten Pläne zu informieren. Gerade als sie auflegte, rief Sylvia an. Auch ihr erzählte sie von ihren Weihnachtsplänen.

»Das ist wunderbar, Catherine, auch ich verbringe die Feiertage in Boston. Ich bin schon da. Eine Bekannte hat mich zu sich eingeladen. Wir müssen uns auf jeden Fall treffen. Ich würde euch gerne bekanntmachen. Aber mehr verrate ich nicht, es soll eine Überraschung werden.«

»Eine Überraschung? Welche denn?«

»Catherine! Dann ist es doch keine Überraschung mehr.«

»Das wird ja spannend. Ich melde mich nach Weihnachten, okay?«

»Super, ich freue mich schon.«

»Sylvia möchte mich in Boston mit jemandem bekanntmachen, Rivas. Es soll eine Überraschung werden. Was könnte das bedeuten?«, fragte sie nach dem Auflegen nachdenklich.

»Vielleicht einer von ihren Spendern? Etwas anderes kann ich mir nicht vorstellen. Sie glaubt, dir damit eine Freude machen zu können.«

»Merkwürdig«, murmelte Catherine und ließ sich von Rivas in den Arm nehmen.

Zwei Tage später saßen Rivas und Catherine in der Maschine für den Siebeneinhalbstundenflug von London direkt nach Boston.

19.
Charlotte

Charlotte erklomm von Picasso von hinten angetrieben, die Holzstufen auf den Dachboden eines Hauses. Mitten in der Nacht waren sie dort angekommen, es war stockdunkel. Von draußen hatte sie nichts wahrgenommen, weil Picasso ihr nach dem Aussteigen mit einem Kissenüberzug den Kopf bedeckt und sie so vom Wagen in das Haus geführt hatte. Der Dachboden war so niedrig, dass man selbst kniend an die oberen Balken stieß. Der Boden bestand aus Holzbalken, deren Zwischenräume mit Material nicht dicker als Pappe gefüllt waren. Sie war sicher, darauf zu treten, bedeutete durch die Decke zu fallen. Also kroch sie von Balken zu Balken in die hinterste Ecke und wartete dort kauernd auf den Tagesanbruch. Am Morgen würde sie ihre Behausung inspizieren, vielleicht ergab sich über die Dachziegel oder den dünnen Boden endlich eine Fluchtmöglichkeit.

Picasso war nur so viele Stufen hinaufgeklettert, um sie an ihrem Po hineinschieben und die Luke hinter ihr schließen zu können. Sie hatte ihre Emaille-Schüssel, ihr Kleid am Leibe und sich selbst. Das war‘s. Jetzt betete sie ernsthaft für ihre zwei Entführer. Ihr war klar, dass sie, wenn ihnen bei den Verhandlungen etwas zustoßen würde, bevor sie ihr Versteck preisgegeben hatten, verhungern würde. Nein, sie würde verdursten. Der Gedanke daran erfüllte sie mit Grauen.

Tag 35, Gebot 35: Jeden Tag beten.

20.
Catherine

Um 18.00 Uhr am 23. Dezember kamen sie mit Virgin Atlantic am Boston Logan International Airport mit Verspätung an. Die Taxifahrt zu Rivas' Haus dauerte weitere fünfundvierzig Minuten und Catherine war verzaubert von der Winterlandschaft, die Massachusetts ihnen darbot. Es fiel ein feiner Pulverschnee, der die Landschaft wie mit einem Hauch von Puderzucker bedeckte. In der späten Dämmerung entfernten sie sich von der Stadt. Immer tiefer drangen sie in ein Waldgebiet hinein. Die Anzahl der Häuser verringerte sich, die Ausmaße der Grundstücke wuchsen, die Bäume rückten dichter zusammen, bis sich ein geheimnisvoller See auftat. Der Weg verschmälerte sich auf einspurig, war aber weiterhin schön geteert. Sie zogen an weißen Ranchzäunen auf der einen Seite und dem Seeufer auf der anderen entlang bevor sie vor einem gepflegten Grundstück anhielten. Vom Zaun aus sah sie ein Haus mit einer Garage. Ein kleines Cottage lag abseits und gleich daneben eine Scheune, umringt von Garten und einer großen separaten Koppel. Das ganze Grundstück war aber nur ein bis zwei Hektar groß. An dessen südlicher Begrenzung, läppte der schwarze See zärtlich direkt an den Rasen. Catherine hatte ein bürgerliches Stadthaus erwartet, nicht ein kleines Landgut und kam aus dem Staunen nicht mehr heraus.

Der Taxifahrer fuhr durch ein offenstehendes Gatter über eine Kieseinfahrt bis vor die Haustüre. Dort luden Rivas und der Fahrer das Gepäck aus. »Oh es ist kalt hier in Boston, wir werden als Erstes einheizen müssen«, zwitscherte Catherine fröhlich, während sie sich vor der Tür bibbernd die Hände rieb. Aber als sie eintraten, schlug ihnen sofort eine gemütliche Wärme entgegen. Das Haus war offensichtlich liebevoll für seine Gäste hergerichtet worden. Ein reizender kleiner Küchentisch war rustikal gedeckt und ein Zettel verriet, dass ein kleines Abendessen zum Aufwärmen bereitstand. »Wie hast du das denn wieder hingekriegt?«, fragte Catherine beeindruckt.

»Rosalie.«

»Rosalie?«

»Sie ist eine kolumbianische Rentnerin, die seit vierzig Jahren in Boston wohnt. Wenn ich hier bin, leider so gut wie nie, arbeitet sie für mich. Wenn ich nicht da bin, kommt sie einmal in der Woche, staubt ab und sieht allgemein nach dem Rechten. Leider wirst du sie erst nach

Weihnachten kennenlernen, sie verbringt die Feiertage mit Kochen für ihre große Familie.«

»Das trifft sich gut, so kann ich ungestört unseren Weihnachtsschmaus zubereiten.«

»Ich dachte eigentlich, wir gehen essen.«

»Rivas, ich bin kein Sternekoch, aber ich kann auch kochen, weißt du?«

»Warum habe ich davon bisher nichts mitbekommen?«

»Weil ich nicht so viel Erfahrung habe und ein Rezept brauche. Ich habe für Vater und mich oft gekocht, aber das ist lange her. Gibt es im Haus Kochbücher über internationale Küche?« Sie spähte neugierig herum.

»Nein, aber in Boston gibt es mehr Buchläden als sonst wo auf der Welt. Da wirst du das Passende finden.«

»Ich brauche ein deutsches Kochbuch.«

»Weshalb?«

»Weil unser erstes Weihnachtsfest ein deutsches sein wird.«

»Ich schließe dir deinen Laptop an, dann kannst du nach Rezepten googeln.

»Nein, ich brauche ein Kochbuch. Internet Rezepte mag ich nicht.«

»Gut, dann googelst du eben nach einem deutschen Buchladen.«

»Und einem deutschen Lebensmittelladen. Ich brauche Knödel und Rotkohl. Und wo kann ich eine richtig fette Wintergans aus freier Haltung bekommen, Rivas?«

»Um Himmelswillen, was ist ‚Nodel'? Das hört sich spartanisch an.«

»Knödel sind kleine Bällchen aus Kartoffelteig, die man in heißem Wasser gart. Hast du noch nie Knödel gegessen?«

»Das wüsste ich. Da hast du dir ganz schön viel vorgenommen, mit deiner Gans. Ich werde hernach Rosalie anrufen und sie fragen, wo man eine auftreiben kann. Das ist hier kein typisches Weihnachtsessen, Miss ‚Old Mac Donald'.«

»Weiß ich. Und ‚Old Mac Donald' bist wohl eher du mit deiner kleinen Farm, hia hia ho. Plätzchen backen muss ich auch noch. Und Geschenke kaufen. Oh meine Güte, wie soll ich das alles morgen schaffen?« Catherine seufzte über ihren Last-Minute Weihnachtsstress.

»Ich schließe dir morgen früh gleich die Batterie an, dann kannst du den Dodge in die Stadt nehmen.«

»Wieso? Was ist mit der Batterie?«

»Wenn das Auto länger steht, muss man die Batterie entfernen, sonst hat das Auto keinen Saft mehr, wenn man es anlassen will.«

»Oh, daran lag es! Dieses Problem musste ich lösen, als ich nach der Entführung wieder zu Hause war. Ein Mechaniker musste die Batterie austauschen. Aber ich weiß nicht, Rivas, Rechtsfahren hier in Amerika und mit so einem großen Dodge? Wahrscheinlich ein Automatik?«

»Ja, die meisten Wagen hier sind Automatik. Das ist viel leichter für dich.«

»Kannst du mich nicht in die Stadt bringen?«

»Du willst doch bloß wieder, dass ich mit dir einkaufen gehe«, stöhnte Rivas.

»Wo denkst du hin?«, entrüstete sich Catherine. »Ich habe viel zu viel zu erledigen. Sachen zum Anziehen brauche ich auch noch und außerdem muss ich für dich Geschenke besorgen. Da darfst du nicht dabei sein.«

»Was wünschst du dir denn zu Weihnachten, Schatz?«

»Rivas, was ich mir wünsche, kann mir momentan niemand erfüllen.«

»So was Großes für meine Kleine?«

»Leider ja.«

»Verrate es mir.«

»Ich wünsche mir, dass wir eine Familie sein könnten, Rivas. Du und Andalus und ich.« Er nahm sie in den Arm, bis Catherine sich nach einer Weile losmachte. »Ich muss mir das Haus ansehen und das Grundstück.«

»Für das Grundstück ist es schon zu spät, es ist eiskalt und dunkel, das machen wir morgen, okay?«

»Ja, ach morgen ist schon Heiligabend. Bis wann haben die Geschäfte auf?«

»Mindestens bis 18.00 Uhr, aber ich werde dich fahren. Ich muss sowieso etwas in der Stadt erledigen, ich werde gleich sehen, ob ich morgen noch einen Termin bekomme. Und hinterher fahren wir zusammen zurück und dann feiern wir dein deutsches Weihnachtsfest.«

»Okay, ich brauche jetzt den Internetanschluss«, quengelte Catherine, »ich muss nach den deutschen Geschäften suchen.«

Rivas schloss ihr oben in einem Loft, in dem ein kleines Arbeitszimmer eingerichtet war, ihren Laptop an und verschwand nach unten, um zu telefonieren. »Hallo Edward.«

»Mensch Rivas, wie geht es dir? Bist du in der Stadt?«

»Ja, gerade angekommen. Ich bin morgen in der City, kann ich vorbei kommen? Sorry wegen Weihnachten.«

»Du hast Glück, dass wir dieses Jahr erst nach den Feiertagen nach Colorado fliegen. Hey? Warum kommst du nicht mit zum Skifahren? Trotz der Distanz bleiben wir dieses Jahr nur vier Tage. Das Ferienhaus ist groß genug, das weißt du ja.«

»Danke, aber ich bin nicht alleine.«

»Eine Frau?«

»Ja.«

»Bring sie mit. Susan und die Kinder würden sich freuen.«

»Danke, Ed, aber wir sind nur knapp über eine Woche hier und wollen die Zeit miteinander ohne Gesellschaft verbringen. Deshalb sind wir hier. Nimm es nicht persönlich.«

»Iwo. Aber was kann ich für dich tun, Rivas?«

»Das sage ich dir morgen. Sagen wir gegen 10.00 Uhr bei dir in der Kanzlei?«

»Ja, ich werde da sein. Bring uns zwei Muffins mit. Den Kaffee kriege ich schon hin.«

»Mach ich, bis dann.«

Catherine stieg schon bald die Treppen herab.

»Und hast du gefunden, wonach du suchtest?«

»Ja, der Buchladen heißt Coolidge Corner Bookstore und das Lebensmittelgeschäft heißt Karl's European Market.« Sie gab ihm die Adressen. »Findest du das?«

»Etwas kreuz und quer, soweit ich mich erinnere, aber das schaffen wir schon.«

»Hast du Hunger?«

»Ja.«

»Sollen wir sehen, was Rosalie für uns gekocht hat?«

»Ja, wärm das auf, ich mache uns eine Flasche Wein auf, okay?«

Nach dem Essen gingen sie bald ins Bett, Catherine war müde von der Reise und der Aufregung und schlief kurz darauf ein. Rivas las noch im Bett, als sein Handy klingelte. Es war Maria. Er stand auf und hob im Gehen ab. »Was gibt's?«

»Ich wollte hören, ob ihr gut angekommen seid. Von dir kann ich ja keinen Anruf erwarten.«

»Sorry, daran denke ich nie, aber gut, dass du mich anrufst. Nach den Feiertagen muss ich mit dir sprechen. Wegen der WICED, Ruckebier, meinen Plänen, Catherine.«

»Ich auch mit dir, Rivas. Es gibt verschiedene Entwicklungen.«

»Chilanchi?«

»Woher weißt du davon?«

»Von Catherine.«

»Ja, unsere Miss Marple war mal wieder am Werk. Gut, gleich nach den Feiertagen erwarte ich dich in der Camargue und wir sehen weiter.«

»Geht es dir gut?«

»Ja, Rivas, mache dir keine Sorgen, ich habe Carlos und den Rest der Familie. Deine Geschenke hebe ich dir auf. Für Catherine haben Daria und ich auch etwas gefunden. Etwas Anständiges! Es ist alles in Ordnung.«

»Alles klar. Bis dann.«

Am nächsten Morgen wachte Rivas gerade früh genug auf, um zu verhindern, dass Catherine auf dem Grundstück herumstöberte. Das wollte er absolut nicht und lotste sie gleich nach dem Frühstück in seinen Dodge Ram. Er fuhr sie zuerst zu der von Rosalie empfohlenen Farm, um die Gans zu besorgen, weil das nur ganz früh möglich war. Im Anschluss machten sie sich auf zu dem Buchladen, danach in das deutsche Delikatessengeschäft und schließlich setzte er sie in den Haupteinkaufsstraßen ab. »Die Gans muss kühl bleiben, Rivas«, sorgte sich Catherine.

»Ich lasse die Heizung aus, da brennt nichts an.«

Catherine kicherte. »Wohin musst du eigentlich, Rivas?«

»Zum Notar.«

»Weshalb?«

»Sag ich dir ein andermal«, wich er aus.

»Gibt es ein Problem?«, bohrte Catherine tiefer.

»Nein, es hängt hauptsächlich mit diesem Grundstück zusammen und mit der Wohnung in Marseille«, erklärte er vage.

»Ach so, alles klar. Holst du mich hinterher gleich ab?«

»Am besten du rufst mich an, wenn deine Einkäufe erledigt sind. Wenn es zu lange dauert, fahre ich nochmal nach Hause, und liefere deine Gans ab.«

»Ja, sofort in den Kühlschrank damit.«

»Jawohl, Frau Weihnachtsköchin.«

»Du musst noch einen Baum besorgen. Machst du das? Vielleicht wird es bei mir spät. Kannst du alleine einen aussuchen? Ich besorge den Schmuck, oder hast du Weihnachtsschmuck daheim?«

»Ja, ich schaffe das und nein, ich habe natürlich keine Weihnachtsdekoration zu Hause.«

Rivas betrat mit einer Papiertüte frischer amerikanischer Frühstücksmuffins das verlassene Bürogebäude. Der Portier meldete ihn an, bevor er im Lift in den vierzehnten Stock fuhr und durch die offene Kanzleitür trat. Das Büro war menschenleer, bis auf Edward Heath, seinen Notar und Freund, der ihn herzlich begrüßte. Sie holten sich an der Espressomaschine zwei Kaffees und setzten sich in Eds Büro.

»Ed, du kennst meine Situation. Ich musste doch meine Grundstücke auf Marias Namen melden, weil ich meinen echten nicht benutzen konnte und sie nicht auf eine falsche Identität laufen lassen wollte.«

»Ja.«

»Das ist jetzt nicht mehr nötig. Ich möchte sie auf meinen Namen umschreiben lassen.«

»Was ist passiert?«

»Die französische Staatsanwaltschaft hat die Anklage fallen lassen, das Morddezernat ermittelt angeblich weiter, aber momentan bin ich frei, Ed. Sonst können sie mir auch nichts nachweisen.«

»Ich will gar nicht wissen, wie du das geschafft hast, aber ich freue mich für dich. Glückwunsch. Wir werden Marias Unterschrift brauchen.«

»Ist klar. Ich spreche mit ihr. Kannst du die Unterlagen zur Unterschrift per Kurier nach Frankreich schicken? Du kannst sie ja im Nachhinein beglaubigen.« Rivas zwinkerte ihm zu.

»Rivas, nimm es mir nicht übel. Maria ist eine treue Klientin. Das geht schon klar, aber macht es dir etwas aus, wenn ich mich wenigstens telefonisch überzeuge, dass es sich tatsächlich um ihre Unterschrift handelt? Nur unserer geschäftlichen Beziehung wegen? Was würde sie von mir denken?«

»Tu das«

»Sobald ich aus dem Urlaub zurück bin und die Dokumente aufgesetzt habe. Ist es dringend?«

»Nach Neujahr reicht vollkommen. Außerdem möchte ich mein Testament ändern.«

»Gerne, das können wir gleich heute erledigen. Weiß Maria Bescheid? Das muss natürlich nicht sein, ich frage nur.«

»Du hast recht. Ich rufe sie an. Weißt du was, ich mache das gleich. Kann ich hier irgendwo ungestört telefonieren?«

»Bediene dich, alle Büros stehen leer. Ich suche inzwischen dein Testament heraus. Debbie hat eine sehr eigenwillige Art der Ablage, das kann etwas dauern!«

Rivas ging in das Vorzimmer und klärte Maria über seine Pläne auf. »Ist das in Ordnung für dich?«, fragte er abschließend.

»Natürlich. Es handelt sich um dein Eigentum. Es sei dir vergönnt, dass es endlich auf deinen Namen läuft. Das wollte ich dir sowieso demnächst nahelegen. Aber wieso willst du dein Testament ändern?«

»Ich möchte Catherine als Erbin einsetzen. Hast du etwas dagegen?«

»Rivas, Catherine mag mich nerven, aber selbst ich sehe, dass sie keine Erbschleicherin ist. Wenn du das willst, ist das deine Sache. Für mich wird es dann mit meinem eigenen Testament kompliziert, denn sollte mir vor dir etwas passieren, und dann dir, würde sie mein Grundstück erben. Ist es in Ordnung, wenn ich festlege, dass mein Besitz auf Daria übergeht, falls uns beiden innerhalb eines Jahres etwas zustößt? Das würde bedeuten, du könntest mein Erbe ein Jahr lang nicht anrühren. Was danach passiert, soll sein, wie es mag. Man kann ja nicht bis in alle Ewigkeit die Kontrolle über seine Besitztümer behalten.«

»Ich verstehe das. Gibt es irgendetwas, was dir wichtig wäre?«, fragte Rivas.

»Du meinst, ob ich etwas von dir haben möchte?«

»Ja.«

»Es geht nur um César. Was soll aus ihm werden, wenn dir etwas zustößt?« César VIII war Andalus‘ Stammbuchname.

»Catherine würde Andalus nehmen, das ist doch klar.«

»Wie soll sie für ihn sorgen?«

»Sie wird es, Maria.«

»Er könnte teure Operationen brauchen. Man greift heutzutage viel zu schnell zu Einschläfern, das weißt du doch.«

»Catherine würde alles finanzieren, was er braucht. Zur Sicherheit werde ich einen Betrag in einer Treuhand für ihn anlegen. Wir nennen ihn den Andalusfond, okay?«

»Gut, können wir zusätzlich vereinbaren, dass sie ihn ohne meine Zustimmung weder darf einschläfern lassen noch verkaufen? Und wenn sie nicht mehr für ihn sorgen kann, werde ich ihn jederzeit auf der Hazienda aufnehmen. Er kann weiterhin ihr Eigentum bleiben, aber er soll dann bei mir wohnen.«

»Ich spreche mit ihr. Danke, dass man mit dir vernünftig über alles reden kann, Maria.«

»Was meinst du?«

»Dass du mich nicht damit belaberst, was mir passieren könnte. So war das doch in der Vergangenheit.«

»Ehrlich gesagt, ich habe mich schon gewundert, Rivas. Warum jetzt?«

»Maria, was ich in den nächsten Wochen vorhabe, ist gefährlich, das muss dir doch klar sein.«

»Unsinn. Wir regeln das wie in einer Familie.«

»Warte, bis ich dich eingeweiht habe, Maria, dann reden wir wieder.«

»Jetzt machst du mir Angst.«

»Ich habe es im Griff, Maria, aber ich möchte meine Verhältnisse ordnen, das verstehst du doch?«

»Ich weiß ja, von wem du das hast«, lachte sie.

»Allerdings. Ich rufe dich morgen an, ich wünsche euch erst mal einen schönen Weihnachtsabend.«

»Ja, euch auch Rivas. Ich drücke dich und Catherine ganz fest.«

»Ich, wir, dich auch. Ach Maria, noch was. Kannst du bitte mein Schließfach am Gare leeren lassen und die Geldkassetten in die Camargue bringen lassen, bis ich ankomme?«

»Alles? Bist du sicher, dass das eine gute Idee ist?«

»Ja, ich brauche das Schließfach nicht mehr.«

»Also schön, mein Engel. Das Geld wird auf dem Gut in meinem Privattresor sein, wenn du ankommst.«

Es war kurz vor sechs und dunkel, als Rivas und Catherine zu Hause eintrafen. Rivas hatte am Nachmittag den Baum aufgestellt und Catherine sauste mit ihren Einkäufen durch das Haus, um sich sofort dem Schmücken zuzuwenden. »Nicht zu fassen, wie mir der Tag heute davon gelaufen ist. Schau nicht in die Tüten, ich muss hernach auspacken. Zum Glück sind die meisten Geschenke von den Geschäften verpackt worden. Eine Krippe habe ich auch nicht gefunden, schade, sie gehört doch dazu. Ach und jetzt habe ich das Grundstück immer noch nicht gesehen und außerdem muss ich am Weihnachtstag Plätzchen backen. So ein Irrsinn.«

»Catherine, der Irrsinn ist, dass du dir zu viel vorgenommen hast. Wir können doch nach den Feiertagen ein paar Plätzchen kaufen, wenn du sie so gerne isst. Oder ich rufe Rosalie an, wenn es früher sein muss. Sie hat bestimmt welche.«

»Es geht nicht ums Plätzchenessen, sondern ums Plätzchenbacken. Aber ich schaffe das, während die Gans brät, werde ich den Teig fertigmachen und am Nachmittag ausrollen, ausstechen, backen und verzieren.« Rivas griff sich an die Stirn. Catherine war wie von Sinnen. So hatte er sich das Ende seines Junggesellendaseins nicht vorgestellt. Das war definitiv zu schnell zu viel des Guten. »Unser Abendessen muss ich auch noch machen, aber es gibt nur etwas Kleines heute Abend. Erst morgen haben wir unser Festessen«, verkündete sie feierlich. »Wann soll die Bescherung stattfinden?«

»Äh, morgen früh?«

»Nein, nein, ich meinte um wie viel Uhr heute?«

»Heute?«

»Ja, bei einem deutschen Weihnachtsfest findet die Bescherung am Heiligen Abend statt. Wann macht ihr das in Argentinien?«

»Um Mitternacht.«

»Das ist zu spät. Es muss noch heute Abend sein.« Rivas erblasste. »Was ist denn?«

»Nichts, ich muss nur kurz nach draußen.«

»Es ist doch so kalt. Oh meine Güte, an einen Punsch habe ich auch nicht gedacht. Was trinken wir bloß heute Abend? Wieso musst du in der Kälte überhaupt noch raus?«

»Äh Holz holen.«

»Wir haben doch genug Holz im Kaminkasten.«

»Ich bin ja gleich zurück.«

»Okay, ich setze jetzt das Essen auf, und inzwischen schmücke ich weiter und gleich nach dem Essen: Bescherung. Ist ein bisschen dumm gelaufen. Nächstes Jahr klappt es besser. Was meinst du?«

»Einverstanden«, stöhnte Rivas erschöpft. So einen chaotischen Festtagsstress hatte er noch nie erlebt. Unter Marias Aufsicht war jedes Jahr alles reibungslos verlaufen. Langsam dämmerte ihm, wie aufwendig es ist, Jahr um Jahr so ein Fest für so viele Leute auszurichten, wie Maria das tat. Er kam kaum mit einem einzigen Weihnachtsabend für Catherine und sich zurecht. Rivas verstand nicht, dass es Catherine, wie vielen jungen Frauen wichtig war, die Festtagsidylle, die sie von zu Hause kannte, herzustellen, und dass sie diese Fehlversuche brauchte, um Erfahrung zu sammeln.

Zwei Stunden später plumpste Catherine abgekämpft in den Sessel vor dem Weihnachtsbaum. »Alles ist bereit, Rivas«, eröffnete sie ihm glücklich.

Die Bescherung konnte beginnen und in wenigen Minuten würde Rivas die ahnungslose Catherine mit dem bisher schönsten Weihnachtsgeschenk ihres Lebens überraschen.

21.
Catherine

Catherine legte die Weihnachts-CD ein, die sie gekauft hatte, setzte sich auf den Boden inmitten des Geschenkebergs und reichte ihm eines nach dem anderen. Einen Texanerhut packte er als erstes aus. Sie nahm ihn ihm aus der Hand und setzte ihm in auf. »Steht dir gut.« ‚I'm driving home for Christmas', sang Chris Rea und Catherine sang mit.

»Wir sind in Boston, da trägt man keine Cowboyhüte.«

»Auch nicht auf dem Land?«

»Nicht wirklich.«

»Gefällt er dir nicht?«

»Doch, doch«, antwortete er, während sie ihn durch einen Wink auf ein sehr großes Päckchen aufmerksam machte.

Er packte einen Sandsack aus, den Catherine unter allergrößter Anstrengung ins Haus zu schleppen geschafft hatte. Sie wickelte so lange Boxhandschuhe und ein Springseil aus. »Schau, das Seil ist für Profis. Ganz schwer.«

»Willst du mich besser in Form bringen?«

»Du hast doch gesagt, dass deine Schulter Krafttraining braucht, nach der Verletzung. Und Hanteln sind langweilig.«

»Hier im Haus ist doch gar kein Platz für ein Fitness Studio.«

»Oben im Loft?«

»Alles klar, Frau Trainerin. Das werde ich morgen gleich einrichten.«

Sie hatte auch noch einige andere Geschenke für ihn. Unter anderem eine Flasche sündhaft teuren Bourbon und ein paar gefütterte Lederhandschuhe. »Gefallen dir die Sachen?« Rivas bedankte sich mit einem langen Kuss. Dann fragte sie hoffnungsvoll: »Ich sehe du hast mir mein Geschenk nicht unter den Baum gelegt. Möchtest du es jetzt holen?« Rivas entfernte sich und kam für draußen angezogen zurück. Er legte ihr seinen dicksten Winteranorak an und mummelte sie in Schal, Mütze und Handschuhe. »Was ist, gehen wir noch aus?«

»Du wolltest doch das Grundstück sehen.«

»Jetzt? Aber was ist mit meinem Geschenk? Rivas, du hast doch ein Geschenk für mich, oder?«

»Rede nicht so viel und komm.« Er schob sie nach draußen und sie stapften gemeinsam auf die Scheune zu.

Kurz vor dem Scheunentor hörte Catherine das Blöken von Schafen. »Määäh, määäh? Rivas, du bist ja doch ‚Old Mac Donald'. Hast du mir da einen Streichelzoo reinstellen lassen?«

»Du wolltest doch eine Krippe.«

»Eine echte Krippe? Ist das dein Ernst?« Catherine schluckte vor Rührung, während Rivas das Tor aufschloss und den Lichtschalter betätigte, etwas zurücktrat, um die Aufmerksamkeit seiner ‚Überraschung' nicht auf sich zu lenken. Catherine trat ein und staunte: Vor ihr lag eine große Scheune vollkommen mit einem Gemisch aus Sägespäne und Stroh ausgebettet und erblickte als erstes zwei Lämmchen und ein Pferd, kaum größer als ein Pony. Und dann ertönte ein erdbebenartiges Wiehern. Es war so laut und herzhaft, eigentlich eher ein Schrei, der ihr durch Mark und Bein ging. Von ganz hinten trabte ein bis zum Hals in einer weißen Daunenpferdedecke eingemummeltes Pferd auf sie zu. Dampfender Atem durchdrang die schlecht beleuchtete Scheune. Er kam aus zwei riesigen Nüstern in einem rappenschwarzen Gesicht, das sie in einer Herde von tausenden schon aus der Ferne erkannt hätte. Vor ihr kam das Pferd zum Stehen und schob ihr seinen Kopf an die Brust.

»Andalus! Oh meine Güte, oh nein. Ich glaube es nicht. Andalus.« Catherine schluchzte los, konnte kaum stehen und musste sich an seinen Hals hängen, um die Balance zu behalten. Als es nicht mehr ging, sank sie in die Knie. Rivas hob sie wieder auf. Catherine weinte und weinte.

»Frohe Weihnachten, Catherine.«

»Frohe Weihnachten, Rivas«, brachte Catherine gerade noch zusammen und heulte schon wieder los.

»Also Andalus und ich hoffen, das sind Freudentränen, Catherine«, sagte Rivas unbeholfen.

Catherine stotterte: »Es sind Tränen der Angst, Rivas. Ich hatte noch nie im Leben solche Angst. Nicht einmal im Keller«, übertrieb sie stockend und kaum verständlich, in Tränen erstickend.

»Du hast Angst, ihn wieder zu verlieren«, glaubte Rivas zu verstehen.

»Ich habe Angst vor so viel Glück, Rivas. Das ist zu viel. Das kann nicht sein. Das wird bald ein Ende haben. Ich will nicht, dass es je endet. Ich habe mir gewünscht, dass wir eine Familie sind, und man sagt zurecht, man soll vorsichtig mit seinen Wünschen umgehen, denn vielleicht gehen sie in Erfüllung. Jetzt ist mein Wunsch wahr geworden, und so viel Gutes habe ich nicht verdient. Es wird mir wieder genommen werden. Es muss mir wieder genommen werden. Du, er, ich werde bald wieder ohne euch sein. Wie soll das gehen? Oh meine Güte, wie soll das gehen?« Sie schluchzte und schluchzte in Rivas' Armen. Andalus drängte seinen Kopf dazwischen. Catherine fing unter Tränen an, zu lachen. »Hilf mir hoch.« Rivas schob sie aufs Pferd und Catherine legte sich quer über seinen Rücken und kuschelte sich durch die dicke Decke an seinen warmen Leib. Dann richtete sie sich auf und Andalus trabte mit ihr in den Garten hinaus in die dunkle Heilige Nacht. Rivas öffnete das Koppeltor und die beiden galoppierten hindurch und tollten auf dem teils matschigen, teils gefroren Boden herum. Der schlaue Andalus kanterte langsam, gerade und im Gleichgewicht bleibend, um nicht auszurutschen. Er vermied Freudensprünge und plötzliche Drehungen, um seine wertvolle Fracht nicht zu verlieren. Da er weder durch Zügel noch sonstige Einwirkungen eingeschränkt war, gelang es ihm ganz gut, die Balance nicht zu verlieren und er erquickte sich spitzbübisch an den lustigen Spritzern, die die lästige, weiße Decke über sich ergehen lassen musste. Warum die Menschen ihn so einmummelten, war ihm sowieso ein Rätsel. Das juckte und ziepte die ganze Zeit. Catherine streckte die Arme von sich und zusammen flogen sie im Geiste durch den Weihnachtshimmel, bis Andalus wieder zu Rivas zurücktrabte. Neben ihm stand Sam, Andalus' Pfleger, den sie von der Finca in Peru kannte.

»Frohe Weihnachten, Catherine«, sagte er.

Catherine hüpfte herunter und fiel ihm in die Arme. »Sam? Du bist hier? Frohe Weihnachten, Sam.«

»Ja, ich wohne im Cottage neben der Scheune.«

»Seit wann denn?«

»Wir sind einen Tag vor dir angekommen. Ich hatte ganz schön Mühe, Andalus ruhig zu halten und vor dir zu verstecken.«

»Aber Sam, du hättest doch mit uns essen können, das tut mir jetzt so leid.«

»Hätte ich ja gern. Aber«, er deutete mit dem Kopf auf Rivas, »Anweisung vom Boss war uns vor dir zu verstecken.«

»Komm, wir gehen rein«, drängte Rivas.

»Auf keinen Fall. Wenn, dann setzen wir uns jetzt für den Rest des Abends zu Andalus und den Tieren in unsere Krippe. Du denkst doch nicht im Ernst, dass ich den Abend jetzt ohne Andalus verbringe? Und ich habe kein einziges Weihnachtsplätzchen für ihn. Ich wusste doch, dass die wichtig waren. Oh, ich könnte mich ohrfeigen. Hätte ich weniger eingekauft, hätte ich heute Nachmittag für ihn backen können.«

Rivas schüttelte den Kopf und sagte. »Ich hole uns ein paar Decken. Geht ihr schon mal rein.«

Sam öffnete die Scheunentür, die sie hinter Catherine und Andalus geschlossen hatten, um die Schäfchen und das kleine braune Pferd nicht herauszulassen. Andalus zockelte brav neben Catherine her und Sam drückte ihr ein paar gekaufte Butterkekse in die Hand. Butterkekse waren Andalus' Lieblingsleckerli. »Danke Sam, wenigstens etwas«, und zu Andalus sagte sie in Babysprache: »Armer Andalus. Catherine hat gar kein Geschenk für ihn. Böse Catherine, armer Andalus. Aber sobald die Geschäfte offen haben, wird eingekauft, mein Süßer, das verspreche ich dir und morgen gibt's Vanillekipferl für dich. Magst du Vanillekipferl, mein Schatz? Natürlich magst du die…« Sie plapperte und plapperte und Andalus hörte aufmerksam zu und verankerte jedes einzelne Versprechen fest in seinem schlauen Köpfchen.

Sam verschwand auch kurz und kehrte mit drei Tassen Glühwein zurück, was Catherine entzückte. »Wo hast du denn den her?«

»Habe ich gestern besorgt. Anweisung von Rivas. Angeblich hast du ein Faible für deutsche Weihnachten.«

Catherine lächelte Rivas dankbar an.

Sie setzten sich in die Späne und die Lämmchen schnupperten an dem süßen Wein. Das Pony und Andalus folgten neugierig und Catherine kippte ein wenig von dem Wein in einen herumliegenden Eimerdeckel. Andalus wandte sich angeekelt ab, aber das Pony und die Lämmchen drängten ihre Mäuler auf den Deckel und schlabberten die paar klebrigen Tropfen auf.

»Jetzt erzählt mal.«

»Das Pferd und die Schäfchen haben wir uns bei einem Nachbarn geliehen, damit Andalus nicht alleine ist. Zaumzeug für den kleinen Braunen ist auch da. Er heißt übrigens Harry. Ihr könnt morgen ausreiten. Andalus ist schon ganz quirlig, er will endlich die Umgebung inspizieren. Während ihr gestern in der Stadt wart, stand er stundenlang am Koppelzaun und starrte sehnsüchtig in den Wald hinein.«

»Wie lange bleibt er?«

»Wir fliegen am gleichen Tag wieder nach Buenos Aires, an dem ihr auch abreisen werdet. Die WICED hat die Formalitäten schon erledigt.«

Catherine nickte traurig und bemühte sich die tristen Abschiedsgedanken jetzt zu verdrängen, um Rivas und Sam nicht den Abend zu verderben. Bis um Elf saßen sie in Decken gehüllt zusammen, bis Catherine sich endlich überreden ließ, wieder ins Haus zu gehen. Sam begleitete die beiden noch und erzählte von Andalus und der Hazienda, während Catherine in Rivas‘ Arme gekuschelt zuhörte und tausend Fragen stellte. ‚Last Christmas, I gave you my heart…', trällerte George Michael leise im Hintergrund. Catherine war selig. Todmüde und mit trockenen, brennenden, verheulten Augen fiel sie gegen 1.00 Uhr ins Bett.

22.
Charlotte

Tag 39. Heiliger Abend. Das hatte Charlotte sich ausgerechnet. Und sich angehalten vierzig Tage durchzuhalten. Der vierzigste Tag war nach ihrer Kalkulation der erste Weihnachtsfeiertag, dann würde sie spätestens freikommen. Das hatte sie sich in den Kopf gesetzt. Vierzig Tage war eine biblische ‚Durchhaltenummer', das hatte sie von ihrem gläubigen, mexikanischen Kindermädchen gelernt, an deren Erinnerung sie sich seit dem Tag des Kindergebets klammerte. Morgen war es so weit. Freiheit würde ihr Weihnachtsgeschenk sein. In einem Hubschrauber würde man sie in die nächste US-Botschaft fliegen. Unter einem gewaltigen Hagel von Blitzlicht würde ihre Mom sie in ihren Armen wiegen und ihr Dad ihre Tränen abwischen.

Sie hörte jemanden die Stufen zum Dachboden erklimmen. War es schon so weit? Einen Tag früher?

Jemand warf einen Klumpen Brot und eine Plastikflasche Wasser durch die Dachluke und Charlotte stürzte sich darauf. Nicht auf den Proviant, sondern auf die Luke. Sie wollte weg. Nicht einen einzigen ihrer neuen Geiselnehmer hatte sie bisher zu Gesicht bekommen. Inzwischen war sie körperlich vollkommen verwahrlost, abgemagert, ausgetrocknet und schmutzig. Geistig hielt sie nur noch der Gedanke an ihr selbstgesetztes Weihnachtsultimatum in einem dürftigen Wachzustand. Sie vermisste ihre Eltern, aber Niemand und Picasso vermisste sie mehr. Die Schläge auf die Füße waren nicht verheilt, und die Schmerzen machten Niemand und Picasso irgendwie greifbar. Ihre Eltern jedoch waren so weit entfernt, dass sie kaum mehr wusste, wie sie aussahen. Warum hatten sie sie verlassen? Niemand und Picasso hatten regelmäßig nach ihr gesehen. Ihre Eltern kümmerten sich nicht um sie. Sie gab ihnen bis morgen Zeit, das Lösegeld bereitzustellen. Weihnachten würden sie sie abholen lassen. Wenn sie sie morgen nicht befreiten, würde sie sie nie wieder sehen wollen. Sie würde die Pappdecke mit den Füßen durchstampfen und sich in die Tiefe fallen lassen.

Was immer kommen mochte, morgen würde sie den Dachboden verlassen. Lebendig oder tot. Das würde das 40. Gebot werden.

23.
Catherine

Es schneite.

Catherine rieb sich die Augen. Es schneite an Weihnachten? Das hatte sie sich so gewünscht! Fasziniert starrte sie vom Bett durch das Fenster und beobachtete den leisen Zauber der tanzenden Schneeflocken. Heiße Morgentränen liefen ihr schon wieder über die Wangen. Warum sind Morgentränen so schmerzhaft?, fragte sie sich. Selbst Tränen des Glücks brannten wie Feuer unter den Lidern. Sie räkelte sich. Dann fiel es ihr ein: Andalus wartete in der Scheune ungeduldig auf seinen Ausritt. Sie zerrte an Rivas. »Komm, wir müssen aufsatteln.«

»Was? Schlaf noch ein bisschen, Catherine«, seufzte er.

»Nichts da. Wir müssen raus mit ihm und dann muss ich mit dem Kochen und Backen anfangen.«

»Nicht schon wieder diese Weihnachtsraserei!«

»Doch. Komm jetzt, aufstehen!«

»Ja gleich.« Er drehte sich um.

Catherine ging duschen und kehrte ratlos im Morgenmantel ins Schlafzimmer zurück. »Ich habe keine Reitsachen, keine Kappe, nichts.«

»Sam hat dir alles mitgebracht«, murmelte Rivas. »Reite schon mal los, wir können ja später nochmal zusammen reiten.«

»Nichts da. Ich kenne mich hier nicht aus. Ich nehme Harry, du Andalus«, bestimmte Catherine.

»Später«, murmelte Rivas noch verschlafen, und drehte sich abermals um.

Catherine zog sich warm an und kochte eine Kanne Kaffee, dann klopfte sie bei Sam. Er war aber schon im Stall und Andalus und die anderen Tiere bereits auf der Koppel. Er holte ihre Reitsachen. Catherine, in Jeans und Stiefeln ohne hohen Absatz, schnappte sich aber nur ihre Kappe und brachte Andalus in die Scheune zum Aufsatteln. Sam bot ihr seine Hilfe an, aber Catherine bestand darauf, ihn selbst zu striegeln.

Kurz danach schritten sie durch den Garten auf das Seeufer zu, dann zurück zum Tor und auf die Teerstraße in Richtung Wald. Andalus spähte mit angespanntem Hals in alle Richtungen neugierig herum, aber Catherine wusste, ein schauendes Pferd ist nicht gleich ein scheuendes Pferd. Vor allem nicht Andalus. Auf keinem Pferd der Welt fühlte sie sich behüteter, denn Andalus wusste, was er Catherine zumuten durfte. Mit

Rivas spielte er sich gerne auf, aber er wusste schon, warum. Hie und da trabte er unaufgefordert vor freudiger Erregung oder schüttelte übermütig seinen Hals. Sie ließ die Zügel locker und nach ein paar Tritten kehrte er stets in den Schritt zurück und schnaubte zufrieden die Luft aus den angespannten Lungen. Sogar ein paar seiner eigenartigen Grunzlaute schenkte er ihr an diesem Morgen. Eineinhalb Stunden waren sie im Wald unterwegs, oder ritten auf einem Pfad zwischen Seeufer und Waldrand. Kein einziger Mensch begegnete ihnen an diesem schönen Weihnachtstag. Hin und wieder zog Andalus ihr unartig die Zügel aus der Hand, um mit seinen Nüstern durch die dünne Schneeschicht zu stöbern. Wie ein Schneepflug schob er den Schnee vor sich her und seitlich von sich weg. Damit hinterließ er für Spaziergänger eine mysteriöse, außerirdisch wirkende Spur. Catherine begann das Gefühl zu mögen, ihm die Zügel hinzugeben und in den Genuss von Andalus' trüffelsuchender Haltung kombiniert mit den lockeren, raumgreifenden Schritten zu kommen. Auf dem Heimweg schneite es stärker und die dickeren schmelzenden Flocken kitzelten ihn an der Nase. Er prustete herum und wusste nicht so recht, was er dagegen unternehmen konnte. Auf dem Heimweg war sie versucht ein kleines Stück zu galoppieren, aber Catherine nahm ihn nach ein paar Galoppsprüngen wieder zurück. Sie wollte nicht riskieren, dass sie ausrutschten. Danach hing sie stark vorgebeugt an seinem Hals und weinte wieder vor Glück. »Entschuldige, dass ich so viel weine, Andalus, aber ich habe lange nicht geglaubt, dass ich dich wieder sehen würde, und jetzt bist du da. Ich hab dich so lieb«, erklärte sie ihm, überzeugt davon, dass er sie verstand.

--- oOo ---

Andalus allerdings kapierte gar nicht, warum seine Reiterin sich nicht endlich wieder aufsetzte. Er war ein Hengst, kein Kuschelbaby. Ein bisschen schmusen ist ja ganz schön, aber jetzt sollte sie sich wieder aufrichten. Die andauernde Vorderlastigkeit über seinem Hals erschwerte ihm den Hinterhandeinsatz. Den brauchte er dringend, um nicht auf dem glatten Boden auszurutschen. Mit Rivas hier wäre es ihm wohler gewesen. Der würde auf ihn aufpassen, aber so musste er auf seine Reiterin achten. Ach, ihm blieb nichts erspart. Hoffentlich hat sie heute genügend Leckerlis für mich, rätselte er. Gestern hatte sie ja rein gar nichts dabei! Er hatte schon wieder Hunger. Komisches Boston. Hier wuchs nicht einmal Gras, nur dieses komische weiße Zeug, das sich frisch und saftig auf seinem Gaumen anfühlte, aber nach nichts schmeckte. Und gar nicht satt machte! Aber schön war er für ihn doch, dieser frische Morgen. Heute schien ein besonderer Tag zu sein. So fröhlich hatte er Catherine noch nie erlebt. Ihr gemeinsamer Nachtgalopp gestern war auch toll gewesen. Und dass sie ihm so lange Gesellschaft leisteten, fand er sehr nett. So, nun musste er aber schauen, dass er sie und sich gut nach Hause brachte. Mit zielstrebigen Schritten marschierte er vorwärts. Aber nach ein paar Tritten gähnte er müde. Immerhin war das seit vielen Monaten sein erster Ritt, er musste sich dringend wieder fit machen, für Rivas. Sicher lag seine permanente Müdigkeit an den einschläfernden Schafen mit ihrem doofen Blöken. Was hatte sie nur veranlasst, ihm diese Zumutung in den Stall zu stellen? So ein Graus. Das Pony dagegen war ein toller Kumpel. Mit ihm konnte man richtig gut spielen und in der Scheune herumtollen. Beißen und ausschlagen konnte es nicht schlecht und ganz schön wendig Haken schlagen, wie ein Hase. Und sein Quietschen war einfach köstlich, wenn's mal richtig zur Sache ging. Wenn bloß nicht immer gleich Sam angerannt käme. Sam konnte echt nerven manchmal. Wieder ein Gähnen.

--- oOo ---

Andalus' Gähnen riss Catherine aus ihren Schmuseträumen und sie setzte sich auf. »Andalus! Du bist ja müde. Oh du armer Tropf. Sind wir zu weit geritten? Du bist ganz aus der Übung. Dabei sind wir doch nur Schritt geritten, aber es ist anstrengend, sich im Schnee konzentrieren zu müssen, nicht wahr, mein Kleiner?« Sie sattelte selbst ab, streichelte kurz die anderen Tiere und eilte ins Haus. Rivas saß am Frühstückstisch, wurde aber sogleich aus der Küche verjagt, weil die diversen Kochbücher und Backzutaten den Tisch beanspruchten.

Catherines Gans war gut gelungen, auch nicht zu zäh, aber Rivas tat sich mit dem ungewohnt fetten Festtagsmahl schwer. Auch mit den Knödeln und dem Rotkohl konnte er sich nicht anfreunden. Sam, der mit ihnen aß, schmeckte es allerdings vorzüglich. Am Nachmittag wurde die Weihnachtsbäckerei vollendet und dann ritten Rivas und Catherine zusammen aus. Sie durften auf einem großen Nachbargrundstück über die zugeschneiten Weiden reiten. Catherines Pony hatte mit dem Schneeboden auch im Galopp kein Problem, weil es das gewohnt war, und Andalus genoss unter Rivas' balanciertem Sitz dem Pony zu zeigen, dass er das noch viel besser konnte. Von Ermüdung gab es keine Spur, im Gegenteil, je wärmer Andalus wurde, desto mehr fand er seinen Rhythmus und nun war er es, der vor endorphinem Glück strotzte. Er hatte ihn so sehr vermisst, seinen Rivas.

Den zweiten Weihnachtsfeiertag verbrachten sie ohne Sam. Er zog sich zurück, um den beiden ihren Raum zu gewähren und diesen Tag verbrachten sie abwechselnd im Sattel und im Bett. Catherines Weihnachtsekstase hatte sich gelegt und es wurde ein geruhsamer, schöner Tag für Mensch und Tier. Sie genoss Rivas' zärtliche Zuwendung und erfuhr zur Abwechslung eine sanfte Erotik. Ohne das übliche testosterongeladene Treiben, das ihren Liebhaber so kennzeichnete und auch das gefiel ihr. Es gefiel ihr sogar sehr und ermutigte sie wieder, was ihre eigene sexuelle Initiative betraf.

Am ersten offenen Geschäftstag wagte sie sich hinter dem Lenkrad des Dodge in den amerikanischen Rechtsverkehr und stürmte kaufwütig in die Läden. Kaum, dass sie über das Lenkrad spähen konnte, so groß war der Wagen. Doch die Höhe gab ihr das Gefühl der Macht, was sie genoss.

Rivas und Catherine verbrachten eine wunderbare Zeit zusammen. Irgendwie konnte sich Catherine nicht aufraffen, Sylvia anzurufen und auch Rivas wollte nicht, dass sich ihre gemeinsame Zeit dem Ende zuneigte. Sie ließen sich dahintreiben und so zog sich ihr Aufenthalt in Boston unvorhergesehen in die Länge. Rivas brachte es nicht übers Herz, Catherine nach Hause zu schicken. Es mangelte Rivas nicht an Willensstärke, sich Catherines ewigem Betteln auf Verlängerung der Idylle entgegenzusetzen. Solange sie bei ihm war, war sie sicher. Nichts war ihm ein größeres Anliegen. Schließlich trieb das Leben selbst die Dinge voran. Sylvia beschloss, nicht länger zu warten. Sie meldete sich bei Catherine und sie machten aus, sich am übernächsten Tag im Haus ihrer Freundin, bei der sie noch ihre Winterferien verbrachte, zu treffen. Sie drängte Catherine, weil sie erst vor kurzem in Südafrika auf Urlaub gewesen war und ihre kurze Ferienzeit allmählich zur Neige ging.

Jetzt wo der Termin stand, war Catherine gespannt, Sylvias Freundin kennenzulernen.

24.
Charlotte

Immer wieder stieß Charlotte mit ihren schmerzenden Füßen gegen die Pappe. Als sie sich nicht durchbrechen ließ, ging sie auf einem der Balken in die Hocke und ließ sich mit aller Kraft, Po voran, in den Zwischenraum fallen. Die Decke zerbarst, Charlotte rutsche durch, sauste in die Tiefe und landete auf einem rudimentären Küchentisch, der aussah wie ein Relikt aus den Fünfzigern. Der brach in der Mitte durch, aber er hatte den freien Fall gebremst. So landete sie hart aber bis auf ein paar Prellungen unverletzt auf dem Boden des verlassenen Raumes. Sie berappelte sich schnell und suchte nach einem Ausgang. Gerade an der Haustüre angelangt, vernahm sie Stimmen. Sie suchte nach einem Versteck und verkroch sich ängstlich hinter einer Tür. Sechs oder sieben Leute strömten an ihr vorbei und kurz darauf hörte sie aufgeregtes Hin und Her in der Küche. Diese Verwirrung nutzte sie, um aus ihrem Versteck zurück zur Haustür zu schleichen. Von dort stürzte sie nach draußen auf die Straße. Sie rannte in der brütenden Hitze durch einen staubigen Vorort, für Hilfeschreie stand kein Atemzug zur Verfügung. Von den Menschen auf den Straßen beobachtet, rannte sie und rannte. In einem Hinterhof versteckte sie sich hinter einer niedrigen Mauer kauernd und hörte ihre Verfolger vorbeistürmen. Da brüllte hinter ihr eine verschleierte Frau in schrillen, arabischen Tönen. Catherine legte den Finger auf den Mund und beschwor sie: »Pst, bitte seien Sie still. Pst.«

Kurz darauf zerrte man sie in das Haus zurück. Dort ließ man sie los, aber alle brüllten in einer ihr unbekannten Sprache durcheinander. Sie verstand kein Wort und es war offensichtlich, dass keiner ihrer Räuber auch nur ein Wort von Charlottes Protesten erfasste. Charlotte bekam zum ersten Mal die Leute zu Gesicht, die sie seit einer Woche im Dachboden gefangen hielten. Vor allem eines schockierte sie: Eine ältere Frau in langem Gewand schlurfte herum, aber im Großen und Ganzen befand sie sich in der Gewalt von jungen muslimischen Afrikanern im Teenageralter. Sie gaben sich unbeholfen und es war offensichtlich, dass sie es vermieden, sie anzufassen. Sie durfte sich auf einen Stuhl setzen, während um sie herum lautstark der Schaden abermals inspiziert wurde. »Ich habe Hunger und Durst«, sagte Charlotte. Dieses Bedürfnis untermauerte sie, indem sie die Finger der rechten Hand ballte und damit gegen ihre Lippen klopfte und dann mit der gleichen Hand eine Trinkbewegung mimte. Die Jungs sagten etwas zu der Frau und sie führte sie in ein Badezimmer. Dort reichte sie ihr ein Stück Seife und ein Handtuch und deutete auf eine heruntergekommene Duschvorrichtung. Charlotte zog sich aus und stieg in das Duschviereck. Einen Vorhang gab es nicht und die Frau stand die ganze Zeit dabei und sah ihr zu. Das Wasser tröpfelte aus der Mitte des Duschkopfes. Augenscheinlich waren die Düsen verkalkt. Das Wasser war eiskalt, woran sie sich aber schnell gewöhnte und schließlich tat es gut, sich von der Hitze abzukühlen, von dem säubernden Gefühl ganz zu schweigen. Sie bat um Salz oder Zitronen. Die Frau verstand und brachte ihr Salz in einer Untertasse. Damit putzte sie sich mit den Fingern die Zähne und ließ sich immer wieder das Wasser in den Mund laufen, um zu trinken. Sie trocknete sich ab und wickelte sich das Handtuch um ihren Oberkörper. Die Frau reichte ihr ihr dünnes Kleid und gab ihr ein Zeichen, es unter der Dusche zu waschen. Charlotte seifte es ein, wusch es aus, rubbelte es im Handtuch trocken so gut es ging und zog das klamme Kleid wieder an. »Danke«, sagte Charlotte. Die Frau nickte, nahm ihr Kopftuch ab und band es Charlotte um. Es war groß genug, auch ihre Schultern zu bedecken. Dann führte sie sie in eine Kammer, die bis auf einen kleinen Tisch und einen Stuhl unmöbliert war. »Nicht wieder einsperren. Bitte«, flehte Charlotte. »Ich laufe nicht weg.« Die Frau verließ das Zimmer, sperrte aber nicht ab und kam nach wenigen Minuten mit einer Schüssel kaltem Hirsebrei und einem großen Becher Wasser zurück. Charlotte schaufelte mit der linken Hand den Brei in ihren Mund und wischte mit der rechten nach. Die Frau kreischte auf und schlug ihr die linke Hand vom Gesicht. »Was? Was ist?«, fragte Charlotte erschrocken. Irgendwie vermittelte ihr die Frau, mit ihrer rechten Hand zu essen. Als die Schüssel leer war, hielt sie der Frau das Gefäß hin, die es nochmal auffüllte. Wieder stopfte sich Charlotte ausgehungert den geschmacklosen Brei in den Mund und kurz darauf plagten ihren von der langen Leere geschrumpfte Magen entsetzliche Bauchkrämpfe. Die Frau war inzwischen gegangen und hatte hinter sich abgeschlossen. Charlotte, die nicht wusste, dass die Frau ihr das Tuch zu ihrem Schutz überlassen hatte, riss sich das ungewohnte, lästige Ding vom Kopf und trommelte gegen die Tür. Nichts rührte sich. Sie breitete das Tuch auf dem Boden aus und zwang sich, das Bedürfnis sich zu krümmen zu unterdrücken und legte sich ausgestreckt auf das Tuch. Bald ließen die Krämpfe nach, aber ihre kaputten Füße pochten jetzt wie wild von der vorangegangenen Anstrengung. Auch die Prellungen vom Fall fingen an zu schmerzen.

Charlottes Weihnachtstag ging langsam zu Ende. Freigekommen war sie nicht, aber im Rückblick fand sie, war er gar nicht so schlecht verlaufen. Sie war sauber, zum ersten Mal seit langem relativ satt, sie war in einem Zimmer, etwas kühler als der Speicher, und konnte sich endlich ausstrecken. Die Jungs ließen sie in Ruhe. Dachte sie.

Zu was sie fähig waren, sollte sich in Kürze herausstellen.

Die Frau sah sie nie wieder.

25.
Catherine

Den Vormittag verbrachten Rivas und Catherine mit Sightseeing. Catherine war ergriffen von den alten aber gepflegten Gebäuden in der Stadt, die sich alle irgendwie glichen. Catherine drängte auf eine Harvard-Besichtigung. Sie schlenderten ungehindert auf dem, aufgrund der Ferien, verlassenen Universitätsgrundstück herum. Catherines romantische Ader spann sich Studentenfantasien zusammen, die sich Rivas geduldig anhörte. Eigentlich bestand der ganze Bezirk aus mit dichtem, dunklem Efeu bewachsenen Universitätsgebäuden. Auch die Buchläden und Straßencafés waren nichts weiter als erweiterte Lernzentren. Diese quollen auch jetzt trotz der Ferien noch mit reichlich kaffeeschlürfenden jungen Leuten vor ihren Notebooks, Tablets und Büchern über. Nach einem kleinen Imbiss machten sie sich auf den Heimweg. Rivas plante den Nachmittag mit seinen neuen Fitnessgeräten und Andalus als Gesellschaft zu verbringen, während Catherine ihre Freundin besuchte.

Auf dem Heimweg besorgte Rivas Karten für das berühmte Bostoner Symphonie Orchester für den darauffolgenden Abend. Im Jahre 1881 gegründet, zählt es immer noch zu den ‚Big Five', den fünf größten Orchestern der USA. Catherine hatte davon gehört und wollte unbedingt ein Konzert hören.

Um 15.40 Uhr stellte Catherine ihren Navi ein und fuhr los. Trotz GPS verfuhr sie sich zweimal, fand schließlich das Haus mit einer Viertelstunde Verspätung. Nur war es kein Haus, sondern eine Villa, die sich von außen mit dem Weißen Haus messen konnte. Sicherheitspersonal in gefütterten Winterjacken, die den Schriftzug ‚US Marshall' trugen, durchsuchte am Tor ihren Kofferraum. Mit einem Spiegel an einem Stil inspizierten sie die Unterseite der Karosserie des Dodge. Innerhalb des Grundstücks musste sie im Schritttempo neben zwei Sicherheitsbeamten herfahren. Am Haupteingang nahm man ihr die Autoschlüssel ab und fuhr den Wagen weg.

Sylvia kam ihr aus dem Haus entgegengestürmt und umarmte sie herzlich. »Komm rein, Catherine, ich freue mich so. Wir gehen als Erstes auf mein Zimmer. Später trinken wir Tee mit unserer Gastgeberin.«

»Wer ist sie? Jetzt spann mich nicht auf die Folter, Sylvia.«

»Sie heißt Tina Mertens.«

»Sagt mir nichts.«

»Sie ist die Ex-Frau des US Generalstaatsanwalts Dr. jur. Tobias Palmer.«

»Ach so.« Catherine war enttäuscht. Eine berühmte Schauspielerin oder Schriftstellerin hatte sie erwartet, oder auch eine Magnatin, aber nicht irgendeine Frau von irgendeinem Staatsanwalt, noch dazu die Ex. »Du, sei mir jetzt nicht böse, aber ich kenne mich mit der amerikanischen Justiz nicht aus. Dass sie ein hohes Tier ist, ist mir am Tor nicht entgangen, aber ihr Name sagt mir wirklich nichts. Ist sie mit diesem Oberstaatsanwalt verheiratet gewesen?«, hakte Catherine nach.

»Der Attorney General ist der oberste Staatsanwalt im ganzen Land und wird persönlich vom Präsidenten, unter Zustimmung des Senats ernannt.«

»Oh, das ist ein politisches Amt?«

»Ja, der Attorney General verhandelt nur am Obersten Gerichtshof, und das selten. Er ist hauptsächlich in beratender Funktion tätig.«

»Warum heißt sie Mertens und er Palmer?«

»Sie hat nach der Scheidung ihren Mädchennamen wieder angenommen.«

»Aha«, sagte Catherine trocken. Eigentlich war Catherine genervt von dem Ruhm der Frau, die sie noch nicht kennengelernt hatte. Was Catherine betraf, war der einzige Verdienst von Sylvias Freundin, mit einem Mann, der etwas erreicht hatte, verheiratet gewesen zu sein. Das war in Catherines Augen gewiss nicht bewundernswert. Sylvia hingegen schien ihre Gastgeberin abgöttisch anzuhimmeln.

Sylvias ‚Zimmer' war eine Suite mit einer Terrasse, die in einen Gästegarten mit eigenem Swimmingpool führte, der im Winter mit einer Glasfassade versehen und beheizt wurde. Im Sommer, erklärte Sylvia, entfernte man die gläserne Verkleidung wieder. Sylvia erzählte und erzählte, und Catherine hörte aufmerksam zu. Von Sylvias Schwärmerei angetrieben, sah Catherine in ihrem Geiste in Tina Mertens eine Diva mit platinblonden Locken, einem schicken Kleid und weißen langen Handschuhen. Die Zigarette mit langer nostalgischer Spitze durfte nicht fehlen. Nach einer knappen Stunde Plaudern begaben sie sich in den Wintergarten des Haupthauses, wo der Tee, nach feiner Bostoner Art pünktlich für den ‚five o'clock tea' hergerichtet war. Meisterlich verzierte kleine Cupcakes und krustenlose Gurkensandwich-Dreiecke luden zum Zugreifen ein, aber von Ms. Mertens gab es kein Lebenszeichen. Sie warteten eine Weile, bis Sylvia nach ihr sah. Bedrückt kehrte sie zurück und eröffnete Catherine den wahren Grund ihrer Einladung. »Catherine, es gibt ein Problem. Tina geht es nicht gut, aber sie kommt in ein paar Minuten kurz zu uns herunter. Es gibt etwas, das ich dir beichten muss.«

Seit ihrer Entführung mochte Catherine keine Überraschungen dieser Art mehr. Ihre Schultern und ihr Nacken spannten sich an. »Okay?«

»Es ist etwas merkwürdig. Genau kann ich mir die Zusammenhänge nicht erklären. Aber nach ihrer Einladung, ein paar Tage mit ihr zu verbringen, fragte sie mich über unsere gemeinsame Heimat Südafrika aus und wollte unbedingt wissen, mit wem ich noch in Kontakt war und viel über mein Leben wissen. Irgendwie kamen wir auf dich zu sprechen und ich erzählte ihr von deiner Therapie. Dass du das Opfer eines Verbrechens warst, und wie sehr dir dein Therapeut darüber hinweggeholfen hat.« Als sie von deiner Reise nach Boston hörte, und dass ich dich noch dazu eingeladen hatte, zeigte sie übermäßig viel Interesse an dir. Ich habe öfters mal Freundinnen hier, aber die haben sie nie besonders interessiert.«

Catherine fühlte die Wut über diesen Vertrauensbruch aufziehen und fragte eisig: »Was genau hast du ihr erzählt?«

»Sie wollte wissen, bei wem du in Therapie warst, aber diese Frage konnte ich ihr natürlich nicht beantworten. Sie wollte dich unbedingt persönlich kennenlernen. Es kam ihr gelegen, dass ich dich eingeladen hatte.«

»Verstehe«, sagte Catherine. »Du, wo kann man hier eine rauchen? Ich brauche jetzt eine Zigarette.« Sylvia öffnete die Tür zum Garten und brachte ihr einen Aschenbecher. Als sie sich zu ihr gesellte, bat Catherine: »Kannst du mich bitte einen Moment alleine lassen? Ich muss nachdenken.«

»Ja klar«, erwiderte Sylvia bestürzt. »Habe ich dich verärgert? Hätte ich ihr das nicht erzählen sollen?«

»Ehrlich gesagt, ja. Das hättest du nicht erzählen sollen.«

»Du hast gesagt, du möchtest Kontakt mit solchen Leuten. Deshalb habe ich die Initiative ergriffen, ich dachte, ich muss es doch nicht hinter ihrem Rücken machen, ich kann dich doch ganz offiziell bekanntmachen. Ich wollte helfen.«

»Und ich habe dir gesagt, das hat sich erledigt.« Sylvia blickte niedergeschmettert zu Boden und Catherine sagte versöhnlich: »Schon gut, Sylvia, ich rede mich schon heraus, aber lass mich jetzt in Ruhe überlegen, okay? Ich komme gleich.«

Catherine hatte gerade fertig geraucht und die Tür hinter sich geschlossen, als Tina eintrat. Ihr Gesamtbild war das krasse Gegenteil von Catherines Vorstellung. Sie war so zierlich wie Catherine, wirkte aber ausgezehrt, fast unterernährt, hatte mausgraue Haare und trug einen einfachen Pulli, Jeans und Turnschuhe. Und sie sah vollkommen verheult aus. So verheult, wie man aussieht, wenn man tagelang geweint hat und die Augen keinen einzigen Tropfen Flüssigkeit mehr entbehren können. Auch sonst wirkte sie matt und übermüdet, aber immer noch charmant. Sie bemühte sich um etwas Smalltalk, während Sylvia den Ceylon Tee in das feine Boston Service einschenkte.

»Sylvia hat Sie sehr gerne, Catherine.«

»Ich sie auch.«

»Hat Sylvia Ihnen gesagt, warum ich Sie kennenlernen wollte?« In der dritten Person sprachen die beiden über Sylvia, als befände sie sich nicht im Raum.

»Sie interessieren sich für meine Therapie.«

»Ja, hauptsächlich dafür, wie Sie mit einem Gewaltverbrechen umgegangen sind. Was ist Ihnen passiert?«

»Ms. Mertens…«

»Tina.«

»Tina, warum sagen Sie mir nicht zuerst, warum Sie das wissen wollen.«

»Ich kann nicht, Catherine. Ich darf nicht darüber sprechen. Nichts würde ich lieber tun, aber es geht nicht.«

»Sehen Sie, mir geht es genauso. Ich würde auch gern, aber kann und darf nicht.«

»Catherine, es geht um das Leben eines Menschen, der mir sehr nahe steht. Es würde mir helfen, zu verstehen, ob und wie man mit einem Gewaltverbrechen zurechtkommt. Ob sich Kräfte und Fähigkeiten entwickeln, die einem helfen und wie man sie mobilisieren kann.«

In diesem Moment erfasste Catherines siebter Sinn, worum es ging. Sie wandte sich an Sylvia: »Sylvia, lässt du uns bitte einen Moment alleine und sorge dafür, dass wir ein paar Minuten nicht gestört werden, okay?«

»Selbstverständlich«, sagte Sylvia, die sich freute, dass Catherine die Initiative ergriff und sich ihrer Freundin annahm. Sie schenkte Tee nach und verließ den Wintergarten.

Catherine ging auf die Hocke vor Tina, nahm ihre Hände in ihre, drückte sie und blickte ihr auf gleicher Höhe direkt in die geröteten Augen. »Wer ist entführt worden, Tina?«

Die Frau riss sich los und rannte zur Terrassentür, blieb vor ihr stehen und starrte nach draußen. Catherine ging ihr nach. »Wer wird vermisst, Tina? Wer ist es?«

Sie schüttelte den Kopf. Catherine, ergriffen von Empathie, änderte ihre Taktik. »Sie wollten wissen, welchem Verbrechen ich zum Opfer gefallen war. Ich wurde verschleppt und vier Monate in Südamerika gefangen gehalten. Wie lange wird Ihre Person schon vermisst, Tina?«

»Seit sechs Wochen«, flüsterte sie kaum hörbar.

»Kennen Sie den Aufenthaltsort?«

»Es gibt kein Lebenszeichen. Kein einziges, Catherine.«

»Geht es um Ihren Ex-Mann?«

»Sie heißt Chuck.«

»Sie? Chuck ist ein Männername.«

»Charlotte. Wir nennen Sie Chuck. Sie mag das.«

»Ist das Ihre Tochter?«

»Ja. Sie ist achtzehn. Sie ist einesteils sehr reif und nüchtern, aber anderseits noch sehr kindlich, wissen Sie.«

Catherine schluckte. »Wer kümmert sich um das Lösegeld?«

»Es ist keine Forderung gestellt worden.«

»Wer bemüht sich um ihre Befreiung?«

»Das ist es ja gerade, Catherine. Wir wissen, nicht wo wir ansetzen sollen.«

»Aber Tina, Ihr Ex-Mann, ich meine, er muss doch Möglichkeiten haben, wie kein anderer in Ihrem Land.«

»Er bemüht sich, aber er weiht mich nicht in die Details ein. Er verhängte ein absolutes Sprechverbot, aber ich weiß nicht, ob und wann und wo etwas unternommen wird. Das ist das Schlimmste, Catherine. Bis heute mit Ihnen habe ich mit keiner Menschenseele außer mit meinem Ex-Mann gesprochen. Er schließt mich aus. An manchen Tagen schiebt er mir sogar die Schuld für die Entführung in die Schuhe.«

»Weshalb? Was haben Sie damit zu tun?«

»Ich hatte ihr eine Reise gestattet. Mein Ex-Mann war dagegen, aber stimmte auf mein Drängen hin zu. Auf dieser Reise ist sie verschwunden. Es ist besser, wenn ich jetzt gehe. Sie können gerne noch bleiben und mit Sylvia ein wenig Zeit verbringen. Sie hat sich sehr auf Ihren Besuch gefreut. Es tut mir leid, dass ich Sie bedrängt habe. Aber ich sehe ein, es bringt nichts. Ich bin verzweifelt, verzeihen Sie mir und versprechen Sie mir, dass Sie das für sich behalten. Unser Gerede wird Chuck nicht helfen, eher schaden. Oh nein, was mache ich bloß?«, brach sie ab und vergrub ihr Gesicht in ihren Händen.

»Bleiben Sie. Ich werde gehen. Hier ist meine Telefonnummer. Wenn ich doch irgendetwas tun kann?«

»Danke Catherine. Leben Sie wohl.«

»Tina, ich kenne einen Entführungsexperten. Darf ich ihn um Rat bitten?«

Tina riss den Kopf hoch. »Wie meinen Sie das?«

»Er hat das äh - studiert. Sie hatten sich von mir einen Einblick erhofft, und ich kann Ihnen nur sagen, dass es durchaus möglich ist, eine Entführung zu überleben. Der Körper schraubt fast alle Bedürfnisse zurück und man verfügt über ungeahnte mentale Reserven, Tina. Ich hoffe mit Ihnen, dass Chuck durchhält, bis man sie befreit. Aber wenn wir mehr darüber wissen möchten, wie wir Chuck helfen können, müsste ich ihn einbeziehen.«

»Geht es um Ihren Therapeuten? Ich habe mir schon überlegt, ob ich ihn nicht aufsuchen soll, aber er lebt anscheinend in Schottland.«

»Ja, um ihn geht es«, log Catherine. »Er ist momentan hier in Boston.«

»Nein? Das muss Schicksal sein«, stieß sie aus. »Bitte vermitteln Sie mir einen Termin. Und bitte wahren Sie davon abgesehen absolutes Stillschweigen, Catherine. Der Termin müsste im Verborgenen stattfinden. Ich muss versuchen, meine Leibwächter abzuhängen, wenn es so weit ist. Mein Ex-Mann darf keinesfalls davon erfahren. Hier ist meine Handynummer. Rufen Sie mich an.«

»Geht in Ordnung«, versprach Catherine und verabschiedete sich, während ihr bereits der Schweiß ausbrach. Wie würde sie Rivas erklären, was sie jetzt angezettelt hatte?

Sylvia brachte sie zur Tür und von dort eskortierten sie die US Marshalls bis vor das Grundstück.

Auf dem Heimweg verspürte Catherine richtig Angst, Rivas damit zu konfrontieren. Mit jedem Kilometer wurde ihr klarer, was sie mit ihrer Spontaneität angerichtet hatte. Er würde wütend auf sie sein, das war ihr klar.

Aber sie irrte sich. Es kam viel schlimmer.

Er tobte, wie sie ihn noch nie hatte toben sehen.

26.
Charlotte

Vor dem verhängnisvollen Weihnachtstag hatten die jungen Männer ihre Geisel noch nie gesehen, jetzt stand das merkwürdige westliche blonde Wesen im Zentrum ihrer pubertierenden Neugier. Es begann ein unsägliches Martyrium für das hilflose Mädchen. Inzwischen war sie in einem Eselskarren an einen anderen Ort verfrachtet worden - in eine neue Bleibe: einem halbfertiggestellten Haus am Rand irgendeines Wüstendorfes. Dort gab es im Haus kein fließendes Wasser, ganz zu schweigen von einer Toilette. Manche ländliche Kulturen fanden es schmutzig, im Haus eine Toilette zu installieren. Das Toilettengeschäft gehörte draußen verrichtet, das wusste Charlotte aus kulturellen Austauschprogrammen ihrer Eliteschule. Darüber hatte sie sich damals amüsiert. Lustig fand sie inzwischen nichts mehr im Leben. Sie war in der Gewalt dieser Jugendlichen und mit jedem Tag steigerte sich deren Machtbesessenheit. Nach langsamem Vortasten wurde ihre gesamte Anatomie gründlich inspiziert, aber das war nicht das Schlimmste. Am ärgsten war die Verachtung, die sie offensichtlich für die Ausländerin empfanden, die ihrer Meinung nach mit ihrem offenen langen Haar kokettierte. In ihrem Unwissen hatte Charlotte das eigenhändig heraufbeschworen, zuerst aufgrund der Ablehnung der Kopfbedeckung. Was sie dann gänzlich provozierte, war Charlottes unschuldige Bitte nach der medizinischen Versorgung ihrer Füße. Damit fuhr sie die letzten noch vorhandenen humanen Barrieren ihrer Entführer herunter. Nach dem Fortlaufen waren ihre Wunden aufgeplatzt. Als man ihr nach einem langen Tag und einer langen Nacht endlich wieder Essen brachte, streckte sie einem ihrer Geiselnehmer ihre bloßen Füße hin. Sie wollte vermitteln, dass sie Hilfe brauchte. Der machte einen entsetzten Satz nach hinten, brüllte erbost los, schoss wieder nach vorne auf sie zu und schlug sie so brutal zusammen, dass sie blutüberströmt und fast bewusstlos liegenblieb. Charlotte wusste nicht, dass ihr Hilferuf nach deren Bräuchen als Frevel gedeutet wurde. Als lege man die Füße in einer respektlosen Geste auf den Schreibtisch des Chefs, nur schlimmer. Hinzu kamen ihre allgemeine Misogynie, und die noch verstärkte Respektlosigkeit gegenüber einer Frau, die sie als christlich und somit heidnisch einstuften. So wenig wie sie sie am ersten Tag anfassen wollten, desto öfter wurde sie jetzt betatscht. Bei jeder Gelegenheit griffen sie in ihr Haar, an ihr Gesicht, ihre Brüste und immer öfter zwischen die Beine. Das Gekicher und Gelächter machte sie seelisch fertig. Sie wähnte sich in einer Freakshow aus dem achtzehnten Jahrhundert, als man exotische Menschen noch im Zirkus vorführte. Das ständige Abwehren erschöpfte sie ungemein und war ohnehin aussichtslos. Sie tat es instinktiv. Nie hielt sie still, was jedes Mal eine Welle von neuen Schlägen ins Gesicht und hassgetriebenen Tritten in den Körper auslöste. Sie rezitierte täglich ihre Gebote, um geistig wach zu bleiben und den Wunsch zu sterben zu verdrängen. Mit der Zeit fiel es ihr schwer, sich neue Gebote auszudenken, denn sie war mit ihrem Latein so ziemlich am Ende. Essen, Trinken, die Blicke, das Gelächter und das Antatschen ertragen und irgendwie die Schmerzen aushalten, darum allein drehte sich ihr Dasein noch. An zu Hause vermochte sie nicht mehr zu denken. Ihre Eltern hasste sie mehr als ihre Entführer und die unerträgliche Toilettensituation war ihr gleichgültig geworden. Eine starke Periode setzte ein, sie blutete das umgemodelte Kopftuch voll. Sie kämpfte mit Unterleibskrämpfen und nicht der geringsten Aussicht auf Anteilnahme oder menschliches Verständnis. Im Gegenteil, die halbstarken Jugendlichen schienen sich vor ihr zu ekeln, was sie wenigstens vorübergehend davon abhielt, sie andauernd anzufassen. Ein kleiner Segen, der nicht lange anhielt. Man ließ sie endlich wieder einmal in die Nähe von Wasser, indem sie sie nach draußen führten und mit sicherem Abstand mit Wassereimern übergossen, wie eine Aussätzige. Dabei wurde sie die ganze Zeit von ihren Peinigern angeglotzt. In einem der Eimer durfte sie noch ihre Wäsche waschen und musste beobachten, wie sie das Waschwasser samt Eimer hinterher verächtlich auf den Müllhaufen vor dem Haus schütteten. Noch nie hatte Charlotte sich so geschämt und so wertlos gefühlt.

Gebot 43: Bereite dich auf den Himmel vor, denn die Hölle hast du bald hinter dir.

27.
Catherine

Mit dem mulmigen Gefühl eine Dummheit begangen zu haben und dem Einsetzen eines extrem schlechten Gewissens suchte Catherine nach Rivas und fand ihn im Loft mit der Montage des Sandsackes beschäftigt. Er begrüßte sie herzlich und legte sein Werkzeug nieder. »Hallo Gordi.«

»Gordi?«

»Das ist ein argentinischer Kosename. Heißt so viel wie ‚kleine Dicke'«, erklärte er gut gelaunt.

»Hallo?«

»Das ist charmant, glaub mir. Vor allem wenn man gar nicht dick ist, so wie du, mein wunderschönes Fliegengewicht.«

»Oh, du bist ja in Form heute. Hat dir wohl gut getan, den Nachmittag ohne mich zu verbringen. Hast du das Springseil schon ausprobiert?«

»Nein.«

»Kannst du das?«

»Was?«

»Na mit dem Springseil hüpfen.«

»Kann das nicht jeder?«

»Nein, ich meine doch so wie ein Boxer. Weißt du, wenn sie es überkreuzen. Komm, ich will das sehen.«

Catherine war schon immer von diesem ‚Spektakel' fasziniert gewesen. Das fand sie nicht nur beeindruckend, sondern an Männern auch sehr sexy. Eine Kombination von Kraft, Ausdauer und Geschicklichkeit.

»Später, okay?«

»Versprochen?«

»Ja. Jetzt erzähl mal von deinem Nachmittag.«

Sie gingen nach unten und Catherine, wie immer wenn sie ängstlich war, kam gleich zur Sache. Sie schenkte ihm einen Drink ein und zündete sich eine Zigarette an. »Rivas, ich glaube ich habe einen großen Fehler gemacht.«

»Ist was mit dem Wagen?«

»Nein. Schlimmer.«

»Hängt es mit deiner Freundin zusammen?«

»Mhm.«

»Kann ich dir helfen, es wieder zu richten?«

Catherine schluckte gerührt über seine liebevolle Reaktion. Rivas war wahrlich ihr Traummann. »Du wirst es müssen.«

»Also doch was mit dem Wagen. Hast du sie hinter das Steuer gelassen? Das macht doch nichts. Hauptsache es geht dir gut.« Er zog sie übermütig zu sich und wollte sie küssen, aber sie machte sich frei.

»Rivas, raste jetzt nicht aus, aber ich habe der Freundin von Sylvia vorgeschwindelt, dass du ein Therapeut bist, der sich mit Entführungstrauma auskennt.«

»Wie kommst du denn dazu?«, fragte er noch ruhig aber schon alarmiert.

Sie erzählte ihm, was vorgefallen war.

Es folgte die Explosion. »Bist du noch zu retten? Sag mal, was ist bloß verkehrt mit dir? So ein Schwachsinn, ich glaube es nicht. Nur du kannst zu einem Weiberkaffeekränzchen verschwinden und mit den Feds im Schlepptau zurückkommen.« Feds ist die umgangssprachliche Bezeichnung für Mitarbeiter des FBI. Rivas verzog das Gesicht, er war aufgesprungen und ging im Zimmer hin und her. Rastlos setzte er sich wieder und zündete sich eine Zigarette an.

»Es tut mir leid, ich konnte nicht anders, Rivas.«

»Du *konntest* nicht anders? Hast du keinen Verstand, der deinem Mund sagt, wann er hin und wieder mal seinen Reißverschluss zuziehen muss? Verdammt Catherine, du kennst doch meine Situation. Nichts habe ich dir verschwiegen.« Er ging zum Fenster und schaute hinaus. »Ist dir jemand gefolgt?«

»Jetzt übertreibst du aber, Rivas. Weshalb sollte man mir folgen? Wer überhaupt?«

»Meine Güte, Catherine, dieser Staatsanwalt lässt seine Ex vierundzwanzig Stunden am Tag von den Feds bewachen, weil man seine Tochter verschleppt hat. Der hat doch Angst, dass sie auch noch verschwindet. Jeder, der mit ihr in Berührung kommt, und das Umfeld dieser Person werden unter die Lupe genommen.«

»So ist das nicht, Rivas, ich war nur als Freundin zum Tee angemeldet. Und nicht mal als Tinas Freundin, sondern als Sylvias. Es gibt doch keinen Zusammenhang zwischen uns.« Aus Angst vor seinem Zorn verschwieg sie ihm die merkwürdigen Umstände, von denen Sylvia berichtet hatte.

»Catherine, es wird genau eine Stunde dauern, bis sie alles über dich wissen. Wenn sie das nicht gleich nach der Anmeldung erledigt haben. Du bist aktenkundig in Paris. Da sind sie von mir nicht mehr weit weg. Das mit Marseille ist egal, aber eine gründliche Hintergrundprüfung kann ich momentan gar nicht gebrauchen. Kannst du dich nicht einmal wie eine normale Frau benehmen?«

»Eine *normale* Frau? Was soll das bitteschön heißen? Barfuß und schwanger in der Küche, gut fürs Kochen und fürs Bett und sonst nichts? So habt ihr es doch gerne, ihr Machos.«

»Lob dich mal nicht zu sehr, meine Gute!«

»Was? Bin ich dir nicht gut genug?«

»Du bist so was von einfältig, das gibt es auf der ganzen Welt kein zweites Mal!«

»Lenk nicht ab. Willst du sagen, ich tauge weder in der Küche noch im Bett etwas? Was bildest du dir eigentlich ein?«

»Halt die Klappe, ich muss nachdenken.«

»Rede nicht so mit mir. Halt selber die Klappe.«

Rivas stand auf und schüttelte sie.

»Hau jetzt bloß zu, das sage ich dir. Hau zu. Ich warte nur darauf!«

Er ließ sie los und schnappte nach Luft. »Entschuldige.«

»Rivas, es tut mir wirklich leid. Du hättest in meiner Lage auch nicht still zusehen können, wie diese Frau leidet. Und denke doch mal an das Mädchen.«

»Doch das hätte ich, Catherine. Da kannst du Gift drauf nehmen.«

»Nein Rivas, wenn du durchgemacht hättest, was ich erleben musste, würdest du dich deiner Verantwortung nicht entziehen können.«

»Wovon faselst du da? Deine einzige Verantwortung ist, das zu machen, was ich dir sage, und endlich mal deine große Klappe zu halten.«

»Stell dir die Situation des Mädchens vor. Versetze dich in ihre Lage. Da war meine sicher noch milde im Vergleich mit ihrer.«

»Catherine es gibt hunderte von Entführungen jedes Jahr. Ist es jetzt deine Aufgabe, jede Geisel zu befreien? Ach was rede ich? Befreien tust du ja niemanden. Catherine lässt befreien. Es tut mir leid für sie und ihre Eltern. Sie werden eben bezahlen müssen, aber hier steht unsere Existenz auf dem Spiel und noch viel mehr. Du kennst doch meine Pläne.«

»Ich habe es aber jetzt getan, Rivas.«

»Ja, das hast du. Catherine, ich bitte dich geh mir aus den Augen, ich kann dich nicht mehr sehen. Mir ist übel.« Catherine war schon wieder den Tränen nah. Betroffen starrte sie ins Leere. Er nahm sie in die Arme.

»Tut mir leid, ich habe das nicht so gemeint. Ich brauche jetzt einen freien Kopf, Catherine.«

»Doch, jedes Wort hast du so gemeint. Ich bin dumm, eine schlechte Köchin und Sex mit mir ist entsetzlich. Genau das hast du gesagt. Ich bin froh, dass das passiert ist, und wir das klären konnten.«

»Ach, es geht um dich? Wieder einmal? Es geht um deinen Stolz, und deiner Sucht nach Zuneigung und Bestätigung. Du scheinst ja die ganze Sache schnell wieder auf das Wesentliche umgeschwenkt zu haben, dich nämlich. Was aus dem Kind wird, aus ihrer Mutter, mir, das ist dir doch schnuppe. Nur Catherine zählt im Leben von Catherine. Was Catherine braucht und will, das muss her, die ganze Welt darf untergehen, Hauptsache Catherine geht es gut.«

Sie stand auf und ging.

»Wohin willst du?«

»Zu Andalus. Du wolltest mich doch nicht mehr sehen.«

»Hiergeblieben, das könnte dir so passen. Du schmeißt deinen Mist in meinen Schoß und gesellst dich dann zu deinem Spielgefährten, bis du den nächsten Trümmerhaufen angerichtet hast.«

»Lass mich in Ruhe, du weißt ja gar nicht mehr, was du willst.«

»Ach hau ab, verzieh dich endlich.« Er zischte irgendwas auf Spanisch und schenkte sich einen doppelten Bourbon nach.

Den Rest des Tages sprachen sie kein Wort mehr miteinander. Sie aßen zwar zusammen, aber schweigend und lustlos. Catherine räumte gerade den Geschirrspüler ein, als ihr Handy klingelte. »Hallo Tina«, antwortete sie matt.

»Catherine sorry, dass ich dränge, aber ich habe mir einen Plan ausgedacht, wie ich morgen von hier kurz wegkomme. Haben Sie mit Ihrem Therapeuten gesprochen? Es geht um einen Notfall, sicher wird er es kurzfristig einrichten können.«

Catherine stellte auf ‚Laut' und erwiderte: »Er hat keine Zeit.«

»Ist er abgereist?«

»Äh, ja, ich glaube schon«, log Catherine verlegen. »Aber Tina, es muss doch genügend Therapeuten hier in Boston geben, denen Sie sich anvertrauen können.«

»Sie kennen meinen Ex-Mann nicht. Und er benimmt sich so merkwürdig, ich bin vollkommen auf mich alleine gestellt. Er erlaubt mir absolut keinen Kontakt nach draußen. Ich hatte gehofft, dass Sie als Eingeweihte mir helfen könnten, mich verdeckt mit ihm zu treffen.«

»Es tut mir leid, wie gesagt, ich kann Ihnen nicht helfen.« Catherine hatte Mühe, die Tränen zurückzuhalten.

»Würden Sie mir seinen Namen anvertrauen? Vielleicht gelingt es mir, ihn auf einem anderen Weg zu erreichen.«

»Sie müssen das jetzt vergessen, Tina«, sagte sie unbeholfen.

»Was soll das? Was meinen Sie damit? Catherine, wurden Sie von meinem Ex-Mann bedrängt?«

»Ihrem Ex-Mann? Nein, wieso fragen Sie?«

»Sie benehmen sich merkwürdig.«

Rivas riss der Geduldsfaden. Er schrieb ihr einen Zettel: ‚Sag, du versuchst es nochmal'.

»Ich versuche es nochmal Tina. Ich melde mich wieder.«

Rivas schüttelte immer noch verärgert den Kopf und griff sich an die Stirn. »Unfassbar, was du mir alles einbrockst.«

»Rivas, das macht alles schlimmer«, wandte sie nach dem Aufhängen ein. »Warum musste ich das sagen?«

»Es lässt sich nicht mehr vermeiden, Catherine, sie wird jetzt nicht aufhören herumzuschnüffeln. Wenn sich so eine Frau etwas in den Kopf gesetzt hat, wird sie es durchziehen. Ich muss jetzt ein oder zwei Mal so tun, als wäre ich ein Therapeut. Sie hat schon gerochen, dass hier etwas faul ist. Wenn sie anfängt, in Schottland nach einem Entführungstherapeuten herumzustöbern, geht das mit dem FBI ins Endlose. Wer weiß, was ihr diese Sylvia noch alles erzählt hat und du ihr! Ruf sie morgen an und sag ihr, sie soll mich um 13.00 Uhr in der Stadt treffen. Er gab ihr die Adresse und rief Ed an. »Ed, hallo. Hast du dir schon was gebrochen?«

»Was? Ich Pistensau? Ich doch nicht! Geht es um die Grundstücke? Doch dringend?«

»Nein Ed, ich wollte dich fragen, ob ich ein paar Tage dein Büro benützen darf. Während deine Kanzlei noch geschlossen ist.«

»Wozu?«

»Ich möchte mich mit jemandem treffen. Niemand darf davon wissen.«

»Mensch Rivas, du willst meine Kanzlei als Liebesnest. Deshalb wolltest du nicht mit zum Skifahren, du konntest dich nicht entscheiden, wen du mitbringen solltest. Köstlich. Ich beneide dich.«

»Wie komme ich an den Schlüssel?«
»Ich rufe den Portier an. Musst du tagsüber oder nachts rein?«
»Tagsüber.«
»Er heißt Nicholas. Er wird sich darum kümmern.«
»Danke Ed.«

Am nächsten Tag gab Catherine Tina die Adresse und den Zeitpunkt bekannt. Die beiden machten aus, dass Catherine sie winterlich vermummt und mit einer großen Sonnenbrille um 12.00 Uhr besuchen würde. Zu dieser Zeit würde Rivas schon in den Büroräumen die Kanzleischilder abmontieren und sein Namensschild anschrauben, das er sich kurzerhand hatte anfertigen lassen. Nach dem Verlassen der Kanzlei würde er die Schilder wieder austauschen. Tina, von der gleichen Statur wie Catherine, tauschte Klamotten mit ihr. Danach zog sich Catherine als Tina verkleidet in der Villa zurück. Tina unterdessen, mit einer Langhaarperücke und stark geschminkt wie Catherine mummelte sich bis zur Unkenntlichkeit ein. Sie schob Catherines Sonnenbrille in ihr Haar und fuhr in Rivas' Dodge zum Bürogebäude. Sylvia war nur insofern eingeweiht, als dass sie glaubte, Catherine verhalf Tina zu einem Termin mit ihrem Therapeuten, weil ihr Ex-Mann dagegen sei. Von der Entführung ihrer Tochter wusste Sylvia absolut nichts.

»Sie haben einmal angerufen. Danach nie wieder.«
»Wen meinen Sie, Tina? Wer hat nicht angerufen?«, frage Rivas.
»Ich kann nicht mehr. Bitte helfen Sie mir.«
»Womit, Tina? Wie darf ich Ihnen helfen?«
Eine Minute, für Rivas fühlte sie sich an wie eine Ewigkeit, schwieg Tina. Dann: »Sagen Sie mir, was ich tun soll.«
»Brechen Sie Ihr Schweigen, Tina.«
»Ich darf nicht.«
»Tun Sie, was ich sage.«
»Ich darf nicht.«
»Gut. Dann sagen Sie mir, was Sie dürfen.«
»Es geht mir schlecht, Dr. Romero.«
Rivas nickte. Schwieg.
»Ich kann nicht mehr«, wiederholte Tina.
»Wer hält Sie davon ab, darüber zu sprechen, was Sie belastet, Tina?«
»Sie. Er. Alle, Dr. Romero.«

»Rivas. Niemand wir davon erfahren.«

»Sie, Rivas, werden davon erfahren.«

»Was werde ich denken, wenn Sie mir Ihr Geheimnis anvertrauen?«

»Dass ich eine schlechte Mutter bin.«

»Glauben Sie, dass Sie eine schlechte Mutter sind?« Das ist kein Job für mich, dachte Rivas, den dieses therapeutische Katz und Maus Spiel jetzt schon nervte.

»Ja.«

»Wenn Sie es schon wissen, ist es egal, was ich glaube.«

»Haben Sie Kinder?«

»Nein. Wie viele Kinder haben Sie, Tina?«

»Eine Tochter.«

»Wie heißt sie?«

»Charlotte.«

»Wo ist Charlotte in diesem Augenblick?«

Tina riss den Kopf hoch. Starrte ihn an. »Ich weiß es nicht.«

»Ist sie weggelaufen?«

»Das würde Sie nie tun! Dazu besteht kein Grund.«

»Wie alt ist Charlotte?«

»Vor zwei Monaten wurde sie achtzehn.«

»Sie haben eine Tochter, sie heißt Charlotte, sie ist achtzehn und sie wird vermisst, richtig?«

Abermals hob Tina erstaunt den Kopf. »Woher wissen Sie das?«

»Ich weiß es nicht, ich frage Sie.«

»Ja.«

»Wann haben Sie das letzte Mal von ihr gehört?«

»Dr. Romero….«

»Rivas.«

»Rivas, sie hat sich in etwas verstrickt. Mein Mann, er hat…«

Was hat Ihr Mann, Tina?, wollte Rivas fragen, aber er bremste sich. Wie ein neugieriges Weib zu bohren, passte nicht zu Rivas. Je mehr er sich zurückhielt, desto dringender würde ihr Wunsch, sich ihm anzuvertrauen. Warten.

»Er hat…Rivas ich darf nicht darüber reden.«

»Ich verstehe das Tina. Aber alles, was wir besprechen, ist vertraulich, das wissen Sie?«

»Selbstverständlich.«

Rivas erhob sich und ging zur Tür, öffnete sie und machte eine Bewegung, die Tina vermittelte zu gehen. Wie versteinert blieb sie sitzen und starrte ihn an. »Tina, ich habe volles Verständnis für Ihre Lage. Sobald Sie dazu fähig sind, werden Sie mir berichten, was Sie bedrückt. Bis dahin wünsche ich Ihnen alles Gute.«

Tina brach in Tränen aus. Langsam erhob sie sich und bahnte sich ihren Weg in Richtung Tür, knapp an ihm vorbei. Er fasste an ihren Arm und sie fiel ihm in die Arme. Rivas hielt sie fest umschlungen und strich ihr über den Kopf, während sie sich ausweinte. Einigermaßen wieder gefasst, löste sie sich von ihm und sagte: »Dürfen Sie das überhaupt?«

»Was?«

»Mich halten, trösten. Ich meine, ich bin Ihre Patientin.«

»Sie sind meine Patientin?«

»Ja!«, rief Tina betreten.

»Hm, Patienten erzählen ihre Geschichte, wir erörtern ihre Lage, wir analysieren ihre Gedanken zusammen und lösen die Rätsel, vor denen sie stehen. Äh, haben wir das? Habe ich etwas verpasst?«

»Ich verstehe.«

»Auf Wiedersehen, Tina.«

»Leben Sie wohl, Rivas.«

Bis zum nächsten Mal, dachte Rivas und knipste das Licht aus, bevor er ‚seine Praxis' verließ.

»Was hat sie für ein Problem?«, bohrte Catherine hinterher. »Was hast du herausfinden können?«

»Nichts.«

»Gefällt sie dir?«

»Wie bitte?«

»Ob sie dir gefällt.«

»Wie kommst du auf die Idee, dass sie mir gefallen könnte?«

»Weil du ihr gefällst.«

»Unsinn.«

»Doch, sie hat es mir beim Umziehen gesagt.«

»Über solchen Blödsinn redet ihr? In dieser Situation?«

»Also was ist? Findest du sie attraktiv?«

»Diese graue Maus?«

»Wieso grau? Sie war doch stark geschminkt, trug eine Perücke. Sie ist hübsch, auch ohne Make-up und Perücke. Ich meine, hinter den mausgrauen Haaren und dem verheulten Gesicht verbirgt sich ein gewisses Etwas. Das kann dir nicht entgangen sein.«

»So, so«, lachte Rivas.

Catherine, mitlachend: »Du hast meine Frage nicht beantwortet. Das wird langsam verdächtig.«

»Catherine, wir sprechen nicht mehr über solchen Schwachsinn, okay?«

»Mensch, du bist vielleicht verbohrt. Sagst du mir zumindest, warum du ihr deinen echten Namen genannt hast?«

»Das spielt keine Rolle. Wenigstens führt mein Name zu den richtigen Qualifikationen. Wie war eigentlich dein Ausritt heute Morgen?«

Sofort ergoss sich ein Redeschwall. Andalus sei sooo süß gewesen, piaffieren hätten sie zusammen geübt. Danach hatten sie unter einem Walnussbaum Halt gemacht, sie hatte die Nüsse gepflückt und Andalus die Schalen aufgeknackt, die Nüsse herausgefischt und die Schalen geschickt ausgespuckt. Viel zu viele habe sie ihm gegönnt, und dass sie hoffe, er bekomme keine Kolik davon. Und dann die Beschwerde: »Wann gibst du mir mal wieder eine Stunde?«

»Na herrlich. Warum hast du es so weit kommen lassen? Die Nüsse meine ich.«

So süß sei er halt gewesen, wiederholte Catherine verträumt und vergaß, dass Rivas ihr Gemecker ignorierte. Rosalie würde am nächsten Tag zum ersten Mal kommen und von da an für den Haushalt und die Küche sorgen. Deshalb genoss Catherine es zum letzten Mal etwas zu kochen und sie hatten einen schönen Abend. Die graue Maus indes ließ Rivas den ganzen Abend nicht mehr los. Dreimal hatte sie angesetzt, sich ihm anzuvertrauen, dreimal hatte sie nach wenigen Worten abgebrochen. Etwas Wichtiges wollte sie ihm mitteilen, hatte sie wiederholt angedeutet, aber sie rückte nicht damit heraus. Sie schien vollkommen verängstigt zu sein und Rivas glaubte, dass sie keine Ahnung hatte, dass Rivas bereits wusste, was sie Catherine anvertraut hatte. Rivas hatte auf seine diversen Tricks verzichtet, sie zum Reden zu bringen. Beim nächsten Mal würde er ihr helfen, ihre Zunge zu lösen. Aber weniger aus Ungeduld als aus Neugier. Denn ihre Geschichte interessierte ihn mittlerweile brennend. *Sie* interessierte ihn brennend und Catherine hatte es gespürt.

Noch am selben Abend bat Tina für den nächsten Tag abermals um einen Termin und ihre Hilfestellung.

28.
Catherine

»Mein Mann, Rivas, ist in eine Sache verstrickt«, begann Tina die nächste ‚Sitzung'.

»Verstehe.«

Sie sah ausgezehrt aus, noch grauer als am Tag davor, aber gleichzeitig attraktiv, genau wie Catherine gesagt hatte. Sie trug kein Make-up, die Perücke hatte sie diesmal vor dem Betreten der ‚Praxis' abgenommen. Die Haare waren unfrisiert, Catherines Kostüm wirkte formlos unter Tinas offensichtlichem Gewichtsverlust der letzten Wochen. Rivas blitzte Catherines Anblick durch den Kopf, als er sie zum ersten Mal sah. Habe ich einen Hang zu verwahrlosten Frauen?, fragte er sich, oder ob er diesen Anblick nur deshalb als attraktiv empfand, weil er wusste, was sich hinter ihm verbarg? Wie bei Catherine, ein wunderschönes, weibliches, zartes Wesen. Welches er zum Erblühen bringen würde. Er, der Held, der Frauenretter und –flüsterer. Rivas schüttelte sich kurz, um sich zu konzentrieren, denn Tina hatte endlich angefangen zu erzählen. »Er ist Lobbyist für eine gefährliche Sache und Mitwirker an einem neuen Gesetz, das kurz vor der Verabschiedung steht…« Tina wartete auf einen Kommentar, und sprach weiter, als Rivas sich keinen entlocken ließ. »In naher Zukunft wird es im Internet keine Anonymität mehr geben. Man wird für jeden Beitrag seine Identität angeben müssen.«

»Nun«, bemerkte Rivas endlich, »das kann spannend werden.« Rivas wurde misstrauisch. Diese Story schien weit hergeholt. Warum erzählte Tina solchen Mist? Er spielte vorläufig mit. »Damit treibt er fast die gesamte vernetzte Weltbevölkerung ins Dark Net.«

»Es ist kompliziert, Rivas, aber Gegensoftware wird bereits entwickelt. Und das neue Gesetz soll zudem rückwirkend in Kraft treten.«

»Wie weit zurück?«

»Die letzten zwei Jahre.«

»Die Anonymität soll rückwirkend aufgehoben werden? Das bedeutet, dass die Spatzen vom Dach pfeifen werden, was anonym ins Netz gestellt wurde. Ich nehme an, dass die Identitäten mittels IP Registrierungen ermittelt werden?«

»Der Sinn dahinter…«

»Ist die Bekämpfung von Kriminalität. Das ist mir klar, aber wenn dieses Gesetz pauschal angewandt wird, zieht es sich durch die gesamte Gesellschaft, betrifft fast jeden Bürger.«

»Genau. Unter den Gegnern dieser Rechtsprechung finden sich etliche gewissenlose Anstifter, die sie um jeden Preis verhindern wollen.«

»Und einer dieser Gegner hat Ihre Tochter entführt?«

»Es ist kompliziert. Mein Mann, wissen Sie, ist nicht so unbescholten, wie man denkt. Charlotte, unsere Tochter, sie ist ein schwieriges Kind. Sie wurde vor eineinhalb Jahren bei einem Drogenschmuggel in der Karibik erwischt. Ihr drohte eine lange Gefängnisstrafe. Mein Mann hat es geschafft, sie durch seine Beziehungen zu befreien. Wir denken, dass seine ehemaligen Verbündeten etwas mit dieser Entführung zu tun haben. Wenn herauskommt, dass er sich zum Schutz seiner Familie kompromittiert hat, ist seine Karriere zu Ende.«

»Kann sein, aber Tina, welcher Vater würde sich nicht kompromittieren, um seine Tochter vor einem mittelamerikanischen Gefängnis zu bewahren? Auch wenn seine politische Karriere kaputt ist, in der freien Rechtswirtschaft wird er mehr als einen Klienten gewinnen können. Gerade aus diesem Grund wird man ihn aufsuchen. »

»Mhhh, ich habe Ihnen noch nicht alles gesagt, Rivas. Der Grund, warum Charlotte als Drogenesel eingesetzt wurde, hängt damit zusammen, dass mein Mann…«

Rivas griff sich an den Kopf. Tina musste nicht weitersprechen. Rivas begriff, dass Tina ihm sagen wollte. Dass Charlottes Vater nicht nur in Drogenhandel verwickelt war, sondern auch seine einzige und damals minderjährige Tochter für diese Geschäfte geopfert hatte. »Wie wurde sie erwischt? Eine perfektere Tarnung ist kaum möglich. Die Tochter vom obersten Staatsanwalt.«

»Wir wissen es nicht, Rivas. Es gibt wohl einen Verräter, einen Feind?«

»Wussten Sie davon?« Tina antwortete nicht. »Tina, wie viel davon war Ihnen bekannt?« Rivas sprach in scharfem Befehlston. Tina erschrak darüber und blickte zu Boden. »Sie wussten es also?« Rivas‘ Ton vermittelte keinerlei Verurteilung, blieb vollkommen sachlich und Tina lockerte sich wieder.

»Ich sagte doch, ich bin eine schlechte Mutter.«

»Okay, was war noch?«

»Was meinen Sie?«

»Sie verschweigen mir noch etwas, Tina. Was ist noch passiert?«

»Als Charlotte nach Hause kam, Rivas, da wandte sie sich von meinem Mann ab. Sie weigerte sich, ihn an ‚seinen' Wochenenden zu besuchen und wenn, war sie immer öfter weg. Sie kehrte zwar jeden Abend nach Hause zurück, aber immer sehr spät. Wir vermuteten, dass sie jemanden kennengelernt hatte, aber auch mir vertraute sie sich kaum an. Einmal erwähnte sie, sie könne es nicht erwarten, endlich von zu Hause auszuziehen.«

»Neulich reagierten Sie entrüstet, als ich Sie danach fragte, ob Charlotte weggelaufen sein könnte.«

»Weil das stimmt. Das würde sie niemals tun. Sie war schwierig, aber in dem Alter ist das doch normal. Rivas, sie *ist* entführt worden. Sie würde vielleicht eine Nacht nicht nach Hause kommen, aber niemals würde sie so lange nichts von sich hören lassen. Und bei dem Anruf hätte es sich um einen schlechten Scherz gehandelt? Oh es ist alles so entsetzlich.« Tinas Tränen liefen im freien Fluss über ihre Wangen. Sie stand auf.

»Tina, setzen Sie sich wieder!«

Sie tat es. »Sie denken, ich bin ein Monster.«

»Warum ist es wichtig, was ich denke? Geht es um Ihr Image oder um Ihre Tochter?«

»Es geht um meine Tochter, Rivas.«

»So, es reicht.«

»Wie meinen Sie das?«

»Sie sagen mir jetzt die Wahrheit, oder wir sehen uns nicht wieder, Tina. Sie haben mir drei Stories aufgetischt. Eine Internetsache, eine Drogengeschichte und jetzt geht es um Charlottes angeblichen Freund. Das ergibt doch alles keinen Sinn.«

»Ich halte es eher für angebracht, dass *Sie* mir endlich die Wahrheit sagen«, wehrte sich Tina entschieden. Rivas stutzte. »Ich habe Sie nicht als Therapeut aufgesucht, Rivas. Ich weiß über Ihre Kapitalverbrechen Bescheid. Ich möchte Sie als Berater heranziehen.«

»Tina, wer ist in diese Angelegenheit verwickelt?« Nun schwieg Tina. »Tina, was soll das Spiel? Wer hat Sie zu mir geschickt?« Sie schwieg weiter. Rivas rang nach Luft und erklärte: »Wenn Sie Charlotte retten wollen, Tina, und ich Ihnen dabei helfen soll, kann ich das nur, indem Sie mir vertrauen und aufhören, mir Bären aufzubinden. Gibt es überhaupt eine Entführung, oder ist das auch gelogen?«

»Ich schäme mich.«

»Das wird Ihnen nicht erspart bleiben, aber geht es um Sie? Ist es das? Sie wollen nicht Ihre Tochter retten, sondern Ihr Selbstwertgefühl einrenken. Was erwarten Sie von mir? Während wir über Ihre Gefühle plaudern, steckt Ihre Tochter in großer Gefahr.«

»Sie hassen mich.«

»Tina, ich bin wahrscheinlich auf der ganzen Welt der letzte Mensch, der Sie dafür verachtet Fehler begangen zu haben. Aber was der Mensch glauben *will*, kann ihm niemand nehmen. Auch wenn ich Sie verurteilte, und ich versichere Ihnen, dass das nicht der Fall ist, finden Sie sich damit ab. Schauen Sie nach vorne, in die Richtung, die zu Charlotte führt. Haben Sie eine Idee, wo sie sich aufhält?«

»Nicht die geringste.«

»Ist sie im Land?«

»Rivas, ich weiß es nicht.«

»Also schön, wir gehen alles der Reihe nach durch«, spielte Rivas weiterhin den Ahnungslosen. »Gehen Sie nach Hause, damit Ihre Abwesenheit nicht auffällt. Daheim schreiben Sie absolut alles auf, was Ihnen einfällt, chronologisch, verstehen Sie? Von A – Z. Ich muss alles wissen, vor allem über diesen Anruf.« Tina nickte. Sie hatte sich eine Zigarette angezündet, die sie in ihrem Taschenaschenbecher ausdrückte. »Gehen Sie jetzt, Tina. Denken Sie nach, sammeln Sie Fakten und rufen Sie mich an, sobald Sie imstande sind, mir zu vertrauen. Bis dahin kann ich nichts für Sie tun.«

»Wenn Tina nicht auspackt, kann ich ihr nicht helfen, Catherine.«

»Hat Sie denn gar nichts erzählt?«

»Sie versucht mich in die Irre zu führen. Erzählt Unsinn über Informatik, Drogen, Feinde ihres Ex und Verschwörungen.«

»Du glaubst ihr nicht?«

»Kein Wort.«

»Wie hast du reagiert?«

»Ich spiele mit.«

»Warum?«

»Nichts wüsste ich lieber als das.«

»Du weißt es nicht?«

»Sie gibt vor, mich als Insider entlarvt zu haben. Es gibt zwei Möglichkeiten: wir verschwinden von hier oder ich warte ab, was sich entwickelt. Mein Gefühl sagt mir, wenn ich jetzt fliehe, habe ich ein noch größeres Problem am Hals. Ich versuche mit der Situation zu arbeiten, wie sie sich momentan präsentiert. Je mehr Zeit und Information ich gewinne, desto größer ist die Chance, die richtige Entscheidung zu treffen. Aber ich weiß eines gewiss, Catherine: dass hier etwas ganz schön faul ist. Während ihre Tochter angeblich verreckt, spielt sie das Opfer und verliert Zeit. Nichts passt hier zusammen. Wir stecken in einer merkwürdigen Angelegenheit. Ich muss ihr auf den Grund gehen.«

»Zeit ist das Kostbarste, was Charlotte besitzt. Jeden Tag in Gefangenschaft baut man ab.«

»Wenn sie eine Tochter hat!«

Plötzlich fiel die Tür ins Haus. Ein Schwarm von US Marshalls ergriff Rivas so schnell, dass er nicht einmal Zeit hatte, Catherine in Sicherheit zu bringen.

Drei Stunden später saß er mit Handschellen im Büro von Tobias Palmer – in Washington.

»Wie war Ihr Flug?«, fragte Palmer, ein sehr hochgewachsener, stattlicher Mann mit einem sehr bestimmten Auftreten.

»Ich habe mich total wohlgefühlt. Was soll diese bekloppte Frage? Fällt Ihnen sonst nichts ein?«

»Weshalb geben Sie sich als Rivas Romero aus?«

»Ich bin es.«

»Und ich bin der Weihnachtsmann.«

»Mein Name ist Rivas Romero. Ich bin ein Doppelmörder, sechsfacher Kidnapper und Attentäter. Ich bin verantwortlich für einen Bombenanschlag, allerdings ohne Todesfolge, aber in einem anderen Zusammenhang für den Tod von Kelly Peters und Max Listerfield. Beide sind US Bürger. Hinzukommen sechs Geiselnahmen, eine in den Vereinigten Staaten und fünf in Südamerika. Ach, und schwere Körperverletzung von einem Kölner Pädophilen, mit oder ohne Todesfolge, das weiß ich nicht.« Das letzte Verbrechen war ein Racheakt Rivas‘ für Catherines Kindheitsvergewaltigung gewesen, nachdem sie ihm davon erzählt hatte. Er hatte seinen Freund Miguel beauftragt, ihm ‚eine Lektion zu erteilen‘. Catherine wusste nichts von seiner Maßnahme.

»Mit dieser Litanei von Verbrechen reisen Sie seelenruhig unter Ihrer eigenen Identität in die Staaten ein?«

»Ich wusste nicht, dass man mich in den Staaten sucht.«

»Nennen Sie mir Ihre Motive und die Beteiligten.«

»Meine Motive sind Gier und Hass, und Beteiligte gibt es nicht. Ich arbeite alleine.«

»Gut, Ihre wahre Identität wird noch überprüft. Gehen wir davon aus, Sie sind es, wenn Sie nicht auspacken, kann ich Ihnen keinen Deal anbieten.«

»Einen Deal lehne ich ab. Ich werde alles gestehen. Mitwirker gab es nicht.«

»Das ergibt doch alles keinen Sinn. Warum legen Sie ohne jeden Druck so rasch ein Geständnis ab?«

»Haha«, lachte Rivas. »Sie glauben, ich rühme mich mit den Taten eines anderen? Tut mir leid, so einfach wird das für Sie nicht werden. Um einen ordentlichen Prozess werden Sie nicht herumkommen.«

»Warum Ihr Geständnis? So schnell? Antworten Sie mir gefälligst.«

»Ich könnte Ihnen die gleiche Frage stellen: Warum schütteln Sie einen angeblichen Deal aus dem Ärmel ohne jede Veranlassung? Ich sagte doch, ich sage aus.«

»Warum, Rivas?«

»Sie sind mir um einige Monate zuvor gekommen.«

»Gewissensbisse?«

»Ja.«

»Glauben Sie, ich bin von gestern?«

Rivas konnte nicht anders, er musste wieder lachen. Man glaubte ihm nicht. Es war absurd. »Ich habe es jemandem versprochen und ja, ich bereue die Taten. Das ist die Wahrheit. Ich hätte gerne noch etwas in Ordnung gebracht. Das bleibt mir jetzt erspart. Ich bin nicht nobel genug, mich jetzt nur noch um meine Befreiung zu bemühen, um meinen Plan umzusetzen.«

»Welchen Plan?«

»Bemühen Sie sich nicht.«

»Ist Ihnen denn klar, welches Strafmaß Sie erwarten würde?«

»Weshalb *würde*?«

»Rivas, ich bin seit Monaten der WICED auf den Fersen, aber ich komme in dem Fall nicht weiter. Diese Gruppierung ist Teil einer Weltverschwörung. Mein Mandat ist es, diese aufzudecken. Diese Aufgabe ist mir vom Präsidenten persönlich zugeteilt worden und ist streng vertraulich. Aus diesem Grund sitzen wir beide ohne Zeugen zusammen. Vor fünfundvierzig Tagen ist meine Tochter entführt worden. Wir vermuten, dass ihr Verschwinden mit dieser Angelegenheit in Verbindung steht. Ich stecke bis zum Hals in einem Malheur, das ich meinen ärgsten Feinden nicht wünsche. Ich brauche Ihre Hilfe.« Der Mann nahm Rivas die Handschellen ab und schüttelte Rivas' Hand. Ich bin Tobias. Helfen Sie mir und ich helfe Ihnen.«

»Es gibt nichts, wofür ich Ihre Hilfe benötigen würde, *Tobias*.«

»Wie steht es mit Ihrer kleinen Freundin? Ist sie Ihnen wichtig?«

»Nein.«

»Das glaube ich Ihnen nicht. Ich werde dafür sorgen, dass ihr nichts zustößt. Das gilt auch für das Vieh in Ihrer Scheune, dessen Namen sie pausenlos ruft. Der Bewohner des Nebenhauses ist geflüchtet, den schnappen wir noch.«

»Soll das eine Drohung sein?«

»Eine Erpressung.«

»Wenn Sie der Frau ein Haar krümmen, oder dem Pferd eine Strähne seiner Mähne abschneiden, werde ich dafür sorgen, dass Sie und Ihre gottverdammte Ex keinen einzigen Tag länger überleben. Und bei Ihrer Tochter werde ich nachhelfen, ihr jämmerliches Dasein um einige Monate hinauszuziehen, und ihre Qualen zu verschlimmern, bis sie elend krepiert. Damit kenne ich mich bestens aus.«

»Wir kennen uns ebenfalls damit aus. Momentan sitzen Sie aber hier bei mir und bald im Knast. Das kann spannend werden.«

»Glauben Sie mir, das kann ich auch noch aus der Todeszelle bewirken.«

»Rivas, so kommen wir nicht weiter.«

»Was wollen Sie von mir? Führen Sie mich endlich ab. Und lassen Sie die Frau aus dem Spiel. Sie hat doch von alledem keine Ahnung.«

»Ich möchte eine Zusammenarbeit.«

»Mit welchem Ziel?«

»Erstens, Sie holen meine Tochter aus ihrer Notlage. Zweitens, Sie helfen mir, die WICED zu zerschlagen. Drittens geht es um Chilanchi.«

»Ich kenne keine Wicked. Was soll das sein? Und was ist Chilewas?« Rivas staunte. Palmers Ziele schienen sich mit seinen zu decken, bis auf Palmers Tochter. Die war ihm vollkommen egal. »Und was immer es ist, weshalb sollten Sie meine Hilfe benötigen? Sie haben unbegrenzte Möglichkeiten.«

»Eben nicht. Rivas, es sind Menschen unterwegs, die unsere gesamte Gesellschaft und Weltwirtschaft umgestalten möchten. Es ist uns klar, dass sich auf allerhöchster Ebene in unseren eigenen Reihen Verräter befinden. Feinde haben wir genug unter uns, aber keinen einzigen Mann von der anderen Seite. Wie ich sagte, es steht für mich fest, dass die Entführung meiner Tochter mit dieser Angelegenheit zusammenhängt. Außer dem Präsidenten vertraue ich seit Charlottes Entführung niemandem mehr.«

»Selbst wenn ich über diese Wicked, oder wie immer Sie das nennen, Bescheid wüsste, ich eigne mich nicht als V-Mann.«

Palmer ging an sein Telefon, hörte eine Weile zu und wandte sich an Rivas: »Ihr verdammter Gaul hat gerade beim Verladen einem meiner Männer den Oberschenkel zertrümmert.«

Rivas grinste. »Nur den Oberschenkel? Mein Hengst kann eigentlich sehr gut zielen. Wohin bringen Sie ihn?«

»Zur FBI Mounted Unit hier in Washington.«

»Weshalb?«

»Wir haben ihn selbstverständlich beschlagnahmt. Ihr Haus wir noch durchsucht.«

»Ich hoffe, keiner von Ihren Leuten ist dumm genug, sich irgendwann auf ihn setzen zu wollen.«

»Warum nicht?«

»Kennen Sie sich mit Pferden aus, Tobias?«

»Mein Geldbeutel hat Erfahrung mit ihnen. Meine Tochter ist eine leidenschaftliche Dressurreiterin.«

»Also bei meinem Pferd ist das so: Wen er nicht wenigstens ein bisschen mag, lässt er ohne einen entsprechenden Aufstand nicht an sich heran. Geschweige denn auf seinen Rücken. Das heißt, genau weiß ich es nicht. Es war noch niemand unverfroren genug, es zu versuchen, ohne sich mit ihm anzufreunden oder ihn wenigstens vorher zu fragen.«

»Fragen! Schwachsinn! Mit dem Biest werden wir schon fertig und mit Ihrer Tussi auch. Immer noch keine Erinnerung an die WICED?«

»Scheren Sie sich zum Teufel.«

Palmer griff zum Telefon. »Geben Sie mir das Küken.« Er drückte auf ‚Laut' und sagte zu Catherine: »Catherine, jemand möchte Sie sprechen.« Er reichte Rivas den Hörer.

»Wo bist du Baby?«

»Rivas? Ich bin im Haus an einen Stuhl angebunden. Rivas, ich glaube, die haben Andalus, da sind…« Rivas hörte Catherine kurz verstummen und dann schreien.

»Um Gotteswillen, Palmer! Hören Sie schon auf. Hören Sie auf.« Er streckte ihm verzweifelt das Handy hin.

Palmer ergriff es und sagte ins Telefon: »Schluss jetzt! Schafft sie ins Auto und bringt sie mir endlich zum Verhör.«

»Was jetzt?«

»Sie werden heute Abend mein Gast sein. Morgen reden wir weiter.«

»Sie sperren mich nicht ein?«

»Ihre Freundin ist Ihr Gefängnis, Rivas, das haben wir gerade eingerichtet. Sie werden nichts riskieren.«

»Was passiert mit ihr?«

»Sie fahren sie mit dem Auto zu mir. Bis morgen früh wird sie hier sein.«

»Und dann?«

»Nachdem Sie angeblich nichts wissen, werden wir bei ihr einige wirkungsvolle erweiterte Verhörmethoden einsetzen, um herauszufinden, ob das stimmt.«

»Tobias, lassen Sie sie gehen. Das können Sie doch nicht machen.«

»Hatten Sie nicht vor wenigen Minuten meiner Tochter Folter angedroht?«

»Es geht um mich, nicht um unschuldige Dritte.«

»Meine Tochter ist auch unschuldig.«

»Das stimmt. Lassen wir die beiden aus dem Spiel. Sie wollen Informationen von mir, halten Sie sich an mich.«

»Das würde länger dauern. Sie sagten ja, Sie kennen sich damit aus. Das kleine Ding wird weniger anstrengen, wir machen das nämlich nicht gern, wissen Sie. Bei so einem Püppchen reichen üblicherweise eine aus Versehen mit Benzin übergossene Hand und irgendein Idiot, der sich eine Zigarette anzündet. Und irgendwas wissen die Weiber immer.«

»Wo ist Ihre Tochter?«

»Ost- oder Nordafrika.«

»Ich will einen Deal.«

»Hatten Sie mein Angebot nicht gerade abgelehnt?«

»Nicht für mich. Für zwei weibliche Personen und einen alten Mann.«

»WICED?«

»Ja«, gab Rivas zu. »Und für Catherine. Sie hat mit der WICED nichts zu tun. Ihr einziges ‚Verbrechen' ist, dass sie von mir entführt und zur Mitarbeit gezwungen wurde. Sie hat nichts getan, hat sich bemüht, mich davon abzubringen, und alles ins Lot zu bringen.«

»Ich bin gerührt.«

»Ja oder nein?«

»Was wollen Sie?«

»Ich helfe Ihnen bei der Suche nach Ihrer Tochter, sofern mir das überhaupt möglich ist, und wir arbeiten zusammen daran, diese Chilanchi Verschwörung aufzudecken. Im Gegenzug sichern Sie diesen drei Personen Immunität zu.«

»Ihnen nicht?«

»Nein.«

»So nobel, Rivas?«

»Ja oder nein?«

»Ich werde den Deal auf Sie erweitern.«

»Warum?«

»Irgendeinen Anreiz muss ich Ihnen geben. Ist Ihnen klar, dass Sie das Ganze wahrscheinlich nicht überleben werden?« Er wartete die Antwort nicht ab. »Wenn Sie so oder so sterben werden, warum sollten Sie sich für meine Tochter anstrengen? Mit der, wenn auch kleinen, Aussicht auf eine Zukunft auch für Sie habe ich Sie in der Hand. So viel werden Sie über unbewusste Lebensinstinkte noch von Ihrem Studium wissen.«

»Das erübrigt sich Tobias. Einer langen Gefängnisstrafe werde ich keinesfalls entkommen. Die Aussicht, stattdessen für eine gute Tat im Feld sterben zu dürfen, ist genug Anreiz für mich. Mit dem Leben habe ich abgeschlossen. Mich beschäftigt augenblicklich viel mehr das Danach und was meine Hinterbliebenen einmal von mir denken werden.»

»Sind Sie wirklich so fatalistisch oder tun Sie nur so?« Rivas antwortete nicht. Palmer setzte nach: »Sie müssen mir keine Reue vortäuschen, Rivas. Das ist mir ehrlichgesagt in dieser Situation vollkommen schnuppe. Mein Angebot entspringt nicht Regungen von Gnade. Auch nicht ermittlungstechnischen Überlegungen. Ich verkaufe meine juristische Seele, in der vagen Hoffnung auf Rettung für meine Tochter. Wenn ich sie schon nicht retten kann, will ich wenigstens alles in meiner Macht stehende für ihre Befreiung getan haben. Es geht in dieser Sache um mein Gewissen, nicht um Ihres.«

»Das ginge mir in Ihrer Lage genauso. Deshalb werde ich Ihnen erklären, was mich dazu bewegt, den Kampf um mich aufzugeben und gleichzeitig das Ringen um Charlottes Leben aufzunehmen. Nicht Edelmut liegt meiner Entscheidung zugrunde, sondern die brutale Konfrontation mit dem Aus.«

»Zu retten, was noch zu retten ist?«

»Stellen Sie sich vor, ich sei ein verarmter Bauer aus dem siebzehnten Jahrhundert. Ich fahre mit einem geliehenen Ochsenwagen die Gemüseernte ein. Seit Jahren treffe ich die falschen Saatentscheidungen. Auch dieses Jahr. Alle Reserven sind verbraucht. Ich stehe vor dem Nichts. Ein später Frost hat den Acker ruiniert. Ich weiß das, aber versuche verzweifelt wenigstens einen Korb zu füllen, wenn schon nicht den Anhänger. Meine junge Frau hat Hunger. Ich werde sowieso verhungern, aber ihr möchte ich noch etwas mitgeben. Doch das Gemüse ist verdorben. Dann reicht mir ein benachbarter Bauer eine Kartoffel. Er sagt, verschwinden Sie aus dieser Welt und ich werde dafür sorgen, dass Ihre Frau jeden Tag zu Essen hat, dass es ihr immer gut geht. Werde ich diesen Pakt schließen? Oder die symbolische Kartoffel ablehnen?«

»Der Nachbar bin ich? Die Kartoffel, die Chance Charlotte zu retten?«

»Ja.«

»Die Frau zu Hause repräsentiert die Zurückgebliebenen?«

»Ja.«

»Sie möchten, dass man Sie in guter Erinnerung behält? Dass man sieht, dass Sie die Schulden ihrer Missernten tilgten, indem sie sich in einem letzten selbstlosen Akt aufgaben? Und als Held aus der Welt schieden?«

»Ich denke, darum geht es ja. Es ist beschämend, aber es ist so.« Dass Rivas so absolut untypisch einem Unbekannten sein Herz ausschüttete, fand seinen Ursprung in einem menschlichen Grundbedürfnis. Was sich in seinem Inneren vollzog, erschloss sich ihm leicht. Dass er darüber sprach, offenbarte ihm, wie ‚gewöhnlich' er doch war. Er beobachtete, wie sich wie bei vielen Verbrechern die Geständniswut und der Drang sich mitzuteilen nicht mehr bremsen ließen. Für so gewöhnlich hatte er sich nicht gehalten, aber es war so. In vollem Bewusstsein darüber, fuhr er fort: »Eine junge Frau, damals meine Geisel, sagte mir nach einer Misshandlung voraus, ich werde es irgendwann schwer haben, mit meiner Vergangenheit zu leben. In ihrer Hilflosigkeit verfluchte sie mein Leben. Meine Antwort darauf war, dass ich sie mit einem Stück Eisen zusammenschlug, bis sie nicht mehr stehen konnte. Alle Grausamkeiten bis zu dem Punkt waren bemessen gewesen, hielten sich im Rahmen, auch wenn sich das für Sie merkwürdig anhören mag.«

»Ich verstehe, was Sie meinen.«

»Bei den Foltermethoden, selbst bei der Ausführung der Morde verfügte ich über ein Maß an Selbstkontrolle, handelte stets mit Bedacht, ja und auch ‚mit Gefühl'. Keine meiner Taten führte ich impulsiv oder hassgetrieben aus. An diesem Tag fügte ich einem Menschen zum ersten Mal absolut grundlos Schmerzen zu. Mit grundlos meine ich, dass sich selbst für mich keine Rechtfertigung mehr erschloss. Sie wehrte sich nicht, konnte es ja gar nicht. Sie war mir ausgeliefert. Ich wurde getrieben von einer unerklärlichen, leidenschaftlichen Zerstörungswut, gerade weil mein Opfer mir nichts entgegenzusetzen hatte. Ich spürte damals innerlich, dass ich am tiefsten Punkt meiner Psyche angelangt war. Ich erkannte alle Symptome, die ich in der forensischen Psychiatrie bei Tätern hatte beobachten können. Und verdrängte die Einsichten mit verstärkter krimineller Energie. Ja nicht aufhören, ja nicht nachdenken, ja nicht fühlen! Die Selbsterkenntnis wuchs nichtsdestotrotz. Mit jedem Tag. Dass ich hier sitze, ist für mich nichts weiter als das Eintreffen des Unausweichlichen. Meine Selbstwahrnehmung raubt mir meinen Kampfgeist, weil ich mit dem Zweck des Kampfes nicht mehr verbündet bin.«

»Genug des Pathos. Ich werde mir Ihr volles Geständnis noch anhören. Es dient der Aufklärung, aber - wo kein Kläger da kein Richter.«

»Das kriegen Sie hin?«

»Wenn ich es mit dem Präsidenten abspreche.«

Rivas erwachte zum Leben. Er hatte alles offeriert, was mit seinem Versprechen an Lammingcourt in Verbindung stand. Auch was seine Einkehr betraf, fühlte er sich befreit. Seine Absicht, sich für Charlotte einzusetzen und die verlauteten Motive waren echt. Wenn sein Geständnis keine Bestrafung bewirken würde, forcieren würde er sie jenseits dieser Diskussion nicht. Gnade vor Recht? Sollte er so viel Glück haben, in den Genuss dieses Leitsatzes zu kommen? Seine rührselige innerliche Stimmung schmolz dahin wie Wachs im Feuer. Rivas' alte Zielstrebigkeit blühte auf. Konzentriert bei der Sache verlangte er: »Gut, wenn Sie das so sehen, liegt das außerhalb meiner Verantwortung. Aber wenn schon, dann will ich es schriftlich.«

»Ich werde es aufsetzen lassen.«

»Vom Präsidenten unterschrieben.«

»Einverstanden. Aber Ihre Kleine und Ihr rachsüchtiger Esel sind mein Pfand.«

»Mein Wort ist wertvoller als jegliches Pfand. Wenn ich sage, ich mache es, mache ich es auch, aber gut, behalten Sie meinen Hengst einstweilen. Ich will nur schriftlich, dass er gut behandelt wird. Er kommt jeden Tag auf die Koppel, wird in einem ordentlichen Stall untergebracht, wie es sich gehört. Er bekommt gutes Futter - ich sage Ihnen noch, was er braucht - und man lässt ihn ansonsten in Ruhe. Wenn alles überstanden ist, erhalte ich ihn unversehrt zurück. Sollte mir etwas zustoßen, wird er an jemanden übergeben, dessen Details ich bei meinem Notar in Boston hinterlege. Die Frau bleibt bei mir.«

»Das wird gefährlich.«

»Ich passe schon auf sie auf.«

»Die junge Geisel von der Sie vorhin sprachen - handelt es sich dabei um Catherine?«

»Ja.«

»Auch eine Wiedergutmachung?«

»Das geht Sie nichts an.«

Palmer konnte Rivas nicht einordnen. Nach dem gefühlsduseligen Ausbruch über Einkehr und Wiedergutmachung, dieser forsche Ton? Was spielte sich in dem Kopf dieses Mannes ab? Diese Unergründbarkeit gab ihm die letzte Gewissheit: Das war sein Mann. Nur ein unberechenbarer Spinner wie er, würde sich in die Höhle des Löwen wagen und womöglich noch Erfolg haben. Palmer trommelte mit den Fingern auf seinem Schreibtisch und überlegte, wie er in Bezug auf die Frau vorgehen sollte. »Nun gut, Sie könnte uns in der Tat so mehr von Nutzen sein, als wenn wir sie wegsperren. Hat sie starke Nerven?«

»Ja. Und glauben Sie mir, Sie werden froh sein, sie vom Hals zu haben. Sie ist… etwas… äh *schwierig*.«

»So ein Quatsch. Sie würde in ihrer Zelle sitzen, was könnte sie dort schon anrichten?«

»Selbst Sie, Herr US Attorney General, dürfen jemanden nicht monatelang ohne Anklage wegsperren. Denn ein paar Wochen wird es schon dauern, bis wir dieses Schlamassel hinter uns haben. Und wenn Sie denken, sie würde herumsitzen und sich gefallen lassen, was Ihnen gerade einfällt, haben Sie sich geirrt. Glauben Sie mir, ich spreche aus Erfahrung.«

»Abgemacht.«

»Und ja, es handelt sich um eine Wiedergutmachung. Entschuldigen Sie, dass ich so abweisend war. Das haben Sie nicht verdient. Es war eine verständliche Frage.«

»Ich habe wohl einen Nerv getroffen?«

»Anscheinend. Aber sagen Sie mir eines, Tobias: Sylvia, Tina. War das eine Falle?«

»Sylvia ist ahnungslos. Wir wussten von ihrem Kontakt zu Catherine und haben sie benützt. Meine Ex-Frau, ja, sie stellte Ihnen, Sylvia und Catherine eine Falle. In der Akte von Catherines verstorbenem Therapeuten fanden wir keine Informationen von Relevanz. Wir entnahmen ihr lediglich, dass Catherine Ihnen unter Zwang irgendwelche Informationen über Kriminelle zugespielt hat.«

»Sie bluffen. Es gibt keine Akte.«

»Doch Rivas. Wir haben sie uns nach seinem Tod geschnappt.«

»Das kann nicht sein. Ich habe die Akte stehlen lassen und in London vernichtet, bevor wir nach Boston abflogen.«

Palmer blickte einen Moment verwirrt ins Leere und nahm dann eine Akte von seinem Schreibtisch. »Hier, ich schenke sie Ihnen. Was immer Sie gestohlen haben, das hier war es nicht.«

Rivas blätterte kurz Lammingcourts Dokumente durch und begriff, dass es sich hierbei um zusätzliche Notizen handelte. Er hoffte inbrünstig, dass Lammingcourt keine Namen und Details über Catherines Aufgabe in Peru darin verzeichnet hatte. Die Datenbank als solche schien nicht erwähnt worden sein, sonst hätten sie diese Information bereits unter die Lupe genommen.

»Und?«, frage Palmer neugierig.

»Da hat jemand nicht gut genug gestöbert«, gab Rivas verärgert zu. »Aber warum geben Sie mir die Unterlagen? Sie brauchen Sie für Ihre Beweisführung. Haben Sie Kopien?«

»Ich kenne den Inhalt, das reicht mir. Kopien existieren nicht und ich sagte bereits, wir haben einen Deal. Glauben Sie mir endlich?«

»Wie kam es zur Entführung Ihrer Tochter? Was wissen Sie?«

»Morgen Rivas. Ich muss dringend zu Tina. Sie wartet auf mich.«

»Sie ist in Washington?«

»Ja, bei mir zu Hause. Kommen Sie. Sobald Catherine eingetroffen ist, setzen wir uns zusammen und überlegen uns eine Strategie.«

Auf dem Weg zu Palmers Haus fragte Rivas: »Tobias, woher wussten Sie von Catherines Therapie?«

»Wir sind seit ein paar Wochen hinter ihr her.«

»Wie wurden Sie auf uns aufmerksam?«

»Wir erhielten einen Hinweis.«

»Es gab einen Tipp-off?« Rivas holte Luft. »Von wem?«

»Sobald Ihre Identität geklärt ist, gibt es ein volles Briefing. Dann werde ich Ihnen mitteilen, was Sie wissen müssen und wollen. Wir müssen uns vertrauen, sonst können wir das Ganze vergessen. Ich werde nichts zurückhalten und bitte Sie ebenfalls um vollständige Offenheit. Schlafen Sie drüber, Rivas, ich weiß, das wird nicht leicht für Sie. Eines kann ich Ihnen nicht ersparen: Sie müssen sich noch mit meinen Leuten vom Erkennungsdienst herumschlagen. Aber alle Informationen über Sie sind als ‚Streng geheim' klassifiziert. Nur der Präsident und ich haben Zugang.«

»Ach und als Nächstes wollen Sie mir weismachen, Sie stecken mich in ein Zeugenschutzprogramm.«

»Das hängt davon ab, wie unsere Sache ausgeht. Ich möchte Ihnen nochmals nahelegen, mir zu vertrauen, Rivas. Ich erkenne an Ihrem Zynismus, dass Sie davon weit entfernt sind. Das ist verständlich, aber Sie werden sich entscheiden müssen. Das hier ist kein Internet Date. Wir haben keine Zeit für langsames Abtasten. Überlegen Sie sich bis morgen, was Sie von mir außer unserer schriftlichen Abmachung noch brauchen, um das Risiko einzugehen.«

»Was ist, wenn ich mich dagegen entscheide?«

»Werden Sie das?«

»Wahrscheinlich nicht, aber wenn?«

»Aus welchem Bundesstaat waren meine zwei ermordeten Landsleute?«

»Kelly war aus Maryland. Den anderen weiß ich nicht mehr.«

»Ihr Pferd wird als gemeingefährlich vernichtet. Ihre Freundin wandert in den Knast, dafür werde ich sorgen, selbst wenn ich ihr etwas anhängen muss. Und Sie können die Todesart wählen: Spritze oder elektrischer Stuhl. Maryland verhängt noch die Todesstrafe.«

»Das ist mir bekannt.«

»Meine Tochter wird wahrscheinlich sterben. Tina wird niemals aufhören zu weinen. Meine Karriere ist dann ausgelöscht, aber ich persönlich werde nicht aufhören, bis ich diese WICED, Chilanchi und das ganze Pack, das dazugehört geschnappt habe. Gelingt es mir nicht, ist der Rest der Welt verflucht, sobald diese Leute an die Macht kommen. Reicht das soweit?«

Rivas wusste, dass Tobias recht hatte, als er sagte, sie müssten auf Vertrauensbasis arbeiten. Er wusste auch, er hatte so gut wie nichts zu verlieren und eine kleine Chance mit seiner Vergangenheit abzuschließen. Und Catherine, die jeden Tag tiefer in diese Sache verstrickt wurde, war sein größtes Anliegen. Sie sollte endlich ihren Frieden finden. Sie würden sie nicht in Ruhe lassen, bis dieses Rätsel gelöst war. So hatte er wenigstens alles unter Kontrolle. Mindestens solange er lebte.

Rivas bezog eine Gästesuite in Palmers Villa, ausgestattet mit allem, was man brauchte, wenn man sich ohne Hab und Gut einquartierte. Es wurde ihm ein Abendessen aufs Zimmer serviert, er war aber von jeder Kommunikationsmöglichkeit abgeschnitten. Er überlegte, ob er um ein Telefon bitten sollte, um Maria anzurufen, verschob die Idee aber, bis er mehr wusste. Obwohl er ziemlich erschöpft war, stieg sein Adrenalinspiegel so hoch, dass er fast die ganze Nacht nicht schlafen konnte.

Am nächsten Morgen traf Catherine ein.

29.
Charlotte

Nachdem sie die ganze Nacht vor Kopfschmerzen und Schüttelfrost keine Minute geschlafen hatte, verbrachte Charlotte den Tag in einem Dämmerzustand geplagt von entsetzlicher Müdigkeit, hohem Fieber und Gliederschmerzen. Sie fühlte sich, als wäre ihr gesamter Körper in einem Schraubstock eingezwängt, der sich immer mehr zuschraubte. Hin und wieder, wenn sie versuchte aufzustehen und an die Tür zu klopfen, konnte sie kaum ihre Glieder koordinieren. Wenn doch brach sie vor Schwäche sofort zusammen und hatte außerdem vergessen, warum sie überhaupt aufgestanden war. Im Laufe des Tages bildete sich ein Hautausschlag, der leicht juckte. Sie reimte sich fälschlich zusammen, sie sei an Malaria erkrankt. Als einer der jungen Kerle ihr Abendessen brachte, wimmerte sie, sie müsse dringend in ein Krankenhaus. Die Nacht verbrachte sie hellwach, sobald der Tag anbrach, schlief sie wieder ein.

Die ratlosen Jungs waren überfordert, aber auch nicht sonderlich besorgt. Ihrem kulturellen Fatalismus erlegen, sahen sie dieses Ereignis als den Willen der höheren Gewalt. Allerdings gingen sie mit ihrem Verkaufspreis nun so weit herunter, dass sich endlich ein Käufer fand. Ein Geschäftsmann aus Uganda brachte das kranke Mädchen vom Süden Somalias in westliche Richtung durch Kenia über die Grenze in sein Land. Als dringende erste Hilfe engagierte er am Stadtrand von Kampala eine Medizinfrau und lud seine Geisel bei ihr ab. Er bezahlte die Frau und vereinbarte mit ihr, das Mädchen in drei Tagen abzuholen. Die Frau machte ein Feuer und wedelte mit Kräutersträußen den Rauch in ihre Hütte, sodass Charlotte glaubte, allein schon an einer Rauchvergiftung zu verenden. Sie rieb Charlotte mit einem Kräutergebräu ein und gab ihr afrikanische Naturheilmittel zum Einnehmen. Jeden Tag beobachtete sie ihre Patientin, warf Knochen, aus denen sie ihr Schicksal lesen wollte, räucherte sie regelrecht wie einen Schinken, und versorgte sie mit Hirse- oder Maisbrei und ausreichend Wasser. Charlotte aß und trank kaum, verschlief weiterhin die Tage und fand von der Medizin auch nachts nun etwas Ruhe. Gesund wurde sie davon nicht. Aufgrund ihrer Symptome und einem Stich einer Tsetsefliege, den sie an ihrem Körper entdeckt hatte, diagnostizierte die Schamanin richtig, dass Charlotte an Schlafkrankheit litt. Als der Mann zurückkehrte, ging es Charlotte körperlich etwas besser. Allerdings war sie geistig so verwirrt, dass sie zu keinerlei Kommunikation fähig war. Der Mann setzte sein Opfer in seinen Wagen und fuhr die fünfhundert Kilometer Strecke nach Kisoro. Das ist eine kleine Stadt in der Nähe der kongolesischen und ruandischen Grenze. Aufgrund der schlechten Infrastruktur dauerte diese holprige Fahrt zwölf Stunden. Dort lieferte er sie in ein Krankenlager ein, wo man sie ohne Fragen zu stellen, gesundpflegte. Nach acht Tagen medizinischer Versorgung mit schmerzhaften intramuskulösen Pentamidine-Spritzen erwachte Charlotte wieder zum Leben. Das Klinikpersonal drängte den Mann, sie für eine gründliche Diagnose in eine der gut ausgerüsteten Kliniken nach Kampala zu bringen. Es musste festgestellt werden, ob ihre Krankheit das zweite Stadium und somit die neurologische Phase erreicht hatte. Charlottes verwirrter, unkoordinierter Zustand, und das Wechselspiel zwischen Lethargie und Aggression deuteten darauf hin. Da es ihr aber besser zu gehen schien, ging er das für ihn geringere Risiko ein. Schleunigst nahm er sie wieder mit und entfernte sie von der Zivilisation. Er war ein reicher Kaufmann und sein Stamm war in der Kisoro Region an der Macht. So einem Menschen hatten die ihm kulturell unterlegenen Krankenschwestern auf dem Land nichts entgegenzusetzen. Er war reich, männlich, und stammte aus einem mächtigen Klan. Dennoch musste er sie an einen noch abgeschiedeneren Ort bringen. Sollte sie anfangen, zu plappern, würde man sich ihrem Flehen nicht entziehen können. Ugandisches Pflegepersonal, auch auf dem Land, war nicht nur gut *aus*gebildet, sondern auch gut gebildet. Viele von ihnen verstanden wenigstens ein paar Brocken Englisch. So brachte der Mann sie in eine abgelegene Hütte zwischen einer brachliegenden Kartoffelplantage, einer Bananenplantage und dem Urwald, den die Einheimischen den ‚undurchdringlichen Wald‘ nannten. Dort richtete er sich häuslich mit ihr ein.

»Wie heißt du? Woher kommst du? Wer wird für dich bezahlen?« Er bombardierte sie mit Fragen, die Charlotte, von neuer Hoffnung erquickt, gern beantwortete, und schmiedete seinen Plan. Es war nicht seine erste Lösegeldverhandlung. Er pflegte Kontakte zu Mittelsmännern, er hatte Erfahrung, kannte sich mit den gängigen Preisen aus, den Provisionen für Helfer und allen Abläufen. Er begann Charlottes Herkunft zu recherchieren und erschrak, als ihm klar wurde, wen er da in seiner Gewalt hatte. Tagelang rang er mit der Entscheidung, ob er sie vorsichtshalber gleich umbringen sollte, schnell weiter verkaufen, oder so unverfroren sein sollte, es zu wagen, eine Forderung an die USA zu stellen. Mit so einem hochdotierten Opfer hatte er nicht gerechnet. Der zu erreichende Preis hatte sich verhundertfacht - mit ihm allerdings auch das Risiko. Sein Vater hatte ihn gelehrt, wenn du nicht weißt, was du tun sollst, tu nichts. Alles wird sich von selbst entwickeln.

So kam es, dass Charlotte von nun an bei dem unschlüssigen Mann lebte. Sie war nicht gefesselt, bekam zu essen und zu trinken und durfte jederzeit nach draußen, um sich zu waschen. Sie nahm täglich ihre Medikamente ein und fand sich mit ihrem Schicksal ab. Er versicherte ihr, die Verhandlungen wären am Laufen. Es bestand kein Grund, eine Flucht zu riskieren. Bald würde sie befreit werden, glaubte sie. Außerdem fühlte sie sich aufgrund ihrer Krankheit dazu nicht imstande.

Die Tage verliefen friedlich. Ihre ursprünglichen Geiselnehmer, danach Picasso und Niemand und vor allem die Halbstarken, hatten sie mit der allergrößten Verachtung behandelt. Dieser Mann hatte sie kein einziges Mal geschlagen, nicht beschimpft und nicht bedroht. Im Gegenteil, er hatte sie gesundpflegen lassen und sorgte sich rund um die Uhr um ihre Grundbedürfnisse. Aus Rücksicht auf Charlottes Verfassung (eine gesunde Geisel strengt weniger an), aßen sie meist englische statt afrikanischer Gerichte. Gesalzene Kartoffeln - aus irischer Zucht von der Kolonialzeit - in allen Varianten, die so gut schmeckten, dass Charlotte bei jeder Mahlzeit glaubte, vor Genuss abzuheben. Sie verspeisten auch viele Eier und hin und wieder Fleisch. Mit den Eiern freundete sich Charlotte schwer an, denn sie waren innen fast so weiß wie außen. Das Eigelb war nicht erkennbar, obwohl es wie Eigelb schmeckte. Als sie es einmal beanstandete, nannte sie es ‚Eigrau', worüber der Mann schmunzelte. Er erklärte ihr, der Grund sei das nicht sehr abwechslungsreiche und minderwertige Hühnerfutter, beeinträchtige aber nicht den Nährwert des Eis. Charlotte sah ein, dass sie jedes Protein, das er ihr vorsetzte, dringend brauchte. Eigentlich aß sie tapfer alles, was er ihr auftischte, außer frittierten Schafspansen, den er sehr liebte. Inzwischen war sie von Kalorienaufnahme besessen und holte den von der Schlafkrankheit und Entbehrung der letzten Wochen ausgelösten Gewichtsverlust überraschend schnell auf.

Der Mann kleidete sie neu ein und machte ihr täglich ein kleines Geschenk: eine Haarbürste, einen Einwegrasierer, eine Zahnbürste, ein Buch, Stift und Papier. Er brachte ihr bei, Blätter zu zerknüllen, um sie als Toilettenpapier tauglich zu machen, wenn die Vorräte hin und wieder ausgingen. Ebenso zeigte er ihr, wie man sich mit Sand wusch, wenn das Wasser knapp wurde. Charlotte begann, ein Tagebuch zu führen und hielt kindliche Gedichte über ihre Eindrücke von der unglaublich schönen Landschaft, die sie umgab, darin fest.

Schwerer zu schaffen machten ihr die sich häufenden Annäherungsversuche des Mannes, der sich Elvis nannte, bis hin zu unmissverständlichen Andeutungen. »Willst du mich nicht lieben?«, fragte er an einem Tag und »komm, liebe mich doch«, forderte er sie am nächsten auf. Er zwang sie nie zu einem Kuss, aber er schmiegte sein Gesicht an ihres oder drückte sie an sich. Charlotte ekelte es vor Elvis. Er schien um die Vierzig zu sein, möglicherweise sogar älter. Er war gut gebaut, groß und dick, aber nicht schlabberig. Allerdings schwitzte er ständig, was sie ihm nicht verübeln konnte, da sie sich in tropischem Gebiet befanden. Die schwüle Hitze ließ sich schwer ertragen, nicht nur für den beleibten Elvis war sie ein Problem, sondern auch für sie.

Charlotte spürte, es war nur eine Frage der Zeit, bis sie ihn nicht mehr würde abwehren können. Es begann ein Wettlauf mit der Zeit. Würde man die Verhandlungen schnell genug abwickeln können, um ihr das Unausweichliche zu ersparen? Das fragte sie sich jeden Tag. Und bangte.

30.
Catherine

»Rivas, das tut mir unendlich leid«, fiel Catherine ihm in die Arme, als man sie nach ihrer Ankunft sofort zu ihm ließ.

»Das hat absolut nichts mit dir zu tun, Baby, mach dir keine Vorwürfe mehr.«

»Aber das mit Tina geht doch auf mein Konto.«

»Das ist nebensächlich. Sie hatten uns schon lange im Visier. Irgendwer hat uns ans Messer geliefert, Catherine.«

»Carlos?«

»Das scheint mir unwahrscheinlich.«

»Es gibt doch, seit ich auf der Szene erschienen bin, mit ihm nur Streit.«

»Klar, er würde *dich* lieber tot als lebendig sehen, aber ich kann mir nicht vorstellen, dass er mich verraten würde.«

»Warum bist du dir da so sicher?«

»Maria und Carlos sind verwandt. Beide sind erzkonservative Südamerikaner. Für sie bedeutet die Familie mehr als alles andere auf der Welt. Er würde schon Maria zuliebe so etwas nicht tun. Und wenn, was hätte er davon? Ich in den Händen der US-Justiz. Er muss davon ausgehen, dass ich auspacke. Das kann ihm nur schaden. Wenn, dann hätte er mich umbringen lassen.«

»Aber wer dann?«

»Ich werde es herausfinden. Aber sag mal, bist du okay? Alles in Ordnung?«

»Ja, mir geht es gut, aber was ist mit Andalus? Er machte ein Mordsgeschrei. Ich habe Angst um ihn. Werden Sie ihn töten? Und was ist mit Sam?«

»Sam hat sich rechtzeitig in Sicherheit gebracht, und Andalus werden sie nichts tun.«

»Woher willst du das wissen?«

Rivas brachte Catherine auf den neusten Stand. Sie reagierte vernünftig, bedauerte aber, dass Rivas Andalus ihretwegen nach Boston hatte bringen lassen. Hätte er es nicht getan, wäre Andalus in Argentinien in Sicherheit, lamentierte sie. Sie hatte sich während des Redens ein Bad einlaufen lassen und stieg hinein. Rivas beruhigte sie: »Es wird ihm gut gehen. Andalus gibt Palmer eine gewisse Sicherheit, dass wir seinen Auftrag ausführen. Das gewährt uns größeren Handlungsspielraum.«

»Trotzdem. Es ist entsetzlich. Unsere Freiheit ist Andalus' Gefangenschaft. Andalus ist jetzt eine Geisel.«

»So kann man es sehen.«

»Rivas, wenn dir etwas passiert, und ich überlebe, darf ich dann bitte für ihn sorgen?«

»Ja.«

»Und wenn mir auch etwas zustößt?«

»Palmer und ich haben ein Abkommen. Ich muss nur nochmal mit Ed sprechen, um das in die Wege zu leiten, sollte es zum Äußersten kommen. Aber ich passe schon auf dich auf, Catherine. Es handelt sich lediglich um eine Sicherheitsmaßnahme. Wenn dir etwas passieren sollte, kommt er zu Maria, und sollte das auch nicht mehr möglich sein, zu Sandrine. Sie hat absolut nichts mit der WICED zu tun. Sie denkt ihr Großvater ist ein Geschäftsmann und die WICED Leute sind seine Mitarbeiter. Okay? Bist du nun beruhigt?«

»Okay, ja. Was hast du jetzt vor?«

»Lass uns das Briefing abwarten, danach sehen wir weiter.«

»Aber ich darf bei allem dabei sein? Du wirst mich nicht ausschließen?«

»Nein, wir machen das zusammen, ich vermute wir können deinen Plan, dich an die Hintermänner heranzumachen, irgendwann noch gebrauchen.«

Catherine strahlte. »Ich bin froh, dass du mich nicht wieder abschieben willst, Rivas.«

»Dafür ist es zu spät, Catherine, hier bei mir bist du am sichersten.«

Catherine sagte auf Deutsch: »Mitgefangen mitgehangen«, während sie aus der Wanne stieg und sich untypisch hemmungslos überall trocken rubbelte.

Rivas beobachtete sie dabei. Er fand das passte nicht zu ihr. Trotzdem ging es nicht spurlos an ihm vorüber. »Rede doch Englisch.« Er reichte ihr einen Gästemorgenmantel. Sie legte ihn an. Er schleifte auf dem Boden.

»Das kann man nicht so richtig übersetzen.«

»Trotzdem. Das nervt.«

»Das heißt so viel wie: Wenn man sich an Unrechtem beteiligt und erwischt wird, entkommt man den Konsequenzen nicht, auch wenn man nicht der Anstifter war.«

»Ja, so ist es. Aber nimm es nicht zu leicht. Es geht nicht mehr um Gefängnisstrafen, jetzt geht es um Leben und Tod.«

»Das ist mir klar. Trotzdem, Rivas, ich bedaure, dass du meinetwegen nach Boston gekommen bist. Wenn ich nicht auf mein Weihnachtsfest bestanden hätte, wäre uns alles erspart geblieben.«

»Das wäre früher oder später sowieso passiert, aber schau, jetzt haben wir eine bessere Chance, Chilanchi aufzudecken und Ruckebier außer Gefecht zu setzen. Alles ist gut, Schatz. Wie es gekommen ist, ist es gut. Aber sag mal, was haben Sie mit dir gemacht, dass du so geschrien hast?«

»Einer von den Typen hat mir den Arm verdreht. Sorry.«

»Dafür brauchst du dich doch nicht zu entschuldigen. So?«, scherze Rivas und drehte ihr zum Spaß den Arm um, aber nicht so, dass es weh tat.

Catherine quietschte: »Das kann ich besser. Pass mal auf.«

»Aua, na warte!«

Catherine rannte in der Suite herum und Rivas musste sie einfangen. Wieder einmal. Aber gerade, als er sich auf sie stürzte, schlüpfte sie unten durch und schaffte es, ihn auf den Rücken zu befördern. Sie streifte ihm die Hose und sich den Morgenmantel ab und setzte sich rittlings auf ihn drauf. Und erschrak über das Gefühl, das ihr bislang unbekannt war. Anders, tiefer, merkwürdig. Sie saß unbeholfen da und wusste nicht weiter. Und sie schämte sich. »Ich kann das nicht, Rivas. Das ist mir peinlich, ich fühle mich so sichtbar.« Als Antwort nahm Rivas sie an den Hüften und lenkte ihre Bewegungen. Sie beugte sich nach vorne zu einem langen Kuss, während sie weiter mit ihren Hüften seinem Rhythmus folgte. Sie fing an zu fantasieren, dass sie seine Gefangene war und er sie zwang, das für ihn zu machen, gegen ihren Willen. Das fand sie so erregend, dass sie das sanfte Wiegen verstärkte. Rivas hatte sie inzwischen losgelassen und Catherine bewegte sich schneller und wilder. Sie verspürte mehrmals das Gefühl zu kommen, verzögerte es aber, indem sie das Tempo jedes Mal verlangsamte. Das machte sie, bis sie sich nicht mehr beherrschen konnte, und einer wolkigen, sanften Spannung erlag, die ewig anzudauern schien. Rivas übernahm die Führung wieder und intensivierte ihr Erlebnis bis hin zu einem explosiven Sinnesreiz, der langsam und zärtlich ausklang. Catherine stieg umständlich von Rivas herunter, und landete schlecht. Ihre

Knie gaben nach, zitterten und sie fand es schwer, die Balance zu finden. Sie kicherte verlegen. »Ich bin ja gar nicht mehr fit. Das ist ganz schön harte Arbeit.« Rivas lachte und beobachtete sie dabei, wie sie ins Badezimmer torkelte. Als sie herauskam, stellte sie fest: »Das war wie Galoppverkürzen- und Verlängern.«

»Bist du aber albern heute.«

Sie warf sich neben ihn und umarmte ihn. Ich habe dich so vermisst, Rivas. Eine Nacht ohne dich war wie ein Alptraum. Ich bin so glücklich, dass wir zusammen sein können, egal was kommt.«

»Apropos was kommt. Wir müssen nach unten. Palmer will mit uns um 11.00 Uhr brunchen.«

»Ja gleich Rivas, ich habe da noch etwas auf dem Herzen«, druckste sie herum.

»Ich höre.«

»Mm, wir müssen uns mal um ein Verhütungsmittel kümmern.«

»Wie bitte?«

»Naja, ich werde schon nicht gleich schwanger werden, aber irgendwann müssen wir da was machen.«

»Sag mal, wie alt bist du eigentlich?«

»Wie meinst du das?«

»Du stellst dich an wie ein Teenager. Ist doch logisch, dass du schwanger wirst, wenn du nichts nimmst.«

»Na hör mal. Du bist derjenige, der nie einen Gedanken daran verschwendet. Immerhin wusste ich nicht, dass ich dich sehen werde. Ich war doch nur bei einer Therapie, als du wieder in mein Leben schneitest. Du könntest dich gefälligst auch darum kümmern.«

»Catherine, was war eigentlich mit dem Typen in Schottland? Der hat doch ein Kondom benützt?«

»Äh, nein.«

»Nein?«

»Rivas, es ist nichts passiert und so leicht wird man nicht schwanger.«

»Bist du noch zu retten? Eine Frau in deinem Alter wird nicht so leicht schwanger? Von welchem Planeten stammst du eigentlich?«

»Sei nicht so böse.«

»Catherine, ich habe mich sehr wohl bemüht. Ich habe dir in Kolumbien das Verhütungsmittel verabreichen lassen. Ich habe dich angehalten, dich darum zu kümmern, wenn es seine Wirkung verliert. Was willst du noch von mir?«

»Rivas, das mit Bill. Ich kann dir das gar nicht erklären. Ich weiß nicht, was da mit mir los war. Ich kann dir nur sagen, Dr. Lammingcourt hat das analysiert. Wir haben lange darüber gesprochen.«

»Zu welchem Schluss seid ihr gekommen?«

»Es war eine Reaktion auf mein PTBS.« Rivas nickte traurig. »Sobald wir von hier weg dürfen, kümmere ich mich darum, okay? Du hast ja damals gesagt, das Mittel wirkt bis circa Ende Dezember. Vielleicht sind wir nochmal davon gekommen.«

»Du wünschst dir ein Kind, nicht wahr, Catherine?«

»Weißt du, damals in Peru, da habe ich mir ein Baby gewünscht, aber momentan? Ich sehe ein, dass das nicht gerade der günstigste Zeitpunkt ist. Und heiraten willst du mich ja auch nicht.« Sie erhoffte sich einen Widerspruch.

»Es ist nicht, dass ich es nicht will, Catherine, ich habe dir schon mehrmals erklärt, dass das unter den Umständen vollkommen ausgeschlossen ist.«

»Rivas, du weißt ja, dass Maria mich in Johannesburg besucht hat. Da hat sie mir anvertraut, du beabsichtigtest, mich zu heiraten, aber dass du nicht darüber sprechen konntest, falls deine Pläne scheitern.«

»Ja, sie hat mir davon erzählt.«

»Also? Stimmt es?«

»Wenn wir diese Mission hinter uns gebracht haben, reden wir nochmal darüber, in Ordnung?«

»Bestimmt?«

»Ja.«

»Hihi«, kicherte Catherine auf einmal. »Kannst du mir nicht ein Rezept ausstellen?«

»Du überschätzt mich, Catherine.«

»Naja, ich dachte nur, wenn man dann schon mal einen Arzt als Freund hat… so ein Rezeptblock im Haus, ist doch eine feine Sache.« Sie lachte verschmitzt.

»Das kannst du vergessen. So geht das nicht. Ich kann dir natürlich jede Droge besorgen, die du willst, aber nicht auf legalem Weg. Du musst wirklich zu einem Arzt, und du erledigst das, sobald wir hier fertig sind«, befahl Rivas. »Komm, wir müssen runter.«

»Bist du noch sauer?«

»Wie soll das gehen?«

»Ich liebe dich.«

31.
Charlotte

Elvis begann, wenn er Einkäufe zu erledigen hatte, Charlotte nach Kisoro mitzunehmen statt sie in der Hütte einzusperren. In der Stadt blühte der Ökotourismus. Überall schwirrten abenteuerhungrige Rucksacktouristen herum, die in der Stadt übernachteten und sich unters Volk mischten, bevor sie sich in die Virunga Berglandschaft begaben. Dort suchten sie nach einer Gruppe der knapp achthundert Berggorillas, die es auf der Welt noch gibt. Weder die Touristen noch die Stadtbewohner schenkten Charlotte einen zweiten Blick. Charlotte freute sich sehr auf diese Ausflüge, denn Elvis erlaubte ihr stets, die Lebensmittel auszuwählen. Auf den Märkten fand sie auch Sachen zum Anziehen oder bescheidene Hygiene- oder Pflegeprodukte, die ihr Leben angenehmer gestalteten. Nach dem Einkaufen setzten sie sich immer zusammen in eine Bar, denn Elvis trank gerne zwei oder drei Flaschen ‚Nile Special' Bier. Allerdings wählte er hierfür eine Bar abseits der Hauptstraßen, wohin es keine Touristen verschlug, um sie nicht in Versuchung zu bringen, hilferufend abzuhauen. Elvis war allerdings grundsätzlich davon überzeugt, dass Charlotte inzwischen so menschenscheu war, dass er nur ein geringes Risiko einging, sich mit ihr in der Öffentlichkeit zu zeigen. Er spekulierte, sie fühlte sich relativ geborgen und sicher bei ihm und er hatte recht mit seiner Vermutung. Zwar schossen ihr pausenlos Fluchtgedanken durch den Kopf, aber zu deren Umsetzung fehlte der geschwächten jungen Frau die Willenskraft. Sie hoffte weiterhin auf Befreiung und machte sich eher Gedanken darüber, wie sie ihre Eltern bestrafen würde, als einen Fluchtplan zu schmieden. An anderen Tagen fiel sie ihnen im Geiste in die Arme und ließ sich gedanklich von ihnen trösten.

An jenem Tag hatte er zwölf zusätzliche Flaschen Bier in seinen Pick-up geladen und becherte den ganzen Abend. Charlotte hatte auch eine Flasche angefangen, aber nach der Hälfte aufgehört zu trinken, weil sie sich um die Auswirkungen des Alkohols auf ihre Medikamente sorgte. »Komm, nimm noch einen Schluck, Chuck«, feuerte er sie gut gelaunt an.

»Das ist nicht so gut wegen meiner Medizin, weißt du.«

»Trink jetzt, komm schon«, bettelte er wie ein Kind.

»Also gut.« Sie nippte an dem Rest des Biers und hoffte, dass Elvis nicht merkte, dass sie so gut wie keinen Tropfen in sich aufnahm.

Charlotte beobachtete Elvis‘ Trinkerei und fürchtete, dass der Tag, der so schön begangen hatte, nicht gut enden würde. Je mehr Bier Elvis kippte, desto verliebter benahm er sich. Um sich seiner Zudringlichkeit zu entziehen, ging sie unter einem Vorwand nach draußen, kam wieder herein, kochte, servierte, räumte ab, gab wieder vor, raus zu müssen. Schlug sich wacker durch, bis Elvis in seinem Sessel einschlief.

In der Stadt war sie gerührt gewesen, als eine Marktfrau sie rief und ihr eine Kartoffel reichte. Sie bat Elvis um Geld, um sie zu bezahlen, aber die Frau winkte ab, lächelte sie nur an. Diese kleine Geste hatte einen enormen Effekt auf Charlottes Vertrauen in die Menschheit, sodass sie nicht mehr aufhörte, darüber zu grübeln. Nachdem Elvis eingeschlafen war, ersann sie ein amateurhaftes Gedicht über ihren Ausflug:

Fröhliche Jungs tanzen mit Fußbällen über staubige Wege. Ihre Freiheit befreit mich von meinem Gehege.
Die Sonne geht auf und wieder unter. Jeder Tag beschert ein neues Wunder.
Fahrräder sind bepackt mit Bananen und Motorräder mit Passagieren überladen.
Das Lachen der Marktfrauen vertreibt meine Wut.
Menschen, die wenig haben, geduldig ihre Lasten tragen, schenken mir ihre Gaben.
Bald wird alles gut.

Sie las es durch, blies zufrieden die Kerze aus und legte sich auf ihre Matratze auf dem Boden. Gerade als sie am Eindösen war, spürte sie, wie Elvis sich von hinten in Löffelposition an sie schmiegte. Er zog ihr das billige Flanellnachthemd hoch, das er ihr gekauft hatte und sie spürte, dass er nackt war. Charlotte erstarrte und rührte sich nicht aus Angst vor dem, was sich anbahnte. Sie bemerkte seine Erektion und war vor Schreck zu keinem Widerstand fähig. Sie wagte kaum zu atmen. Er kuschelte sein Gesicht in ihren Nacken und leckte an ihm. »Elvis, bitte nicht«, wimmerte sie.

»Aber ich liebe dich doch, meine kleine Chuck. Liebst du mich denn gar nicht?«, fragte er, indes er sich stärker an sie presste. Er drückte sich zwischen ihre Schenkel und rieb sich daran, bis er Charlotte mit seinem Ejakulat übergoss. Charlotte verspürte solchen Ekel vor dieser Brühe, dass sie glaubte, sich gleich übergeben zu müssen. Sie konnte sich nicht länger beherrschen. Sie sprang auf und rannte nach draußen. Sie wusch sich, setzte sich unter dürftigem Mondlicht auf den Schemel vor dem Haus und schnappte nach Luft. Dann ging sie nach drinnen, suchte in der Dunkelheit nach ihrem Gedicht und zerriss es in tausend Stücke.

Von dem Tag an wiederholte er allabendlich das Ritual - zwischen ihren Schenkeln, ihren Brüsten, ihren Pobacken. Schließlich bettelte er, dass sie es ihm mit der Hand machte. Das zog sie vor, weil sich die Tortur auf diese Art rascher über die Bühne bringen ließ. Und da sie ihn mehr unter Kontrolle hatte und seinen Körper nicht an ihrem erdulden musste. Am wenigsten unangenehm war es für Charlotte, wenn sie ihn befriedigte, während Elvis sein Bad nahm. Zum Baden wurde jeden Abend Wasser von den Behältern ins Haus geholt, erwärmt und in eine kleine Wanne gegossen, die halbvoll gefüllt wurde. Man stieg hinein und wusch sich stehend mit Seife und einem einfachen Küchenschwamm. Elvis verlangte von Charlotte eines Abends, dass sie ihn wusch. Eines führte zum anderen und Charlotte lernte, wie sie am einfachsten und schnellsten die tägliche Prozedur hinter sich bringen konnte.

Mit diesem Ventil für Elvis‘ sexuelle Bedürfnisse wuchs eine unbestreitbare Selbstverständlichkeit. Er verwöhnte sie weniger, war aber nie gemein. Charlotte hatte den Eindruck, dass wenn sie sich weigern würde, er sogar von ihr ablassen würde, aber nie wagte sie es, die Grenzen zu erkunden. Falls diese Rechnung nämlich nicht aufging, und sie ihn abwehrte, fürchtete sie, er würde sie schlechter behandeln, oder es würde seinen Trieb verstärken und er sie vaginal oder oral vergewaltigen. Also fand sie sich mit diesem für sie kleineren Übel einfach ab.

--- oOo ---

Charlotte ahnte nicht, dass Elvis panische Angst vor einer HIV-Infektion plagte. Er wusste, dass Charlotte viele Wochen vor ihm in Gefangenschaft verbracht hatte, und folgerte, sie sei gewiss vergewaltigt worden und bereits infiziert. Er stammte aus einem patriarchischen Umfeld und an Kondome war für einen Mann wie Elvis nicht zu denken. Auch dass er sie nie küsste, fand seinen Ursprung in dieser Angst. Zwar klärte das Gesundheitsamt Ugandas die Bevölkerung darüber auf, dass man sich durch Küssen nicht anstecken konnte, aber er schenkte einer Autorität grundsätzlich wenig Glauben.

Elvis hätte sie nicht gewaltsam genommen, aber da sie sich nie körperlich wehrte, glaubte er, sie war mit seinen Handlungen einverstanden - mehr oder weniger. Wenn sich ab und zu doch Zweifel aufdrängten, rechtfertigte er seine Lustbefriedigung mit dem Argument, sie habe ja schließlich auch etwas zum Haushalt beizusteuern, und dass sie diese Tatsache akzeptierte. Traditionellen afrikanischen Frauen wird anerzogen, sich ihrem Mann zu unterwerfen. Im Gegenzug werden sie, ihre Kinder und ihre alternden Eltern versorgt und beschützt. So kannte er das. Dass sich Charlotte aus Angst fügte, kam ihm nicht in den Sinn. Er hatte ihr ja ‚nichts getan'. Elvis mochte seine Exotin. Durch sie fühlte er sich jung und belebt, und wurde, das bildete er sich jedenfalls ein, von den anderen beneidet. Er sorgte gerne für sie und bemühte sich nicht länger einen Lösegeldplan zu schmieden. Nicht mehr nur aus Ratlosigkeit. Er wollte sie behalten. Für immer.

--- oOo ---

Wie auch in Elvis' Haus gab es in der abgelegenen Gegend keine Hütte mit fließendem Wasser. Die wenigen Nachbarn besorgten sich das Wasser aus dem Fluss eines Tales, aber Elvis war privilegiert. Er schaffte das Wasser in großen Containern aus Kisoro heran. Elvis sah sich als einen großzügigen Menschen, aber er benahm sich auch gebieterisch. Er protzte mit seinem Reichtum und betrachtete es als seine Verantwortung, die ärmeren Menschen an dem Luxus seines Pick-ups teilhaben zu lassen. Deshalb teilte er das kostbare Wasser freigiebig mit den umliegenden Dorfbewohnern. Aus diesem Grund ging es oft zur Neige, bevor er Gelegenheit hatte, wieder in die Stadt zu fahren. Elvis und Charlotte stiegen dann zusammen den langen, steilen Weg zum Fluss hinunter und holten es ebenfalls in kleinen Behältern nach oben. Auf dem Weg zum Fluss begegneten sie anderen Menschen. Charlotte, die die steilen Gefälle buchstäblich nur auf Händen und Füßen bezwang, wunderte sich, mit welcher Leichtigkeit die Ugander die Gefälle meisterten. Großgewachsene schlanke Frauen pilgerten absolut aufrecht mit Wasserbehältern auf dem Kopf, über den Schultern und in den Händen auf und ab, als unternähmen sie einen Sonntagsspaziergang. Junge Männer überholten Charlotte und Elvis in regelrechten Sprintmärschen den Berg hinauf. Immer blieben ein oder zwei stehen und nahmen ihnen die Last ab. Sie stellten die Behälter oben ab, und bis Charlotte und Elvis dort ankamen, waren sie längst über alle Berge. Auch kleine Kinder tobten am Fluss herum. Ein kleiner Bub, nicht älter als vier oder fünf, trug für seine Großmutter einmal einen winzigen dreibeinigen Schemel. Auf dem rastete sie sich auf einem der Plateaus hin und wieder aus. Als dieser Junge beobachtete, wie Charlotte sich abmühte, stellte er ihr den Schemel hin und gebot ihr wie ein Gentleman, sich niederzusetzen. Er strahlte sie an und Charlotte, die es bevorzugt hätte, ihren Wanderrhythmus nicht zu verlieren, musste sein Angebot einfach annehmen. Als er ihr noch seine kleine Evian-Wasserflasche hinstreckte, war Charlotte den Tränen nahe. Die Touristen verschenkten diese an die Bevölkerung, für die jeder Behälter ein kostbares Geschenk war, genau wie Stifte. An diesem Abend schrieb sie wieder ein Gedicht.

Eines Tages erkrankte Elvis an einer leichten Erkältung. Das Wasser war fast ausgegangen und Charlotte bot an, alleine zum Fluss zu gehen, da er sich unwohl fühlte. Elvis hatte nichts dagegen. Ohne seine Stütze den Berg hinunterzusteigen, stellte sich als schwerer heraus, als sie angenommen hatte. Bald ermüdeten ihre Knie und Oberschenkel. An dem brütend heißen Tag setzte sie sich zitternd und überhitzt zum Verschnaufen auf einen Felsen. Ein junger Mann sprintete an ihr vorbei, hielt an, kam zurück und nahm sie huckepack auf seinen Rücken. In Windseile trug er sie zum Fluss, setzte sie ab und ging seiner Wege. Keiner sprach ein Wort, als wäre es selbstverständlich. Sie ließ die Behälter liegen und spähte über den seichten Fluss. Hinter ihm lag eine kleine Bananenplantage und hinter ihr begann der Nationalpark. Inmitten seines dichten Dschungels, auf den Bergen, lag die Grenze zum benachbarten Ruanda. Diese Parks waren nicht umzäunt und die Menschen holten sich ihr Holz, wie sie es brauchten. Über die Jahre schnitten die Plantagengrenzen tiefer und tiefer in den abgeholzten Urwald. Die Bäume wurden mit Hand gefällt und zersägt. Hierfür bauten die Ugander hohe Gerüste und sägten zu zweit an den riesigen Stämmen.

Charlotte watete über den flachen Fluss in das Bananenfeld, setzte sich und aß, nachdem sie einen Plantagenarbeiter um Erlaubnis gebeten hatte. Gestärkt beschloss sie, in den Wald zu spähen und wanderte zögerlich hinein. Schon am Waldrand hörte sie ein Rasseln, gefolgt von dem Knistern von Zweigen. Hinter dichtem Farnkraut entdeckte sie kaum sichtbar ein dunkelgraues, großes Wesen. Sie kniete sich vor das Gebüsch, schaute unten durch und sah einen weiblichen Gorilla. Dann noch einen und noch einen. Sie verhielten sich sehr leise. Lediglich das Gewächs, auf dem sie herumtraten, und ein paar Kaugeräusche waren zu hören und hin und wieder das für Gorillas typische Räuspern. Ein Gorillababy tollte herum und sprang auf seine Mutter, die sich von ihm nicht aus der Ruhe bringen ließ. Charlotte starrte gebannt durch die Büsche, genoss die Stille und machte selbst keinen Mucks. Auf einmal drang eine Primatenhand durch den Farn. Die Gorillafrau schob das Farngewächs wie einen Vorhang beiseite, sah Charlotte direkt in die Augen, musterte sie ein paar Sekunden und zog den Vorhang wieder zu. Daraufhin schob Charlotte selbst das Gewächs zurück und hielt es fest, damit sie die Tiere besser beobachten konnte. Nun hatte sie Blick auf die ganze Gruppe. Ein Silberrücken thronte gebieterisch im Hintergrund und bewachte seine Familie. Selbstbestimmend ruhten sie oder reichten sich Stile und Früchte und kauten friedlich an ihren Stängeln. Andere kraulten sich sanft gegenseitig das Fell. Ihre Blicke verrieten, dass sie nachdachten. Aus ihrem Umgang miteinander erschloss sich ihr Sinn für Gemeinschaft und in Charlottes Herz zog ein unerklärliches Gefühl des Weltfriedens ein. Ein Frieden mit ‚Was ist, ist'. Diesen Frieden gelobte sie niemals zu vergessen, egal, wie kurz oder lang ihr Leben sein sollte. Sie fühlte sich vereint mit der Natur und dem Leben und war ergriffen von dem Glauben an das Gute auf der Welt, dessen Intensität sich nicht beschreiben ließ. Sie gelobte diese Ruhe nie wieder abhandenkommen zu lassen, egal was kommen mochte. So gejagt und gequält diese Rasse war - bis auf zweihundert ausgestorben, wieder auf achthundert angewachsen - sie hatten überlebt und nichts beraubte sie ihres Friedens. An eine Bananenplantage grenzend, huschten sie im Schatten des Urwalds umher. Sie genossen das Leben, in unmittelbarer Nähe zu Menschen, von denen sie nichts Böses erwarteten. Und das obwohl die Gefahr von Wilderen überall auf sie lauerte. Auch hier im Nationalpark. Solch grenzenloses Vertrauen in das Gute will ich auch haben, beschloss Charlotte, und dass sie eines Tages als Naturwissenschaftlerin und Tierschützerin hierher zurückkehren würde. Als freier Mensch! Dafür würde sie ab sofort kämpfen, Schluss mit dem Opferdasein, kein weiteres Warten mehr auf Hilfe von außen, die nie kommen würde! Aber sie würde sich klug verhalten und besonnen handeln müssen. Sie gelobte mit Bedacht zu verhandeln, zu überzeugen, zu schmeicheln, was immer die Situation verlangte. Ab jetzt würde sie die Verantwortung für ihr Leben übernehmen. Beginnend damit, Elvis Grenzen zu setzen. Belebt von ihren Vorsätzen, ließ sie das Farnkraut los, erhob sich behutsam und entfernte sich langsam rückwärts von den Menschenaffen. Sie rannte über das Bananenfeld zurück zum Fluss, füllte die Behälter und trat ihren Heimweg an.

Auf halber Höhe wurde sie von einer Frau mit einem Kind überholt. Sie hielt sie auf und bat um Hilfe. »Bitte helfen Sie mir. Ich wurde entführt«, sagte sie. Die Frau lächelte sie an, aber schüttelte verständnislos den Kopf. Catherine bemühte sich durch Zeichensprache um Verständnis, indem sie ihre Handgelenke kreuzte, um Fesseln anzudeuten. Die Frau begriff das nicht. Sie griff in ihre Stofftasche und reichte Catherine eine Banane. »Nein, keinen Hunger. Mitkommen. Polizei. Police.«

Die Frau schüttelte den Kopf. »No police!«

»Okay, gehen Sie«, nickte Charlotte ihr freundlich zu. »Es ist alles in Ordnung. No police.« Diesmal hatte es nicht geklappt, aber den nächsten Passanten würde sie wieder ansprechen, wenn Elvis nicht dabei war. Das würde sie von nun an immer tun.

Dann kam alles anders als erwartet.

32.
Charlotte

Wieder zu Hause ging es Elvis bereits besser. Weil der junge Mann sie so schnell nach unten getragen hatte, glich das die durch ihre Trödelei verlorene Zeit wieder aus. Sie war nicht übermäßig lange weggeblieben und Elvis hatte sich nicht um sie gesorgt. Sie erzählte ihm von den Gorillas.

»Sie waren am Fluss?«, fragte er erschrocken.

»Nein im Dschungel.«

»Aber der ist doch auf der anderen Seite der Bananenplantage.«

»Ich hatte Hunger, also bin ich zum Bananenfeld und an der Grenze zum Wald sah ich die Gorillafamilie. Elvis, sobald ich freikomme, werde ich Primatenforscherin«, freute sie sich.

»Chuck, du darfst keine Bananen stehlen!«

»Ich habe sie nicht gestohlen. Da war ein Bauer. Ich habe ihn per Zeichensprache gefragt und er nickte.«

»Natürlich gab er seine Erlaubnis. Wenn ein Mensch Hunger hat, darf er sich bedienen. Das Land ist für alle Menschen da. Er würde niemandem das Recht, seinen Hunger zu stillen, verwehren, aber es ist eine Schande für mich, Chuck. Eine große Schande.« Er sah zu Boden und schüttelte den Kopf. Charlotte stand auf der Leitung, hatte keine Ahnung, wovon er sprach. »Wenn du Bananen möchtest, musst du es doch nur sagen. Ich kaufe dir so viele Bananen, wie du willst«, jammerte er.

»Okay, tut mir leid.«

»Es ist eine Schande, eine große Schande. Die Nachbarn denken, ich kann meine Frau nicht ernähren. Meine Frau bettelt um Bananen. Betteln ist eine Schande. Eine Schande.«

»Ja, ist ja gut. Ich mache das nie wieder, okay?«

»Wer hat die Gorillas gesehen?«

»Niemand. Ich war alleine mit ihnen.«

»Mach jetzt Essen, Charlotte, und mach das nie wieder!«

»Sagte ich doch!«

--- oOo ---

Den Rest Tages war Elvis niedergeschmettert. Aber nicht aufgrund der Bananen. Die Gorillas bereiteten ihm gewaltige Sorgen. Wenn die Primaten so nah an den Waldrand kamen, taten sie das nicht selten, um die Bananenplantagen zu plündern. Die Bauern durften den Gorillas nichts antun. Sie waren nicht einmal befugt, sie zu verscheuchen, denn die Tiere waren über Jahre mühsam an die Menschen gewöhnt worden, um den Tourismus zu fördern. Sie kannten Menschen als stille und friedliche Beobachter. Genau das machte sie verletzbar, wenn sie einem Wilderer gegenüberstanden. Wurden Gorillas gesichtet, schickten die Behörden üblicherweise binnen Stunden Ranger, begleitet von Grenzschutzsoldaten in die Region. Diese Experten trieben die Primaten fachgerecht und sanft tief in den Wald zurück. Die Sicherheit der Gorillas war der Regierung Ugandas und seinen Nachbarländern, die auf den Ökotourismus angewiesen waren, ein großes Anliegen. Die Tiere standen unter dem größtmöglichen Schutz. Jeder Mensch, der einen Gorilla außerhalb des Naturparks oder an der Grenze sichtete, war deshalb verpflichtet, dies umgehend zu melden. Es herrschten strenge Gesetze im Land und die Bevölkerung fürchtete und respektierte sie. Uganda bekämpfte bis auf wenige Ausnahmen wirkungsvoll jede aufkeimende Kriminalität. Sogar öffentliches Betteln war strikt untersagt, um die Besucher aus dem Ausland nicht zu belästigen. Für Entführungen drohten lange Gefängnisstrafen. Elvis vermied jeden Kontakt mit der Polizei und verhielt sich stets umsichtig. Das Letzte was er gebrauchen konnte, war, dass Behörden und Soldaten in seiner Gegend herumschwirrten. Sie könnten Verdacht schöpfen, das weiße, junge Mädchen mit dem viel älteren Mann hier in den abgelegenen Bergen zu sehen, und unangenehme Fragen stellen.

Er wusste, die Zeit des Abschieds war gekommen. Sein Vater hatte recht behalten – es hatte sich etwas entwickelt. Er musste sich von ihr trennen. Er überlegte kurz, ob er nun eine Lösegeldforderung stellen oder sie billig weiterkaufen sollte. Ihre Ermordung konnte er nicht mehr in Erwägung ziehen. Viel zu sehr war sie ihm ans Herz gewachsen. Davon abgesehen hatte er noch nie jemanden umgebracht und keine Ahnung, wie das zu bewerkstelligen sei. Er entschied sich, eine Lösegeldverhandlung zu wagen, aber so oder so, das Mädchen musste verschwinden. Elvis handelte in Kampala mit Baumaterialien und es wurde ohnehin Zeit, nach seinen vierzehn Angestellten und nach dem Rechten zu Hause zu sehen.

Am nächsten Tag schloss Elvis Charlotte zum ersten Mal in der Hütte ein und fuhr alleine nach Kisoro. Bei seiner Rückkehr überraschte er sie mit einem Haarfärbemittel. Er eröffnete ihr, er müsse nach Kampala zurückkehren, um nach seinen Geschäften und seiner Familie zu sehen, und dass sie ihn begleiten müsse. Er sagte ihr auch, die Abreise habe auch mit der Lösegeldverhandlung zu tun. Er wies sie an, sich mit dem Mittel die Haare schwarz zu färben und griff nach einer Schere.

»Nicht abschneiden, bitte Elvis«, flehte sie.

»Ich mache es nicht gern, aber es muss sein«, erwiderte er, aber dann hatte er Mitleid und schnitt ihr nur zwanzig Zentimeter ab. Als sie fragte, warum das notwendig sei, wenn doch ihre Befreiung unmittelbar bevorstand, reagierte er zum ersten Mal ungehalten. Er meinte, sie habe nicht zu hinterfragen, was er ihr auftrug. Sie packten und um 11.00 Uhr machten sie sich auf den Weg.

Kurz vor Mitternacht kamen sie in Kampala an.

33.
Catherine

Tina und Tobias warteten im Empfangsraum des Hauses, als Catherine und Rivas zu ihnen stießen.

»Tina«, begrüßte Rivas seine vermeintliche Patientin.

»Rivas, Catherine«, nickte sie.

Catherine grüßte zurück.

»Ich bin Tobias Palmer, Catherine, nennen Sie mich Tobias.«

»Hallo«, sagte sie und schüttelte ihm die Hand.

Sie gingen in das Esszimmer, wo ein üppiger Brunch auf sie wartete. Tina trank nur Kaffee, aber die anderen bedienten sich am Buffet. »Es tut mir leid, Catherine, Rivas«, sagte Tina.

»Ist okay, Tina«, sagte Rivas verständnisvoll.

Es war nicht notwendig weiter auszuholen. Dieser knappe Halbsatz sagte alles. Und der Ton! Nur er… dachte Catherine. Eine Aussage und alles war gut! Catherine war bestürzt über die Zärtlichkeit in Rivas' Stimme. Das fand sie definitiv einen Deut zu liebevoll. Sie fragte sich, wie nahe die beiden sich wohl in den Sitzungen gekommen waren. Sie kannte das nur zu gut. Um nicht aufzufliegen, bekräftigte sie: »Ja.«

»Fangen wir am besten gleich mit Charlotte an«, wandte sich Rivas an Tobias. »Was ist sie für ein Mensch?«

»Tina und ich ließen uns kurz nach Charlottes zwölftem Geburtstag scheiden. Tina nahm ihren Mädchennamen wieder an und Charlotte bestand darauf, den gleichen Namen wie ihre Mutter zu tragen. Ich hatte eine neue Frau kennengelernt und sie auch geheiratet. Inzwischen haben wir uns getrennt. Unsere Ehe, also zwischen Tina und mir, war zu Ende, noch bevor ich meine zweite Frau kennenlernte. Doch Charlotte wies aufgrund meiner neuen Beziehung zunehmend mir die Schuld für das Scheitern unserer Ehe zu. Tina und ich verstanden uns weiterhin gut, aber Chuck kam mit dieser Veränderung nicht zurecht. Wir beide haben seitdem ein angespanntes Verhältnis.

Tina arbeitete früher als Diplomatin im Außenministerium. Aus ihrer Dienstzeit in Südafrika pflegen wir weiterhin enge Kontakte zu vielen Freunden dort. Eine eng bekannte Familie mit einer Tochter in Chucks Alter lud Charlotte ein, die Ferien bei ihnen zu verbringen. Chuck hatte kurz zuvor ihre Schule abgeschlossen, sie ist mathematisch überaus begabt, aber sie war sich unschlüssig, in welche Richtung sie ihr Studium lenken sollte. Tina schlug eine Auszeit vor. Anfangs sträubte ich mich dagegen, aber wir einigten uns auf ein Lückenjahr. Wir taten das in der Hoffnung, die Entscheidung für ein Studium fiele ihr leichter, wenn sie ein wenig Abstand vom Alltag genießen könnte. Mit der Reise nach Südafrika Mitte November belohnten wir ihre guten schulischen Leistungen und sie stellte den Beginn dieses ‚Gap Year' dar. Sie plante noch andere Expeditionen, die sie durch Teilzeitjobs zu finanzieren gedachte. Sie freute sich sehr auf ihre Abenteuer. Als nächstes Ziel strebte sie ein Kibbuz in Israel an und dann Plantagenarbeit in Guatemala, gefolgt von einem Englischlehrerposten in Japan. Am meisten reizte es sie, die Natur der fremden Länder zu erkunden. Sie war immer sportlich und gesund und verbrachte jede freie Minute in der Natur. Sie begeisterte sich euphorisch für Fauna, Flora und organische Anbaumethoden.«

»Das stimmt. Chuck verfolgte alle Themen, die mit Ökologie und dem Klimawandel zu tun haben, mit leidenschaftlichem Interesse. Von ‚Greenpeace' bis ‚Dolphin Watch'«, warf Tina dazwischen. »Aber denken Sie nicht, sie gehe irrational oder sentimental an diese Probleme heran. Für sie muss ein Vorhaben logisch nachvollziehbar sein. Sie hatte bereits Kontakte mit Aktivisten zur Bekämpfung des Schlachtens der Delphine im ‚Dolphin Cove' in Japan geknüpft. Charlotte überlässt nichts dem Zufall. Sie plant lange und sorgfältig im Voraus, Unvorhersehbares bereitet ihr großen Stress. Ich wage kaum darüber nachzudenken, wie sehr sie in dieser Situation leiden muss.« Tina hielt inne und betroffenes Schweigen füllte den Raum.

Tobias ergriff das Wort. »Unsere Freunde besitzen eine private Game-Farm in der Nähe des Krüger-Parks und Chuck liebt, wie erwähnt, Tiere über alles. Vor dem Besuch in dem Reservat machte die Familie Urlaub in ihrem Ferienhaus in Kapstadt. Britta, so heißt die Tochter der Familie, und Chuck unternahmen Strandritte, Einkaufsbummel und viele Sightseeing Ausflüge. Sie nahmen Segel- und Tennisunterricht und gingen jeden Abend zusammen aus.«

»Hat Charlotte einen Freund?«

»Nie etwas Ernstes«, übernahm Tina wieder. »Zum Zeitpunkt ihres Verschwindens war sie in keiner Beziehung. Ihr Interesse galt ausschließlich ihren schulischen Leistungen. Davon ließ sie sich durch nichts ablenken. Vielleicht ist das ein Grund, warum sie sich danach so unvernünftig verhielt. Ein Druckablassen? Was meinst du, Tobias?«

»Darauf kommen wir gleich zu sprechen. Erzähle weiter, Tina.«

»An einem ihrer Urlaubstage tummelten sie sich an der Victoria und Albert Waterfront, das ist ein Vergnügungspark am Hafen von Kapstadt. Sie schlenderten auf der Tourismusanlage umher und machten sich auf die Suche nach Robben am Pier. Ein Schiff der France Telekom Marine lag an einem dieser Anlegestellen und die beiden bewunderten das imposante Schiff. Wir nehmen an, dass man sie dort schon beobachtete. Jedenfalls gönnten sie sich hinterher ein Eis und ließen sich in dem Café von einem jungen Mann ansprechen, der sich als Techniker dieser Crew ausgab. Britta beschrieb ihn als circa fünfundzwanzig, gutaussehend. Er war charmant, sportlich und gepflegt.«

»Akzent? Nationalität?«, erkundigte sich Rivas nach Fakten.

»Er gab vor auf Mauritius geboren zu sein, aber augenblicklich keinen festen Wohnsitz zu haben. Ein Abenteurer. Das imponierte den Mädchen. Ebenso dass er sagte, er sei Veganer und rauche und trinke nicht.«

»Sprach er Englisch mit ihnen?«

»Ja mit einem Hauch von französischem Akzent und einem leichten amerikanischen Schlag, aber das ist bei vielen Ausländern so. Deshalb zweifelten die Mädchen nicht an seiner Herkunft oder an seinem Arbeitsverhältnis mit der France Telekom Marine.«

»Was glauben Sie?«

»Wir vermuten, dass es sich eher um einen Blender handelte.«

»Okay, was geschah dann?«

»Er gab vor, ihnen das Schiff zeigen zu wollen. Aufgrund von der Gefahr von Industriespionage wird das Schiff rund um die Uhr bewacht. Trotzdem schaffte er es, die beiden am Wachhäuschen vorbei zu schmuggeln und er nahm die Mädchen mit in seine angebliche Kajüte.«

»Hier ist übrigens sein Phantombild«, unterbrach Tobias seine Ex-Frau, reichte es herum und fuhr fort: »Der Großteil der Besatzung befand sich auf einem Landgang, deshalb blieben sie ungestört. Als es Zeit war zu gehen, bat Chuck Britta ohne sie nach Hause zu fahren und ihren Eltern nicht zu verraten, dass sie auf dem Schiff übernachten wolle. Britta ließ sich überreden und sie machten aus, dass Chuck sich am nächsten Morgen in Brittas Elternhaus zurückschleichen würde. Als sie morgens nicht auftauchte, kehrte Britta heimlich in die Stadt zurück und eilte zu dem Pier, aber das Schiff hatte abgelegt. Obwohl sie drauf und dran war, ihre Eltern zu alarmieren, entschied sie sich bis zum Abend zu warten, in der Hoffnung, dass Chuck doch noch erscheinen würde. Am Nachmittag erreichte sie eine SMS von Chuck, dass das Boot auf dem Weg nach Mosambik sei. Erst in Durban würde sie aussteigen, weil das Schiff dort einen Tag vor Anker liegen würde. Sie schrieb, sie habe eine tolle Zeit mit Jacques, und dass er ihr Delphine vor der nördlichen Natalküste angekündigt hatte. Sie bat Britta abermals ihre Expedition vor ihren Eltern geheim zu halten, aber die kamen ihr kurz darauf auf die Schliche und informierten umgehend Tina. Wir setzten uns natürlich postwendend mit der France Telekom in Verbindung. Zwar sorgten wir uns darum, was dieser Typ mit ihr vorhatte, ob er drogensüchtig war und so weiter. Allerdings beruhigten wir uns schnell, da wir ihren Aufenthaltsort zu kennen glaubten und ganz sicher waren, dass sie in Durban an Land gehen würde. Britta und ihre Eltern flogen sofort nach Durban, um sie am Hafen abzuholen. France Telekom indessen wusste weder von diesem Jacques noch war ein Mädchen an Bord gesichtet worden. Außer zwei Mitarbeiterinnen gab es nur Männer an Bord. Der nächste Stopp des Schiffs war das östliche Kap gewesen. Dort verbrachte die Crew aber nur ein paar Stunden. Man ging davon aus, Jacques und sie hatten es als blinde Passagiere bis zum Hafen in Port Elizabeth geschafft und waren dort unbemerkt von Bord gegangen. In Durban würde die Polizei das Schiff dennoch gründlich durchsuchen, versicherte man uns.«

»Ich habe gleich einen Flug gebucht«, fuhr Tina fort. »Für eine weggelaufene Tochter konnte ich keine US Forces Maschine für einen Langstreckenflug in Anspruch nehmen, es handelte sich ja um eine private Angelegenheit. Das glaubten wir zu dem Zeitpunkt noch. Während der zwanzigstündigen Flugreise hielt sich Tobias zu Hause rund um die Uhr telefonisch bereit und mobilisierte alles, was sich ankurbeln ließ. Trotz allem hielten wir weiter an der Überzeugung fest, dass unsere Freunde sie in Durban in Empfang nehmen würden. Gleich nach meiner Ankunft erhielt Britta eine letzte SMS von Chuck, dass sie auf einem Segelboot nach Sansibar unterwegs waren. Die Delphine seien in nördliche Richtung geschwommen und so hatten sie noch keine Gelegenheit gehabt, sie zu sehen. Jacques, schrieb sie, sei ein hervorragender Segler und sie habe viel Spaß. Sie bat Britta uns auszurichten, es ginge ihr gut, und wir sollten uns keine Sorgen machen. Sie würde in drei Tagen von Sansibar aus mit einer Fähre in Tansania an Land gehen und mit dem nächsten Flug nach Kapstadt zurückfliegen. Jacques würde die Flugtickets besorgen.«

Rivas fragte ungläubig: »Die sind auf einem privaten Boot im Indischen herumgesegelt, wo es vor Piraten nur so wimmelt?«

»Rivas, jeden Tag könnte ich diesen Jacques eigenhändig erwürgen!«

»Sie ist ein Kind, Rivas«, beschwichtigte Tina. »In dem Alter erlaubten wir uns doch alle eine Dummheit nach der anderen. Außerdem schließen wir zufallsbedingte Piraterie als Ursache für ihr Verschwinden aus. Wenn man sie tatsächlich angepeilt hat, hatte sie keine Chance.«

»Sie glauben, das war von langer Hand geplant?«

»Gelegenheit macht Diebe. Man hätte ihr folgen und sie an dem Tag spontan in eine Falle locken können, die sich ja hervorragend auftat.«

»Möglich«, sagte Rivas. »Hat sie auf Anrufe nicht reagiert?«

»Wir haben pausenlos getextet und angerufen, aber ihr Handy war abgeschaltet und bis auf diese zwei Nachrichten, erhielten wir bis heute keine weiteren Textnachrichten. Wir nehmen an, Jacques oder wer auch immer entfernte die SIM-Karte, da es sich auch nicht orten ließ. In Durban wurde das Schiff auf den Kopf gestellt, sie war nicht an Bord«, erzählte Tina. »Darf ich Ihnen Kaffee nachschenken?«

»Ja danke. Vielleicht steckte nicht Charlotte hinter den SMS?«, wandte Rivas ein. Tina schluchzte auf. Catherine stand auf und legte ihr tröstend die Arme um die Schultern. Man nutzte die kurze Pause, um die Unterhaltung in Tobias' Arbeitszimmer zu verlegen.

»Tina erreichte bald ein knappes Ferngespräch von einem männlichen Anrufer. Er sprach Englisch mit einem Akzent, den Tina in der kurzen Zeit nicht identifizieren konnte. Sie meinte, er klang wie ein Amerikaner, der sich verstellte. Er verlangte hunderttausend Dollar für ein Lebenszeichen von Chuck.«

»Er nannte sie Chuck?«

»Ja. Tina lehnte das ab, und verlangte mit ihr sprechen zu dürfen. Er legte auf und wir haben seitdem nichts mehr gehört.«

Catherine erkundigte sich: »Sie lehnten das einfach ab?«

»Man bezahlt nie für ein Lebenszeichen, Catherine«, erklärte Rivas. »'Proof of Life' ist die Forderung der Seite des Entführten.«

»Ach so«, erwiderte Catherine verdutzt. »Aber warum stellten sie dann diese Forderung? Laien?«

»Ja genau, entweder aus Mangel an Erfahrung oder sie versuchen es eben mal. Manchmal machen sie es, um die Familie einzuschüchtern oder um zu testen, ob man bereits einen erfahrenen Unterhändler eingeschaltet hat.«

»Catherine, in unseren Kreisen sind wir für Entführungen geschult. Tina wusste, wie man auf so eine Forderung reagiert«, verteidigte Tobias seine Ex. »Auch Chuck hatte mehrere FBI-Schulungen hinter sich. Wir hofften damals, dass ihr das bei der Bewältigung ihrer Lage helfen würde. Soweit das möglich ist«, fügte Tobias niedergeschlagen hinzu. »Die geforderte Summe fällt auf, weil sie so gering ist, auch für ein Lebenszeichen. In Anbetracht meiner Position.«

»Das ging mir auch gerade durch den Kopf«, bestätigte Rivas. »Wie erklären Sie sich das?«

»Es könnte bedeuten, dass es sich bei Chuck tatsächlich um ein wahlloses Opfer handelt. Man war sich nicht im Klaren darüber, dass die Person in ihrer Gewalt die Tochter eines Prominenten ist. Chucks Name Charlotte Mertens lässt keine Rückschlüsse auf mich zu. In diesem Entführungstraining werden die Kursteilnehmer auch angehalten, so wenig wie möglich ohne Aufforderung über ihre Familien auszusagen. Sie lernen, alle Fragen wahrheitsgemäß zu beantworten, aber keine Informationen über die Familienverhältnisse preiszugeben. Je höher das Lösegeld, desto komplizierter und langwieriger ist die Beschaffung des Geldes. Prominenz treibt die Forderung nach oben. Das ist keine Frage des Geizes, sondern der Logistik. Es ist unwahrscheinlich, dass Chuck unaufgefordert erwähnt hätte, wer ihr Vater ist. Das passt auch nicht zu ihr. Sie hat noch nie sinnlos herumgeplappert. Sie ist, wie ich sagte, eine Mathematikerin und eher introvertiert. Und warum sollten Sie danach fragen? Sie hatten ja die Kontaktinformationen des nächsten Verwandten.«

»Moment!«, rief Rivas dazwischen. »Wenn Piraten das Segelboot kaperten, befanden sich mindestens zwei Geiseln in ihrer Gewalt. Und, es hätten sich weitere Segler unter ihnen befinden können, von denen Charlotte nichts erwähnte. Aber selbst zwei Geiseln erhöhen die Chance auf Zahlung. Wurde für diesen Jacques keine Forderung gestellt? Auch nicht bei jemandem anderen?«

»Absolut nicht. Es ist, als existiere er nicht.«

»Das waren keine klassischen Piraten«, stellte Rivas fest.

»Weshalb schließt du Piraterie aus?«, fragte Catherine.

»Die Piraterie begann vor circa zehn Jahren im Golf von Aden. Die somalischen Fischer setzten sich damals gegen die kommerzielle Ausbeuterei ihrer Gewässer zur Wehr. Sie griffen zu Waffen und vertrieben die riesigen ausländischen Fischereifahrzeuge sowie die Tanker, die toxischen Müll vor ihrer Küste abließen. Irgendwann besetzten sie eines der Schiffe und verlangten Lösegeld für dessen Freilassung. Niemanden überraschte es mehr, als die Piraten, dass bezahlt wurde. Mit der Zeit trieben sie ihre Forderungen in die Höhe und stießen so auf eine Einnahmequelle zum Kauf von besseren Waffen und Booten, verließen den Golf und jagten immer mehr im offenen Indischen Ozean. Ziemlich schnell lernten sie, dass nicht nur die Höhe der Lösegeldforderung eine Rolle spielt, sondern auch Zeit. Die Eigner kalkulieren bis zu fünfunddreißigtausend US Dollar für jeden Tag, an dem ihr Schiff festsitzt. Aus diesem Grund gehen echte Piraten sehr langsam und umständlich vor, wenn sie Forderungen stellen. Außerdem sind sie irrational, schlecht organisiert und haben erhebliche Schwierigkeiten mit den Unterhändlern in London, die anstreben eine geschäftsmäßige Lösung herbeizuführen. Charlottes Entführung wurde ganz anders gehandhabt. Wenn es sich um Piraten handelt, dann um Trittbrettfahrer. Ich vermute eher, sie fiel in die Hände von Menschenhändlern, die mit diesem Jacques in Verbindung stehen. Deren Motive liegen anderswo und ihre Vorgehensweise unterscheidet sich grundsätzlich von den größenwahnsinnigen somalischen Piraten. Die sind ihren Landsleuten übrigens sehr verhasst.«

»Weshalb?«

»Das Durchschnittseinkommen eines Somaliers beträgt siebenhundert US Dollar im Jahr. Millionen Tonnen von Lebensmittelhilfe, die sie fast täglich durch die Schifffahrt erreichen, werden von diesen Piraten sabotiert. Und stell dir vor, eine Piratengruppe überschwemmt plötzlich ein Dorf mit ihren Millionen. Das treibt die Preise in die Höhe. Ein normaler Bürger kann sich plötzlich seine dürftige Nahrung nicht mehr leisten. Sie sind für eine entsetzliche Inflation im Land verantwortlich, haben alles durcheinandergeworfen und das arme Land vollkommen ruiniert. Zu dem Ärgernis kommt hinzu, dass das internationale Gerichtswesen momentan noch sehr eingeschränkt auf dieses relativ neue Problem reagiert. Sehr oft werden die Seeräuber nicht verurteilt, sondern man lässt sie nach einer Verwarnung gehen. Die einzigen, die die Piraten einigermaßen bekämpfen sind die Fischereidorfbewohner, die sie durch den Ausschluss aus der Gemeinschaft bestrafen und Islamistengruppen durch ihre eigenmächtige Militanz. Sie haben daher ihre liebe Mühe, sich auf Land aufzuhalten, geschweige denn ihre Geiseln dort unterzubringen.«

»Vielleicht ist Jacques bei der Geiselnahme umgekommen?«, fragte Catherine.

»Möglich, aber wie gesagt, je mehr lebende Geiseln, desto höher nicht nur die Summe, sondern überhaupt die Chance auf Bezahlung. Ermordungen sind kontraproduktiv. Vor allem wenn verschiedene Nationalitäten im Spiel sind. Jede Regierung reagiert anders auf Lösegeldforderungen. Offiziell leugnen viele, dass bezahlt wird. Verhandlungen finden hinter den Kulissen oftmals nichtsdestotrotz statt. Sie wissen, dass viele Regierungen inoffiziell für die Familien einspringen.«

»Oder Jacques ist der Entführer.«

»Ja kann sein.«

»Sie sagten, der Anrufer bezog sich auf Chuck. Nennt sie sich immer so?«

»Ich sehe, worauf Sie hinauswollen. Fremden gegenüber nicht, das stimmt. Nur Menschen, die sie mag, vertraut sie ihren Spitznamen an.«

»Das könnte heißen, dass es sich bei dem Anrufer um Jacques handelte, oder dass eine persönliche Beziehung zu dem Entführer besteht. Bestenfalls, dass sie gut behandelt wird. In jedem Fall bedeutet es, dass intim kommuniziert wird«, resümierte Rivas und dachte schweigend darüber nach.

»Rivas sagte mir, Sie vermuten, dass Chuck sich so gut wie überall in Afrika auf dem Festland aufhalten könnte. Weshalb nicht auf See?«, bohrte Catherine weiter.

Rivas antwortete für Tobias und Tina: »Das ist so, Schatz. Es gibt organisierte Banden, die sich in diesen Gewässern tummeln. Mit ihnen konkurrieren Trittbrettfahrer mit begrenzten Möglichkeiten. Sich zwei harmlose Segler zu schnappen, ist eine Sache. Eine Lösegeldverhandlung durchzuführen nimmt Unterhändler in Anspruch. Die sind teuer und die guten, die erfahren genug sind, auf der Ebene eines derart prominenten Falls Erfolg zu haben, arbeiten nicht nur auf Provision. Dafür haben sie weder das Geld noch die Kontakte, und es ist ihnen viel zu gefährlich. Sie kapern also ein Boot und bringen die Geiseln in ein Versteck, oft auf einer Insel, manchmal am Festland. Sie verkaufen die Gefangenen dann weiter und diese Käufer wiederum unterbreiten Angebote an noch finanzkräftigere Kontakte. Die Gewinnspannen wachsen proportional mit dem angestrebten Absatzmarkt.«

»Sklavenhandel?«

»Sie verfolgen eher eine hierarchische Vermarktungsstrategie. Dieser Handel wird betrieben, bis man an Topleute gelangt, die sich in der Lage sehen, eine Lösegeldforderung durchzuziehen.«

»Die Opfer werden nicht zur Arbeit oder Prostitution gezwungen?«

»Selten. Es handelt sich fast immer um Lösegeldverhandlungen mit somalischen oder ihnen benachbarten Kriminellen.«

»Werden Sie denn gut behandelt?«

Rivas blickte auf Tina. Sie blieb gefasst und antwortete: »Nein, die Bedingungen sind schlimm. Je höher die Hoffnung auf Geld, desto weniger brutal wird vorgegangen, aber eine Garantie gibt es nicht. Im Großen und Ganzen befinden sich die Geiseln in der Gewalt von brutalen Menschen, die vor nichts zurückschrecken, vor allem wenn es zu Verzögerungen kommt. Hinzu kommt die frauenverachtende Einstellung in vielen dieser Kulturen. Für Frauen eine besonders bittere Erfahrung.«

»Haben Sie bedacht, dass das Segelboot kenterte? Entschuldigen Sie, aber es ist doch möglich, dass sie Schiffbruch erlitten?«

»Es wurde alles abgegrast, von einem Wrack keine Spur. Glauben Sie mir, ich habe alle Hebel in Bewegung gesetzt. Nach dem Stand der Dinge gehen wir davon aus, dass Chuck entführt oder ermordet wurde. Einen Unfall schließen wir aus. Also, zusammenfassend haben wir nun folgende Theorie entwickelt, die uns am wahrscheinlichsten scheint: Dieser Jacques ist ein Mitarbeiter der WICED oder Chilanchi...«

»Die WICED können Sie ausschließen, Tobias. Das wüsste ich«, unterbrach Rivas.

»Sind Sie sicher?«

»Ziemlich. Wir haben bestimmte Ziele und Charlottes Entführung steht in keinerlei Verbindung mit ihnen. Wir wussten ja über Ihre Ermittlungen nicht Bescheid. Und wir sind im Grunde eine kleine Gruppierung, was die Anzahl der Mitwirkenden betrifft und ich kenne sie alle. Außerdem bin ich ihr Top Kidnapper. Es ist unwahrscheinlich, dass das an mir vorbei gegangen wäre.«

»Dann bleibt noch Chilanchi. Diese Gruppe hat diesen Jacques beauftragt, Chuck zu entführen und an gewöhnliche Menschenhändler weiterzureichen.«

»Warum haben sie sie nicht einfach ermordet?«, fragte Catherine dazwischen.

»Eine Ermordung ist entsetzlich, aber sie hat einen Anfang und ein Ende. Eine Entführung ist langfristig. Der seelische Terror ist grenzenlos und durch sie verfügen die Täter über ein wirkungsvolles Druckmittel. Und behalten die Kontrolle. Aber lassen Sie mich fortfahren, Catherine. In diesem Fall vermuten wir, geht es nicht darum, direkt eine Forderung zu stellen. Das ist ihnen zu klein und schmutzig, und wie sollte so eine Forderung aussehen? ‚Brechen Sie Ihre Suche nach uns ab und wir lassen Ihre Tochter frei'? Das ist absurd und würde die Aufmerksamkeit der Öffentlichkeit auf sie lenken. Es würde nicht funktionieren. Dadurch machen sie sich sichtbar. Wenn sie in Erscheinung treten, verlieren sie ihren Phantom- oder Gerüchtestatus. Sie bauen darauf, ihr Ziel mich einzuschüchtern, zu erreichen, indem sie die Dinge in Bewegung setzen und sie dann ihren Lauf nehmen. Meine Tochter ist verschwunden. Sie lehnen sich zurück und warten ab.«

»Schlimm. Wirklich unglaublich.«

»Catherine, um auf Ihre Frage über das Lebenszeichen zurückzukommen: Der Anruf könnte ein Signal darstellen. Sie verdeutlichen mir damit, dass ein Unglück oder eine Ermordung auszuschließen sind. Ich soll wissen, dass sie definitiv entführt wurde, aber nicht mehr. Dadurch erreichen sie, dass ich ihr Verschwinden mit meinen Recherchen in Verbindung bringe. So stiften sie Verwirrung direkt im Herzen der Ermittlungen. Während ich die ganze Welt nach meiner Tochter absuche, gewinnen Sie Zeit und die Hoffnung, dass ich ihren Fall klammheimlich oder unter einem Vorwand fallen lasse. Das habe ich offiziell auch getan. Meine Leute sind von den Ermittlungen abgezogen worden und arbeiten an Chucks Entführung. Die Verräter unter uns werden diese Information weiterreichen. Sie glauben den Finger am Abzug zu haben und ich nichts in der Hand.«

»Was jetzt?«, trieb Rivas die Konversation in Richtung Lösung voran.

»Wir müssen als Erstes meine Tochter befreien. Gegen Chilanchi gibt es offiziell keine Ermittlungen mehr. Ich habe den Fall abgeschlossen, mit der Begründung, der Verdacht im Fall Chilanchi/WICED erwies sich als eine Verschwörungstheorie ohne Fundament. Nur der Präsident und alle hier im Raum sind eingeweiht.«

»Tobias, können wir jetzt über unsere Vorgehensweise sprechen? Catherine und ich müssen dringend telefonieren, wir haben viel zu erledigen. Man wird mich bereits vermissen und Catherine muss auch von sich hören lassen. Bitte geben Sie uns unsere Handys zurück.«

»Tina und Catherine, würdet ihr uns bitte entschuldigen, während Rivas und ich die logistischen Aspekte planen?«

Als sie alleine waren hielt Tobias Rivas einen Fetzen von einem Bild hin. »Was ist das?«, fragte Rivas.

»Das Bild zeigt eindeutig ein Stück von Charlottes Kleid. Sie trug es an dem Tag, an dem sie mit Britta die V & A Waterfront besuchte. Es besteht kein Zweifel. Wir haben das Bild technisch auswerten lassen. Das Muster, die Farben, es ist ihres.«

»Woher haben Sie das? Warum haben Sie das vorhin nicht erwähnt?«

»Ich möchte Tina keine Hoffnungen machen, bis ich mehr weiß. Ich erhielt dieses Bild vorgestern. Es wurden zufällig zwei Engländer unter dem Verdacht des Menschenhandels festgenommen. Bei der Hausdurchsuchung fand man diesen Schnipsel. Verdachtsperson Eins ist ein Automechaniker, der in Kenia Führerscheine an Europäer verhökert, Paul Tanner, 28. Es scheint sich um einen Alkoholiker zu handeln. Der andere ist ein Kleinkrimineller: Douglas Richards, 26. Anscheinend malt er gerne. Es wurde eine Skizze von einem Mädchen gefunden. Ich habe es gesehen, es könnte sich um ein Abbild von Chuck handeln, aber genauso gut könnte es von einem anderen Mädchen stammen. Sie leben seit achtzehn Monaten in Kenia. Eine Geiselnahme streiten sie ab. Sie werden seit achtundvierzig Stunden fast ohne Pause verhört. Bisher ließen sie sich nicht knacken.«

»Haben die Ermittler versucht, den einen gegen den anderen auszuspielen?«

»Selbstverständlich. Bis jetzt halten sie noch zusammen. Sie scheinen sich zu vertrauen, sind allerdings nicht besonders helle - was in dieser Lage für sie vielleicht ironischerweise von Vorteil ist.«

»Haben Sie die Verhöre erweitert?«

»Noch nicht. Wir arbeiten an den kenianischen Behörden, sie uns zu überlassen. Bis wir nicht alleine mit ihnen sind, haben wir keine Kontrolle über den Verhörverlauf. Und, es handelt sich um britische Staatsbürger. Der Präsident hat mir das aus diesem Grund bisher noch untersagt. Es ist prekär, das können Sie sich vorstellen. Wir kämpfen ohnehin mit einem Folterskandal nach dem anderen.«

»Was haben Sie jetzt vor?«

»Ich kümmere mich weiter um die bürokratischen Aspekte. Sie fliegen nach Kenia. Sobald wir sie in die Finger bekommen, werden Sie sich Diddeldi und Diddeldum privat und ungestört vorknöpfen. Sie quetschen aus ihnen heraus, was geht, und nehmen vor Ort Chucks Spur auf. Piraten rechnen nicht damit, dass man in ihr Land reist, und vor ihrer Haustüre herumschnüffelt. Sie sind es gewohnt, rein telefonisch über zahlreiche Ecken zu verhandeln.«

»Gut, Tobias. Kommen wir auf unser Arrangement zurück. Welche Bedingungen muss ich im Zuge unseres Deals erfüllen?«

»Sie bringen mir meine Tochter lebendig zurück, liefern mir die WICED, und Sie und Ihre drei Leute sind frei.«

»Chilanchi?«

»Ich bitte Sie, mir weiterhin zu helfen, gegen die entsprechende Vergütung natürlich. Aber selbst ich sehe ein, dass wir zu hoch ansetzen, wenn wir dieses Vorhaben in den Deal miteinbeziehen. Machen Sie es?«

»Ja, ich wollte das sowieso. Aber was die WICED betrifft – ich werde dafür sorgen, dass die Gruppe sich auflöst und alle geplanten Aktionen abbricht. Allerdings werde ich keinen der Beteiligten ans Messer liefern. Sollten sie dennoch weitermachen, gehören sie Ihnen.«

»Das bedeutet Amnestie für die gesamte Organisation.«

»Irgendwie schon, aber was getan ist, ist getan. Es lässt sich nicht mehr rückgängig machen, aber Sie haben die Möglichkeit, die Bevölkerung vor weiteren Attacken zu schützen. Geht es um Sicherheit oder Gerechtigkeit? Sie werden wählen müssen. Wenn es mir gelingt, haben Sie von der WICED nichts mehr zu befürchten. Ich verstehe Ihren Einwand. Allerdings bin ich davon überzeugt, dass ich die Gruppe überreden kann, uns bei Chilanchi zu helfen. Wären Sie dann bereit, die Ermittlungen gegen die WICED einzustellen? Unter der Voraussetzung, dass die WICED selbst keine Taten mehr begeht?«

»In diesem Stadium würde ich alles für Chuck tun. Ich lasse es aufsetzen, aber es wird vorsichtig formuliert sein. Wenn das an die Öffentlichkeit kommt, bin ich erledigt. Sie hätte dafür kein Verständnis.«

»Das hilft Ihnen, aber mir nicht. Ich habe keine Möglichkeit, das Dokument juristisch prüfen zu lassen. Wenn es in Juristenenglisch formuliert ist, Tobias, und ich es nicht absolut begreife, werde ich es nicht unterschreiben.«

»Ja, ich habe verstanden. Die Dokumente werden morgen fertig sein, zusammen mit allen Hinweisen, Fotos von Chuck und allem was Sie brauchen werden.«

»Gehen wir jetzt auf den schlimmsten Fall über: Was passiert mit mir und den drei Personen, sollte ich überleben, aber es mir nicht gelungen ist, Charlotte zu befreien und ich auch nicht im Fall Chilanchi weiterkomme?«

»Kein Deal.«

»Wenn sie schon tot ist?«

»Bringen Sie mir ihre Leiche. Wir können dann den Todeszeitpunkt feststellen. Wenn es zu spät war, ihren Tod zu verhindern, werden Ihre Bemühungen bei dem Urteilsspruch anerkannt.«

»Das muss ich genauer wissen. Worauf werden Sie plädieren?«

»Fünfzehn Jahre. Wie der Richter entscheidet, liegt außerhalb meiner Kontrolle.«

»Keine Todesstrafe?«

»Bei Ihrem Geständnis und weiterer Kooperationsbereitschaft auf keinen Fall. Das stellt keine Sonderbehandlung dar. Unter diesen Umständen ist das Strafmaß zwar niedrig aber durchaus nicht unüblich.«

»Drei. Auf Bewährung.«

»Zehn. Bewährung ist ausgeschlossen. Aber bei guter Führung, sind sie in fünf draußen.«

»Drei.«

»Rivas, wenn ich zu niedrig plädiere, wird der Richter sich überhaupt nicht mehr an meiner Strafmaßeinschätzung orientieren und entscheiden, wie es ihm angebracht scheint.«

»Sie sind der Attorney General.«

»Überschätzen Sie mich nicht.«

»Das Risiko gehe ich ein.«

»Warum plötzlich diese Verhandlung? Gestern gaben Sie vor, auf ein Todesurteil gefasst zu sein.«

»Weil ich es als Teil meiner Strafe ansehe, in Somalia oder Kenia oder weiß Gott wo herumkriechen und mein Leben aufs Spiel setzen zu müssen. Das muss mir angerechnet werden, sonst werde ich doppelt bestraft. Dazu bin ich nicht bereit und das kann man auch nicht von mir verlangen.«

»Also gut.«

»Ich möchte keine Geschworenen.«

»Das könnte Ihnen helfen?«

»Wird es nicht.«

»Weshalb sind Sie sich so sicher?«

»Nachdem ich Ihnen die Taten im Detail geschildert habe, werden Sie der gleichen Meinung sein.«

»Gut, wir einigen uns auf ein Richterverfahren. Wenn es dazu kommt, werde ich es beantragen und, falls Ihr Verteidiger auf Ihr Recht auf eine Jury verzichtet, steht dem nichts im Wege.«

»Die nächste Bedingung ist, Catherine kommt frei. So oder so. Es wird absolut keine Anklage gegen sie erhoben. Sie hat nichts getan.«

»Abgemacht, aber mehr kann ich nicht für Sie tun, Rivas.«

»Dann kann ich nicht frei handeln, Tobias.«

»Wie meinen Sie das?«

»Es geht um die zwei Leute bei der WICED. Wenn ich sie weiterhin schützen muss, kommen wir nicht weiter, weil ich unter Umständen ihren Einsatz brauche. Sie müssen ihnen Straffreiheit gewähren, Tobias. Es wird Ihnen nichts weiter übrig bleiben, auch wenn ich scheitere.«

»Ja, das ist mir klar. War einen Versuch wert. Ich werde alles aufsetzen lassen. Sind wir uns einig?«

»Catherine und ich müssen nach Boston und dann nach Marseille. Von dort werden wir nach Kenia reisen. Ich verlange, dass alle Überwachungen und Abhörmaßnahmen eingestellt werden. Wir müssen freie Hand haben.«

»Rivas, das geht nicht. Das geschieht doch auch zu Ihrem Schutz.«

»Wenn ich Schutz brauche, melde ich mich. Entweder wir vertrauen uns, oder wir tun es nicht. So wird das nichts. Ich hole Ihnen Ihre Tochter nach Hause, Tobias. Und wenn es mich den Kopf kostet. Wenn Sie noch lebt, bringe ich sie zurück. Ich kann das, Tobias. Ich habe Kontakte zum Untergrund, von denen Sie nur träumen können, und als Privatperson mit krimineller Vergangenheit viele Möglichkeiten. Das wissen Sie, sonst hätten Sie mich nicht um Hilfe gebeten. Sie wollten mich als Maulwurf. Das bekommen Sie. Nur werde ich diese Funktion nicht bei der WICED ausführen, sondern in dem Umfeld der Entführer. Nach meiner Übernahme komme ich auf Sie zu, sollte ich technische Hilfeleistung brauchen. Davon abgesehen arbeite ich alleine.«

»Was haben Sie vor?«

»Ich werde herausfinden, wer Charlotte hat und mich als Käufer anbieten. Wir werden natürlich nicht bezahlen, sondern die Täter überführen.«

»Wie wollen Sie das bewerkstelligen?«

»Genau weiß ich das noch nicht. Sie müssen mir freie Hand lassen, Tobias, damit ich ungestört arbeiten kann.«

»Gut, aber Ihre Konten und Kreditkarten bleiben gesperrt.«

»Sie verwehren mir Zugriff auf meine Finanzen?«

»Ja, auf Ihre und Catherines. Catherines private und geschäftliche Konten werden auf Bewegungen überwacht. Über einer bestimmten

Summe wird nicht ausgezahlt. In ihrer Firma wird es nicht auffallen, sofern es sich um alltägliche Beträge handelt. Sie müssen Catherine anweisen, dass sie anordnet, die geschäftlichen Ausgaben unter einem gewissen Niveau zu halten. Sollten größere Summen benötigt werden, muss sie die Freigabe bei mir beantragen. Ihre Konten Rivas, sind komplett gesperrt. Alle finanziellen Mittel, die Sie benötigen, bekommen Sie von uns.«

»Sie glauben, wir hauen ab?«

»Fluchtgefahr besteht so oder so, aber ich muss das Risiko vermindern. Haben Sie bitte Verständnis dafür.«

»Sie sind es, der Verständnis für meine Lage aufbringen sollte. So kann ich nicht arbeiten. Glauben Sie wirklich, ich schlage mich mit Ihrer Bürokratie herum? Für mein eigenes Geld? Damit bringen Sie Charlotte in unnötige Gefahr.«

»Rivas, etwas Kontrolle müssen Sie mir gewähren. Bürokratie wird es nicht geben. Sie haben höchste Priorität. Mir ist klar, das Leben meiner Tochter steht auf dem Spiel.«

»Also gut. Abgemacht.«

»Morgen erhalten Sie zusammen mit den Dokumenten eine Bargeldauszahlung mit der entsprechenden Erlaubnis, die Mittel auszuführen. Für den Fall, dass Sie in eine Kontrolle geraten, denn Sie werden als Privatpersonen reisen. Danach reicht eine SMS und Sie haben jede Summe, die Sie brauchen innerhalb von acht Stunden. Sie müssen lediglich den Verwendungszweck angeben.«

»Ich möchte mein Pferd sehen.«

»Wir werden Sie hinbringen. Wann?«

»Jetzt gleich. Von dort fliegen wir sofort nach Boston.«

»Eine unserer Maschinen wird Sie hinfliegen.«

»Haben Sie nicht etwas vergessen?«

Tobias verstand nicht.

»Wollten Sie mir nicht sagen, wer mich verraten hat?«

»Sie wurden nicht von den eigenen Leuten in die Pfanne gehauen. Wir erhielten einen Tipp von der Nationalen Sicherheit aus Paris. Da gibt es wohl einen Kommissar, der noch eine Rechnung mit Ihnen offen hat?«

»Moreau von der Sûreté?«

»Ja, er konnte Sie in dem Mordfall nicht überführen, und bei Catherine waren ihm augenscheinlich auch die Hände gebunden. Die Gründe entziehen sich meiner Kenntnis und unter den Umständen, will ich es lieber nicht wissen. Er gab sich nicht geschlagen. Er hegte die Vermutung, dass Sie mit einem Anschlag in Málaga in Verbindung stehen. Er erinnerte sich, dass damals diesbezüglich auch die FBI-Kollegen eingeschaltet worden waren. Ich erfuhr davon, weil ich schon lange vermutete, dass die WICED dahinter steckt. Nach Ihrer Entlassung aus dem Berliner Krankenhaus behielten wir Sie und Catherine im Auge. Wir wunderten uns natürlich, was Sie ausgerechnet nach Boston führte. Dass Ihre Reise Zufall war und nicht im Zusammenhang mit dem Verschwinden meiner Tochter stand, konnte ich nicht ahnen. Catherines Telefonate mit Sylvia Westerman machten uns noch stutziger. Wir fanden heraus, dass sie für eine Menschenrechtsorganisation arbeitet. Tina täuschte vor, eine Spende leisten zu wollen und freundete sich mit ihr an. Tina bot ihr an, die Ferien bei ihr zu verbringen. Sie lenkte die Gespräche mehrmals in Richtung Südafrika, in der Hoffnung ihre Beziehung zu Catherine zur Sprache zu bringen, ohne dass es auffällt. Danach benützten wir Tina, um Ihnen mit der Therapeutengeschichte eine Falle zu stellen. Als sie bestätigte, dass Sie tatsächlich kein unbeschriebenes Blatt im Entführungsmilieu sind, griffen wir zu.«

»Ermittelt Frankreich auch gegen die WICED?«

»Das halte ich für unwahrscheinlich. Von unserer Seite haben wir uns bedankt, und angegeben, wir gingen den Hinweisen nach.«

»Tobias, eine letzte Sache noch. Es geht mich nichts an, aber ich finde, Sie sollten Tina das Bild zeigen und sie einweihen. Sie scheint mir vernünftig zu sein und ich halte es für wichtig, dass wir alle zusammenhalten. Wenn wir Geheimnisse voreinander haben, wird das kompliziert.«

»Sie haben recht«, stimmte Tobias zu und reichte Rivas das Bild von dem Schnipsel. »Würden Sie das für mich erledigen? Sozusagen als ihr Therapeut«, schmunzelte er.

Rivas erkannte an Tobias‘ Galgenhumor, wie verzweifelt er war. Freud behauptete, dass diese Art des Humors der Widerstand der Seele sei, ein Ventil, zur Vermeidung der Auseinandersetzung mit unabwendbaren negativen Tatsachen. Es stimmte Rivas traurig, Tobias so tief fallen zu sehen. Er suchte nach Worten, um ihn zu ermutigen sich ihm anzuvertrauen, ohne mit leeren Versprechungen seine Intelligenz zu beleidigen. Er entschied sich für: »Tobias, wir werden uns vielleicht nie wiedersehen, aber wenn, dann mit Charlotte an Bord.«

Tobias reichte Rivas sein Handy und seine Brieftasche und sie schüttelten sich die Hand. »Alles Gute Rivas.«

Rivas kehrte in den Salon zurück, um Tina mit dem Bild zu konfrontieren. Catherine und Tina hatten sich auf ihre Zimmer zurückgezogen. Er ließ Tina vom Personal rufen und wartete unten auf sie.

Rivas reichte ihr das Bild. »Tobias bat mich Ihnen das zu geben, Tina.«

Sie betrachtete es, konnte aber nichts damit anfangen. »Was soll das sein?«

»Schauen Sie genau hin, Tina. Wir vermuten, das ist das Überbleibsel eines Fotos von Charlotte. Ist das ihr Kleid?«

Tina schwankte und Rivas stürzte zu ihr und hielt ihren Arm fest. »Ja, das ist ihr Kleid. Ist sie tot?«

»Wir wissen es nicht.« Er erklärte ihr, dass es zwei Verdächtige gebe, bei denen man dieses Bild gefunden habe und dass er nach Kenia reisen würde, um sie zu vernehmen.

»Seit wann weiß Tobias davon?«

»Seit vorgestern.«

»Warum hat er mir diese Information vorenthalten?«

»Er sagt es Ihnen jetzt.«

»Sie wissen, was ich meine. Warum erst jetzt?«

»Es ist nicht leicht für ihn, Tina. Er wollte Sie nicht unnötig enttäuschen.«

»Ich bin kein Kind, Rivas. Versprechen Sie mir, dass Sie mir nichts verschweigen werden?«

»Ich verspreche es.«

»Rivas, als wir uns das letzte Mal in Boston sahen, haben Sie mich in die Arme genommen. Würden Sie das bitte noch einmal tun?« Er kam ihrer Bitte nach und strich ihr tröstend über den Rücken. In diesem Moment betrat Catherine den Raum. Rivas sah Catherine eintreten, blickte aber durch Catherine hindurch und ließ sich nicht aus der Ruhe bringen. Eine Weile stand sie regungslos da, machte kurz darauf auf dem Absatz kehrt und rannte die Treppen hoch in ihr Zimmer zurück.

Tinas Handy klingelte. Sie löste sich von Rivas und blickte auf das Display. Nummer unbekannt. Sie schaltete den Lautsprecher an und ging ran. »Tina Mertens.«

»Sind Sie die Mutter von Charlotte?«

»Ich bin es.«

»Ich möchte mit dem Attorney General sprechen.«

»Wer sind Sie?«

»Ich habe Chuck. Es geht ihr gut. Ich verhandle nicht mit Frauen. Geben Sie mir ihren Vater.«

Tina streckte in Panik Rivas das Handy hin. Er nahm es und hielt seine Hand über den Sprecher. »Halten Sie ihn hin, Tina. Sagen Sie, Sie holen ihn.«

Sie nahm das Handy an sich. »Er ist nicht im Raum. Aber im Haus. Ich muss ihn suchen. Bitte legen Sie nicht auf. Es dauert nur einen Moment.«

Sie hielt weiterhin die Hand über das Mikrophon des Handys und der Anrufer wurde ungeduldig. »Beeilung! Soll ich ewig warten? Ich lege jetzt auf.«

Rivas ergriff das Telefon. »Geben Sie mir Chuck«, sagte Rivas im Befehlston.

»Daddy?«, ertönte Charlottes Stimme. Tina beugte sich nach vorne, hielt sich den Bauch und wippte hin und her. Dabei nickte sie heftig, um Rivas anzudeuten, dass es sich um Charlottes Stimme handelte.

»Chuck«, sagte Rivas, aber die Verbindung war bereits unterbrochen.

Tina war einem Zusammenbruch nahe, ließ sich in Rivas' Arme fallen und schluchzte los. »Sie lebt, Rivas. Sie lebt.«

Ein Mann kam herein. »Dr. Romero, Ihr Wagen zur Mounted Unit steht bereit.«

Rivas nickte ihm zu. »Tina, informieren Sie sofort Tobias. Er soll mich anrufen, wenn er weiß, zu wem der Anruf führt. Ich muss mich jetzt von Ihnen verabschieden, Tina.«

»Ja, es wird ja alles mitgeschnitten und abgehört. Aber Sie können doch jetzt nicht gehen?«

»Für diesen Teil ist Ihr Ex-Mann verantwortlich Tina, hierfür werde ich nicht gebraucht. Wir sind ein gutes Stück weiter. Wir wissen, dass Charlotte lebt und dass man ihren Marktwert erkannt hat, denn ihr Geiselnehmer weiß über ihren Vater Bescheid. Und wir wissen, sie befindet sich in einem Land mit einer patriarchalischen Gesellschaft. Sie ist also wahrscheinlich nicht nach Mitteleuropa oder Nordamerika transportiert worden. Überlassen Sie am besten diese Handynummer von jetzt ab Tobias.«

»Warum rief er Tobias nicht direkt an?«

»Er hat sicherlich keine öffentlich bekannte Nummer? Charlotte hat ihm Ihre Nummer gegeben und für den Entführer spielt es keine Rolle, ist ihm vielleicht sogar lieber. Eventuell doch ein Indiz, dass diese Entführung privat und nicht syndiziert ist.«

»Warum hat er so schnell aufgehängt?«

»Das ist eine Taktik, das wissen Sie doch. Sie verstärkt den Stress. Er macht das offensichtlich nicht zum ersten Mal. Er wird sich melden, Tina. Verlieren Sie jetzt nicht die Nerven. Die Hauptsache ist, Charlotte lebt und der Ball kommt ins Rollen.«

Rivas sprintete nach oben und sagte zu Catherine: »Komm, wir müssen los.«

»Wohin?«

»Zu Andalus.«

»Zu Andalus? Was ist mit Tobias und Tina?«

»Verhalte dich im Wagen ruhig, okay? Sie fahren uns jetzt zu Andalus und von dort zum Flugzeug nach Boston. Wir packen und fliegen so bald wie möglich nach Marseille. Den Rest erkläre ich dir sobald wir alleine sind. Nur so viel: Chuck lebt. Ich habe vorhin mit ihr gesprochen.«

Da Catherine die Zusammenhänge noch nicht kannte, verschlug es ihr vor Bewunderung die Sprache. Sie glaubte, Rivas sei es bereits aus eigener Kraft gelungen, Kontakt mit dem Opfer herzustellen.

Rivas sah ihr das an und winkte ab: »Es handelt sich um einen Zufall, Catherine. Ich kläre dich später auf. Jetzt müssen wir sehen, wie es unserem Kind geht, nicht wahr?«

Sie schmiegte sich an ihn und war einfach nur glücklich. Inmitten der Katastrophe.

34.
Charlotte

An dem Tag vor Rivas‘ und Catherines Ergreifung durch die US Behörden verbrachte Charlotte den Rest der Nacht in Elvis‘ kleinem Schuppen. Sie ließ sich widerstandslos einsperren, weil Elvis ihr plausibel erklärte, er könne sie mitten in der Nacht nicht mit in sein Haus nehmen. Er versicherte ihr, sie am nächsten Morgen herauszuholen, sobald er mit seiner Frau gesprochen hatte. Sein Versprechen haltend, befreite er sie um 8.00 Uhr am nächsten Tag. »Du darfst mir nicht in die Augen sehen, wenn andere Leute im Raum sind, okay, Chuck?«

»Warum nicht?«

»Das gehört sich nicht. Du musst dich daran halten, sonst schöpft meine Familie Verdacht über unsere Beziehung und wird glauben, dass du mich nicht respektierst.«

»Aber wenn man Augenkontakt vermeidet, heißt das, dass man lügt.«

»Nicht in meiner Kultur. Für dich habe ich eine Ausnahme gemacht und deine Ansichten toleriert. Ab jetzt wird das nicht mehr gehen. Du musst dich anpassen.«

»Ja, ist gut. Wann werde ich nach Hause kommen, Elvis?«

»Bald. Wirst du mich vermissen?« Das Haus war leer, sie konnten sich ungestört unterhalten. Charlotte schwieg. »Warum antwortest du mir nicht?«

»Ich überlege. Ich habe nie darüber nachgedacht.« Charlotte machte sich wirklich Gedanken über seine Frage. Spontan fand sie, dass sie ihn nicht vermissen würde. Weshalb sollte er ihr abgehen? Komische Frage. Irgendetwas hielt sie davon ab, ihn anzulügen und Zuneigung zu heucheln, aber ihn vor den Kopf zu stoßen, erschien ihr unklug.

Sie rief sich die Gorillafrau vor Augen und überlegte, wie sie sich am besten mit Würde aus der Affäre ziehen konnte, als Elvis sagte: »Ich war doch immer gut zu dir.«

»Ja das stimmt. Danke Elvis.« Elvis ließ es darauf beruhen, und Charlotte freute sich, standfest geblieben zu sein. In diesem Moment gab sie der Gorillafrau den Namen Fern. Das ist das amerikanische Wort für Farnkraut und ein amerikanischer Mädchenname. Von nun an würde sie Fern immer geistig um Rat fragen, wenn sie in Bedrängnis kam.

»In einer halben Stunde kommt meine erste Frau zurück. Du wirst hier bei ihr im Haus bleiben und es niemals ohne meine Erlaubnis verlassen. Du darfst nicht einmal einen Fuß vor die Türe setzen. Wenn wir Besuch bekommen, werde ich dich als meine zukünftige dritte Frau vorstellen, wenn es sich nicht vermeiden lässt. Ansonsten wirst du dich im Hintergrund halten.«

»Deine dritte Frau?«

»Meine erste Frau lebt hier im Haus mit mir und unseren zwei Kindern. Sie heißt Ethel. Meine Kinder heißen Ojore und Nabulungi. Meine zweite Frau lebt in dem kleineren Haus nebenan. Mit ihr habe ich leider noch keine Kinder. Du wirst Ethel im Haushalt helfen und tun, was sie dir sagt, alles klar, Chuck?«

»Ja.«

»Mach mir bitte keine Schwierigkeiten, sonst hängt der Haussegen schief.«

»Es ist ja nicht für lange. Was sagen meine Eltern? Hast du mit ihnen telefoniert? Wie lange wird es dauern?«

»Frag mir jetzt keine Löcher in den Bauch. Sobald meine Frau da ist, werde ich ausgehen und mich um deine Freilassung kümmern.«

»Oh Elvis«, rief sie aus und fiel ihm um den Hals.

»Wir haben kein Zimmer für dich, du musst hier in der Küche auf dem Boden schlafen. Ethel wird dir Decken geben. Leider passt keine Matratze hier herein.«

»Das geht schon, Elvis. Danke. Danke für alles. Wie alt sind deine Kinder?«

»Das Mädchen ist zwölf und mein Sohn ist zehn.«

»Wo sind sie?«

»Sie haben die Frühschicht in der Schule.«

»Die Frühschicht?«

»Die Klassenzimmer sind zu klein. Die Kinder werden in Schichten unterrichtet. Sie sprechen schon ein wenig Englisch. Ethel auch. Sie spricht gutes Englisch«, verkündete er stolz. Sie hörten Geräusche vor der Haustür.

»Elvis, sag mir schnell noch: Glaubt deine Frau auch, dass ich deine dritte Frau bin?«

»Ich habe ihr gesagt, du wärst meine Geliebte.«

»Ist sie damit einverstanden?«

»In Uganda ist es nicht nötig, sich das Einverständnis der Ehefrau einzuholen, wenn der Mann andere Beziehungen eingehen möchte«, fuhr er sie an. »Noch!«, schickte er verärgert hinterher, weil eine

Gesetzesänderung bezüglich der Erlaubnis der Ehegattin zur Polygamie bereits scharf debattiert wurde.

Charlotte ärgerte sich über seine Gereiztheit und murmelte: »Das kann ja heiter werden.«

»Was sagst du?«

»Ich sagte, das wird sicher heiter werden. Ich freue mich, Teil deiner Familie zu sein, Elvis«, log sie.

Ethel begrüßte Charlotte höflich, aber durchaus nicht herzlich, zeigte ihr, wo sie ihre Sachen aufbewahren durfte und wies ihr sofort Aufgaben zu. Kehren, bügeln, Kartoffeln schälen. Eine ganze Palette von Hausarbeiten. Elvis nahm sie beiseite, bevor er sich verabschiedete. »Ich bin den ganzen Tag weg. Eines noch, Chuck, hier wird gegessen, was auf den Tisch kommt und man bedient sich nicht selbst. Du bekommst deine Mahlzeiten wie jeder andere hier in der Familie. Dir wird nichts vorenthalten, aber es wird keine Extrawurst mehr für dich gebraten.«

»Aber Elvis, Innereien, Schafsaugen und Hühnerfüße kann ich nicht essen. Willst du mich dazu zwingen?«

»Wenn du siehst, dass meine Frau das zubereitet, sag einfach früh genug, dass du krank bist. Zur Essenszeit wird sie keinen Verdacht schöpfen, wenn du keinen Appetit hast. Wenn dir unser Essen nicht schmeckt, musst du eben hungrig ins Bett.«

Charlotte ließ sich ihre gute Laune nicht verderben. Bald würde sie zu Hause sein. Sie passte sich an und integrierte sich in den Haushalt. Die Kinder waren gut erzogen - höflich und brav und das kleine Mädchen half ebenfalls fleißig im Haushalt mit. Sie brachten Charlotte ihre Spiele und ein paar Worte Luganda bei. Im Gegenzug half Charlotte ihnen jeden Nachmittag bei den Hausaufgaben, vor allem mit Mathe und chemischen Formeln sowie natürlich Englisch. Was Charlotte an künstlerischer und literarischer Begabung fehlte, machte sie mehr als wett mit ihren Kenntnissen in den wissenschaftlichen Fächern wie Mathe, Physik, Biologie, Geographie und Chemie.

--- oOo ---

Elvis fuhr zum Markt in der Nähe des regellosen und wirren Sammeltaxibahnhofs im Zentrum von Kampala. Er kaufte muslimische Kleidung, eine graue Afroperücke und einen grauen Bart. In einer öffentlichen Toilette zog er sich um und die neue Haarpracht auf. Dann klebte er den Bart an und setzte muslimische Kopfbedeckung auf. So verkleidet schlenderte er zum Gemüsemarkt. Dort wählte er eine beliebige Marktfrau aus und schritt entschlossen auf eine Zwiebelverkäuferin zu. Er bat sie, ihm ihr Handy zu verkaufen. Sie lehnte ab. Sie verhandelten hin und her und letztendlich knöpfte sie ihm dreihunderttausend Schilling ab. Das waren umgerechnet fast hundert Euro. Selbstverständlich schöpfte die Frau Verdacht, dass der Geschäftsmann so viel Geld für ihr Handy bezahlte, aber der Betrag überstieg drei Monatseinkommen der Frau. Also stellte sie keine weiteren Fragen und überließ es ihm. Elvis ärgerte sich über den hohen Kaufpreis, aber er brauchte es dringend. Dabei hatte er es nicht auf ihr Handy abgesehen, sondern auf ihre SIM-Karte. Wie in vielen Ländern, werden in Uganda alle Telefonnummern auf den Eigentümer registriert, das gilt für Festnetz, Mobiltelefone mit Vertrag genauso wie für Telefonkarten. Ihr Pre-paid Guthaben war natürlich fast verbraucht und er lud es sofort auf, um ein Auslandsgespräch zu ermöglichen.

Zu Hause nahm er Chuck in den Schuppen mit, stellte das Handy auf ‚Nummer unbekannt' und wählte Tinas Nummer. Es klappte wie am Schnürchen. Nach dem Telefonat entfernte er die SIM Karte und warf sie weg. Nachdem alles so schön nach Plan gelaufen war, plante er, sich für den zweiten Anruf am nächsten Tag eine neue SIM Karten zu besorgen. Nicht auf dem Markt diesmal, sondern am Sammeltaxistand. Damit würde er seine Ausgangsforderung stellen. Danach würde eine Woche Funkstille herrschen und in dieser Zeit würden sich beide Parteien um Unterhändler bemühen. In den nächsten Tagen würde er täglich zum Markt fahren, um sich zu vergewissern, dass man die vorherige Handybesitzerin nicht aufgespürt hatte.

Als Elvis am nächsten Tag zum Markt fuhr, war der Stand leer. Das reichte ihm als Anlass zu der Vermutung, dass sie verhaftet worden war. Die Geschwindigkeit, mit der man die Eigentümerin des Handys ermittelt hatte, verdeutlichte ihm, dass er sich in einem Bereich außerhalb seiner Risikobereitschaft befand. Er hatte einfach nicht die Möglichkeiten, ein Verbrechen dieser Größenordnung durchzuziehen. Er verließ fluchtartig das Stadtzentrum und setzte sich in eine Bar. Von dort telefonierte er seine Kontakte durch und fuhr nach Hause.

Binnen zwei Tagen fand er einen Käufer, einen Übergabeort und erzielte einen guten Preis. Da er übermittelte, um wen es sich bei der Entführten handelte, gelang es ihm für sie 18.400 US Dollar zu erzielen. Die erträumten Millionen erhielt er zwar nicht, dennoch handelte es sich dabei um ein gutes Geschäft. Als Teil der Vereinbarung musste er zustimmen, die Geisel über die Grenze in den Süd-Sudan zu bringen. Direkt war das eine Strecke von nur knapp über siebenhundert Kilometern, aber er musste eine Route durch ein Naturreservat wählen. Die letzten zehn Kilometer müsste er mit ihr zu Fuß zurücklegen. Auf der anderen Seite der Grenze sollte die Übergabe stattfinden. Was Charlottes Schicksal danach betraf, lag außerhalb seiner Kontrolle. Er ging davon aus, dass man sie von dort über den Sudan oder die Zentralafrikanische Republik in den Tschad bringen und sie dort festhalten würde, bis das Lösegeld aus London eingetroffen war. London war der gängige Umschlagmarkt für derartige Transaktionen.

--- oOo ---

Charlotte wurde misstrauisch, als Elvis ihr erklärte, sie müssten eine längere beschwerliche Reise antreten. Frau und Kinder befanden sich wieder außer Haus, er wollte um 8.00 Uhr losfahren, um gegen 22.00 Uhr, im Schutz der Dunkelheit in dem Naturschutzgebiet anzukommen. »Chuck, es ist doch klar, dass ich dich hier nicht vor meiner Haustüre übergeben kann«, versuchte er sie zu beruhigen. Er wies sie an die Khakitarnhose und das T-Shirt anzuziehen, das er ihr besorgt hatte, und rüstete sie mit einem Paar festen Schuhen aus. Dann packte er ihre Medikamente und ein paar ihrer persönlichen Sachen in einen olivgrünen, kleinen Rucksack ein und trieb sie aus dem Haus ins Auto. Charlotte fügte sich schnell. Sie war ja bei Elvis‘ Gespräch mit ihren Eltern, beziehungsweise Tina und Rivas, dabei gewesen, und sah freudig dem baldigen Ende ihrer Qualen entgegen.

Im Auto hörten sie afrikanische Musik und Charlotte schmiedete Zukunftspläne. Sie malte sich aus, wie schön es sein würde, zu Hause zu sein. Das Lückenjahr wollte sie nicht länger in Anspruch nehmen. Stattdessen hoffte sie, dass ihre Eltern es hinbekämen, sie noch für ein naturwissenschaftliches Studium für dieses Jahr einzuschreiben, obwohl es hierfür im Grunde schon zu spät war. Sie freute sich auf ihr Pferd, ihre Freunde und auf Boston. Sie träumte von Kaffee und Muffins, Ben & Jerry Eiscreme und Mac Donalds, obwohl das nicht ihrer biologischen Lebensphilosophie entsprach. Davon hatte sie vorerst genug. Gelockt von trivialen Unternehmungen freute sie sich auf Konzerte, das Kino und ihre Tennisstunden. Immer neue kulinarische und kulturelle Gelüste überkamen sie, sodass die Fahrt viel zu schnell vorüber war. Als Elvis allerdings im tiefen Wald das Auto parkte, weil die Wege aufhörten, läuteten die Alarmglocken erneut. Schon lange hielt sie an der Vorstellung fest, dass man sie mit Hubschraubern oder einem Kleinflugzeug in Empfang nehmen würde. Oder hoffte zumindest auf eine diplomatische Limousine, die sie dramatisch im Konvoi zu einem US-Stützpunkt oder den Flughafen in Entebbe bringen würde. »Warum halten wir hier? Mitten im Busch?«, erkundigte sie sich argwöhnisch.

»Ich werde dich ein paar Leuten übergeben, die sich um dich kümmern werden, bis die Geldübergabe geklappt hat.«

»Aber warum kann ich nicht bei dir bleiben, bis ich vom Botschaftspersonal abgeholt werde?«

»So geht das nicht, Chuck. Alles wird gut.«

»Aber wir können doch nicht in der Nacht durch den Busch stapfen. Hast du eine Pistole?«

»Nein.«

»Aber die wilden Tiere? Du musst sie doch verjagen, wenn sie uns angreifen.«

»Uganda hat kaum noch Raubkatzen, Chuck.«

»Aber die Elefanten, Nilpferde und Krokodile?«

»Die Elefanten ruhen und tun uns nichts. Und hier ist kein großes Wasser in der Nähe. Keine Angst.«

»Elvis?«

»Ja?«

»Versprich mir, dass ich heil nach Hause komme.«

»Du wirst es«, sagte Elvis überzeugend, da er das wirklich glaubte, nur eben über Umwege. Für Elvis erschloss sich absolut kein Grund anzunehmen, dass sie ermordet werden könnte. Sie verhielt sich unkompliziert und kooperativ, bekam nie Gefühlsausbrüche. Es würde keinen Anlass zu Kurzschlusshandlungen geben. Ihre Eltern waren vermögend, sie würden bezahlen können. Zwar wusste er nicht, wie man sie behandeln würde, nahm jedoch an, sie müsse nur ein paar Tage ausharren und würde diese kurze Zeit schon gut überstehen. Sie marschierten zu Fuß weiter. Nach ein paar Kilometern kramte er in ihrem Rucksack herum und reichte ihr ein Kleid. »Zieh deine Hose und dein T-Shirt aus und das Kleid an. Die festen Schuhe kannst du anlassen.«

»Warum? Ich will jetzt kein Kleid anziehen.«

»Frag nicht so viel. Tu, was ich dir sage.«

»Okay, aber ich will wissen, warum.«

»Es schickt sich nicht, für eine Frau in Hosen herumzulaufen. Wir wollen nicht, dass sie denken, du bist eine westliche Emanze. Deshalb habe ich dir auch deine Haare gelassen. Außerdem wirst du nach ein paar hundert Metern gleich in einen Wagen verladen, da brauchst du die Dschungelausrüstung nicht mehr.«

»Was?«

Er zog ein Tuch aus ihrem Rucksack hervor und reichte es ihr. »Hat dir Ethel gezeigt, wie man sich das Tuch umbindet?«

»Ja.«

»Mach es.«

»Warum?«

»Hat dir Ethel das nicht erklärt?«

»Sie sagte, mit dieser Turban-ähnlichen Kopfbedeckung zeigen verheiratete Frauen, dass sie einem Mann gehören. Es sah an ihr schön aus, aber ich wollte das nicht. Dann sagte sie, weil ich noch jung und nur im Haus bin, und du mich noch nicht geheiratet hast, ist es für mich in Ordnung, das Tuch nicht zu tragen.«

»Na eben. Siehst du. Sie weiß, was sich gehört. Du bist aber jetzt nicht mehr im Haus. Und blicke den Männern nie in die Augen. Du musst immer zu Boden schauen, hörst du?«

»Ich habe nichts verbrochen!«, rebellierte sie kindisch.

Er schüttelte sie. »Darum geht es jetzt nicht. Das habe ich dir alles schon einmal erklärt. Ich meine es doch nur gut.« Sie weigerte sich und Elvis wurde ungeduldig. »Binde dir jetzt das Tuch um. Los!«

Sie gehorchte. Während sie umständlich damit in der Dunkelheit hantierte, riet Elvis: »Chuck, wenn dich einer der Männer sexuell bedrängt, sag, du bist verheiratet.«

»Waaaas? Elvis, was hast du vor?« Es wurde ihr schwarz vor Augen. »Wohin bringst du mich? Was wird mit mir passieren?«

»Ich sagte dir bereits, du wirst jetzt zu den Leuten kommen, die deine Übergabe organisieren.«

»Du wirst nicht dabei sein?«

»Natürlich nicht.«

»Bitte, Elvis, bitte verlass mich nicht, bitte tu mir das nicht an. Bitte.«

»Denk daran, was ich gesagt habe, Chuck.« Er schob ihr einen billigen Ring an den Finger. »Ich muss dich jetzt fesseln.«

»Fesseln? Elvis, bitte, bitte nicht, bitte lass uns umkehren. Ich bleibe bei dir. Für immer. Ich tue alles, was du willst, bitte lass mich nicht im Stich. Ich werde deiner Frau mit den Kindern helfen und im Haushalt, und für deine andere Frau kann ich auch putzen. Ich kann doch nützlich sein.«

»Das geht nicht, meine kleine Chuck«, sagte er sanft, während er ihr einen Strick um die Handgelenke schnürte.

»Nenn mich nicht ‚meine kleine Chuck'. Nie wieder! Du hast mich verkauft, ich weiß, dass du mich verkauft hast«, brüllte sie.

»Mach nicht so ein Getöse. Bist du wahnsinnig hier herumzubrüllen? Man könnte uns hören!«

»Wer?«

»Wilderer, Parkwächter, Naturforscher. Sei nicht so dumm!«

»Wie kannst du mir das antun, Elvis?« Sie fing an zu weinen und wieder zu betteln: »Bitte, ich kann nicht mehr. Bitte schick mich nicht in die Hölle zurück, bitte lass mich lieber sterben. Bitte Elvis.«

»Hör endlich auf mit dem Gejammer. Die paar Tage wirst du noch aushalten. Und sei bloß still, wenn wir ankommen, sonst werden sie dich gleich knebeln. Also, jetzt reiß dich zusammen.« Elvis brach das Herz. Er befand sich noch einen oder zwei Kilometer vom Übergabeort entfernt. Am liebsten hätte er sie wieder mitgenommen. Sollte er umkehren? Er entschied, dass es dafür zu spät war. Er konnte nicht riskieren, diese Leute zu verärgern. Es gab kein Zurück mehr. Sie marschierten wieder los. Je mehr Zeit verstrich, desto nervöser und aufgebrachter wurde Elvis. Er schubste sie an, trieb sie zur Eile. »Wir sind spät dran wegen deines Getues.«

Charlotte bat Fern, die Gorillafrau, im Geiste um Rat. Sie antwortete nicht. Dann spürte sie, wie die Kraft ihren Körper verließ. Es war, als schmelze sie wie Wachs aus ihr heraus. Die letzten paar hundert Meter stolperte sie, fiel regelmäßig hin, ließ sich hochhelfen und antreiben, ziehen und vorwärtsschubsen. Gehen, fühlen, riechen, denken, sprechen konnte sie nicht mehr.

Im beweglichen Licht von Taschenlampen erkannte sie schemenhaft ein paar Männer im dichten Busch. Sie zu zählen, erwies sich als zu anstrengend. Ihr Gehirn war ausgeschaltet. Ein Fahrzeug war nicht in Sicht. Es ging dann alles schnell, sie hatte keine Gelegenheit mehr sich von Elvis zu verabschieden. Trotz ihrer Enttäuschung wäre sie ihm gerne ein letztes Mal in die Arme gefallen. Sie wollte sich festhalten und streicheln und trösten lassen, aber sie wurde sofort von ihm weg in die Finsternis des Waldes gezogen. Ein paar Männer blieben mit Elvis zurück.

Zwei Schüsse fielen. Charlotte schrie auf und drehte sich um. Elvis hatte verneint, als sie ihn nach einer Waffe fragte. Wer hatte auf wen geschossen? Und weshalb? Charlotte brüllte wie eine Besessene. Sogleich wurde sie zu Boden geschlagen, wieder aufgehoben und vorwärtsgetrieben. Nach ein paar Kilometern machten sie halt, kramten ihren Rucksack durch, zogen ihr das Tuch vom Kopf und ihren Ring vom Finger. Sie verlangten, dass sie das Kleid ablege, und reichten ihr wieder die Dschungelkleidung zum Anziehen. Ihr Kleid schmissen sie weg, das Tuch und den Ring steckte sich einer von ihnen ein. Ihre Medikamente stopfte er, nach kurzer Begutachtung im Licht seiner Taschenlampe in seine Hosentasche. Sie ahnte, dass sie lange unterwegs sein würde, aber wo war der Wagen, den Elvis erwähnt hatte?

Körperlich und seelisch erschöpft schleppte sie sich Kilometer für Kilometer auf ein unbekanntes Ziel zu. Charlotte weinte selten, aber nun flossen die Tränen in Strömen. Immer wenn sie zu laut schluchzte, versetzten die Männer ihr einen schmerzhaften Puffer in die Rippen. Irgendwann versiegte die Quelle.

Fern wo bist du? Warum hast du mich verlassen?

Gebot 66. Vertraue nie mehr einem Gorilla.

35.
Catherine

Eine großgewachsene, schlanke Beamtin in cremefarbener Reitkleidung, einer Windjacke mit der Aufschrift ‚FBI' und langen, polierten braunen Stiefeln mit Gänsesporen stellte sich vor. »Ich bin Katy«.

»Ich heiße auch Catherine«, trällerte Catherine fröhlich und bewunderte deren lange Reiterbeine. »Und das ist Rivas, der Besitzer des Pferdes.«

»Möchten Sie einen Kaffee oder gleich zu Vipp?«

»Vipp?«

Katy lachte. »Wir nennen ihn Vipp. Wie heißt Ihr Hengst?«

Catherine fand den Namen unwürdig und blöd und setzte zur Korrektur an. Rivas kam ihr blitzschnell zuvor: »Gallito«.

»Ist das Spanisch? Was bedeutet das?«

»Angeber«, antwortete Rivas.

»Sag ich doch, Vipp. Er hält sich wirklich für eine sehr wichtige Person. Aber im Ernst, wir nannten ihn Vipp, weil wir Anweisung von oben hatten, ihn wie einen VIP zu behandeln. Das war zwar nicht nötig, alle unsere Pferde haben es gut bei uns. Und Vipp, ich meine Gallito, ist entzückend. Ich habe unserem Gast unsere beste Pflegerin zugeteilt. Am liebsten würde er sich stundenlang den Widerrist von ihr zwicken lassen. Sie ist so verliebt in ihn, dass sie ankündigte ihn zu heiraten. In Boston soll beim Verladen ein Beamter schwer verletzt worden sein. Das ist uns unverständlich, er ist doch so lieb. Sind eben Idioten, besorgten sich irgendwo schnell einen Anhänger, statt unsere Kollegen von der Bostoner berittenen Polizei zu rufen. Von Pferden keine Ahnung!« Sie seufzte und rollte mit den Augen. »Aber keine Angst, er kam vollkommen unversehrt hier an. Wir haben ihn heute Morgen von unserem Tierarzt sofort durchchecken lassen. Bei seiner Ankunft war er noch schlecht gelaunt, aber sein Gemüt besserte sich rasch. Geneviève, so heißt seine Pflegerin, und ich wechselten uns ab und setzten uns je ein paar Stunden zu ihm in die Box. Das gefiel ihm. Ein sehr neugieriger, aufgeweckter Schelm. Man sieht, er ist Zuwendung und Bewunderung gewöhnt. Ein Pura Raza Española?«

»Ein PRE, ja.«

»Edles Pferd«, fügte sie bewundernd hinzu. »Ich hatte heute früh eine Rolle Kekse bei mir und er hat so sehr gebettelt, dass ich nachgab und ihm einen gönnte. Aber nur einen, weil wir nicht wussten, ob wir das füttern dürfen. Kurz darauf ging eine E-Mail mit Ihrer Futteranweisung ein, und da stand, dass er Butterkekse liebt. Er hatte es mir zwar schon mittgeteilt, aber gut zu wissen, dass Sie nichts dagegen haben. Heute früh hatte er schon drei Kekse. Was ist jetzt? Möchten Sie sich frisch machen und dann einen Kaffee mit mir trinken? Mit ein paar seiner Kekse?«, scherzte sie.

Catherine war im Begriff abzulehnen, wollte unverzüglich Andalus sehen, aber Rivas kam ihr wieder zuvor und nahm die Einladung an. Er wollte einen freundschaftlichen Draht zu der Frau aufbauen und sich ein wenig über Andalus unterhalten. Damit beabsichtigte er, ihr sein Pferd noch enger ans Herz zu legen. Catherine saß wie auf Kohlen und ärgerte sich über Rivas, der die Frau mit seinem Charme überschüttete. Sie argwöhnte, dass sie bereits anfing, ihn anzuschwärmen. Die in ihren Augen überflüssige Umarmerei mit Tina zehrte noch an ihren Nerven und jetzt das. Es wurde ihr zu bunt. Sie bockte. »Ihr könnt gerne noch weiter plaudern. Ich gehe inzwischen zu ihm. Wo finde ich ihn?«, fragte sie bestimmend.

»Soll ich ihn aufsatteln lassen oder möchten Sie auf seine Koppel?«

»Aufsatteln?«

»Ja, sie haben gottseidank daran gedacht, seine Sachen mitzunehmen. Wir hätten zwar etwas da für ihn, aber es ist immer besser, wenn sie bei ihren vertrauten Sachen bleiben dürfen. Ich hätte ihn gerne mal geritten, aber wir erhielten Anweisung vom Büro des Generalstaatsanwalts, dass wir nicht mit ihm arbeiten dürfen. Ich finde das schade, ich hätte ihn gerne ins Gelände genommen, es würde ihm guttun. Ich reite Englisch, Western und Iberisch. Haben Sie denn etwas dagegen?«

»Anda...Gallito wird nur von Rivas und mir geritten«, legte Catherine fest.

»Sie dürfen ihn jederzeit reiten«, überstimmte Rivas sie. »Aber bitte nur Sie. Ich werde ihn vorreiten und dann können Sie aufsteigen. Ich gebe Ihnen ein paar Tipps für ihn, okay?«

Katy freute sich. »Gut, warten Sie bitte einen Augenblick. Ich rufe Geneviève und lasse ihn reinholen.« Sie entfernte sich.

Catherine kochte vor Wut. Sie fühlte sich von dem Reitarrangement ausgeschlossen. »Nicht nur, dass du diese blöde Kuh reiten lässt, jetzt gibst du ihr auch noch eine Reitstunde! Du hast doch gesagt, niemand außer uns beiden und Maria und Pedro das eine Mal darf ihn je reiten.«

»Catherine sei nicht kindisch. Das eine hat doch mit dem anderen nichts zu tun. Man entscheidet in jeder Situation, wie es ihr gebührt und es ist offensichtlich, dass die beiden sich mögen. Es wird ihm guttun, Catherine. Ich habe ihn seit Ende September alleine gelassen und bis auf die paar Tage in Boston hatte er keine Bewegung mehr. Und jetzt werden wir wieder längere Zeit weg sein. Komm, wir schauen uns an, wie sie reitet, okay? Ich finde, wir haben Glück im Unglück, dass jemand wie Katy sich so liebevoll um ihn kümmert.«

»Ja. Genauso liebevoll wie du dich um sie!« Rivas lachte. »Das ist nicht lustig.«

»Doch ist es. Aber wenn ich mich nicht amüsieren darf, muss ich mir vor Frustration über deine Eifersucht die Haare raufen, also lache ich lieber.«

»Du hast doch keine Reitsachen.«

»Das geht schon.«

Katy kam mit drei Bechern Kaffee und den besagten Keksen zurück. Sie setzten sich und die beiden rasselten banalen Smalltalk über ihre Reiterei und ihre Pferdekenntnisse herunter. Catherine ging das auf die Nerven. Sie schmollte die ganze Zeit und zupfte irgendwann an Rivas. »Können wir jetzt zu Anda…Gallito?«

Katy erschrak und sagte sofort: »Selbstverständlich. Auf dem Weg zeige ich Ihnen unsere Einrichtung. Kommen Sie.«

Sie begutachteten die Innenanlage. Pferdebäder und Aquatrainers, Solarien, Karusselle, Laufbänder, hochmoderne Technik und Komfort überall. Katy zeigte ihnen stolz die selbstreinigenden Boxen und die tadellosen Stallstraßen. Dann führte sie sie in die gigantische Futterkammer. Jedes Pferdefutter, das es wohl auf der Welt gab, schien hier gelagert zu sein. Am meist beeindruckend fanden sie die Sattelkammern. An den von oben bis unten mit solidem Teakholz verkleideten Wänden und perfekt symmetrisch montierten Vorrichtungen warteten feinste Sättel und Zaumzeuge für jede Reitweise und Anwendung auf ihren Einsatz. Zuletzt betraten sie einen noch edleren Stall, der sich mit den Ställen der Queen messen konnte. Alles war blitzblank, überall schwirrte Personal herum. Alle waren in Bewegung, Pferde wurden von Reitern herein und hinaus geführt. Manche Boxen waren leer, in anderen wurden wunderschöne Pferde gestriegelt und geschniegelt, dass alles nur so blitzte. In einem der Boxen stand Andalus tadellos geputzt und fertig aufgezäumt. Trotz Gebiss kaute er zufrieden dreinblickend an tiefgrüner Luzerne, wie in einem Bilderbuch. »Nicht zu viel Luzerne für die kleine Raupe Nimmersatt, Gen!«, mahnte Katy die Pflegerin, die sie freundlich begrüßte. »Bringst du mir bitte meine Kappe und meine Gerte«, bat sie. »Braucht er Sporen?«, wandte sie sich an Rivas.

»Nein, und eine Gerte auch nicht!«, fuhr Catherine brummig dazwischen, ging in seinen Stall und erwiderte Andalus' enthusiastische Begrüßung. Er hatte seine Besucher inzwischen erspäht und besudelte Catherines Jacke freudig mit reichlich grünem Luzernesaft.

»Stimmt, weder noch. Und lassen Sie bloß die Gerte hier. Er kennt das nicht«, gab Rivas Catherine zur Abwechslung recht und umarmte Andalus.

»Umso besser«, freute sich Katy und schnallte sich die Sporen ab.

Catherine trat beiseite, während Katy und Geneviève staunten, was sich vor ihren Augen abspielte. Andalus schmiegte sich an Rivas' Körper. Der zwickte sanft seine Brust und Andalus ging mit den Vorderbeinen in die Knie und legte sich nieder. Rivas legte sich dazu und sie hielten sich fest, Rivas mit seinen Armen und Andalus rollte Rivas in seinen Hals ein. Aus Catherines Augen quollen Tränen, Katy schluckte und Genevièves Augen glänzten verdächtig. »Am besten wir lassen die beiden einen Augenblick alleine«, wies sie an. Selbst Catherine spürte, dass die beiden ein wenig ungestört sein wollten. »Wir warten draußen auf Sie, Rivas«, sagte Katy, und die zwei Frauen gingen zum Ausgang. Catherine schloss sich ihnen an.

Kurze Zeit später erschien Rivas mit Andalus am Stalltor und sie gingen zu fünft zu einem Dressurrechteck im Freien. Andalus marschierte die ganze Zeit frei neben den Menschen her. Katy und Geneviève, die sie begleitete, um zuzusehen, konnten es nicht fassen. »Reiten Sie ihn ab und zu ohne Gebiss?«, frage Katy.

»Eigentlich nicht, aber Sie können es bei Gelegenheit gerne versuchen. Ich glaube, es würde ihm gefallen.«

»Mach ich. Hat er irgendwelche Unartigkeiten?«

»Meinungsfreudigkeit und hin und wieder Faulheit«, erwiderte Rivas.

»Ein faules Pferd ist ein kluges Pferd, sage ich immer. Und weil sie so viel denken, müssen sie uns natürlich sagen, was sie von unseren Ideen halten.«

Rivas lachte. »Das ist wahr, und es ist nicht immer ein Kompliment.« Er sah Catherine schon wieder ein Gesicht ziehen. »Möchtest du ihn aufwärmen?«, fragte er versöhnlich.

Catherine verneinte kurz angebunden.

Rivas flüsterte Andalus etwas ins Ohr, schwang sich in den Sattel und wärmte ihn auf, während die Frauen sich auf die Tribüne setzten und zusahen. Catherines Handy klingelte. »Ja Tom? Ich kann jetzt nicht. Was ist denn?«, fragte sie gereizt.

»Hast du miese Laune?«

»Entschuldige. Was gibt's?«

»Ich muss dich dringend sprechen. Ruf mich zurück, sobald du kannst.«

»Gibt's ein Problem?«

»Mach dir keine Sorgen, aber ich muss dich sprechen.«

»Alles klar.«

Rivas war ein Reiter, der zum Aufwärmen nicht an ein langes Trabregiment am langen Zügel glaubte. Stattdessen ging er eine Runde Schritt und noch eine an der anderen Hand, etwas flotter und schön raumgreifend, denn er hetzte ihn nicht. Danach begann er mit Seitengängen im Schritt, die schon in der Aufwärmphase so dramatisch abrollten, dass den Zuschauern die Spucke wegblieb. Zwei junge Männer gesellten sich dazu. »Wahnsinn. Ist das der Vipp?«

»Ja.«

»Wer ist der Reiter? Kennen wir ihn?«

»Sein Besitzer. Er ist das erste Mal hier.«

Weitere Zuschauer setzten sich auf die Tribüne. Andalus sah das und quengelte Rivas zum spanischen Schritt. »Nein Andalus, jetzt nicht. Später«, setzte sich Rivas durch. Andalus liebte es, Audienzen zu geben. Von Zuschauern bewundert zu werden, kitzelte sofort Höchstleistung aus ihm heraus und sein spanischer Schritt verzückte jedes Publikum, das wusste er. Inzwischen saßen gut zwanzig Mitarbeiter auf den Bänken und Reiter auf ihren Pferden stellten sich seitlich auf und sahen ebenfalls zu. Eigentlich kam die ganze Anlage zum Stillstand während immer mehr

Leute Platz nahmen. Catherine glühte vor Stolz. Andalus trabte an, Rivas saß aus.

»Er sollte leichttraben, der ist ja noch gar nicht warm«, hörte Catherine einen der Jungs meckern.

»Der reitet Iberisch, Pete, die machen das anders. Du solltest lieber still sein und zusehen. Vielleicht lernst du ja noch was. Würde dir nichts schaden«, konterte Geneviève.

»Hey, dich hat‘s ja schwer erwischt!«, neckte sie eine Kollegin.

»Schau dir seine Gänge an, Rose.«

»Ja du schaust nur auf Vipp, klar. Wer‘s glaubt, wird selig. Von mir aus. Umso besser. Ich schnapp mir den Typen.«

»Jetzt seid still, verflixt«, mahnte Katy und warf Catherine einen verlegenen Blick zu. »Tut mir leid Catherine, meinen Mädchen mangelt es offensichtlich an Manieren«, sagte sie und strafte Rose mit einem disziplinierenden Blick.

Nach Trabverlängerungen- und Verkürzungen, Schulterherein und atemberaubenden Trabtraversalen vollbrachte Andalus bühnenreife Piaffen und Schrittvolten, bei denen der biegsame Hengst sich fast wie bei einer Pirouette um die eigene Achse drehte. Als nächstes schwebte er in Passage die Bande entlang und wechselte verstärkt durch die Bahn. Rivas begann mit der Galopparbeit und Andalus zeigte seine Zweierwechsel, und Pirouetten. »Das sind Tempiwechsel, Leute!«, rief Katy. »Ab heute wird gedrillt, das sag ich euch!«

»Ha, zeig du uns erst mal, was du kannst!«

»Ich komme gleich dran.«

»Du setzt dich drauf?«

»Jap.«

»Uns hast du gesagt, wir dürfen nicht an ihn ran.«

»Stimmt. Ihr nicht. Aber ich«, prahlte sie.

Catherine drehte sich der Magen um. Sie stand auf und ging auf den Reitplatz zu. Rivas hielt an. »Willst du drauf? Ich bin fertig mit ihm. Hat er gut gemacht, oder?«

»Ihr wart fantastisch, Rivas. Ruf jetzt Katy, sie kann es kaum noch erwarten.« Catherine war eingeschüchtert. Vor diesem Publikum hätte sie nicht einmal gewagt, Andalus trocken zu reiten. Katy eilte herbei und saß auf. Natürlich brauchte die Langbeinige keine Aufsteighilfe, wie die kleingewachsene Catherine es tat. Es wurmte sie, dass sie nicht einmal

Rivas‘ Bügellänge justieren musste. Sie stieg einfach in das Eisen und saß auf. Sie ritt an, beugte sich nach vorne, und streichelte ihn.

»Sag etwas Nettes zu ihm, Katy«.

Catherine erschrak über Rivas‘ informellen Ton.

»Braver Gallito.«

»Sag ihm, was du planst.«

»Ist das dein Ernst?«

»Mein voller.«

»Das versteht er?«, fragte sie lachend.

»Wörtlich nicht. Aber er möchte in Entscheidungen einbezogen werden. Gallito behält sich stets sein Mitspracherecht vor, wenn auch eingebildet.«

Katy sagte amüsiert: »Okaaayy? Gallito, wir gehen jetzt ein bisschen Schritt, bis du dich an mich gewöhnt hast. Dann traben wir eine Runde und gehen von da in einen sanften Kanter, ganze Bahn, okay?« Sie streichelte ihn wieder und wandte sich an Rivas: »Gut so?«

»Ja. Kannst du aus dem Verlängerten parieren?«

»Hallo, ich bin der regionale Westernchampion!«

»Dann lass mal sehen. Viel Spaß. Los, ab mit euch!«

Catherine kochte. Los, ab mit dir, das sagte Rivas immer zu Catherine, wenn er sie auf Andalus unterrichtete und sie sich zierte. Sie fühlte sich belanglos. Ihre Wut schwang in Traurigkeit über und ihr Herz zog sich zusammen. Sie wusste nicht genau, was los war, holte sich Lammingcourt vor Augen und analysierte die Intensität ihrer Gefühle. Sie entschied, dass es nicht nur an Rivas‘ Freundlichkeit lag, auch nicht an Katys überlegener Reitkunst oder ihrer offensichtlichen Sympathie für Rivas. Auch nicht daran, dass die beiden offensichtlich auf einer Wellenlänge kommunizierten. Es lag viel mehr daran, dass Katy anscheinend nicht nur Rivas‘ Zuneigung gewonnen sondern auch Andalus‘ Herz gekapert hatte. Das war zu viel für sie. Aber mit der Selbstwahrnehmung klang auch Catherines Unwohlsein ein wenig ab. Lammingcourt hatte ihr beigebracht, die Dinge aus der Entfernung zu betrachten und somit vernünftiger denken zu können. Es funktionierte. Ihre Stimmung lockerte sich auf und sie fing an, die Stunde technisch zu verfolgen und hoffte, dabei etwas lernen zu können. Rivas stand in der Mitte des Reitplatzes und zündete sich eine Zigarette an, wie er das oft auch bei Catherines Stunden getan hatte. Das bedeute bei ihm immer, dass er sich konzentrierte, voll bei der

Sache war. Viele Zuschauer waren aufgestanden und stellten sich an die Bande, damit sie besser zuhören konnten.

Nach zehn Minuten forderte Rivas Katy anständig heraus. »Du wolltest doch gebisslos reiten. Lass mal die Zügel los und mach alles, was du reiten wolltest ohne Zügel.«

»He! Gebisslos ist nicht gleich zügellos.«

»Traust du dich nicht?«

»Klar traue ich mich«, protestierte Katy in ihrem bezaubernden weichen US-Englisch und mit typischem amerikanischem Selbstvertrauen.

»Also dann.«

--- oOo ---

Andalus gab sich großzügig. Obwohl es ihm schwerfiel, bemühte er sich sehr, sie zu verstehen. Auch die anspruchsvollen Aufgaben führte er gut aus – ohne Zügel. Mit Rivas machte das immer Spaß. Ihn im Sattel hätte er bevorzugt, denn mit einer neuen Reiterin musste er ohne Zügel haarige zusätzliche Kommunikationsprobleme lösen. Das Mitdenken erschöpfte ihn. Er gähnte.

--- oOo ---

Die einfühlsame Reiterin mit ihrem außerordentlich ausgeprägten Pferdeverstand vermutete richtig, dass Andalus das unter ihr noch schwer fand. »Rivas, dürfen wir es mal ohne Gebiss versuchen? Das wäre leichter für ihn.«

»Ja, lass sehen, wie du das machst. Es interessiert mich auch, wie er darauf reagiert.«

Dass man sich ohne sie einzubeziehen ein gemeinsames Abenteuer erdreistete, nagte wieder an Catherines Selbstvertrauen. Es wurmte sie, dass sie nie auf die Idee gekommen war, das vorzuschlagen. Make-Me ritt sie oft ohne Gebiss und Sattel, nur am Halfter oder mit Tellington Touch Halsring. Ich kann das auch, brüllte sie innerlich Rivas und Andalus zu.

Katy bat Geneviève um ein gebissloses Zaumzeug aus weichem Flechtmaterial, das einer Indianer Zäumung ähnelte.

--- oOo ---

Andalus fand das neue Arrangement angenehmer, als Katys vorherige Versuche. Sie war damit gewandt und die Zügelführung gab ihm extra Halt. Es gefiel ihm und er fasste sofort den Entschluss, sich anzustrengen. Damit hoffte er seine Reiterin und Rivas zu überzeugen, dass er keine Kandare oder Trense brauchte. Er entschied, Gebisse waren für Amateure, so klappte es doch viel besser. Rivas sollte noch einmal aufsteigen, damit er ihn auf seine Seite ziehen konnte.

--- oOo ---

Katy, weiterhin im Einklang mit Andalus, schlug genau das vor und Rivas saß auf. Katy gab Rivas ein paar Instruktionen und er drehte ein paar Runden. Rivas stimmte zu, dass Andalus genauso gut ging wie mit Kandare. Wenn nicht besser. Zum Schluss ließ er ihn seinen Spanischen Schritt vorführen und Andalus erntete tosenden Applaus. Rivas saß ab und Katy sagte entschuldigend zu Catherine: »Möchten Sie ein paar Schritte reiten?«

»Ich denke, er hat genug für heute«, belehrte Catherine sie über Andalus‘ vermeintliche Belastbarkeit.

Das ist ja die Höhe! Jetzt bietet SIE MIR Andalus zum Reiten an. Außerdem ist er vollkommen erschöpft!

»Gut, wenn wir uns das nächste Mal sehen, lade ich euch zu einem Westernritt ein. Sag mal Rivas, wo hast du eigentlich reiten gelernt?«

»In Argentinien«, antworte er bescheiden.

»Dann spielst du wohl auch Polo oder Gaucho?«

»Beides.«

»Und auf der Cadre Noir«, warf Catherine prahlerisch dazwischen.

»Ach so«, sagte Katy, erleichtert klingend. »Dann ist es ja kein Wunder. Kommt, ich zeige euch noch seine Koppel und die Außenanlage. Gen, bringst du ihn bitte rein. Und vergiss die Kekse nicht!«

»Versprechen Sie mir, dass nur Sie Anda…Gallito reiten?«, versicherte sich Catherine, während Katy sie zu seiner Koppel führte.

»Catherine, wir sind hier nicht auf einem Ponyhof. Wir sind eine staatliche Einrichtung, wir haben strenge Regeln, Ränge. Anordnungen werden befolgt. Da drüben in der Ferne ist unsere Vielseitigkeitsanlage und hier rechts ist unsere Zwei-Kilometer-Galoppbahn aus Gras. Auf der anderen Seite haben wir noch eine aus Torf. Wir brauchen sie für das Konditionstraining.«

»Was war das für eine Zäumung?«, erkundigte sich Rivas.

»Die gängigen gebisslosen Zäumungen, die auf dem Markt erhältlich sind, erfordern oft noch weichere Hände, als eine einfache Wassertrense. Ich verabscheue jeden Druck auf Maul oder Nase, so habe ich nach indianischem Vorbild selbst eine entworfen. Die spezielle Verknüpfung, die ich zwischen Zügel und Nasenteil anwende, habe ich selbst entwickelt. Sie schenkt der Reiterhand eine leichte, aber effektive Hebelwirkung. Ein wenig Hilfe braucht das Pferd ja und diese Form der Kommunikation ist sanft, aber klar verständlich. Die Schafwolle über dem Nasenteil schont das Pferd noch zusätzlich. Unsere Einsatzpferde werden traditionell mit scharfen Kandaren geritten. Das ist verständlich. Ein Einsatz ist kein Spazierritt und sie gewährleisten auch im größten Tumult die Sicherheit von Bevölkerung, Reiter und Pferd. Aber ich bin persönlich davon überzeugt, dass es Pferde gibt, die auch unter solchen Bedingungen gebisslos leichter zu führen sind. Ich bemühe mich sehr, aber bisher fand ich keinen Anklang bei meinen Vorgesetzten.«

Die Tour endete mit der Besichtigung des Fuhr- und Landmaschinenparks. Catherine blieb wütend über Katys Abfuhr und schnaufte auf dem Weg zum Auto merklich auf. Sie war froh, die lästige Rivalin endlich abgeschüttelt zu haben.

Vierzig Minuten später saßen sie im Flugzeug. Es fiel ihr ein, sie hatte vergessen, Tom zurückzurufen. Jetzt war es nicht mehr möglich. »Tom wollte mich dringend sprechen«, sagte sie. »Was wohl los ist?«

»Klang es ernst?«

»Weiß nicht.« Sie klang mürrisch.

Rivas auch. »Catherine ich finde es war unnötig, Katy nochmal darauf hinzuweisen, dass nur sie Andalus reiten soll. Wenn ich anweise, wer Andalus wann, wo und wie reitet, brauchst du mir nicht dazwischen zu funken. Und die Protzerei mit der Cadre Noir. Das war wirklich kindisch. Die ist doch nicht blöd.«

»Wenn du gehört hättest, wie geil die alle darauf waren, unseren kleinen Andalus auszuprobieren. Er ist doch keine Maschine oder ein neues Spielzeug. Ach, und die ganze Sache heute. Er war vollkommen erschöpft. Hast du ihn nicht gähnen sehen?«

»Glaub mir, ich weiß, was ich meinem Pferd zumuten kann. Und wenn Pferde unter dem Reiter gähnen, liegt das nicht an Müdigkeit, sondern daran, dass sie sich konzentrieren mussten. Du kannst nicht leugnen, dass das der Fall war.«

»Andalus gähnte auch bei meinem ersten Ausritt in Boston mit ihm. Ich habe das vorher nie gesehen.«

»Der Boden war glatt, nicht wahr? Er musste sicher höllisch aufpassen, um nicht auszurutschen. Er kennt das ja nicht.«

Rivas' Erklärung beschämte und rührte Catherine zugleich.

»Aber, komm da ist doch noch was, mein kleiner Quälgeist. Was ist dir für eine Laus über die Leber gelaufen? Ist etwas nicht in Ordnung? Hast du Sorgen? Ist es wegen Tom?«

»Rivas, ich habe nur wiederholt, was du mir gesagt hast. Nämlich dass niemand außer uns ihn reiten darf! Und du hast mich einfach vor dieser Fremden überstimmt. Außerdem Rivas, es ärgert mich, dass du immer flirtest.«

»Mit wem habe ich geflirtet? Geht es wieder um Kat?«

»Kat? Heißt sie nicht mehr Katy? Hast du ihr schon deinen speziellen Kosenamen verpasst? Das machst du ja gern, wenn dir jemand etwas zu sympathisch ist.«

»*Zu* sympathisch? Catherine, darf ich zu keinem weiblichen Wesen mehr freundlich sein, ohne dass du einen Koller bekommst? Ist das jetzt immer so? Erst das Theater mit Tina, jetzt mit Katy. Ich glaube langsam du brauchst noch eine Therapie.«

»Steck mich gleich in ein Sanatorium. Ich bin ja offensichtlich total verrückt, während sie ‚ja nicht blöd ist'.«

»Was genau habe ich falsch gemacht? Sag's mir bitte.«

»Es ging mir einfach auf den Wecker, dass ihr euch so innig über eure Reiterei ausgetauscht habt. Als Nächstes bringt ihr euch gegenseitig Kunststücke im Bett bei.«

»Du fühltest dich ausgeschlossen! Es tut mir leid, Catherine, ich war unaufmerksam. Ich hätte dich mehr einbeziehen sollen. Wie egoistisch von mir.«

»Oh mein Gott. Wenn du so lieb bist, habe ich ja gar keine Chance, einen Streit zu gewinnen.«

»Eben. Lassen wir das jetzt, ja?«

»Ich glaube ich bin gereizt, weil ich die ganze Nacht auf dem Weg nach Washington nicht geschlafen habe. Ich machte mir solche Sorgen um dich und um Andalus.«

»Alles wird gut, Catherine.«

»Sag mir, wie sehr du mich liebst.«

»Ich liebe dich sehr.«

»Nein, ich meine, *wie sehr*? Du musst es mir erläutern!«

»Catherine, ich sorge mich mehr um dich als um mich selbst. Ich denke mehr an dich, als an mich selbst. Alle meine Entscheidungen treffe ich nur noch, nachdem ich in Betracht gezogen habe, wie sie dein Leben beeinflussen werden. Du bist in meinem Geist, in meinem Herzen, in jeder Zelle meines Körpers. Ich liebe dich.« Er wartete einen Moment und fragte dann: »Mehr?«

Sie schüttelte den Kopf, schmiegte sich an Rivas und schlummerte bis zur Landung in Boston friedlich ein.

Nach der Ankunft klärte Rivas sie über sein Gespräch mit Tobias auf, auch über Moreau und die finanzielle Situation, und Catherine rief Tom an. »Tut mir leid, dass ich mich jetzt erst melde, Tom. Was gibt‘s denn?«

»Ich muss wissen, wann du endlich wieder im Büro vorbeischaust.«

»Das ist alles?« Absichtlich ignorierte Catherine den sarkastischen Unterton, aber er besorgte sie. Sie ahnte, dass sich ein unangenehmes Gespräch anbahnte.

»Die Mitarbeiter nehmen dich nicht mehr ernst und ich weiß nicht, was ich ihnen noch erzählen soll.«

»Ich weiß auch erst seit heute, dass ich längere Zeit nicht nach Hause kommen kann.«

»Cat, ist alles in Ordnung? Gib mir ein Zeichen.«

»Ein Zeichen? Wovon sprichst du? Ach du denkst, ich bin wieder verschleppt worden und telefoniere unter Zwang? Ich bin in Boston bei Rivas, Tom. Wir müssen nach Marseille und dann nach Kenia.«

»Wieso das denn?«

»Wir sind an Chilanchi dran.«

Tom fühlte sich ausgeschlossen und war sauer. Er wandte stumpfsinnig ein: »Und wer kümmert sich jetzt um die Westerman?«

»Ach du meine Güte, die habe ich ganz vergessen. Ich hatte ihr ja versprochen, sie zu vermitteln.«

»Eben.«

»Ich werde ihr sagen, dass du das erledigen wirst.«

»Okay, aber ich weiß immer noch nicht, was ich in der Firma erzählen soll.«

»Komm, Tom. Es geht um etwas anderes. Du bist doch sonst nicht auf den Mund gefallen. Was ist los?«

»Wenn ich hier alles managen soll, brauche ich eine Gehaltserhöhung.«

»Wie laufen die Geschäfte?«

»Wir haben die Jahreswechselflaute.«

»Also nicht gut.«

»Du weißt das ist keine leichte Saison.«

»Ja ist ja gut, aber wo soll das extra Geld dann herkommen?«

»Gib mir was von dir ab.«

»Okay. Zehn Prozent. Ich werde es veranlassen.«

»Fünfzig.«

»Wie bitte? Ich soll dir fünfzig Prozent von meinem Gehalt überlassen?«

»Catherine, du lässt dich seit neun Monaten kaum im Büro blicken. Bei voller Bezahlung!«

»Ich wurde entführt!«

»Jetzt bist du frei, aber hängst wieder mit deinem Kidnapper rum.«

»Zwanzig.«

»Mach mich zum Geschäftsführer.«

»Ja, das ging mir auch schon durch den Kopf, Tom. Ich überlege es mir.«

»Und fünfzig Prozent deiner Anteile in der Firma.«

»So jetzt reicht's. Was soll das für eine Erpressung werden?«

»Ich appelliere an deinen Sinn für Gerechtigkeit. So geht es nicht weiter.«

»Schau Tom. Ich weiß, dass du irgendwie recht hast. Und du hast die Firma im Griff. Ich muss mir keine Sorgen machen. Danke, dass du mir den Rücken frei hältst, aber bei allem, was recht ist, ich lasse mir kein Ultimatum stellen.«

»Ich habe dir kein Ultimatum gestellt, ich halte zu dir, wie Trevor, aber so geht das nicht mehr. Ehrlich gesagt, ich bin sauer, dass ich nie etwas von dir höre und dass du mir nicht längst ein faireres Angebot unterbreitet hast. Catherine, ich mache hier *alles*.«

»Fünfundzwanzig Prozent.«

»Nein.«

»Was droht mir, wenn ich nicht zustimme?«

»Dann mache ich aus Loyalität weiter, bis du deine Sachen geregelt hast und dann gehe ich.«

»Verstehe.« Einen Moment schwieg sie und schlug dann vor: »Tom, zwanzig Prozent Gehaltserhöhung, du wirst Prokurist bei Firm Commitments und du bekommst neunundvierzig Prozent von der Firma.«

»GF.«

»Prokurist.«

»Abgemacht. Was ich kann ich tun für fünfzig?«

»Hörst du nie auf?«

»Was muss ich tun?«

»Nichts. Ich werde niemandem fünfzig Prozent von Vaters Firma übergeben. Bedenke einen Konflikt. Ich könnte nie mehr frei entscheiden. Das ist ausgeschlossen, Tom. Das würde Vater nicht wollen. Jetzt sei doch zufrieden mit dem, was ich dir anbiete. Meine Güte!«

»Denk bitte nochmal darüber nach.«

Catherine ging nicht weiter darauf ein. Stattdessen nutzte sie die Gelegenheit, ihn über Tobias' Regel, dass er auch als Prokurist vorerst alle Ausgaben über einem bestimmten Betrag mit ihr absprechen solle. Sie war im Begriff, das zu rechtfertigen, brach aber ab, als kein Protest aus seiner Richtung ertönte. Tom störte das nicht, weil die Summe so hoch war, dass er darin kein Problem sah. Sie verabschiedeten sich kühl voneinander.

--- oOo ---

Zeitgleich meldete sich Rivas bei Maria. Sie war außer sich vor Sorge und überhäufte ihn mit Fragen. »Rivas, ich habe Himmel und Hölle in Bewegung gesetzt. Warum meldest du dich nicht? Sam berichtete von einer angeblichen Festnahme und von Andalus' Abtransport. Seid ihr okay? Wo steckst du überhaupt? Wo ist Andalus?«

»Catherine und mir geht es gut. Andalus auch. Wir fliegen in ein paar Tagen nach Marseille und ich erkläre dir alles. Bitte komm nächsten Donnerstag um 17.00 Uhr mit Carlos in meine Wohnung. Ist Sam in Ordnung?«

»Ja, er ist auf der Finca. Rivas, warum haben US Marshalls dein Haus gestürmt? Das FBI kann ich nachvollziehen, aber die Marshalls sind Vollzugsbeamten, keine Ermittler. Sie unterliegen der Justizvollstreckung, nicht der Ermittlungsbehörde. Liegt eine konkrete Anklage gegen dich vor? Das klang mir wie die Vollstreckung eines Haftbefehls oder die

Ergreifung eines Flüchtigen. Was werfen Sie dir vor? Was ist los? Hat dir das wieder diese Göre eingebrockt?«

»Das mit der Göre will ich überhört haben, doch darüber werden wir noch sprechen. Ich will, dass ein für alle Mal mit deinen Angriffen gegen Catherine Schluss ist.«

»Entschuldige, aber was soll das mit den Marshalls?«

»Maria, ich arbeite mit einem hochrangigen US Justizbeamten im Fall Chilanchi zusammen und er hat vorgestern die Marshalls vorbeigeschickt, um mich zu ihm zu bringen.«

»Wie bitte? So als Taxifahrer? Und du arbeitest mit der US Justiz zusammen? Hat dich Catherine überredet, die Seiten zu wechseln?«

»Glaubst du wirklich, ich würde dich verraten?«

»Rivas, seit Catherine in dein Leben getreten ist, kenne ich dich kaum noch. Ich weiß nie, was du mir als Nächstes auftischst.«

Rivas lachte. »Dann ist ja alles beim Alten. War das nicht immer so?«

»Also ich weiß nicht.«

»Mach dir keine Sorgen, ich erkläre dir alles. Sag Carlos aber noch nichts.«

»Ich komme natürlich, aber Carlos wird sich von dir nicht nach Marseille zitieren lassen, noch dazu ohne Begründung.«

»Marseille ist nur eine Autostunde von Arles entfernt. Er wird sich bequemen müssen, Maria. Richte ihm als Begründung aus, es gehe um seine Existenz. Wenn er nicht kommt, werde ich alle Entscheidungen ohne ihn treffen. Es ist in seinem Sinne, dass ich ihn auf den neuesten Stand der Dinge bringe.«

»Also gut, wir werden da sein. Was kann ich so lange tun?«

»Nichts. Bis bald, Maria. Und kommt alleine. Das ist eine Sache zwischen uns. Und bring mir bitte mein Geld mit.«

»Alles?«

»Ja, alles.«

»Du, da ist doch etwas, was du für mich erledigen könntest. Catherine feiert in ein paar Tagen ihren Geburtstag. Würdest du ihr bitte ein Geschenk besorgen?«

»Rivas, es geht mich nichts an, und ich mache es gerne, das weißt du. Aber denkst du nicht, sie würde es bevorzugen, wenn du ihr etwas auswählst?«

»Ich werde nicht dazu kommen. Sie wird verstehen warum.«

»Schmuck?«

»Ja, aber keinen Ring. Außerdem braucht sie anständige Abendgarderobe.«

»Für welchen Zweck?«

»Das Casino Grande in Monte Carlo.«

»Ich kümmere mich darum.«

»Außerdem brauchen wir eine afrikataugliche Kleidung und ausreichend Profilaxen für mehrere Wochen.«

»Safari?«

»Zentralafrika. Dschungeltauglich.«

»Was habt ihr vor?«

»Ich werde dir alles erklären. Wirst du es besorgen?«

»Selbstverständlich.«

»Bezahl es von meinem Geld.«

»Sei nicht albern.«

--- oOo ---

Kurz nach ihrer Ankunft in Boston suchte Rivas nochmals Ed auf, um Andalus eine sichere Zukunft zu ermöglichen, falls Catherine und ihm etwas zustoßen sollte.

Catherine bat Tina um die Adresse eines Gynäkologen, den sie am nächsten Tag besuchte. Er bestätigte, dass sie nicht schwanger war und sie sorgte für eine langfristige Verhütung für die ungewisse Zeit in Afrika.

Tobias stellte unterdessen die Verträge, Ermittlungsdokumente, Flugtickets und das Bargeld zu. Mit seiner typischen Gründlichkeit arbeite Rivas sich durch die Akten. Er studierte nicht nur den genauen Stand der Ermittlungen und alle Hinweise, sondern auch Charlottes Profil. Er erfuhr, dass sie außer Englisch auch Französisch und Spanisch sprach. Aus ihrem überdurchschnittlich hohen IQ und ihren Interessen zog er Schlüsse über ihr Verhalten in der Gefangenschaft. Sie schien das krasse Gegenteil von Catherine zu sein. Analytisch und kontemplativ, keine Anzeichen von Gutgläubigkeit, aber genug Optimismus und Liebe für die Welt, um den dünnen Hoffnungsfaden nicht abreißen zu lassen. Das war für ihr Überleben von großer Bedeutung. Catherine hatte aus reinem Kampfgeist, seelischer Intelligenz und dem Einsatz von ihrem natürlichen, kindlichen Charme überlebt. Charlottes beste Chance lag in ihrem klaren Verstand. Er versetze sich geistig in ihren Kopf und überlegte, wie sie die Dinge aus ihrer Sicht bewältigen würde. Welche Befreiungsmaßnahmen hatte sie bereits in Erwägung gezogen? Dort musste er von außen ansetzen. Dass sie sich wie Catherine mit den Tätern arrangieren würde, setzte er voraus. Dass sie es mit derselben Leidenschaft wie Catherine täte, erschien ihm unwahrscheinlich. Wenn, war es kalkuliert, vor allem weil sie ja durch ihr Entführungstraining wichtige Einblicke gewonnen hatte. Nun im Ernstfall würde ihr Gehirn diese Ratschläge abrufen und befolgen, das stand für ihn fest. Bei einer so langen Geiselnahme von nur einer Person konnte man davon ausgehen, dass sich ein paar Gesprächsmöglichkeiten ergaben. Allerdings konnte man nie zu hundert Prozent voraussagen, wie sich eine solche Notlage auf das Opfer auswirkte, wenn man die Bedingungen nicht kannte.

Fallanalytiker, die intuitiv arbeiten, um Serientäter zu fassen, stützen sich nicht nur auf Fakten. Sie bedienen sich ihrer instinktiven Fähigkeiten, um eine mentale Verbindung mit dem Täter einzugehen und sind dadurch in der Lage seine nächste Handlung ziemlich genau zu prognostizieren. Dieses Vorgehen führt oft zur Ergreifung der Täter und manche dieser Profiler erreichen Erfolgsquoten von bis zu hundert Prozent. Fast alle Analytiker dieses Schlags treten überspannt und flippig auf. Deshalb meiden manche Behörden sie trotz ihrer hohen Erfolgsquoten. Ihre seelische Belastung ist enorm. Der Mangel an Verständnis und Unterstützung für ihre ungeläufigen Ideen und Vorgehensweisen führt oft zu ihrem Ausstieg aus den Diensten der Justizministerien. Einen solchen musste er heranziehen. Er überlegte. Catherines Datenbank!

»Catherine, erinnerst du dich, ob dein Vater einen Profiler in seinen Akten führte?«

»Gewiss. Eine Israelin, wahrscheinlich ex-Mossad. Soweit ich mich erinnere, lebt sie jetzt in den Staaten. Komm wir schauen nach. Die habe ich gleich gefunden.« Sie öffneten Catherines Datei. Rivas hatte diese längst nicht mehr auf seiner Festplatte gespeichert, sondern in einer gesicherten Clouddatenbank versteckt. Deshalb war sie von Tobias‘ Leuten bei der Beschlagnahmung unentdeckt geblieben.

Levana Bruck, fünfzig, geschieden, kinderlos, lebte in Chicago und erklärte sich nach anfänglichem Zögern aufgrund der Verbindung zu Catherines Vater zu einem Treffen bereit.

Am nächsten Tag flogen Catherine und Rivas nach Chicago.

36.
Catherine

»Überlass das Reden mir, Catherine. Niemand darf von den wahren Hintergründen dieser Angelegenheit erfahren. Ich kann sie nicht voll einweihen«, sorgte Rivas für klare Verhältnisse auf dem Weg zu der Frau im Taxi.

»Du glaubst, ich werde mich verplappern, sobald ich den Mund aufmache?«

»Ehrlich gesagt, ja. Du musst zugeben, dieses Muster hat sich herauskristallisiert.«

»Was?«

»Anda...Gallito? Das neueste Beispiel?«

»Ups«, gab Catherine zu. »Also wenn du einen Kommentar von mir brauchst, schau mich an, okay?«

»Alles klar.«

Levana bewohnte mit vierzehn Katzen ein Hochhausappartement mit Blick auf Lake Michigan. Catherine erschrak über den Anblick der verwahrlosten Frau und Rivas stockte der Atem von dem Gestank der vielen Tiere auf kleinem Raum.

Man setzte sich.

Man streichelte Katzen.

Man musterte sich.

Man trank schweigend Erdbeertee aus rustikalen Keramiktassen ohne Henkel.

»Was wissen Sie über mich?«, gab Levana endlich das Signal, dass sie bereit war, die Unterhaltung zu beginnen.

»So gut wie nichts, Levana. Ich möchte nur wissen, ob Sie bei Ihren Ermittlungen aus dem Bauch heraus arbeiten.«

»Aus dem Bauch heraus? Was meinen Sie damit? Suchen Sie eine Hellseherin?«

»Auf keinen Fall. Ich suche jemanden mit sinnlichen, nicht übersinnlichen Kräften.«

»Ich bin beeindruckt. Der Unterschied ist Ihnen bekannt. Davon wollte ich mich kurz überzeugen.«

»Betrachten Sie sich als eine Person mit der Fähigkeit, praktische Erfahrung, Verstand und Bauch- und Herzgehirn gleichermaßen einzusetzen?«

»Das könnte man sagen. Es gibt wenig Menschen, die das schätzen oder gar verstehen.«

»Catherine und ich gehören zu dieser Gruppe Menschen.«

»Was möchten Sie noch über mich wissen?«

»Je weniger, desto besser.«

»Gut, dann erklären Sie mir bitte, worum es geht.«

Rivas bat sie um Hilfestellung bei der Suche nach einem in Afrika verschollenen jungen weiblichen Entführungsopfer, ohne kompromittierende Einzelheiten zu erwähnen.

»Also dieses Bauchgefühl, das Sie von mir erwarten, sagt mir bereits, dass ich nicht mit Ihnen zusammenarbeiten kann.«

»Warum nicht?«, fragte Rivas, obwohl er den Grund bereits erahnte.

»Sie vertrauen mir nicht.«

»Das ist wahr.«

»Worin sehen Sie dann die Basis für unsere Zusammenarbeit? Einesteils verzichten Sie darauf, mich näher kennenzulernen. Hinzu kommt, dass sie keinerlei Angaben über sich machen und alles Wichtige über den Sachverhalt enthalten Sie mir auch vor. Unter diesen Umständen verlangen Sie dennoch von mir, dass ich mich einsetze, um Ihren Fall zu lösen. Warum sollte ich das tun? Und wie sollte mir das gelingen?«

»Weil Sie, wie Catherine und ich sowie das Opfer, ein ungewöhnlicher Mensch sind.«

»An dieser Stelle erwartete ich eigentlich ein finanzielles Angebot.«

»Das ist Ihnen wichtig?«

»Ja. Geld ist nicht alles, aber gänzlich ohne finanzielle Mittel kämpft man täglich mit beschränkten Möglichkeiten. Ich aber liebe Optionen und verabscheue Einschränkungen.«

»Ich habe Sie falsch eingeschätzt. Mir schien, als hätten Sie den Wunsch nach Geld besiegt.«

»Lassen Sie sich von meiner Schrulligkeit nicht in die Irre führen. Aber ganz falsch liegen Sie damit nicht. Ich mag Geld nicht. Ich brauche es. Ich brauche es dringend. Nicht um mir einen kapitalistischen Lebensstil zu finanzieren, wie Sie sehen. Ich benötige es zur Erhaltung von bedrohten Lebewesen. Ich fördere zahlreiche Organisationen in Asien und Afrika. Nur hierfür bediene ich mich noch meines beruflichen

Könnens. Je finanzkräftiger ich bin, desto freier und intensiver kann ich mich diesem Zweck widmen. Ich bin durch meine unselige Berufswahl mit so viel Abscheulichem in Berührung gekommen, dass ich selbst auf die schiefe Bahn geriet. So habe ich übrigens Ihren Vater kennengelernt, Catherine, aber wie Sie sagten Rivas, darüber wollen Sie gar nichts wissen.«

»Wenn unsere Währung die Erhaltung von bedrohten Spezies ist, wie viele Tiere müssen wir retten, um Sie für das Projekt zu gewinnen?«

Aus Levanas Gesicht blitzte ein Funke Humor auf. Das erste Lächeln erhellte den tristen Raum. Es war fesselnd.

Catherine schluckte gebannt. Rivas beobachtete stumm seine Wunschrekrutin.

»Wer oder was ist Ihre Geldquelle, Rivas?« Rivas schüttelte den Kopf. »Wenn Sie es mir an dieser Stelle nicht anvertrauen, obwohl Sie damit rechnen müssen, dass ich absage, bedeutet das, dass Ihnen die Hände gebunden sind. Sie mögen sich das antun lassen, ich nicht. Eine Verhandlung erübrigt sich.«

Sie wartete auf seine Rechtfertigung. Erhielt keine. Stattdessen erhob sich Rivas. Catherine folgte ihm hilflos.

»Wo wurde sie ergriffen?«

»Wir vermuten, in den Gewässern in der Nähe von Sansibar.«

»Piraten?«

»Ja.«

»Ich tippe auf Uganda, Ruanda, Burundi oder den Kongo.«

»Wie kommen Sie darauf? Üblicherweise bringt man die Opfer von Piraterie im Indischen Ozean zuerst nach Somalia und von dort nach Äthiopien oder in den Sudan.«

»Ich weiß es nicht, Rivas. Vielleicht die Tatsache, dass unsere Unterhaltung so unkonventionell ablief. Dass mein Einsatz im Bereich von bedrohten Lebewesen ins Gespräch kam. Das ist ungewöhnlich. Ich bin nicht von der Sorte ‚Tue Gutes und sprich darüber'. Nichtsdestotrotz entlockten Sie mir meine tiefste Lebensmotivation. Während unserer Unterhaltung dachte ich pausenlos an afrikanische Regenwälder und sah Primaten vor meinem geistigen Auge aufblitzen. Vor allem den Blick in das Auge eines sanften weiblichen Gorillas. Haben Sie je einem Gorilla in die Augen gesehen, Rivas?«

»Nein.«

»Sie Catherine?«

»Ich wünschte, ich hätte es.«

»Es lässt einen nie wieder los und so geht es mir schon minutenlang. Das ist keine Hellseherei. Ich kann das nicht erklären, Rivas. Es handelt sich um eine enge Verbindung mit der Welt als Ganzem. Ich klinke mich in eine andere Dimension ein. Nicht mehr und nicht weniger. Ich wurde schon als Kind als Spinnerin abgewertet, obwohl ich mit meinen Einsichten fast immer richtig liege. Aber meine Gabe ist nicht greifbar. Wissenschaftliche, forensische oder psychologische Analysen und auch Hellseherei lassen sich für die Menschen erfassen. Ich aber hole mir meine Information über die Welt der Tiere. Ihren Augen entnehme ich alles, was ich wissen muss. Warum, glauben Sie, habe ich mir so viele Katzen angeschafft? Andere Haustiere darf ich hier nicht halten, sonst sähen sie weitaus mehr von ihnen.«

»Man nimmt an, sie sei von Tansania nach Kenia verfrachtet worden, und von dort nach Nordafrika.«

»Mag sein, aber da ist sie nicht mehr. Tot oder lebendig, das weiß ich nicht. Ich bin schließlich keine Hellseherin«, scherzte sie im Anschluss.

»Kommen Sie mit uns nach Afrika, Levana.«

»Das ist ausgeschlossen. Ich verlasse meine Wohnung nie länger als zwölf Stunden. Was sollte aus meinen Tieren werden?«

»Ich werde veranlassen, dass man sie versorgt, bis Sie zurückkehren.«

»Ich sprach nicht von ihren körperlichen Bedürfnissen. Meine Antwort ist nein. Aber rufen Sie mich jederzeit an, wenn Sie Hilfe brauchen. Ich helfe telefonisch, wo ich kann.«

»Wie regeln wir die Vergütung?«

»Haben Sie unsere Währung vergessen? Ich spüre, dass die Bezahlung auf anderem Wege erfolgen wird.«

»Wie meinen Sie das?«

»Sollte dieses Mädchen überleben, wird sie selbst meine Rechnung begleichen. In meiner ‚Währung', wie sie es nennen. Wie weiß ich nicht, aber sie wird es. Ich hoffe, Sie können sie retten, Rivas und Catherine.«

Man bedankte sich.

Man schwieg minutenlang.

Man verabschiedete sich.

Catherine gruselte es.

Rivas' Gehirn lief auf Hochtouren. Er musste sich sofort über Lucien mit Eden und Pierrette im Kongo in Verbindung setzen.

Am nächsten Tag um 20.30 Uhr flogen sie nach Marseille.

37.
Charlotte

Die Transporter brachten sie nicht, wie von Elvis angenommen, in den Tschad sondern über die nahe Grenze direkt in den Kongo. Von dort wanderten sie in südliche Richtung parallel zu Uganda weiter bis zu einem Übergabeort, an dem Charlottes Käufer sie erwarteten. Auf der Route verlangte Charlotte nach ihren Tabletten. Der Mann gab ihr die letzten und warf das leere Röhrchen in die Büsche. Vier düstere Gestalten nahmen Charlotte kurz vor Tagesanbruch an einer Lichtung in Empfang.

Zwei Tage lang kämpfte sie sich dürftig verpflegt mit der Truppe zu Fuß durch den gespenstischen Regenwald. Sie übernachteten im Freien und im Tageslicht des anbrechenden Morgens marschierten sie weiter, bis sie ein Dorf erreichten. An einem Wegrand stand ein klapperiges Auto bereit. Mit ihm ratterten sie über endlose rotbraune, nasse Sandstraßen durch die tiefgrüne Landschaft. Die Straßen waren teilweise vom andauernden Regen so weggeschwemmt worden, dass sie über pure Felsketten rumpelten. Wenn die Karosserie mit den Felsen in Kontakt kam, krachte es so laut, dass Charlotte glaubte, sie würde entzweibrechen. Aber das war noch ein Segen, verglichen mit dem Steckenbleiben im Matsch. Mehrmals mussten sie anhalten und das Fahrzeug mit einer Seilwinde und Muskelkraft in Gang setzen. Die Männer waren nicht großgewachsen, aber sehr athletisch gebaut und unheimlich stark. Ein größeres, heruntergekommenes Dorf tat sich auf und sie wurde in ein Haus verfrachtet und dort in ein Zimmer mit einem vergitterten Fenster eingeschlossen. In ihm wimmelte es vor Küchenschaben. So zahlreich waren sie, dass sie sogar im Tageslicht sichtbar herumkrabbelten. Charlotte war hundemüde, aber sie wagte es aus Furcht vor dem Ungeziefer nicht, die Augen zu schließen. Bis sie ihr zufielen. Nach dem Erwachen musste sie sich ständig kratzen, in dem Glauben, dass sie des Nachts alle Läuse, Flöhe und Wanzen Afrikas gleichzeitig befallen hatten. In dem Krankenlager in Kisoro gab es eine Abteilung, die Läuseklinik genannt wurde. Die Eltern brachten ihre Kinder nach der Schule dort hin, manche Kinder erschienen ohne Begleitung für die tägliche Prozedur. Die Schwestern zogen geduldig feine Spezialkämme, die in regelmäßigen Abständen in eine Tinktur getaucht wurden, durch das Haar der Kinder. So entfernten sie die Nissen. Oft saß sie draußen auf einer Bank und sah ihnen zu, bevor sie in ihr Krankenbett zurück musste. Als sie Elvis eines Tages fragte, was es damit auf sich habe, erklärte er, das Problem läge nicht an mangelnder persönlicher Hygiene des Individuums. Vielmehr fand man die Ursache in den überfüllten, ärmlichen Einrichtungen. Das ging ihr nicht mehr aus dem Kopf. Überall juckte und kitzelte es, wenn auch nur in ihrer Einbildung.

Ihre neuen Bewacher hießen Claude, Junior, Aristide und Thierry. Claude, der Anführer verriet ihr am nächsten Tag in ihrer neuen Unterkunft in einer grausamen Begrüßungsinitiation die Namen seiner Komplizen. Zu jedem nannte er das Fachgebiet seiner jeweiligen Gräueltaten und versetzte ihr zu jedem genannten Namen eine Ohrfeige, also drei harte Schläge ins Gesicht. Danach sagte er ihr ‚die Regeln' auf und sie musste jede je dreimal nachsagen:

Regel 1 – du machst, was wir dir sagen. Nochmal eine Ohrfeige. Charlotte wiederholte dreimal: »Ich mache, was Sie sagen.«

Regel 2 – du machst, was wir dir sagen. Und noch eine. Charlotte schrie auf und repetierte dreimal.

Regel 3 – du machst, was wir dir sagen. Die letzte. Charlottes Nase blutete und schluchzend sagte sie drei weitere Male die Regel auf.

Ihre gehobene Bildung hatte die Diplomatentochter mit einem passablen Französisch ausgestattet. Untereinander konversierten die Männer auf Französisch. Wenn sie vermeiden wollten, dass sie sie verstand, unterhielten sie sich in einer einheimischen afrikanischen Sprache.

»Hast du Angst, Charlotte?«, fragte Claude an einem Tag. Er sprach, wie die anderen, ihren Namen stets französisch aus, verschluckte das ‚e' und betonte das ‚t'. Nicht wie im Amerikanischen mit Betonung auf den Buchstaben ‚a'.

»Ja«, gestand sie.

»Wovor?«

»Ich habe Angst, dass Sie mich nicht gehen lassen, und dass ich meine Familie nicht wiedersehe.«

»Das sagst du ihnen jetzt.« Er nahm ein Handy und rief ihren Vater an. »Sag es ihm. Los!« Er hielt ihr das Telefon ans Ohr.

»Daddy?«

»Chuck?«

»Los!«, brüllte Claude.

»Ich habe Angst, Daddy.«

Er boxte sie in den Bauch. Sie hielt sich den Bauch und schrie auf.

»Charlotte, oh mein Gott.«

»Los!«, brüllte Claude wieder.

»Ich habe Angst, dass sie mich nicht gehen lassen«, stöhnte sie unter Atemnot, »und dass ich dich und Mom nie wieder sehe. Bitte mach, was Sie sagen, Dad, bitte bezahle einfach für mich. Such nicht nach mir. Ich liebe…«

Claude riss ihr den Hörer aus der Hand und legte auf.

»Wann komme ich nach Hause?«, fragte Charlotte.

»Wenn wir es sagen.«

»Warum dauert es so lange?«, fragte sie am fünften Tag der neuen Gefangenschaft.

»Weil deine Scheißfamilie nicht bezahlt.«

»Das stimmt nicht. Mein Vater würde sofort bezahlen und meine Mutter auch. Die Antwort war ein Schlag ins Gesicht. Damit verschwand Claude. Thierry blieb mit ihr zurück.

»Widersprich Claude nie wieder!«, warnte sie Thierry. »Zieh dich aus.« Sie folgte. Er trat hinter sie. »Spreiz die Beine und beug dich nach vorne.« Sie tat es. Thierry ging hinter ihr auf die Hocke und sie schnellte hoch. »Was soll das? Beug dich wieder vor.«

»Entschuldigung, das war automatisch.« Sie folgte und kurz darauf richtete sie sich wieder auf.

»Willst du, dass ich dich schlage?«

»Ich kann nichts dafür. Das ist ein Reflex... wenn Sie mich ansehen… ich schäme mich«, wimmerte sie.

»Mach jetzt. Los.«

Sie beugte sich ein drittes Mal nach vorne und ließ sich begutachten. Charlotte schloss die Augen und zählte. Eins, zwei, drei, vier. Das Zählen half den Terror auszublenden und hielt sie davon ab, sich aufzurichten. Konzentriere dich auf die Zahlen, hämmerte ihr Gehirn in rastloser Verzweiflung.

»Zieh dich an.« Er reichte ihre Kleidung zurück. Thierry machte sich wichtig, und tat das als Bestrafung, aber auch weil es ihn interessierte, wie die Geschlechtsteile einer weißen Frau aussahen. »Nichts Besonderes«, urteilte er verächtlich und Charlotte brach in Tränen aus. Nicht aufgrund der Abwertung, darüber war sie eher erleichtert, sondern wegen des Schrecks der entsetzlichen Erniedrigung. Sie verfluchte Jacques, den Gauner, für seinen Verrat an ihr. Dann sich selbst für ihren Leichtsinn, auch Britta, weil sie sie einfach gehen hatte lassen und die ganze Welt für ihre Schlechtigkeit. Vor allem verwünschte sie einmal mehr ihre Eltern, weil sie ihr ‚das antaten'. Am meisten verachtete sie ihren Vater, den Staatsjuristen, den gierigen Kapitalisten, den Spießer. So sehr verabscheute sie ihn, dass sie sich schwor, nach ihrer Freilassung nie wieder ein Wort mit ihm zu wechseln. Ihr Hass auf ihre Eltern war größer als der auf den Schurken Claude und seine drei Schergen. Dieser tiefgründige Hass wirkte sich auch positiv aus. Er erzeugte ausreichend Energie, ihren Überlebenswillen erneut anzukurbeln. Von diesem Tag an, immer wenn sie so tief am Abgrund stand, dass sie sterben wollte, wallte von irgendwoher der Zorn auf. Dieser gab ihr genug Antrieb einen neuen Tag oder eine neue Nacht zu überstehen.

Weitere Tage vergingen.

»Hier!«, sagte Claude eines Tages und schmiss ihr einen Stift und einen ganzen, dicken, wunderbaren, zauberhaften Schreibblock hin. »Zum Zeitvertreib. Schreib deine Memoiren auf. Wenn sie dich nicht endlich auslösen, bringen wir dich um, dann verkaufen wir wenigstens deine Geschichte.« Er lachte hämisch.

Aber ein kostbareres Geschenk hätte er ihr nicht machen können. Und diesmal würde sie ihren Schatz nicht für Gedichte verschwenden. Zum Schein schrieb sie tatsächlich ein paar Zeilen, aber weil Claude sich nie für den Inhalt interessierte, dachte sich Charlotte stattdessen knifflige mathematische Rätsel aus. Stundenlang schrieb sie jeden Tag lange Formeln und mathematische Probleme nieder, die sie an anderen Tagen löste. Eine nach der anderen kehrte in ihr Gedächtnis zurück, sie wurde immer besser. Durch diese Übungen nahm ihre emotionsgeladene Verzweiflung ab und ihr Verstand kam wieder zu Kräften. Zur Abwechslung zeichnete sie ein Schachbrett und riss sich vorsichtig die Figuren zusammen, beschriftete und bemalte sie. An einem anderen Tag rief sie sich komplexe chemische Formeln herbei oder biologische Molekülstrukturen und erfand in ihrem Geiste neue Chemikalien und

Medikamente. Sie malte sich eine Karriere als Virenforscherin für Tierleiden aus und erfand im Spiel Kuren für hämorrhagische Fieberkrankheiten zur Heilung von Primaten und Menschen. Inzwischen hatte sie Fern verziehen, aber nie wieder um Rat gebeten. Hin und wieder schrieb sie die französischen Wörter nieder, die sie um sich hörte und deren Sinn sie aus dem Kontext heraus lernte. Auf separaten Blättern legte sie ein Vokabelheft an. Dafür faltete sie die Ecken um und hielt damit die Blätter zusammen. Als der Block sich dem Ende neigte, begann sie von vorne und schrieb zwischen den Zeilen. Ihr Schreibblock und Stift wurde zu Claudes wirkungsvollstem Druckmittel. Ständig drohte er ihr, sie ihr wegzunehmen und tat es ab und zu zur Bestrafung. Stets für Bagatellvergehen, denn nie gab sie ihnen einen gerechtfertigten Anlass wütend zu werden. Gebot Eins war ihr allerwichtigstes: Vermeide Wutanfälle.

Mit der Zeit bemerkte Charlotte, dass Claude trotz seiner Grausamkeiten eine schützende Hand über sie hielt. Er war der Anführer der Bande, sehr intelligent, obwohl die anderen drei durchaus nicht dumm waren. Verglichen mit ihren Vorgängern sowieso. Sie schienen ungebildet, aber sie kapierte bald, dass sich Intelligenz und Bildung nicht haargenau auf einen Nenner bringen ließen. Alle vier waren gepflegt und legten großen Wert auf persönliche Hygiene und saubere Wäsche. Deshalb verstand sie nicht, warum es im Haus vor Küchenschaben nur so wimmelte. Sie erlaubten auch ihr, sich täglich zu waschen, forderten es sogar von ihr. Wenn sie aufs Klo musste, brachte sie einer nach draußen in die Büsche am Rande des staubigen Hinterhofs. Eine Toilette, wie in Elvis‘ Haus in Kampala war nicht vorhanden. In der Gruppe herrsche eine klare Hierarchie, mit Aristide als die Nummer Zwei, gefolgt von Thierry und Junior. Claude ließ sie ein paar Mal am Tag aus ihrem Zimmer und sogar vor das Haus zu den Wasserbehältern. Dort durfte sie ihre Wäsche waschen, aber immer unter Beaufsichtigung von einem der Männer. Damit sie sich nicht vor ihnen ausziehen musste, wusch sie die Hose und ihr Top am Leib. Den BH streifte sie ab und zog ihn unter dem T-Shirt durch. Ihre eigene Bekleidung wuschen sich die Männer selbst.

Mit dem Voranschreiten der Verhandlungen befand Claude sich zunehmend außer Haus. Eine dieser Abwesenheiten wurde ihr eines Tages zum Verhängnis und zum furchterregendsten Erlebnis ihrer gesamten bisherigen Zeit in Gefangenschaft.

Wie immer wenn Claude abwesend war, blieb sie in ihrem Zimmer eingesperrt. Thierry trat eines Tages urplötzlich ein und schmiss zwei Zitronen auf den Boden. Manchmal gaben sie ihr nur Zitronen zum Essen. Sie biss dann in sie hinein, riss sie in zwei Hälften und lutschte sie aus. Sie hob die Zitronen auf und bedankte sich. Dabei sah sie Thierry versehentlich in die Augen. »Was soll das? Schau sofort auf den Boden.«

Sie senkte ihren Blick und stammelte: »Entschuldigung.«

»Komm her!«, befahl er. Sie ging zu ihm. »Du bist wertlos. Ein Stück Dreck. Weißt du das?« Da sie nicht antwortete, wiederholte er laut brüllend: »Ob du das weißt, habe ich dich gefragt!«

»Ja«, wimmerte sie.

»Deine Eltern finden das auch. Sie verhandeln und verhandeln, aber bezahlen nicht. Das heißt, sie scheren sich einen Dreck um dich.«

Sie widersprach nicht, ließ den Kommentar an sich vorüberziehen. Obwohl sie für ihre Eltern nur Verachtung empfand, glaubte sie, dass das nicht stimmte. Bei ihrem Entführungstraining hatte sie gelernt, dass die Zeitspanne für die Verhandlungen hauptsächlich von den Entführern gesteuert wurde. Es gab vier Hauptmotive für eine Lösegeldentführung:

1. Politisch motiviert – um die Aufmerksamkeit auf einen Zweck zu lenken, oder eine Widerstandsorganisation zu finanzieren
2. Industriell – die Grenzen zu 1. verwischten sich hier
3. Rache
4. Geldgier oder finanzielle Verzweiflung.

Vor allem im letztgenannten Fall nannten die Entführer einen bestimmten Preis und gaben sich nach langem Hin und Her in der Regel mit zehn Prozent der geforderten Summe zufrieden. Sie schätzte, dass man zehn bis zwölf Millionen US Dollar für ihre Freilassung ansetzte, von denen circa eine Million als Übergabe erwartet wurde. Diese Summe teilte man üblicherweise gerecht durch die Anzahl der Entführer und Unterhändler. Jeder der Beteiligten, schätzte sie, würde mit nicht mehr als hundert bis zweihunderttausend Dollar vergütet werden. Eine prozentuale Aufteilung nach Rang war ungewöhnlich. Obwohl die Familien der Opfer und ihre Vermittler eine zügige Abwicklung anstrebten, nutzten die

Behörden diesen Verhandlungszeitraum auch für ihre Ermittlungsbemühungen. Denn es wurde rund um die Uhr gearbeitet, um die Verbrecher zu fassen. Es ging ja auch darum, zukünftige Kidnappings zu vermeiden. Gerade aufgrund der Position ihres Vaters würde es wichtig sein, diesen Aspekt nicht zu vernachlässigen. Das war der Grund, warum sie ihn manchmal so geringschätzte. Sein Amt und die Meinung der Öffentlichkeit waren ihm, so argwöhnte sie, ein wichtigeres Anliegen als die zügige Freilassung seiner Tochter. Charlotte konnte nicht wissen, dass ihre Entführung nicht publik gemacht worden war und mit welchen Hintergründen und Komplikationen ihr Vater gerade zu kämpfen hatte. So stand Charlotte stumm vor Thierry, während er ihr eine gemeine Beleidigung nach der anderen an den Kopf warf.

»Weißt du, was wir hier mit wertlosen Bourgeois-Gören wie dir machen?«

Charlotte schwieg.

Er schlug sie ins Gesicht. »Ich habe dich was gefragt!«

»Nein«, antwortete sie.

»Soll ich es dir zeigen?«

Bevor sie verneinen konnte, riss er ihr das T-Shirt und ihren BH vom Leib und würgte sie am Hals. Dann griff er ihr an die Brust und zwickte sie so brutal, dass sie aufschrie. Er machte das offensichtlich mit Methode und nicht zum ersten Mal. Er verwendete dafür absichtlich einen erbarmungslosen, zwirbelnden Griff. Er kniete sich vor sie hin, öffnete ihre Hose und zog sie zusammen mit ihrem Schlüpfer bis zu den Knöcheln herunter.

Sie versteifte sich. Ihr Herz klopfte wie verrückt und sie atmete stark ein und aus. Ihre Lunge bemühte sich, ausreichend Sauerstoff in ihr Gehirn und in ihre Muskeln zu befördern, um ihr bei der Gefahrabwendung zu helfen. Nutzlos. Ihr fiel nichts ein. Und Kraft hatte sie erst recht keine mehr. In ihrer Notlage musste ihr Reptiliengehirn die Wahl zwischen Flucht, Kampf oder Totstellen wählen. Fliehen war nicht möglich, kämpfen ausgeschlossen. Es blieb ihrem limbischen System nur die Lähmung. So stand sie wie gelähmt da. Buchstäblich.

Er stieß sie auf den einzigen Stuhl im Raum, der an einer Wand lehnte. Als sie saß, zwang Thierry ihre Schenkel auseinander. Sie klemmte sie wieder zu. Da krallte er eine Hand wieder in ihre Brust und drückte zu. Charlotte hielt vor Schmerz die Luft an. Mit der anderen Hand schob er erneut ihre Beine auseinander. Diesmal öffneten sie sich von selbst, während Charlotte wieder hastig um Atem rang. Sie schloss die Augen, als ob sie durch das Ausblenden die Bedrohung abwenden könne. Im nächsten Moment riss sie die Augen weit auf und begann am ganzen Körper zu zittern. Er ließ jetzt ihre Beine los und öffnete seinen Reißverschluss. »Rutsch an die Stuhlkante«, bellte er sie an. Er packte ihre Beine und legte sie auf seine Schultern. Charlotte sank mit dem Oberkörper auf die Stuhllehne zurück. Seine andere Hand schraubte sich tiefer in das Fleisch ihrer linken Brust.

Die Scham über diese grausame Entblößung wuchs und verdrängte die lähmende Angst. Ihr limbisches Gehirn verlor an Einfluss. Ihr Cortex erwachte zum Leben und übernahm wieder die Kontrolle und schaltete ihren Verstand ein. Er versorgte ihre versiegte Zunge wieder mit Sprache. Sie konnte wieder denken. Und sprechen. »Nicht. Ich bin verheiratet!«

Thierry hielt inne.

Sie konnte es nicht fassen. Sollte Elvis wirklich rechtbehalten? Ermutigt fügte sie hinzu: »Mit einem Afrikaner. Ich darf das nicht. Wir dürfen das nicht. Sie dürfen das nicht!«

»Halt die Schnauze. Sag mir nicht, was ich darf und was nicht.« Er ließ sie los. »Warum läufst du so herum? In diesen Hosen, wie eine Ami-Nutte auf Safari? Hat dir dein Mann keine Manieren beigebracht, wenn schon nicht deine Eltern?«

»Ich kann nichts dafür. Die Leute, die mich entführten, nahmen mir mein Kleid weg und zwangen mich diese Sachen anzuziehen. Und sie stahlen mir mein Kopftuch und meinen Ring.«

»Warum würden sie das tun?«

»Das weiß ich nicht, aber sie haben mir die Sachen abgenommen. Ehrlich.«

»Woher stammt dein Mann?«

»Er ist Ugander. Darf ich mich anziehen?«

»Ja.«

Sie zog ihre Hose hinauf und das T-Shirt wieder an.

»Ugander sind Schweine. Wie heißt dein Mann?«

Charlotte nannte den Namen von Elvis‘ Sohn Ojore und schickte ein Stoßgebet gen Himmel, dass er sie nicht nach einem Nachnamen fragen würde.

»Nachname?«

Abgelehnt.

Ihre rechte Gehirnhälfte musste herbeieilen, denn sie kannte keinen einzigen ugandischen Nachnamen. Sie musste einen erfinden. Ihre kreative Seite ließ sie wie schon so oft im Stich. Nicht aber nicht ihre logische, linke Gehirnhälfte. Wieder einmal ihre Rettung. Sie versuchte sich krampfhaft an die paar Worte Luganda zu erinnern, die sie im Haus von Elvis aufgeschnappt hatte. Der Begriff Schreiner fiel ihr ein. »Mubazzi«. Manche Menschen nannten sich ja Schreiner, Schneider, Gärtner, vielleicht auch in Uganda? Jetzt hoffte sie, dass in Uganda Frauen den Namen ihrer Männer ohne Zusatz trugen. Auch das wusste sie nicht genau.

»Quatsch. Das ist kein Name, sondern ein Beruf.«

»Aber er hat mir gesagt, dass ich jetzt so heiße. Wenn das nicht stimmt, kann ich nichts dafür.«

»Wieso hat dich ein Ugander geheiratet?«

»Ich war auf einer Gorillasafari mit einer Gruppe von Rucksacktouristen. Wir haben uns vor dem Büro kennengelernt, wo sie die Gorillagenehmigungen ausstellen.«

»Welche Stadt?«

»Kisoro.«

»Ist das nicht die gleiche, wo dein Verkäufer herstammt?«

»Dort hat er mich aufgegriffen, aber ich glaube er lebte in Kampala.«

»Stimmt.«

»Hast du sie gesehen?«

»Die Gorillas?«

»Nein, die Außerirdischen! Klar die Gorillas. Von was reden wir hier?«

»Ja.«

»In welchem Wald?«, forschte Thierry weiter nach der Wahrheit.

»Bwindi Impenetrable Forest.«

»Welche Gruppe?«

»Nkuringo«. Das war der Name einer der Gorillafamilien, den sie von Elvis' Kindern gelernt hatte, als sie ihre Biologie- oder Geographiearbeiten überprüfte. Das war schwer für sie gewesen, weil der Unterricht in Luganda gehalten wurde. Da sie sich für diese Fächer interessierte, hatte sie trotzdem einiges mitbekommen. Ob es sich bei Fern und ihrer Gruppe tatsächlich um die Nkuringos handelte und ob sie im Bwindi Wald lebten, wusste sie nicht.

Sie hatte Glück im Unglück. Thierry selbst hatte offensichtlich keinen blassen Schimmer. Die ganze Fragerei war ein einziger Bluff um sie durch den verhörartigen Druck bei einer Lüge zu ertappen. Ihr knapp bemessenes Wissen reichte gerade noch aus, um sich durchzumogeln.

»Wo hast du mit deinem Mann gewohnt?«

»In Kisoro.«

»Im Haus deines Mannes?«, fragte er ungläubig.

»Nein, er hatte schon eine Frau. Ich wohnte im Nebenhaus.«

»Bist du schwanger?«

»Es ist möglich«, log sie. Jetzt war es leicht, den Blick zu senken.

»Das sehen wir ja bald. Kannst du kochen?«

»Ja.«

»Was kochst du?«

»Sie meinen afrikanisch?«

»Denkst du ich spreche von Eurem Hamburgerfraß?« Ein Funke Neid blitzte auf.

Charlotte ratterte Ethels Gerichte herunter.

»Sprichst du Luganda?«

»Ein bisschen.«

»Er lachte plötzlich los, schien nicht wütend, eher amüsiert zu sein. »Verstehst du uns, wenn wir uns auf Kikongo miteinander unterhalten?«

»Nein, nein«, antworte sie hastig. »Ihr sprecht zu schnell. Ich war erst drei Monate verheiratet, als man mich entführte«, verstrickte sie sich tiefer in ihre Schwindeleien.

»Sag was!«

»Erinny lyo ggwe ani?« Wie heißt du? Das hatten ihr die Kinder geduldig beigebracht.

»Warum bezahlt dein Mann nicht für dich? Er muss auch für dich bezahlen!«

»Er ist arm, er hat kein Geld.«

»Scheißugander. Typisch!«

Charlottes Angst trieb ihr die Schweißperlen auf die Stirn. Er verschwand und Charlotte schnaufte erleichtert auf. Sogleich setzte die Angst wieder ein. Wenn sie versuchten den fiktiven Ehemann ausfindig zu machen, war sie erledigt und ihr Geiselname Sogutwie würde sich bewahrheiten.

Eine halbe Stunde später kehrte er mit einem Tuch zurück und bellte sie an: »Was ist das?«

»Ein Thawulu oder Chitambala.« Thierry, der kein Wort Luganda sprach, erkannte lediglich die Bantuwurzeln der zwei Wörter und glaubte ihr. Es war reiner Zufall, dass Charlotte diese Begriffe aus dem Stegreif nennen konnte. Und es waren absolut keine lugandischen Wörter. Denn Ethel und Elvis sprachen immer Englisch mit ihr. Ethel nannte die Kopfbedeckung Schleier, obwohl er nur den Kopf, nicht das Gesicht bedeckte. Elvis übersetzte sie als Tuch. Charlotte kannte die afrikanischen Begriffe aus dem Haus ihrer Freundin Britta. Charlotte hatte ihrer Freundin bei ihrer Ankunft einen Schal geschenkt und die malawische Hausangestellte der Familie hatte ihn bewundert und ihn abwechselnd so genannt. Wann immer die beiden Mädchen mit dem Schal herumalberten, sprachen sie fortan von einem Thawulu oder Chitambala.

»Binde es dir um.« Schnell versuchte sie es gewandt zu einem zentralafrikanischen Frauenturban zu binden, aber ihre zittrigen Finger versagten. »Mach schon! Oder hast du mich angelogen?« Er griff sie brutal an den Schultern.

»Entschuldigen Sie bitte, Thierry. Ich bin nervös.« Das Tuch saß.

Thierry stieß sie so heftig von sich, dass sie vom Stuhl fiel. Er versetzte ihr einen fast betäubenden Tritt in den Rücken und zischte verächtlich: »Behalte es gefälligst ab jetzt an«. Nachdem er den Raum verlassen hatte, begann Charlotte zu zittern. Zehn Minuten saß sie auf dem Boden und umschlang ihren Körper mit den Armen. Sie musste sich festhalten, denn ihre Glieder schlotterten - vollkommen außer Kontrolle. Sie hatte einen Schock erlitten und fühlte sich wie in einem Traum, als ob das alles gerade gar nicht passiert wäre. Und sie fror, obwohl es brütend heiß war.

Als sie ‚erwachte', biss sie in die Zitronen und opferte den Saft dafür, sich abzuschrubben. Überall wo Thierry sie angefasst hatte, rieb sie sich wie wild mit dem Saft ein. Zwischen ihren Beinen, ihre Brüste, ihren Hals, ihre Schultern. Je mehr es brannte, desto energischer scheuerte sie den Saft in ihre Haut.

Ab diesem Tag ‚durfte' sie für die Männer kochen, aber nicht, bevor sie sich am ganzen Körper geschrubbt hatte. Und immer unter Aufsicht einer der Männer. Das Ausziehen vor ihnen blieb ihr nicht mehr erspart.

Die Behandlung mit der brennenden Säure erweckte ihre Lust auf mehr ‚Sauberkeit'. Hinzu kam, dass das tägliche Abschrubben und die Angst der Männer vor ihren Keimen ihre Furcht vor Ungeziefer verstärkte. Je mehr sie kratzte, desto intensiver plagte sie der Juckreiz. Das

Kratzen entwickelte sich zu manischem Abschaben ihrer Haut. Vorne benützte sie die Schneide eines Küchenmessers und die Rückenpartien, die sie mit ihren Fingernägeln nicht erreichen konnte, traktierte sie mit einem Stahlbesen. Darauf presste sie, wann immer möglich, Zitronensaft oder rieb ihre wunde Haut mit Salz ein. Ihre seelischen Schmerzen übertrugen sich zunehmend auf das Bedürfnis nach körperlicher Selbstverletzung. Die Kratzer wurden zu Schrammen und bildeten Narben, die sie energisch wieder und wieder aufriss. Mit jeder neuen Schmerzzufügung wuchs ihre Gier auf mehr.

Mit der Eigenmutilation entwickelte sich auch ein Hang zum Horten. Sie legte sich ein kleines Versteck an und stibitzte alles, was ihr diverse Gelegenheiten täglich bescherten. Es boten sich viele. Nachdem sie den Männern ihre Mahlzeiten serviert hatte, durfte sie das gleiche Essen zu sich nehmen, sofern etwas übrig geblieben war. Dadurch lernte sie schnell, unauffällig für fünf zu kochen. Sie bemerkten nicht, dass sie sich mit den üppigen ‚Resten' sehr gut versorgte. Ein weiterer Vorteil der Essenszubereitung lag darin, dass es ihr immer gelang unbemerkt an den Zutaten zu naschen oder sie für später abzuzweigen. Für die langen Nächte schob sie sich gern eine Pastinake in den Hosenbund, oder eine Karotte in den Ausschnitt. Mittel gegen Langeweile, nicht um ihren Hunger zu stillen.

Und dann. Wurde sie erwischt.

38.
Charlotte

Es war ihre Gier, die ihr zum Verhängnis wurde. Das nächtliche Knabbern war zu einer weiteren obsessiven Gewohnheit geworden. Ihre Sucht verführte sie zu Leichtsinn. Eines Tages stopfte sie sich gleich ein ganzes Bündel rohe grüne Bohnen in die Hosentaschen. Ein unnötiger Fehler. Eine der Bohnen rutschte durch eines der kleinen Löcher in ihrer zerschlissenen Dschungelhose und direkt vor Juniors Füße.

»Was ist das?«, fragte er, als sähe er zum ersten Mal in seinem Leben eine grüne Bohne.

Charlotte war so eingeschüchtert, dass ihr auf die Schnelle keine Ausrede einfiel. Er tastete ihren Körper ab und fand ihre Vorräte in BH, Hosentaschen und im Hosenbund unter ihrem T-Shirt. Er rief Thierry und Aristide und zerrte sie in ihr Zimmer. Claude war an diesem Abend nicht im Haus.

»Zieh alles aus.«

Wieder einmal stand sie schluchzend und splitternackt vor den Männern und wimmerte eine Entschuldigung nach der anderen heraus. Sie durchsuchten ihre Kleidung und mehr von dem unseligen Gemüse purzelte heraus.

»Eine Diebin!«, sagte Aristide, während die andern sie an ihren Holzstuhl banden.

»Was macht man in deinem Land mit Dieben, Charlotte?«

»Sie werden rehabilitiert«, wimmerte sie vor Schreck die Juristensprache ihres Vaters heraus.

Die drei Schufte brachen in schallendes Gelächter aus. »Willst du das nochmal versuchen?«

»Sie werden eingesperrt.«

»Einfach so? Gibt es nicht vorher eine Gerichtsverhandlung?«

»Doch.«

»Na eben«, sagte Aristide. »Es gibt einen Kläger, einen Richter und einen Verteidiger, nicht wahr?«

»Ja.«

»Haben wir hier jemanden, der ihren Anwalt übernimmt?«

»Ich bin der Richter!«, schrie Thierry, während er sich vor Lachen den Bauch hielt.

»Und ich der Staatsanwalt. Das kennst du ja, Charlotte nicht? Dein Vater bringt doch gerne Menschen hinter Gitter?«, sagte Junior.

Sie antwortete nicht.

»Dein Scheißvater bringt Leute hinter Gitter, antworte mir!«, brüllte er so laut, dass Charlotte zusammenfuhr.

»Ja.«

»Einspruch Euer Ehren! Der Staatsanwalt möge die Angeklagte gefälligst nicht anbrüllen!«, warf Aristide ein, dem nichts anderes übrig geblieben war, als die Rolle des Verteidigers zu übernehmen. Die Männer krümmten sich vor Lachen, indes Charlotte am ganzen Leib vor Angst und Demütigung bebte.

Auf einmal schrie sie: »Na los, bestraft mich endlich!«

»Halt die Fresse!«, schrie einer.

»Nein, nein Herr Staatsanwalt. Die Angeklagte will wissen, was ihr droht. Das ist ihr Recht. Was beantragen Sie?«

»Hm, was hätten wir da zur Auswahl?«, quälte sie Junior. »Also wie wär's mit ein paar giftigen Schlangen im Ausschnitt? Oder ein paar lebenden Küchenschaben als Mahlzeit für die nächsten paar Tage?«

»Zu viel Aufwand«, wandte ‚der Richter' ein.

»Stimmt. »Ein bisschen vergewaltigen?«

»Das ist für so eine Schlampe keine Strafe, sondern eine Belohnung.« Junior klang ernsthaft besorgt über diese Möglichkeit.

»Sie ist keine Westliche. Sie ist mit einem Afrikaner verheiratet, das habe ich euch doch gesagt. Und schwanger ist sie vielleicht auch«, belehrte sie Thierry in überheblich-schlau klingendem Unterton.

»Tja, dann müssen wir ihr ein bisschen Haut vom Knie abziehen oder warum schneiden wir ihr nicht gleich ihre Zehen ab? Oder ein Ohr?«

»Was ist hier los?«, fragte Claude, der eintrat. »Warum ist das Mädchen nackt am Stuhl angebunden? Seid ihr noch zu retten?«

»Wir haben eine Diebin geschnappt.«

Claude wandte sich an Charlotte: »Stimmt das?«

»Ja!«, schrie Junior. Schau!« Er deutete auf die ‚Indizien' am Boden. »Wir richten sie gerade.«

»Bindet sie los!«, befahl er und Charlotte herrschte er an: »Zieh dich an. Und hör mit der Kratzerei auf. Schau dich doch mal an.«

»Spielverderber«, maulte Thierry und erlöste Charlotte von ihren Fesseln. Sie sammelte ihre Sachen ein und zog sie an.

Aristide wandte ein: »Claude, sie muss bestraft werden. Wo führt das hin?«

»Haut ab, ich erledige das. Kümmert euch endlich um ihre Tabletten. Sie sind ihr schon längst ausgegangen. Sie ist uns nur gesund von Nutzen.« Sie verschwanden und Charlotte blieb mit Claude zurück. »Kriegst du nicht genug zu essen? Warum machst du so was?«, fragte er ungewöhnlich sanft klingend.

»Es tut mir leid«, sagte sie und setzte zu einer Erklärung an.

»Du hast Glück. Ich bin gut gelaunt. Ich habe gerade die Bestätigung zur Geldübergabe erhalten. Es läuft alles nach Plan. Bald bist du frei.«

Charlotte weinte und weinte. Claude nahm ihr das Tuch ab und wuschelte ihre zusammengeklatschten Haare locker. »Warum trägst du dieses dumme Tuch? Das steht dir nicht.«

»Thierry hat es mir befohlen. Weil ich verheiratet bin«, fügte sie sicherheitshalber hinzu, nachdem ihr diese Notlüge schon einmal aus der Patsche geholfen hatte.

»Ich habe ein Jahr in Marseille gelebt, Charlotte und dann noch sechs Monate in Paris. Wurde wieder abgeschoben, aber du erinnerst mich an eine Frau, die ich dort kennenlernte. Eine Volontärin. Sie konnte mir nicht helfen, aber weiß der Teufel, sie hat es wirklich versucht.«

»Wann war das?«

»Das ist ewig her. Ein überschlauer uralter Trottel mit einem merkwürdigen Namen, irgendwas mit diesen kleinen skandinavischen Tieren, die über Klippen springen…« Er unterbrach sich einen Moment, um nachzudenken. »Lemminge. Ja, so hieß er. Jedenfalls, ertappte er mich während der psychiatrischen Untersuchung bei einer kleinen Notlüge. Daraus schloss der Idiot, dass meine gesamte Geschichte erfunden war. An seinem Urteil war nicht zu rütteln. Der wähnte sich mächtiger als das Gesetz. Irgendwann knöpfe ich mir das Schwein vor. Ach, was rede ich? Der schmort längst in der Hölle.«

»Claude, ich bin nicht schwarzhaarig.« Bald wird er sowieso den Nachwuchs sehen, dachte Charlotte, ich sage es ihm lieber gleich, damit er nicht enttäuscht ist.

»Du wirst mich trotzdem immer an Julie erinnern. Ich glaube sie war in ganz Frankreich die einzige Person, die mir glaubte, dass ich kein Simulant war.«

Charlotte schwieg bedrückt.

»Wie war das jetzt mit dem Gemüse? Warum machst du so einen Mist? Hast du Hunger? Reichen die Reste nicht? Ich kann…«

»Ich knabbere nachts daran«, unterbrach sie ihn.

»Langeweile? Schlaflosigkeit?«

»Beides. Aber es tut mir wirklich leid, ich mache das nie wieder.«

»Ich habe ein besseres Mittel gegen Langeweile.«

»Claude, bitte tun Sie mir nichts.«

Er griff in die Reisetasche, die er abgestellt hatte, und holte ein Schachbrett aus billigem Plastik heraus. »Willst du beginnen oder gewinnen?«

»Was?«

»Nun sag schon. Weiß oder schwarz?« Er stellte die Figuren auf.

»Äh, weiß.«

»Moment.« Er zog seinen Gürtel aus und knallte ihn gegen die Wand. »Schrei. Na los. Steh nicht auf der Leitung. Schrei ein bisschen herum.« Sie schrie abwechselnd mit den Gürtelgeräuschen, während sich beide vor Lachen bogen. Charlotte aus hysterischer Erleichterung und Claude aus der fortwährenden guten Laune heraus, weil er sich in Reichtum wähnte. Die Noten mussten nach dem Jahr 2000 gedruckt sein, denn Scheine, die vor diesem Jahr gedruckt waren, konnten im Kongo nicht gut abgesetzt werden. Alle seine Bedingungen waren erfüllt worden und auf einen ‚fairen' Preis hatte man sich auch einigen können.

Proportional mit dem abnehmenden Druck wurde Claude zugänglicher und menschlicher. Jeden Tag nach dem Abendessen spielten sie eine Partie Schach und eine Revanche. Die Spiele waren schnell vorüber, weil Claude so schlecht spielte. Charlotte gewann jedes Mal. Hin und wieder spielte sie absichtlich schlecht, um ihn gewinnen zu lassen. Dies tat sie aus Besonnenheit, um sein Interesse aufrechtzuerhalten, doch Claude entpuppte sich durchaus als guter Verlierer. Sie begann, ihn zu korrigieren und brachte ihm weitsichtigere Züge bei, wofür er sich zum Spaß jedes Mal mit einem Stück Gemüse bedankte. Die Schachpartien wurden zu ihrem Lebensinhalt. Den ganzen Tag übte und plante sie im Kopf Züge, bis es nach dem Essen endlich so weit war. Er nahm ihr jedes Mal vorher das Tuch ab und je näher das Ende der Geiselnahme rückte, desto entspannter wurde er. Aus seiner humaneren Behandlung und dem regelmäßigen spielerischen Beisammensein entwickelte sich eine menschlichere Beziehung. Doch Charlotte hielt sich gewappnet. Sie wusste von Fallstudien, dass sich Entführungsopfer oftmals emotional an ihren Entführer banden. Das würde sie nicht zulassen. Täglich hielt sie sich absichtlich vor Augen, zu welchen Schändlichkeiten er zu Beginn fähig gewesen war. Auch Claude ließ sich nie manipulieren oder konkrete Informationen entlocken, die unmittelbar mit dem Lösegeld in Zusammenhang standen.

Er begann für ihre mathematischen Formeln Interesse zu zeigen und schenkte ihr einen neuen Stift und Schreibblock, diesmal kariert, nicht liniert. Eines Tages brachte ihr Claude nach einer kurzen Abwesenheit ein Algebra Schulbuch mit. »Bring mir Mathe bei«, verlangte er. Charlotte witterte Gefahr. Diese Männer ließen sich nicht gern belehren. Schach hatte er schon gekonnt, wenn auch nicht gut, doch dabei ging es nur um das Üben. Und beim Schach hatte er immerhin die Chance zu gewinnen, oder sie konnte es so steuern, dass sie verlor. Als sich herausstellte, dass Claude keinerlei Algebra Kenntnisse hatte, wurde sie sich der Einseitigkeit dieses Arrangements bewusst. Und was, wenn er es gar nicht begriff? Er würde sich minderwertig fühlen und dafür müsste sie büßen. Darum schlug sie ihm einen Handel vor. »Gut, wir machen das und im Gegenzug musst du mir Französisch beibringen.«

»Das kannst du schon.«

»Nicht so gut wie du«, schmeichelte sie ihm. »Sobald ich freikomme, will ich Naturwissenschaften studieren und nach Zentralafrika umsiedeln. Ich muss fließend werden. Hilfst du mir dabei?«

»Hast du nicht genug von diesem Scheißkontinent?«

»Weißt du, das verstehe ich selbst nicht aber ich liebe Afrika. Meine Zeit in Uganda, Claude, die war irgendwie auch schön. Die Menschen sind anders. *Menschlich.*«

»Das von einer Geisel?«, prustete er abfällig. »Dir muss es ja sehr gut ergangen sein.«

»Es ist mir nicht gut ergangen, Claude«, erwiderte sie traurig. »Aber schlechte Menschen gibt es überall und ich habe den Eindruck, dass hier in Afrika die guten überwiegen. Dieser Kontinent hat die zweithöchste Bevölkerungszahl der Welt. Von einer Milliarde Einwohner, wie viele davon sind Kidnapper oder Kriminelle?«

»Woher soll ich das wissen?«

»Ich weiß es auch nicht, aber ich bin sicher, dass die meisten arme aber großzügige Menschen sind, die ihre Sachen gerne teilen. Kennst du den Begriff ‚Ich bin ein Mensch durch andere Menschen'?«

»Ubuntu?«

»Du kennst es?«

»Das ist hier ein Bantufremdwort, ein Ausdruck für Gemeinsinn.«

»Also machen wir es so?«

»Alles klar.«

Claude besorgte französische Bücher und sie paukten jeden Nachmittag von 13.00 bis 16.00 Uhr abwechselnd Französisch und Mathe. Charlotte bat Claude um Putzmaterial und verbrachte die Vormittage damit, das Haus zu schrubben, um endlich dem Ungeziefer Herr zu werden. Ihre Langeweile verwandelte sich in Hektik. Putzen, kochen, pauken, unterrichten, Schach spielen. Es tat gut, abends erschöpft in den Schlaf zu fallen, statt die ganze Nacht wach zu liegen. Claude hatte ihr eine Matratze gestiftet und so musste sie nicht länger auf dem Boden schlafen. Obwohl sie darin Wanzen vermutete, zog sie die Matratze dem Boden vor.

Sie begann Claude dafür zu bewundern, dass er alles im Griff hatte, dass er so intelligent war. »Warum entführt ihr Menschen?«, fragte sie ihn eines Tages nach einem Spiel.

»Wir brauchen das Geld.«

»Keine noble Mission?«

»Damit kann ich nicht dienen.«

»Hast du eine Familie?«

»Nicht mehr.«

»Warum nicht?«

»Sie ist tot, Charlotte. Meine Asylbewerbung in Frankreich. Sie hing mit dem Tod meiner Frau und Kinder zusammen. In dem Asylantenheim entdeckte ich übrigens das Schachspielen.«

»Du brauchst das Geld, um deine Feinde zu bekämpfen?«

»Nein, ich brauche das Geld, um reich zu werden, damit ich von hier wegkomme. Auf ehrlichem Weg hat es ja nicht geklappt.«

»Claude, ich werde meinen Vater bitten, dir zu helfen.«

»Vergiss es Charlotte, das wird nicht passieren. Außerdem will ich sein Geld, nicht seine Hilfe. Du bist zu jung, das verstehst du nicht. Du bist ja noch ein halbes Kind, meine Güte. Warum hat dich dein Vater neulich als Chuck angesprochen? Ist das ein Codewort?«

»Ich werde so genannt.«

»Ein Spitzname?«

»Menschen, die mich gern haben, nennen mich so.«

»Sag ich ja, ein Kind!«

»Ich bin verheiratet«, protestierte sie. Sie hatte sich so in diese Vorstellung hineingesteigert, dass sie es fast schon selbst glaubte.

»Wenn du verheiratet bist, fresse ich einen Besen. Noch dazu mit einem Ugander. Die Story fand ich wirklich amüsant.«

»Warum hast du sie mir durchgehen lassen?«

»Wenn Thierry so blöd ist, dir diese Geschichte abzunehmen, ist er selber schuld. Dass dir das überhaupt eingefallen ist. Ein brillanter Schachzug. Echt.«

»Elvis hat mir aufgetragen, das zu sagen, bevor er mich deinen Leuten übergab«, gestand sie aus untypischer Redseligkeit.

»Trotzdem, das hast du gut hingekriegt. Hätte auch schief gehen können.«

»Warum habt ihr Elvis ermordet?«

»Die Sache war den Transportern zu groß, Charlotte. Er ist ein Ausländer. Noch dazu aus Uganda. Traue nie einem Ugander. Außerdem hätten wir so einen hohen Preis für dich gar nicht bezahlen können.«

»Ihr habt mich gestohlen?«

»Könnte man sagen, ja.«

Charlotte wunderte sich über die Ironie seiner Bemerkung, Ugandern nicht vertrauen zu können. Wer war hier der Schurke?

»Er war gut zu mir.«

»Er hat dich gekauft und verkauft. Naja, verkaufen wollen.«

»Er hat mir nichts getan, Claude. Er hat mich gut behandelt.«

»Wenn ich dich ansehe, kann ich dir das gerne glauben. Hattest du Sex mit ihm?«

Charlotte wurde es mulmig. »Nein.«

»Das wundert mich. Der alte Sack hätte sich bestimmt gern an dich rangemacht.«

»Hat er aber nicht.«

»Ich will mit dir schlafen.«

Charlotte schloss einen Moment die Augen, wusste nicht, was sie erwidern sollte.

»Hast du was gegen schwarze Männer?«

»Natürlich nicht!«, empörte sich Charlotte so energisch, dass sie aufsprang.

»Magst du mich nicht?«

»Doch schon«, stammelte sie um eine passende Antwort verlegen.

»Denk darüber nach. Es ist spät. Ich muss morgen früh raus. Der Vermittler bringt das Geld. Wenn wir es haben und weiterhin alles gut geht, bringen wir dich in einen Wald, acht Stunden von hier. Wir lassen dich dort an einem Baum angekettet zurück, aber hab keine Angst. Wir versorgen dich mit ausreichend Proviant. Wenn wir in Sicherheit sind, gebe ich ihnen die Koordinaten durch und sie können dich abholen. Du wirst höchstens vierundzwanzig Stunden ausharren müssen.«

»Aber die Raubkatzen!«

»Ich gebe dir eine Fackel und ein Feuerzeug. Und zwei Öllampen, die kannst du permanent brennen lassen. Das ist ein Risiko für mich, weil dich jemand zufällig früher finden könnte, aber ich mache das für dich, okay?«, sagte er großzügig.

»Okay.«

»Gute Nacht, Charlotte. Klau bloß kein Gemüse morgen! Keine Wäscheklammern, kein Salz, kein…«

»Gute *Nacht,* Claude«, scherzte sie. Er war bereits an der Tür, als sie ihn nochmal ansprach. »Danke für alles.« Habe ich mich wirklich gerade bei ihm bedankt?, schoss es ihr durch den Kopf.

Seine Antwort darauf war ein Lächeln.

Diesen Anblick rief sie sich täglich vor Augen.

Denn Claude kehrte nicht zurück.

Aristide übernahm das Kommando.

39.
Charlotte

Am vierten Tag nach Claudes Verschwinden schmiedeten die Männer den Plan, dass Junior sich auf den Weg machen solle, um nach ihm zu suchen. Sie beschlossen, noch einen Tag abzuwarten.

Charlotte argwöhnte unterdessen, dass ihrem Vater die Ergreifung des Kidnappers bei der Übergabe wichtiger gewesen war, als ihre Befreiung. Sie fürchtete den Zorn der zurückgebliebenen Männer, aber da hatte sie Aristide unterschätzt. Claude und er waren Profis. Zwar fanden heftige Debatten unter den drei Männern statt, von denen Charlotte während des Putzens und Kochens einiges mitbekam, aber solange die Geisel in ihrer Gewalt war, erschien es Aristide unwahrscheinlich, dass man ihr Leben aufs Spiel gesetzt hätte. Und wenn, Claude würde sie nie verraten, davon war er überzeugt. Er vermutete eher, dass eine andere Bande von dem Geschäft Wind bekommen und ihn überfallen hatte. Das gab es oft.

Aber er war nur einen Anruf von der Wahrheit entfernt.

Charlotte war gerade mit Zwiebelschneiden beschäftigt, um eines von Ethels Currygerichten zuzubereiten, das die Männer vor Charlottes Ankunft nicht kannten und besonders gerne aßen. Sie hatte sich absichtlich für dieses Gericht entschieden, um sie zu besänftigen - tat was sie konnte. Aristide packte sie plötzlich von hinten, legte einen Arm um ihre Brust und zog sie an den Haaren aus der Küche. Der Schmerz war so intensiv, dass sie sich nicht wehrte, sondern ruhig rückwärts mittrippelte. Er führte Charlotte in den Hinterhof, wo der Empfang besser war. Von dort rief er ihren Vater an, indes er sie weiter mit seinem rechten Arm festhielt. In der anderen Hand hielt er das Handy. Er bediente es geschickt mit einer Hand, wählte die Nummer mit seinem Daumen, stellte auf ‚Laut' und presste seinen Mund an ihr Ohr. »Sag was!«

»Dad, ich bin's!«

»Chuck! Bist du in Ordnung?«

»Frag ihn, wo das Geld bleibt«, flüsterte Aristide und drückte ihr seinen Arm so stark um ihre Brust, dass ihr der Atem stockte.

»Dad, warum bezahlst du nicht für mich?«, röchelte sie unter Atemnot. Aristide lockerte seinen Griff.

»Liebling geht es dir gut?«

»Wo bleibt das Geld, Dad?«, schrie sie.

»Chuck, dein Lösegeld wurde längst an den Vermittler in London überwiesen. Von dort wird es gewaschen und vor Ort bar ausbezahlt. Das Waschen dauert immer ein paar Tage, aber es müsste inzwischen bei deinem Kidnapper eingetroffen sein. Der Entführer bestand auf fünfzig und zwanzig Dollar Scheine und alle nach dem Jahre 2000 gedruckt, deshalb kam es bei den Geldwäschern eventuell zu dieser Verzögerung. Gib ihn mir, Chuck. Lass mich mit ihm…«

Aristide hängte ein und ließ Charlotte los. »Ab Marsch, zurück in die Küche!«, befahl er ihr.

Charlotte sah noch, wie er sofort die SIM-Karte aus dem Telefon nahm und in den Sand im Hof neben den Müll warf. Sie hätte sie gerne aufgehoben und eingesteckt, aber sie durfte ja nie unbeaufsichtigt in den Hinterhof. Durch diese kleine Beobachtung zog eine entsetzliche innerliche Machtlosigkeit auf. Sie hatte keine Kraft mehr, fühlte sich so erschöpft. Hoffnung, Enttäuschung, Hoffnung, Enttäuschung. Und immer diese hilflose Abhängigkeit. Sie war müde. Sie kehrte in die Küche zurück und hackte schluchzend weiter an ihrer Zwiebel. Die Tränen strömten wie Bäche aus ihren Augen, nicht wegen der Zwiebel. Sie legte die Zwiebel weg, wusch das Messer in der Wasserschüssel ab, stand einen Moment reglos da. Dann setzte sie die Messerspitze an die Stelle, wo sie ihre Halsschlagader vermutete, und stach zu. Blut strömte aus ihrem Hals.

Kurz darauf trat Aristide ein. Er war nicht wütend auf sie. Ihre Eltern hatten bezahlt, daran hatte er keinen Zweifel. In dieser Lage saßen sie in einem Boot. Seine kriminelle Energie war nicht mehr auf Charlotte gerichtet, sondern auf die gaunerischen Rivalen. Die Vermutung, dass Dritte hinter der Panne steckten, hatte sich durch den Anruf bestätigt. Es schien ihm unwahrscheinlich, dass Charlottes Vater sie in dieser Situation so kalt belogen hätte. Er wollte sie beruhigen und ihr sagen, dass sie einen Plan schmieden würden und sie bald freikäme. Als er das blutende Mädchen sah, stürzte er auf es zu. Charlotte stand noch, war aber im Begriff zusammenzusacken. Er gab ihr eine Stütze und drückte ihre Wunde zu, schrie nach seinen Komplizen. Thierry kam angerannt. »Lauf ins Dorf! Zur Klinik! Schnell, hol den Arzt! Mach schon!« Er legte Charlotte behutsam auf den Boden und riss sich sein Hemd vom Leib.

Aus dem Ärmel konstruierte er einen Druckverband und hielt sie in seinen Armen, während er überlegte, was er noch tun könnte.

Charlotte hatte Angst zu sterben. Noch nie hatte sie eine so lähmende Angst verspürt. Sie beobachtete sich wie aus der Ferne und sehnte sich nach Claude. In ihrem geistigen Auge lächelte er ihr zu, dann verschwamm das Bild und ein Nebel zog auf. Aus diesem Nebel tauchte ein grauer Umriss auf und nahm langsam Gestalt an: Dunkelgraues Fell, aufgeweckte braune Augen, eine schwarze, große Hand, die sich ihr entgegenstreckte. Deren Fingerspitzen berührten leicht Charlottes Wange. Mit sanfter Stimme begann Fern zu sprechen: »Sterben ist leicht. Leben ist hart. Was wählst du?«

»Leben«, gurgelte Charlotte hörbar.

Aristide sagte: »Sch… nicht sprechen.«

»Dann lebe und kämpfe in Würde. Wir kämpfen nicht mithilfe unserer überlegenen körperlichen Kraft, sondern mit geistigem Mut. Der Kampf meiner Rasse ist kein Ringen um Macht, sondern um Vertrauen. Wir bekämpfen den Verlust des Vertrauens in das Leben - mit der Stärke unseres Herzens. Denn wenn wir dieses Vertrauen verlieren, werden wir aussterben. Wir Tiere sind mit dieser mystischen Stärke gesegnet. Der Rasse Mensch ist sie unbegreiflich. Bis auf wenige Ausnahmen verstehen die Menschen sie nicht, weil sie nur uns gehört. Dieser Planet wird beherrscht von guten und bösen Menschen und sie hilft uns, uns an den guten zu erfreuen und zu überleben. Und zu ertragen, was die bösen uns antun. Du befindest dich unverschuldet in Gefangenschaft, wie viele unserer Rasse und deshalb hast auch du nun diese Kraft. Ich habe dich viele Wochen beobachtet. Du hast *unsere* Kraft…« Der Nebel verzog sich und mit ihm Fern. Die Worte waren verklungen, Charlotte dämmerte weg.

Ein Schrei riss sie aus dem Dämmerzustand. Sie hörte ihren Namen und jemand ‚Nicht!‘ rufen und sie spürte ein sachtes Klopfen an ihrer Wange. »Bleib wach, Charlotte! Gib nicht auf! Hilfe ist unterwegs.« Unter großer Anstrengung öffnete sie die Augen, erblickte die Decke der Küche, die Wände, Aristides Arm, roch rohe Zwiebeln. Sie spürte die maskuline Kraft seines Armes und wie sie scheinbar auf sie überfloss und in ihr anwuchs. Und wuchs. Urplötzlich empfand sie eine unfassbare Stärke, wie die eines Übermenschen. Oder war es die eines Menschenaffen?

»Richten Sie mich auf, halten Sie meinen Kopf ein wenig höher«, sagte sie klar hörbar zu Aristide.

Er tat es.

»Ich ersticke fast. Lockern Sie den Druckverband ein wenig.«

Er tat es.

»Nicht so viel. Sie können etwas härter zudrücken«, gurgelte Charlotte unter größter Anstrengung.

»Hilf mir!«, schrie Aristide Junior zu. »Hol den Medizinkasten und zieh eine Adrenalinspritze auf. Los, schnell!«

»Nein!«, sagte Charlotte. »Kein Adrenalin! Halten Sie mich nur fest. Halten Sie mich fest, Aristide. Danke, dass Sie mich festhalten.« Mit ihrer übernatürlichen Kraft gab Charlotte ihren Helfern die Erste Hilfe Anweisungen, die sie in ihren Kursen gelernt hatte. Ihr Gehirn hatte diese Informationen parat gehalten und auf Abruf gewartet. Gerade als ihr Energieschub abklang und das Sprechen so anstrengend wurde, dass ihre Instruktionen kaum noch vernehmbar waren, ertönten französische Laute an der Tür. Der Arzt schnellte auf sie zu. Dann entschlüpfte sie kurz dem Wachzustand. Nach wenigen Minuten kam sie zu sich und hatte keinerlei Erinnerungen mehr. Das Letzte, was sie noch wusste, war, dass sie in der Küche ein scharfes Messer abgespült hatte.

»Wo bin ich?«

»Ich bin Dr. Muamba. Sie hatten einen Unfall. Können Sie mich hören?«, erwiderte der Arzt.

»Ja.« Die Erinnerung an die Begegnung mit Fern kehrte zurück und gab ihr wieder Kraft.

»Wir tragen Sie jetzt in Ihr Zimmer.« Die Männer hoben sie hoch und legten sie auf ihre Matratze. Der Arzt richtete ihren Oberkörper auf, verband sie, maß ihren Blutdruck und gab ihr eine Spritze. Sie nickte ein.

»Die Hauptschlagader wurde nicht getroffen. Aber das Mädchen muss in die Klinik. Ich werde sie mit dem Eselskarren abholen lassen.«

»Nein, nein Doktor, das geht schon.«

Dieses lockere Abwinken machte den Arzt stutzig. »Warum lebt ein minderjähriges, ausländisches Mädchen mit drei erwachsenen Männern hier im Haus?«, fragte er misstrauisch. »Und warum ist ihre Kleidung so zerschlissen?«

»Sie ist nicht minderjährig«, erwiderte Aristide wahrheitsgemäß. Auch in der demokratischen Republik des Kongo ist man mit achtzehn volljährig. »Sie ist die Freundin meines Bekannten. Der ist momentan nicht hier.«

Er glaubte ihm kein Wort. »Das ist doch ein Kind. Wissen ihre Eltern Bescheid? Woher stammt sie überhaupt?«

»Sie ist kein Kind. Sie sieht nur sehr jung aus.«

»Wie kam es zu der Verletzung? Wer hat das getan?«

»Sie hat Zwiebeln geschnitten und dabei ist ihr das Messer ausgerutscht.«

»Ach? Waren Sie dabei? Haben Sie das gesehen?«

»Wie viel kostet die Behandlung?«

Dr. Muamba nannte den Preis und fügte hinzu: »Ich bin noch nicht fertig mit ihr. Ich muss ihr eine Infusion geben, zur Stabilisierung und sie ein paar Tage beobachten. Sie können mich bezahlen, sobald sie gesund ist.«

Aristide blätterte das Zehnfache der geforderten Summe hin und fragte: »Haben Sie Frau und Kinder, Dr. Muamba?«

»Ja, warum fragen Sie?«, erwiderte er und blickte dann auf das Geld. »Das ist viel zu viel. Was soll das?«

»Für Ihre Sicherheit und die Ihrer Familie.«

Der Arzt verstand sofort. »Gut, ich werde sie weiter in Ihrem Haus behandeln. Ich komme heute Nachmittag wieder. Geben Sie ihr viel Wasser, auch wenn sie nicht trinken will, und jede Stunde eine dieser Tabletten.« Er nahm vier Tabletten aus einer Röhre, steckte sie in einen durchsichtigen Plastikbeutel und reichte ihn im. »Sorgen Sie dafür, dass sie sich ruhig verhält. Sollte sich ihr Zustand verschlechtern, lassen Sie mich sofort rufen.«

»Alles klar, bis später.«

Kurz nach Mittag kehrte er zurück. Aristide stand direkt neben dem Arzt, ließ ihm absolut keinen Freiraum.

»Verlassen Sie bitte das Zimmer. Ich muss mit der Patientin alleine sein.«

»Warum?«

»Ich muss ihren Oberkörper freimachen, um ihre Brust abzuhören.«

»Das können Sie auch, indem Sie Ihr Stethoskop unter ihr T-Shirt schieben.«

»Jetzt hören Sie mir mal zu. Wie ich meine Patienten behandle, ist meine Sache. Wenn Ihnen das nicht passt, suchen Sie sich einen anderen Arzt. Ich muss sie auf weitere Verletzungen untersuchen.«

»Sie hat keine. Ich muss bei ihr bleiben. Das hat mir ihr Freund aufgetragen.«

»Drehen Sie sich wenigstens um.«

»Nein.«

Der Arzt presste sein Gesicht seitlich an ihren Hals.

»Was machen Sie da? So hört man keine Atmung ab.«

»Das mache ich gleich mit dem Stethoskop, zuerst muss ich an ihrem Hals nach Gurgelgeräuschen lauschen«, log der Arzt spontan. Er richtete sich auf und blickte Aristide herausfordernd in die Augen. Der nickte und Dr. Muamba beugte sich wieder vor.

»Ambassade«, röchelte Charlotte leise nach der Botschaft. Das zurückhaltende Flüstern war so anstrengend, dass es leichter gewesen wäre, es herauszubrüllen. Dr. Muamba hielt verzweifelt weiter sein Gesicht an ihres. Noch ein Wort, Mädchen, komm! Welche? Welche? Komm!, forderte er sie im Geiste auf.

»Das reicht!«, schrie Aristide. »Gehen Sie jetzt.«

»Ich bin noch nicht fertig.«

Er zog ihn hoch und schob ihn zur Tür hinaus. »Wir brauchen Sie nicht mehr. Hier ist Ihr Geld. Nehmen Sie es endlich.« Er blickte dem Arzt nach, wie er die Straße hinunter eilte und als Aristide sicher war, dass er außer Hörweite war, schrie er: »Packt eure Sachen ein. Wir müssen hier weg. Los macht schnell!« Aristide packte flüchtig ein paar von Charlottes dürftigen Habseligkeiten in ihren Rucksack, vergaß aber das meiste. Junior stieg hinten ein, sie legten sie auf den Rücksitz, platzierten ihre Füße auf Juniors Schoß, warfen eine Decke über sie und brausten über die holprigen Wege davon.

Beim Hinaustragen hatte Charlotte einen letzten Blick auf ihr Zimmer geworfen: eine Matratze, ein Schachbrett, umgestoßene, herumliegende Schachfiguren, Schreibblöcke, ein Stift.

--- oOo ---

Dr. Muamba eilte nicht in die Klinik zurück, sondern nach Hause. »Pack deine Sachen und die der Kinder ein. Mach aber kein Aufsehen. Sobald sie aus der Schule kommen, müsst ihr weg. Fahr zu deiner Mutter und warte dort, bis ich dich abhole«, wies Dr. Muamba seine Frau an.

»Was? Wir haben keine Ferien, Jérôme. Ich kann die Kinder doch jetzt nicht einfach aus der Schule nehmen.«

»Tu was ich dir sage. Pack! Wir haben wenig Zeit. Nimm den Nachmittagsbus.«

»Für wie lange muss ich packen?«

»Pack das Nötigste!« Er küsste und umarmte sie. »Ich muss los. Ruf mich morgen früh an, wenn ihr angekommen seid.« Er blätterte ihr Geldscheine hin und drückte sie ein letztes Mal. »Ich schicke dir mehr Geld mit Western Union, sobald es knapp wird.«

In eiligen Schritten hielt er auf seine Klinik zu. Er verscheuchte die Schwestern aus dem einzigen Büroraum, indem sie gerade beisammensaßen und ihren Nachmittagstee tranken. Er stellte den alten Computer an und ging ins Internet. Der Empfang war entsetzlich langsam. Stundenlang suchte er nach einem vermissten oder entführten ausländischen Mädchen in seinem Land. Die meiste Zeit starrte er auf den sich drehenden Wartezirkel. Er raufte sich die Haare. Nichts. Im ganzen World Wide Web: nichts! Aufgrund ihrer schwarzen Haare hielt er sie für eine Südeuropäerin. Er googelte nach der italienischen Botschaft, der französischen, der spanischen, der israelischen. Nichts. Nirgends wurde ein Entführungsfall eines weißen Mädchens gemeldet. Der hiesigen Polizei in der nächsten Stadt traute er nicht. Sie könnten mit der Bande unter einer Decke stecken. Das war zu riskant. Er beschloss unter einem Vorwand nochmal in das Haus zurückzukehren, um mehr zu erfahren. Er steckte ein Schmerzmittel ein und machte sich auf den Weg.

Er fand das Haus leer vor. So schritt er durch die verlassenen Räume und wusste, die Männer und ihre Geisel waren längst über alle Berge. Er sah sich in Ruhe in ihrem Zimmer um und entdeckte Schulbücher: Französisch, Mathe. Ein paar Blätter mit einem Strich durch die Mitte und französischen Wörtern auf einer Seite und englischen auf der anderen. Zwei Schreibblöcke. Er blättere einen durch. Chemische Formeln, geometrische Zeichnungen, lange manuelle Algorithmen. Das Kind ist ein Genie, staunte er bewundernd. Er hob den zweiten Block auf, öffnete ihn und las in englischer Schrift zwischen Zeilen von Formeln:

‚Meine Memoiren…Mein Name ist Charlotte Mertens. Ich bin achtzehn Jahre alt und lebe in Boston, Massachusetts mit meiner Mutter Tina Mertens. Mein Vater ist Attorney General Dr. Tobias Palmer. Vor der Küste Tansanias wurde ich Mitte November von Piraten entführt. Hier ist meine Geschichte:

Ich machte Urlaub in Südafrika und meine Freundin Britta und ich unternahmen einen Ausflug zum Hafen in Kapstadt…'

Er las die letzten paar Ausführungen, dann brach die Berichterstattung ab und ging wieder auf mathematische Formeln über. Er griff zum Telefon und rief die Auskunft an. »Bitte geben Sie mir die Telefonnummer der amerikanischen Botschaft in Kinshasa.«

»Visumsabteilung?«

»Nein, es handelt sich um einen Notfall. Schnell! Es eilt!«

Dr. Muamba hörte ungeduldig der dummen Warteschlangenmusik zu, als sie von einem Schuss unterbrochen wurde. Er erschrak vor dem lauten Knall. Erst einen Atemzug später verspürte er einen wuchtigen Schmerz in seinem Rückgrat, der ihn nach vorne schoss. Er fiel mit dem Gesicht auf den Boden und war sofort tot.

Claude nahm ihm das Handy ab und lauschte der Musik. Er wollte gerade aufhängen, als die Telefonistin sich meldete. »Monsieur, die Nummer der Botschaft ist…«

»Merci, au revoir«, sagte Claude und hängte auf. Er wählte Aristides Nummer. Die eines gestohlenen Telefons, das nicht auf Aristide zugelassen war. Der antwortete aber nicht, weil er die Nummer nicht erkannte. Claude tippte eilig einen Text und wartete auf Antwort. Das Telefon klingelte.

»Claude, wo steckst du Mensch?«

»Das könnte ich dich auch fragen. Ich wurde beraubt. Das Geld ist weg.«

»Die Amis haben bezahlt?«

»Ja, aber dann ging alles schief.«

»Wer war es?«

»Die Musiker.«

»Die Musiker Bande! Die kriegen wir schon! Wieso hast du dich nicht gemeldet, Mensch?«

»Ich hatte kein Handy, kein Geld. Ich war froh, wenn mir jemand was zum Essen gab. Ich habe mich zu Fuß und per Anhalter hierher geschleppt. Das sind dreitausend Kilometer, verdammt. Mir geht es, äh, nicht gerade blendend. Wo seid ihr und wer ist dieser Jérôme Muamba im Haus?« Claude ging während des Telefonierens durch seine Taschen, entwendete seinen Ausweis, sein Geld.

»Hast du ihn gefesselt?«

»Er ist tot.«

»Wir mussten für Charlotte den Arzt aus dem Dorf holen. Er hatte Lunte gerochen, ich habe ihm gedroht und ihn bestochen und wir sind auf und davon. Wir sind auf dem Weg nach Niangara, und von dort wollten wir nach Kinshasa, um nach dir zu suchen.«

»Hatte sie einen Rückfall? Ich hab doch gesagt, wir müssen ihre Medikamente aufstocken. Wusste ich's doch!«

»Nichts Ernstes.«

»Für nichts Ernstes holt ihr den Arzt?«

»Sie hatte einen Unfall.«

»Unfall? Was habt ihr mit ihr gemacht, Aristide? War es Thierry? Hat er ihr was getan? Oder ihr alle? Eure Ticker haben ja schon lange keine Uhr mehr von innen gesehen. Kaum bin ich ein paar Tage weg…«

»Quatsch. Ich erklär dir alles und es geht ihr ja schon besser. Schau jetzt, dass du nach Niangara kommst. Wir treffen uns in unserer alten Lagerhalle.«

»Könnt ihr nicht zurückkommen und mich abholen?«

»Geht nicht, Claude. Wir haben uns gerade aus dem Schlamm geschaufelt. Die Straße kurz vor Dungu ist komplett weggeschwemmt. Das würde zu lange dauern. Nimm den Nachmittagsbus nach Dungu und ruf mich an, wenn du da bist. Mach dich aufs Schaufeln gefasst. Hoffentlich kommt der Bus durch. Wenn es geht, komme ich bis dort zurück und hole dich in Dungu ab. Der Bus geht jeden Tag zwischen 16.00 Uhr und 18.00 Uhr. Vielleicht hast du Glück und er ist heute früh dran.«

»Also gut. Passt auf das Mädchen auf. Wir brauchen sie jetzt dringender denn je.«

»Moment.«

»Claude?«, flüsterte Charlotte schwach.

»Hallo Süße. Geht's dir gut? Was ist passiert?«

»Ja, es geht mir besser. Ich war ein bisschen dumm, weißt du. Ich habe dich vermisst und mir Sorgen gemacht, dass die Übergabe nicht geklappt hat. Kommst du? Hast du das Lösegeld?«

»Ja«, log er. »Ich mache mich jetzt auf den Weg. Gib mir nochmal Aristide.«

»Sag ihr nicht, dass das Geld weg ist. Ich werde ihr selbst beibringen, dass wir nochmal von vorne anfangen müssen.«

Aristide wechselte von Französisch auf Kikongo und sagte: »Wieder von vorne? Wir können das nicht nochmal wagen, Claude, wir müssen sie jetzt billig abstoßen und uns das Geld von den Musikern zurückholen.«

»Sie wird nicht wieder verkauft, Aristide. Auf keinen Fall. Sie soll endlich nach Hause.«

»Du willst sie gehen lassen?«

»Natürlich nicht, sie werden nochmal bezahlen müssen.«

»Okay, wir reden über alles. Bis morgen. Hoffentlich.«

Claude verbrannte alle Hinweise auf Charlotte, schnappte sich etwas zu essen, machte sich auf zum Dorfplatz und wartete auf den Bus. Er traf um 17.20 Uhr ein und fuhr gleich wieder los, um seine Verspätung aufzuholen. Vor ihm stieg eine Frau mit drei Schulkindern ein. Zwei setzten sich in die Reihe vor ihm, die Frau und das andere Kind in die Reihe neben ihn. Claude fiel das Handy auf den Boden und das kleine Mädchen hob es höflich auf und reichte es ihm. »Mein Vater hat das gleiche Handy«, stellte das Mädchen fröhlich fest. Als sie Claudes Messerverletzung an der linken Hand sah, kicherte sie verlegen. Die Hand war dürftig mit einem Taschentuch verbunden und sie fand das lustig. »Was hast du da?«, frage sie neugierig, nachdem sie längere Zeit die Hand angestarrt hatte.

»Mir hat jemand wehgetan.«

»Oh!«, bedauerte das Mädchen. Sie sprang auf und berührte tröstend seinen Arm. Dann nahm sie seine Hand, blies auf den Verband und strich mit der anderen kleinen Hand sanft darüber. »Böse Menschen haben dir wehgetan, aber mein Papa hilft Menschen wie dir. Mein Papa ist Arzt. Er würde dir auch helfen, aber er ist nicht da. Tut es sehr weh?«

»Nein«, antwortete Claude. Wohin fährst du denn?«

»Zu meiner Oma.«

»Habt ihr denn schon Schulferien?«

»Nein, aber Mama sagt, weil wir brav waren, haben wir Sonderferien bekommen.«

»Wie viele Ärzte gibt es hier im Dorf?«

»Bist du nicht von hier?«

»Nein.«

»Mein Vater ist der einzige. Er leitet die Dorfklinik.«

»Wo wohnt deine Oma?«

»In…«

»Entschuldigen Sie bitte«, unterbrach die Mutter ihre Tochter. »Sie hat schlechte Manieren.« Sie wandte sich an das Mädchen und rügte: »Pascaline, du darfst die anderen Fahrgäste nicht belästigen. Setz dich jetzt ordentlich hin und sei still. Hier.« Sie reichte ihr eine Banane. Dann streckte sie Claude eine entgegen: »Das mit Ihrer Hand tut mir leid. Darf ich Ihnen auch eine Banane anbieten? Ich kann Ihre Hand auch besser verbinden. Darf ich?«

Claude nickte dankend, ließ sich verarzten, aß schweigend seine Banane und trauerte um seine Familie.

Und litt für die Familie neben ihm, die gerade Mann und Vater verloren hatte und es noch nicht wusste.

Und hasste sein Leben.

40.
Catherine

Rivas‘ Appartement lag in Marseille im Stadtteil Roucas Blanc, auf einem kleinen Hügel mit Blick auf das Mittelmeer, lag aber nicht direkt an der Küste. Es stand in komplettem Kontrast zu dem rustikalen, ländlichen Haus in Boston. Hochmodern, hauptsächlich in Weißtönen eingerichtet, aber weder kalt noch ungemütlich. Darum kümmerten sich seine Dimensionen: klein, nur ein Schlafzimmer, ein Wohnzimmer mit einer Essecke und eine winzige Küche. Allerdings gewährleisteten zwei Badezimmer den Hausfrieden und ein überraschend großer Balkon die Illusion von Freiraum. Über dem Bett im Schlafzimmer hing ein gigantisches Bild von Andalus im Galopp. Ansonsten hatte Rivas die Wände kahl gehalten und keinen der Räume mit Dekorationen überladen. Die flauschigen Teppiche und die hochwertigen, dick gepolsterten Ledermöbel hoben die warmen Eindrücke hervor. Selbst der Esstisch und die Stühle waren aus einer harten Variante von weißem Leder gefertigt. Diese extravagante und gleichzeitig minimale Einrichtung erzeugte eine merkliche Wirkung: Catherine fühlte sich von dem edlen Geschmack eingeschüchtert. In Boston hatte sie sich sofort heimisch gefühlt. Hier überwog die Furcht, sie könnte etwas beschmutzen. Keine Pflanze, keine Dekoration, kein Buch fand seinen Platz in diesem Haus. Allerdings besaß Rivas ein beeindruckendes Heimkino und viele CDs und DVDs. Catherine spielte sofort damit herum und legte argentinische Musik auf. Rivas schaltete den Riesenbildschirm ein und Catherine staunte über den Anblick der Wohnung aus vier verschiedenen Blickwinkeln. Wenn Rivas in die Küche ging, sah sie ihn, wenn er ins Wohnzimmer zurückkam, sah sie ihn. Ebenso im Schlafzimmer und an der Haustüre. Nur den Badezimmern fehlte die Überwachungsfunktion.
»Hast du dir zum Spaß überall Kameras einbauen lassen? Das finde ich spleenig. Ich meine, drehst du hier Pornos oder was?«

»Das kommt auf die Hauptdarstellerin an.«

»Nein, im Ernst.«

»Ich wickle hier Geschäfte ab. Es hat sich mehr als einmal als nützlich erwiesen, hinterher Beweis- oder Erpressungsmaterial in der Hand zu haben. Hierfür schalte ich dann den Ton an, und so wird nicht nur visuell, sondern auch das Gespräch aufgezeichnet.«

»Häh? Geschäfte im Schlafzimmer?«

Rivas lachte.

»Gehört die Wohnung der WICED?«

»Es ist meine eigene.«

»Du bist echt kriminell!«

»Ist dir das erst jetzt aufgefallen?«

»Ich fühle mich wie in einem französischen Thriller! Du bist der Killer und ich die Komplizin.«

»Die können sehr sexy sein. Möchtest du das mit der Kamera ausprobieren? Wir können unseren eigenen Thriller drehen.«

»Um Himmelswillen nein. Schalt das bloß ab. Da bring ich ja gar nichts mehr zustande. Das finde ich total peinlich.«

»Schade.« Rivas zuckte mit den Achseln. »Es ist nichts zum Essen im Haus. Hast du Lust auf dem Markt einkaufen zu gehen?«

»Können wir gleich gehen?«

»Ich bringe dich hin und hole dich ab, okay? Dann kennst du den Weg für nächstes Mal.«

»Können wir nicht zusammen einkaufen? Ich kann doch kein Französisch und die Lebensmittel hier kenne ich auch nicht.«

»Einkaufen kann man in jeder Sprache, aber na schön, wenn es sein muss. Kauf nicht zu viel. Wir nehmen das Motorrad, das geht bei dem wüsten Verkehr hier schneller.«

Nach dem Einkaufen setzten sie sich noch in ein Café und Rivas eröffnete: »Catherine, ich möchte, dass du morgen nach Málaga fliegst und den Hengst kaufst.«

»Was? Das ist doch jetzt nebensächlich.«

»Tu's für mich. Du fliegst am Abend zurück und in der Zwischenzeit treffe ich alle Vorkehrungen für Afrika.« Rivas insistierte, damit Catherine in der gefährlichen Zeit, die ihnen bevorstand, für etwas ihr Liebes und Wertvolles die Verantwortung übernehmen musste. Pferdebesitzer trieben sich oft an, weil ihre Pferde sie brauchten, und Catherine gehörte definitiv zu dieser Gruppe. Zu ihren zwei Pferden einen ‚Andalus' hinzuzufügen, würde ihr Auftrieb und Kraft geben, denn wer wusste, welche Abenteuer noch auf sie warteten? Aber der Hauptgrund war, dass Rivas nicht wollte, dass Catherine mit Carlos und Maria zusammentraf. Catherine stimmte zu und zurück in Rivas' Wohnung buchte sie ihren Flug über das Internet. Da man ihre Einreisevisa für Kenia bei Ankunft ausstellen würde, benötigte er ihren Pass nicht, während er alles andere in die Wege leitete.

Am nächsten Tag traf Maria mit Carlos im Schlepptau ein. Die versteckten Kameras liefen auf Hochtouren. Maria stellte fröhlich diverse verspätete Weihnachtsgeschenke ab. Nach einer herzlichen Begrüßung und Smalltalk hauptsächlich über Rivas' Gesundheitszustand, erstatte Maria Bericht über die neuesten Entwicklungen in der WICED. Ruckebier käme gut voran, aber man habe in der Gruppe den Fokus allgemein von dem Projekt abgewandt, um den Gerüchten der wiederauflebenden Chilanchi-Verschwörung nachzugehen. Dann erzählte Rivas den beiden über die Vorkommnisse in Boston und Washington. Es ergab sich eine stundenlange Debatte, allerdings keine harte, wie Rivas erwartet hatte. Aufgrund des Richtungswechsels sahen sie in Rivas' Zusammenarbeit mit Palmer eine bessere Chance, Chilanchi zu verhindern. Jedenfalls lagen dort vorläufig ihre Prioritäten. Richtig zur Sache ging es allerdings, als Carlos und Maria klar wurde, dass sie Teil des Deals mit Palmer geworden waren. Als ihnen dämmerte, dass sie nach Chilanchi keine Zukunft als Organisation mehr erwartete, erhoben sie gewaltig Einspruch.

»Wir haben keine Wahl. Es ist vorbei. Wir sind aufgeflogen«, meinte Rivas abschließend.

»Dank *dir*!«

»Carlos, sie waren uns schon lange auf den Fersen, du hast es ja gehört«, lenkte Maria ein.

»Nein, Carlos hat recht, Maria. Aber auch das spielt keine Rolle mehr. Es ist, wie es ist. Und Carlos, ich versichere dir, ich habe keinen Ton über die WICED bekanntgegeben. Nur dass es euch, Verzeihung, dass es *uns* gibt und dass ich anstrebe, dass wir alle unbehelligt da herauskommen. Etwas Besseres hätte dir nicht passieren können.«

»Ich verzichte auf deine Heldentaten, Rivas. Auch wenn Maria sich von dir einseifen lässt, ich tue es nicht. Ich lasse mir von einem Halbstarken wie dir keine Vorschriften machen, und von einem Washingtoner Bürokraten erst recht nicht.«

»Dann lasse ich dich hochgehen.«

»Das würdest du tun?«

»Ungern, aber wenn ich dich damit zwingen muss zu sehen, was du nicht sehen willst, dann ja. Das ist deine einzige Chance. Schick Ruckebier nach Hause. Zahl ihn aus, damit er schweigt, oder lenke ihn auf das Chilanchi Projekt um, er kann uns ja noch nützlich sein. Immerhin handelt es sich bei ihm um einen Genetiker.«

»Diesen ganzen Mist hat uns diese Deutsche eingebrockt.«

»Dann hättest du sie nicht entführen lassen sollen.«

»Das ist Unsinn, Carlos«, warf Maria abermals dazwischen. »Damit hat sie wirklich nichts zu tun. Auch ich wünsche mir einen Sündenbock, aber die Dinge haben sich so entwickelt. Hin und wieder erleidet man eine Niederlage. Ich finde es wichtiger, die Financiers zu bekämpfen. In ihnen sehe ich unsere wahren Feinde. Sie benützen uns, um die arabische Welt auszurotten und hinter unserem Rücken planen sie, uns Südamerikaner zu vernichten. Rivas hat recht. Es ist aus. Lass uns jetzt nach vorne schauen. Wir müssen Ruckebier eine neue Aufgabe zuteilen, die Versuchspferde entsorgen, vielleicht sogar die ganze Anlage auflösen und mit Rivas zusammenarbeiten. Rivas, brauchst du Leute, die dir in Kenia helfen? Oder sonst irgendetwas?«

»Ich habe bereits einen Plan. Eventuell Miguel und Pedro, aber momentan komme ich ohne sie zurecht, und ich möchte euch da nicht unnötig reinziehen.«

»Ich muss los«, verlautete Carlos unvermittelt.

»Wohin musst du plötzlich so dringend?«, fragte Maria.

»Ich habe hier in Marseille etwas zu erledigen. Ich nehme mir ein Taxi und lasse dir den Chauffeur und den Wagen da. Er soll mich dann morgen abholen. Wir sehen uns auf dem Gut.«

Sie verabschiedeten sich und Maria packte eifrig Catherines Geburtstagsgeschenke aus und überreichte ihm sein Bargeld.

»Danke. Denkst du, Carlos hat es kapiert?«

»Ich weiß es nicht, Rivas, aber mir war es schon klar, bevor wir uns trafen. Wir sind reingelegt worden. Ach, Freya würde sich im Grab umdrehen«, seufzte Maria. Freya Dahlberg war eine inzwischen verstorbene Aktivistin und Mitbegründerin der WICED. »Aber was willst du machen, wenn er nicht mitspielt?«

»Ich werde ihn erpressen und danach ist er für sein eigenes Schicksal zuständig.«

»Womit?«

»Ich habe die letzten drei Stunden mitgeschnitten. Als du dich entschuldigtest, um zu telefonieren, habe ich die Konversation in eine Richtung gelenkt, die ihm zum Verhängnis werden kann. Wenn er sich nicht ‚benimmt', landet dieser Auszug im Internet.«

»Ach Rivas. Muss das sein?«

»Nein.«

»Du hast einen Plan B?«

»Du bist mein Plan B«, lachte er. »Ich bin sicher, es wird dir gelingen, ihn zu überzeugen.«

»Ich hoffe es. Wann soll es losgehen?«

»Wir fliegen am Montag als unscheinbare Touristen nach Nairobi. Wir checken in ein Hotel ein und werden von dort in ein Haus gebracht, welches man für uns angemietet hat. Das Hotelzimmer wird von Palmers Leuten jeden Tag ein bisschen unordentlich gemacht. Und sie verfügen über noch ein paar Tricks, damit es aussieht, als sei es bewohnt.«

»Ein Alibi?«

»Ja, ich mache das auf eigenes Risiko. Geht etwas schief, kann ich nicht auf ihre Hilfe zählen, aber sie versuchen zu verhindern, dass dieser Fall eintritt. Mach dir keine Sorgen.«

»Ich mache mir keine, Rivas. Ich weiß, dass du das schaffst. Du bist nicht dem Tod entkommen, um jetzt den Löffel abzugeben. Und du wolltest mit deinem alten Leben abschließen und das ist deine Chance. Es ist nur, ich habe mir überlegt, wenn Catherine bei mir bleiben möchte… das wäre sicherer für sie?«

»Nein, wir werden ab jetzt zusammenbleiben, was immer passiert. Das wollen wir beide.«

»Wenn ich irgendetwas tun kann…«

»Oh, ich melde mich schon, keine Angst. Das heißt, da wäre etwas.«

»Ja?«

»Die Versuchspferde. Was passiert mit ihnen?«

»Ruckebier wird sie einschläfern müssen und in der Verbrennungsanlage vernichten.«

»Ist er denn schon in der Testphase?«

»Ach wo, meilenweit entfernt. Ich glaube er kämpft noch mit seinen dreidimensionalen Formeln auf dem Computer. Er hat ja erst vor wenigen Wochen angefangen, als sein Ruhestand begann.«

»Sind sie gesund?«

»Ja, aber viele sind alt. Du weißt es handelt sich um Schlachtpferde.« Maria ging ein Licht auf. »Nein Rivas, sag bloß nicht…«

»Catherine würde es das Herz brechen.«

»Sie weiß ja nichts davon.«

»Aber ich weiß es.«

»Himmel nochmal Rivas! Mir tun sie ja auch leid.«

»Eben. Jetzt sind wir schon zu dritt. Komm, das ist nicht schwer.«

»Für dich nicht. Du musst dich ja nicht damit herumschlagen, sie unterzubringen.«

»Dann kauf ein Stück Land, bau ein paar Ställe und stell dir ein paar Leute ein, wenn sie nicht bei Carlos bleiben können. Ich bezahle die Hälfte.«

»Du? Du hast keinen Job mehr, Rivas, woher willst du so viel Geld nehmen? Dann wärst du ja sofort pleite. *Ich* sitze mit der Verantwortung da.«

»Wir finden jemanden, der den Gnadenhof übernimmt, und mit ein paar jährlichen Spenden werden sie sich schon über Wasser halten. Wenn sie schlau sind, machen sie etwas daraus.«

»Rivas, die Pferde wären längst tot ohne uns.«

»Sie sind es aber nicht. Wegen uns. Wir sind jetzt für sie verantwortlich. Wir haben das angefangen, wir müssen jetzt für alle eine friedliche Lösung finden. Für Menschen und Tiere. Wie konnten wir überhaupt daran denken, sie diesem Virus auszusetzen? Manchmal glaube ich, ich habe das alles nur geträumt.«

»Ach mein Liebling. Wie hast du es je geschafft, jemanden umzubringen?«

»Das kann ich immer noch. Unterschätz mich nicht.«

»Das glaubst du doch selbst nicht.«

»Das kommt auf die Situation an. Aber weißt du, Maria, wenn ich Catherine sehe, wie sie mit den Pferden spricht, wie sie ihr antworten. Ich kenne das nur von Andalus, aber inzwischen weiß ich, dass er gar nicht so einzigartig ist. Sie alle fühlen, denken und kommunizieren. Wir müssen nur reinhören.« Er dachte an Levana. »Geh morgen zu ihnen in den Stall und rede mit ihnen. Wenn du sie danach durch den Brennofen jagen kannst, dann tu es.«

»Das ist nicht fair«, lachte Maria.

»Was wäre fair, wenn nicht das?«

Maria seufzte, machte aber keine Zugeständnisse. Das musste sie auch nicht. Rivas wusste, er hatte gewonnen. »Also, dann mache ich mich mal auf den Weg zurück. Übrigens Rivas, *dein* Weihnachtsgeschenk steht draußen auf der Straße.« Sie ließ einen Autoschlüssel von ihrem Finger baumeln. »Bist du mit British Racing Green einverstanden? In Firesand sieht er auch gut aus. Wir können ihn umtauschen, wird dann nur ein bisschen dauern, bis du ihn hast. Außerdem habe ich ihn so konfigurieren lassen, dass er zu dir passt. Es wäre kompliziert und auch schade, von vorne anzufangen.«

Rivas nahm den Jaguarschlüssel und schüttelte lachend den Kopf. Maria, das war doch nicht nötig, wollte Rivas sagen, aber entschied sich im letzten Moment gegen diese Floskel. Also sagte er nur: »Danke«.

»Bitte.«

Es ging nicht. Er musste protestieren. »Maria, was soll das? Ich habe doch einen Wagen hier in Marseille. Und ein Motorrad.«

»Den alten Wagen kannst du jetzt Catherine fahren lassen. Wir wollen doch nicht, dass sie gleich eine Beule in die Katze fährt.«

»Ach ja, darüber müssen wir noch reden. Also Maria, das mit Catherine ist ab jetzt so…«

»Ja, ja, ich weiß schon, ich weiß schon. Ich werde mich zusammennehmen, aber du weißt doch, wie sie hier fahren. Da hat man schnell einen Unfall gebaut, wenn man das nicht gewohnt ist.«

Rivas ließ sich nicht beschwichtigen. »Maria, deine Bemerkungen werden keinen Keil in meine Beziehung mit Catherine treiben, sondern in deine mit mir. Ich bin jetzt mit ihr zusammen und werde es bis an mein Lebensende bleiben, oder bis sie mich nicht mehr will. Wenn du nicht willst, dass ich mich irgendwann von dir abwende, hör auf, herablassende Kommentare über sie ergehen zu lassen. Und reiß dich zusammen, wenn sie etwas tut, kocht, anzieht oder was weiß ich, das dir nicht passt. Das geht nicht mehr, okay?«

»Meine Güte, ist sie so ein Sensibelchen?«

»Ich bin hier das Sensibelchen, Maria. *Mich* nervt das. *Ich* werde das nicht länger tolerieren.«

»Ich mag sie ja, Rivas. Es ist nur, sie wirkt so kindlich und benimmt sich doch manchmal sehr fragwürdig. Da wird man ja wohl noch etwas sagen dürfen. Willst du mir bei allem, was sie betrifft, den Mund verbieten?«

»Du wirst dich entscheiden müssen. Einen köstlichen Moment auf der Zunge und ein einsames Leben oder du schluckst hin und wieder deinen Zynismus und bleibst Teil meines Lebens.«

»Du würdest mich niemals aus deinem Leben verbannen!«

»Da hast du recht. Wahrscheinlich würde ich es nicht schaffen«, gab Rivas zu.

»Aber ich würde dich seltener sehen und wenn, würdest du angespannt auf die nächste Konfrontation warten. Und deine Herzlichkeit mir gegenüber würde irgendwann verblassen.«

Rivas riss den Kopf hoch und starrte sie verwundert an.

»Ich habe es begriffen, Rivas. Es wird keine weiteren Vorkommnisse geben. Wirst du mir verzeihen, wenn ich ein oder zweimal im Jahr einen Fehler mache? Weil du mich liebst?« Rivas umarmte sie. »Es ist nicht leicht für mich, Rivas. Du bist mein Ein und Alles. Ich will doch nur dein Bestes.« Rivas nickte und hielt sie einen langen Moment in seinen Armen. »Weißt du, ich glaube es liegt nicht an Catherine. Ich bin eifersüchtig.«

»Bei Chand ist mir das nicht aufgefallen.«

»Chand habe ich nie um ihre Beziehung zu dir beneidet. Ich spüre, dass sich zwischen dir und Catherine etwas anderes abspielt. Sie ist jetzt deine Seelenverwandte. Ich fühle mich distanziert und ausgeschlossen. Ihr habt so viel gemeinsam. Ich werde älter, du veränderst dich, du entgleitest mir.«

»Ich weiß«, sagte er in tröstendem Ton. Er wollte hinzufügen, dass er sie liebe, dass er ihr dankbar sei, für alles, dass sie ihm wichtig sei, aber er tat es nicht. Das war der falsche Moment. Rivas beschloss, standfest zu bleiben, damit sie die Grenze ein für alle Mal verstand und akzeptierte. Stattdessen sagte er: »Nimm das Auto mit, Maria.« Er gab ihr den Schlüssel zurück. »Behalte es oder schenk es Sandrine.«

»Verstehe«, erwiderte Maria, nahm den Schlüssel, stand auf und ging zur Tür. Er erhob sich ebenfalls und begleitete sie nach unten bis vor die Tür des Apartmentblocks. Da stand er. Der F-Type, und sah umwerfend aus. Sie ging auf das Auto zu und strich über sein niedriges Dach. »Ein letztes Geschenk, Rivas. Bitte nimm es. Als Siegel meines Versprechens, dass ich mich bessern werde.«

Rivas schluckte. »Alles ist gut«, entschlüpfte es ihm. Er schenkte ihr sein einzigartiges, alles-heilende Lächeln, hielt die Hand auf und steckte den Schlüssel wieder ein. »Danke.« Sie umarmten sich ein letztes Mal. Marias Chauffeur eilte herbei, nahm ihr ihre Tasche ab und öffnete die Tür der Limousine, die sie in die Camargue zurückbringen würde.

41.
Catherine

Catherine hatte sich verfahren. Und wie. Rivas hatte einmal beiläufig erwähnt, dass man in Spanien schnell auf die Mautstraßen dirigiert wird, obwohl gute Alternativen zur Verfügung stehen. Es lag Rivas sicher nicht daran, die Gebühr zu vermeiden. Dennoch - Rivas‘ Aussagen in Ratschläge zu verwandeln und sie auch in unangebrachtem Zusammenhang zu befolgen, war ein Programm in ihr. Sie ärgerte sich darüber, als sie anfing nachzudenken. Jedenfalls ein kleiner Fortschritt der Therapie, sich wenigstens zu hinterfragen. Aber hier und nun war es zu spät. Sowohl auf Maut- und auf Landstraßen als auch auf Feldwegen - sie hatte sich gehörig verfranzt. Die Zeit verstrich. Das Einchecken, der zweistündige Flug, die Schlange an der Autovermietung, dann die Strecke zu dem Gestüt, jetzt der Irrweg. Wie stellte er sich das bloß vor? Für ihn war es leicht, so etwas aus dem FF abzuwickeln, aber Catherine zerbröselte fast in dieser Fremde.

Abgehetzt erreichte sie gegen 14.00 das Gut. Es war kleiner und weniger glamourös, als sie es sich vorgestellt hatte. Hellorange leuchteten die Mauern des Anwesens. Auch ein paar Pferdemotive schmückten die Wände, aber selbst sie schafften es nicht, das Gut im Regen einladend aussehen zu lassen. Wankelmütig kurvte sie auf dem Gestüt herum, erblickte kein Haus, nur Ställe und Scheunen und winzige Koppeln. Auch Fahrzeuge waren nicht abgestellt und von Pferden – keine Spur. Sie wusste nicht, wo sie parken durfte und stellte ihren geliehenen Fiat Punto schließlich vor einem Stallgebäude ab. Im Stall standen dann ein paar Pferde gelangweilt herum, ansonsten war das Anwesen wie verwaist. Sie fühlte sich unbehaglich, suchte nach einem Menschen. Fand niemanden. Ihr Zeitdruck war enorm. Theoretisch hätte sie bei der Verspätung gleich wieder losfahren müssen, um ihren Rückflug zu erreichen. Kaum genug Zeit für ein vernünftiges Gespräch, geschweige denn die Auswahl eines Pferdes.

Na toll, supergeplant, mal wieder, was habe ich mir bloß dabei gedacht?

Nach zehn Minuten stieg sie wieder in den Wagen und suchte die nächste belebte Straße. Dort fand sie eine Kneipe. Auch sie war fast leer. Keine Frau ließ sich blicken. Männer saßen herum, ignorierten sie, als ob sie den Neuankömmling gar nicht wahrnehmen würden. Sie bahnte sich einen Weg zur Theke, wo niemand bediente. Danach machte sie einen Anlauf einen der Gäste anzusprechen, er antwortete nicht, stand aber auf, schritt an die Theke und rief nach jemandem. Ein Mann mittleren Alters und von enormem Übergewicht tauchte auf, der ungefähr so motiviert erschien wie der Designer der japanischen Flagge. Nein, so einen roten Kreis zu entwerfen, hätte der sicher nicht geschafft, dachte sie gereizt. Ihr Idealbild von den Spaniern war mit einem Male verworfen. Sie sahen alle so ‚gewöhnlich' aus, gar nicht wie Rivas. Der Mann sagte etwas auf Spanisch und sie fragte nach dem Inhaber des Gestüts am unteren Ende der Straße. Der Mann erwiderte: »Siesta«, woraufhin alle aufsahen und ihr jetzt eifrig zunickten.

Sie war im Begriff, Rivas anzurufen, entschied dann, das könne sie doch alleine über die Bühne bringen und wählte Alberto Auodos Nummer. Wenigstens darauf hatte sie bestanden. Dann brach sie auch das ab und fuhr zum Hof zurück. Dort wartete sie darauf, dass endlich jemand erscheinen würde. Sie war wütend auf Rivas, weil er sie nicht an die lange Mittagspause erinnert hatte. Und auch auf sich, weil sie das ja eigentlich hätte wissen müssen. Aber dann nutzte sie die Gelegenheit sich mit den paar Pferden anzufreunden, die sich in ihren langweiligen Ställen über ihre Aufmerksamkeit freuten. Im nächsten Moment fühlte sie sich wieder unwohl, unbegleitet auf dem Hof herumzustöbern, so stieg sie schmollend in ihren Leihwagen und wartete. Catherine konnte in unvorhergesehenen Situationen gut improvisieren, aber ärgerte sich auch, wenn so eine wichtige Expedition so schlecht geplant war und so dumm verlief.

Nach einer halben Ewigkeit erschien ein Stallarbeiter, der ihr gestikulierend zu verstehen gab, dass Alberto nicht hier sei. Er telefonierte. »Bitte warten«, meinte er und Catherine nickte. Wenige Minuten später schritt ein Mann zielstrebig auf sie zu. Es war, endlich, Alberto Auodo. Catherine, erleichtert, begrüßte ihn herzlich, aber der Mann verhielt sich sehr unfreundlich, was sie wieder verunsicherte. Wenigstens sprach er einigermaßen gut Englisch, sodass sie sich verständigen konnten. »Ihr Pferd ist nicht hier«, teilte er ihr mit und setzte sich neben sie in den Wagen. Er wies sie an loszufahren. Nach fünf Minuten Fahrt hielten sie auf einem anderen Gelände. Ein Haus, Ställe,

Koppeln, Pferde. Eine kleine dicke Frau eilte herbei und Catherine folgte ihrer Einladung ins Haus. Die Frau begann, sie zu bewirten. Catherine lehnte ab. Sie erklärte ihren Zeitdruck und bat darum, das Pferd zu sehen, das Alberto für sie ausgewählt hatte. Alberto führte sie in die Ställe und zeigte ihr einen Schimmelhengst. Er war viel größer als Andalus und sehr imposant. Catherine starrte ihn ehrfürchtig an und streichelte zögerlich seinen Hals. Alberto führte ihn nach draußen in einen ummauerten Reitplatz. Nach ein paar Minuten longieren überließ er ihn sich selbst. Alberto ratterte die Qualitäten des Hengstes herunter. Catherine konnte mit den Informationen wenig anfangen. Dann schnalzte er mit der Zunge und scheuchte das Pferd auf dem Platz herum. Der Hengst begann zu spielen, zeigte freilaufend seine Gänge. Alberto nahm ihn wieder an die Longe und führte ihn in einen enorm engen Zirkel. Damit demonstrierte er die Biegsamkeit des Pferds und seine Fähigkeit unterzugreifen. Catherine fürchtete, er würde sich verletzen, fand der Mann quälte das arme Tier mit dieser extremen Aktion. Zweifellos handelte es sich um ein Spitzenpferd. Immer wieder suchte Alberto, inzwischen aufgewärmt und freundlicher, stolz nach Bestätigung, aber Catherine konnte sich nicht für das Pferd erwärmen. Sie fragte sich, ob es an ihrem verdorbenen Tag liegen könnte. Der Hengst tat ihr leid, weil sie ihm keine Chance gab, eine Partnerschaft zu ihr aufzubauen. Es war ihr peinlich und wieder ärgerte sie sich über Rivas. Was er ihr alles zumutete. Warum hatte er sie nicht begleitet, warum dies alles jetzt auf die Schnelle?

Es blieb ihr nichts anderes übrig. Sie musste Alberto eingestehen, dass sie diesen PRE wunderschön fand, aber es zwischen ihnen einfach nicht funkte. Da hörte sie ein Pferd wiehern. Ein einsamer Hengst auf einer der Koppeln hinter dem Reitplatz rief sie zu sich. »Darf ich mir das Pferd da drüben ansehen?«, frage sie zaghaft.

»Conquistador?«

Catherine nickte. »Conquistador heißt er?« Sie war entzückt - alleine von seinem Namen. Dass er sie rief – die erste Verbindung. Südamerika – die zweite Verbindung. Die Konquistadoren der Chilanchi – die dritte. Der Hengst, der sich nun beachtet fühlte, brüllte wie ein Verrückter, um sie zu ihm zu locken.

»Ja, aber viel zu alt. Señor Romero nicht zufrieden…«

»Ist er verkäuflich?«

»Conquistador war früher auch Deckhengst, aber nicht mehr wertvoll. Nur Reitpferd. Ich behalte ihn, weil ich sentimental bin. Meine

Frau schimpft.« Sie schritten auf ihn zu und Conquistador machte Freudensprünge über seine Besucher. »Zu klein. Nicht mehr modern. Dressur nicht gut. Heute Leute wollen Dressurgänge. Conquistador zu barock für die Richter.«

»Zu barock? Nein. Das ist doch schön. Er ist entzückend.« Catherine krabbelte durch die Umzäunung und kuschelte sich an seinen Hals. Alberto folgte ihr und stellte sich daneben, streichelte den Hengst. »Beißt er?«, frage sie, als der sie gründlich beschnupperte.

Alberto lachte. »No. Keines meiner Pferde beißt oder schlägt aus. Conquistador ist braves Pferd, aber zu alt, Señorita. Señor Romero nicht glücklich. Nicht für Preis. Zu alt.«

»Das ist in Ordnung«, beruhigte sie Alberto. »Das Pferd ist für mich, nicht Rivas. Wie alt ist er denn?«

»Sechzehn. Nicht mehr hochwertig. Kann nicht mehr decken. Irgendwas ist verkehrt mit ihm.«

»Ich brauche keinen Deckhengst. Ich will ein Pferd zum lieb haben, verstehen Sie? Und eines das mich auch gern hat.«

Alberto belächelte Catherine mitleidig, als habe sie keine Ahnung vom Pferdekauf. Was aus seiner Sicht natürlich stimmte. Claudia, ihre Reitlehrerin, hatte ihr damals Make-Me und Illusion of Love ausgesucht und genau ins Schwarze getroffen. Technisch gesehen war sie in dieser Beziehung limitiert, aber ihr Herz brachte es sehr wohl fertig, ein passendes Pferd auszusuchen. Sie wusste vom ersten Wiehern an, das war er! Ihr Südamerikaner - Machu Picchu. Sie bückte sich spielerisch abrupt und Conquistador sprang auf der Stelle. Sie merkte er wollte herumgaukeln. Sie rannte los und er trabte ihr hinterher. Sie duckte sich immer wieder und sprang auf der Stelle auf und ab. Der Hengst tat es ihr nach. Vom Herumrennen wurde ihr heiß und sie zog ihre Jacke aus. Conquistador zupfte sie ihr aus der Hand und schüttelte sie übermütig auf und ab. Dann zischte er mit ihr ab. Catherine lief ihm nach und schnappte sich die Jacke zurück. Sie warf sie über sein Gesicht und der Hengst stand verdutzt da und rührte sich nicht. »Du lasst wohl alles mit dir machen!« Sie nahm die Jacke von seinem Kopf und hielt sie vor ihren Körper wie ein Stierkämpfer das rote Tuch. Conquistador senkte seinen Kopf und schubste die Jacke von sich weg. Señora Auodo gesellte sich zu ihnen. Sie hielt Catherine ein Eis am Stiel hin. »Ein Eis? Aber es ist doch so kalt.« Die Frau deutete auf das Pferd. »Für ihn?«

»Sí«, nickte sie eifrig.

Catherine hielt es ihm hin und er schleckte daran wie ein Kind. Catherine schleckte auch und so verspeisten sie zusammen in der Kälte das Vanilleeis. »Der ist ja süß.« Das Ehepaar lachte stolz. Alberto ging auf den Hengst zu, tippte ihn an die Schulter und hob seine Hand. Der Hengst streckte seine Vorderhand aus und hielt sie leicht am Knie abgewinkelt ausgestreckt, bis Alberto seine Hand senkte. Das Gleiche führte Alberto auf der anderen Hand vor, aber diesmal senkte Alberto seine Hand ewig lange nicht.

Catherine fieberte mit Conquistador. Gemeinsam warteten sie auf das erlösende Kommando.

Um Himmelswillen, das ist doch viel zu lang. Er ist doch nicht mehr in Arbeit.

Die Schulter des Pferds begann zu zucken, dann zu beben. Conquistador kämpfte hart gegen die Versuchung auf seine ermüdeten Muskeln, statt seinen Besitzer zu hören. Er gab einfach nicht auf. Er bemühte sich sehr, zu beeindrucken. Catherine wurde Angst und Bang. »Genug, oder?«, wandte sie vorsichtig ein.

Ihr vager Protest klang nicht an. »Gehorsam ist wichtiger als Schmerz«, dozierte Alberto.

Catherine drehte sich der Magen um. »Das reicht jetzt aber!«, rief sie forsch. »Ich sehe, wie stark und brav er ist. Danke.«

»In Spanien keine Seidenhandschuhe. Keine Weiberpferde«, grinste Alberto breit.

»Ja, das sehe ich«, grollte Catherine leise und dann lauter: »Was meinen Sie mit Weiberpferd? Ein Verweichlichtes, das seine Besitzerin an der Nase herumführt?«

»Sí.«

»Das soll es geben. Das stimmt.«

»Keine Angst, Albertos PREs sind robust. Ja, strenge Ausbildung, aber Käufer hat später Freude damit. Sicheres Pferd.«

»Mehr denn je setzte sie sich in den Kopf, Conquistador zu kaufen. Was als Pferdebesichtigung begonnen hatte, endete als Rettungsaktion. Und mit Rivas hatte sie auch noch ein Wörtchen zu reden.

Alberto senkte seine Hand und Conquistador trat auf. Suchte sofort nach einer Belohnung. Erhielt keine. »Noch nicht fertig, Conquistador«, gab ihm Alberto zu verstehen. Nun führte das Pferd ein Kunststück nach dem anderen vor. Er legte sich hin, stand auf Kommando wieder auf. Er knickste, setzte sich wie ein Hund, rollte. Gespannt lauschte er dem nächsten Befehl und konnte es nicht erwarten, zu zeigen, was er alles auf

Lager hatte. Catherine sah sich wahrlich einem Zirkuspferd gegenüber, aber ohne ‚den ganzen Zirkus'. Das Pferd liebte die Aufmerksamkeit, blühte in ihrer lachenden Bewunderung und dem Stolz seines Besitzers auf. Catherine begann sich zu wundern, ob das Pferd nun nicht doch stolz war, so lange durchgehalten zu haben. Vielleicht wusste Alberto ja, was er da tat. Sie wollte aufgeschlossen bleiben und sich diese Möglichkeit vorbehalten. Schließlich kannte sie das. Wenn man sich in einer Reitstunde körperlich herausfordert, erlebt man die glücklichsten Augenblicke hinterher. Und wie ein gequältes Tier benahm sich der Hengst nun wirklich nicht. Dass er sehr geliebt wurde, war offensichtlich. Sie ermahnte sich, dass sie sich in einer anderen Pferdekultur befand, und nicht voreilige Schlüsse zu ziehen. Sie sehnte sich nach Rivas.

Ihre Gedanken kehrten zu Conquistador zurück. Er macht sich zum Clown und kämpft um meine Gunst, summierte Catherine mitfühlend. Ihre Brust schnürte sich zusammen, begann zu schmerzen, Schmetterlinge flatterten in ihrem Bauch. Eine leichte Übelkeit bahnte sich an. Ihr Blutkreislauf legte einen Zahn zu.

Du bist verliebt!

Jede Zelle ihres Körpers vermittelte ihr: Das ist dein Pferd. »Señor Auodo, ich möchte ihn kaufen.«

»Nicht verkaufen.«

»Ist er doch nicht verkäuflich? Sie hängen sehr an ihm?«

»No. Nicht gut. Nicht Preis.«

»Was kostet er denn?«

»Señor Romero nicht zufrieden. Señora Santa Cruz nicht zufrieden. Sie nehmen das Pferd.«

Catherine verstand kein Wort. Nach langem Hin und Her begriff sie, was ihr der Mann sagen wollte. Er wollte ihr das Pferd schenken. Er fürchtete wohl die wohlhabende argentinische Familie zu verärgern, indem er ihr das ‚minderwertige' Pferd verkaufte. Aber da sie kein anderes wollte, entschloss er sich, es ihr wenn überhaupt, kostenlos abzugeben.

»Das kann ich nicht annehmen, Señor Auodo. Nein. Ich möchte für Conquistador bezahlen.« Sie schämte sich, dass sie diese lieben Menschen als unfreundlich eingeschätzt hatte.

»Nix bezahlen. Conquistador nicht mehr wertvoll. Gutes Heim bei Ihnen, Señorita. Veterinario holen, zur Untersuchung. Sie bezahlen Veterinario, nicht mehr.«

Catherine wollte den Tierarzt nicht holen lassen. Wie so oft würde man einen Mangel entdecken und das würde in Alberto und Rivas weitere Zweifel aufkommen lassen. Sie würde ihn zuerst kaufen und dann feststellen lassen, ob er der Reise gewachsen sei, und sich um eine ihm entsprechende Transportmöglichkeit bemühen. Aber sie kam mit Alberto nicht weiter. Dann bestand er auch noch darauf, ihr weitere Pferde zu zeigen, nachdem er sie für das für sie ausgewählte nicht interessieren konnte. Catherine ließ sich widerwillig weitere Pferde vorführen, aber es war vorbei. Sie begeisterte sich nur für Conquistador. Die Zeit drängte. »Lassen Sie mich bitte noch einmal zu Conquistador«, bat sie. »Alleine.«

Der Mann nickte, seine Frau war längst in das Haus zurückgekehrt. »Aufsteigen?«

»Nein, ich will ihn nicht reiten, nur nochmal sehen. Alleine.«

Wieder schrie der Schimmel nach ihr, als er sie auf ihn zuschreiten sah. Ganz klar witterte er in Catherine seine Chance auf eine fröhliche und liebevolle Partnerschaft. Catherine brach das Herz. Er kam ihr so einsam hier vor. Auf dem Abstellgleis und das mit sechzehn! Er erinnerte sie an Dr. Lammingcourt. Erfahren, weise und humorvoll. Sie rief sich vor Augen, wie sie zu Beginn sein hohes Alter abgeurteilt hatte. Und welch ein wertvoller Mensch er gerade deshalb in ihrem Leben geworden war. Sie öffnete Conquistadors lange geflochtene Mähne und benützte ihre Finger, um ihn zu putzen. Der Hengst leckte und kaute zufrieden. Kaum konnte sie sich losreißen, aber sie musste los. Was mache ich bloß?, überlegte sie. Es half alles nichts. Sie musste Rivas anrufen, denn Alberto ließ sich nicht davon überzeugen, ihr den Hengst zu verkaufen. Alberto näherte sich wieder der Koppel und sie winkte ihn freundlich herbei.

»Aufsteigen? Ich hole Sattel.«

»Ist er brav?«

»Lamm.«

»Dann helfen Sie mir hoch. Aber nicht aufgezäumt. Ich steige so auf.«

Alberto freute sich über ihr Vertrauen und legte dem Hengst ein Halfter mit Strick an, das über dem Koppelzaun hing. Er half ihr hoch und Catherine ging mit dem Hengst im Schritt auf der Koppel herum. »Haben Sie eine Reitkappe?«, fragte sie. Alberto verneinte. »Okay, dann muss es ohne gehen.« Das Pferd trabte an und sie hielt sich an seiner Mähne fest. Von seiner Trabbewegung rutschte sie hin und her. Ihre Hüften waren aufgrund ihrer Anspannung nicht locker genug, seiner Bewegung zu folgen. Als er den Trab leicht verlängerte, knallte sie mit jedem Trabschritt mit ihren Sitzknochen in seinen Rücken. Um ihn, nicht sich zu schonen, wollte sie gerade zum Schritt überleiten. Auf einmal war es ihr, als ob Conquistador zu ihr sprach. ‚Das geht einfacher', schien er zu sagen. ‚Pass auf - ich zeige es dir'. Sanft sprang er in einen weichen Kanter. Das Tempo hielt er nicht schneller als einen zügigen Schritt und galoppierte mit ihr sanft und liebevoll auf der Koppel im Kreis. Sie wies den Zirkel nicht an, er formte ihn von selbst. Sie wurde zum Passagier, mit Reiten hatte das nichts mehr zu tun. Der schonende Galopp half ihr, sich zu entspannen und sie ließ sich von seiner Rückenmuskulatur in einen tiefen Sitz saugen. Vorbei mit dem Gehopse. Sie ließ die Mähne los und hielt den Strick sanft und locker in der linken Hand, was ihren Körper noch biegsamer machte. Die rechte nahm sie an ihre Hüfte, zur besseren Balance und schwebte wie auf einem Kinderkarussell im Kreis. Auch das Tempo glich weiterhin dem eines Kinderkarussells. Es war unglaublich. Wie stark war dieses Pferd, dass es so lange so ausgewogen und versammelt in dem winzigen Zirkel galoppieren konnte? Er tat es ihr zuliebe, vollkommen ohne Zwang. Und dieser Schimmel soll nicht wertvoll sein?, fragte sie sich immer wieder. Er ist unbezahlbar! Das ist wahrscheinlich der Grund, warum Alberto kein Preis für ihn einfiel, reimte sie sich verträumt zusammen.

»¡Hooola!«, sagte Alberto leise und Conquistador parierte sanft durch, um sie nicht aus der Balance zu bringen. Der Mann öffnete das Koppeltor. Die beiden schritten hinaus und über den Hof. »Gehen Sie ein Stück Straße entlang, an erster Abbiegung links biegen Sie in Schotterstraße ein. Dahinter Olivenwald. Kommen Sie in fünfzehn Minuten zurück.«

»Das ist sicher? Ich meine, ich habe keine Zügel, keinen Sattel, keinen Hut. Ist das nicht gefährlich?«

Alberto schüttelte den Kopf.

»Die Autos?«

Wieder verneinte er. »Nur kleines Stück Teerstraße, fünfzig Meter. Conquistador keine Angst vor Verkehr. Sehr klug. Immer aufpassen. Sehr vorsichtig.«

»Wenn er scheut?«

»Scheut nicht.«

Eine Hand am Strick, die andere anfangs in seiner Mähne, dann locker herabhängend, ließ sie sich von ihrem Wunderpferd zehn Minuten spazieren führen. Mit Schenkelhilfe, und in die gewünschte Richtung blickend - mehr stand ihr nicht zur Verfügung - drehte sie ihn um. Brav kehrte er auf den Hof zurück. Vor dem Stallgebäude hielt er an und sie stieg ab. Sie fiel ihm um den Hals und begann zu weinen, teils aus Rührung, teils aus Trennungsschmerz, teils, weil sie einfach nah am Wasser gebaut war. Sie wollte ihn nicht zurücklassen. Sie musste Rivas anrufen, um Alberto zu überreden, ihr das Pferd zu verkaufen. Von Alberto und seiner Frau war nichts zu sehen. Sie waren wohl im Haus. Sie wusste nicht, was sie mit Conquistador anfangen sollte. »¿Dónde está el establo, Conquistador?«, fragte sie ihn hilflos. Selbstverständlich verstand er sofort. Wie war ihr unbegreiflich. Aber er führte sie an eine Stalltür. Sie setzte sich auf den Stallboden neben ihn und rief Rivas von ihrem Handy an. Sie erzählte ihm von ihrem Abenteuer, kam aber nicht weit. »Ich weiß«, sagte Rivas. »Alberto hat mich bereits angerufen. Wir sind uns einig geworden.«

»Du hast nichts dagegen?«

»Aber nein. Wenn er dir so gut gefällt, gehört er dir. Du wolltest doch einen Freund und Lehrer und sein Alter geht noch für deine Zwecke. Ich ahnte doch, dass bei Alberto der Richtige auf dich wartet. Marias Tierarzt vor Ort wird sich den Hengst in den nächsten Tagen ansehen, und sobald wir aus Afrika zurück sind, lassen wir ihn verschiffen. Alberto will ihn vorher noch kastrieren lassen.«

»Was? Auf keinen Fall.«

»Das muss er, Catherine. Er gibt ein minderwertiges Pferd ab, noch dazu ins Ausland. Er hat den Verdacht, dass mit seinen Fortpflanzungsorganen etwas nicht mehr stimmt. Die letzten zwei Fohlen hatten kleine Geburtsfehler. Weil es mit zwei verschiedenen Stuten passierte, kann nicht ausgeschlossen werden, dass der Fehler bei Conquistador liegt. Sollte er bei dir doch noch einen Nachkommen zeugen, könnte das dem Ruf seines Gestüts schaden. Außerdem ist es viel einfacher, einen Wallach als einen Hengst ins Ausland zu bringen. Du willst diesen Weg doch unbedingt offiziell beschreiten.«

»Nein! Er ist nicht ‚minderwertig'. Ich werde unterschreiben, dass ich nicht mit ihm decke.«

»Catherine, er springt einmal über den Zaun und schon haben wir den Salat. Das kommt immer mal vor. Du kennst dich doch mit Hengsten gar nicht aus.«

»Das kriege ich schon hin.«

»Catherine, du musst dich jetzt entscheiden. Willst du ihn, oder willst du ihn nicht? Das Pferd wird kastriert, oder ich sage das Ganze sofort ab. Sei doch einmal in deinem Leben vernünftig.«

»Was wird aus ihm, wenn ich ihn nicht nehme?«

»Darauf haben wir keinen Einfluss.«

»Also gut. Wenn es nicht anders geht. Wohin soll er denn verschifft werden?«

»Wir müssen uns erst um Charlotte kümmern. Und dein Pferd wird sich inzwischen von seinem Eingriff in seiner gewohnten Umgebung erholen. Dann sehen wir weiter.«

»Oh Rivas, er ist so zauberhaft. Du müsstest ihn sehen. Er ist so lieb.«

»Ja, so hört er sich an. Ich glaube ich erinnere mich sogar an ihn. Hat er nicht eine kleine Narbe an der äußeren Fessel?«

»Weiß nicht. Ist mir jetzt nicht aufgefallen.«

»Das war aber keine gründliche Begutachtung.«

»Oh, das war es, Rivas. Nur anders. Egal was er hat, er ist jetzt mein Freund und ich bin für ihn verantwortlich. Was immer kommt. Aber, Rivas, so ein altes Pferd kann man nicht mehr kastrieren. Was denkt ihr Männer euch nur aus?«

»Geht das jetzt wieder los? Das wird er schon überleben.«

»Ach ja, wie würde dir das denn gefallen?

»Willst du mich jetzt mit meiner Urkastrationsangst konfrontieren, damit ich nachgebe?«

Catherine kicherte. »Hast du die?«

»Bewusst nicht, nein. Unbewusst sicher.«

»Dr. Lammingcourt behauptete, unter dieser Angst leidet jeder Mann. Und jede Frau wünscht sich einen Penis.«

»Humphrey erzählte immer, er war kein besonderer Anhänger von Freud, und bei jeder Gelegenheit hat er ihn zitiert.«

»Er sagte auch, eine Handtasche ist ein Symbol für eine Vagina.«

»Verstehst du jetzt, warum so viele Menschen sagen, Psychiater sind Spinner?«

»Glaubst du das auch?«

»Nein.«

»Was ist eigentlich ein Symbol für einen Penis? Laut Freud?«

»Schlangen, Waffen. Pferde übrigens auch. Mir geht gerade ein Licht auf.«

»Des Rätsels Lösung, warum Mädchen Pferde lieben?«, lachte sie.

»Nein, ich weiß jetzt, warum ich *dich* so liebe.«

»Ja?«

»Weil du immer für eine Überraschung gut bis. Ehe man sich versieht, landet man bei einem Gespräch wie diesem. Bei dir geht's nicht von A nach B, sondern von P nach P. Man beginnt bei Pferdekauf und endet bei Penis. Übrigens die deutsch-amerikanische Psychoanalytikerin Karen Horney widerlegte Freuds Theorie. Sie argumentierte, dass Freud einer männlich dominierten Gesellschaft entsprang und dass sich die damit verbundene Macht jeder Mensch, ob weiblich oder männlich, gerne aneignen würde. Sie behauptete, dass wenn Frauen damals kulturell überlegen gewesen wären, das genauso zu einem Unterleibneid führen hätte können, der Fähigkeit zu gebären.«

»Willst du wissen, warum ich dich so liebe? Weil du alles mitmachst, obwohl du es gar nicht nötig hättest.«

»Dann ist ja alles in Butter. Deinen Flug hast du auch verpasst, schau mal auf die Uhr. Soll ich nachsehen, wann der nächste geht?«

»Nein, ich fahre einfach los. Zur Not übernachte ich in der Nähe des Flughafens.«

»Geht nicht, ich brauche dich morgen hier. Lass mich schnell den nächsten Flug für dich raussuchen und buchen. Dann kannst du nicht länger mit deinem Schimmel herumtrödeln.«

Er gab ihr die Daten durch und Catherine fragte: »Ist bei dir alles in Ordnung?«

»Nein.«

»Nein?«

»Ich vermisse dich.«

»Sonst nichts?«

»Ist das nicht schlimm genug?«

»Du machst mich so glücklich.«

»Du mich auch.«

»Rivas, ich zahle dir das Geld zurück. Das Geld, das du mir für ihn gabst, liegt bei mir im Tresor. Du wirst ja inzwischen den Betrag bei Tobias beantragt haben und es bald überweisen.«

»Alberto hat dir das Pferd geschenkt, Catherine.«

»Aber Rivas, das geht nicht. Das hast du angenommen?«

»Maria und ich haben schon so viel Geld bei Alberto gelassen, das kannst du ruhig annehmen. Er weiß schon, warum er das tut. Er ist ein Geschäftsmann und es kommt ihm sicher wie gerufen, den alten Mann in gute Hände geben zu können. So ein nutzloses Pferd, von dem man sich aber nicht trennen kann, ist eine Belastung für so ein Unternehmen. Es ist in Ordnung, Catherine, es ist alles organisiert. Außerdem, das mit dem Geld: Ich bin doch nicht unmündig, dass ich den Palmer um Geld anbettle. Immerhin geht es hier um mein eigenes Geld!«

»Aber wie willst du es sonst machen, wenn wir Geld brauchen?«

»Gleich morgen werden wir uns mit dem Zeug eindecken.«

»Haha, werden wir eine Bank ausrauben?«

»Nein, du wirst es ranschaffen.«

Catherine lachte laut heraus. »Da muss ich aber lange auf den Strich gehen, bis ich dir deinen Lebensstil finanzieren kann.«

»Das ist eine super Idee. Catherine als Professionelle in Marseille unterwegs. Da hätte ich selbst drauf kommen können. Da wirst du ganz schön absahnen, so wie du aussiehst.«

»Genug jetzt mit den Späßen. Muss ich wieder jemanden finden, noch so einen Ruckebier? Das kommt gar nicht in Frage.«

»Reg dich ab. Ich habe mir gerade vorgestellt, wie du in der Aufmachung in meiner Wohnung herumspazierst. Sei doch nicht immer so verkrampft.«

»Ich bin verkrampft, weil ich nie weiß, was dir als Nächstes einfällt.«

»Tja, du hast damit angefangen und jetzt ist mir etwas eingefallen. Dieses Outfit wird dir jetzt nicht mehr erspart bleiben.«

»Rivas, deine Spielchen in Ehren, aber für so eines eigne ich mich nicht.«

»Das zeige ich dir schon. Ich stelle inzwischen schon mal die Kamera an.«

»Zweifellos. Aber im Ernst, was muss ich machen, um dir Geld *ranzuschaffen*?«

»Das erfährst du früh genug. Fahr jetzt, sonst verpasst du den nächsten Flug auch noch. Und mach dich hübsch für den ganz besonderen Zweck!«

Catherine murmelte grollend: »Tschüss, bis später«, verabschiedete sich von Conquistador und den Auodos und fuhr in einer knappen Stunde nach Málaga zurück, diesmal auf der Mautstraße.

42.
Catherine

Rivas wartete am Flughafen. Catherine war selig. Das fand sie sehr romantisch. Nichts auf der Welt wünschte sie sich mehr, als die bevorstehende Mission hinter sich zu bringen. Und einfach nur glücklich zu werden. Wie ein ganz normales Liebespaar.

»Danke, dass du darauf bestanden hast, dass ich nach Spanien fliege. Ich war zur rechten Zeit am rechten Ort. Rivas, das Arrangement, das wir für Andalus getroffen haben, falls uns etwas zustößt, können wir das auch mit Machu Picchu machen?«

»Du taufst ihn um?«

»Das wird sein Spitzname. Du machst das ja auch.«

»Du brauchst dich nicht gleich zu verteidigen, ich frage ja nur. Ja und Maria wird auch für ihn sorgen, das ist gar kein Thema. Maria ist sozusagen, der Welt neueste Pferderetterin«, fügte er hinzu, nachdem er ihr tags zuvor gerade siebenundsechzig Versuchspferde aufgebürdet hatte.

»Ich würde sie gerne anrufen und sie selbst darum bitten.«

»Darüber würde sie sich sicher freuen.«

Es war kurz nach 23.00 Uhr, als sie zu Hause ankamen und Rivas bestand sofort darauf, dass sie sich ‚unanständig' anziehe.

»Solche Sachen besitze ich nicht!«, protestierte sie und hüpfte unter die Dusche, während er ihr nachging.

»Dann müssen wir improvisieren«, verkündete er gut gelaunt. »Hier trink erst mal einen Schluck Taittinger. Wir müssen deinen Pferdekauf feiern.«

»Du willst mich doch nur auflockern.«

»Kein Champagner?«

»Doch! Her damit. Aber keine Kamera.«

»Natürlich nicht, Catherine. Ich will dich doch nur ein bisschen aufziehen. Du gerätst immer gleich in Panik, darüber könnte ich mich stundenlang amüsieren.«

»Also, was muss ich tun? Als Prostituierte? Ich weiß nicht, wie das geht.«

»Dann spiel eine schüchterne Studentin, die gerade ihren ersten Escort-Service Einsatz hinter sich bringt.«

»So etwas gefällt dir?«

»Ja.«
»Warum?«
»Weiß nicht. Abwechslung?«
»Bin ich dir zu langweilig?«
»Du kannst auch ‚die Langweilige' spielen. Mir egal, nur zieh dir jetzt endlich den Morgenmantel aus und was anderes an.«
»Und wen spielst du?«
Rivas verschluckte sich fast an seinem Champagner. »Du willst ein Rollenspiel von *mir*?«
»Warum nicht? Wenn schon, denn schon.«
»Wie hätten Sie es denn gern, gnädige Frau?«
»Mm, du könntest einen Gangster aus Marseille spielen.«
»Da sind wir ja nicht allzu weit von der Wahrheit entfernt. Fällt dir nichts anderes ein?«
»Nein, das ist gut. Aber dann bin ich wirklich eine abgehärtete Nutte aus Marseille, okay?«
»Zieh dich jetzt endlich aus, oder bist du zum Plappern hier?«
»Wie bitte?«
»Soll ich jetzt einen Gangster spielen, oder nicht?«
»Ach so«. Catherine kicherte. Sie ging zum Schrank und kramte nach etwas Passendem.
»Dafür ist es jetzt zu spät. Komm endlich her. Denkst du, ich verschwende meinen ganzen Abend mit dir?«
Na das kann ja heiter werden, dachte Catherine und sagte: »Ähm, Monsieur! Glauben Sie, ich habe für *Sie* den ganzen Abend Zeit? Ich habe ja schließlich noch andere äh Termine.« Sie schnappte sich noch schnell ein paar hochhakige Schuhe und schritt wie ein Fotomodell mit einem gewaltigen Hüftschwung auf das massive Bett zu. Dabei setzte sie im Gehen dramatisch einen Fuß vor den anderen, wie sie glaubte, dass Mannequins das taten, und ließ sich auf der Bettkante nieder. Sie spreizte leicht die Beine und schwang dann ihren rechten Schenkel über ihr linkes Knie. Sie stützte sich auf ihre Hände und lehnte ihren Oberkörper leicht zurück. Ihre natürlichen Brüste, die dank ihrer Gewichtszunahme üppiger geworden waren, fielen leicht rechts und links zur Seite, was Rivas fast in den Wahnsinn trieb. Sie sah es und fühlte sich ermutigt. »Gut?«
»Ja, gut, mach weiter.«
»Und glauben Sie nicht, mir machen Schurken wie Sie Angst. Da habe ich schon ganz andere erlebt. Außerdem gehört mein Freund zur Sowieso

Bande.« Ihr fiel auf die Schnelle kein Bandenname ein. »Also, machen Sie endlich, Sie, Sie Gangster Sie!« Es kostete beiden Mühe nicht laut herauszulachen, so schlecht spielte Catherine ihre Rolle. Aber je mehr Champagner sie trank, desto mehr Spaß fand sie daran. »Welchen Wunsch darf ich Ihnen heute erfüllen? Aber ich sage Ihnen gleich, fesseln, Augen verbinden, knebeln - das lasse ich nicht mit mir machen.«

»Warum nicht?«

»Das geht mir zu sehr unter die Haut. Wissen Sie, da war einmal ein Kidnapper. Der…«

»Schluss jetzt mit den Bedingungen. Leg Lippenstift auf.«

»Rivas, ich habe gerade geduscht!«

»Tu, was ich dir sage«, befahl er.

»Ups, sorry.« Sie bemalte sich die Lippen in dramatischem Rot und setzte sich wieder aufreizend aufs Bett.

»Ich will deinen Lippenstift an mir spüren.« Sie beugte sich zu ihm, um ihn zu küssen. Rivas schüttelte den Kopf. »Nicht auf den Mund.«

»Da müssen Sie aber noch was drauflegen, Monsieur! Wo ist überhaupt mein Geld? Sie haben ja noch gar nicht bezahlt. Ich muss das Geld vorher haben!«, forderte sie. Rivas schmiss ihr ein paar Scheine hin. Sie zählte sie. »Das ist viel zu wenig! So war das nicht abgemacht. Außerdem kostet Oralverkehr extra.« Sie fuhr quälend langsam mit ihren Fingerspitzen über seinen Brustkorb, fühlte, wie sich seine Muskeln anspannten. Rivas konnte sich kaum noch beherrschen. Sie nahm seinen Mittelfinger in den Mund und lies ihre Zunge darum kreisen. »Wollen Sie es so?« Dann sog sie ihn tiefer in ihren Mund und lutschte daran. »Oder lieber so?« Er fühlte das Blut aus seinem Kopf weichen, und wie sich die Energie in seinem Schoß bündelte, wie ein Vulkan kurz vor der Explosion. Der Druck wurde unerträglich. Seine Kraft wuchs, war kaum noch zu kontrollieren. Er packte sie an den Schultern und stieß sie aufs Bett zurück. Catherine stöhnte lustvoll auf. Diese grobe Behandlung - wie sie das liebte, wenn sie diese animalische Kraft spürte, seine Überlegenheit, die er in solchen Momenten nie zurückhielt. Er spielte sie voll aus, ließ sie spüren, wie sehr er sie begehrte, wie gierig er nach ihr war. Er schämte sich nicht, schreckte vor nichts zurück, wurde zum Raubtier und nahm sich erbarmungslos, was er wollte.

Catherine keuchte von der abklingenden Erregung. »Was war denn plötzlich mit dir los, Mensch?«

»Richtungswechsel.« Er gähnte. Sie kuschelte sich an ihn. »Schlaf jetzt, Catherine. Morgen wirst du nochmal eine Rolle spielen. Eine wichtige!«

»Wenn sie endet, wie diese, bin ich gleich dabei.«

»Gute Nacht, Schatz.«

»Gute Nacht, Rivas. Ich liebe dich.«

43.
Catherine

Nach dem Frühstück überreichte Rivas Catherine Marias Weihnachtsgeschenke, aber statt sich zu freuen, sah sie bestürzt aus der Wäsche. »Rivas, warum hast du mir nicht gesagt, dass sie mir etwas kauft? Ich habe doch gar nichts für sie.«

»Sie hat alles, was sie braucht.«

»Darum geht es doch nicht. Es ist unhöflich.«

»Das wird sie schon überleben. Außerdem kannst du das nachholen.«

»Das ist nicht das Gleiche!«

Als Nächstes überreichte er ihr die Kleidung, die Maria für sie besorgt hatte.

»Noch mehr?«

»Nein, das ist deine Arbeitskleidung für heute.«

Sie inspizierte die edlen Sachen: ein schwarzes, hautenges Bustierkleid mit tiefem Dekolleté und Spagettiträgern und unzähligen feinen Häkchen. Vorne. Vom Ausschnitt bis zum Saum. Es war zutiefst erotisch und doch klassisch und geschmackvoll. Zu diesem Dolce & Gabbana Stück hatte Maria einen feinen übergroßen Schal aus exquisiter Kaschmirwolle ausgewählt, dünn und dennoch kuschelig und warm. Damit sie wirklich nicht frieren würde, hatte Maria auch an einen schwarzen Kaschmirmantel gedacht. Er war von Chanel, gerade und maskulin geschnitten, in Kontrast zu dem erotischen Kleid darunter, aber nicht zu lang, weil sie so klein war. Dieses Problem lösten zusätzlich schwarze fünfzehn Zentimeter hohe Lacklederpumps von Dior. Die entsprechenden Dessous unter dem Kleid, eine Chanel Handtasche darüber und schon war Catherine für ihren mysteriösen Auftritt passend ausgestattet.

»Und das hier ist von mir. Alles Gute zum Geburtstag, Catherine«, sagte Rivas und überreichte ihr eine lange, dünne Weißgoldkette mit einem dezenten Diamant-Anhänger: Miss Protocole von Piaget.

»Ich habe dir doch gar nicht gesagt, dass ich heute Geburtstag habe!«

»Catherine, ich habe ein ganzes Dossier über dich. Fünfundzwanzig wirst du heute. Es wird unser Glückstag werden.«

»Was hast du vor? Sag es mir endlich.«

»Später.«

»Wann hast du das gekauft?«

»Maria hat es besorgt. Bist du enttäuscht?«

»Nein, Rivas. Ich kann nicht glauben, dass du daran gedacht hast, bei allem, was du momentan im Kopf haben musst. So kindisch bin ich nun auch wieder nicht. Wenn du jemanden hast, an den du ‚delegieren' kannst und der deine Aufträge so perfekt ausführt, spricht das ja nur für dich.« Auch Catherine delegierte gerne und zeigte dafür volles Verständnis.

»Gefällt dir die Kette?«

»Ja sehr.« Er legte sie ihr an und sie begutachtete sie zufrieden im Spiegel. »Der Anhänger ist so fein und schlicht. Gar nicht protzig und sieht aber sehr wertvoll aus. Aber wir sollten ab jetzt sparen, Rivas.«

»Sparen? Das kann ich nicht.«

»Das bringe ich dir bei. Mir hat es nie an etwas gefehlt, aber mein Vater ging im Grunde sehr vernünftig mit Geld um. Er war mir ein gutes Beispiel. Das kann Spaß machen, Rivas. Ich meine damit nicht, dass man geizig werden soll, aber Sparen hat einen bestimmten Reiz.«

»Das kann ich verstehen. Das gibt einem das Gefühl der Selbstkontrolle. Das tut jedem Menschen gut. Sofern er nicht die Kontrolle über die Kontrolle verliert, wenn du weißt, was ich meine.«

»Ja genau.«

»Gut, das machen wir ab morgen. Heute ist nicht der richtige Tag dafür, oder?«

»Also gut. Unser letzter Tag in verschwenderischem Luxus. Wo soll's denn hingehen? Jetzt verrate es mir doch endlich!«

»Ja, es wird sowieso Zeit. Mach dich fertig. Wir fahren mit meinem neuen schicken Wagen nach… Monte Carlo.«

»Oh!«

»Denk dran, das wird kein Picknick. Du musst *arbeiten*!«

»Ich frage gar nicht mehr, du verrätst mir ja doch nicht mehr.«

»Das kann ich nicht. Den Grund dafür erkläre ich dir hinterher. Aber dir wird es Spaß machen, wirst schon sehen.«

»Hier.« Er reichte ihr noch ein Kleid. »Das ist für den Tag. Später musst du dich dann richtig in Schale werfen. Für den Abend.«

»Das ist für den Tag?«, fragte sie erstaunt, als sie das wunderschöne Minikleid von Blumarine begutachtete. Es war aus Chantilly Spitze in tiefem Violettton, durch und durch frivol und extravagant.

»Leg den Mantel um. Der Wetterbericht sagt, es werden heute nur zehn Grad. Und steck deinen Pass ein. Nicht vergessen!«

»Meinen Pass? Nein! Ich frag nicht!«

Die Fahrt nach Monte Carlo nahm den ganzen Tag in Anspruch, weil Catherine darauf bestand, die längere Route an der Küste entlang zu nehmen. Natürlich mussten sie überall Abstecher machen. In allen Städten, die sie als Teenager mit ihrem Vater besucht hatte, mussten sie anhalten. Hier ein Eis, trotz der Kälte, dort ein Drink, ein Lunch, einen Kaffee. Das Wetter spielte auch nicht mit, und Rivas war genervt wegen der Umwege. Aber es war ihr Geburtstag und Catherine hatte so viel Freude und versprühte jede Menge gute Laune, dass er ihren Wünschen machtlos erlag. Geduldig spielte er den Chauffeur und ließ endlose Berichterstattungen über sich ergehen. »Hier ging ich mit meinem Vater früh morgens spazieren, dort aßen wir frische belegte Baguettes. Da hat man mir mein Täschchen geklaut. Hier habe ich mir mein erstes Hermann Hesse Buch gekauft. Ein gebrauchtes, auf Deutsch…« Alles klapperten sie ab. Saint Tropez, Cannes, sogar Antibes, und natürlich Nizza. Die Fahrt, die nur zweieinhalb Stunden gedauert hätte, zog sich sieben Stunden in die Länge. Es war kurz nach 18.00 Uhr, als sie endlich in Monaco ankamen. Für einen Stadtbummel in Monte Carlo blieb nun keine Zeit mehr. Rivas lenkte den Wagen vor das Grande Casino. Er fuhr nicht in die Parkgarage, sondern gab in James Bond Manier das Auto beim Parkservice vor dem Haupteingang ab, was Catherine amüsierte. »So etwas gibt es für Leute wie uns? Ich kenne das nur aus Filmen. Und aus Tina Mertens Haus!«

»Gib mir deinen Pass.«

»Sehe ich so jung aus?«

»Nur Ausländer dürfen hier spielen.«

»Ach so. Okay, hier. Komische Regel«, murmelte sie hinterher.

Rechts vor der Eingangshalle befanden sich Garderoben und Toiletten. »Geh da rein und zieh dich um. Leg deinen Mantel erst ab, wenn du rauskommst, und gib ihn mit deiner Tasche mit dem anderen Kleid an der Garderobe ab. Sie zog sich um, frischte ihr Make-up ihrer Abendgarderobe entsprechend auf und hinterlegte ihre Sachen wie angewiesen. Rivas ließ sich nirgends blicken. Sie schritt geradeaus von der Garderobe auf die gegenüberliegende Spielhalle zu, als sie von hinten weggezogen wurde. Es war Rivas. »Hier geht‘s lang.« Er deutete auf eine Treppe.

»Da rauf?«

»Ja. Das unten ist für ein anderes Publikum. Wir haben heute Großes vor.«

»Was meinst du mit anderem Publikum? Nicht so vornehm?«

»Touristen und so weiter.«

»Und so weiter?«

»Catherine, mach es mir halt nicht so schwer.«

»Entschuldige. Musste ich mich deshalb so rausputzen?«

»Jap!«

Mit Rivas‘ Cercle Monte-Carlo-Karte wurden sie in den exklusiven Salons Touzet eingelassen.

»Was spielen wir?«

»Kannst du Blackjack?«

»Siebzehn und Vier?«

»Ja.«

»Ich kenne nur Roulette, aber ich habe ewig nicht mehr gespielt.«

»Gut, dann spielen wir heute Abend Europäisches Roulette. Rivas frischte ihr Gedächtnis für die Rouletteregeln auf.

»Ich habe nicht so viel Geld dabei, Rivas. Was ist der minimale Einsatz? Vielleicht fange ich erst mal klein an«, wandte sie zögerlich ein.

»Ich dafür umso mehr. Du brauchst kein Geld, du musst heute nur meine Glücksfee spielen. *Aber*, du trägst absolut keine Verantwortung. Du sollst es nur genießen. Ich habe alles geplant. Entspann dich und schau zu. Schenk mir hin und wieder ein Lächeln, das wird mir helfen und das ist heute Abend dein Job.«

--- oOo ---

Rivas ließ für dieses Vorhaben eine beträchtliche Summe des Geldes springen, das er sich von Maria aus seinem Schließfach hatte besorgen lassen. Diesen Betrag beabsichtigte er um Etliches zu vervielfachen. Damit plante er sich für die nächsten Wochen mit genug Bargeld einzudecken, damit er unabhängig bliebe, aber sein Vermögen im Grunde nicht antasten musste. Dass er mit diesem enormen Kapitaleinsatz ein großes Risiko einging, wusste er, aber mit der Vorstellung zu verlieren, verbrachte er genau eine Sekunde: Wenn das Geld weg ist, ist es weg. Das war‘s. Eine kurze Würdigung dieser Möglichkeit musste sein, danach blendete er diese Gedanken aus. Zu dieser Entscheidung hatte er sich vor ein paar Tagen entschlossen, jetzt würde er sie durchziehen und sich nicht durch Risikoängste verunsichern lassen. Dieses Abschalten und die Konzentration auf den Gewinn war Teil seiner Strategie. Dass Catherine nur mit dem Roulettespiel vertraut war, erschwerte sein Vorhaben. Bei Blackjack hätte er Geschicklichkeit einbringen können und die Mitspieler mental zum gemeinsamen Erfolg führen können. Sie wären seiner Energie gefolgt, ein Team gegen das Haus war wirkungsvoller als ein Einzelkampf. Aber es hatte sich anders ergeben. Ohne es zu wissen, führte Catherine diese Schlacht für ihn, denn er brauchte Catherines unschuldige, frische Energie mehr als die eines jeden hartgesottenen Spielers. Und ihre Fähigkeit dem Spiel folgen zu können war wichtig. Durch das Mitfiebern erzeugte sie die mentalen Reserven, die er anzuzapfen gedachte. Es bestand für ihn kein Zweifel, dass sie es schaffen würden. Nicht der geringste. Sonst hätte er es nicht gewagt.

--- oOo ---

Der kleine Privatraum war absolut nicht überfüllt, wie Catherine das kannte, wo man kaum einen Platz zum Stehen bekam. Auch an der Bar herrschte kein Gedrängel, fiel ihr auf. Das Ambiente war warm, freundlich und intim.

»Such dir einen Tisch aus.« Rivas schubste sie vorwärts. Aber sie ließ sich nicht drängeln. Wie eine Diva schritt sie anmutig auf einen Roulette-Tisch zu, setzte sich. Ein Kellner erschien. »Was möchtest du trinken?«

»Was trinkst du?«

»Bourbon.«

»Ein Glas Champagner bitte.«

»Du bist wunderschön, Catherine.«

»Danke. Benützt du ein System?«

»Du bist mein System.«

»Oh, das kannst du vergessen, diesem Druck bin ich nicht gewachsen.«

»Das ist gut, genau das brauche ich. Unterhalte dich gut und lass mich nur machen.«

Catherine liebte es, wenn Rivas ‚es machte'. Sie fühlte sich sofort sicher und wohlig.

»Rien ne va plus«, sagte der Croupier routiniert. Die Kugel rollte aus, landete auf Zéro.

»Wähle eine Farbe für die kleineren Jetons, Catherine«, bat Rivas, während er dem Croupier ein Bündel Euroscheine reichte. Rivas wählte den höchstmöglichen Wert per Jeton und erhielt nur wenige. Ohne mit der Wimper zu zucken, stopfte der Croupier die Scheine in den gierigen Messingschlund und schob Rivas die hochwertigen Jetons hin. Einen davon tauschte er gegen eine kleinere Stückelung für Catherine aus. Hierfür wählte Catherine auf Kommando die Farbe Lila, wie ihr Kleid, das sie auf der Fahrt an der Cote d‘ Azur entlang getragen hatte. »Hiermit kannst du spielen.«

»Du nicht?«

»Nein, wähl nochmal eine Farbe für mich. Jeder Spieler hat seine eigene, das gilt auch für Paare. Aber ich spiele hauptsächlich mit diesen Großen hier.«

»Okay. Warte, warte.«

»Faites vos jeux!«, lud der Croupier zum Spiel ein.

»Nimm dir ruhig Zeit, ich beobachte das nächste Spiel so lange.«

»Dunkelgrün. Wie dein neues Auto.«

»Alles klar.«

Der Kellner stellte die Getränke ab, aber kassierte nicht. »Warum verlangt er kein Geld?«

»Sie beobachten uns. Bei hohen Einsätzen gehen die Drinks aufs Haus. Jetzt musst du zwischen Rot und Schwarz wählen.«

»Da muss ich nicht nachdenken. Rappenschwarz muss es sein. Für Andalus.«

Vier weitere Spiele hatten inzwischen stattgefunden, und sie die ganze Zeit nur zugesehen. Rivas blickte auf die elektronische Tafel. Schwarz war bereits seit vier Spielen erfolgreich. Die Sequenz sollte der Statistik zufolge nicht mehr lange anhalten. Doch sie hatte Schwarz gewählt, also setzte er alles auf Schwarz, sobald der Croupier das neue Spiel ansagte. Die Kugel rollte und rollte.

»Setz auf das, was dir Spaß macht.«

»Okay, dann mache ich das Gegenteil von dir. So gewinnt einer von uns. Jedenfalls bei diesem einfachen Spiel.«

»Ja, mach das, Catherine«, belächelte er sie.

Sie setzte im letzten Moment auf Rot und dann ertönte schon wieder das ‚Nichts geht mehr‘.

Schwarz. Rivas hatte gerade seinen Einsatz verdoppelt. Catherine ihre Jetons verloren. Gnadenlos und blitzschnell raffte der Croupier sie ein.

»Oh Rivas, du hast gewonnen. Soll ich wieder eine Farbe wählen?«

»Nein, dieser Abend bleibt schwarz.«

»Aber Rivas, schau mal das Risiko!« Catherine verstand genug von Roulette, um zu wissen, dass das nicht mehr lange so gehen konnte. Aber genau darauf baute Rivas jetzt. Die Farbsequenzen gingen manchmal sehr lange unverändert weiter, an besonderen Tagen. Und heute war ein besonderer Tag. Abermals setzte er den gesamten Einsatz und seinen Gewinn auf Schwarz. Und gewann. Wieder und wieder.

Inzwischen war Schwarz in der vierzehnten Folge an die Reihe gekommen. Spieler von anderen Tischen gesellten sich neugierig dazu. Das kleine Wunder hatte sich in dem Raum herumgesprochen.

»Möchtest du nicht auf eine Zahl setzen?«, fragte Catherine.

»Das kommt alles noch. Wenn wir dann alles auf eine Zahl setzen, soll es sich lohnen.«

--- oOo ---

Rivas, nun in der Glückssträhne, plante, nur ein einziges Mal auf eine von sechsunddreißig zu setzen. Das sollte auch sein letztes Spiel sein. Ein sechsunddreißigfacher Gewinn. Und dann würde er seine Glückbringerin durch die Luft wirbeln und sie zurück nach Marseille entführen. Diese Szene hatte er sich in den letzten Tagen immer wieder vor Augen gerufen. Alles war penibel geplant gewesen, auch ihr Geburtstag spielte Roulette. Auf die einzigartige Gunst, die der Geburtstag eines lieben Menschen auf sein Leben ausschüttete, wollte er nicht verzichten. Catherines Stimmung wuchs, ihre mentale Kraft ebenso. Darunter mischte sich die positiv-geladene Energie der anderen Gäste. Ohne jede Missgunst und voller Freude und Bewunderung trugen sie, wenn auch ahnungslos, ihren Teil dazu bei, dass Schwarz weiterhin wie ein Magnet die Kugel auf sich zog. Rivas engagierte alles was ihm zur Verfügung stand – die fünf Sinne zur Beobachtungsgabe, die Naturgesetze über die Anziehungskraft einer positiven Einstellung. Er hatte sich darauf vorbercitet: Geh dahin, wohin dich das Schicksal führt, geh mit. Das hatte er getan. Nun war es Zeit, ein weiteres Gesetz aufzurufen: Nütze die ‚Kraft des Nichts' – wenn es weg ist, ist es weg. Wer nichts zu verlieren hat, entfaltet eine unglaubliche Freiheit und damit unerhörte Energie. Er schöpfte seinen ursprünglichen Einsatz ab, der nun einen geringen Anteil seiner Jetons darstellte, und steckte ihn in seine Tasche. Nun ging es um das Ganze.

--- oOo ---

»Wähl eine Zahl, Catherine.«

»Fünfundzwanzig.«

Darauf hatte er gehofft - ihr Alter. Seit heute! Aber er hatte sie nicht beeinflussen wollen. Ein weiterer Pluspunkt – die gleiche Wellenlänge. Es gab schon wieder einen Croupier-Wechsel. Die Spielbankleiter waren auf den Tisch aufmerksam geworden und verkürzten misstrauisch die Zeitspannen der Personalwechsel. Champagner floss. Immer wieder wurde für Catherine nachgegossen, aber Rivas trank kaum. Er war noch bei seinem ersten Whiskey.

»Faites vos jeux!«

Ein letztes Mal legte Rivas seine Jetons auf den grünen Filztisch. Alles auf die schwarze Fünfundzwanzig. Fast alle Spieler legten ihre Einsätze dazu. Es war kein Platz mehr auf der Zahl, sie quollen in die benachbarten Felder über. Sicherheitsbeamten drängten sich um den Tisch. Sie trugen zwar Anzüge, aber der Knopf im Ohr verriet ihre Aufgabe, was Rivas amüsierte. Ein letzter Blick auf das Display: Schwarz war nun in der einundzwanzigsten Sequenz. Das grenzte an weltweite Ausnahmen, obwohl es durchaus noch extremere Ausnahmesituationen gab. Der Croupier spann das Rad mit einem schwungvollen Dreh aus dem Handgelenk und alle starrten gebannt auf die Kugel. Sie raste herum, konnte sich nicht beruhigen. Suchte nach ihrem Parkplatz, spannte spielerisch ihre Zuschauer auf die Folter. Dann verlor sie an Kraft, wurde müde. Erschöpft rollte sie aus. Wollte in ein Fach schlüpfen, wurde wie magisch aus dem Einschlummern gezogen, kämpfte weiter. Zuckte in einem letzten Kraftakt ein letztes Mal auf, um ihr Ziel zu erreichen.

Die Kugel landete auf Fünfundzwanzig. Schwarz.

Ein Jubel brach aus, der Croupier schob den Spielern ihre Jetons hin. Kein einziger Gesichtsmuskel verriet irgendeine Emotion. Die wenigsten Chips gehörten Rivas, aber das lag an dem gigantischen Höchstwert seiner Jetons. Sein letzter Einsatz wurde, wie von ihm angestrebt, sechsunddreißigfach in Jetons ausbezahlt. Die Triumphschreie drangen in den Hintergrund. An ihrer statt machte sich eine kurze, unerklärliche Antiklimax breit, die er bei aller Planung nicht vorhergesehen hatte. Catherine ging es ähnlich.

Rivas erhob sich vom Tisch.

»Wir hören auf?«

»Ja, komm.«

Die anderen Spieler gaben im Chor enttäuschte Laute von sich.

Rivas konnte sich nicht durchringen, Catherine, wie geplant hochzuheben. Er war vollkommen erschöpft. Auch an ihm zog dieses Ereignis nicht spurlos vorüber. Er hatte es geschafft. Das Geldproblem war vorerst und für lange Zeit danach gelöst. Zwei Sicherheitsbeamten begleiteten Rivas zur Kasse. Er schob alle seine Jetons unter das Sicherheitsfenster durch. Ein hochrangiger Angestellter übernahm von der Kassiererin und zählte ab. Euroscheine ratterten aus Maschinen, eine vor ihren Augen, mehrere andere im Hintergrund.

»Moment, Rivas. Die geben dir doch sicher einen Scheck oder überweisen das Geld.«

»Das ist eine Spielbank, Catherine. Hier wird bar ausbezahlt.«

»Das gibt es doch nicht. Haben die so viel Geld hier?«

»Wir haben die Bank noch lange nicht gesprengt, Süße.«

»Und die Sicherheit? Was ist, wenn etwas passiert?«

»Das Geld kommt in einen Sicherheitskoffer und man kann zusätzliche diverse Sicherheitsvorkehrungen treffen, das machen wir aber nicht. Wir können uns sogar nach Hause begleiten lassen, aber wir hauen jetzt gleich ab. Wir müssen nur noch…«

Ein Mann sprach ihn auf Französisch an. Rivas unterhielt sich mit ihm, während sie auf das Geld warteten.

»Wir müssen nur noch zur Kasinoleitung.«

»Weshalb?«

»Sie haben uns gerade auf einen Drink eingeladen.«

»Muss das sein?«

»Es muss nicht, aber es gehört sich so, Catherine. Sei noch ein paar Minuten charmant und dann werde ich dich aus deinen Diensten entlassen. Das hast du gut gemacht.«

»Wieso? Ich habe doch meine ganzen Jetons gleich bei den ersten Spielen verloren.«

»Damit habe ich dich nur abgelenkt.«

»Warum habe ich so schnell so wenig verloren und du so lange und so viel gewonnen?«

»Erinnerst du dich an deine Motivation? Warum hast du auf Rot gesetzt, gleich zu Anfang?«

»Ich wollte auf Nummer sicher gehen. Ich dachte, wenn du auf Schwarz setzt, und ich auf Rot, können wir ja nicht verlieren.«

»Das ist das Problem. Entweder man spielt, oder man denkt.«

»Hast du deshalb so einfach gespielt?«

»Was meinst du mit ‚einfach‘?«

»Naja, ich hatte erwartet du spielst verzwickte Kombinationen, bei denen ich nicht durchblicken würde. Stattdessen hast du immer nur auf Farbe gesetzt und ein einziges Mal auf eine schlichte Zahl.«

»Was wir wahrnehmen, Catherine, ist ein Bruchteil des Möglichen. Überall um uns herum existieren Kräfte, Sinne, Energie, Synergie. Um diese anzuzapfen, muss man in sich hineinhören und seine Intuition wecken. Man muss Zeit nicht mehr als linear und limitiert sehen, sondern Vergangenheit, Gegenwart und Zukunft als Ganzes erschließen. Die Planung findet vorher statt, aber am Tisch muss ich mich auf mich konzentrieren. Und auf die Energie der lebenden Menschen um mich herum und nicht auf die Kugel, das Display oder andere sachliche Dinge oder mathematisches Wissen. Deshalb muss ich es einfach halten. Wenn mein Verstand anfängt, sich einzuschalten, habe ich verloren, bevor ich noch angefangen habe. Andere mögen diese Kunst beherrschen, ich habe sie nicht. Wenn ich spiele, denke ich nicht. Ich folge nur meinem ursprünglichen Plan.«

»Das erinnert mich irgendwie an Levana.«

»Da hast du gar nicht so unrecht. Das geht in dieselbe Richtung.«

»Naja, dir ist das ja heute hervorragend gelungen.«

»Unterschätz dich nicht. Ohne dich hätte ich es nicht geschafft. Nicht in diesem Maße.«

»Ja gut, das machen wir jetzt immer so. Wenn uns das Geld ausgeht, gehen wir ins Kasino und stocken auf.«

»Schön wär‘s, aber genau das ist das Problem. Deshalb hoffe ich, du hast deinen Abend im Scheinwerferlicht genossen. Denn wir machen das nie wieder.«

»Nie wieder?«

»Nie wieder, Catherine. Wenn man in die Spielbank geht, weil man Geld braucht oder wirklich gierig danach ist, kann man nicht loslassen und verdirbt die Energie. Selbst wenn es funktionieren könnte, ich würde es nicht glauben. Und damit zerschlägt sich die Chance.«

»Dr. Lammingcourt hat einmal gesagt, dass man bei Studien befunden hat, dass gläubige Menschen sich leichter therapieren lassen. Dass sie mehr Erfolg haben, als Menschen, die nicht gläubig sind.«

»Meinst du im religiösen Sinn?«

»Ja, das meinte er.«

»Das ist mir nicht bekannt, aber es ergibt Sinn. Wer an eine höhere Gewalt glaubt, glaubt sicher auch eher an den Erfolg einer Therapie als ein Skeptiker und führt den Erfolg so selbst herbei.«

»Die sich selbst erfüllende Prophezeiung.«

»Du hast es erfasst. Aber ein zweites Mal würde ich zweifeln: Das kann nicht noch einmal funktionieren und das würde es dann auch nicht.«

»Verstehe. Also zurück zu unserem Sparprogramm.«

»So ist es.«

»Du Rivas, ich habe einen Riesenhunger.«

»Oh entschuldige. Daran habe ich gar nicht gedacht. Aber das ist eine gute Idee, wir lassen den Geldkoffer im Tresor, gehen jetzt der Einladung nach und dann etwas essen. Im Haus gibt es ein paar schicke Restaurants. Sie werden uns sicher ihr bestes empfehlen und uns einen guten Platz anbieten. Danach holen wir unser Geld ab, und dann nichts wie nach Hause.«

Catherine rührte es, dass er auch für ihren Hunger die Verantwortung übernahm. Seit ihr Vater gestorben war, hatte niemand mehr für sie gesorgt. Warum ihr das wichtig war, wo sie sich doch immer so selbstbewusst gab, wusste sie nicht. Zum ersten Mal war es ihr mit Dr. Lammingcourt aufgefallen. Sie ahnte, dass dieses innere Bedürfnis eventuell daher rührte, dass ihre Mutter sie damals verlassen hatte.

»Iss dich satt, wer weiß, was du in Kenia wieder alles entbehren musst. Es erwartet dich wieder ein ganz anderes Leben, Catherine. Bist du sicher, dass du das möchtest?«

»Ganz sicher, Rivas.«

Jetzt hob Rivas sie in die Luft und wirbelte sie mit einem vehementen Schwung so lange durch die Luft, bis sie anfing zu zappeln, weil es ihr schwindelig wurde.

Wenige Tage später landeten sie in Kenia.

44.
Catherine

Wenn Catherine anfangs an ihrem Status als Afrikaexpertin Gefallen fand, und Rivas immer wieder mit ihren kontinentalen Kenntnissen zu beeindrucken versuchte, so wurde ihr die Rolle der Fremdenführerin bald leid. Vier Wochen befanden sie sich bereits in Kenia, um ihre Ortskenntnisse zu vertiefen. Sie bereisten das Land und seine Nachbarstaaten, knüpften Kontakte, gingen Hinweisen nach und verfolgten die Spuren der ‚üblichen Verdächtigen'. In den entsprechenden Kreisen verbreitete er mithilfe der Kongolesen Pierrette und Eden sowie Edmundo aus Angola, als Menschenhändler unterwegs zu sein. Es hieß, er sei auf der Suche nach jungen weiblichen Geiseln, für die er überdurchschnittlich gut bezahlen würde. Hierfür gab sich Rivas als reicher Argentinier aus. Rivas war zwar Spanier und Franzose, aber da er lange Zeit mit Maria in Argentinien verbracht hatte, fiel es ihm nicht schwer, sein Katalonisch mit dem weicheren lateinamerikanischen Spanisch zu überspielen. Seine Authentizität würde überprüft werden, und das nahm Zeit in Anspruch. Rivas war mit dem Timing einer derartigen Operation bestens vertraut. Um im Kidnapping Milieu zu überleben, brauchte man Geduld, lernte mit Bedacht vorzugehen, durfte nichts überstürzten. Ein hastiger Fehler alleine konnte mit dem Tod enden. Für die ungestüme junge Headhunterin, die es gewohnt war, wie ein Rennpferd nach vorne zu preschen, erwies sich das gedrosselte Tempo als überaus anstrengend. Sie fühlte sich zuweilen wie ein ausgebundenes Pferd, von hinten getrieben, weil Charlotte in Gefahr war. Von vorne zurückgehalten, weil sie nirgends selbst aktiv werden konnte.

Pierrette und Eden klapperten, den Hinweisen Levanas folgend, den Kongo, Uganda, Burundi und Ruanda ab. Die Fährte zu der Zwiebelhändlerin in Uganda führte ins Nichts. Wie auch für ihre Vorgänger aus Amerika versiegte die Spur bei einem bärtigen Unbekannten in muslimischem Dress. Fest stand, dass es sich bei dem Mann um den Anrufer gehandelt hatte, mit dem Rivas und Tina telefoniert hatten, aber er ließ sich nicht aufstöbern.

Auf der Seite der Ermittlungen sah Rivas in den zwei Briten seinen wichtigsten Ansatzpunkt, aber er kam nicht an sie heran. Die zwei

Schurken wurden zum Mittelpunkt eines internationalen, politischen Gerangels. Die Kenianer wollten aus Nationalstolz die Angelegenheit eigenhändig abwickeln. Die Briten bemühten sich um die Sicherheit ihrer beiden Staatsbürger. Tobias' Leute, die sie unter allen Umständen in die Finger bekommen wollten, scheiterten bei jedem Versuch, sich in die Sache einbringen zu dürfen. Eine öffentliche Untersuchung zum Fall Charlotte Mertens hätte zweifellos die Tür geöffnet, aber die laut Tobias, vom Präsidenten angeordnete Knebelung bremste Tobias' Leute aus. So wurde Charlotte nicht nur zum Opfer einer Entführung, sondern auch zur Geisel von subtilen politischen Machtkämpfen, die unterschwellig im Verborgenen ausgetragen wurden.

Es gab auch schöne Momente für Catherine. Ihr leidliches Zulu half ihr bei der Bewältigung von Swahili. Beide afrikanischen Sprachen entsprangen dem gleichen Sprachzweig. So erweiterte sie in jeder freien Minute ihren Wortschatz und übte die Aussprache mit jedem Menschen, der sich ihr anbot. Rivas und sie verbrachten, dem Sparprogramm zum Trotz, jede freie Minute in diversen luxuriösen Privatreservaten. Der Anblick der Tiere in ihrer natürlichen Umgebung schenkte ihr jedes Mal Augenblicke des tiefen Seelenfriedens. In solchen Momenten gedachte sie oft Charlotte und zählte mit ihr die Tage. Sie versuchte sich zu erinnern, in welchem Stadium sie sich damals selbst befunden hatte. Dann schickte sie gute, ermutigende Gedanken gen Himmel. ‚Derselbe Himmel über mir, legt sich auch über dich, Charlotte. Vielleicht kannst du ihn nicht sehen, aber dennoch ist er da und verbindet dich mit mir und der Welt.'

Tagsüber beschäftigte sie sich mit Lesen, wenn Rivas unterwegs war. Als Lektüre wählte sie meist Themen, die sie mit den Vorgehensweisen von Piratenbanden vertraut machten, die ihr Unwesen im Indischen Ozean trieben. Hin und wieder telefonierte sie mit Tom oder mit Tina, wusste aber nie so recht, was sie sagen sollte. Von Tom entfernte sie sich zunehmend und für Tina fand sie einfach keine tröstenden Worte. Alles was man sagen *sollte,* erschien ihr hohl. Alles was man sagen *wollte*, erschien ihr nutzlos. Ihre Gespräche mit Tom verliefen ähnlich oberflächlich ab. Manchmal erschien es ihr, als läge die Ursache von Toms kühler Haltung ihr gegenüber mehr an einem Powertrip als an der Enttäuschung, dass sie ihn wieder einmal hatte sitzen lassen. Nie bezog er sie ein. Ihre Firma hatte unter seiner anhaltenden Führung einen gewaltigen Aufschwung erlebt. Daher stellte sich bei ihr auch noch eine ihr unbekannte berufliche Unsicherheit ein. Vielleicht war sie ja wirklich nur mit dem Erbe ihres Vaters gesegnet worden und im Grunde nutzlos? Ihr Kummer darüber wuchs mit jedem Tag des Däumchen Drehens in Nairobi. Nachts lag sie ruhelos und oder ganz wach unter ihrem Moskitonetz. Wenn sie ein paar Stunden durchgehenden Schlafes fand, bedrängten sie unendlich viele, rätselhafte Träume, die zu entwirren ihr ohne Lammingcourts Hilfe einfach nicht zu gelingen schien. Sie nahm ein paar Anläufe Rivas zu bewegen, ihr bei der Entschlüsselung zu helfen, aber er zeigte kaum Anteilnahme. Er hatte andere Sachen im Kopf, wichtigere, und widmete ihren seelischen Bedürfnissen erschreckend wenig Zeit.

Zweifel häuften sich. Liebte Rivas sie wirklich? Wurde sie von Tom verachtet? War sie inkompetent? Liebte Andalus Katy nun mehr als sie? Wie ging es Machu Picchu in dieser schweren Zeit? Oft hörte sie ihn wiehern, stellte sich vor, wie er schwitzend am Koppelzaun hin und her trabte und nach ihr rief.

Inzwischen war es Ende Februar. Charlotte wurde seit fast vier Monaten vermisst. Das war für Catherine der Zeitpunkt ihrer Befreiung gewesen. Sie war am Verzweifeln.

Rivas am Durchdrehen.

Tina ein Wrack.

Tobias, mit seinem diplomatischen Latein am Ende, schlug endlich eine andere Richtung ein. Er finanzierte heimlich einen aggressiven Topanwalt, dessen Honorar, so hieß es, von einem anonymen Gönner gesponsert wurde. Picasso und Niemand nahmen das Angebot dankbar an und ließen sich gerne von ihm vertreten. Zwei Tage später waren seine Mandanten auf freiem Fuß. Offiziell bewirkte er ihre Freilassung aufgrund von mangelnden Beweisen. Inoffiziell, weil die Kenianer eine Blamage abwenden wollten. Ein kleiner technischer Fehler war ihnen zum Verhängnis geworden. Sie wussten, sie hatten keine Chance.

Stunden nach ihrer Freilassung hatten Tobias‘ Leute in Zivil die beiden entführt und in einer Hütte im tiefen Busch versteckt. In Windeseile hatte man eine neun Kubikmeter Kiste mit einer Luke für Essen und Wasser zusammengeschreinert, ein paar Luftlöcher in die Wände gebohrt, die bewusstlosen Männer hineingelegt und sie zugenagelt. Die beiden konnten nicht entkommen.

Major Godden hatte bis hierher mit Rivas zusammengearbeitet, aber nun war seine Mission erfüllt. Von hier an war Rivas alleine. Er gab ihm die Koordinaten zu dem Versteck und erklärte ihm seine Gefangenen hätten ausreichend Luft und genug Wasser und Essen um ein paar Tage auszuharren, während er sich auf den Weg machte. Zu lange durfte er sich allerdings nicht Zeit nehmen. Selbst in der verlassenen Gegend würden ihre Hilfeschreie unter Umständen doch den ein oder den anderen Wilderer anlocken. Er wünschte Rivas viel Glück und verabschiedete sich von ihm. Allerdings war geklärt, dass wenn er irgendwelche technischen Hilfsmittel brauchte, ihm diese jederzeit zur Verfügung gestellt würden. Und dass der Major jederzeit über Funk und Handy erreichbar bliebe. Das aber nicht für Notfälle, sondern nur für die Anforderung von Geräten und für Fortschrittsberichte.

Rivas, der unterdessen in Richtung der Vermittler in London nicht weitergekommen war, hatte allerdings einiges über die hiesigen kriminellen Gruppierungen herausgefunden. Ein paar Hinweise von Diddeldi und Diddeldum würden ihm aufzeigen, welche Richtung er einschlagen musste. Pierrette, Eden, Edmundo und auch Lucien standen bereit, um ihm bei seinem Vorhaben zu helfen. Lucien blieb vorläufig in Frankreich. Pierrette und Eden flogen noch am gleichen Tag aus Kinshasa ein. Edmundo hielt sich zu dem Zeitpunkt in Mosambik auf und würde am nächsten Tag eintreffen. Rivas und Catherine holten die beiden Kongolesen in ihrem Landrover vom Flughafen in Nairobi ab und machten sich auf den Weg in den Dschungel. Edmundo, ein geübter Spurenleser würde den Weg alleine finden müssen.

45.
Charlotte

»Daddy, du musst das Geld nochmal überweisen. Wir wurden überfallen. Es wurde gestohlen.«

»Chuck, geht es dir gut?«

»Ja, aber bitte, Daddy, bezahl noch einmal. Bitte mach schnell. Ich will heim! Bitte Dad.«

Claude unterbrach die Verbindung und lobte Charlotte. »Das hast du gut gemacht.«

»Claude, ich habe Angst. Was macht ihr mit mir, wenn er kein zweites Mal bezahlen kann? So reich ist mein Vater nicht. Er ist Beamter, kein Unternehmer, weißt du? Seine Einkünfte werden vom Senat festgesetzt. Das geht nicht ins Endlose. Und Nebeneinkünfte sind ihm nicht gestattet. Ich habe ihn oft schimpfen hören, dass das regelmäßig geprüft wird.«

»Wenn es ihm an Kreativität mangelt, muss die Regierung ran.«

»Die USA verhandeln nicht.« Auf diese Lektion hatte man im FBI-Entführungstraining besonders großen Wert gelegt.

»Das tun die Staaten. Glaub mir. Man tut nur so. Als Abschreckung.«

Um den Druck zu verstärken, hätte Claude ihr weißmachen können, man habe nicht bezahlt. Er hatte sich zur Wahrheit entschlossen. Es lag ihm daran, sie nicht aufzuregen, indem er ihr vermittelte, man mache ihr keine Vorwürfe. Eine Panik zu verursachen, erachtete er in diesem Fall eher als hinderlich.

Seitdem litt sie unter einer schweren Depression. Anfangs schenkte sie Claude keinen Glauben und reagierte hysterisch und fuchsteufelswild. In ihrem spontanen Zorn ließ sie die drohende Bestrafung außer Acht, dachte gar nicht darüber nach, so wütend war sie. Claude brachte für die sonst milde und anpassungsfähige junge Frau Geduld auf und ließ sie austoben. Auch die anderen verhielten sich ihr gegenüber schonungsvoller. Charlotte reagierte sich ab, fand aber keinen inneren Frieden mehr. Ihr Gemütszustand schwang in Fatalismus um und machte sie zu einem lustlosen und faden Zeitgenossen. Sie legte die neue Misere so aus, dass es für sie keine Hoffnung gebe, dass sich die Welt verschworen hatte, ihr die Freiheit zu verwehren. Zweifel begannen an ihrer Seele zu nagen, ob sie außer dem Fehler mit Jacques im Leben schon vieles falsch gemacht hatte, ob sie ein freies Leben nicht verdiente, weil sie ein schlechter, wertloser Mensch sei.

Obwohl im Grunde nichts aussagend, baute das Telefonat mit ihrem Vater sie auf. Seine Stimme zu hören, verband sie mit der Außenwelt. An diesem Abend erlebte sie ihre letzte Vision von Fern. Sie reichte ihr die Hand. Charlotte starrte auf die faltige schwarze Haut, die Definition der Finger, der Nägel. Sie schien ihr wie ein Wunder. Wie die Hand einer Arbeiterin. Kräftig, doch weiblich und sanft. Und wunderschön. Im Geiste legte sie ihre Hand auf Ferns. Die drehte ihre Hand um und nun berührten sich ihre Handflächen. Sie hielten sich fest. »Halte durch. Die Welt ist gut«, flüsterte Fern und zog sich kaum merklich zurück. Charlotte starrte auf ihre leere Hand und weinte. Sie erinnerte sich an ihren Physikunterricht. In der Wissenschaft gibt es einen Begriff: absolute Wahrheit. Im Gegensatz zu einer Theorie ist ‚absolute Wahrheit' ein Naturgesetz. Wenn man in der Wissenschaft über einen langen Zeitraum und abermaligen Wiederholungen eine Beobachtung macht, die sich niemals verändert, sofern die Umstände gleich bleiben, spricht man von einem Gesetz. Wie zum Beispiel dem Gesetz der Schwerkraft. Eine Theorie hingegen ist eine starke Vermutung, die sich nicht unendliche Male kompromisslos beweisen lässt. Charlotte wusste, dass Fern nicht von einer Theorie sprach, oder gar von einer Hoffnung. Sie stellte die Behauptung auf, *dass* die Welt gut ist. In ihrer Welt ist das ein Gesetz. Ein denkender Mensch hätte zynisch reagiert, denn wie konnte sich ein Tier einer fast ausgerotteten Rasse eine solche Aussage erkühnen? Aber Charlotte war kein denkender Mensch. Sie war ein logisch denkender Mensch. Sie wägte ab: Entweder ist Fern übergeschnappt - ihr würdevoller Blick vermittelte das Gegenteil. Oder eine Lügnerin - warum sollte sie lügen? Oder sie spricht die Wahrheit. Dass Charlotte halluzinierte war ihr klar. Das beunruhigte sie nicht. Die luziden Bilder von Fern, diesmal von ihrer Hand, waren eine Bereicherung für ihre Seele. Sie wünschte sich mehr davon. Nach jeder Begegnung mit ihr war ihr Kopf quellklar, ihre Seele rein und ihr Herz schlug wieder.

Dieses Erlebnis hielt sie dürftig am Leben, mehr Energie war nicht mehr vorhanden.

Die vier Männer richteten sich mit ihrer Geisel in einer neuen Behausung in Kinshasa ein. Das Geld der Gruppe war knapp geworden, es reichte nur für eine dürftige Blechhütte in einem Slum neben einem chaotischen, illegalen Umschlagplatz für Holz. Wann immer Charlotte über die Unterkunft Trübsal blies, rief sie sich die Zeit auf dem Dachboden vor Augen. Das machte die Bleibe einigermaßen erträglich. Entsetzlich waren die Bedingungen dennoch. Putzen half nichts, damit hatte sie gar nicht erst angefangen. Wenn es regnete, wurde alles nass. Und das war täglich so. Wenn der Wind blies, zog er durch die Ritzen und Löcher, und wenn die Sonne schien, entwickelte sich in der Hütte ein Dampfbad.

Claude spendierte Charlotte ein müllreifes Schachbrett, aber Französisch- oder Mathebücher konnte er sich nicht mehr leisten. Er hatte damals die Sachen verbrannt, obwohl er sie gerne eingesteckt hätte. Aber sollte er erwischt werden, wollte er vermeiden, dass man Indizien bei ihm finden würde.

Er und Aristide trieben sich täglich viele Stunden in der Stadt herum, um sich an der Musiker Bande zu rächen und ihnen ihr Geld wieder abzuluchsen. Mit Charlotte verbrachte er aus diesem Grund so gut wie keine Zeit mehr. Thierry und Junior schafften durch kleine Diebstähle Gemüse und Bares heran, aber ihr Erfolg hielt sich in Grenzen. Immer öfter knurrten die Bäuche der Bande und ihres Opfers.

Charlotte hatte am Spielen, Arbeiten und Nachdenken ohnehin das Interesse verloren. Lernen, lesen, putzen, kochen - zu nichts konnte sie sich aufraffen. Erfasst von einer grenzenlosen Lethargie, fand sie es nicht schwer die Nächte durchzuschlafen. Selbst dann nicht, wenn sie den Großteil ihres Tages auf ihrer feuchten Decke auf dem Boden verbracht hatte. Ihr Medikamentenvorrat war erschöpft, die Anzeichen ihrer Schlafkrankheit traten erneut auf. Aufgrund der weniger akuten Symptome war die Krankheit unbemerkt in das chronische Stadium übergegangen, aber ihr Immunsystem hielt stand und sie schlug sich tapfer durch.

Die Hütte war nicht mehr als ein Würfel aus Wellblech. Sie bot keinen Zentimeter Privatbereich für seine Bewohner. Dicht an dicht wurde in dem einzigen Raum gegessen, herumgesessen und geschlafen. Die ‚Küche' war draußen. Sie bestand aus einem riesigen Ast, der unter einem notdürftigen Holzdach auf vier Baumstämmen vierundzwanzig Stunden am Tag gemächlich vor sich hin brannte. Toilette und Waschgelegenheit befanden sich ebenfalls im Freien. Außer ein paar Eimern gab es keine Wasserbehälter. Wasserknappheit herrschte allerdings nie, weil die häufigen Regenfälle die Eimer schneller auffüllten, als man sie leeren konnte.

Als die Seife und das Waschpulver knapp wurden, verkauften sie das Auto. Auf die tägliche Hygiene wollten und konnten die Männer weniger verzichten als auf Nahrungsmittel. Nachdem auch dieses Geld ausgegeben worden war, spitzte sich die Lage in der Hütte zu. Streit brach aus. Unvermittelt. Täglich. Mit dem Hunger und Hygienemangel wuchs Charlottes Furcht, dass sie eine Belastung für die Männer darstellen könnte. Um nicht unnötig Aufmerksamkeit auf diese Tatsache zu lenken, hielt sie sich mit ihren Rationen bis aufs Äußerste zurück. Zum Waschen benützte sie eine Salzlauge, welche die Haut außen klebrig machte und von innen austrocknete. Als auch das Salz zur Neige ging, kam das Abreiben mit Sand an die Reihe, bis einer der Männer wieder ein Stück Seife ergatterte. Mit einer Axt wurde es gerecht in fünf Brocken zerstückelt, denn davor, das gleiche Stück abwechselnd zu benützen, ekelte den Männern, das war offensichtlich. Sie bekam deutlich mit, dass es sich bei den Zankereien oft um sie drehte. Zwar ließ man sie in Ruhe, aber Charlotte erwartete jeden Moment, dass sich das Blatt wenden würde. Claude verbot seinen Kumpanen sie zu schikanieren, aber immer wenn er außer Haus war, verfiel sie in Angstzustände. Weil Aristide, seit er in Claudes Abwesenheit für sie verantwortlich gewesen war, mehr Sympathie für sie empfand, hüteten sich die beiden Jüngeren, Thierry und Junior jedoch, sie zu traktieren. Wenn ihre Gereiztheit ab und zu aufflackerte, schritt stets Claude oder Aristide ein. Aber verlassen konnte sie sich auf keinen der Vier.

Nachdem Claude das Geld an die gegnerischen Gauner verloren hatte, benahm er sich weniger umgänglich als in den Tagen vor der Geldübergabe. Sie fand keinen Zugang mehr zu ihm und in ihrer Furcht vor seiner Launenhaftigkeit, hielt auch sie Distanz, sofern es in dem engen Raum möglich war. Auch das bedrückte Charlotte.

--- oOo ---

Innerlich gab Claude sich die Schuld an der Krise seiner Bande. Obwohl keiner seiner drei Kumpels ihm gegenüber einen Vorwurf verlauten ließ, stand die Anklage still im Raum. Eines Tages eröffnete Aristide ihm, er habe eine Lösung in Aussicht.

»Es gibt vielleicht einen Interessenten.«

»Wofür?«

»Wofür! Für Charlotte natürlich. Sie muss weg, Claude. Jeden Tag gewinnen die Amis Zeit. Die Sache wird zu heiß.«

»Ich habe doch gesagt, sie wird nicht verkauft.«

»Wie soll es denn weitergehen?«

»Ari! Palmer muss das Geld auftreiben, dann muss es nach London, dann durch die Waschmaschine, dann hierher.«

»Sag ich doch. Zu viele ‚danns'. Zu prekär. Wenn wir sie auf dem Markt anbieten, sehen wir unsere Moneten in kürzester Zeit, bei geringerem Risiko und wir sind sie endlich los.«

»Sie macht keine Schwierigkeiten. So eine pflegeleichte Geisel hatten wir noch nie. Noch eine Übergabe steht sie nicht durch.«

»Nach mir die Sintflut!«

»Marie wäre nächste Woche vierzehn geworden.«

»Das mit deiner Tochter tut mir leid, Claude, aber was hat das mit der Amerikanerin zu tun?«

»Ja, stimmt. Das gehört nicht hierher.«

»Nein! Sag's mir. Was geht hier ab?«

»Louise war achtzehn, als Marie auf die Welt kam.«

»Verstehe. Deine Frau war in Charlottes Alter.«

»Wir bekämen nur einen Bruchteil der Lösegeldsumme«, kehrte Claude zum Thema zurück.

»Es ist sicheres und schnelles Geld.«

»Welche Gruppe? Kenne ich sie?«

»Nein. Sie sind neu auf dem Markt.«

»Zu gewagt. Wie kamst du auf sie?«

»Der Kontakt läuft über Onkel Olivier.«

»Soll das ein Witz sein? Olivier ist seit drei Jahren nicht mehr im Geschäft.«

»Er ist wieder eingestiegen. Und er ist gut. Gerade weil seine alten Kontakte ausgetrocknet sind, sorgt er für frischen Wind auf dem Markt. Die neuen Anfragen treiben die Preise endlich wieder hoch. Seit jeder Hinz und Kunz aus Somalia im Geschäft mitmischt, hat das Angebot an Geiseln die Nachfrage nach ihnen überstiegen. Olivier sorgt mit neuen Käufern dafür, dass es in der Branche aufwärtsgeht. Er hat gerade einen Deal abgewickelt, bei dem dir die Ohren schlackern würden.«

Claude lachte. »Das mit Hinz und Kunz stimmt. Das nervt. Aber ich arbeite nicht gern mit Unbekannten. Was weißt du über die Leute?«

»Es handelt sich um einen Argentinier. Zu ihm gehören ein Belgier, ein Angolaner und zwei Kongolesen.«

»Kennen wir die Landsleute?«

»Nein.«

»Welche Ethnie?«

»Bantu.«

»Stamm?«

»Bakongo.«

»Marxisten?«

»Nein. Gläubig.«

»Welcher?«

»Kimbangu.«

»Ich weiß nicht, Ari«, wälzte Claude seine Bedenken herum. »Findest du das klug? Wir sind so nah am Ziel.«

»Was haben wir zu verlieren?«

»Was wir zu verlieren haben? Alles, Ari!«

»Claude, wir haben *nichts* mehr.«

»Wir leben noch.«

»Mit knurrenden Bäuchen und nassen, dreckigen Klamotten. Ich stinke ja schon!«

»Du stinkst nicht. Und es dauert ja nicht mehr lange. Lass uns abwarten.«

»Was ist los mit dir? Haben dir die Musiker den Mumm aus den Eiern geprügelt? Wir sind in ständiger Lebensgefahr. Vielleicht solltest du wieder für einen Apfel und ein Ei für den Bodho Klan in der Sägemühle schuften?«

»Nie mehr.«

»Also!«

»Was sucht der Argentinier?«

»Weiblich.«

»Weiter?«

»Nichts weiter.«

»Wieso, was will er mit ihr anfangen?«

»Wen interessiert's?«

»Findest du das nicht suspekt?«

»Nein.«

»Ari, das Anforderungsprofil ist zu ungenau. Und Argentinier in unserem Milieu! Die haben doch ihre eigenen Jagdgründe.«

Aristide sprang auf. »So jetzt reicht es! Ich habe dir schon gesagt, Onkel Olivier pflügt neue Felder. Man globalisiert sich. Steig halt aus, wenn du keinen Schneid mehr hast! Wenn du nicht gehst, tu‘s ich. So geht es nicht mehr weiter.«

»Hat er ein Angebot für uns?«

»Natürlich nicht. Ich habe ihm nicht gesagt, dass wir jemanden parat haben, nur dass wir in der Lage sind, jemanden kurzfristig aufzutreiben. Ich würde niemals ohne dein Einverständnis handeln.«

»Das war eh zu viel Information. Jetzt wird er nicht mehr locker lassen. Also gut, leiere es an. Ist dein Onkel die nächsten Tage in der Stadt?«

»Weiß ich nicht.«

»Finde es heraus. Er soll uns in der Mühle treffen. Mit den Musikern rechnen wir trotzdem ab.«

»Claude, das Geld ist längst verteilt.«

»Dann sammle ich es Dollar für Dollar wieder ein.«

»Dafür brauchst du Munition. Wir haben keine mehr.«

»Was? Wieso das denn?«

»Thierry hat sie verhökert.«

»Wie kommt der dazu? Wann?«

»Ich hab ihn das Zeug vorgestern zu Geld machen lassen. Wir haben unsere blauen Bohnen verfressen, Claude.«

»Und die Waffen?«

»Sind noch vorhanden. Ist doch klar.«

Claude überlegte einen Augenblick und stimmte zu. »Mit dem Geld für Charlotte holen wir uns von den Musikern zurück, was sie uns gestohlen haben. Thierry und Junior kriegen ihren Anteil. Deiner und meiner werden nicht verprasst. Einverstanden?«

Aristide grinste. »Wir machen sie flüssig.«

»Es führt kein Weg daran vorbei. Ich sehe es ja ein. Tu mir schon leid für sie. Ich wünschte, es wäre alles glattgegangen und wir könnten ihr das ersparen. Ich wüsste zu gern, was dieser Latino mit dem Frischfleisch will.«

»Ich habe wirklich keine Ahnung, aber die Argentinier sind für ihre astronomischen Lösegeldforderungen bekannt. Warte, bis er hört, was wir da für einen Fisch an der Angel haben. Palmer wird nochmal kräftig nachschütten müssen.«

»Wenn wir unser Geld doch noch kriegen, wäre das die dritte Zahlung.«

»Nicht nur das. Bei dem wird er das Zehnfache hinlegen müssen.« Aristide wurde nachdenklich und fügte hinzu: »Claude, es gibt etwas, das du wissen musst. Onkel Oliver sagte, dieser Auftrag beschränkt sich auf sofort verfügbare Geiseln. Der Auftraggeber hat ausdrücklich angewiesen, dass für ihn niemand gekidnappt werden darf.«

»Was schließt du daraus?«

»Es besorgt mich nicht. Ich wollte dir nur keine Information vorenthalten. Vermutlich will er aufkaufen, was bereits auf dem Markt ist. Aus Zeitgründen.«

»Wie du sagtest, die Welt verändert sich.«

»Wir machen es?«

»Ja. Wenn das vorbei ist, lege ich eine Pause ein, das sag ich dir.«

»Ein paar Mal müssen wir schon noch ran, bevor wir uns absetzen können. Wo soll's für dich hingehen? Immer noch Paris? Hast du nicht die Nase voll von dem Kroppzeug?«

Claude antwortete nicht. Er streckte sich auf dem Boden aus, schloss die Augen und schlummerte ein.

Und träumte.

Von Julie.

46.
Catherine

Tobias‘ Anruf erreichte Rivas im Landrover auf dem Weg in den Dschungel. Er berichtete ihm von den neuesten Entwicklungen. »Das geht nicht mit rechten Dingen zu, Rivas. Das ist ein Trick«, stellte Tobias abschließend fest.

»Sie glauben, sie sympathisiert?«

»Ja. Sie haben sie beeinflusst und wollen mich reinlegen.«

»Das ist möglich, aber solche Überfälle sind durchaus nicht ungewöhnlich. Und Charlotte ist doch viel zu jung für so einen boshaften Plan. Sie will nach Hause und nicht in Afrika im Dreck herumkriechen.«

»Sie ist naiv. Sie war schon immer eine idealistische Weltverbesserin. Naja, eine ‚Möchtegern‘ bestenfalls! Und mit dem ganzen Geld kann vom ‚im Dreck herumkriechen‘ keine Rede sein. Wahrscheinlich sitzt sie auf einer Yacht im Mittelmeer und macht sich ein schönes Leben mit ihrem Typen. Wer weiß, welchen Bären er ihr aufgebunden hat. Sie klang überhaupt nicht verängstigt. Rivas! Ich zitiere: ‚*Wir* wurden überfallen.‘«

»Das muss nichts heißen. Sie haben eine Notgemeinschaft gebildet. Das ist völlig normal.«

»Das sieht ihr ähnlich.«

»Sie werden bezahlen müssen«, stellte Rivas fest, den entsetzte, was in dem Vater vorging. Aber er ließ sich nicht anmerken, dass ihn sein Mangel an Vertrauen überraschte.

»Ich weiß«, seufzte Tobias. »Wenn das so einfach wäre.«

»Wenn die Entführung mit Ihrem Amt in Verbindung steht, werden die Vereinigten Staaten einspringen.«

»Ja, ich kann versuchen, das zu bewirken, aber erst müsste ich das beweisen und dann würde es öffentlich werden. Und das ist mir untersagt, wie Sie wissen.«

»Können Sie keine Hypothek aufnehmen? Oder Tina auf die Villa in Boston?«

»Auch das erwäge ich, aber das dauert. Ich kann natürlich ohne Hypothek einen Kredit aufnehmen, aber dann muss ich es begründen und es wird wieder publik. Das darf doch alles nicht wahr sein! Wann ist dieser Alptraum endlich vorbei? Rivas, das mit meinem Ärger auf Chuck - verstehen Sie das nicht falsch, aber sie empfand viele Jahre nichts als

Verachtung für mich. Es ist durchaus plausibel, dass sie an mein Geld will.«

Rivas wusste nicht, was er erwidern konnte, und lenkte den Fokus auf die Lösung des eigentlichen Problems. »Ich kann das Geld besorgen, Tobias. Zahlen Sie es mir zurück?«

»Sie haben so viel Geld?«

»Es ist nicht meins. Es gehört der WICED. Und ich kenne die Schatzmeisterin, äh… ziemlich gut.« Er lachte.

»Ach, Ihr Hintertürchen? Deshalb fragen Sie nach finanzieller Unterstützung! Mir ist mittlerweile alles egal. Wenn das herauskommt, Rivas, bin ich es, der hinter Gittern landet. Das brauche ich Ihnen nicht zu erklären.«

»Dazu wird es nicht kommen. Ich besorge das Geld und finde Charlotte. Sie bekommen Ihre Tochter zurück. Und die WICED ihr Geld.«

»Rivas, nein. Ich muss es selbst auftreiben. Kümmern Sie sich vor Ort. Wenn ich in einer Sackgasse lande, komme ich nochmal auf Sie zu. Gilt Ihr Angebot noch ein paar Tage?«

»Ja. Ich muss Schluss machen. Der Empfang wird schlecht und wir stehen gerade vor einem umgestürzten Baum. Halten Sie mich auf dem Laufenden.«

Die alte Jagdhütte war im tiefen Busch versteckt, völlig abgelegen. Um dort hinzukommen, mussten sie mit dem robusten Allradantrieb über Sträucher und Äste rollen. Auch die Schlammberge und Gräben stellten Fahrer und Gefährt vor eine große Herausforderung. Mehr als einmal fürchtete Catherine, dass das Fahrzeug umkippen, die Räder unwiederbringlich durchdrehen oder sich durch das Gerumpel ein Schuss aus dem Gepäckbereich des Landrovers lösen würde. Major Godden hatte Rivas mit einem ganzen Arsenal von Waffen ausgerüstet. Dabei handelte es sich um US-unübliche Marken, wie Uzis und Kalaschnikows, um bei einer Panne den Verdacht nicht auf die Staaten zu lenken.

Es war 17.00 Uhr, als sie das verlassene Relikt aus der Kolonialzeit erreichten. Pierrette und Catherine warteten im Wagen, während Rivas und Eden ihre Waffen zogen. Catherine erschrak, Rivas mit einer Pistole in der Hand zu sehen. Sie näherten sich vorsichtig dem Eingang und traten ein. Rivas rief die Frauen mittels Handzeichen. »Pst, kein Wort, okay?«, flüsterte er.

»Okay.«

Pierrette holte den Werkzeugkasten aus dem Landrover und stellte ihn leise vor der Hütte ab. Catherine folgte ihr ins Innere und sah sich um. In der Mitte der Hütte befand sich eine große, zugenagelte Kiste. Aus seinem Inneren drang kein Laut. Bis auf die Kiste war die Hütte leer. An den Wänden waren dicke, kurze Ketten an Bolzen verankert, so wie man sie in Ställen zum Anbinden von Großvieh sieht.

Rivas scheuchte alle wieder nach draußen und verteilte Instruktionen: »Eden, Sie gehen rein und öffnen die Kiste. Die beiden sind an Hand- und Fußgelenken miteinander durch Handschellen verbunden. »Welche kongolesische Sprache sprechen Sie außer Französisch?«

»Kikongo.«

»Sprechen Sie nur auf Kikongo mit ihnen. Kein Wort Französisch, falls sie es verstehen, und gar kein Englisch. Schüchtern Sie sie ein, indem Sie sie auf Kikongo wiederholt anbrüllen, als wollten Sie irgendetwas von ihnen. Erwähnen Sie auf keinen Fall Charlottes Namen. Jedes Mal wenn sie antworten, versetzen Sie ihnen einen Fußtritt und jagen sie in eine Ecke der Hütte. Binden Sie ihre noch freien Hände an den Kettenvorrichtungen an und bewachen Sie sie mit der Kalaschnikow auf sie gerichtet. In ihrem Zustand können sie Sie nicht überwältigen. Falls doch etwas passiert, stehe ich vor der Tür. Sobald sie angebunden sind, kommen Sie kurz heraus und berichten mir von ihren Eindrücken. Halten Sie dann Wache bis Edmundo zur Ablösung eintrifft.«

»Alles klar«, antworte Eden, nahm das Sturmgewehr, suchte sich Werkzeug, um die Nägel zu entfernen und verschwand in der Hütte.

Rivas wartete ab, bis Eden sein okay gab und sagte dann: »Pierrette und Catherine, schnappt euch das Gepäck und folgt mir.«

Rivas nahm die zwei Zelte aus dem Landrover und verteilte die Ausrüstung an die beiden Frauen. Damit wanderten sie hundert Meter durch dichten Busch und suchten nach einem geeigneten Platz zum Campen. Major Godden hatte den Ort hervorragend ausgewählt. Tiere gab es in diesem Wald kaum noch und somit war die Gefahr nicht nur vor ihnen, sondern auch vor Wilderen, Parkwächtern oder abenteuerlustigen, ordnungswidrigen Wanderern auf ein Minimum reduziert. Bei der Campingausrüstung, die er ihnen überlassen hatte, handelte es sich um armeetaugliche Sachen. Aber keine US Armeeausfertigung, damit auf sie keine Rückschlüsse gezogen werden konnten, sollte die Mission auffliegen.

»Wie lange werden wir bleiben, Rivas?«, fragte Catherine beim Ausladen.

»Die Vorräte reichen für eine Woche. Im Normalfall wickelt man so etwas in wenigen Tagen ab. Es kommt darauf an, wie widerstandsfähig die beiden sich geben. Man könnte sie gleich zusammenschlagen, aber wenn man die körperliche Brutalität dosiert, ist der Informationsfluss statistisch erwiesen erfolgsversprechender. Klappt es allerdings nicht, verliert man Zeit. Ich rechne damit, dass wir uns zwei bis drei Tage hier aufhalten müssen. Zur Not müssen Eden und Pierrette uns mit dem Landrover mit neuem Proviant eindecken. Wenn wir sparsam umgehen, erübrigt sich das.«

»Warum lässt du Eden mit ihnen alleine?«

»Einlegen.«

»Einlegen?«

»Wie eine Essiggurke«, erklärte Pierrette. »Das ist eine Vorbereitung. Sie werden mürbe gemacht, präpariert.«

Rivas setzte mit einer sachlicheren Erklärung nach: »Bisher hatten sie es mit Behörden zu tun, deren Methoden legal beschränkt sind. Diese Lage nützten sie erfolgreich aus. Sie hielten sich für schlau. Danach das Erwachen in der Kiste, die Todesangst in ihr zu verrecken. Der Gestank, der Hunger und Durst, die knappe Luft. Bei dem Alkoholiker der Entzug. Dann werden sie befreit. Denken sie. Und schon ergießt sich neuer Terror über ihr jämmerliches Dasein. Die Verwirrung senkt die Widerstandskraft. Jetzt herrschen andere Bedingungen. Das sollen sie kapieren.«

»Rivas, hast du bedacht, dass sie unschuldig sein könnten?«

Pierrette lachte laut heraus. Rivas reagierte nüchterner: »Das wird sich herausstellen.«

»Wie wirst du weiter vorgehen?«

»Mit der aufblühenden Hoffnung der neuen Situation wird der Hunger sie unerträglich plagen. Wir werden ihnen Zitronenschalen verabreichen. Pierrette können Sie die Zitronen im Rucksack präparieren und sie später vor die Türe legen?«

»Mach ich.«

»Wenn sie anfangen, die Schalen zu vertilgen, trete ich in Erscheinung. Dass Eden und Edmundo aus einer fremden Kultur stammen, sie sich nicht verständigen können, nicht wissen, worum es geht, verstärkt den Druck und die Angst. Dann kommt ein Europäer, spricht Englisch mit ihnen. Neue Hoffnung flackert auf.«

»Guter Bulle, schlechter Bulle?«

»Dafür haben wir keine Zeit. Eher schlechter Bulle, schlechterer Bulle. Noch schlechterer Bulle.« Sie waren an der Stelle angekommen, die er für einen brauchbaren Lagerplatz hielt. Mit einer Machete hackte er einen Bereich frei. Pierrette und Catherine räumten die Äste und Blätter weg. Er errichtete das Lager in sicherer Entfernung und gut getarnt - als Vorsichtsmaßnahme, falls es an der Hütte eine Panne geben sollte. »Catherine hast du Empfang?«

Catherine checkte ihr Telefon. »Schwach, aber momentan ja.«

»Finde heraus, wie weit Edmundo ist, und gib ihm den Standort des Camps durch. Er soll seinen Wagen an der Hütte abstellen, aber nicht eintreten, sondern sich uns gleich im Camp anschließen. Pierrette kommen Sie, helfen Sie mir mit den Zelten.«

Sie richteten sich ein und gegen Mitternacht traf Edmundo ein. Catherine und Pierrette bauten sein Zelt auf, während Rivas und Edmundo zur Hütte gingen, damit Edmundo Eden bis zum Morgen ablösen konnte. »Können Sie bis 8.00 Uhr wach bleiben?«

»Sí Señor. Ich habe im Flugzeug geschlafen.«

Auf dem Weg gab Rivas Edmundo das Briefing: »Absolut keine Hygiene, keine Toilette. Kein Wasser oder Essen. Erst am frühen Morgen die Zitronenschalen. Wenn sie alle verputzt haben, Wasser nachschütten so viel sie wollen. In ihrer Unkenntnis werden sie sich vollsaufen. Die Blähungen entwickeln sich innerhalb einer halben Stunde. Sobald die Bauchkrämpfe einsetzen, kann es losgehen.«

Eden und Rivas kehrten zum Camp zurück und am Lagerfeuer berichtete Eden Rivas und dem Rest des Teams: »Sie lagen nackt in Fötusstellung in der Kiste. Ich glaube, sie hatten sich mit dem Tod abgefunden, waren vollkommen weggetreten. Sie leisteten absolut keinen Widerstand.«

»Sprachen sie miteinander?«

»Kein Wort.«

»Das ist gut. Das heißt, ihre Kameradschaft ist im Begriff sich aufzulösen. Die gegenseitige Schuldübertragung auf den Partner ist eingetreten. Wir werden sie bald trennen und das ausschöpfen. Aber erst sollen sie sich eine Weile dicht auf der Pelle bleiben.«

Nachdem sich die Gruppe in ihre Zelte zurückgezogen hatte, konnten sich Catherine und Rivas ungestört unterhalten. Catherine, die im Landrover mit Interesse Rivas‘ Gespräch mit Tobias verfolgt hatte, brannte neugierig auf Erklärung. »Rivas, glaubt Tobias, dass Charlotte mit den Entführern unter einer Decke steckt?«

»Es ist ihm durch den Kopf gegangen.«

»Glaubst du das auch?«

»Nein.«

»Ich auch nicht. Das ist eine grauenhafte Vorstellung. Das arme Mädchen.«

»Es ist nicht unklug von Tobias sich emotional abzunabeln, und diese Möglichkeit in Betracht zu ziehen, Catherine. Dieses Szenario muss man durchspielen, um informiert zu entscheiden. Laut zu denken sollte man nicht verurteilen. Es ist gut zu wissen, dass er uns vertraut.«

»Rivas, ich mag Tina, aber dieser Tobias ist mir nicht geheuer. Ich finde, er ist kein netter Zeitgenosse.«

»In seine Position kommt man nicht, indem man ein netter Mensch ist, sondern zielstrebig und kompetent. Abgesehen davon - bin ich etwa ein netter Mensch?«

»Apropos netter Mensch. Dass du ihm das Lösegeld angeboten hast, finde ich merkwürdig. Kannst du denn einfach über die Finanzen der WICED verfügen? Was, wenn er es nicht zurückzahlt oder zahlen kann?«

»Er muss es nicht zurückzahlen. Das sagte ich, damit er es überhaupt nimmt.«

»Das verstehe ich nicht. Bist du so großzügig?«

»Im Gegenteil, Catherine. Das ist so: Ich will Tobias mehr auf die Seite der WICED ziehen. Wenn er sich auf diese Art mit uns verbündet, verpflichtet ihn das, uns in Ruhe zu lassen. Deshalb habe ich ihm klipp und klar verraten, wo das Geld herkäme, damit er hinterher nichts abstreiten kann.«

»Aus moralischen Gründen?«

»Aus erpresserischen. Es gibt mir zusätzliche Sicherheit. Wie sagtest du neulich?«

»Häh?«

»Der deutsche Ausdruck für Mittäterschaft.«

»Oh, du meinst ‚mitgefangen, mitgehangen‘.«

»Ja.«

»Du bist ganz schön ‚ausgekocht‘«, stellte sie auf Deutsch fest.

»Was heißt das schon wieder?«

»Abgebrüht.«

»Was meinst du?«

»Deshalb sage ich es ja auf Deutsch. Das kann man nicht übersetzen. Etwa wie kaltschnäuzig, aber berechnender.«

Rivas lachte. »Eher rachsüchtig.«

»Was meinst du? Was hat Rache damit zu tun?«

»Catherine, das Geld, das Maria verwaltet, stammt von den Financiers, die uns reingelegt haben. Das soll sie ruhig mit vollen Händen ausgeben. Wenn es Charlotte und uns hilft, umso besser.«

»Das lassen sie sich gefallen?«

»Sie haben keine Kontrolle über die Fonds. Erinnerst du dich an Freya Dahlberg, von der ich dir in Peru erzählte?«

»Ja, die verstorbene schwedische Extremistin. Mitbegründerin der WICED.«

»Catherine, ich habe dir nie erzählt, wie es zur Gründung der WICED kam. Willst du es wissen?«

»Ja, Rivas.«

»Ersparst du mir deine Kommentare?«

Catherine lächelte verständnisvoll: »Ich habe von Dr. Lammingcourt gelernt, neutral zu bleiben. Es führt zum besseren Verständnis von Tatsachen, an denen ohnehin nicht zu rütteln ist«, erklärte sie mit dem Nachdruck eines Hochschulprofessors. Ihr schulmeisterlicher Ton entlockte Rivas ein Schmunzeln.

»Sehr klug. Also das war so.« Rivas erzählte Catherine von dem Anschlag auf das Fußballstadium, bei dem seine Mutter und beinahe auch Maria ums Leben gekommen waren. Catherine ließ sich nicht anmerken, dass Pedro ihr diese Hintergründe bereits anvertraut hatte, um ihn nicht in Schwierigkeiten zu bringen. Erfolgreich täuschte sie Bestürzung vor, obwohl sie das längst verdaut hatte. »Freya war damals als freie Journalistin unterwegs. Sie interessierte sich für den Fall und kontaktierte Maria für ein Interview. Es entwickelte sich eine tiefe Freundschaft zwischen den beiden und sie gründeten zusammen mit Carlos diese Organisation. Carlos kümmerte sich um die Personalbeschaffung und die Operationen. Freya hatte aufgrund ihrer journalistischen Tätigkeit gute

Kontakte zu Gleichgesinnten. Maria übernahm die Verwaltungsaufgaben und die Finanzen, aber für die Expansion des Sympathisantenkreises und die Geldbeschaffung als solches sorgte zunächst Freya über ihre Beziehungen. Sie gewährleistete die Unabhängigkeit der Gruppe, indem sie die Geldgeber nie miteinander bekanntmachte. Über der WICED steht keine Finanzorganisation als solche, sondern Hunderte von unabhängigen Spendern, deren Vertrauen Maria zu hundert Prozent genießt. Freya argumentierte, dass der Mangel an Kontrolle über die Finanzen die Spender schütze. Sie spendeten für ihren verdeckten Zweck, kamen jedoch mit den Machenschaften nie in Berührung. Die Gründung der WICED liegt achtzehn Jahre zurück. Über diesen Zeitraum gewannen sie jährlich Spender hinzu und an Vertrauen und Freiheit. Als Freya starb, waren Marias eigene Beziehungen so weit vertieft, dass man auch ihre Entscheidungen bedingungslos akzeptierte. Maria ist eine gute Geschäftsfrau. Sie mag dir wie eine verschwenderische Tussi vorkommen, aber vor allem im Geschäftlichen ist sie alles andere als das. Über die Jahre häufte sie ein enormes Vermögen an. Sammelte mehr Spenden, als verbraucht wurden. Zusätzlich legte sie die Gelder klug an. Die Millionen wurden zu Milliarden, auf jedem Kontinent, unter Decknamen versteckt. Sie ist eine der mächtigsten Frauen der Welt. Trotzdem hörte sie nie auf, sich um weitere Geldsummen zu bemühen. Diese fließen weiterhin regelmäßig auf die Konten der WICED. Ausgaben werden nie hinterfragt. Selbst wenn man es wollte, auf eine Finanzprüfung kann niemand bestehen, weil Spender und Gruppenleitung in einem Boot sitzen.

Einer der Gründe, warum es sich vermeiden lässt, das Kapital anzugreifen, ist, weil Freya taktisch geschickt nicht nur um Geldspenden verhandelte. Sie verzichtete nie auf Güter- und Dienstleistungsangebote der Sponsoren. Die WICED benützt die liquiden Mittel im Grunde nur für Gehälter und zur Finanzierung von außenstehenden Mitwirkenden, wie zum Beispiel Ruckebier. Der Unterhalt der Gruppe läuft größtenteils über Sponsoren. Die Spender betrachten das als attraktive Lösung, weil die Transaktionen keinen Finanzprüfungen unterzogen werden, was wiederum die Spendierlaune erhöht.«

»Wie unsere Flüge und unser Hotel in Paris.«

»Genau. Immobilienhaie überlassen uns Büroräume, Waffenhändler decken uns mit Waffen und Munition ein, Pharmabosse mit medizinischer Versorgung, IT-Experten mit Technologie, Sympathisanten aus der Justiz halten uns die Ermittler fern, und so weiter. Selbst wenn all dies versiegen würde, könnte sich die WICED auf alle Zeiten selbst finanzieren. Eine Million US für Charlotte springen zu lassen, gleicht nicht einmal einem Krümel deines Armeemargarinebrots, das du dir morgen früh schmieren wirst.« Catherine wusste nicht, was sie sagen sollte. Selbst wenn sie die Geschichte hätte kommentieren wollen, sie hätte es nicht gekonnt. Es war alles so unglaublich. »Dass die Geldgeber über die ganze Welt verstreut sind, ist allerdings unser größtes Hindernis, was die Aufdeckung der Chilanchi betrifft. Wir wissen nicht, wer von den Financiers an Chilanchi beteiligt und wer wirklich auf unserer Seite ist. Es sind einfach zu viele. Marias Kontakte liefern uns einen Ansatz, aber lösen das Problem nicht von heute auf morgen. Deshalb bemühen sich Maria und Carlos momentan darum ihre Sponsoren genauer zu analysieren, um die Verräter unter ihnen aufzudecken.«

»Wird es ihnen gelingen?«

»Das muss es, Catherine. Und mit vereinten Kräften werden wir es schaffen. Tobias sitzt ja auch nicht untätig herum, obwohl es nach außen hin den Anschein hat. Das weißt du ja, sonst hätte er uns nicht engagiert.«

»Wenn du mir ein paar Namen gibst, können sich Tom und Alex auch bemühen.«

»Um Himmelswillen nein! Das fehlte noch.«

Catherine blickte nachdenklich drein.

»Worüber denkst du so angestrengt nach?«

»Ich mache mir Gedanken über deine Motive. Ich glaubte, du würdest aus Einsicht im Interesse von Charlotte handeln. Aber ich entdecke in dir nur Nüchternheit. Und einen Deut Rachsucht.«

»Sagte ich doch.«

»Stimmt, du hast gesagt, Charlotte schert dich einen Dreck. Ich habe es nicht geglaubt.«

»Zu deiner Beruhigung: Inzwischen ist es mir ein Anliegen, ihr zu helfen.«

»Wegen Tina!«

»Wegen Tina und Tobias, ja. Belastet dich das?«

»Was?«

»Dass sich meine Motive nicht mit deinen Vorstellungen decken.«

»Dass meine romantische ‚Rivasblase' noch einmal zerplatzt ist?«

»Ja, Mensch. Jetzt frag nicht so umständlich herum.«

»Nein. Es ist, wie es ist.« Sie hielt kurz inne und fragte dann in Lammingcourts Manier: »Ist es dir wichtig, was ich über dich denke?«

»Ja.«

»Das war früher anders. Was hat sich geändert?«, erkundigte sie sich wieder im Therapeutenton.

»Ich liebe dich.«

Ihre Neugier und ihren Liebeshunger befriedigt, kuschelte sie sich an Rivas und fiel in einen überraschend tiefen Schlaf, bis Geräusche sie am frühen Morgen weckten. Pierrette kochte Kaffee und verteilte nicht gekennzeichnete Armeekost an die Männer. Rivas hatte in einem Punkt Unrecht. Die Armeemargarine musste sie sich nicht aufs Frühstücksbrot streichen. Das Brot kam fertig geschmiert aus der Dose. Es schmeckte so grauenvoll, dass Catherine es nach einem Bissen ins Feuer warf. Eden machte sich kurz darauf auf, um Edmundo abzulösen. Mittags eilte Edmundo zur Hütte und übernahm von Eden, der berichtete: »Sie sind so weit, Rivas.«

»Gehen Sie vor, ich komme gleich nach. Rasieren Sie ihnen die Haare ab. Überall.« Er schenkte sich Kaffee nach und zündete sich in Seelenruhe eine Zigarette an.

Catherine, die die Anweisung hörte, fragte ihn: »Wieso das mit den Haaren?«

»Reine Demütigung. Behaarung bietet nicht nur Schutz, sondern ist Teil der Identität eines Wesens. Im Unterbewusstsein stellen sich durch diese unmenschliche Behandlung und den Raub des Ichs zusätzliche Ängste ein. Je mehr ich sie einschüchtern kann, desto weniger stumpfe Gewalt muss ich anwenden. Du wirst es vielleicht nicht glauben, aber ich hasse das. Die Psychologie bietet eine effizientere Möglichkeit, ans Ziel zu kommen.«

Catherine graute. All dies hatte Lammingcourt ihr zu verdeutlichen versucht. Sie hatte es verdrängt und sich das Bild eines bekehrten Rivas zusammengeträumt. Am Ende der Therapie hatte sie Lammingcourt geglaubt, aber wieder mit Rivas zusammen zu sein, verwirrte sie. Er war so liebevoll und fürsorglich. Nun drängte sich die Realität auf. Seine rappenschwarze Schattenseite blendete die wenigen Sonnenstrahlen aus, die durch die Urwaldgewächse drangen. Dabei besorgte sie weniger das Schicksal der Täter in der Hütte als Rivas' eiskalte Berechnung. Sie fragte sich, was aus ihr werden würde, sollte sie sich einmal gegen ihn wenden. Diesen Mann wünschte sich niemand zum Feind. Zum ersten Mal seit dem Tag in Lima verspürte Catherine das Bedürfnis, sich vor ihm in Acht zu nehmen. Ihre Augen waren, wie von Lammingcourt angestrebt, ganz weit offen.

Aus den Büschen erschien in ihrem Geiste Andalus. Wie damals in Kolumbien galoppierte er auf sie zu und blieb direkt vor ihr stehen. Er schien greifbar nah. Andalus stellte für Catherine Rivas' unverdorbene Seele dar. So wie er zu sein vermochte, wäre ihm ‚das Leben nicht passiert'. Ihre Seele blickte in Andalus' kristallklare Augen. In ihnen spiegelten sich ihre Hände. Sie dachte an Mrs Levine. Und an Levana. Aus den Augen der Tiere entnehme ich alle Informationen, die ich brauche, hatte sie gesagt. Sie blickte wieder auf das Spiegelbild ihrer Hände in Andalus' Augen. Wenn du das nicht verkraften kannst, Catherine, kannst du jederzeit nach Hause, sagten sie ihr. Wir haben dich gewarnt und du hast deine Wahl bei vollem Bewusstsein getroffen. Noch ist es nicht zu spät. Willst du umkehren?

Nein!, entschied sie. Mitgefangen, mitgehangen.

»Nein!«, vernahm Rivas.

»Nein was?«

Catherine erschrak. Hatte sie laut gesprochen? »Oh nichts. Ich habe nur gedacht, nein!, das ist ja unglaublich.«

»So, ich muss los.«

»Darf ich dich begleiten?«

Das fehlte noch, stöhnte Rivas innerlich. Er sagte zu Pierrette auf Französisch: »Halten Sie sie mir bitte vom Leib. Gehen Sie mit ihr in den Wald und zeigen Sie ihr die Flora. Passen Sie auf Schlangen auf und bleiben Sie nicht zu lange weg. Ach, und kochen Sie uns was Warmes zum Essen. Ich kann die Kekse und Riegel schon jetzt nicht mehr sehen. Geben Sie ihr eine Beschäftigung, okay? Wenn sie sich langweilt, kommt sie auf dumme Gedanken und baut Mist.« Sein Ton war nicht abwertend, er sprach über sie wie über ein Kind, dessen Launen und Schwächen man ihm aus Liebe nachsieht.

»Oui, Monsieur«, zwitscherte Pierrette fröhlich.

»Nehmen Sie ein Gewehr mit. Aber halten Sie Catherine von dem Arsenal fern. Sie hat keine Erfahrung mit den Dingern.«

»Alles klar, viel Erfolg, Rivas.«

Rivas sagte spielerisch zu Catherine, um sie von ihrem Drang, ihm zu folgen, abzubringen: »So, du wolltest doch mit einem Gangster aus Marseille liiert sein. Du machst ab sofort nur noch, was ich sage. Ist das klar?« Catherine kicherte über seinen militärischen Befehlston. »Dein

Wunsch hat sich erfüllt. Pierrette ist, bis ich zurück bin, deine Anführerin. In einer Bande hat man sich unterzuordnen. Das wirst du tun, sonst fahre ich dich zum Flughafen und setze dich in die nächste Maschine, während Diddeldi und Diddeldum weiterschmoren. Das wäre gar kein Problem. Hast du kapiert?«

»Ja, ich bin nicht blöd.«

Sie lachten.

Galgenhumor.

Rivas stapfte davon.

47.
Charlotte

Charlotte bemerkte eine beängstigende Veränderung in der Gruppe. »Claude?«, wagte sie eines Tages einen Vorstoß.

»Ja?«

»Ich habe dich niemals um etwas gebeten.«

»Das steht dir auch nicht zu.«

»Claude?«

»Was ist denn?«

»Bitte lass mich mit meiner Mutter telefonieren.«

»Was möchtest du ihr mitteilen?«

»Ich spüre, dass etwas nicht stimmt. Mein Vater bezahlt kein zweites Mal, nicht wahr?«

»Bis jetzt haben wir kein Geld gesehen.«

»Ich werde besonnen mit ihr sprechen, nichts verraten. Ich verspreche es dir.«

»Bei einem Weibergespräch rutscht immer etwas heraus. Es ist nicht notwendig. Wir haben das im Griff.«

»Ich habe den Verdacht, dass meine Mutter nicht ganz eingeweiht ist. Du kennst meinen Vater nicht. Er hält euch hin, um euch zu schnappen. Wenn ich mit meiner Mutter sprechen darf, wird sie uns helfen, das Geld zu besorgen.«

»Nein.«

»Claude?«

»Ich habe nein gesagt!«

»Willst du noch mit mir schlafen?«

Claude spitzte die Ohren.

»Wenn du mir das Gespräch erlaubst, schlafe ich mit dir.«

Erst schlug er sie ins Gesicht, dann traktierte er sie mit seinen Fäusten. Sie sackte zusammen und erntete Fußtritte. Danach packte er sie am Kopf und flüsterte ihr eine grausame Drohung ins Ohr, bevor er nach draußen stürmte.

Wimmernd kauerte Charlotte auf dem feuchten Sandboden der Hütte und dachte an Fern.

Sie schämte sich so.

48.
Catherine

»Binden Sie sie los«, wies Rivas Edmundo an. Er tat es. Eden half ihm. »Ganz. Nehmt ihnen alle Fesseln ab. Wartet draußen. Und lasst die Türe offen. Der Gestank hier ist ja nicht auszuhalten.« Rivas' Helfer entfernten sich und lauschten gespannt an der Tür.
Niemand hielt sich den Bauch. Picasso rieb sich die Kerben, die die Fesseln hinterlassen hatten.
»Aufstehen!« Unter großer Anstrengung richteten sie sich auf. Die erschlafften Bauch- und Beinmuskeln schmerzten. Ihre Glieder zitterten von der Angst und den körperlichen Strapazen. Niemand hielt sich weiterhin gebückt den Bauch. Picasso hielt sein Geschlecht bedeckt. »Lasst die Arme hängen und steht gerade. Ich sag es nicht nochmal.« Sie taten es. »Salutiert.« Sie starrten Rivas entgeistert an. »Na los! Meldet euch zur Stelle.«

»Sind Sie von der Armee, um uns zu befreien?«

»Ich bin ein verrückter Sadist. Von jetzt ab wird keiner meiner Befehle wiederholt.«

Sie salutierten.

»So meldet man sich nicht zur Stelle.«

»Wir waren nicht in der Armee.«

»Ihr habt nie Disziplin gelernt?«

»Was soll der Quatsch?«, meinte Niemand aufmüpfig. »Wir wollen mit unserem Anwalt sprechen. Und dem Botschafter. Wir sind britische Staatsbürger.«

»Oh? Das ist natürlich etwas anderes. Aber wie kann ich euch das glauben, wenn ihr euch nicht vorstellt?«

»Wer sind Sie, verdammt nochmal?«, fragte Picasso von Niemands Aufstand ermutigt.

»Ich bin der Boss. Ihr könnt mich auch gnädiger Herr nennen, oder Scheißkerl. Sucht euch was aus.«

»Geben Sie uns was zum Anziehen.«

»Geben Sie uns was zum Anziehen. Bitte. Boss«, ermahnte Rivas.

»Bitte Boss«, gab Picasso nach.

»Wieso? Eure Pimmel sind doch reizend. Ja wirklich. Vor allem deiner, Süßer.« Er deutete auf Niemand.

»Scheißkerl.«

»Ihr habt euch für Boss entschieden. Zwei Anreden lösen in mir eine Identitätskrise aus. Sagt jedenfalls mein Anstaltspsychiater. Das wollt ihr doch nicht, oder? Dass ich noch wirrer im Kopf werde? Ach, da fällt mir ein, ich habe die ganze Woche meine Pillen nicht genommen!«

»Was wollen Sie von uns?«

»Äh, fällt mir grad nicht ein. Wie heißt das Zauberwort?«

»Was wollen Sie von uns, Boss?«

»Ich will, dass ihr Knaben euch vorstellt. Wir werden etwas Zeit miteinander verbringen. Wir werden plaudern, zusammen auf Reisen gehen. Da muss man doch wissen, wie man sich ordentlich anspricht.«

»Paul Tanner meldet sich zur Stelle. Boss.«

»Douglas Richards meldet sich zur Stelle. Boss.«

Rivas gähnte zum Schein. »Das sind ja entsetzlich langweilige Namen. Du da mit dem schönen Pimmel. Du heißt ab jetzt Pippi. Und du heißt Lotta. Alles klar?«

»Alles klar. Boss«, antworteten beide synchron.

»Das war's fürs Erste.« Er rief Edmundo und Eden hinzu. »Das sind Señor und Monsieur.« Er warf den Gefangenen einen Würfel hin. »Einmal am Tag darf jeder von euch dreimal hintereinander würfeln. Wenn ihr einen Pasch trefft, schenkt Señor oder Monsieur dem Gewinner einen Energieriegel. Wenn einer von euch einen Sechserpasch erzielt, bekommt ihr beide einen. Viel Glück!« Zu Eden und Edmundo sagte er: »Bindet sie wieder an.«

Eden blieb als Wache zurück und Edmundo begleitete Rivas zurück zum Camp.

»Warum mussten wir sie losbinden?«

»Ich hasse Fesseln.« Edmundo lachte. »Nein, wirklich. Das finde ich langweilig. Ich forderte sie heraus. Ich war alleine mit ihnen, war nicht bewaffnet. Das verstärkt meine psychologische Macht über sie. Und Sie haben ja gesehen, die beiden Weicheier leisteten nicht den geringsten Widerstand. Einfach lächerlich.«

»Das leuchtet ein. Denken Sie, dass sie bald plaudern?«

»Daran habe ich nicht den geringsten Zweifel.«

»Was machen Sie danach mit ihnen?«

»Ich werde sie gehen lassen, Edmundo.«

»Machen Sie das immer so?«

»Seit neuestem.«

»Das ist gefährlich.«

»Nicht bei den beiden, Edmundo. Das sind Feiglinge. Sie werden sich nach Hause verkriechen und von der Sozialhilfe leben, bis ihnen wieder Eier gewachsen sind. Für ihren Kleinkram. Das hat dann nichts mehr mit mir zu tun. Aber von Geiselnahmen werden sie in Zukunft die Finger lassen. Dafür werden wir sorgen, Edmundo.«

Am Spätnachmittag kehrte Rivas in die Hütte zurück. Er wiederholte die Prozedur mit dem Entfesseln. »Okay ihr Clowns. Fangen wir an. Was ist das?« Rivas hielt den beiden eine Kopie des Fetzens von Charlottes Kleid hin.

»Keine Ahnung. Was soll das sein?«, fragte Picasso, wahrheitsgemäß. Sie erkannten es wirklich nicht.

Rivas strafte ihn mit einem bösen Blick. »Dass ihr immer die Anrede vergesst, nervt. Monsieur sorgen Sie bitte für bessere Manieren.«

Eden war im Begriff auf Picasso mit einem soliden Holzstock einzuschlagen.

»Nicht ihn. Also für alle, zum besseren Verständnis: Wenn einer von euch unartig ist, bekommt es der andere zu spüren. Das ist unterhaltsamer. Los.« Eden schlug auf Niemand ein.

»Was soll das sein, *Boss*?«, fragte Picasso schnell.

»Das fragte ich euch doch gerade.«

»Wir wissen es nicht, Boss.« Rivas warf Eden einen Blick zu. Der schlug wieder auf Niemand ein.

Picasso schrie verzweifelt: »Wir wissen es nicht, Boss. Ehrlich.«

»Es ist ungerecht, wenn man unschuldig in eine Notlage gerät, nicht wahr?«

»Ja, Boss.«

»Aber das kennt ihr. Nicht wahr?«

»Was meinen Sie?«, fragte Picasso ratlos.

Schläge für Niemand.

»Hören Sie auf. Bitte. Boss.«

»Er hat nur gefragt«, wimmerte Niemand, der inzwischen auf dem Boden lag.

»Es war eine dumme Frage. Dumme Fragen muss man bestrafen. Oder Lotta?«

»Ja, Boss.«

Rivas rollte mit den Augen und wiederholte. »Lotta!«

An Picasso zog der Hinweis vorüber. Niemand ging ein Licht auf. »Er spricht von Char*lotte«,* zischte er seinem Freund entgegen. »Wir wissen nicht, wo sie ist, Boss«, beteuerte er mit schmerzverzerrtem Gesicht.

»Danach habe nicht gefragt. Ich wollte wissen, was es mit dem Bild auf sich hat.«

»Darf ich es noch einmal sehen, Boss?« Rivas hielt es ihm hin.

»Halt die Schnauze, Paul«, warnte ihn Picasso.

»Bringen Sie ihn raus, Monsieur. Ihn knöpfen wir uns später vor.«

»Das ist ein Stück von ihrem Kleid«, erklärte Niemand gequält.

»Wir werden das Quiz jetzt beenden. Ich habe keine Lust, dir alles aus der Nase zu ziehen. Wenn du brav mitmachst, bist du in kürzester Zeit frei. Ich gebe dir deine Papiere zurück und spendiere dir einen Flug, wohin du willst. Das hält dich von der Botschaft fern.« Rivas wedelte mit Dollarscheinen herum.

»Und wenn nicht, Boss, werden Sie uns erschießen«, folgerte Niemand.

»Hat irgendjemand etwas von Erschießen erwähnt? Das tut ja weh! Und das Blut! Mein Psychiater hat mir verboten, Blut zu vergießen. Sonst steckt er mich wieder in die Geschlossene. Nein, ihr kommt in eine nagelneue Kiste. Das Holz dafür haben wir ja. Wir graben euch ein. Die Luft in dem Sarg reicht maximal zwei Stunden, wenn man flach atmet und nicht spricht. Ihr seid zu zweit, das heißt, ihr habt es in längstens einer Stunde hinter euch. Ich meine, gnädiger geht's nicht mehr. Das wird sogar mein Psychiater einsehen.«

»Was ist mit meinem Kumpel, Boss?«

»Wenn er brav ist, darf er dich begleiten. Sieht mir nicht danach aus, oder? Also wenn nicht, landet er alleine in der Kiste. Ja, so machen wir's. Einverstanden?«

»Er ist brav, Boss. Bitte lassen Sie mich mit ihm reden.« Rivas ließ ihn ohne Fesseln nach draußen und wartete ab, während sie ihre ‚Strategie' entwarfen. Niemand nickte Rivas zu und die Truppe kehrte in die Hütte zurück. Niemand schnappte noch gierig ein paar Atemzüge frische Luft.

»Bekommen wir etwas zu trinken? Bitte Boss.«

Rivas gab Eden ein Zeichen. Er versorgte sie mit Wasserflaschen, aus denen sie gierige Schlucke nahmen. »Das reicht. Legt endlich los.«

»Wir haben Charlotte in Tansania gekauft.«

»Danach fragte ich nicht.«

Die Männer starrten Rivas verständnislos an.

Rivas beherrschte die Konversation. Raubte ihnen jede Kontrolle und fast den Verstand. Er war nicht zu begreifen. Was wollte er von ihnen?

»Er will, dass wir mit dem Bild anfangen, Douglas«, sagte Niemand nach einer peinlich langen Denkpause.

Eden starrte Rivas anfangs bewundernd, dann ehrfürchtig an. Sogleich beschloss er, Lucien seine Dienste zu kündigen, und sich Rivas anzuschließen, dessen Zustimmung vorausgesetzt. Rivas stiftete Verwirrung, erzeugte grenzenlose Angst, verzichtete auf übermäßige physische Gewalt. Aber Eden hatte den Tag vor dem Abend gelobt. Rivas' Brutalität sollte sich in wenigen Minuten Bahn brechen.

»Das Bild ist eines von drei. Wir machten die Aufnahmen im Zuge einer Lösegeldentführung. Wir verwarfen die Idee und haben sie stattdessen weiterverkauft.«

Rivas schwieg und vermittelte wortlos: »Weiter.«

»Wir übergaben sie...«

Rivas spielte den Zornigen. »Bleibt beim Thema. Ich will alles über dieses Bild wissen. Wo, wie, wann, warum. Ich will das Bild sehen. Malt es mit Worten, sodass ich es betrachten kann.« Picasso war sprachlos. »Ich habe euch gestanden, ich bin ein Sadist. Ich will Einzelheiten, kommt sagt mir, was ihr mit der Schlampe angestellt habt. Lotta, du bist ein Künstler. Komm, mal mir ein Bild.« Picasso hatte er schnell in die Irre geführt, Niemand blieb skeptisch, witterte eine Falle. Er hoffte, Picasso würde sich mit seiner Grafik zurückhalten. Er tat es nicht. Hilflos musste Niemand mit anhören, wie sein Freund sie in eine schlimme Situation brachte.

»Wir mussten sie bestrafen.«

»Wofür?«

»Naja, das macht man so. Das gehört dazu, nicht wahr, Boss? Wenn man eine Geisel in seiner Gewalt hat, müssen die Angehörigen wissen, dass sie bestraft wird, wenn sie sich mit der Zahlung nicht sputen.«

»Habt ihr nicht gesagt, es wurde keine Forderung an die Angehörigen gestellt? Habt ihr etwa gelogen?«

»Wir haben vorgebeugt, deshalb machten wir die Fotos, damit wir sie gleich parat haben«, erläuterte Picasso. Niemand raufte sich die nicht vorhandenen Haare, aber wagte nicht, ihn zu unterbrechen.

»Verstehe. Erzähl weiter, Lotta.«

»Wir banden sie im Duschraum an.«

»Ich sehe kein Bild. Du bist kein guter Maler.« Er wandte sich an Eden: »Monsieur helfen Sie seiner Kunst nach.«

Schnell ergänzte Picasso: »Sie trug dieses geblümte Kleid.«

Rivas vermittelte Eden, nicht zuzuschlagen. »Unterwäsche?«

»Nein.«

»Warum trug das Mädchen keine Unterwäsche?«

Picasso wusste, dass die Verkäufer in Tansania sie kurz vor ihrer Übergabe umgezogen hatten, aber hütete sich, dieses Thema erneut aufzugreifen. Er befand sich in der Zwickmühle. Was wollte der Irre von ihm hören?

»Zum letzten Mal, wo war ihr BH, ihr Slip? Habt ihr sie ausgezogen?« Picasso glaubte endlich zu verstehen, dass er es mit einem *perversen* Irren zu tun hatte. Ahnte nicht, dass Rivas ihm so die vollen Details entlockte, die er für seine Rachemaßnahmen brauchte. So ungeschoren, wie er verlauten ließ, würden ihm die beiden nicht davon kommen.

»Sie kam so an. Wahrscheinlich eine von denen.« Er fand, das war eine kluge Antwort. Damit deckte er beide Möglichkeiten ab.

»Gut. Weiter.«

»Wir fesselten sie mit ausgestreckten Armen und gespreizten Beinen im Duschraum.«

»Hat sie sich gewehrt? Geschrien?«

»Da noch nicht. Ihr Kleid war nach oben gerutscht. Ich glaube, sie wollte nicht riskieren, dass wir ihre Zuckerschnecke sehen. In der Beziehung war sie ziemlich gewieft. Für so frisches Gemüse, wissen Sie.« Picasso wurde mutiger.

»Was meinst du?«

»Sie ist jung.«

»Wie jung?« Rivas wollte ergründen, ob sie sich über ihr Alter im Klaren waren.

»Achtzehn.«

»Die tun doch nur so keusch. Das gefällt ihnen.«

»Na, ich weiß nicht, Boss«, sagte Picasso ehrlich spontan. Er besann sich. »Ja das hatte ihm sicher gefallen, dem Flittchen. Woher wissen Sie eigentlich von Charlotte, Boss? Und woher stammt der Fetzen des Bildes?« Picasso wurde stutzig. Die Sadistenstory ergab plötzlich keinen Sinn. Ihre Gefangennahme, der Transport. Das war doch organisiert!

»Erzähl weiter. Was habt ihr mit ihr gemacht?«

»Wir haben ihr die Füße kaputtgehauen.«

»Kaputtgehauen? Warum?«

»Naja, das macht man doch, wenn man jemanden entführt. Wie heißt das nochmal?«

»Falanga.«

»Ja genau. Ich sehe, Sie sind ein Profi. Wir brauchten ein überzeugendes Foto. Als Druckmittel.«

Rivas würgte an seinem Brechreiz und zwang sich zu nicken. Ihm fehlten die Worte. Nicht aus Entsetzen über die Täter, sondern über seine eigene Vergangenheit. Ein faules Ei verdirbt das ganze Omelett. Ob die Fäule zu fünfzig Prozent eingetreten ist oder zu hundert, das Ei stinkt. Die fünf guten Eier können das Omelett nicht retten - es ist ungenießbar. Alle ‚guten Taten' der Welt würden niemals reparieren können, was er angerichtet hatte. Sein Leben glich einem stinkenden Omelett. Für immer. Nicht anders als das der beiden jämmerlichen Kreaturen vor ihm. Auf der Farm hatte Catherine oft Hesse zitiert. Nicht nur einmal sagte sie, ‚was nicht in mir ist, regt mich nicht auf'. Seine Wut wuchs. Er konnte sich kaum noch beherrschen. Jeden Schlag, den diese Sündenböcke über sich müssten ergehen lassen, galten ihm selbst. Sein Zorn war grenzenlos. Es war nicht geplant, aber er konnte sich nicht mehr zurückhalten. Er wies Eden auf Französisch an. Der ging nach draußen und kehrte mit einem Eisenstab zurück. »Ich würde gerne live sehen, wie ihr das gemacht habt. Los Lotta. Nimm den Stock und demonstriere es mir an Pippi.«

»Boss, bitte nicht«, wimmerte Niemand.

»Hat sie das auch gesagt? ‚Bitte nicht'?« Niemand nickte stumm und blickte zu Boden. »Wie habt ihr reagiert?«

»Wir haben ihr gesagt, sie muss da durch, und dass wir es kurz machen«, antwortete Picasso wahrheitsgetreu.

»Gut. Mach es so.« Picasso machte den Anfang. Eden brachte es zu Ende. »Abwechseln.« Sie taten es. »Das reicht. Lotta, weil du brav warst, darfst du drinnen schlafen. Pippi, du musst die Nächte ab jetzt draußen verbringen.«

»Die Nächte? Wir wollen aussagen, Boss. Bitte lassen Sie uns weiter erzählen.«

Eden staunte mit offenem Mund über ihren Mitteilungsdrang.

»Monsieur lassen Sie die beiden noch um ihren Riegel würfeln. Dann binden Sie Pippi draußen an, den anderen in der Ecke, wie immer. Aber stehend. Lassen Sie die Tür offen und behalten Sie die beiden im Auge. Es wird weder vor sich hin gejammert noch ein Wort gesprochen, habt ihr verstanden, ihr Dreckskerle?«

»Stehend? Ich kann nicht stehen, Boss. Meine Füße!«, protestierte Picasso.

»Sagte ich nicht gerade, es wird nicht gejammert?«

»Entschuldigung, Boss.«

»Willst du dich lieber hinlegen? Da müsste ich überlegen, was ich mit deinem Rücken anfange. Wie anstrengend. Mir bleibt nichts erspart. Ich würde dir raten zu sagen: Bitte, bitte, lassen Sie mich auf meinen kaputten Füßen stehen, Boss.«

»Ich habe Charlotte beschützt, Boss!« Picasso, der endlich begriffen hatte, änderte seine Taktik.

Rivas horchte auf. »Vor wem?«

»Vor Paul, ich meine Pippi.«

Eden grinste. Der erste Verrat am Kameraden.

»Wie das?«

»Am letzten Tag wollte er sich über sie hermachen. Ich habe ihn davon abgehalten.«

»Es ist nicht die gute Tat, sondern das Motiv, das zählt. Was war deins?«

»Sie tat mir leid.«

»Das stimmt nicht, Boss. Er sagte, ‚gebrauchte Güter bringen weniger Geld'.«

»Ich erfand eine Ausrede, um ihn zu überzeugen. Ich verspürte echtes Mitleid, Boss!«

»Soso«, bemerkte Rivas.

»Ach? Und wer kam jedes Mal angerannt, wenn sie hupte, hey?«, schrie Niemand seinen Freund an.

»Hupte?«, erkundigte sich Rivas.

Niemand erklärte den Hupvorgang und beschuldigte abermals seinen Kollegen: »Und wer riss ihr die Dose aus der Hand, hm? Dass sie sich überall mit ihrer Pisse versaute. Hat sie dir da auch leidgetan?«

Rivas ließ sie streiten. So entstand für ihn nach und nach ein klares Bild von den Bedingungen von Charlottes Gefangenschaft. Er erzielte ein Geständnis, das im Detail in dieser kurzen Zeit weit über ein gewöhnliches hinausging. Für den nächsten Morgen plante er, sich über ihren Kauf und Verkauf zu informieren. Er rechnete damit, am Nachmittag aufbrechen zu können, um ihren Hinweisen nachzugehen und Charlottes nächste Spur aufzunehmen.

49.
Catherine

Rivas schleppte sich zum Camp. Er hatte unterschätzt, wie viel Empathie er inzwischen für Charlotte empfand und wie schwer das für ihn werden würde. Missgelaunt wies er Catherines neugieriges Geplapper von sich und legte sich nach einer Zigarette und einem Drink in sein Zelt. Die ‚bestellte' warme Mahlzeit rührte er nicht an.

Als Eden kurz darauf im Camp eintraf, dürsteten die Frauen nach Information. »Ist es nicht gut gelaufen, Eden?«, fragte Catherine besorgt.

»Es lief alles nach Plan. Sie bettelten förmlich, weiterquasseln zu dürfen. Wie kommen Sie zu der Annahme, dass es nicht gut gelaufen sei?«

»Rivas war nicht gesprächig. Er legte sich gleich hin.«

»Hm? Komisch. Von außen sah alles super aus. Es war der reine Wahnsinn, sage ich euch. Pierrette, das hättest du sehen sollen. Das war eine Meisterklasse in erweiterten Verhörmethoden.«

»Was war so toll?«

»Es war so, wie soll ich sagen? Effizient. Mich wunderte, dass er zum Schluss noch was draufsetzte. Er wäre vollkommen ohne die negative Verstärkung ausgekommen. Sie waren am Singen wie Amseln. Ich meine, wie lange hatten die Kenianer sie schon bearbeitet? Kein Wort konnten sie ihnen entlocken. Dann kommen wir und innerhalb von ein paar Stunden Befragung, haben wir nicht nur ein volles Geständnis, sondern jedes kleinste Detail. Die beiden sind so blöd, das glaubt man nicht.« Er erläuterte das sadistische Würfelspiel. Catherine drehte sich der Magen um. Pierrette kicherte. »Er hat ihnen gesagt, sie müssen dreimal hintereinander würfeln. Jetzt würfeln diese Trottel tatsächlich ein drittes Mal, auch wenn der zweite Wurf eine andere Zahl zeigt.«

Pierrette schüttelte den Kopf. Eden hielt sich den Bauch vor Lachen. »Sind die echt so dumm?«, hakte Pierrette ungläubig nach.

»Ich weiß nicht. Vielleicht trauten sie sich nicht, nur zweimal zu knobeln. Der ‚Boss' sagte ja dreimal. Also werfen Schütze Pippi und Schütze Lotta dreimal.« Er krümmte sich wieder. Wollte die Geschichte mit dem Salutieren und den Pimmelnamen erzählen, aber brachte es unter dem Gelächter nicht fertig.

»Vielleicht haben sie ja verstanden, dass man dreimal zu einem Pasch ansetzen darf? Vielleicht hat Rivas das auch so gemeint?«, verteidigte

Catherine nicht die Männer, sondern den gesunden Menschenverstand als solches. Wer war hier blöd?

Catherine ging bald darauf zu Bett. Sie machte sich Sorgen um Rivas, legte sich aber absichtlich nicht dicht an ihn, weil sie wusste, dass er in solchen Situationen Abstand suchte. Weil es in dieser Nacht besonders heiß und schwül war, legte sie sich nackt hin, deckte sich aber zu. Rivas drehte sich um, zog ihr die Decke weg und griff grob an ihre Brüste. Er wälzte sich auf sie und drang ohne jede Vorbereitung in sie ein. Das erwies sich aufgrund von Catherines Anatomie und nicht erwecktem sexuellem Verlangen als gar nicht so einfach und er benahm sich vollkommen rücksichtslos. Catherine hatte keine Lust auf Sex. Sie hatte Lust auf Kommunikation. Sie wand sich, stemmte ihre Arme gegen seine Brust und flüsterte pausenlos: »Nicht, hör auf!« Um im Zelt nebenan kein Aufsehen zu erregen, gab sie nach, lag wie ein Brett da und ließ ihn machen. Hätte sie in einen Spiegel geschaut, hätte sie gesehen, dass sie kreideweis im Gesicht war. Rivas drehte sich um und schlief sofort wieder ein. Catherine hielt es im Zelt nicht mehr aus. Sie zog sich etwas über und setzte sich an das glimmende Feuer. Ratlos zündete sie sich eine Zigarette an.

Pierrette krabbelte aus ihrem Zelt. »Kannst du nicht schlafen?«

»Nein.«

»Ich auch nicht. »Was bedrückt dich, ma chère?«

»Pierrette?«

»Qui, ma chère?«

»Ich glaube ich wurde gerade vergewaltigt.«

»Was? Von wem?«

»Von Rivas.«

»Ach«, winkte sie ab.

»Nein, echt!«

»Hast du dich gewehrt? Ich habe nichts gehört.«

»Nicht wirklich. Ich lag nur da. Wieder.«

»Wieso wieder?«

»Das ist mir schon einmal passiert. Als Kind.«

»Das tut mir leid. Aber jetzt bist du erwachsen. Das ist normal.«

»Normal?«

»Ach Liebes, warum denkst du, dass wir in meinem Klan so viele Kinder bekommen?«

»Das sind Vergewaltigungskinder?«

»Aber nein. Manchmal hat der Mann Lust, aber die Frau nicht. Das ist eben so.«

»Nicht in meiner Welt. Und dass das in deiner ganzen erweiterten Familie üblich ist, ist doch Quatsch. Und wenn, nur weil alle etwas machen, ist es noch lange nicht rechtens.«

»Ja, meine Aussage war zu pauschal. Aber eins weiß ich gewiss, Catherine, dass es in manchen Beziehungen so ist.«

»Saubere Zustände!«

»Meine Güte, das bisschen Hin und Her. Das ist doch nicht schlimm. Oder hat er dich geschlagen?«

»Natürlich nicht. Er hat sich mir nur aufgedrängt. Es tat weh, Pierrette!«

»Daran bist du selber schuld. Du musst dich außen entspannen und innen anspannen, wenn du weißt, was ich meine.« Catherine wusste es nicht. Pierrette drückte sich klarer aus: »Sei nicht so faul und mach beim nächsten Mal mit. Dann geht's schneller und tut nicht so weh.«

Zu klar. Catherine riss den Kopf hoch. »Nicht so faul? Beim *nächsten* Mal?«

»Das hier ist eine andere Welt, Catherine. Diese ganze Gewalt, die uns umringt... ach, ich kann das nicht erklären. Du solltest ihn unterstützen und nicht so zimperlich sein.«

Catherine beschloss sich ihr nicht weiter anzuvertrauen, bereute, sie eingeweiht zu haben. »Pierrette, bitte erzähl Eden nichts davon.«

»Es würde ihn nicht interessieren.«

»Das passiert dir anscheinend regelmäßig.«

»C'est la vie! Das kommt schon hin und wieder mal vor.«

»Nein Pierrette, das passiert mir nie wieder.

50.
Catherine

»Wir müssen los«, drängte Eden früh am nächsten Morgen.

»Gehen Sie vor und lösen Sie Edmundo ab. Ich muss hier noch etwas erledigen. Catherine komm, wir machen einen Spaziergang.«

»Gute Idee«, erwiderte sie grimmig.

»Was ist der denn für eine Laus über die Leber gelaufen?«, fragte Eden.

Pierrette informierte: »Rivas hatte etwas Spaß gestern Abend und Catherine nicht.«

»Was? Die soll sich nicht so anstellen.«

»Das habe ich ihr auch gesagt. Viel Glück, mein Schatz. Pass auf dich auf. Ich liebe dich.«

Eden verabschiedete sich mit einem Kuss.

»Wenn wir zu Hause sind, mache ich eine Therapie, Catherine«, begann Rivas, ohne um den heißen Brei herumzureden. »Ich verspreche es dir. Ich werde sie stationär machen. Das volle Programm.« So oder so, dachte er, da kommt mir das Zuchthaus wie gerufen.

»Du tätest gut daran, Rivas. Zum Wohle deiner zukünftigen Partnerin. Ich möchte dich bitten, dass du Pierrette erlaubst, mich zum Flughafen nach Nakuru zu fahren. Der Weg raus ist ja jetzt etwas freigelegt. Sonst mache ich mich alleine zu Fuß auf die Socken. Ich werde keine Nacht mehr mit dir verbringen.« Sie hoffte, er würde sagen, er war weggetreten, hatte einen Schock von den gestrigen Enthüllungen, hatte Pillen genommen, hatte im Halbschlaf nicht begriffen, dass sie nicht wollte. Irgendwas. Dass er ihr irgendeine plausible Erklärung lieferte, die sie dazu bewegte, ihm verzeihen zu können. Nicht, dass er wieder einmal bewusst gehandelt hatte. Aber der Gesprächsverlauf versagte ihr die Hoffnung.

»Catherine es tut mir so leid.«

»Es tut dir leid? Immerhin besser als ‚stell dich nicht so an'.«

»Catherine so etwas würde ich niemals sagen. Das ist unverzeihlich, ich weiß das doch. Ich wusste es im Akt selbst.«

»Du nicht, aber Pierrette. Sei meinte, ich sei zu zimperlich.«

»Du hast es ihr erzählt?«

»Keine Angst, ich habe den Eindruck, sie bewundert dich jetzt noch mehr.«

»Möchtest du wirklich nicht mehr bleiben?« Sie nickte. »Ich fahre dich selbstverständlich«, meinte er es gut.

Catherine brach in Tränen aus. Das war ja noch schlimmer. Er ließ sie einfach gehen? Rivas versuchte, sie zu umarmen. Sie schüttelte ihn ab. »Wie konntest du mir das antun, Rivas? Nach allem, was zwischen uns vorgefallen ist. Such dir eine wie Pierrette. Die ist das anscheinend gewohnt. Mit mir geht das nicht. Du behandelst mich wie Luft und dann benützt du mich schamlos zur Befriedigung deiner Triebe. Du hast mir wehgetan. War dir das bewusst?«

»Ich dachte nicht darüber nach.«

»Dafür wurde ich nicht geschaffen, Rivas. Ich habe meinen Platz auf dieser Welt, genau wie du. Ich bin ein freier Mensch. Ich entscheide, mit wem ich wann, wo und wie schlafe. Was mich im Spiel reizt und mir in der Fantasie gefällt, ist in der Realität ein Alptraum. Du weißt genau, wenn ich mitspiele, und dass das gestern Abend nicht der Fall war.«

»Catherine, das habe ich doch nicht abgestritten.«

»Das wird niemals wieder jemand mit mir machen!« Sie dachte an ihre Handtasche. An den Dieb. Und Dr. Lammingcourt. Wie sehr hatte er sich um sie bemüht. Er hätte sie verstanden. Und getröstet. Und ermutigt, zu sich zu stehen. Nicht wie diese beschränkte Pierrette! Sie sehnte sich nach Freundschaft. Und Liebe.

Wie so oft in einer Beziehung strebte der männliche Teil die zügige Lösung des Problems an, während der weibliche sich noch in der Gesprächsphase befand. »Ich werde mich um einen Flug kümmern, okay?«

»Das ist alles? Mehr hast du nicht anzubieten?«

Rivas ging ein Licht auf. Verdammt, er kannte das doch aus der Psychologie. Er war so beschämt, dass er nicht mehr klar denken konnte. Sie brauchte seine Zuwendung, Verständnis, Reue, nicht seinen Pragmatismus. Und Zeit. »Alles, was du willst, Schatz, kannst du von mir haben. Was kann ich tun? Sollen wir hier abbrechen und in die Karibik fliegen? Soll ich dich nach Hause begleiten? Nichts zählt mehr. Mein Leben ist zerstört ohne dich. Ich bereite dir die schönste Zeit deines Lebens, bis mich Tobias' Leute schnappen. Wir können das hinauszögern, mit neuen Identitäten. Zum Untertauchen muss man jahrelang ohne Einkommen durchhalten können, deshalb schaffen es so wenige. Aber wir müssen vorerst nicht arbeiten, wir haben unser Kasinogeld – und unsere Ersparnisse. Wir schnappen uns Andalus, Machu Picchu, Illusion und Make-Me, und ich breche jede Verbindung mit meinem alten Leben ab. Einschließlich Maria. Und wenn du lieber frei sein willst, mache ich hier weiter, damit sie unser Abkommen für dich einhalten und ich lasse mich danach festnehmen.«

»Willst du mich emotional erpressen?«, schluchzte Catherine auf.

»Catherine, ich habe ein Problem. Ich sage dir, wie es ist. Die Kerle beschrieben mir eine Szene mit einer total hilflosen Charlotte im Duschraum. Ihre Beine waren gespreizt, ihr Kleid hochgerutscht. Das abstoßende Bild brannte sich in mein Gehirn. Ich war aggressionsgeladen, du lagst nackt neben mir...«

»Du machtest wieder ein Opfer aus mir, Rivas.«

»Ja. Und deshalb brauche ich Hilfe. Ich muss lernen, meinen Willen zu zügeln, dass ich nicht immer haben kann, was ich gerade will, wie gestern Nacht. Dass ich nicht über andere verfügen kann, wie ich will. Ich habe nie gelernt, wie man sich beherrscht. Nicht nach außen hin, sondern innerlich. Ich schaffe das, Catherine. Denn wenn ich will, dass ich etwas nicht will, werde ich es erreichen, wenn du weißt, was ich meine?« Catherine wusste es, antwortete aber nicht. »Es heißt, der Mensch kann zwar tun, was er will, aber nicht wollen, was er will. Deshalb brauche ich jemanden, der mir hilft, deshalb die Therapie. Das ist schwer, Catherine, aber ich schaffe das.«

»Ich kenne den Spruch. Arthur Schopenhauer.«

»Das Zitat wird ihm zugeschrieben, stammt aber von Albert Einstein, als er Schopenhauers komplexe Philosophie zur Willensfreiheit in diesem simplen Satz zusammenfasste«, korrigierte Rivas aus Prinzip. Wie viele Männer, belehrte er gerne seine Frau.

»Rivas, hättest du aufgehört, wenn ich mich heftiger gewehrt hätte?«, lenkte Catherine den Fokus zurück auf seine Tat. Spontan wollte er mit Ja antworten, doch dann entstünde der Eindruck, er würde sie verantwortlich machen oder er seine Handlung nicht als gewalttätig einschätzen. Diesmal war er um eine Antwort verlegen und schwieg. »Dein Es ist stärker als dein Über-Ich. Typisch Vergewaltiger!«

»Lammingcourt lag richtig mit seiner Ferndiagnose über den Zustand meiner Psyche. Ich war zwar genug bei der Sache, mich nicht rechtfertigen zu können, weil ich wusste, was ich tat. Aber nicht präsent genug, die Konsequenzen oder deine Gefühle zu durchdenken. Aber Catherine, ich bin kein Vergewaltiger. Das musst du mir glauben. Ich habe das vorher noch nie gemacht. Es wird nicht wieder vorkommen.«

»Rivas, wenn du kein Vergewaltiger bist, war ich gestern kein Opfer. Aber was war ich dann, Rivas? Was war ich für dich? Ein Stück Fleisch. Ist es das?«

»Ein wunderschönes zartes Filetstück«, sagte Rivas in der Hoffnung, sie würde sich durch ein humorvolles Kompliment versöhnen lassen. Außerdem wusste er nicht mehr, was er ihr noch hätte beteuern können. Das war ein Fehler. Ein großer.

»‘Guten Morgen ‚Boss‘. Was darf ich Ihnen heute anbieten? Schauen Sie mal, da hätten wir ein schönes Stück Rinderfilet. Eine zarte Nuss.‘

‚Nein, heute nehme ich hundert Pfund Weiberfleisch am Stück.‘

‚Gerne. Ohne Haut und Knochen?‘

‚Nein mit. Aber bitte ohne Gehirn und Herz. Ich mag es nicht, wenn sie noch denken und fühlen.‘

‚Haha, da haben Sie recht, es ist lästig, wenn sich das Fleisch auf dem Teller windet und herumwinselt.‘

‚Und ohne Behaarung. Damit es gleich ganz seine Identität verliert. Aber entfernen Sie bloß die Geschlechtsteile nicht. Die sind besonders lecker.‘

‚Weiß ich doch, Boss!‘«

»Catherine sei nicht so vulgär. Ich bitte dich. Du gehst zu weit.« Von Catherines Zynismus schmerzte ihn am allermeisten der Bezug auf ‚den Boss‘. Eden musste geplappert haben. Sie hatte ihn mit seiner Rolle in der Hütte identifiziert. Davor graute ihm. Aber durfte er ihr dafür einen Vorwurf machen? Ihm graute vor sich selbst.

»Ich liebe dich Rivas, aber ich kann nicht mit jemandem zusammen sein, dem ich nicht vertrauen kann, der mich nicht respektiert, der mich unterdrückt und vor dem ich fürchten muss, dass er mir wehtut.«

»Natürlich nicht.«

»Ich habe mir geschworen, wenn du mich je wieder schlägst, werde ich dich verlassen.«

»Ich habe dich gestern nicht geschlagen, und werde es niemals mehr tun.«

»Aber du hättest es, wenn ich mich gewehrt hätte.«

»Nein.«

»Woher weißt du das so gewiss?«

»Ich weiß es. Und ich würde es dir gestehen, wenn es so wäre, und die Konsequenzen ziehen.«

»Das glaube ich dir. Du hast bisher dein Versprechen gehalten, mich nicht mehr zu belügen. Naja, bis auf das Holzholen am Weihnachtsabend, aber das nur, weil du mich mit Andalus überraschen wolltest.«

»Dir entgeht nichts.«

»Willst du mich um Verzeihung bitten?«

»Das kann ich nicht von dir verlangen.«

»Nimmst du mich in den Arm? So wie Tina?«

»Wie Tina?«

»Ja.«

Sie hielten sich fest umschlungen. Rivas streichelte ihren Rücken. Wie Tinas.

»Musst du nicht langsam los? Zu Diddeldi und Diddeldum?«

»Und der Flughafen?«

»Das kann warten, bis du zurückkommst.«

Sie kehrten zum Camp zurück. Edmundo war inzwischen eingetroffen.

Rivas verabschiedete sich und Catherine half Pierrette beim Aufräumen der Kochstelle. Dann setzte sie sich unter einen Baum, rauchte und schrieb Andalus einen Brief in einen Notizblock mit kindlichen Pferdemotiven.

Andalus, mein Schatz, ich vermisse dich so sehr. Ich bin mit Rivas im afrikanischen Dschungel, aber ich fürchte, ich muss ihn verlassen. Und damit dich. Ich bin so traurig. Weißt du noch, wie du mir fliegende Wechsel beigebracht hast? Du hast nur reagiert, wenn ich Rivas' Anweisungen korrekt befolgt habe. Wenn nicht, hast du auf stur gestellt. Aber jeden Fehler hast du mir verziehen. Gabst mir jedes Mal eine neue Chance. Alles, was du von mir verlangtest, war Einsicht und den Mut es nochmal zu versuchen. Du warst so geduldig. Und das Piaffieren erst! Wie hast du mich herausgefordert! Wenn ich zu tief saß und zu viel Druck ausübte, bist du stur davon getrabt. Rivas raufte sich jedes Mal die Haare, aber auch er war immer so lieb. Ich glaube, du hast genau gewusst, was ich wollte, aber du hast die Übungen lieber hundert Mal über dich ergehen lassen, bis ich die Lektion begriff. Und, wenn ich es schaffte - das Gefühl! Oh das Gefühl! Mit dir zu federn, wie auf einem sanften Trampolin. Ich fühlte mich mit dir vereint. Wenn du mir meine Fehlversuche nicht gestattet hättest, würde ich nicht wissen, wie es sich anfühlt, mit einem Pferd vereint über dem Boden zu schweben. Und dein Kumpel Pichon! Eines Tages brachte er mir bei, wie man fliegt. Ich hatte solche Angst vor einem Gestreckten, aber er nahm mich unter seine Fittiche und wir flogen zusammen über die Landebahn. Es war eine schöne Zeit mit euch, Andalus. Ihr wart alle so lieb zu mir. Wenn ich scheiterte oder an mir zweifelte, habt ihr mich nie im Stich gelassen. Dafür danke ich dir, lieber Andalus. Ich liebe dich. Leb wohl mein Engel. Deine Catherine

P. S. Ich habe ein neues Pferd. Du kennst ihn sicher. Er stammt aus dem gleichen Gestüt wie du. Er ist sieben Jahre älter als du. Ein Schimmel. Er heißt Conquistador. Aber ich werde ihn Machu Picchu nennen, als Erinnerung an unsere gemeinsamen Abenteuer in Peru. Ich werde ihm von dir erzählen, sobald er bei mir ist.

Sie las den Brief durch und blieb an einem Satz hängen: ‚Alles, was du von mir verlangtest, war Einsicht und den Mut es nochmal zu versuchen.' Sie rief sich ihre Grundschulzeit hervor. Vierte Klasse. Jeder Schüler musste ein klassisches Gedicht auswendig lernen und es am Schuljahresende auf einer Klassenvorführung vorsagen. Das ihr zugeteilte Gedicht stammte von Ludwig Fulda. Schon als Kind fand sie es schön, begriff es mit dem Gehirn. In diesem Moment erfasste sie es mit dem Herzen. Was sie nicht wissen konnte, war, dass die gleiche Erkenntnis Rivas tags zuvor eingeholt hatte und er ausschließlich mit sich selbst beschäftigt war.

Verachten ist ein Wohlgefühl und fördert das Verdauen:
So hoch und frei, so stolz und kühl
vom Berge hinabzuschauen!
Sogar der Käfer auf dem Mist
blickt wohlgefällig tiefer
und nennt, was dort versammelt ist,
elendes Ungeziefer.

(Fulda, L. Karneval des Lebens, 1925)

Da wusste sie, sie würde bleiben. Sie wollte Rivas nicht im Ungewissen warten lassen und machte sich auf zur Hütte, um ihm ihre Entscheidung mitzuteilen, und wie sehr sie ihn liebte. Pierrette beschäftigte sich in ihrem Zelt mit Aufräumen und Edmundo verspeiste am Feuer sein Dosenfrühstück. In Gedanken vertieft, stapfte sie los in Richtung Hütte. Sie war ohne alles aufgebrochen, hatte kein Handy, keine Zigaretten, kein Wasser, nicht einmal ein Taschentuch bei sich. Schließlich handelte es sich ja nur um eine Strecke von hundert Metern.

-- oOo ---

Als Pierrette aus der Hütte kam, fiel ihr sofort Catherines Abwesenheit auf. »Wo ist Catherine?«, fragte sie Edmundo. Er zuckte gleichgültig die Achseln. »Sie saß doch hier und schrieb in ihren Notizblock. Irgendwas müssen Sie doch gesehen haben.«

»Ja, sie war in ihr Büchlein vertieft, dann stand sie auf wanderte in Richtung Hütte los. Ich nehme an, sie will zu ihrem Freund. Ob das gut geht? Der kann sie da grad gar nicht gebrauchen. Aber was geht mich das an?«

»Warum haben Sie sie nicht begleitet oder mich gerufen? Catherine hat die Strecke nur einmal bei unserer Ankunft zurückgelegt. Und wir wurden geführt, da achtet man nicht auf den Weg. Außerdem gab es zwischen ihr und Rivas Streit. Vielleicht will sie mit dem Landrover abhauen!«

»Ja, neulich hat sie ihm schon einmal eine bodenlose Frechheit entgegengeschleudert. Der lässt sich von der alles bieten. Was sieht er bloß in ihr? Man wundert sich! So eine Widerborstige wäre nichts für mich. Und viel zu klein«, fügte er abfällig hinzu.

»Kommen Sie! Los, wir müssen ihr nach. Rivas bringt mich um, wenn sie da aufkreuzt.«

»So schmale Hüften! Wie will so etwas Kinder kriegen?«, murmelte er kopfschüttelnd. »Hinten nichts, vorne nichts. Nirgends nichts! Und so eine bildet sich ein, irgendwann ihre Babys ernähren zu können. Tz!«

Pierrette zog ihn hoch und rannte los. Edmundo tapste lustlos und meckernd hinterher. Da ist die Kongolesin besser ausgerüstet, grinste er und sah ihr lüstern beim Laufen zu. Groß und stark. *Das* ist ein Weib!

Von Catherine fanden sie keine Spur. Der Landrover war noch da.

»Hoffentlich ist sie in der Hütte. Klopfen Sie an. Eden wird sauer, wenn er mich hier sieht. Lassen Sie sich einen Vorwand einfallen. Kommen Sie wieder raus, wenn sie drin ist. Ich warte hinter dem Haus.«

Edmundo sah Rivas und Eden mit den beiden Gefangenen. Catherine erblickte er nicht. Eden kam zur Tür, während Rivas seine ‚Befragung' fortsetzte.

»Was ist los?«, flüsterte er.

»Ist Catherine hier aufgekreuzt?«

Eden zog die Tür hinter sich zu. »Nein. Ich weiß, es gab Streit zwischen den beiden. Ist sie weg?« Pierrette kroch aus ihrem Versteck hervor. »Verdammt Pierrette, du solltest doch auf sie aufpassen!«

»Ich war im Zelt beim Aufräumen.«

»Mensch, der bezahlt dich nicht fürs Aufräumen, sondern dafür, dass du auf seine Tussi aufpasst. Verdammt. Such sie. Los!«

»Eden, wir müssen es ihm sagen. Er wird noch wütender werden, wenn wir sie nicht finden, und noch mehr Zeit verschwendet haben. Die ist abgehauen, wenn ich es dir doch sage.«

»Geht sie nicht ans Handy?« Pierrette hielt ihre Hand auf. Eden starrte auf Catherines Handy. »Wenn sie abgehauen wäre, hätte sie es mitgenommen. Wahrscheinlich hat sie sich verirrt.«

»Kann sein, aber sie war nicht gut drauf, weißt du. Selbst wenn - wir müssen sie suchen.«

»Okay, wartet hier.« Eden ging ins Haus zurück und nahm Rivas beiseite.

»Binden Sie die beiden an und lassen Sie sie nicht aus den Augen. Können Sie ein bisschen durchhalten, falls Edmundo es nicht rechtzeitig zur Ablösung schafft?«, erwiderte Rivas, nachdem Eden ihn informiert hatte.

»Selbstverständlich.«

»Pardon Monsieur. Ich war nur kurz im Zelt um die Decken zu richten.« Pierrette war außer sich vor Angst. Eden hatte ihr am Abend ausführlicher von Rivas erzählt. Wenn sie einen Menschen nicht verärgern wollte, war das Rivas.

»Ist schon gut, Pierrette, Sie konnten sie ja nicht an die Kette legen«, sagte er locker. »Wir finden sie schon. Wir hatten Streit. Sie ist auf dem Weg zur nächsten Straße und will von dort wahrscheinlich per Anhalter zum Flughafen.«

»Rivas, sie hat nichts mitgenommen!«

»Sie ist impulsiv. Manchmal handelt sie ohne lang nachzudenken.«

»Und wenn, weiß sie nicht, wie gefährlich das hier ist? Das ist schlimmer als der Urwald. Sie nehmen das auf die leichte Schulter?«

»Soll ich heulen? Sie anbrüllen? Hilft uns das weiter? Wie lange ist sie schon weg?«

Pierrette starrte auf Edmundo. Der überlegte: »Ph, vielleicht eine halbe Stunde. Höchstens.«

»Pierrette, laufen Sie zum Camp und holen Sie die Navis, damit wir uns nicht verlaufen. Außerdem die Medizinkästen mit den Gegengiften. Und bringen Sie ein paar Wasserflaschen und Riegel mit. Edmundo, schnappen Sie sich die Gewehre und die Funkgeräte, für den Fall, dass die Handys ausfallen. Testen Sie sie bitte.«

»Eden sagte, er habe das vor der Abfahrt erledigt.«

»Testen Sie sie nochmal. Legen Sie die Longwave Infrareds in die Kryogen-Kühlboxen und bringen Sie die auch mit. Beeilen Sie sich Pierrette! Stehen Sie nicht herum.« Sie sauste los und war ein paar Minuten später zurück. Rivas hatte es sich anders überlegt und wies an, dass auch Eden sich an der Suche beteiligen sollte. Er ging in die Hütte, um sich zu vergewissern, dass die beiden fest angebunden und gut geknebelt waren, und legte auf der Karte einen Raster an. Rivas hatte sehr, sehr viel Dschungelerfahrung. Er fragte sein Team, wer von ihnen sich mit intravenösen Injektionen auskannte. Alle bis auf Edmundo bejahten. Er gab ihm eine Blitzanweisung und verteilte die Funkgeräte, die infraroten Körpersensoren, Erste Hilfe Material und die Kits mit Gegengiften für Schlangenbisse. Der Major hatte in übertriebener amerikanischer Großzügigkeit gleich sieben davon bereitgestellt. Für das Team und sogar für die Gefangenen. Sie formierten eine Suchkette und schwärmten aus. Rivas' Vorkehrungen waren reine Routine. Er glaubte keinen Augenblick, dass es bei einer systematisch angelegten Suchaktion länger als eine Stunde dauern würde, sie aufzuspüren.

Nach sechsstündiger Suche schloss er einen Pakt mit einem Gott, an den er nicht glaubte. Das erste Mal in seinem Leben. Ich tue keiner Fliege mehr etwas zu Leide. Die zwei Zeitgenossen in der Hütte werde ich medizinisch versorgen. Sie bekommen etwas zu essen und zu trinken und dann lasse ich sie laufen. Dann verwarf er die Idee als albern. Und beschränkte sich aufs Betteln. Er erinnerte sich an Catherines Gebet, von dem sie ihm berichtet hatte. Einen Versuch war es wert.

Lieber Gott, wenn es dich gibt, bitte hilf mir sie zu finden. Lebendig.«

51.
Catherine

Catherine merkte bald, sie hatte sich im Wald verlaufen und beschloss sofort umzukehren. Sie war noch nicht weit gegangen und plante einfach zum Ursprungsort zurückehren, statt weiterhin herumzuirren und dann Pierrette zu bitten, sie zu begleiten.

Wenn du schon zu blöd bist, den Weg selbst zu finden!

Sie drehte sich um und schlug die Richtung ein, aus der sie gekommen war. Innerhalb einer halben Stunde erkannte sie, sie hätte längst am Lagerplatz sein müssen. Nun versuchte sie sich Wurzeln, Äste und Sträucher als Orientierungsmerkmale einzuprägen. Das klappte nicht. Alles sah gleich aus. Sie wusste nicht, ob sie im Kreis lief, sich weiter entfernte oder ob sie weiter marschieren sollte, falls doch das Camp oder die Hütte auftauchte. Sie trug ein leichtes Kleid, keine Jacke, Schal oder Schmuck, die sie als Markierung hätte benützen können. Zum Glück hatte Rivas darauf bestanden, dass sie auch im Camp ihre Dschungelstiefel trug, egal wie heiß es war. Mit der höher steigenden Sonne wurde die Luft wärmer, ihr Durst größer und ihre Stimmung trüber. Sie wollte um Hilfe rufen, aber wagte es nicht, denn wenn die falschen Leute sie hörten, würde es Rivas' Mission gefährden. Um die Mittagsstunde hörte sie auf zu wandern und setzte sich unter einen Baum.

Am besten, ich rühre mich nicht mehr vom Fleck. Sie suchen mich sicher und so haben sie die beste Chance auf mich zu stoßen.

Das Herumsitzen erwies sich als schlimmer, als das erschöpfende Wandern durch den Busch. Ruhelos betrachte sie die fremden Gewächse um sich herum. Um sich abzulenken, suchten ihre Augen nach Käfern. Sie vertrieb sich die lange Zeit mit dem Zählen der vielen verschiedenen Arten. Das ermüdete sie. Erinnerungen an ihre schrecklichen Erfahrungen in Kolumbien überfielen sie. Wie sie nach ihrem gescheiterten Fluchtversuch unter einem Baum gekauert hatte, bevor man sie ergriff, wie sie sich tagelang mit den Transportern gefesselt durch die wilde Pflanzenwelt kämpfte. Im Gegensatz zu ihrer augenblicklichen Situation erschien ihr das wie ein Spaziergang. Damals wusste sie es nicht, aber mit den Männern war sie sicher. Hier war sie auf sich allein gestellt. Ihre Verzweiflung wuchs. Sie lenkte den Fokus zurück auf das Leben im Boden und zählte. Davon schlief sie ein. Als sie erwachte, begann bereits der Sonnenuntergang. Sie konnte nicht länger herumsitzen! Sie raffte sich auf und rief um Hilfe. Wenn man auf sie stieße, würde sie behaupten, sie wäre eine verirrte Ökotouristin und hätte ihren Rucksack zurückgelassen, weil er ihr zu schwer geworden war. Von der Parkbehörde aus würde sie Rivas anrufen, er die Strafe zahlen und sie abholen. Sie rief und rief. Stapfte und stapfte.

Es wurde dunkel. Aus Erfahrung wusste sie, noch eine halbe Stunde und die pechschwarze Nacht würde sie verschlucken. Kein Ort der Welt war nachts schwärzer als der Dschungel. Weil die Zeit drängte, erhöhte sie das Tempo, hopste über Bodengewächse und ruderte mit den Händen an Sträuchern und Lianen entlang, um schneller voranzukommen. Sie stolperte, fiel aber nicht hin, sondern hievte sich rechtzeitig durch einen Griff in einen Strauch hoch. Aus ihm drang ein markerschütterndes Zischen. Gleichzeitig mit dem Geräusch bildete direkt vor ihren Augen eine zweimeterlange lackschwarze, glänzende Waldkobra mit gelben Querbändern einen beindruckenden Halsschild. Catherine erschrak, aber sie hatte keine Angst, einer Schlange ins Auge zu sehen. Vor allem nicht einer zischenden. Ihr dramatisches Abschreckungsmanöver war ihr von Ausritten in Südafrika bekannt. Das laute Zischen mochte man nicht für möglich halten, wenn man es noch nie aus nächster Nähe gehört hatte. Das war kein Zungenlispeln wie man meinen sollte, sondern ein eindringliches Warnsignal, fernzubleiben. Reglos standen sich beide gegenüber. »Oh Schlange, habe ich dich erschreckt? Das wollte ich nicht. Ich tu dir nichts, okay? Ich gehe jetzt ganz langsam rückwärts.« Gerade als sich Catherine wunderte, warum sich die Giftnatter nach ihrem Warnsignal nicht blitzschnell zurückzog, wie die Rinkhals-Kobras ihrer Heimat das taten, schoss das Tier auf sie zu.

Sie biss Catherine in den rechten Oberschenkel knapp unter ihrem Hüftknochen. Der Schmerz hielt sich in Grenzen. Er glich einem Stich mit einer dicken Injektionsnadel, aber die Schlange löste sich nicht sofort. Catherine beging den verständlichen Fehler, sich loszureißen. Die feinen Widerhaken der Zähne zerfetzten ihr schmerzempfindliches Oberhautgewebe, und das großflächig einströmende Gift brannte nun wie tausend feine Schnittverletzungen.

Catherine wusste nicht, dass es sich bei dieser Art um die zweitgiftigste Kobra Afrikas handelte. Dieser agile Typ verzieht sich nicht immer, wenn er Gefahr wittert, sondern verteidigt aggressiv sein Terrain. Statt die Natter zu verniedlichen und zu zögern, hätte sie sich nach ihrer

Warnung sofort zurückziehen sollen. Ihre bedingungslose Tierliebe wurde Catherine zum Verhängnis.

Eines machte Catherine allerdings richtig: Sie fühlte ihren Herzschlag ansteigen und fragte sich, was Rivas ihr raten würde. Er würde sie anhalten, ruhig zu bleiben. Das tat sie. Die Wunde begann entsetzlich zu schmerzen. Nach fünfzehn Minuten verschwamm ihr das Sehvermögen, es wurde ihr schwindelig und schlecht. Auch das hielt sie davon ab, in Panik auszubrechen und wie wild herumzuspringen. Sie lehnte sich an einen Baumstamm und ließ sich an ihm hinabgleiten. Die aussichtslose Lage bescherte ihr einen paradoxen Frieden. Sie verspürte keine Todesangst, worüber sie sich wunderte. Sie fühlte sich nur einsam und ein wenig traurig.

So oft schon bist du dem Tod entkommen, aber ein frühes Sterben ist dir wohl vorherbestimmt. Nun ist es so weit. In der freien Natur. Was willst du mehr? Wie lange es wohl dauern mag?

Zeit verstrich. Nicht an Rivas dachte sie, nicht an Andalus, auch nicht an ihren geliebten verstorbenen Vater. Einmal ganz kurz blitzte die Erinnerung an ihre Mutter auf. Davon abgesehen kreisten ihre Gedanken nur um sie selbst. Sie hatte schon oft gehört und gelesen, dass der Mensch in der Todesstunde - selbst von Angehörigen umringt - alleine ist. Er blendet die Umgebung aus und lässt das eigene Leben Revue passieren. Es stimmte. Ihr ganzes, kurzes, aufregendes Leben. Dass Rettung rechtzeitig eintreffen könnte, zog sie nicht in Erwägung. Warum sollte sie die wenigen verbleibenden Reserven für Hoffnungsgedanken verschwenden? Dafür war ihrer Seele die Zeit zu knapp, die Lage zu ernst. Gerade weil sie sich nicht durch Hilferufe oder verzweifelte Hoffnungsschimmer aufrieb, sich stattdessen friedlich in ihrem Schicksal fügte, hielt sie tapfer eine weitere halbe Stunde durch. Auch ihre Jugend und ihre körperliche Fitness verzögerten die rasche Ausbreitung des Giftes in ihrem Nervensystem. Ihr Darm entleerte sich in ihren Schlüpfer, was sie nicht bemerkte. Nur ihre Kleidung fühlte sich nass und unangenehm an. Ihr wurde kalt, ihre Haut klamm. Sie schloss die Augen.

--- oOo ---

Pierrettes Sensor zeigte in der Dunkelheit zwei Gestalten an: eine menschliche und die eines Leoparden. Sie griff zum Funkgerät und verständigte die anderen. »Ich habe eine Ortung. Zwanzig Meter von hier.

Eine sitzende menschliche Gestalt.« Sie gab ihre Koordinaten durch und eilte auf das Ziel zu. Die anderen machten sich auf den Weg. Rivas war zehn Minuten vom Zielort entfernt. »Rivas, hören Sie mich?«

»Ja, ich bin unterwegs.«

»Gehen Sie bitte auf Privatfrequenz.« Er tat es. »Rivas, ich sehe auch einen Leoparden.« In Kenia gibt es noch freilebende Leoparden. Trotzdem war die Chance in diesem Wald auf ein Raubtier zu treffen, fast gleich null. Pierrette konnte es selbst kaum glauben, deshalb alarmierte sie die anderen nicht. Eden würde sie zeitlebens auslachen. Und wenn sie ihr glaubten, würden Edmundo und Eden Abstand halten. Noch schlimmer. Sie brauchte dringend Verstärkung.

»Wie nah?«

»Gleich daneben.«

»Brüllen Sie und rasseln Sie mit Zweigen so laut Sie können.«

Sie tat es. »Er verzieht sich, Rivas«, sagte sie und bangte von ihm jetzt von hinten angesprungen zu werden.

»Sagen Sie mir, wenn Sie da sind.«

Catherine litt bereits unter Hörverlust und vernahm Pierrettes Schreie sehr schwach. Sie hörte zwar Rufe, die sich wie ‚Hau ab' und ‚Geh weg' anhörten, glaubte aber, das seien Hirngespinste.

Pierrette hatte Catherine erreicht.

»Pierrette!«, röchelte Catherine, die sie verschwommen gerade noch erkannte. Sie hatte jetzt Fieber und Bauchschmerzen. Und Sprechen war aufgrund der zunehmenden Atemnot kaum noch möglich.

»Ja, ich bin es. Alles wird gut.«

»Schlange. Gebissen«, quetschte sie noch heraus und wand sich, fing an zu strampeln und klammerte sich kurzatmig an Pierrette. Als die sich losmachte, schlug Catherine wild um sich. Die nahe Hilfe löste die typische, wenn auch verspätete Panikreaktion aus.

»Ruhig, Catherine. Nicht bewegen. Wie sah sie aus?« Pierrette begutachtete Catherines zerfetztes Bein. Catherine hörte auf, um sich zu schlagen, aber sie antwortete nicht. »Rivas!«, funkte Pierrette ihn an. »Catherine ist verletzt. Schlangenbiss am Oberschenkel.«

»Atmet sie?«

»Schwer. Was soll ich tun? Soll ich ihr Bein abbinden?«

»Auf keinen Fall. Das hat sich in der modernen Medizin als nicht hilfreich erwiesen«, erklärte er seelenruhig, als befände er sich in einem Hörsaal. »Es kurbelt den Blutfluss an und damit den Herzschlag. Lassen

Sie die Wunde in Ruhe. Beatmen Sie sie und finden Sie heraus, von welcher Schlangenart der Biss stammt und wie lange der Angriff zurückliegt.«

»Sie antwortet nicht mehr.«

»Okay, machen sie Mund zu Mund Beatmung und schreien Sie sie danach an.«

Pierrette blies Catherine Luft in die Lunge und schrie zwischen den Zügen: »Welche Schlange, Catherine? Komm, es ist nicht zu spät.«

»Wo ist Rivas?«

»Er ist gleich da. Ich habe das Gegengift bei mir, Catherine, schau.« Sie kramte eine Ampulle hervor und hielt sie hoch. »Ich muss wissen, welche Art von Schlange dich gebissen hat. Bitte vertrau mir.«

»Gelb, schwarz, Kobraschild.«

Röcheln. Beatmung.

»Wann war das?«

Keine Antwort.

Pierrette las im Schein ihrer Taschenlampe die Beschriftungen auf den Fläschchen. Alles Latein. »Rivas, verdammt, es war eine Kobra, aber hier auf den Ampullen sehe ich kein Gift für Kobrabisse. Das ist doch Irrsinn. Warum schreiben die nicht drauf, was man verstehen kann? Verdammtes Pack.«

»Beruhigen Sie sich, Pierrette. Wie viele Ampullen haben Sie?« Rivas fehlte die Zeit, in seinem identischen Kit nachzusehen. Er rannte durch den Busch und bedauerte vorher keinen Blick hineingeworfen zu haben.

»Vier.«

»Lesen Sie mir die Kombinationsetiketten vor.«

»Viperid, Elapid, Altrasirgendwas, Colu...«

Rivas unterbrach sie. »Elapid, schnell.«

Pierrette zog die Spritze auf. Unwissend stach sie nicht durch den Membranverschluss, sondern riss ihn weg. In ihrer hastigen Reißbewegung fiel die Ampulle auf den Boden. Die Flüssigkeit sickerte aus dem Gefäß. »Oh nein!« Mit zitternden Fingern zog sie den Rest des Serums in die Spritze, fürchtete, es nicht verabreichen zu können, so ungebändigt sprangen ihre Hände hin und her. Aber Catherines Venen waren durch das Adrenalin so aufgepumpt, dass sie mühelos das Gegengift injizieren konnte. Sogleich beatmete sie Catherine weiter, bis Rivas eintraf. Er schob die erschöpfte Pierrette beiseite und machte weiter. Pierrette holte tief Luft und griff zum Funkgerät, um ihre Kollegen anzufeuern.

»Hören Sie auf zu funken und bereiten Sie eine Schiene vor, Pierrette.«

»Ja, Rivas.«

Die anderen befanden sich nur noch wenige Minuten entfernt. »Warum reagiert ihre Atmung nicht auf das Gegengift? Verdammt! Vielleicht war es doch keine Kobra. Es ist ja schon dunkel.«

Mit zittriger Stimme gestand Pierrette: »Mir ist die Ampulle entglitten. Vielleicht war die Dosis zu gering.«

»Warum haben Sie das nicht gleich gesagt? Los holen sie eine aus meinem Kit. Ach was! Machen Sie hier weiter.« Rivas beschloss es selbst zu erledigen, falls Pierrette in ihrer Panik das falsche Gegengift wählte. Er spritzte Catherine das Mittel und übernahm wieder ihre Beatmung.

»Rivas?«, sagte Catherine nach ein paar Minuten.

»Ja, Baby.«

»Werde ich sterben?«

»Geht nicht, erst musst du mir bei der Suche nach Charlotte helfen.« Sie lächelte schwach. »Wo bleibt die Schiene, Pierrette?«

»Hier.«

»Gib mir ein Schmerzmittel, Rivas. Das tut so weh.«

»Im Krankenhaus, Schatz.«

»Ich habe solchen Durst«, jammerte sie als Nächstes.

»Jetzt nicht.«

»Bitte.« Er öffnete eine Flasche und hielt sie ihr für zwei Schlucke an den Mund. »Mehr«, verlangte sie und grapschte nach der Flasche, aber er riss sie ihr weg und warf sie in die Büsche.

»Später. Du bekommst bald eine Infusion, das stillt den quälenden Durst. Ich verspreche es dir. Halte noch ein bisschen durch. Am Durst wirst du nicht sterben, okay?«

»Okay.«

»Wir tragen dich jetzt zum Wagen und fahren dich ins Krankenhaus. Alles wird gut, Catherine.«

»Danke«, flüsterte sie verwirrt.

Sachte trugen sie Catherine durch den Dschungel und kamen kurz nach 20.00 Uhr an der Hütte an. Eden warf einen Blick auf die Gefangenen. Sie schliefen trotz der frühen Abendstunde. Während sie Catherine auf die Rückbank des Landrovers legten, wies Rivas Edmundo und Eden an, wer schlafen und wer wachen sollte. Pierrette nahm er für die fünfzig Kilometer Strecke in die nächstgelegene Stadt Nakuru mit. »Rufen Sie im Krankenhaus an, Pierrette. Geben Sie unsere Route und ihre Symptome durch und weisen Sie an, einen Krankenwagen loszuschicken«, befahl er, sobald sie die Straße erreicht hatten.

»Rivas so geht das hier nicht. Wir sind nicht in Europa!«

»Rufen Sie an, verlangen Sie nach der Klinikleitung und geben Sie mir dann das Telefon.«

»Ich habe keine Nummer. Entschuldigen Sie, ich weiß, Sie hatten mir eine Liste gegeben. Sie ist im Zelt.«

Er reichte ihr seines, das vorsorglich alle Notfallnummern in der Gegend eingespeichert hatte. Pierrette sprach mit dem Empfang. Wurde nicht durchgestellt. Rivas riss ihr das Handy aus der Hand. »In Ihrer Klinik befindet sich eine Bombe. Stellen Sie mich sofort zum Klinikleiter durch. Ich gebe Ihnen dreißig Sekunden ihn an die Strippe zu holen. Er hat nur fünf Minuten Zeit das Krankenhaus zu evakuieren.«

»Wie soll man in fünf Minuten Kranke evakuieren?«, fragte der Empfangsangestellte stumpfsinnig.

Das darf doch nicht wahr sein, schrie Rivas innerlich und sagte dann ruhig: »Jetzt hat er noch vier.« Danach brüllte er: »Geben Sie mir den Chefarzt. Sofort!«

Ein Mann meldete sich. »Sie haben eine Bombe gelegt? Ist das ein Scherz?«

»Sie befolgen jetzt meine Anweisungen oder sie geht in zwei Minuten hoch.«

»Was wollen Sie?«

Rivas sagte es ihm und wartete ab. Sirenen ertönten.

»Die Ambulanz ist unterwegs.«

»Sind Sie der Chef?«

»Oberarzt und Assistent. Die Klinikleiterin ist nicht im Haus.«

»Rufen Sie sie an. Sie soll in die Klinik kommen und bereiten Sie inzwischen eine Operation vor. Er führte ein medizinisches Gespräch mit dem Oberarzt und wies ihn als Letztes an: »Keine Polizei. Ich will nur medizinische Versorgung für eine Patientin, dann wird nichts passieren.«

Fünfzehn Minuten später rief Rivas abermals an, verlangte wieder die Klinikleitung. Diesmal meldete sich die Chefin.

»Was soll das?«, fragte sie. »Da ist keine Bombe. Woher sollten Sie im Voraus wissen, dass Sie eine Bombe legen müssen, weil Sie irgendwann einen Notfall haben werden? Ich habe bereits die Polizei informiert, aber der Krankenwagen ist unterwegs und wir haben den Operationssaal vorbereitet. Ein Wundbrandexperte erwartet Sie.«

»Gut kombiniert, aber pfeifen Sie die Bullen zurück.«

»Warum sollte ich das tun?«

»Weil Sie von mir eine Spende bekommen werden, die Ihre Klinik ein Jahr lang finanzieren wird. Bedenken Sie, wie Sie damit Ihren bedürftigen Kranken helfen können. Einverstanden?«

»Wie kann ich Ihnen das glauben? Wer sind Sie überhaupt?«

»Wenn ich da bin, leiste ich eine enorme Anzahlung in bar US. Wenn Sie mir danach nicht glauben, können Sie immer noch die Polizei rufen.«

Die Ärztin überlegte. Das leuchtete ihr ein. Und nichts auf der Welt brauchte sie dringender für ihr Krankenhaus als Geld. Sie stimmte zu.

»Welche Operation braucht Catherine?, fragte Pierrette, nachdem Rivas aufgelegt hatte. »Reicht das Serum nicht aus?«

»Pst«, flüsterte Rivas, um Catherine nicht zu beunruhigen und erklärte leise: »Das Gewebe zersetzte sich bereits, als wir sie in den Wagen legten. Sie hat wohl sehr lange unter dem Baum gesessen und es dauerte ewig, bis wir sie aus dem Busch herausgeholt hatten. Wenn es bei dem Biss geblieben wäre, hätte sie eine bessere Chance, aber manche aggressive Schlangentypen lassen nach dem Biss nicht gleich los, um so viel Gift wie möglich auszuströmen. Da hat sie sich wohl gewehrt und so hat sich die Proteinsubstanz im zerrissenen Hautgewebe verbreitet. Wenn sie das nicht gleich reparieren, wird sie das Bein verlieren, Pierrette.«

»Oh nein. Sie müssen es amputieren? Der Biss war so hoch. Ihre untere rechte Körperhälfte wäre von der Hüfte ab verstümmelt!«

»Nicht wenn es jetzt schnell geht. Das hoffe ich wenigstens. Jede Minute zählt.«

»Rivas, das tut mir so leid. Es ist alles meine Schuld.«

»Sie haben ihr das Leben gerettet, Pierrette. Das haben Sie gut gemacht. Sogar die Raubkatze haben Sie verjagt. Sie sind sehr mutig.« Pierrette war sprachlos. Statt einer Rüge erhielt sie ein Lob. »Ärgern Sie sich über Catherine?«, fuhr er fort, weil sie so lange schwieg.

»Nein, sie ist eine Bürgerliche. Für eine Stadtmaus finde ich, hält sie viel aus. Ich mag sie. Gestern habe ich ihr zu Unrecht an den Kopf geworfen, sie sei zimperlich.«

»In Bezug auf?«, fischte Rivas aus spielerischer Bosheit, um sie für ihre Indiskretion zu bestrafen.

»Ach nur so, aber das tut mir jetzt leid. Eines weiß ich gewiss, Rivas, ich wäre nicht so ruhig geblieben wie sie.« Er ließ es darauf beruhen.

Zwanzig Kilometer vor Nakuru trafen sie auf die Ambulanz. Rivas stieg mit Catherine ein und sprach ihr gut zu, während die Sanitäter und der Notarzt erste Hilfe leisteten. Pierrette folgte im Landrover.

»Siehst du, jetzt geht der Durst gleich weg«, sagte er, indes die Sanitäter die Infusion anbrachten. Während er mit ihr wie mit einem Kind sprach, zog er ihr die verschmutzte Unterwäsche aus, tränkte einen dicken Wattebausch mit reichlich rotem, chirurgischem Antiseptikum und wusch sie damit ab. Sie hob ihren Po samt schmerzendem Bein an, um ihm das zu ermöglichen. »Braves Mädchen, das machst du gut.«

Braves Mädchen.

Catherine war selig. »Bist du nicht wütend? Enttäuscht von mir?«

»Deine Tracht Prügel kommt schon noch«, scherzte er.

Ein Sanitäter warf ihm einen erschrockenen Blick zu und dann Catherine. Die lächelte glücklich. Verrückte Ausländer!

Kilometer für Kilometer rumpelte der Krankenwagen über die schlechte Straße. Catherine schloss müde die Augen. Rivas saß neben ihr und streichelte ihr den Kopf. Erneut nahm er die Verhandlungen mit Gott auf.

Bitte rette ihr Bein. Nimm mir meines. Nimm mir beide. Nimm mir alles.

So ein Blödsinn!, rief er sich zur Vernunft auf. Tauschgeschäfte mit einem Hirngespinst!

Seine Gedanken glitten zurück in seine Kindheit. Nach dem Anschlag auf das Fußballstadium brachte die Mutter der befreundeten schwedischen Familie, bei denen er die Ferien verbracht hatte, Rivas nach Barcelona zurück. Dort musste er seine Mutter identifizieren. Ihr Kopf war zerfetzt, hing noch am Halswirbel, war aber nur noch eine breiige Masse aus geronnenem Blut. Das wusste er aber damals nicht. In Begleitung der Schwedin betrat er die Leichenhalle. Ein fauler, süßer Geruch drang in jede Zelle seines Körpers. Ein Gemisch aus Chemikalien und menschlicher Verwesung. Tagelang bekam er den Geruch nicht aus der Nase. Er duschte, schrubbte, gurgelte und zog sich durch die Nase Salzwasser in den Rachen - der eindringliche Geruch war nicht wegzukriegen.

Auf einem der Stahltische lag eine zugedeckte Leiche. Eine Angestellte in einem Kittel - an die Farbe konnte er sich bis heute nicht erinnern - nahm das Tuch leicht beiseite. Nur den rechten Arm legte sie frei. Ohne jeden Zweifel erkannte er seine Mutter an ihrer wunderschönen Hand. Sie sah nicht aus wie die Hand einer Toten, sondern wie die seiner gepflegten, lebenden Mutter. Das reichte der Frau im Kittel. Die Identität der Toten war bereits bekannt. Es handelte sich um eine reine Formalität. Eine grausame - wie alles Bürokratische, folgerte er später, und brachte seitdem den allergrößten Widerstand für sinnlose Regeln auf und empfand Verachtung für alle, die sie stur befolgten. Die Fetzen, die von ihrer Kleidung und ihrer Tasche übrig waren, drückten sie dem vierzehnjährigen Jungen in einem Plastikbeutel in die Hand. Die Schwedin nahm ihm die Tüte sofort ab und ersparte ihm den Anblick.

Man brachte ihn zu Maria. Sie wirkte toter als die Hand seiner Mutter. Schläuche waren an Mund, Nase und Handgelenken angebracht. Grau und leblos lag sie im Koma. Er hielt sie für verstorben. Und seine Mutter für lebendig. Er protestierte gegen die Verwechslung. Niemand glaubte ihm.

Seine Begleiterin kehrte nach Schweden zurück. Er musste in Spanien bleiben. Erhielt keine einzige Minute psychologische Betreuung. Er war überzeugt gewesen, sie würde ihn mitnehmen, stattdessen hatte sie sich um ein Heim für ihn bemüht. Es war ein gutes, teures privates Kinderheim, zur Überbrückung finanziert von Carlos, der sich das Geld von Rivas‘ Erbe zurückzuholen gedachte. Aber nach seinem fünfzehntem Geburtstag wurde Rivas verlegt. Dort war das Leben härter. Deshalb lernte er schnell, das hauptsächlich weibliche Personal zu umschmeicheln, um in den Genuss einer Vorzugsbehandlung zu kommen. Man erlaubte ihm auf sein tägliches Nörgeln hin, mit der schwedischen Familie zu telefonieren. Seine Kumpels bewunderten ihn, hielten ihn aber auch für verrückt. Er schaffte es, die Heimleitung zu überzeugen, dass dieses Auslandstelefonat sein musste, indem er das einfach wieder und wieder behauptete und in alle Richtungen ansetzte. So lernte er, dass man nicht nur durch Süßholz raspeln, sondern auch durch Hartnäckigkeit und Einfallsreichtum seinen Willen durchsetzen kann.

Schweden konnte nichts für ihn tun.

Beteuerte Schweden.

Er sprach nie wieder ein Wort mit Schweden.

Maria nach ihrem Erwachen auch nicht.

Durch sein Studium lernte er, dass ‚Schweden' ihn nicht aus Mangel an Herz abgewiesen hatte, sondern weil es manchen Menschen schwerfällt, sich mit dem Leid anderer auseinanderzusetzen. Es konfrontiert sie zu direkt mit der eigenen Sterblichkeit. Blickkontakt mit Querschnittsgelähmten wird vermieden, oder um einen Autounfall herumnavigiert. Als Rivas begriff, dass Menschen Ausreden und Auswege erfinden, um ihre Seele zu schützen, die noch nicht fähig dazu ist, sich mit diesen Tatsachen auseinanderzusetzen, nahm er sich das Gegenteil zum Lebensmotto: Konfrontationskurs ist Stärke. Vermeidung ist Schwäche. Solche Schutzmechanismen hatte er nicht nötig. Er machte ihnen keine Vorwürfe mehr und merkte nicht, dass er in rasendem Tempo seine eigenen Schutzstrategien entwickelte. Solche Leute waren ihm ohnehin egal, redete er sich ein. Besser, ich verlasse mich von nun an auf mich selbst, entschied er. Auf Menschen konnte man nicht zählen. Auf Tiere einigermaßen. Er entwickelte eine innige Beziehung zu allen nicht-menschlichen Lebewesen und projizierte in sie hinein, was er von der Menschheit zwar erwartete aber nicht erhielt. Das hatte er mit Catherine gemeinsam. Als sie ihn damals auf der Finca der Tierquälerei beschuldigte, hatte sie falsch gelegen. Gequält wurden in seiner Welt ‚nur' Menschen. Das war *sein* Schutzschild.

Sobald Maria konnte, nahm sie ihn zu sich nach Argentinien. Die anderen Heimkinder beneideten ihn. Er versprach, ihnen zu helfen, und nörgelte so lange, bis Maria nachgab. Seitdem spendet sie regelmäßig beachtliche Summen ihres Privatvermögens an das Heim. Einigen Kindern ermöglichte sie sogar Pflegefamilien. Seitdem wähnte sich Rivas als der Held und Retter der Schutzlosen, sofern sie sich auf *seiner* Seite des ‚Schlachtfelds Welt' befanden. Darauf führte er seinen überraschend nachsichtigen Umgang mit Menschen zurück, die sich aufrichtig für ihre Fehler entschuldigten. Und seine aggressive Einstellung gegenüber jenen, die sich für mächtig hielten. Maria, eine überzeugte Katholikin, versuchte die daraus resultierenden Eskapaden des heranwachsenden Jungen mit dem Glauben an Gott zu zügeln. Jeder Versuch ihn zu bekehren, scheiterte, gerade weil das Konzept Gott die höchste Autorität und somit seinen größten Feind repräsentierte. Rivas wandte sich zunehmend dem

Säkularismus zu. Das war verständlich. Diese neutrale Weltanschauung sagte ihm zu. Das Universum, glaubte er, bliebe nüchtern, mische sich nicht ein. Es hatte keine Favoriten. Es schenkte einem einen Zeitabschnitt - genannt Leben - und was man daraus machte, blieb jedem einzelnen Wesen überlassen. Diese ermächtigende Philosophie der Selbstbestimmung entsprach seinem Geschmack und er fand in ihr seinen Frieden, wie Maria in ihrem Glauben. Nur nannte er es nicht ‚Glauben'. *Glauben* hielt er für unsachlich. Lediglich Tatsachen zählten. Purer Realismus - seine Vorstellung davon war: es ist, wie es ist, und wenn es dir nicht gefällt, musst du es eben ändern. Damit rechtfertigte er auch seinen Hang zur Selbstjustiz. Diese Selbstbefugnis in allen Lebenslagen erweckte auf der Oberfläche den Eindruck, dass er kein reaktiver Mensch sei. Innerlich war er sehr wohl reaktiv. Seine Lebenseinstellung war eine einzige, gigantische Reaktion auf den tragischen Verlust seiner Mutter. Heute, im Krankenwagen, sah er es endlich ein.

Als kleiner Junge hatte Rivas hin und wieder geweint, wie jeder andere auch. Wenn er Schmerzen hatte, traurig war oder - seltener - eine Kleinigkeit, die er sich in den Kopf gesetzt hatte, nicht gleich erhielt, heulte er los wie jedes Kind. Gleich nach dem Telefonat mit Schweden hatte er heimlich auf der Waisenhaustoilette geweint. Das war vor zweiundzwanzig Jahren gewesen. Es war das letzte Mal.

Im Krankenwagen rollte nun sein Leben wie ein Film ab. Im Zeitraffer. Sein ganzes, kurzes, aufregendes Leben. Wie wenige Stunden zuvor Catherines im Urwald.

Seine Gedanken kehrten in die Gegenwart zurück, weil ihn etwas an der Wange kitzelte. Er wischte es weg und merkte, dass seine Handoberfläche nass war. Erst dann spürte er, dass seine Augen wässrig waren und seine Nase kitzelte. Er hatte sogar vergessen, wie es sich *anfühlt*, zu weinen. Entsetzt war er nicht über die Tränen, sondern darüber, dass er nicht um Catherine weinte. Er trauerte um sein eigenes Leben. Sein eigenes ach so grandioses, verpfuschtes, egoistisches Leben.

Die Ambulanz bog in die Krankenhauseinfahrt ein und hielt vor der Notaufnahme. Schnell schob er seinen ‚Schwächeanfall' beiseite und wandte sich ohne Umschweife der praktischen Problemlösung zu. Während Catherine von dem Chirurgen operiert wurde, handelte er mit der Chefärztin einen Deal aus. Ihr Assistent half bei der Operation. Die Klinikchefin hatte ihr Wort gehalten und dem Bombenkommando mitgeteilt, man habe aus Versehen einen Fehlalarm ausgelöst. Die Polizei, die bereits auf dem Weg zu Rivas' Landrover war, um ihn abzufangen, rief sie mit der gleichen Erklärung zurück. Über ihren Assistenten erhängte sie die Schweigepflicht und dem Empfangsangestellten erzählte sie, bei dem Anrufer habe es sich um einen Spinner gehandelt. Sie verbot ihm darüber zu sprechen, um eine unnötige Panik zu vermeiden. Der klugen Frau hatte man nicht umsonst die Leitung der Klinik anvertraut. Sie war ein Risiko eingegangen, hatte aber das richtige Gespür bewiesen. Rivas leistete, wie versprochen, die Anzahlung in bar und wies in ihrem Beisein telefonisch eine Überweisung an. Da ihm für Tobias' Bürokratenkram keine Zeit blieb, erledigte er das über Maria. Sie versprach, seine Instruktionen am nächsten Morgen auszuführen. Er versicherte ihr, er würde das Geld zurückzahlen. Sie winkte ab. Wie immer.

Er rief Eden an und gab Bescheid, dass alles in Ordnung sei. »Wie geht es unseren Schützen?«

»Sie schlafen.«

»Werden die beiden ein paar Stunden nach dem Aufwachen noch ohne Essen und Trinken auskommen?«

»Das werden sie wohl müssen.«

»Eden, ich habe nach Fakten gefragt, nicht nach Ihren Vermutungen über meine Verhörmethoden.«

»Pardon, Monsieur. Ja, ich glaube schon.«

»Wenn Sie den Eindruck haben, dass es nicht mehr geht, geben Sie ihnen zwei Riegel und eine Flasche Wasser. Nicht mehr, sonst werden sie krank. Ich werde morgen gegen 11.00 Uhr ankommen.«

Es lag ihm daran die Männer zu versorgen, sie brauchten jetzt dringend Nahrung und Flüssigkeit, um noch kohärent aussagen zu können. Er wollte aber aus taktischen Gründen dabei sein.

Pierrette schlief auf einer Wartebank. Er setzte sich auf die ihr gegenüber und füllte Formulare aus. Dann wartete er ab, bis sie Catherine aus der Wachstation rollten.

Der Anästhesist kam aus dem OP-Saal und zog nickend an Rivas vorüber. Der Chirurg erschien kurz darauf und trat auf Rivas zu.

Augenscheinlich war er Kenianer, sprach aber ‚Queens-English' mit typischem gehobenem Dialekt. »Sie wird ein paar Tage hierbleiben müssen, aber es ist alles gut gelaufen. Das Gewebe ist gerettet und es gibt keinerlei nervliche oder nennenswerte arterielle Schäden. Ihr Bein wird einige Zeit schmerzen, aber bald mobil sein. Ich werde sie schon morgen für ein paar Minuten aus dem Bett jagen, um die Muskeln zu stärken. Sir, ich habe mein Bestes getan, eine großflächige Vernarbung zu vermeiden. Sie wird dafür noch einen Spezialisten aufsuchen müssen, aber ich denke, das wird keine große Sache. Wenn ich morgen den Verband wechsle, dürfen Sie gerne dabei sein.« Es hatte sich im Operationssaal herumgesprochen, dass der Partner der Patientin überdurchschnittliche medizinische Kenntnisse aufwies. Der Assistent war nicht ganz so diskret, wie seine Chefin sich erhofft hatte. »Trotzdem warne ich Sie. Das ist momentan kein schöner Anblick.«

»Danke, Doktor.«

»Übrigens, dass sie so gut stabilisiert war, bevor sie mir auf den Tisch gelegt wurde, hat mir sehr geholfen. Mein Kompliment.«

»Das waren die Sanitäter.«

»Na, da hat man sich zur Abwechslung mal angestrengt. Ups, das habe ich nie gesagt!«, schmunzelte er und ging.

Catherine hörte beim Erwachen aus der Narkose ihren Namen. Aber sie erkannte die Stimme nicht und das Rufen schien sehr weit weg zu sein. Immer wieder rief man Catherine, Catherine wie aus der Ferne. Diese Catherine soll sich endlich melden, meine Güte, dachte sie und döste erbost weiter. Die verzagende Schwester, die im Aufwachraum Dienst hatte, rief in ihrer Verzweiflung Rivas hinzu: »Ihre Vitalfunktion ist perfekt, schauen Sie, aber sie will einfach nicht aufwachen.«

Rivas strich über Catherines Wange. Sofort öffnete sie die Augen und wusste gleich, wo sie war. »Rivas, ist alles in Ordnung? Mit meinem Bein?«

»Ja, Catherine.«

»Und sonst? Ist das Gift weg?«, fragte sie wie ein Kind.

»Ja, das ist alles weg«, antwortete er und ersparte ihr eine biologische Auseinandersetzung mit dem Thema Toxinabbau im menschlichen Körper.

»Rivas, warum hat die Schlange mich gebissen? Ich wollte ihr doch nichts tun.«

»Woher hätte sie das denn wissen sollen, hm?«

»Weil ich es ihr gesagt habe. Tiere verstehen mich immer, wenn ich mit ihnen spreche.«

»Eine Urwaldschlange ist kein Haustier, Catherine. Sie spricht eine andere Sprache. Sie muss deine erst noch lernen«, erklärte er ihr wie einer Fünfjährigen in väterlichem Ton.

»So wie Andalus.«

»Ja.«

»Ich fühle mich wohlig. Das Bett ist so gemütlich. Es ist, als ob man schwebt, so wolkig-weich ist es.«

»Das ist der Rest der Narkose, Catherine. Wir rollen dich jetzt in dein Zimmer und dann schläfst du dich aus. Pierrette und ich werden hier sein, wenn du morgen früh aufwachst.«

»Oh Pierrette! Wo ist sie?«

»In der Wartehalle.«

»Sie hat mir das Leben gerettet. Sie war fantastisch, weißt du!«

»Ich sage es ihr.«

»Ja und sag ihr danke.«

»Mach ich. Gute Nacht mein Schatz.« Leg endlich deine weibliche Version des Peter-Pan-Syndroms ab und werde erwachsen, meine Kleine, fügte er gedanklich hinzu. Wenn du so weitermachst, gibst du mir noch mein Vertrauen in die Menschheit zurück. Gott bewahre, dass ich so verweichliche!

Die Unschuld erquickt die zermarterte Seele.

52.
Charlotte

Claude und Aristide warteten seit über einer Stunde auf zwei Stühlen, die sie mitgebracht hatten, auf Olivier, als er seinen wuchtigen Leib herbeischleppte. Der alte Holzstuhl, auf den er sich setzte, krachte unter seinem massiven Körpergewicht. Claude schnellte auf und bot ihm seinen an. Auch der gab beängstigende Protestlaute von sich. Olivier setzte sich mittig auf beide. Die acht dörren Stuhlbeine wackelten bedrohlich unter Oliviers hievenden Atemzügen, aber sie hielten stand. Aristide ließ von einer kaputten Säge in der verlassenen Sägemühle die Beine baumeln und Claude platzierte sich auf den Boden unter ihn. Von der gesamten Fabrik war die massive mechanische Konstruktion das einzige Stück, das übrig geblieben war. Jedes nützliche und transportfähige Teil war entfernt und geplündert worden. Der Regen prasselte auf das Wellblechdach. Wie kleine Explosionen hämmerten die Tropfen den Dreien in die Ohren, sodass sie sich kaum verständigen konnten. An den Ritzen der Verbindungsstücke tropfte es in die Halle und an allen vier Wänden floss es in breiten Rinnsalen herab.

Obwohl es erst 10.00 Uhr war, hatte Olivier zwölf Flaschen Primus Bier mitgebracht. Sie schlugen die Flaschenhälse an die Sägemaschine, die Kronkorken flogen in alle Richtungen davon und die Männer schütteten das Bier in gierigen Zügen hinunter. Olivier packte einen dünnen weißen Pappkarton mit Hunga Busta Fried Chicken aus. Claude und Aristide lief das Wasser im Mund zusammen. »Jetzt schaut nicht so traurig aus der Wäsche. Ist ja genug für alle da.« Aristides Onkel hatte nicht übertrieben. Die Portionen waren mehr als üppig. Das Hunga Busta war eines der wenigen Fastfood Schuppen, die es in der DRC gab. Es lag direkt gegenüber der belgischen Botschaft in Kinshasa und sein Angebot war nur für das ‚gehobene' Volk erschwinglich. Schmecken tat es wie sieben Tage alte Mc Nuggets, so der weltmännische Claude, der in Paris in ihren fragwürdigen Genuss gekommen war. Dennoch erzeugte dieser Luxus für viele Menschen der verarmten Bevölkerung puren Neid. Aristide und Claude waren derart ausgehungert, dass ihnen beim Anblick dieser ‚Köstlichkeiten' das Wasser im Mund zusammenlief.

»Schlagt euch die Bäuche voll, Jungs. Mit hungrigen Geschäftspartnern lässt es sich bekanntlich besser verhandeln, aber das gibt es bei Onkel Olivier nicht. Seine Deals sind immer fair, oder?« Olivier vernahm nur Schmatzen. »*Oooder*?«

»Mhm, erwiderte Aristide mit vollem Mund.« Claude nickte eifrig.

Wie in Afrika üblich, wurde gegessen, getrunken und geplaudert, bevor man zum Geschäftlichen überging. Dieses Ritual zu missachten, war ein Zeichen von schlechten Manieren. Westlichen. Sehr schlechten Manieren.

»Claude, was ist denn aus deinem Job in der Raffinerie geworden?«, fragte Olivier kauend und schmatzend.

»Er flog nach zwei Tagen raus. Hat Hausverbot«, petzte Aristide.

»Warum das?«, amüsierte sich Olivier.

»Ich machte lediglich einen Instrumententechniker darauf aufmerksam, dass eine seiner Toleranzen nicht passte. Das Ding hat nicht funktioniert, es war unbrauchbar. Ich nahm es auseinander und fand einen Fehler in der Justierung der Zahnräder. Er war so grob, dass ich ihn mit bloßem Auge erkennen konnte. Als ich ihm das verklickerte und das zerlegte Instrument vorlegte, hat er sich so aufgeregt, dass er mir eine knallte.«

»Und das, wo du ihn doch so diplomatisch auf seine Fehleinstellung hingewiesen hast! Das konntest du nicht auf dir sitzen lassen«, schmunzelte Olivier.

»Natürlich nicht.«

»Claude, so geht das nicht. Ein wenig anpassen muss man sich an jedem Arbeitsplatz. Und wer Kompetenzen überschreitet, noch dazu taktisch ungeschickt...«

»Wie sollte ich mit dem Ding denn arbeiten?«

»Und überall gleich eine Schlägerei anfängt...«

»Er fing an!«

»Ach was soll's?«, gab Olivier auf.

»Ja, was soll's? Scheißkolonialisten!«

»Was haben die mit dem dilettantischen Techniker zu tun?«

»Wenn die Bosse nicht so viel Druck machten, bräuchten sich die Arbeiter nicht wie wilde Tiere aufzuführen, weil sie Angst haben ihre Arbeitsplätze zu verlieren.«

»Und du, Ari? Wie hast du dir die Zeit vertrieben?«

»Ich bekam eine Anstellung in einem Pflegeheim für Schwerbehinderte.«

»Wo?«

»In der Stadt.«

»Seit wann haben wir in Kinshasa Pflegeheime?«

»Von der US Regierung gesponsert«, erwiderte er wortkarg.

»Aha.«

»Nach acht Überfällen in zwei Monaten haben sie dichtgemacht«, kicherte er von unlogischer Schadenfreude überkommen.

»Und du warst den Job los.«

»Den war ich vorher schon los. Bin ich ein Kindermädchen?«

»Was haben sie mitgenommen?«

»Computer, medizinische Ausrüstung, Möbel, die Portokasse, Rollstühle, Krücken - alles - wurde abtransportiert. Sogar Toilettenpapier, Küchenvorräte und der Zucker und die Teebeutel aus dem Teeraum der Verwaltung. Die Wachen wurden lahmgelegt, das Personal und die Kranken in einen Saal getrieben und eingeschlossen.«

»Achtmal hintereinander?«

»Achtmal hintereinander!«

»Dieses Lumpenpack! Was soll aus unserem Land werden?«

Claude platzte ein herzhafter Lacher heraus. »Olivier! Wir sind selber Lumpen!«

»Wir sind kriminell, aber keine Lumpen. Ein ehrenhafter Räuber würde sich nie an Behinderten vergreifen. Wir sind anders. Wir berauben die reichen ausländischen Kapitalistenschweine und lassen das Geld in die Bevölkerung fließen.«

»Mithilfe von Hunga Busta Chicken«, grinste Aristide. Das genüssliche Mahl und das Primus Bier verwandelten seine trübe Stimmung in eine alberne.

»Sprecht für euch selbst, Robin Hoods!«

»Du nicht, Claude?«

»Nein, ich will weg von hier!«

»Ihr könnt jederzeit wieder in der Sägemühle anfangen und sparen. Ein Anruf von mir und...«

»Da muss ich sparen, bis ich vierhundertachtzig bin. Lieber verrecke ich gleich!«, sagte Claude.

»Claude ist zu intelligent, Onkel Olivier. Das bringt ihn um. Er braucht nur eine Chance«, eilte sein Freund verbal herbei.

»Ja das weiß ich. Also dann wollen wir mal sehen, wie Onkel Olivier euch aus der Patsche helfen kann. Wen habt ihr anzubieten?« Stolz berichteten die beiden von ihrem Fang. Sie gestanden, bereits im Besitz eines Opfers zu sein. Dass zweimal eine Lösegeldforderung gestellt und eine davon sogar bezahlt, aber geraubt worden war, verrieten sie nicht. Diese Panne beschämte sie, und auch sonst war das zu viel Information. Zu ihrem Entsetzen schüttelte Olivier energisch den Kopf. »Das ist mir zu brisant.«

»Der Vater ist zahlungswillig- und fähig. Er ist sozusagen schon aufbereitet für deinen Kunden.«

»Woher wisst ihr das?«

»Äh«, stotterte Aristide.

»Egal. Das ist politisch. Ich lege mich doch nicht mit dem FBI an. Und ihr solltet sie schleunigst liquidieren. Ihr tickt doch nicht richtig. Sprachen wir nicht gerade von Intelligenz?«

»Das FBI ist nicht involviert! Er erledigt das privat.«

»Er erledigt was privat?«

»Die Verhandlung!« Aristide hatte sich zum zweiten Mal verplappert. Jetzt war es zu spät. Sie mussten Olivier einweihen.

»Habt ihr euch nicht gefragt, warum so einer das privat handhabt? Der hat die doch in null Komma nix draußen, wenn er die Streitkräfte einschaltet.«

»Gewundert haben wir uns schon, aber die ist uns über sieben Ecken zugespielt worden. Selbst die Spezialeinheiten würden ihr nicht auf die Spur kommen.«

»So, ist das so?« Claude und Aristide begannen zu zweifeln. »Ich sage euch, da ist Böses im Gange.«

»Was soll das sein?«

»Wenn ich das wüsste, wäre ich der liebe Gott und säße nicht mit euch in einer maroden Fabrik, in der es mir pausenlos auf mein Chicken tropft. Verdammt nochmal!«

»Komm, Olivier, setz dich da drüben hin.« Claude packte Oliviers Stühle und stellte sie an eine noch trockene Stelle. Der volle Bauch und die nahe Aussicht auf Geld machten ihn, wie immer, sehr zuvorkommend.

»Onkel Olivier, du bist bloß der Makler. Das geht schon.«

»Nein!«

»Ist das dein letztes Wort?«

»Nein.«

»Wie nein?«, fragte Aristide verdutzt.

»Ich mache euch einen Gegenvorschlag. Ihr besorgt mir eine Frische!«

»Das wollte der Auftraggeber doch nicht.«

»Und was seid ihr jetzt? Seine Informanten? Wie soll er das wissen, wenn ihr schnell seid und nichts verratet?«

»Wie schnell?«

»Am besten sofort, damit es nicht auffällt.«

»Wie sollen wir so schnell eine Geisel auftreiben? Du weißt genau, dass allein die Planung schon Monate dauert.«

»Wo habt ihr denn die Amerikanerin her?«

»Aus Kampala.«

»Hat *Kampaaala* noch mehr auf Lager?« Olivier hasste Ugander und zog das Wort spöttisch in die Länge.

»Der Typ ist tot.«

»Müsst ihr überall Leichen hinterlassen? Ich meine, die Kleine ist unwichtig, aber innerhalb der Branche? Gefällt mir nicht. Schade drum, hätte uns noch nützlich sein können, Amis sind nicht so leicht zu schnappen und bringen Kohle. Natürlich nicht eine wie die. Viel zu kompliziert.«

»Das sagtest du bereits. Aber für seinen Tod waren wir nicht verantwortlich«, log Aristide und verschwieg, dass sie sich durch den Mord das Kaufgeld sparen wollten. »Wir waren nicht dabei. Ist bei der Übergabe passiert. Wir haben sie erst in sicherem Abstand von der Grenze übernommen.«

»Ich sehe, Onkel Olivier muss ran.« Er seufzte nachsichtig und schüttelte den Kopf. »Ich habe eine für euch. Naja, eine potentielle. Zur Geisel wird sie erst, wenn ihr sie geschnappt habt.«

»Wir hören.«

»Ich habe einen Tipp aus Kenia. Da liegt eine weiße Ausländerin in der Klinik in Nakuru.«

»Mensch, Onkel, du hast deine Pfoten überall drin«, bemerkte Aristide bewundernd.

»Ich glaube an freundliche Nachbarschaft.«

»Äh, Kenia ist nicht unser Nachbar, Onkel!«, warf Aristide ein.

Olivier ignorierte seinen Einspruch und nagte einen letzten Hühnerflügel ab. Zu seinem Bedauern näherte sich die Mahlzeit seinem Ende. Unmutig pfefferte er den Knochen durch die Halle. Er ließ sich ungern korrigieren, noch dazu von diesem Grünschnabel, dem achten Sohn seiner Schwester.

»Was hat sie in diese abgelegene Gegend verschlagen?«, fragte Claude.

»Keine Ahnung. Aber was ich weiß, ist, dass sie recht jung ist. Passt genau. Sie hat eine kongolesische Kokosnuss und einen weißen Ausländer um sich herum. Hochwertiger Landrover. Der Typ stinkt mit seinem Geld die ganze Gegend voll. So ist sie meinem Mann vor Ort aufgefallen. Er arbeitet nicht selbst im Krankenhaus, aber die Freundin seines Kumpels putzt dort. Die Klinik liegt nah an der Grenze zu Uganda. Ihr habt sie in ein paar Stunden aus dem Land raus. Danach schert sich kein Teufel mehr um sie.«

Kokosnuss ist ein Spitzname für einen Schwarzen mit westlichen Ansichten: Innen weiß, außen dunkel, gilt aber nur für Afrikaner, die auf dem Kontinent leben. Der Begriff wird scherzhaft angewandt, impliziert aber unterschwellig ein gewisses Maß an Überheblichkeit. In Oliviers Fall entsprang diese Wortwahl boshaftem Neid, weil es sich um eine Landsmännin handelte, die mit zwei Ausländern ‚vornehm' in der Weltgeschichte herumreiste.

»Wir wissen, wo Nakuru liegt, Olivier!«, protestierte Claude. »Das ist ja das Problem. Wir kommen bei dem Transport nicht durch Uganda. Wir müssen am Viktoriasee vorbei und die direkteste Route nach Kinshasa führt unten vorbei, aber über den Umweg über Tansania und Burundi. Das heißt, wir müssten mit dem Opfer drei Grenzen passieren.«

»Ein bisschen müsst ihr euch schon anstrengen, deshalb nehmt ihr die Busch- und seichten Flussübergänge durch Uganda.«

»Onkel Olivier! Dann sind wir Wochen, nicht Tage unterwegs. Du hast gesagt, sie ist noch dazu krank. Wie soll das gehen?«

»Dann packt die Landsmännin mit ein, die kann sich um die Patientin kümmern.«

»Das ist doch bescheuert. Das ist mir alles nicht geheuer, so eine schlechte, überstürzte Planung. Kann dein Auftraggeber sie nicht in Kenia in Empfang nehmen?«

»Ich arbeite nur auf meinem eigenen Rasen. Hier kenne ich mich aus.«

»Onkel Olivier, wer sind die Drei überhaupt? Ich meine, wenn sie mit einer Kongolesin unterwegs sind, handelt es sich sicher nicht um Touristen. Ist das nicht wieder ‚zu brisant'?«

»Ja, das ging mir durch den Kopf. Vielleicht ist er ein Mineningenieur oder ein Minenarzt mit seiner Tussi. Oder Tussis!« Er grinste breit. »Der Wagen ist ausgestattet wie die der Bergbaubosse. Sie wurde gestern Nacht eingeliefert. Ihr müsst euch sputen. Wir wissen nicht, wie lange sie noch stationär ist.«

»Olivier, das wird sowieso nichts.«

»Warum nicht, Claude?«

»Erstens, weil die Bergbaugesellschaften wissen, wie man ihre ausländischen Mitarbeiter schützt, zweitens, weil wir kein Geld haben. Drittens haben wir die Amerikanerin am Hals. Das wird nichts.«

»Mit den Minendetektiven werden wir schon fertig.« Er dachte kurz über die anderen Einwände nach. »Also gut, ihr kriegt einen Vorschuss, wenn das Ding gedreht ist, wird verrechnet. Um das Problem an eurem Hals kümmert sich Jean-Pierre. Für eine Patrone wird mein Geld ja wohl noch reichen.« Er brach in vulgäres Gelächter aus. Gespenstisch hallte es in der Fabrik wider. Die zwei anderen Männer schwiegen nachdenklich.

»Wenn was schief geht? Mit Kenia meine ich.«

»Ari, wenn ihr das vermasselt, seid ihr zu doof zum Zähneputzen. Und wenn, steht ihr bei mir eben in der Kreide. Ich gebe euch sechs Monate für die Rückzahlung. Zu fünfzig Prozent Zinsen pro Monat. Somit habt ihr genug Zeit für einen neuen Anlauf.«

»Fünfzig Prozent pro Monat! Das sind über eineinhalb Prozent pro Tag!«, hatte Claude schnell überschlagen.

»Und du nennst dich Familie!«, beschwerte sich Aristide.

»Jungs, die gängige Rate ist fünfzig Prozent am *Tag*! Kriegt euch ein. Außerdem kannst du das so nicht ausrechnen, Claude. Eineinhalb Prozent am Tag ist nicht das gleiche wie fünfzig im Monat.«

»Wieso nicht?«, fragte Claude.

»Weil der Zins einmal nicht dreißig Mal im Monat draufgeschlagen wird.«

»Das ist doch das Gleiche, weil die tägliche Summe kleiner ist.«

Olivier rollte mit den Augen. »Hast du in der Schule nicht aufgepasst?«

»Onkel, Claude musste nach der fünften Klasse von der Schule abgehen!«, verteidigte er seinen Freund.

»Ja, ist ja gut. Aber was soll schief gehen? Das ist eine Invalide! Die Putze besorgt euch Krankenhausklamotten. Ihr spaziert vorne rein, zieht euch im Müllraum um, schnappt sie euch und marschiert hinten raus. Ihr fahrt sie nach Kinshasa und legt sie auf Eis, bis das Geld da ist. Mensch, ich präsentiere sie euch auf einem Servierteller. Ihr müsst euch sonst um nichts kümmern. Onkel Olivier hat noch nie einen Deal versaut.« Er prahlte wieder mit seinem letzten. Das erklärte nun auch Claude, warum Olivier momentan mit Geld um sich schmiss.

»Was hat sie denn? Ich meine wie ‚invalid' ist sie? Das ist doch kompliziert.«

»Hatte irgendeine OP, mehr weiß ich nicht. Also, kann Nakuru die Vorbereitungen treffen?«

»Wann kriegen wir das Geld?«

»Heute Nachmittag. Ihr müsst hinfliegen, die Zeit ist zu knapp. Zurück müsst ihr über die Landstraßen und über die Grenzen zu Fuß. Inzwischen besorgt euch mein Mann in Nakuru einen Wagen. Plant eure Route und teilt mir später mit, an welchen Stationen ihr Umsteigwagen baucht. Ich bringe Jean-Pierre mit, und ihr das kleine Schnitzel. Klopft und paniert es vorher, damit es nicht herumzickt. Die Lösung eures kleinen Problems werfe ich umsonst rein. Abgemacht?«

»Ja«, erwiderte Aristide.

»Schlagt ein, Jungs!«

Aristide schüttelte die fettige Hand seines Onkels.

Claude machte sich aus dem Staub.

53.
Catherine

Die Nacht verbrachten Rivas und Pierrette auf den harten Hospitalbänken. Am Morgen besorgte Pierrette in der Stadt Unterwäsche, zwei Schlafanzüge, Pflegemittel, englische Bücher, Colas und Snacks für Catherine. Rivas wartete in Catherines Zimmer, bis sie aufwachte und leistete ihr trotz seines Zeitdrucks geduldig zwei Stunden Gesellschaft. Er hatte veranlasst, dass sie gleich nach dem Aufwachen von dem großen Krankenzimmer für zwanzig Patienten in das einzige Einzelzimmer verlegt wurde. Das Personal nannte es ‚das wichtige Zimmer', weil der Bürgermeister der Stadt vor ein paar Jahren darauf bestanden hatte, während seines geplanten Krankenhausaufenthalts separat und in einem klimatisierten Raum untergebracht zu werden. Das hieß umbauen. Seitdem stand das Prominentenzimmer leer, außer wenn ein Stammesfürst oder ein reicher Geschäftsmann eingeliefert wurde. Rivas verteilte Anweisungen bezüglich ausreichender Schmerzmittel und Zimmerhygiene sowie uneingeschränkter Mahlzeiten und regelmäßiger Wäsche- und Verbandswechsel an das Klinikpersonal. Er unterstrich seine Instruktionen mit großzügigen Trinkgeldern. Um 9.30 Uhr fuhr er mit dem Landrover in den Dschungel zurück. Pierrette blieb bei Catherine und Rivas versprach, um 17.00 Uhr zurückzukehren.

Nach seiner Ankunft wusch er sich am Lagerplatz und zog sich um. Eden war von Edmundo abgelöst worden und döste in seinem Zelt, als er Rivas ankommen hörte. Er kochte frischen Kaffee und entschuldigte sich für das Versagen seiner Frau. Rivas versicherte ihm, während er im Proviantkasten kramte, er sei zufrieden mit seinem Team und Eden müsse sich nicht sorgen. Dann bat er Eden für die beiden Gefangenen die zwei amerikanischen Fertigmenüs herzurichten, die er ausgewählt hatte. Widerwillig wärmte er sie im Wasserbad auf und motzte über diese Verschwendung, die die beiden Gauner seiner Meinung nach wirklich nicht verdient hatten.

Rivas brachte Major Godden telefonisch auf den aktuellen Stand. Danach verständigte er Lucien, dass er ihn in Kürze brauchen würde, und versprach, sich in den nächsten Tagen wieder zu melden. Er schnappte sich einen Energieriegel für den Weg und machte sich auf zur Hütte.

Dort angekommen holte er Edmundo aus der Hütte und schickte ihn zum Landrover, um Kleidung und Verbandszeug für die beiden zu holen und zwei Eimer mit Wasser aus den Containern auf dem Dach des Landrover aufzufüllen. Rivas band die Männer los und gab ihnen zwei Löffel, ihr Essen und je zwei Flaschen Wasser. Rauchend sah er ihnen zu, wie sie die warme Mahlzeit gierig vertilgten. Er kannte diesen schmerzhaften Hunger, hatte ihn aber nur zweimal verspürt. Einmal als er während seines Studiums an einem Experiment teilgenommen hatte und einmal im südamerikanischen Dschungel, als seiner Gruppe der Proviant geraubt worden war. Er hielt zu extremes Aushungern für kontraproduktiv. Vor allem wenn es um Informationen ging. Nur blutige Anfänger überspannten den Bogen. Diese Sache hatte er trotz der ungeplanten Unterbrechung gerade noch im Griff.

Die Ration und der Nährstoffgehalt dieser Menüs waren von Nahrungswissenschaftlern der US Forces genau bemessen. Es handelte sich um eine leichte aber stärkende Mahlzeit mit niedrigem Glukoseindex, der dafür sorgte, dass der Zucker sich langsam und nachhaltig in den Körper ausbreitete. So würden sie ohne die Nebenwirkung von hoher Insulinausschüttung, wie das bei Energieriegeln der Fall ist, zu Kräften kommen und einige Zeit konzentrationsfähig bleiben können.

Für die beiden schien es wahrlich der beste kulinarische Genuss ihres Lebens zu sein. Und sie waren überglücklich, ihren Peiniger wieder zu sehen. Endlich konnte es vorwärtsgehen. Sie wollten nur noch weg. Zu jedem Preis.

»Danke Boss«, sagte Niemand.

»Wascht euch und zieht euch an.« Rivas deutete auf die Kübel, Seife, zwei Handtücher, Kleidung und Schuhe. Rivas warf ihnen Verbandszeug und antiseptische Salbe vor die Füße und ordnete an: »Versorgt eure Füße, bevor ihr die Schuhe anzieht.« Geduldig ließ Rivas ihnen alle Zeit der Welt. Als sie fertig waren, fragte er: »Geht‘s wieder?«

Sie nickten furchtsam. Hatten keine Ahnung, was als Nächstes auf sie hereinbrechen würde.

Rivas nahm einen der Kübel, kippte das Wasser vor der Tür aus, drehte ihn um und setzte sich drauf. »Setzt euch auf den Boden und hört mir genau zu.«

Im Lotussitz lauschten die beiden gespannt wie Kinder vorm Kasperltheater.

Rivas ließ den Vorhang hochgehen: »Ich hätte gerne noch ein wenig mit euch weitergemacht, aber meine Prioritäten haben sich geändert. Ich habe keine Zeit mehr für euch. In wenigen Stunden ist die Vorstellung hier vorbei. So oder so.« Er hielt zwei Pässe prall gestopft mit Hundert Dollar Noten in die Höhe. Er legte sie vor seinen Füßen auf dem Boden und zog zwei Holznägel und zwei Hammer aus der Tasche. Wie ein Zauberer hielt er sie kurz hoch und legte sie ebenfalls nieder. Dann zog er seine Pistole und richtete sie auf die beiden. Die Spannung im Raum war kaum noch zu ertragen. «Was wählt ihr?«

»Die Pässe«, erwiderte Picasso.

»Na los, greift zu.« Sie rührten sich nicht. »Das ist keine Falle. Ich meine es ernst. Bedient euch. Die Pistole brauche ich für den Fall, dass ihr auf den Gedanken kommt, abzuhauen. Ich bin ein guter Schütze, werde aber absichtlich ungeschickt zielen. Treffen werde ich trotzdem jedes Mal, nur nicht dahin, wo ihr es euch wünscht. Das mit dem Psychiater war gelogen.«

»Wir wissen, dass das eine leere Drohung war«, brachte Niemand bockig an, um zu demonstrieren, dass sie sich nicht für dumm verkaufen ließen. Und bewies damit das Gegenteil.

»Nein, dass der Psychiater gesagt hat, ich darf kein Blut vergießen, war gelogen. Mein Psychiater mag Blut nämlich sehr.« Er klopfte mit seiner Handfläche auf seine Brust. »Der Psychiater hier drin, wisst ihr?«

Niemand schoss nach vorne und raffte wie ein scheues Tier blitzgeschwind die beiden Pässe an sich.

»Gut. Pippi. Du hast richtig entschieden. Und sogar an deinen Freund gedacht. Du bist ein guter Kamerad und ein Held. Helden bekommen Prämien.« Rivas zog einen Clip mit einer astronomischen Summe Bargeld hervor. Er warf es ihm vor die Füße.

Die beiden schöpften Verdacht. Sie vermuteten, dass der Teufel in dem Mann wieder am Werk war und er ihnen jeden Moment Kugeln in die Knie und sonst wohin jagen würde. Krampfhaft hielt jeder seinen Pass in der Hand. »Dürfen wir gehen?«, wagte Niemand einen zaghaften Versuch.

»Schön wär‘s. Nicht nur für euch.«

»Was müssen wir tun?«, bohrte Picasso angespannt nach.

»Ihr erzählt mir jetzt wie zwei vernünftige Männer haargenau, wo und von wem ihr Miss Mertens erstanden habt. Dann möchte ich von euch noch wissen, wer sie euch abgekauft hat und wohin sie gebracht wurde.

Und zu welchem Zweck. Jedes Mal wenn ich eine Frage stellen muss, wird Señor euch einen Teil von dem, was ich euch gerade geschenkt habe, wieder abnehmen. Pässe, Geld, Kleidung und so weiter. Ihr kennt das ja. Wenn nichts mehr übrig ist, bleiben euch zwei Nägel und zwei Hämmer. Die wird Señor euch nicht wegnehmen. Ihr dürft euch dann mit den Hämmern gegenseitig die Köpfe einschlagen und wir werden euch tot in die Kiste legen. Wenn ihr euch gegen die Hämmer entscheidet, dürft ihr lebend hineinkrabbeln, aber nicht mehr heraus. Kommt darauf an, was ihr bevorzugt. In die Kiste kommt ihr dann so oder so. Der Sarg ist Option eins.

Option Zwei ist, dass ihr mir alles sagt, was ich wissen will, ohne dass ich euch mit Fragen unterbrechen muss. In beiden Fällen wird das alles hier abgewickelt, bevor Big Ben bei euch zu Hause die Mittagsstunde anschlägt. Das heißt, in jedem Fall werdet ihr heute die Hütte verlassen. In London ist es jetzt drei Stunden früher als bei uns. Hier ist es 12.00 Uhr. Wer von euch ist der Bessere im Einmaleins?«

»Douglas, äh, Lotta, ist besser im Rechnen, Boss«, beteuerte Niemand.

Rivas warf Picasso einen fragenden Blick zu.

»Wenn es hier 15.00 Uhr ist, also in drei Stunden.«

»Was passiert dann?«

»Dann kommen wir frei.«

»Oder?«

»Wir kommen in die Kiste.«

»Das stimmt nicht ganz. Das mit der Kiste schon, aber das mit dem Freisein ist so: Bevor ich euch gehen lasse, bringt ihr mich noch zu dem Mädchen.«

Die beiden verzagten. »Wir wissen nicht, wo sie ist, Boss. Ehrlich«, beteuerte Picasso.

Rivas schoss dem Mann den Pass aus der Hand. »Oh nein. Der schöne Pass hat jetzt ein Loch. Und das Geld auch.«

Edmundo kam angerannt. Rivas schickte ihn wieder raus. Pulverdampf zog eine Wolke durch den Raum, der laute Knall dröhnte ihren Ohren, der Schmauch stank. Picasso zitterte am ganzen Leib und brach vor Schock in Tränen aus. Der Schuss war knapp an ihm vorbeigegangen und der Pass war unbrauchbar!

»Pippi. Du hast noch deinen Pass und dein Geld. Und die Prämie. Gibst du deinem Kumpel was ab?«

Er überlegte fieberhaft: Was wollte der Verrückte von ihm hören? Rivas warf einen ermahnenden Blick auf seine Luxusarmbanduhr. Niemand reichte Picasso das Geld aus seinem Pass. Er hoffte, richtig entschieden zu haben. Mit bebenden Händen und leise wimmernd nahm Picasso es entgegen.

Rivas zündete eine Zigarette an und reichte sie Picasso. »Hier. Zur Beruhigung.« Niemand starrte neidisch auf Picassos Glimmstängel. »Willst du auch eine Zigarette?«

»Ja bitte, Boss.«

»Dann halte deinen Pass hoch, damit ich ihn durchlöchern kann.«

Grausam setzte Rivas das Wechselspiel zwischen Belohnung und Bestrafung fort. Nie wurden ihm die Ideen knapp, womit er sie als Nächstes seelisch quälen konnte. Aber er wandte keine körperliche Gewalt mehr an, hielt wenigstens einen Teil seines Versprechens an den für ihn nicht existenten Gott.

Rivas verplemperte eine halbe Stunde. Die Panik der Männer wuchs von Minute zu Minute.

»Ich habe eine Fahrschule. Durch sie lernte ich einen Landsmann aus Bristol kennen.«

Rivas hob die Augenbrauen, setzte zu einer Frage an. Geschwind ergänzte Niemand: »Ich verhökere in Mombasa Führerscheine an Europäer, denen sie abgenommen wurden, oder an Leute, die wiederholt durch die Prüfung gefallen sind. Sie genießen einen schönen Urlaub an der Küste Kenias und kehren mit dem Wisch als Bonus zurück. Ich verlange einen Pauschalpreis für zehn Stunden. Ob sie eine davon in Anspruch nehmen, gar keine oder alle zehn, der Führerschein ist garantiert, sofern der ‚Fahrschüler' den Preis bezahlt hat. Dieser Brite absolvierte seine vollen zehn Stunden, er wollte wohl sein Investment auskosten. Wir verstanden uns gut und setzten uns nach den Stunden immer in eine Strandbar zu ein oder zwei Bier zusammen.« Wieder ein tadelnder Blick von Rivas. »Ich meine zu fünf oder sechs. Oder sieben. Douglas, ich meine Lotta, wohnt in Nairobi...«

Rivas unterbrach: »Ich weiß, wer ihr seid, ist schon gut«, sagte er in gnädigem Tonfall. In Wahrheit ging es ihm darum, zügiger an die Fakten zu gelangen, statt sich weiterhin mit dem albernen Spielchen aufzuhalten.

»...Aber verbringt gerne ab und zu ein Wochenende mit mir an der Küste. An diesem Nachmittag war er in der Kneipe mit dabei. Im Suff erzählte der Typ, ihm war auf Sansibar eine thailändische Zwangsprostituierte angeboten worden. Das läuft so, dass sie langfristig verliehen werden - für den gesamten Aufenthalt des jeweiligen Ausländers in Tansania. Die ausländischen Angestellten, die in Dar es Salaam stationiert sind, haben meist zweijährige Verträge mit Heimflügen alle drei Monate. Viele, die es dort hinzieht, sind auch Junggesellen. Sie nehmen sich diese Frauen nach Ausflügen auf Sansibar aufs Festland mit und geben sie auf der Insel wieder ab, wenn ihre Verträge abgelaufen sind. Hin und wieder tauschen sie sie auch um. Die ‚Besitzer' vergewissern sich durch Mitarbeiter auf dem Festland regelmäßig, dass die sowieso eingeschüchterten Mädchen nicht abhauen. Dass sie mit weniger Männern Verkehr haben, macht sie zu einer attraktiven und praktischen Lösung für die einsame Zeit in der Fremde. Eine Bedingung ist, dass man die Frau nicht ins Ausland bringen darf. Wer das will, muss sie kaufen. Für Douglas und mich hörte sich das wie eine gute Idee an - ich meine eine Woche Sansibar mit Frau! Eine relativ saubere Sache. Wir erkundigten uns, wie wir an solche herankämen. Das sei recht unkompliziert, erklärte er. Die Parda Bar in Sansibar City auf Unguja ist ein Umschlagplatz für solche Mädchen. Wir buchten unseren Urlaub und gaben uns in der Bar als Interessenten aus. Das Problem war, dass nur Asiatinnen im Angebot waren. Man belaberte uns, versuchte uns immer wieder die Falschen anzudrehen. Die sind ausgesprochen lästig. Wir gaben nicht klein bei und bestanden auf eine junge Europäerin, die wir uns für die Woche teilen wollten. Man schwor Stein und Bein, das sei nicht möglich. Das ging fünf Abende so. Unser Urlaub war fast vorüber. Wir gaben die Idee auf und kehrten nicht mehr zur Bar zurück. Inzwischen rannte man wohl auf der ganzen Insel herum, um jemanden für uns aufzutreiben. Am letzten Tag fing uns ein Dealer vor unserem Hotel ab. Wir haben keine Ahnung, wie er wissen konnte, wo wir abgestiegen waren. Er beteuerte Sansibar abgegrast zu haben und dass sich momentan keine verfügbaren Europäerinnen auf der Insel befanden. Stattdessen habe er eine Amerikanerin aufgetrieben. Er beschrieb sie als sehr jung, hübsch und sauber, weil sie neu auf den Markt gekommen sei. Allerdings machte uns stutzig, dass er uns zum Kauf statt zur Ausleihe drängte. Für uns war das sowieso die einzige verbleibende Möglichkeit, weil wir gegen Mittag die achtstündige Heimreise nach Mombasa antreten wollten. Aber das konnte er ja nicht wissen. Erst als wir uns ein bisschen besser in dem Milieu auskannten, vermuteten wir, dass Charlotte nie für diesen Zweck gedacht war. Ihr Hintergrundprofil machte sie kompliziert. Die konnte man nicht so einfach ‚ausleihen'. Das würde die Händler und auch ihre Kunden zu sehr gefährden. Sie sollte bestimmt ein Lösegeldopfer werden, aber unser brennender Wunsch nach einer wie ihr lenkte sie von ihrem Vorhaben ab. Wir schlossen daraus, dass die Typen schlicht die Gelegenheit ergriffen, sie schnell und problemlos zu verhökern.«

»Lieber den Spatz in der Hand, als die Taube auf dem Dach«, bekräftigte Picasso.

»Ja, ich habe schon verstanden. Fahr fort, Pippi.« Rivas nahm einen kleinen Schreibblock heraus und machte sich eine Notiz für Tobias. Über diese Parda Bar konnte er noch heute Nachmittag die Spur nach Jacques aufnehmen, falls das nicht schon geschehen war.

»Wir hatten eigentlich mit dem Ganzen abgeschlossen und fragten nur interessehalber nach dem Preis. Der Händler verlangte dreitausendvierhundert US Dollar für Charlotte. Wir hegten den Verdacht, dass mit ihr etwas nicht stimmte, denn wir fanden diesen Kaufpreis spottbillig. Wir vermuteten, es handle sich um eine verwahrloste Drogensüchtige, wahrscheinlich HIV infiziert. Dennoch weckte die Sache unsere Neugier, einfach der Erfahrung halber. Abgesehen davon ließ der nervige Händler absolut nicht mehr locker. Wir beschlossen, ansehen kostet nichts. Vorsichtshalber steckte ich mir meine Pistole ein, und wir fuhren mit unserem Wagen dem Händler zu einem heruntergekommenen Teil des Hafens von Stone Town nach. In der Kombüse eines übelriechenden Fischerboots saß sie an ein Rohr angebunden auf dem Boden. Tolles Gestell, sage ich Ihnen. Endlose Beine, Taille, Vorbau, Hinterteil - nur vom Feinsten. Wirklich ein hübscher Käfer. Die langen, blonden Haare schienen frisch geföhnt. Sie trug hochhakige Schuhe, die ihr nicht ganz zu passen schienen und ein Matrosenminikleid aus Baumwolle ohne BH. Okay, sie war etwas merkwürdig und viel zu stark geschminkt. Ich glaube sie haben sie dazu gezwungen, oder sie ungeschickt selbst bemalt, aber unter der ganzen Farbe stach ihr sonnengebräunter Teint hervor, und klare, große, graublaue Augen, die wie nagelneue Silbermünzen glänzten. Und das unter diesen Umständen! Sie hatten nicht zu viel versprochen, sie war wirklich ‚frisch' - konnte noch nicht lange in Gefangenschaft verbracht haben, höchstens ein bis zwei Wochen. Und obwohl man sich bemühte, sie nuttig aussehen zu lassen, war klar ersichtlich, dass sie keine war. Sie hatte Klasse, das sah jeder. Im Rückblick glaube ich, das war Teil des Plans. Da waren Profis am Werk. Ich weiß nicht, wie ich das beschreiben soll. Eine unschuldige Nutte. Gibt es so etwas? Wissen Sie was ich meine, Boss?«

»Der Heidi-Hure-Effekt. Aber umgekehrt«, erwiderte Rivas. Er schluckte unmerklich, vor Mitgefühl mit dem armen Mädchen und ihrer untröstlichen Mutter. Er öffnete sich eine 0,33 l Wasserflasche und leerte sie in einem Zug.

»Ja genau. Statt außen Heidi und innen Hure, standen wir vor innen Heidi und außen Hure.«

»Okay, ich hab's kapiert. Erzähl weiter Pippi.« Rivas war genervt, aber diese Details waren wichtig. Die diversen Methoden verschiedener Händler dienten den Ermittlungen.

»Sie war nicht geknebelt, wirkte deprimiert, aber auch gefasst. Sagen wir mal resigniert. Da wurde mir zum ersten Mal bewusst, wie kriminell diese Typen sind. Dir auch, oder Douglas?«

Er nickte. »Ja, ich war schockiert. Wissen Sie, man hört oft von Zwangsprostitution, aber man denkt irgendwie, die machen mit, weil sie aus ihrem Heimatland weg wollen. Dass sie vielleicht an die Falschen gerieten, aber doch irgendwie auch wissend ein Risiko eingingen. Und das mag sogar in manchen Fällen so sein, aber dass das hier nicht zutraf, wussten wir beide. Das streiten wir nicht ab. Im Gegenteil, uns kam beiden ungefähr gleichzeitig die Idee, dass man sie, statt sich mit ihr zu amüsieren, zu Geld machen könnte. Zu richtig dicker Kohle.«

»Also nicht, dass Sie denken, sie wurde unseretwegen entführt, Boss. Wir sagen die Wahrheit. Charlotte bestätigte auch, dass sie vor unserem ersten Zusammentreffen acht Tage auf See festgehalten worden war. Das war bevor wir überhaupt auf dem Markt erschienen. Glauben Sie uns?« Rivas nickte nachdenklich und zündete sich eine Zigarette an. Niemand fuhr fort. »Wir handelten den Preis auf zweitausendeinhundert Dollar herunter und warteten auf dem Boot die Dunkelheit ab. Sie zogen ihr das enge Matrosenkleid aus und ihr eigenes, das Geblümte, an. Dann packten wir sie gefesselt und geknebelt in unseren Kofferraum und zischten ab in Richtung Mombasa. Douglas war zwischendurch zum Auschecken ins Hotel gefahren und hatte unser Gepäck bereits auf die Rückbank verladen.

Kurz nach der Abfahrt vernahmen wir lautes Rumpeln aus dem Kofferraum und hielten an, um nach ihr zu sehen. Sie war am Ersticken, weil sie einen Hustenanfall hatte. Sie sagte, das sei bei ihr chronisch. Wir boten ihr an, bis vor der Grenze mit uns im Wagen zu sitzen, wenn sie ruhig bliebe. Wir hatten keine Papiere für sie und überhaupt wären wir mit ihr am Grenzübergang aufgeflogen. Vorne, weil sie geplappert hätte und im Kofferraum sowieso. Also nahmen wir einen Umweg in Kauf, fern ab der Hauptroute, durch den Busch. Nachts sind die abgelegenen Grenzen ruhig und die Beamten gelassen. Kurz davor hielten wir in einem Dorf und luden vorsorglich Lebensmittel in den Kofferraum, weil das hierzulande begehrtes Bestechungsmaterial darstellt. Wir steckten sie wieder in den Kofferraum und bepackten sie mit Lebensmitteln. Wir mussten sie nochmal kurz knebeln und waren darauf vorbereitet, den Grenzposten zu schmieren, sobald die Kofferraumtür aufflog.

An der Grenze sahen sie sich die britischen Pässe an und wir überreichten das übliche kleine Bestechungsgeld für die zügige Abfertigung. Sonst trödeln sie erst mit ihrem Tee herum, wissen Sie. Sie winkten uns durch, ohne sich das Auto näher anzusehen. Nach dem Umladen ins Wageninnere befragten wir sie nach ihrer Herkunft. Sie gab uns ihren Namen und die Telefonnummer ihrer Mutter in Boston. Sie verhielt sich absolut kooperativ, war nicht weinerlich oder aufsässig. Es fiel uns auf, wie besonnen sie auf uns reagierte. Wir hatten ja keine Erfahrung, aber es schien als hätte sie welche. Stets war sie uns einen Schritt voraus, vor allem am Anfang. Immer wusste sie, wie sie sich zu verhalten hatte, um uns den Wind aus den Segeln zu nehmen.«

»Du hast immer gescherzt, dass sie sich offensichtlich als Pfadfinderin das richtige Verhalten in Notsituationen angeeignet hatte«, unterbrach Picasso.

»Stimmt. Okay, mit der Zeit lernten wir schon, wie wir sie einschüchtern konnten, gell Douglas? Aber wir haben sie nie geschlagen Boss! Bis auf das eine Mal auf ihre Füße. Ehrlich. Douglas machte sich im Internet über den Umgang mit Geiseln schlau und wir wurden besser. Wir fanden heraus, dass Charlottes Mutter steinreich ist. Das ist im Grunde wünschenswert, aber reiche Bonzen haben viele Möglichkeiten sich zur Wehr zu setzen. Ein Mittelklassemädchen wäre uns lieber gewesen. Wir trauten uns einfach nicht, Kontakt aufzunehmen, beschlossen aber uns eine neue Geisel zu besorgen, diesmal aus weniger gehobenen Verhältnissen. Eine Touristin schwebte uns vor. Wir wollten nochmal nach Sansibar fahren und selbst offiziell eine Entführung in Auftrag geben, nach unseren Vorstellungen. Inzwischen recherchierte Douglas im

Internet, wie man eine Geisel für bare Münze losbekäme, ohne Lösegeld. Dabei stieß er auf den Markt in Somalia. Das ist wie der Großmarkt, wissen Sie, dagegen ist Tansania der Tante Emma Laden an der Ecke«, erklärte Niemand in unterweisendem Ton.

Rivas hörte schweigend zu. Er wusste, das war schlecht recherchiert. In Somalia gab es zwar unzählige Geiselnahmen, aber für Menschenhandel im Sinne von Ausbeutung der Arbeitskraft oder sexuellem Zwang war Somalia kein gängiges Pflaster.

»Ich schloss vorübergehend meine Fahrschule und wir verließen Mombasa. Wir zogen in Douglas' Haus nach Nairobi, weil das ein gutes Stück näher an Somalia liegt. Charlotte war in einem Zimmer eingeschlossen. Sie bekam jeden Tag zu essen und ausreichend zu trinken. Wir haben uns nie an ihr vergriffen. Douglas erzähl, wie du an die Käufer herankamst.«

Als Belohnung für die zufriedenstellende Berichterstattung bekam jetzt auch Niemand eine angezündete Zigarette.

»Das erwies sich als gar nicht so einfach, wenn man kein Arabisch oder Französisch spricht«, übernahm Picasso. Ich saß tagelang an den anonymen PCs von Internet Cafés. In Nairobi gibt es keinen Laden, den ich jetzt nicht kenne. Ich legte Dutzende von E-Mail-Adressen an. Paul kümmerte sich im Haus um Charlotte. Ich ließ Somalia fallen und suchte in Russland und China, aber auch da waren alle Bemühungen Schüsse ins Leere. Allmählich kam ich dahinter, dass meine Eingaben in die Suchmaschinen zu oberflächlich waren. Ich las irgendwo, dass es bestimmte Codewörter gibt, mit denen die Händler Angebot und Nachfrage verschlüsseln. Aber ich stand vor drei Problemen: Erstens hatte ich nicht den geringsten Ansatzpunkt, zweitens ändern sie die Begriffe regelmäßig und drittens sind sie nicht einheitlich. Jedes Gangsternetzwerk benützt seine eigenen. Man braucht jemanden, der einen da einbringt. Ich hatte keinen solchen Kontakt.«

Rivas schmunzelte innerlich. Viele Chiffren waren ihm bekannt. Veraltet, aus den kriminalistischen Fächern seines Studiums, aber er wusste, was sie meinten. Nur überdurchschnittliche Mathematiker beschäftigen sich mit krimineller Chiffreentschlüsselung, einem umfangreichen und separaten Fachgebiet. Kriminelle Verschlüsselungen bestehen hauptsächlich aus numerischen Reihenfolgen. Dass dieser Blödmann dahinter kommen sollte, war ihm unbegreiflich. Das Niveau der Branche schien zu sinken.

»Ich spielte mit verschiedenen Sprachen herum, vor allem antiken. Das war beschwerlich, weil ich mir jedes Wort erarbeiten musste. Auch mit Zahlen und Begriffen aus der Biologie, Chemie und dem Glücksspiel experimentierte ich. Ich dachte mir normale Begriffe aus, die mit Verschleppung oder Ergreifung zu tun haben. Ich begann mit Chloroform, Strick und Knebel und entwarf aus ihnen alle möglichen Zahlen- und Sprachkombinationen. Ich wusste, dass Charlotte in der Lage gewesen wäre, mir Algorithmen zu entwerfen, aber Paul war dagegen, sie einzuweihen. Also machte ich manuell weiter. Eines Tages spielte ich mit dem Begriff Spinne herum. Ich dachte eine Spinne fängt ihre Beute, betäubt sie manchmal, manchmal nicht. Lockt sie in ein Netz, lähmt sie, bewahrt sie darin auf. Ich erweiterte die Suche auf lateinische und gleichzeitig umgangssprachliche Begriffe für Spinnen und kombinierte sie mit Begriffen für Beute und anderen passendend Wörtern nach dem gleichen Schema. Als ich einmal eine lange, spezifische Suchanfrage bestehend aus verschiedenen dieser Wortkombinationen erstellte, landete ich auf einer merkwürdigen Seite. Ich musste mich anmelden. Es hätte eine Falle sein können, aber ich fühlte mich durch die Anonymität der Internet Cafés relativ geschützt. Ich ging aufs Ganze und bat um Aufnahme. Bei der Anmeldung wurde klipp und klar verlangt, dass man angebe, warum man Zugang wünschte. Auf Englisch, Französisch, Spanisch oder Arabisch. Ich gab ein: ‚Biete Jugendliche zum Verkauf', und traf ins Schwarze - eine halbe Stunde später erhielt ich die Zugangsbestätigung - zu einem überwältigenden Marktplatz. Man konnte anbieten, suchen, kaufen, verkaufen. Der Vorgang unterschied sich in keiner Weise vom Handel mit Autos. Man konnte Bilder hochladen, oder nicht. Chiffriert arbeiten oder offen. Die Betreiber der Seite boten die Plattform. Die Anwender tauschten sich unabhängig vom Betreiber untereinander aus und nahmen miteinander Kontakt auf.

Wir machten die Fotos von Charlotte im Duschraum aus zwei Gründen. Wir wollten ein Bild von ihr als gequälte Geisel, damit man eine Falle ausschloss. Dem setzten wir ein Ganzkörperfoto und eines von ihrem hübschen Gesicht hinzu. Allerdings veränderte ich einige ihrer Merkmale mit Photoshop, um die digitalen Bilderkenner auszuschalten. Man suchte bestimmt weltweit nach ihr und ich wusste nicht, inwieweit ich mich auf die Sicherung der Daten auf der Seite verlassen konnte. Was wir gestern wegen der Lösegeldforderung ausgesagt hatten, war gelogen, Boss.« Picasso wartete Rivas' Reaktion ab.

Er zeigte keine. Sagte nur: »Weiter.«

»Sie billig herzurichten widerstrebte uns. Deshalb machten wir das auch bei der Übergabe nicht mit ihr. In natura war sie sowieso hübscher.

Ich lud ihre Bilder hoch und ein paar Details von ihrer Geschichte und Herkunft. Auch diese Information verfremdete ich, um nicht aufzufliegen, aber ich machte die Angaben, weil die Seite einen dazu anhält. Damit erhöht man die Anfragen. Ich holte mir einen Hamburger und kehrte ins Internet Café zurück. Da warteten bereits zwei Anfragen. Während ich aß, stiegen die Anfragen stetig an. Als ich mit dem Hamburger fertig war, hatte ich siebenundzwanzig Interessenten aus der ganzen Welt. Ich nahm Charlotte sofort aus dem Netz. In den nächsten Tagen sortierte ich die potentiellen Käufer vor, indem ich mir ihre Profile und Wünsche ansah. Einige von ihnen waren Lösegelderpresser, die meisten waren Händler wie wir, und auch ein paar Privatleute hatten sich unter die Interessenten gemischt. Nicht nur Männer, sondern auch Ehepaare und sogar eine Frau. Ich wählte vier Erpresser und zwei Händler. Die Privatleute schätzte ich als pervers ein. Das gefiel mir nicht. Unsere erste Wahl traf auf einen Lösegelderpresser aus Kanada und unsere zweite auf einen Händler aus Somalia. Der Händler kam uns geographisch gelegen. Der Kanadier finanziell. Wir glaubten, er würde mehr für sie bezahlen.

Die Seite hat die Funktion, die Verhandlung über Gebote zu ermöglichen, wenn es mehr als einen ernsthaften Interessenten gibt. So muss man nicht hin und her mailen oder telefonieren. Wir stellten die beiden ein und sie boten gegeneinander wie auf einer Auktion. Der Kanadier stieg bei sechstausendfünfhundert aus. Der Somalier hatte den Zuschlag.«

Paul warf dazwischen: »Wir waren überrascht, dass Menschen so billig gehandelt werden. Wir hatten uns mehrere hunderttausend Dollars erwartet. Die Typen auf dem Boot hatten sie billig abgegeben, aber wir führten das darauf zurück, dass sich auf ihrer Ebene keine andere Möglichkeit bot. Wir hatten ja keine Ahnung, dass das anscheinend überall so ist.«

Rivas dachte: ist es nicht, ihr seid nur zu blöd, behielt es aber für sich.

»Auf der Seite hat man ferner die Möglichkeit einen Preis einzugeben. Da wir nicht wussten, was wir verlangen sollten, gaben wir ‚verhandelbar' ein.

Das war euer Fehler, stellte Rivas gedanklich fest. Der Geiselnehmer nennt immer seinen Ausgangspreis.

»Aber auf der Seite fanden sich auch Angebote für abertausende Dollars. Wir überlegten, ob wir abbrechen und nochmal neu anfangen sollten, aber wir fanden heraus, dass das nicht ging. Wer einmal die Auktion angefangen hatte, musste die Gefangene an den höchsten Bieter abgeben. Wir beschlossen, es das nächste Mal anders zu machen. Aber für uns gibt es kein nächstes Mal, Boss«, setzte er eilig hinzu. »Es kam uns nicht ungelegen, denn wir wollten sowieso mit einer weniger finanzkräftigen Geisel neu einsteigen. Die Piraten brauchten wir nicht mehr. Wir hatten jetzt die ersten Kontakte, einen Umschlagplatz, und wir sahen in Somalia, das bei uns um die Ecke liegt, unsere zukünftige Quelle. Die Unkosten abgezogen, war es immer noch ein gutes Geschäft. Fürs erste Mal.« Picasso nickte bestätigend mit zufriedenem Blick, aber Niemand hütete sich ein Grinsen aufzusetzen, falls es den Verrückten pikieren würde.

Rivas blickte auf seine Uhr. »Ihr habt noch eine Dreiviertelstunde. Pause? Keine Angst, diese Frage zählt nicht.«

»Nein!«, riefen die beiden gleichzeitig.

»Okay. Erzählt weiter.«

»Viel gibt es nicht mehr zu sagen. Der Käufer gab uns eine Wegbeschreibung und die GPS- Koordinaten zu einem verlassenen Haus in einem ruhigen Vorort von Kismaayo und Anweisungen. Das ist von Nairobi eine Strecke von circa siebenhundert Kilometern. Wir brauchten dreizehn Stunden dafür. An der Grenze schmierten wir die zwei Beamten mit hundert Dollar, weil sie Charlotte im Kofferraum entdeckten. Spätnachts kamen wir an. Wir wurden angewiesen, Charlotte in den Dachboden des Hauses zu bringen, und dass sich das Geld in einer großen Keksdose im Küchenschrank befände. Douglas brachte Charlotte nach oben und ich sah in der Küche nach. Da war es tatsächlich. Man hatte uns angehalten, sofort zu verduften. Das taten wir. Wir übernachteten nicht in dem Ort, nicht einmal im Wagen, sondern fuhren sofort zurück. Charlottes neuen Besitzer hatten wir nicht zu Gesicht bekommen.«

--- oOo ---

Wie hätten Niemand und Picasso auch ahnen können, dass es sich bei ‚dem Käufer' um jugendliche Internet Freaks handelte, die diese Seite geknackt hatten und Investitionsmöglichkeiten erforschten? Eine millionenschwere Beute, ergattert von zwei verwöhnten, für ihr Alter viel zu finanzkräftigen, gelangweilten Söhnen wohlhabender muslimischer und absolut ehrbarer Geschäftsleute aus Kismaayo. Weder die beiden noch ihre vier Freunde hatten einen Schimmer, wie man für eine Geisel, vor allem für eine mit weiblichen Bedürfnissen sorgte, und wie anstrengend das sein konnte.

Dachboden. Wasser. Brot. Mehr fiel der Bande nicht ein.

--- oOo ---

»Wir haben Ihnen alles gesagt. Die Koordinaten sind noch auf unserem GPS gespeichert. Es wurde beschlagnahmt, aber wir erhielten es nach den Verhören zurück. Sie löschten keine unserer Daten.«

Rivas griff sich an den Kopf. Waren die Behörden wirklich nicht einer so offensichtlichen Spur gefolgt, obwohl die beiden unter dem Verdacht auf Menschenhandel standen? Einem Kapitalverbrechen! Oder hatten sie diese Erkenntnis vor den Amerikanern zurückgehalten? »Abschließend eine Frage, keine Angst, sie wird euch nicht angerechnet, es geht nicht um Miss Mertens. Wie wurdet ihr geschnappt?«

»Wir wissen es nicht, vermuten aber, es ist auf unsere nachfolgenden Aktivitäten zurückzuführen. Wir...«

»Ach, das muss ich alles nicht wissen. Ist einer von euch Linkshänder?«

Sie verneinten beklemmt. Was kam jetzt auf sie zu?

»Señor wird euch links anbinden und jeden von euch mit Stift und Papier ausstatten. Der eine kommt nach draußen, der andere bleibt in der Hütte. Ihr werdet das Tageslicht nutzen, um unabhängig voneinander je zwei Protokolle anzufertigen. Eines mit einem umfangreichen Geständnis. Im anderen führt ihr die technischen Details auf. Ich will jeden kleinsten Hinweis. Ausführlichste Angaben zur Geographie, alle Namen, einschließlich des Kerls aus Bristol, zum Hotel in Sansibar, zu Somalia. Alle Internetkontakte- und Methoden, die ihr ausgeschöpft habt. Das Geständnis brauche ich als Absicherung, damit ihr in der Zukunft nicht auf dumme Gedanken kommt, nicht um es unmittelbar weiterzuleiten. Der ausführlichere Faktenbericht verdient nochmal eine beachtliche

Prämie, während demjenigen, der Tatsachen auslässt, die Hälfte von seinem Geld abgenommen wird. Also strengt euch an.«

»Boss, wir haben nicht alle Informationen parat, vieles müssen wir nachsehen.«

»Morgen werde ich eure Auflistungen vergleichen. Wenn ich nicht zufrieden bin, bleibt es bei der Kiste. Was ihr wirklich nicht mehr wisst, und ich nachvollziehen kann, werden wir bei euch zu Hause ergründen.«

»Und das war's?«, suchte Picasso nach Bestätigung.

»Nein, ich werde für Lotta einen neuen Pass besorgen. In der Zwischenzeit fahren wir zusammen nach Kismaayo zu eurem Übergabeort.«

»Wie wollen wir ohne Lottas Pass über die Grenze kommen?«

»Das ist doch Kinderkram. Habt ihr sonst keine Sorgen? Wenn Monsieur zur Ablösung kommt, bringt er euch euer Abendessen mit. Wir sehen uns morgen früh.«

Noch auf dem Weg zum Camp telefonierte Rivas mit Tobias, gab ihm die wichtigsten neuen Erkenntnisse durch und bat ihn, für die nächsten Tage um Diplomatenstatus für die Passage von Kenia nach Somalia und zurück, sowie für die Grenzübergänge zu den Nachbarländern. Tobias lehnte mit der Begründung ab, dass Rivas' Mission als eine zivile getarnt sei. »Tobias, das war nicht so ausgemacht. Mit den beiden mussten wir es so lösen, weil unsere Verhörmethoden nicht offiziell sein durften, aber ein wenig Unterstützung müssen Sie mir gewähren, wenn ich Charlotte befreien soll.«

»Rivas, ich bin hier im Justizministerium, nicht im Diplomatischen Korps. Wie stellen Sie sich das vor?«

»Sie wissen, dass sich das machen lässt. Klar kriege ich die beiden über die Grenze, aber je nachdem wohin die Spur führt, werde ich vielleicht noch andere Grenzen passieren müssen. Wissen Sie, wie viele Stunden man an diesen Übergängen warten muss? Dabei handelt es sich manchmal nicht um Stunden, sondern um Tage. Wir verlieren Zeit.«

»Das erregt zu viel Aufsehen.«

»Das tut es auch, wenn ich mich an jedem Grenzposten vordrängle und mit meinem Geld winke!«

»Ich werde sehen, was sich machen lässt.«

Er wunderte sich über Tobias' Vor und Zurück. Merkwürdiger Mensch.

Er hatte Tina versprochen, sie auf dem Laufenden zu halten und meldete sich als Nächstes bei ihr. Dieses Gespräch fiel ihm schwer, aber er hielt sein Versprechen. Bis auf Niemands anschauliche Schilderung über ihre ‚aufbereitete' Tochter auf dem Boot und das Bild aus dem Duschraum. Das muss sie nicht wissen, rechtfertigte er sich. Wenn, dann kann Charlotte es ihr selbst erzählen. Obwohl äußerlich noch weit entfernt, spürte er innerlich, er war sehr, sehr nah an ihr dran.

Erschöpft setzte sich Rivas in sein Zelt und ruhte sich aus. Dann setzte er sich in seinen Landrover und machte sich auf den Weg zu Catherine, die wohlbehütet von Pierrette bewacht in ihrem Krankenhausbett sehnsüchtig auf ihn wartete. Ihm graute vor dem Drama, das ihn erwartete, sobald er ihr mitteilte, dass er sie ein paar Tage mit Eden und Pierrette zurücklassen musste. Vorbeugend suchte er auf der Fahrt nach Argumenten, die nicht ihm, sondern ihr einleuchten würden.

Kurz vor seiner Ankunft erhielt er einen Anruf von Lucien aus Frankreich. Ein Verkäufer habe sich gemeldet, eröffnete er.

Stimme: männlich, um die sechzig, Frankophonie afrique.

Er offeriere: weiblich, jung, weiß, englischsprechend, gehoben.

Er fordere: 618,750.00 US in fünfziger und zwanziger Stückelung. Gewaschen.

Geschätzter Marktwert: vier bis acht Millionen US.

Standort der Übergabe: Kinshasa.

Verfügbarkeit: bei Zahlung.

Gesamter Abwicklungszeitraum: begrenzt, zehn Tage beginnend mit Einstieg des Käufers.

Zahlungsmodus: volle Summe in bar bei Übergabe.

Einstieg: Bestätigung von grundsätzlichem Interesse.

Angebot gültig für: achtundvierzig Stunden.

Nächster Schritt: Man melde sich wieder nach Ablauf der Bedenkfrist.

Mehr Information habe er nicht zu Tage fördern können, schloss Lucien ab.

Rivas wunderte sich über die geringe Wiederverkaufseinschätzung. Der geforderte Einkaufspreis entsprach allerdings perfekt dem angegebenen Marktwert. Für diese Kalkulation errechnete man siebeneinhalb Prozent des geschätzten Mittelwertes und schlug dieser Summe weitere fünfundzwanzig Prozent für Unkosten auf. Das nannte man nicht ganz zu Unrecht ‚Bearbeitungsgebühr'. Dieser Prozentsatz war konstant. Dieser Gesamtsumme setzte man eine variable Risikoprämie zwischen zehn und fünfzig Prozent hinzu. In diesem Falle also zehn Prozent. Das diente dem Käufer gleichzeitig als Risikoindikator für die anstehende Lösegeldverhandlung. Das machte Rivas noch stutziger, als die geringe Ursprungsforderung für eine Geisel von Charlottes Wert. Zehn Prozent indizierte geringes Risiko. Bei Charlottes Profil eine grobe Unterschätzung. In ihrem Falle rechnete Rivas mit dem maximalen Aufschlag von fünfzig Prozent. Entweder man spielte das Risiko herunter, das wäre ungewöhnlich, da unehrenhaft und langfristig geschäftsschädigend, oder man wusste tatsächlich nichts von Charlottes Herkunft. Irgendetwas passte nicht zusammen.

Nichtsdestotrotz vermittelten die Geschäftspartner Kompetenz. Die Kalkulation war korrekt errechnet worden und ein Indiz dafür, dass er mit Profis feilschen würde.

Aufgrund dieser prozentualen Aufschläge arbeitet man im ‚fachkundigen' Menschhandel selten mit runden Summen. Der Verhandlungsspielraum auf dieser Ebene liegt üblicherweise beim Einkauf zwischen null und zehn Prozent. Auch die Bedenkzeit war der Situation perfekt angepasst. Zwei Tage brauchte ein ernsthaft interessierter potentieller Käufer mindestens, um die Geldbeschaffungsmöglichkeiten zu recherchieren, sobald er den Preis kannte. Der gesamte Abwicklungsspielraum war knapp bemessen, hielt sich aber im Rahmen. Er schloss Faktoren wie Reisekosten, Geld- und Personalbeschaffung, und Geldwäsche ein.

Was ihn letztlich überzeugte, war, dass die Beschreibung vage gehalten war, wie auch seine Anforderung, aber auf Charlotte wie die Faust aufs Auge passte.

Im Krankenhaus angekommen, führte Rivas ein Gespräch mit Catherines Stationsarzt. Es gehe ihr gut, sie dürfe voraussichtlich in drei Tagen entlassen werden. Das traf sich gut. Eden und Pierrette sollten bei Catherine bleiben und ihr abwechselnd Gesellschaft leisten. So brauchte er sich keine Sorgen um sie zu machen, während er nach Somalia reiste.

Rivas schickte Pierrette mit dem Landrover ins Camp zurück und trug ihr auf, ihn am nächsten Morgen abzulösen.

Catherine schlief, als er in das ‚wichtige' Zimmer eintrat. Er zog sich einen Stuhl an ihr Bett und erlaubte sich kurz einzunicken. Eine weitere lange Nacht erwartete ihn. Am nächsten Tag würde er sich nach Pierettes Ablösung im Camp einmal richtig ausschlafen, die Informationen der Gefangenen auswerten und die relevanten weiterleiten. Dann mit dem Major die Vorkehrungen treffen und die Reise über den Wohnsitz von Picasso und Niemand in Nairobi, nach Somalia planen. Am Spätnachmittag beabsichtigte er Catherine zu besuchen, die Nacht bei ihr zu verbringen, wieder kurz zu schlafen und mittags abzureisen. Nach zwei Tagen würde er zurückkehren, Catherine aus dem Krankenhaus abholen und mit ihr zum nächsten Zielort reisen, je nachdem, was seine Ermittlungen in Somalia ergaben.

Beide erwachten, als man Catherine um 18.00 Uhr das Abendessen brachte. Rivas war entsetzt, aber Catherine aß mit großem Appetit und betonte nachdrücklich, dass es nicht übel schmecke. Allemal besser als die Kartoffel- und Maischips und Schokolade, die Pierrette ihr besorgt hatte, behauptete sie. »Willst du probieren?«

Rivas lehnte ab, bediente sich aber an Catherines Vorrat an Chips.

Nach dem Essen hatte sie Lust auf eine Zigarette und er begleitete sie nach draußen. Zur Raucherecke musste man nicht am Haupteingang vorbei, sondern begab sich direkt in den Hinterhof, wo mit Sand gefüllte Nachttöpfe als Aschenbecher dienten. Die Spätnachmittagssonne schien noch kräftig und Catherine erfreute sich an der frischen Luft, gemischt mit dem Aroma des Zigarettenrauchs, der ihr gefehlt hatte. Dann erläuterte Rivas seinen Plan und machte sich auf zahlreiche Proteste gefasst.

Catherine hatte den Ablauf der nächsten Tage nicht durchdacht und blickte betroffen drein. Sie forderte bestimmt: »Ich reise mit dir, Rivas, das ist ja wohl klar.«

»Das geht nicht, Catherine, der Arzt sagt, du musst voraussichtlich drei Tage hier verbringen.«

»Aber mir geht es gut, Rivas.«

»Dir geht es gut, weil du mit Medikamenten zugedröhnt bist und den ganzen Tag im Bett liegst und dein Körper sich erholen kann.«

»Ich werde Tabletten nehmen und du wirst mir den Verband wechseln, das kannst du ja. Hast du in Peru auch gemacht. Das geht schon.«

»Catherine, wenn sie dich hierbehalten wollen, haben sie ihren Grund. Mit Gangrän ist nicht zu spaßen. Eine sterile Umgebung, Bettruhe, regelmäßiger Verbandswechsel und Antibiotika sind absolut notwendig, um deine Genesung zu gewährleisten. Aber wenn es dir wirklich nicht recht ist, müssen die Clowns eben ausharren, und ich bleibe, okay?«

»Nein, es ist gut, Rivas. Du musst los. Ich verstehe das.«

»Es ist okay für dich?«

»Es ist nicht okay für mich, aber was kann ich machen? Es geht mir nicht um deine Gefangenen, sondern darum, dass sich Charlottes Rettung um jeden Tag, den ich hier im Krankenhaus verbringe, verzögert. Das ist viel schlimmer, außerdem ist sie in Lebensgefahr, ich nicht. Ich möchte nicht, dass es meinetwegen zu einer Planänderung kommt. Und mir ist jetzt klar, wenn ich darauf bestünde, mit dir zu reisen, wäre ich eine Belastung.«

Rivas verbrachte die Nacht bei Catherine und den nächsten Tag, wie geplant, nach dreistündigem Schlaf mit dem Auswerten der Daten. Aufgrund der Verzögerung verwarf er seinen Plan, mit den Gefangenen zuerst nach Nairobi zu reisen. Stattdessen überließ er ihnen seinen Laptop zur Vervollständigung ihrer Angaben. Um den Empfang zu ermöglichen, mussten sie fast bis nach Nakuru fahren. Sie hielten an einem Straßenrand, verließen aber den Landrover nicht. Aufgrund des schwachen Empfangs dauerte es Stunden. Edmundo und Rivas waren bis an die Zähne bewaffnet und ließen die Schurken keine Sekunde aus den Augen.

Rivas fuhr sie wieder zur Hütte und machte sich um 15.00 Uhr abermals nach Nakuru auf, um Pierrette von ihrer Schicht abzulösen. In der Stadt kaufte er ihr ein paar Kleinigkeiten zum Abschied. Hauptsächlich handelte es sich um Kitsch, weil das Angebot darauf beschränkt war. Er war guter Dinge und freute sich, in dem Fall weiter gekommen zu sein. Es ging aufwärts.

Dachte er.

54.
Charlotte
Auf dem Nachhauseweg fragte Aristide sofort: »Warum hast du nicht eingeschlagen?«

»Wovon sprichst du?«

»Meinst du, das ist mir nicht aufgefallen? Machst du nicht mit, oder was ist los?«

»Ich mache mit, Ari, aber ich bin nicht blöd. Chuck erschießen! So eine Verschwendung. Da können wir gleich eine Bank ausrauben und hinterher das Geld die Toilette runterspülen.«

»Äh? Welche Toilette. Wenn wir eine hätten...«

»Das war eine rhetorische Aussage, Ari!«

»Oh Pardon, Maestro, mit so einem vornehmen Herrn kann ich nicht mithalten. Spültoiletten, Rhetorik! Mann oh Mann!«

»Jedenfalls habe ich nicht diesen Marathon hinter mich gebracht, um zwei Meter vor dem Ziel alles hinzuschmeißen. Wir machen den Deal mit Olivier und kassieren gleichzeitig das Geld für Chuck. So schlagen wir zwei Fliegen mit einer Klappe. Du hast doch gesagt, wir müssen noch ein wenig fleißig sein. Warum sollten wir von vorne anfangen?«

»Gut. Das kapier ich noch, aber lass sie Jean-Pierre trotzdem abmurksen. Gerade weil wir so nah dran sind, brauchen wir sie nicht mehr. Sie kriegen ein letztes Lebenszeichen, wir nehmen sie gleich danach in das Sägewerk mit und basta. Dann haben wir die Hände frei für die nächste Tussi. Was sollten wir auch mit ihr anfangen, wenn wir in Kenia sind?«

»Kenia haben wir in fünf bis sechs Tagen abgefertigt. Einen Tag für den Hinflug und die Vorbereitung. Drei bis vier Tage für das Kidnapping und die Flucht mit dem Auto. Und einen oder zwei Tage als Puffer für Grenzverzögerungen und Notfälle. Thierry und Junior können sich um Chuck kümmern.«

»Du willst, dass nur wir beide die Neue abholen?«

»Warum nicht? Es geht, wie du sagst, nur ums ‚Abholen'.«

»Sag mal, hast du was mit der?«

»Mit Chuck? Wie kommst du darauf?«

»Du weißt schon, dass das gegen die Regeln ist? Was sollen Thierry und Junior denken?«

»Es ist nichts Ari. Hör auf.«

»Das kam mir damals schon komisch vor, die ganzen Unterrichtsstunden, die Schachpartien, das Gelächter, Chuck hier, Chuck da.«

»Ich kam kurz in Versuchung, aber komm, Ari, Chuck ist doch noch ein Kind.«

»Mit achtzehn ist man kein Kind mehr.«

»Sie schon. Irgendwie ist sie noch so schlaksig, oder? Mensch ich bin über doppelt so alt wie sie, Schluss jetzt. Ich will mein Geld und ich will, dass sie nach Hause kommt. Das war der Deal mit dem Palmer, daran müssen wir uns halten. Alles andere ist doch hirnverbrannt.«

»Okay, du bist der Boss, aber wenn wir da ohne ‚sein Schnitzel' auftauchen? Ich weiß nicht, Claude, dann blamiert sich Onkel Olivier vor Jean-Pierre. Ich glaube nicht, dass das klug ist.«

»Stimmt. Ich werde ihn anrufen.«

»Und wenn er dann abspringt? Du hast ihn ja gehört, er ist total gegen diese Charlotte Geschichte.«

»Wird er nicht. Weil er Chuck abgelehnt hat, ist sie nicht sein Problem und er braucht uns jetzt für sein neuestes Geschäft. Bestimmt hat er den Auftraggeber schon benachrichtigt. Er kann nicht zurück. Und ich rufe inzwischen Palmer an, und frage, wo die Knete bleibt.«

Gleich nach dem Treffen mit Olivier besorgten sie sich mit dem vorgestreckten Geld ein neues Auto, Lebensmittel und mieteten das Haus eines Nachbarn an, der zustimmte, vorübergehend in ihres einzuziehen. Auch dieses Haus war klein, verfügte aber über einen zusätzlichen Wellblechschuppen, den sie leerräumten. Dort konnten sie Charlotte sicherer verwahren und auch gleich ‚die Neue' unterbringen. Claude rief Tobias an, wie geplant, um wegen des Geldes nachzuhaken, bevor sie ins Haus zurückkehrten.

»Hier. Koch uns was.« Claude schmiss Charlotte Lebensmittel hin. »Danach hilfst du uns packen. Wir ziehen um.«

»Wohin ziehen wir Claude?«

»Zwei Häuser weiter.«

»Haben wir wieder Geld? Haben meine Eltern bezahlt?«

»Haben *wir* wieder Geld? Du bist ja drollig. Seit wann ist das *unser* Geld?« Claude verstand die psychologischen Zusammenhänge von

Charlottes Formulierung nicht. Er brüskierte sich darüber, fand es aber auch amüsant.

»Entschuldigung. Natürlich ist das euer Geld.«

»Ja, *wir* haben wieder Geld und ja, deine Eltern haben endlich bezahlt, aber nein, dieses Geld ist noch nicht angekommen. Ich sprach vorhin mit deinem Vater. Er hat das Geld aufgetrieben und überwiesen, wir müssen jetzt warten, bis das Bargeld hier ist, dann kommst du frei, Chuck. Aristide und ich müssen morgen ein paar Tage weg. Du bleibst bei Thierry und Junior.«

»Was? Aber das letzte Mal blieb doch Aristide auch zurück. Ich will nicht mit den beiden alleine sein.«

»Was du willst, ist unwichtig. Aber gut, warum nicht?« Charlotte schwieg bedrückt. »Hast du Angst vor ihnen?«

»Natürlich!«

»Und vor mir nicht? Und Aristide? Na herrlich!« Claude lachte. Mit Geld in der Tasche hatte er seinen Humor wieder gefunden. Charlotte wusste nicht, was sie sagen sollte. »Sei folgsam, dann passiert dir nichts. Du wirst sie sowieso kaum sehen.«

»Was meinst du damit?«

»Solange wir beide weg sind, ist es vorbei mit dem gemütlichen Zusammensein. Im neuen Haus gibt es einen leeren Anbau, da wirst du eingesperrt, bis wir wiederkommen. Ist ja nicht lange.«

»Woher habt ihr plötzlich Geld?«

»Äh? Geht dich das was an?«

»Entschuldigung«, wiederholte sie, packte die Lebensmittel aus und machte sich an der Kochstelle vor dem Haus zu schaffen. Claude folgte ihr und setzte sich auf einen Baumstamm neben sie.

»Sag mal, Chuck, was ist der Unterschied zwischen täglichem Zins und monatlichem Zins?«

»Was meinst du?«

Er erklärte ihr das Problem aus seiner Sicht.

»Das stimmt, aber es kommt darauf an, welche Konditionen der Gläubiger festsetzt. Wenn dieser Mann das so sieht, geht er davon aus, dass der Zins monatlich, nicht täglich angerechnet wird.«

»Das ist doch egal.«

»Nein, das macht einen Unterschied, weil es den Zinseszins beeinflusst. Verstehst du? Monatlich ist günstiger für dich.« Charlotte glaubte nun zu wissen, sie hatten sich das Geld nur geliehen, nicht gestohlen.

»Wie viel?«

»Das kann ich dir so nicht sagen. Das muss ich ausrechnen.«

»Rechne es aus und zeig mir, wie das geht.«

»Gibst du mir dein Handy? Im Kopf ist das aufwändig, mit dem Rechner geht es schneller.« Sie erklärte ihm an einem Beispiel von hundert Dollar, wie man Zinseszins errechnet und gleich dazu, wie man durch die ‚Regel 72' schnell eine Gesamtschuld zu überschlagen vermochte.

»Du bist wirklich gut im Rechnen.«

»Das begreift man am besten, wenn man es braucht. Davor ist es Theorie, deshalb ist es wohl an der Schule an dir vorübergezogen. Das heißt nicht, dass du nicht gut im Rechnen bist, Claude, nur dass du verstehen willst, warum etwas wichtig ist, bevor du es lernen musst.« Claude starrte sie an. »Was ist? Habe ich was Falsches gesagt? Entschuldige, ich wollte dich nicht beleidigen.«

Claude dachte, so etwas Nettes hat noch nie jemand zu mir gesagt, sagte aber: »Wir hatten das nicht in der Schule, Chuck. Meine Mutter starb bei der Geburt meiner dritten Schwester. Mein Vater verzog sich kurz darauf. Ich musste von der Schule, um für die Familie zu sorgen. Meine Tante kümmerte sich um die Mädchen, aber ernähren musste ich sie.«

»Oh? In welcher Klasse?«

»Fünfte.«

»Da warst du ja erst elf.«

»Viele Kinder schaffen es nicht über die Dritte oder Vierte hinaus, Chuck. Du wärst eine tolle Lehrerin. Warum kommst du nicht nach Afrika zurück und unterrichtest unsere Kinder?«

»Ich werde Primatenforscherin, Claude«, ließ sie ihn fröhlich wissen.

»Oh Entschuldigung! Die Welt braucht dringend Primatenforscher. Affen sind ja viel wichtiger als Kinder.«

In der besonnenen Charlotte brannte eine Sicherung durch. Denn sie verarbeitete ihre Situation nicht durch eine Übertragung auf ihren Kidnapper, wie das oft der Fall ist, sondern auf Fern. »Nicht nur die Welt braucht ‚Affen', Claude, sondern insbesondere dein Land. Nehmt euch an den Ugandern ein Beispiel und verwandelt nicht die Hände eines jeden einzelnen eurer Lowland Gorillas in Aschenbecher. Und hört auf, euch gegenseitig abzuschlachten. Das würde auch euren Ökotourismus ankurbeln. Dann ginge es euch allen vielleicht nicht ganz so dreckig. In

Uganda wird den Kindern schon in der ersten Klasse eingebläut, wie wichtig ihre Tiere sind. Nicht nur aus ökologischen Gründen, sondern aus wirtschaftlichen. Aber ihr seid ja zu blöd, um das zu begreifen!«

Natürlich folgten Schläge, so hart und zahlreich, dass aus der Mahlzeit nichts mehr wurde. Sie kroch ins Haus zurück und legte sich auf ihre Decke. Sollten sie doch selber ihren Fraß herrichten oder hungern. Ihr leerer Magen knurrte zornig über den Dickschädel vierzig Zentimeter über ihm. Trotz der starken Schmerzen vergoss sie keine Träne. Ihren Traum von einer Karriere in der Tierforschung zerstört zu sehen, war zu viel für Charlotte gewesen. Es war ihr letzter Hoffnungsschimmer. Ihre Familie, ihre Freunde, ihr Land - alle hatten sie im Stich gelassen, nur Fern nicht. Keinem Menschen auf der Welt war sie es schuldig ihn zu unterrichten, sich für ihn einzusetzen. Was bildete der sich eigentlich ein?

Denselben Nerv, den sie in Claude getroffen hatte, traf er in ihr. Ihre übertriebene Verteidigungshaltung hatte diese unnötige Eskalation ausgelöst. Die erste, von Charlotte selbst provoziert.

Aristide erkundigte sich nach dem Essen. »Warum bist du nicht am Feuer? Wo bleibt das Essen? Jetzt haben wir so viele Lebensmittel eingekauft und mein Bauch ist trotzdem leer.«

Sie rappelte sich hoch. Ohne Mitleid registrierte er ihre Verletzungen. Ihr Mund war geschwollen, ein Zahn wackelig, die Nase blutig, ein Auge bereits blau angelaufen. »So? So soll ich kochen?«

»Wir haben Hunger.«

»Kocht für euch selbst. Das habt ihr vorher auch gemacht.«

»Claude hat mir alles erzählt, aber anscheinend reicht es dir noch nicht. Mit mir wirst du nicht so umspringen, hast du verstanden?«

»Aristide, was ist los mit euch? So gemein wart ihr noch nie, nicht einmal am Anfang. Mir tut alles weh, ich schäme mich. Ich will so nicht nach draußen.«

»Was mit *uns* los ist? Du solltest dich fragen, was mit dir los ist.«

»Es tut mir leid«, log sie.

»Komm, zeig her.« Aristides Nerven lagen blank. Dieser ganze unnötige Stress. Jetzt haben wir in ein paar Tagen die Invalide am Hals und die auch noch, dachte er. »Ich hole dir morgen was aus der Apotheke und bringe dir gleich frische Medizin gegen deine Schlafkrankheit mit.«

Charlotte bedankte sich verwundert und drängte dann gleich: »Muss ich bis morgen warten? Bitte hol sie mir jetzt gleich.«

»Die machen jeden Moment zu.«

»Bitte, Aristide.«

»Ja, ich fahre gleich. Weißt du Charlotte, Claude damit zu reizen, dass wir uns ausgerechnet an Uganda ein Beispiel nehmen sollen, ist wirklich unerhört. Weißt du denn nicht, was zwischen unseren Ländern vorgefallen ist? Außerdem hat Uganda auch fast alles, was kreucht und fleucht, ausgerottet. Und, wenn ich dich erinnern darf, vieles davon geschieht im Auftrag von Ausländern. Ihr seid die Killer, die Trophäenjäger! Ihr seid für die Verwüstung unseres Kontinents verantwortlich!«

»Ich sagte ja, es tut mir leid.«

»Wir haben noch Tausende von unseren Lowland Gorillas, nicht nur eine Handvoll Berggorillas wie das Pack da drüben, dem jedes Jahr hinten und vorne Millionen Pfund aus Großbritannien zugesteckt wird. Und was kriegen wir von den Belgiern? Nichts. Nada. Niente!«

Charlotte dachte, wenn man die Ugander fragen würde, würden sie umgekehrt das Gleiche behaupten, unternahm aber nur einen gut gemeinten Versuch in Richtung Problemlösung. »Die haben ein ausgezeichnetes Bildungssystem, die Kinder gehen in gute Schulen...«

»Das hilft ihnen auch nicht weiter, die haben genauso wenig Jobs wie wir. Mit ihren Schulabschlüssen können sie sich auch kein Brot schmieren. Nein daran liegt es nicht. Sondern weil ihr Amin Dada seine imperialistischen Feinde alle verjagt und auf das Unrecht gegen sein Land aufmerksam gemacht hat, deshalb repariert der Westen wie verrückt. An uns hier denkt keiner.«

So ein Schwachsinn, dachte Charlotte, sagte aber: »Damit kenne ich mich nicht aus, das war lang vor meiner Zeit«, um eine sinnlose Debatte über den Despoten zu vermeiden. Das wäre wenig hilfreich für sie.

»Aber mit den Amis kennst du dich aus. Die Staaten, die UN und alle möglichen Hilfsorganisationen helfen kräftig nach, damit es denen ja gut geht.«

»Aristide, das liegt doch daran, dass bei euch im Inland kein Frieden herrscht. Wenn ihr das hinbekommt...«

»Bist du jetzt auch noch eine politische Beobachterin? Schreibst nicht nur für National Geographic, sondern auch für die Washington Times, oder was?«

»Ich war ungerecht und taktlos. Ich werde mich bei ihm entschuldigen«, sagte sie jetzt ehrlich einsichtig. Sie merkte langsam, in welch tiefe Wunde sie gestochen hatte und dass besserwisserische Kommentare dieses große historische Problem nicht lösen würden. Dieses Wortgefecht konnte sie nicht gewinnen. Nicht in ihrer Lage.

»Später, er tobt noch. Wenn er sich abreagiert hat.«

»Hat er das nicht schon an meinem Gesicht getan?«

Wir müssen Schluss mit ihr machen, entschied Aristide. Olivier hatte so recht. Sie musste endlich weg. Er hatte genug von Charlotte. Ihr langer Aufenthalt war nicht geplant gewesen. Er beschloss, wenn Claude nicht sofort nach ihrer Rückkehr das Geld für Charlotte heranschaffte, würde Jean-Pierre zum Einsatz kommen. Es würde hinter Claudes Rücken geschehen und der sich damit abfinden müssen. Das wäre das erste Mal, dass er gegen seine Instruktionen handeln würde, aber so ging es nicht weiter. Aufsässige Geiseln waren ihm absolut zuwider. Nur weil sie sich lange kooperativ verhalten hatte, war sie noch am Leben. Sie allein war schuld an ihrem Schicksal.

Aristide fuhr zur Apotheke. Charlotte ging nach draußen, wusch sich Gesicht und Hände und bemühte sich eine Mahlzeit herzurichten.

55.
Catherine

Um 17.00 Uhr gab es an der Krankenhausrezeption täglich einen Schichtwechsel. Die Mitarbeiter waren müde von ihrem langen Dienst, der um 7.00 Uhr begonnen hatte, und dachten zu diesem Zeitpunkt mehr an das Abendessen und die Kinder als an ihre Arbeit, deren Übergabe sie kaum noch erwarten konnten. Gegen 16.30 Uhr, zum ungünstigsten Zeitpunkt, trafen plötzlich ungewöhnlich viele Patienten aus der Unterschicht ein. Bauchweh, Kopfweh, Gliederschmerzen. Nur Bagatellfälle.

Zeitgleich erhielt Pierrette von einem Raumpfleger die Mitteilung, es liege eine Nachricht für sie am Empfang, sie möge sie bitte sofort abholen. Das Empfangspersonal sei zu beschäftigt, die Botschaft zu überbringen, sogar sie zu rufen, deshalb habe man ihn geschickt. Pierrette warf einen prüfenden Blick auf Catherine. Sie schlief.

Pierrette eilte zur Rezeption. Wurde von der Warteschlange abgebremst. Zu lang, um geduldig bleiben zu können. Nicht lang genug, um Vordrängeln zu rechtfertigen. Das tut man in Afrika nicht. Pierrette zog diesen Regelbruch nach zehn Minuten Wartezeit kurz in Erwägung, beschloss aber, ins Zimmer zurückzukehren, und später einen neuen Anlauf zu unternehmen. Sie war nervös geworden, schließlich hatte Rivas sie ermahnt, Catherine keinen Augenblick aus den Augen zu lassen. Auch Pierrette war müde und freute sich auf die Ablösung.

Rivas hatte sich gerade einen Weg durch den Andrang in der kleinen Empfangshalle geebnet, als er sie den Korridor in Richtung Zimmer hinuntereilen sah. »Pierrette!«, rief er. Er holte sie ein und sie erläuterte den Vorfall.

»Pierrette, machen Sie das nie wieder, okay?« Eine höhere Priorität als bei Catherine zu bleiben gebe es nicht, trichterte ihr ein. Wenn das Krankenhaus irgendwelche Nachrichten, Formulare oder Rechnungen für ihn habe, werde er sich selbst darum kümmern. Alles wirklich Wichtige im Leben erreiche einen schon irgendwie, belehrte er sie.

Sie rechtfertigte sich mit dem Argument, sie habe geglaubt, die Nachricht stamme von ihm. Für die Zukunft einigten sie sich auf das

Codewort ‚Elapid', mit Bezug auf Pierrettes lebensrettende Maßnahme, um ihr zusätzliche Gewissheit zu geben.

Rivas bereute, das versäumt zu haben.

Als die beiden in Catherines Zimmer eintraten, fanden sie das einzige Bett leer vor. Noch schöpfte keiner der beiden Verdacht. Catherine war eigensinnig und ungeduldig - und ein notorischer Zappelphilipp. Das wussten beide. Sicher wollte sie nach dem Erwachen die Toilette aufsuchen oder draußen rauchen, ohne auf Pierrette zu warten. Über eine private Toilette neben dem Zimmer verfügte selbst das ‚wichtige' Zimmer nicht. Rivas nahm sich die Raucherecke vor. Pierrette eilte zur Damentoilette. Dann zur Herrentoilette.

Man fand sie nicht.

Pierrette raste in wilder Panik ziellos in den Gängen umher. Rivas passierte die Menschenschlange und schubste den Patienten beiseite, der gerade über unerklärliche Magenkrämpfe lamentierte, um mit zwei Paracetamoltabletten am Empfang abgefertigt zu werden. Diese hier übliche Vorauswahl förderte die ernsthaft Erkrankten zu Tage, da sie wiederkehren würden. Erst beim zweiten Besuch wurde ihnen eine individuelle Diagnose zuteil. Diese Behandlung stellte in der finanzschwachen Klinik die gängige Erste Hilfe für die Armen der Gegend dar.

Mittlerweile misstrauisch geworden, verlangte Rivas unwirsch nach der Nachricht. Von einer Nachricht wisse man nichts, war die ratlose Antwort. Das genervte Personal, den Blick auf den verzögerten Feierabend gerichtet, riss sich für den als großzügig bekannten VIP-Ausländer zusammen. Überall wurde scheu lächelnd herumgewühlt. Auf den Tischen, unter den Tischen und in allen Regalen und Abfalleimern. Weder die Tageschicht noch die inzwischen eingetroffene Nachtschicht wusste von einer Botschaft für Pierrette, Catherine oder ihn. Die ‚Kranken' - organisiert von Oliviers Komplizen - verscheuchte man lieblos auf die wenigen Holzbänke. Viele mussten stehend ausharren. Jede anwesende Kraft im Hospital einschließlich der Ärzte durchkämmte das Gebäude, aber Catherine blieb wie vom Erdboden verschluckt. Mitarbeiter wurden befragt. Aufgrund des Andrangs waren alle Schwestern damit abgelenkt gewesen, die Tabletten zu verteilen. Niemand hatte Catherine gesehen, gehört oder eine bedenkliche Beobachtung gemacht.

Rivas bereute, auf die Verlegung in das Einzelzimmer bestanden zu haben.

Die wieder einmal abwesend gewesene Chefärztin traf ein und griff sofort zum Hörer, um die Polizei hinzuziehen. Rivas stimmte ungern aber verzweifelt zu und verlangte sofort verständigt zu werden, sobald Catherine auftauchte. Außerdem bat er darum, dass die Chefin persönlich zusammen mit einem Polizisten jeden Mitarbeiter abermals gesondert befrage. Niemand dürfe das Hospital verlassen, bis die Interviews abgeschlossen seien, forderte Rivas. Er stellte eintausend US Dollar Belohnung für jeden dienlichen Hinweis in Aussicht. Das waren circa drei Jahreseinkommen für einen Durchschnittsbürger der Gegend, oftmals viel mehr.

Der beschriebene Raumpfleger erwies sich als im Haus unbekannt.

Abschließend bat Rivas um einen Notarztwagen, den die Klinikleiterin schlecht entbehren konnte, Rivas aber dennoch überließ. Pierrette brauste in dem Landrover in eine Richtung davon und Rivas in dem Hospitalwagen in eine andere. Systematisch fahndete man zusammen mit jedem der wenigen Polizeieinsatzwagen nach Catherine. Rivas verwandelte sich zum Polizeichef und erteilte Befehle. Man befragte Passanten, suchte an öffentlichen Plätzen nach Zeugen. Fabrikhallen, marode Gebäude und die Hütten von notorischen Verdächtigen wurden durchsucht. Parkwächter begleitet von Grenzsoldaten strömten in den nahegelegenen Dschungel aus.

Während diese großflächige Vermisstenfahndung in Gang war, telefonierte Rivas entzürnt mit Maria und Carlos. Beide stritten vehement ab, Catherines Verschwinden verschuldet zu haben und waren unfähig irgendeine Auskunft zu geben. Catherines Bewachung vonseiten der WICED war eingestellt worden, seit sie mit Rivas auf Reisen war. Was könne man tun, um zu helfen?, zerbrach sich Maria den Kopf. Ratlosigkeit überall.

Auch die Befragung der vielen Patienten, die Rivas plötzlich verdächtig vorkamen, brachte sie nicht weiter. Eisern beharrten sie darauf, wirklich krank zu sein.

Rivas bereute, die WICED-Beschattung unterbunden zu haben.

Er schickte Pierrette zum Camp zurück, damit sie sich ausruhen konnte, und checkte in ein Hotel ein, um in der Stadt eine Basis zu haben. Das einzige, das infrage kam, war angeblich das beste in der Stadt und dennoch für seine Verhältnisse eine Bruchbude. Er besorgte sich einen privaten Leihwagen – die wenigen kommerziellen Autovermietungen konnten um diese Zeit keinen Allrad auftreiben - und ließ das Klinikfahrzeug von dem Vermieter ins Krankenhaus zurückbringen. Dann jagte er im Leihwagen zum Camp zurück und sah nach dem Rechten. Eden hatte Schicht. Auch er brauchte bald eine Pause. Überwachungen mögen bei einem Laien den Eindruck erwecken, dass man untätig herumsäße, waren aber in der Realität eine erschöpfende Aufgabe. Eine übermüdete Wachkraft macht Fehler. Die erwiesene Unterbesetzung besorgte ihn. Rivas erlebte zum ersten Mal in seiner Laufbahn einen akuten Personalmangel und machte sich Vorwürfe schlecht geplant zu haben.

Er rief Lucien an, und bat ihn, die nächste Maschine nach Nairobi und von dort nach Nakuru zu nehmen. Er gab ihm die Adresse seines Hotels und sie machten aus, sich nach Luciens Ankunft im Hotel zu treffen.

Im Camp scheuchte er Edmundo auf, mit dem unterdessen eingetroffenen Landrover nach Nakuru zu fahren. Von dort sollte er sich den Parkwächtern anschließen, um bei der Suche im Dschungel zu helfen. Edmundos Fahrzeug musste jederzeit unangetastet vor der Hütte geparkt bleiben, falls sein Team von dort die Flucht ergreifen musste.

Obwohl er ahnte, dass es aussichtslos war, bat er Major Godden um Hilfe. Er bedauerte. Jede Art der Ausrüstung stünde für Rivas bereit, aber keine Streitkräfte. Dazu habe er keine Befugnis, laut Abmachung, bla bla.

Rivas rief Tobias an. Er war bestürzt. Doch sah er in Catherines Verschwinden hauptsächlich eine lästige Ablenkung von Rivas‘ Mission, seine Tochter zu retten. Auch ihm seien die Hände gebunden, erläuterte er, versprach aber eine diplomatische Vermisstenmeldung zweiten Grads für die Botschaft in Nairobi zu verfassen. Man möge ihn benachrichtigen, sollte dort in Bezug auf die Entführung einer Person von Catherines Beschreibung etwas bekannt werden.

Rivas schickte Eden zu einer kurzen Schlafpause ins Camp und zurück und übernahm selbst für ein paar Stunden die Wache. Dann machte er sich wieder auf, um weiter nach Catherine zu suchen. Rivas befand sich in einem ungewohnt chaotischen Zustand. Wie auf Autopilot jagte er durch die nächtlichen Straßen Westkenias. Rivas wusste nicht mehr weiter. Nichts, rein gar nichts, ergab noch irgendeinen Sinn. Die absolute Unergründbarkeit dieses Vorfalls verstellte jeden Weg zur Problemlösung. Seine Stimmung schlug von dem für ihn typischen Pragmatismus in Kontemplation um. Wer oder was war hier am Werk? Er philosophierte: Handelte es sich um kosmische Ungerechtigkeit? Die gleichgültige Aneinanderreihung wahlloser Umstände des Universums? Also *Pech?* Oder war es nicht eher kosmische *Gerechtigkeit*? Und somit *Karma?* Weshalb sollte ein Kartoffelbauer Orangen ernten? Er hatte zeitlebens Unglück ausgesät. Wie konnte er erwarten, glücklich sein zu dürfen?

Dann brannte die Sicherung der Maschine Rivas durch. Es gab nichts mehr, was sich ihm noch erschließen ließ. Er fuhr den Landrover an den Straßenrand, stellte den Motor ab und reflektierte. Seit Catherine in sein Leben getreten war, lief nichts mehr nach Plan. Das jeweilige Unglück, in dem er sich gerade befand, wurde bis auf kurze euphorische, verliebte Glücksmomente nur von der nächsten Katastrophe verjagt. Und Catherines Verschwinden bildete den Höhepunkt der andauernden Krise, die sein Leben darstellte. Gerade das, was er mit aller Kraft zu vermeiden versuchte, war eingetreten: Catherine befand sich in Gefahr. Trotz aller Vorsätze und Vorkehrungen hatte er in seinem Bestreben sie zu beschützen versagt.

Wie vor zweiundzwanzig Jahren auf der Toilette des Waisenhauses und tags zuvor im Krankenwagen schlich sich eine tiefe Betroffenheit in sein Herz. Diesmal trauerte er nicht um sein Leben, sondern um Catherine. Dieses Versagen und die begleitenden Gefühle anzuerkennen, statt sie als unnütz zu verdrängen, war für einen Menschen wie Rivas die schwerste Form der Buße. Für ihn war ‚die Nacht der Seele' orthodoxe Folter. Der gewaltige Seelenschmerz schwang allerdings nicht wie bei Catherine in endlose Sentimentalität um, sondern bescherte ihm einen raschen, reinigenden Effekt. Seine Kraft zog wieder auf. Er ließ den Motor an und fuhr schnurstracks ins Camp zurück. Mit einem neuen Plan.

Schritt eins: Anruf bei Lucien. »Lucien, fliegen Sie doch erst nach dem Gespräch mit dem Händler nach Kenia, damit Sie während des Flugs den Anruf nicht verpassen. Sie werden sich in Kürze melden. Übermitteln Sie die folgende Antwort: Interesse an der Gefangenen: unter Vorbehalt.

Interesse an dem Preis: nein. Gegenangebot: 500.000 US in 3.750 x 20 und 8.500 x 50 sauberen Dollarscheinen. Verfügbarkeit der gewaschenen Summe: sofort. Bedingung: sofortige Zusendung einer Abbildung der Geisel sowie alle bekannten Angaben über ihre Herkunft.«

‚Unter Vorbehalt' in diesem Zusammenhang bedeutete eine klare Zusage, unter der Voraussetzung, dass die Geisel den Vorstellungen des Käufers entsprach, was bei einer Verhandlung dieser Art ja noch nicht gewährleistet war.

Schritt zwei: Anruf bei Tobias. Die Pläne nach Somalia zu reisen, mussten abgebrochen werden. Tobias müsste nach der Auswertung der Informationen der beiden die Spur dort selbst aufnehmen, während er sich um Kinshasa kümmerte und gleichzeitig - irgendwie - um Catherine bemühte.

Schritt drei: Sein Körper brauchte dringend tiefen, langen Schlaf. Sein Gewissen war zu aufgewühlt, um das zuzulassen. Er nahm eine von Catherines Schlaftabletten.

Nächster Morgen. Er machte sich auf zur Hütte, begutachtete Picassos und Niemands Aufzeichnungen, band sie los, schmiss ihnen Pässe und Geld hin und erläuterte: »Die Papiere von gestern sind schlechte Kopien, angefertigt im Schnellverfahren, das Geld von gestern ist Falschgeld. Lasst beides hier. Nicht dass ihr auf dumme Gedanken kommt. Ein letztes Wort, dann könnt ihr abziehen. Mein Name ist Rivas Romero. Ich bin kein Psychopath. Ich bin ein organisierter Krimineller höchsten Ranges. Euer Anwalt ist einer meiner Mitarbeiter. Eure Entlassung aus der Haft war eine Falle. Euch den Behörden abzuluchsen und euch hierher zu verschleppen bedurfte einer Riesenoperation. Dafür brauchte ich genau drei Tage, einschließlich der Beschaffung und Tätigkeit eures ‚Anwalts'. Eure Ermordung wird einfacher für mich. Hierfür benötige ich genau drei Minuten, denn ich werde euch niemals wieder aus den Augen lassen. Jeder Atemzug, den ihr nehmt, wird von mir überwacht. Warum? Weil ich es kann! Über meinen Tod hinaus. Dafür sorgen meine Komplizen und Nachfolger. Das ist mein voller Ernst. Solltet ihr je wieder aus der Reihe tanzen und einer Frau auch nur eine Sekunde länger als ich persönlich es für nötig halte - mit anderen Worten gar nicht - auf ihren Allerwertesten glotzen, endet ihr endgültig in eurem

Doppelsarg. Ich hätte euch abmurksen können oder einlochen lassen. Stattdessen verfügt ihr jetzt über genug Geld, ganz von vorne anfangen zu können. Versaut es nicht. Wenn wir uns je wiedersehen, gibt es kein Geld sondern ihr wisst schon... Ist das klar?«

Zögerliches Nicken von Picasso.

»Ob das klar ist?«

»Ja.«

»Haut ab! Den Weg in die Freiheit werdet selbst ihr beiden Nieten alleine finden können!«

Die beiden grapschten nach dem echten Geld und den wahren Pässen, verschwendeten keinen Gedanken an Wasser oder Proviant, und flohen von Panik ergriffen in den Wald.

Eden schüttelte den Kopf. »Seien Sie nicht so ungnädig, Eden. Die haben viel hinter sich. Die werden schon merken, dass es nur einen Weg herausgibt. Wenn sie Ihnen in der Nähe der Hütte oder des Camps über den Weg laufen, lassen Sie sie in Ruhe, okay?«

»Qui Monsieur.«

»Gehen Sie jetzt zu Pierrette. Es ist nicht gut, dass sie im Camp alleine ist, vor allem nicht so lange unsere Schützen noch herumschwirren. Ruhen Sie sich beide aus. Ich fahre in die Stadt zurück. Packen Sie alles zusammen und kommen sie mir ins Hotel nach. Lassen Sie absolut keine Spuren zurück. Unsere Aufgabe, was die beiden betrifft, ist beendet.«

»Wir fahren nicht nach Somalia?«

»Nein, wir setzen die Suche nach Catherine fort.« Pierrette hatte Eden während Rivas‘ Ablösung informiert, dass Catherine aus dem Krankenhaus verschwunden war. Er war erschüttert und verärgert und tat seine Enttäuschung über Pierrette kund. »Es war meine Schuld, Eden. Die Schichten waren zu lange. Schon bei einer leichten Übermüdung verliert man gerne ein paar Minuten die Konzentration. Das kann jedem passieren.«

Nur Pedro nicht, dachte Rivas.

Er bereute, Marias Angebot, ihm Pedro und Miguel zur Verfügung zu stellen, ausgeschlagen zu haben. Das würde sich ändern. Pedro und Miguel würden sein Team ab sofort ergänzen. Er griff zum Telefon und wählte Marias Nummer.

Das war das Ende der Reueanfälle. Rivas war mental wieder fit.

56.
Catherine

Am Spätnachmittag hielten Tobias, Major Godden und Rivas eine telefonische Lagebesprechung ab. Rivas saß an einem wackligen Tisch an der Straße vor dem Hoteleingang in Nakuru, trank ein Tusker Bier und rauchte. Tobias war aus Washington zugeschaltet und Major Godden aus Mogadischu, Somalia.

Tobias‘ Cipher-Experten in Maryland hätten genau zwei Stunden gebraucht, um sich in die Seite zu hacken, begann Tobias und fasste zusammen: Kurz darauf hätten die Betreiber die Sicherheitslücke bemerkt und ihre Seite auf die Reise ins schwarze Loch geschickt. Aber nicht, bevor man sich in den USA mit ihrem Inhalt auseinandergesetzt hatte. Fieberhaft arbeiteten die Ermittler an ihrem gefundenen Fressen und werteten die gewonnenen Informationen aus, die höchste Priorität auf das vermisste Mädchen aus Boston gerichtet. Durch die aussagekräftigen ‚Protokolle‘ von Douglas Richards und Paul Tanner nahm es nur weitere zwei Stunden in Anspruch, die Jugendlichen aus Kismaayo zu ermitteln. Die somalische Polizei stürmte das Elternhaus des Anführers und wenige Vernehmungsminuten später, das seines Hauptkomplizen. Den Rest der Bande schnappten sie sich im Laufe des angebrochenen Tages. Die zwei Haupttäter gestanden die Tat. Das meiste Geld stammte von den beiden, den Rest hatten ihre Freunde draufgelegt. Von dem Erlös wurde proportional der jeweilige Einsatz verteilt, der Rest diente als Kapital für die nächste Syndikatsinvestition. Diesmal an der Börse. Ihre Eltern waren schockiert und die geschäftsschädigende Nachricht verbreitete sich in der Stadt wie ein Lauffeuer. Der Vater des Hauptverdächtigen war der größte Lieferant von Hard- und Software in der Stadt. Außerdem besaß der fleißige Unternehmer ein Toyota Autohaus und zahlreiche kleine Werkstätten für die Reparaturen von Gebrauchtwagen und deren Wiederverkauf überall in der Stadt verstreut. Darüber hinaus verfügte er über mehrere Immobilien am Stadtrand von Kismaayo. In einem seiner leerstehenden Häuser hatten sie Charlotte auf dem Dachboden festgehalten. Und in eines seiner anderen verfrachtet, nachdem sie die Decke durchbrochen hatte. Charlotte identifizierten sie eindeutig als ihr Opfer.

Die Frau, die Charlotte in einer mutigen Geste ihr Kopftuch überlassen hatte, war die Putzfrau der Familie. Taban, der Sohn, hatte ihr aufgetragen, an dem Tag von Charlottes Fluchtversuch dort zu putzen. Für manche Bewohner Somalias war der Weihnachtstag ein Feiertag, für andere nicht. Diese Frau hatte frei, obwohl sie Muslimin war, und stimmte dem Angebot für das kleine Extraeinkommen zu. So wurde sie zufällig zu einer wichtigen Zeugin und machte unter Druck bedeutsame Aussagen über Charlottes Verfassung und die Umstände ihrer Gefangenschaft. Tabans Eltern habe sie nicht informiert, sagte sie aus. Die Überbringerin einer solchen Hiobsbotschaft zu werden und den vermuteten Ärger ihres Arbeitgebers und den der Bande auf sich zu ziehen, das wollte die einfache Witwe nicht riskieren. Sie hatte sich ihrer Cousine anvertraut und diese ihren Ehemann informiert, aber er riet den beiden Frauen, sich nicht einzumischen. Nun war die Angst vor den Behörden größer als die vor ihrem Arbeitgeber und sie erleichterte unter Tränen ihr Gewissen.

Die Identität von Charlottes Käufer war der Bande nicht bekannt, aber dass es sich um einen Ugander handelte, darüber bestand für sie kein Zweifel. Ihre Aussage deckte sich mit dem Anruf von dem Handy der ugandischen Zwiebelhändlerin. Der Kontakt zu dem Ugander kam über Dritte zustande, sagten sie aus. Ihrerseits abermals über das Internet, seinerseits über bestehende Verbindungen, das nahmen sie jedenfalls an.

Mithilfe der Jugendlichen fertigte die Polizei ein Phantombild an und gab die Fahndung nach Uganda und seine Nachbarländer heraus. Bei der Übergabe waren die jungen Männer genauso wie bei Charlottes Empfangnahme vorgegangen, nur mussten sie sicherstellen, dass das Geld ausgehändigt wurde. Der Ugander erschien persönlich und ohne Komplizen am Treffpunkt. Taban, bis zur Unkenntlichkeit in muslimischer Frauenkleidung verkleidet, nahm das Geld in Empfang und klopfte an Charlottes Zimmertür. Als sie antwortete, überreichte der Käufer ihm das Geld und nahm den Schlüssel in Empfang. Ausgemacht war, dass Taban dabei bliebe, bis er sich überzeugt hatte, dass es sich bei der Frau im Zimmer um die Geisel und keine Falle handelte. Aber in dem Moment, in dem der Mann in Charlottes Zimmer trat, machte sich Taban aus dem Staub. Seine Freunde beobachteten aus sicherer Distanz ihre erste ‚geschäftliche' Transaktion.

Rivas fragte: »Wenn er mit ihr nach Uganda abgehauen ist, muss er doch Kenia komplett von Osten nach Westen durchqueren, richtig?«

»Stimmt«, bejahte der Major.

»Laut meinen Ortskenntnissen käme er doch an Nakuru vorbei? Das ist ja die nächstgrößte Stadt vor der Grenze nach Uganda.«

»Wenn er die Straßenroute nahm, auf jeden Fall«, bestätigte Godden.

»Moment, bleibt dran«, sagte Rivas und ging zur Rezeption. Er holte ein Bild von Charlotte heraus und zeigte es Rick, dem Mann am Empfang.

Der sah gar nicht hin. »Ich habe Ihnen gestern schon gesagt, ich habe diese Frau noch nie gesehen.«

»Rick, schauen Sie sich das Bild an. Hier geht es um eine andere Person.« Der Mann nahm es in die Hand und starrte es lange an. »Sie ist groß, schlank, war mit einem Ugander unterwegs. Vor ungefähr sechs Wochen«, drängte Rivas.

»Ja, das ist möglich.« Er rieb sich das Kinn. »Da war tatsächlich ein Mann mit einer weißen jungen Frau. Von ihr habe nicht viel gesehen, aber sie könnte es sein. Sie sah krank aus. Der Mann bestätigte auch, dass man ihn beauftragt habe, die Bekannte seines Arbeitgebers dringend nach Kampala in das IHK zu überführen. Das ist das International Hospital Kampala, eine gute Klinik«, erklärte er. »Das schien mir plausibel. Da werden privilegierte Ausländer üblicherweise behandelt, und es geht mich sowieso nichts an. Weil er sie vierundzwanzig Stunden am Tag pflegen musste, brauchte er nur ein Zimmer, sagte er.«

»Können Sie ihn beschreiben?«

»Er war korpulent, schwitzte die ganze Zeit. Rundes, sympathisches Gesicht. Auch sonst nett, fröhlich, großzügig mit Trinkgeld. Ein bisschen angeberisch. Ugander eben.«

»Moment«, sagte Rivas und fragte Tobias: »Könnt ihr mir das Phantombild sofort übermitteln und den genauen Zeitpunkt der Übergabe? Und checkt das IH in Kampala für den Fall, dass sie dort eingewiesen wurde.«

»Wieso, was ist mit ihr? Wurde sie verletzt? Ist sie krank?«

Rivas: »Sobald ich mehr weiß, sage ich Bescheid. Ach, am besten ihr trichtert gleich alle Kliniken in Uganda und Kenia durch.«

Major Godden: »Okay, wir setzen ein Team an die Krankenhäuser.«

Tobias: »Wir senden das Phantombild sofort. Danach melden wir uns wieder.«

Rivas kehrte zu seinem Tisch zurück und trank einen Schluck Bier, als auch schon sein Handy den SMS Eingang bestätigte. Er zeigte Rick das Phantombild des Käufers. »Ja, das war er. Kein Zweifel.«

»Okay, werfen Sie bitte einen Blick in Ihre Kartei.« Er schob dem Mann zwanzig Dollar über den Tresen und nannte ihm das Datum der Übergabe. Er muss an dem Tag oder am nächsten hier eingecheckt sein. Schauen Sie bitte nach.«

»Er war für eine Übernachtung unter ‚Solomon Lule mit Gast' registriert.«

»Welchen Wagen fuhr der Mann?«

»Ich glaube, es war ein Toyota.«

»Modell? Farbe?«

»Auf das Modell habe ich nicht geachtet, und das Problem ist, dass fast jeder Ugander, der sich ein Auto leisten kann, einen Toyota fährt.«

»Welche Farbe, Rick?«

»Dunkelrot, aber die Farbe an der Motorhaube war nicht mehr frisch. In sehr gutem Zustand, bis auf den gebleichten Lack, soweit ich mich erinnern kann.«

»Notieren Sie sich Autokennzeichen in Ihrer Kartei?«

»In der Kartei? Nein. Die Gäste bezahlen im Voraus. Das wissen Sie ja.«

»Ja, ja. Haben Sie es sich vielleicht doch gemerkt?«

»Nein, tut mir leid.«

»Die Stadt?«

»Bedaure, damit kann ich Ihnen nicht helfen.«

»Hat eventuell die Nachtschicht etwas beobachtet?«

Er rief seinen Kollegen an. »Mr. Romero, er hat sich tatsächlich die Nummer notiert. Das Paar kam ihm verdächtig vor. Er sagte, er habe das Kennzeichen im Terminkalender notiert.«

»Na los, schauen Sie nach.« Sie durchsuchten das Buch. Auf der letzten Seite stand ein Kennzeichen. Rivas gab Major Godden Bescheid. Der verständigte umgehend die Behörden in Uganda.

»Fällt Ihnen sonst noch etwas ein? Hat er bei seiner Abreise noch irgendetwas gesagt?«

»Nein. Moment, doch. Beim Auschecken fragte er nach einer Apotheke.«

»Was haben Sie ihm gesagt?«

»Ich habe ihn zu Ahadi Kiprop geschickt.«

»Ist das der Apotheker?«

»Ja.«

»Wo ist die Apotheke?«

Er blickte auf seine Uhr. 17.40 Uhr. »Die haben schon zu.«

»Wo wohnt Mr. Kiprop?«

»Ich kann Sie hinbringen, ich weiß, wo sein Haus ist, aber die Adresse kenne ich nicht, wenn Sie wissen, was ich meine.«

»Ja, ich kenne das«, heuchelte Rivas. »Kommen Sie, steigen Sie ein.«

»Das geht nicht. Ich bin alleine hier. In zwanzig Minuten habe ich Dienstschluss, okay?«

»So lange kann ich nicht warten. Machen Sie das Hotel früher zu.«

»Dann bin ich meinen Job los.«

Rivas zog hundert Dollar aus der Tasche. Solches ‚Kleingeld' hielt er momentan immer parat. »Es wird schon nicht gleich ein Bus voller Touristen anrollen. Oder erwarten Sie einen?«

»Nein«, stammelte Rick verlegen.

»Kommen Sie, los jetzt«, befahl er ihm unwirscher als beabsichtigt.

Gerade als der Mann die Vordertür abschloss, trafen Eden und Pierrette ein. Die beiden waren seit dem frühen Morgen auf der Suche nach Catherine gewesen. »Das trifft sich gut, Pierrette übernehmen Sie bitte eine halbe Stunde den Empfang, dann kommt die Nachtschicht. Eden, Sie kommen mit uns.«

»Aber, aber«, stotterte Pierrette und schon waren sie weg.

Der Apotheker konnte sich an den Mann auf dem Bild erinnern. Eine Frau habe er nicht bei sich gehabt, aber nach einem Mittel gegen Fieber und Mattheit sowie einer Salbe für einen juckenden Ausschlag verlangt.

»Was haben sie ihm gegeben?«

»Paracetamol. Und für den Ausschlag Vaseline. Ich riet ihm, ins Krankenhaus zu fahren. Wir haben ja ein gutes. Es befindet sich nur zwei Kilometer von meinem Laden entfernt.«

»Hat er Ihren Rat befolgt?«

»Das weiß ich nicht. Aber ich glaube nicht, denn er fragte mich stattdessen nach einem traditionellen Heiler.«

»Haben Sie ihm einen genannt?«

»Denken Sie, ich habe Pharmazie studiert, um meine Kunden zum Medizinmann zu schicken? Also, er bedankte sich und fuhr gleich wieder los.«

»Nennen Sie mir bitte trotzdem die Schamanen in der Stadt«, bat Rivas ihn und dachte, dass er sich für Vaseline und Paracetamol das Studium wirklich hätte ersparen können.

Ahadi Kiprop schwieg beklemmt. Rick stupste Rivas am Ellbogen. »Ich bringe Sie hin. Es gibt hier einen Bezirk, in dem sich die meisten von ihnen tummeln.«

»Melden Sie sich bitte, wenn Ihnen noch etwas einfällt,« Rivas schrieb ihm seine Telefonnummer auf. »Ich rufe Sie zurück, schicken Sie mir nur eine kostenlose Rückrufaufforderung.«

»Ich bin kein Bettler, Mister.«

»Verzeihen Sie, so war das nicht gemeint.«

»Ich melde mich schon, keine Sorge. Sind Sie nicht der Mann, der nach der jungen Frau sucht, die aus dem Krankenhaus verschwunden ist?«

»Ja?«

»Hat Ihre Frage etwas mit dem Fall zu tun?«

»Nein. Warum fragen Sie?«

»Naja, es ist doch komisch. Seit neuestem kommen ständig Fremde in meinen Laden und kaufen Schmerzmittel. Da war vor zwei Tagen ein Typ im Laden, den ich hier noch nie gesehen habe. Ein Kongolese. Auch er verlangte nach Schmerzmitteln. Aber nach einer großen Dosis, das machte mich stutzig, weil das für unsere Gegend ungewöhnlich ist. Als ich mich nach dem Verwendungszweck erkundigte, meinte er, es wäre für seinen Freund und es handle sich um postoperative Schmerzen.«

»Was haben Sie ihm gegeben?«

»Zwei Röhrchen Paracetamol.«

Natürlich. »Beschreiben Sie ihn mir bitte.« Der Apotheker beschrieb Claude. »Ich werde Ihnen die Polizei vorbeischicken, für eine offizielle Aussage. Sie werden ein Phantombild anfertigen.«

»Selbstverständlich, wenn es hilft, die Frau zu finden. Den Wagen kann ich auch beschreiben. Es saß noch ein Mann im Wagen, aber den konnte ich nicht gut erkennen. Ich meine aber, dass ich den Besitzer des Autos kenne. Da ist bestimmt etwas faul. Vielleicht haben sie den Wagen geklaut. Ich dachte mir zu der Zeit, er habe ihn verkauft, aber jetzt kommt mir das doch alles merkwürdig vor.«

»Geben Sie mir bitte Namen und Adresse des vermutlichen Besitzers.« Er tat es.

Die Hinweise überschlugen sich. Rivas hatte viel zu tun. Die Polizei alarmieren, Tobias und den Major informieren, die Geistheiler abklappern, wiederum das Krankenhaus, diesmal mit einem Bild von Charlotte und einem Phantombild von ihrem vermutlichen Entführer. Und dem Besitzer des Wagens einen Besuch abstatten. Er fing mit der Polizei an. Danach setzte er Rick im Hotel ab und schickte Pierrette zum Krankenhaus, wo sie wohl bekannt war. Niemand erkannte die gesuchten Personen. Auch später legte Mr. Kiprops Phantombild nichts Neues zutage, weil es Claude zeigte, aber der verdächtige Raumpfleger, der Pierrette angesprochen hatte, Aristide gewesen war.

Unterdessen klapperte er mit Rick die halbe Nacht das Viertel der Wunderheiler ab. Nichts. Den Wageneigentümer wollte er vorsichtig angehen. Das Auto konnte gestohlen oder unwissend verkauft oder verliehen worden sein, oder der Eigentümer mit Catherines Entführern unter einer Decke stecken. Sofern es sich überhaupt um die Täter handelte. Er bat Rick Stillschweigen zu bewahren und gab ihm zweihundert US Dollar. Er fügte hinzu, er würde am Abreisetag noch dreihundert Dollar springen lassen, wenn er davon überzeugt war, dass er nichts verraten hatte. Der Mann versicherte ihm, es läge ihm daran, dass er die Vermisste finden und den Verbrecher schnappen würde. Keinesfalls würde er die Mission seines Gastes damit gefährden, indem er sich verplapperte, beteuerte er anbiedernd, was Rivas irritierte.

Er informierte Tobias über den neuesten Stand der Dinge. Dann erkundigte er sich bei Maria nach Pedro und Miguel. Beiden waren bei ihr eingetroffen und würden morgen früh losfliegen. Er bat sie um eine Weiterbuchung von Kenia nach Uganda und wies an, dass die beiden sofort nach ihrer Ankunft in Entebbe von sich sollten hören lassen.

Am nächsten Tag statteten Edmundo und Rivas dem Autobesitzer einen Besuch ab. Rivas beschloss im letzten Moment, Rick hinzuzurufen, weil sie Ausländer waren und der Kenianer vielleicht einen besseren Draht zu dem Mann haben würde. Der Empfangsangestellte hatte an diesem Tag, einem Sonntag, dienstfrei und stimmte zu. Der Polizeichef der Stadt hatte bestätigt, dass gegen diesen Mann nichts vorlag. Er hatte auch keinen Diebstahl gemeldet. Sie trafen ihn nicht an, er sei in der Kirche hieß es. Der afrikanische Gottesdienst nehme mehrere Stunden in Anspruch, in der Regel drei bis vier, teilte man ihnen ferner mit. Deshalb kehrten sie erst nachmittags zurück. Rivas erachtete es als zu auffällig, ihn in der Kirche aufzusuchen. Bei dem Gespräch gab der Mann an, den Wagen an einen Unbekannten auf der Durchreise verkauft zu haben, der ihm ein lukratives Angebot unterbreitet hatte. Beim Verlassen des Hauses lief ihnen im Vorhof ein kleiner Bub über den Weg. Rivas zog spontan einen Energieriegel aus der Tasche und reichte ihn ihm, weil der Knirps sie mit einem unwiderstehlichen Lächeln höflich grüßte. Einem siebten Sinn folgend, fragte Rivas den Jungen nach dem ‚schönen Auto'. Rick übersetzte. Ja, das gehörte seinem Papa aber nun habe Onkel Keith es gekauft und sie mussten heute zu Fuß zur Kirche gehen. Rick fragte den Jungen nach Namen und Adresse. Er wohnte nur eine Straße weiter.

‚Onkel Keith' war für ein paar Tage verreist. Sie traten auf der Stelle. Rivas informierte abermals die Polizei, die stets einen Schritt hinter ihm her tapste, aber gewissenhaft seinen Hinweisen nachging. Sie würden sich Onkel Keith und den entlarvten Vater des Jungen noch vorknöpfen.

Rivas telefonierte wieder mit Tobias. »Sie müssen sofort nach Uganda«, wies er ihn an. »Dort läuft inzwischen die Fahndung nach dem Typen und seinem Auto auf Hochtouren.« Rivas weigerte sich. »Wollen Sie in Kenia jeden Quadratzentimeter nach Catherine abklappern? Das bringt doch nichts, Rivas. Sie müssen jetzt, genau wie Tina und ich auf den Anruf der Entführer warten.«

Rivas sah das schnell ein. Da es sich bei Catherines Entführern anscheinend um Kongolesen handelte, gab es für ihn in Kenia auch nichts mehr zu tun. Am nächsten Tag flog er mit seinen drei Helfern nach Entebbe, Uganda. Da es ab Nakuru keine Linienflüge ins Ausland gab, musste Rivas ein Privatflugzeug chartern. Wie es oft mit nichtigen Details der Fall ist, erwies sich das in der knappen Zeit als eine unerwartet große Herausforderung an seine Mission. Rick rotierte und schaffte es schließlich einen klapprigen Flieger samt Pilot aufzutreiben, der sie die kurze Strecke über den Viktoriasee flog. Miguel und Pedro sollten kurz nach ihnen aus Paris über Nairobi ankommen. Lucien wartete bereits in Kampala, der Hauptstadt Ugandas.

57.
Catherine

Tina tobte.

Rivas hatte sie über Catherines Entführung und die neusten Erkenntnisse zum Fall Charlotte informiert. Sie erfuhr, dass Tobias Rivas nach Uganda entsandt hatte, um weiter nach Charlotte zu fahnden. Es leuchtete ihr zwar ein, dass Rivas nicht viel erreichen konnte, bis er von den Entführern hörte, aber was sie nicht nachvollziehen konnte, war, dass Tobias Rivas' Hilferuf, ihn bei der Suche nach seiner Freundin zu unterstützen, abgewiesen hatte. Sie hatte ihm das sofort angeboten und dann erfahren, dass ihr Ex-Mann eine Zusammenarbeit im Fall Catherine ablehnte.

Bei ihrer Konfrontation mit Tobias rechtfertigte er sich mit dem Argument, dass ihr Wunsch seine Kompetenzen überstiege. Es entfaltete sich ein heftiger Streit. »Tina, das liegt außerhalb meiner Möglichkeiten. Ich bin Jurist, ich kann nicht mal schnell die US Army ausschwärmen lassen, um nach einer Deutsch-Südafrikanerin zu suchen. Darum müssen sich schon ihre eigenen Staaten kümmern. Immerhin hat sie ja gleich zwei.«

»Ist das denn geschehen?«

»Ich versichere dir, dass man in Kenia nichts unversucht lässt, um sie zu finden.«

»Tobias, du weißt, dass wir da überall Truppen stationiert haben. General Rubinskys USARAF Eliteeinheiten würden alles tun, um uns Hilfestellung zu geben.«

»Der hilft uns genug, indem er Godden für Chuck abgestellt hat. Ich kann ihn nicht auch noch damit strapazieren.«

»Dann rufe ich ihn an.«

»Untersteh dich!«

»Ich habe Chuck die ablehnende Haltung dir gegenüber immer verübelt. Manchmal habe ich sie belächelt, oft geschimpft und manchmal sogar bestraft, wenn sie diesbezüglich hin und wieder zu sehr aufdrehte. Sie hatte wohl doch den besseren Riecher.«

»Was soll das heißen?«

»Das soll heißen, dass du ein Egoist bist, der sie anwidert, und mich jetzt auch. Immer hielt ich an der Meinung fest, dass wenn sich ein Ehepaar scheiden lässt und sich dann hassgetrieben bekämpft, das nicht nötig ist. Dass es unwürdig und abnormal ist. Jetzt finde ich es nicht normal, mich weiterhin mit meinem Ex abzugeben. Unsere ‚Freundschaft' war nicht *normal*!«

»Jetzt krieg dich wieder ein, Tina. Ich möchte nicht, dass durch diese Sache unsere Beziehung auseinanderbricht. Der ganze Kummer um Chuck hat uns nicht umwerfen können, weshalb das Schicksal dieser Fremden?«

»Diese Fremde kriecht in Afrika herum, um unsere Tochter zu finden. Jetzt ist sie selbst verschwunden. Tobias, das ist doch kein Zufall!«

»Das macht sie nicht aus Spaß an der Freud, sondern weil ihr krimineller Freund dadurch der Todesstrafe entkommt, die er mehr als einmal verdient hat.«

»Er ist mir unwichtig. Sie setzte ihr Leben aufs Spiel und verliert es jetzt vielleicht. Unseretwegen! Und sie zögerte nicht eine Sekunde mir damals zu helfen, obwohl sie mich gar nicht kannte. Nur deshalb gelang es uns, ihr eine Falle zu stellen.«

»Genug gelabert. Ich muss weg.«

»Ich werde Rubinsky anrufen, Tobias. Ich sage es dir nur, damit du dich nicht blamierst.«

»Wenn du das tust, ist es endgültig aus zwischen uns, Tina.«

»Das ist es schon lange.«

»Ich warne dich. Ich mache dich fertig.«

»Fahr zur Hölle!«

Sie legte auf und wählte General Rubinsky an. Er war ein langjähriger Verehrer Tinas. Sie wusste das. »Ich muss dich dringend sprechen, Eric. Ich bin momentan in Washington. Kann ich dich im Golfclub zum Tee einladen?«

»Tina, ich treffe mich immer gern mit dir, aber ich bin gerade auf dem Weg zum Flughafen. Worum geht es denn?«

»Um eine Entführung. Ich brauche deine Hilfe.«

»Wir tun wirklich alles für Charlotte, ich...«

»Es geht nicht um Chuck.«

»Um wen dann?«

»Um eine gute Freundin.«

»Was sagt die Polizei?«

»Sie ist in Kenia entführt worden.«

»Was? Besteht ein Zusammenhang?«

»Ich glaube schon.«

»Was sagt Godden?«

»Nichts. Tobias verbietet mir, ihn damit zu ‚belästigen'. Und dich übrigens auch.«

»Das ist doch Unsinn, Tina. Ich rede mit ihm.«

»Eric lass mich dir etwas erklären. Ich fahre zum Militärflughafen. Ich bin in einer halben Stunde da. Wo kann ich dich finden?«

»Im Warteraum für Offiziere.«

»Okay, bis gleich.«

Tina klärte Eric auf, ohne Chilanchi zu erwähnen. Sie entschied sich für eine Halbwahrheit. Rivas und Catherine seien von Tobias als Entführungsexperten angeheuert worden, sagte sie. Rivas, weil er sich in dem Milieu auskenne, Catherine, seine Begleiterin, weil sie aus Afrika stamme.

»Ja, ich weiß über die beiden Bescheid. Sie arbeiten ja mit Major Godden. Er wird sich noch heute einschalten, Tina«, versicherte er ihr.

»Tobias wird es ihm verbieten.«

Eric lachte. »Major Godden ist ein Offizier der US Army. Er wird genau das machen, was ich ihm auftrage, nicht was Tobias gerne hätte. Und überhaupt, was sollte Tobias dagegen haben?«

»Genau das verstehe ich nicht. Aber egal, ich bevorzuge eine inoffizielle Lösung, Eric.«

»Warum hast du mich eigentlich angerufen, wenn du keine militärische Unterstützung möchtest?«

»Naja, militärisch schon, aber nicht offiziell.«

»Drück dich klar aus, ich weiß nicht, worauf du hinauswillst.«

»Als ich noch in Südafrika stationiert war, da hatten wir in der Botschaft einen Fall mit einem na, wie soll ich sagen? Einem Söldner? So jemanden möchte ich engagieren. Aber ich weiß nicht, wie ich mit solchen Leuten in Kontakt treten kann.«

»Komm mal mit.« Er führte sie nach draußen und sie machten auf dem Flughafenparkplatz einen Spaziergang. Als sie außer Hörweite waren, vergewisserte er sich: »Verstehe ich dich richtig? Du möchtest die Fremdenlegion beauftragen, diese Catherine zu finden?«

»Und Charlotte.«

»Tina, wie oft soll ich dir noch sagen, wir arbeiten an Charlotte?«

»Eure Vorgehensweise ist mir zu langatmig und Tobias' Methoden sind mir nicht geheuer, Eric. Erst besorge ich ihm das Geld, damit es schneller geht und er überweist es. Dann wird es angeblich gestohlen.

Danach zögert er ewig lange die zweite Zahlung hinaus! Ich gab ihm auch den gesamten zweiten Betrag in bar. Beide Male stammte das Geld von meinen Eltern. Sie sind flüssiger als Tobias und ich und zögerten keine Sekunde, mir das Geld zu leihen. Das dauerte nur ein paar Stunden, aber jetzt geht das ewig hin und her. Ich bereue, das nicht selbst in die Hand genommen zu haben. Dann verschwindet die Freundin von dem einzigen Mann, der uns ein bisschen weiterbringt. Kommt dir das nicht merkwürdig vor?«

»Das ist sind schwere Vorwürfe, Tina.«

»Lass mich etwas klarstellen, Tobias hat sicher Charlotte nicht entführen lassen, aber wie er mit dem Fall umgeht, ergibt für mich keinen Sinn. Für dich etwa? Tobias hat keine so schneeweiße Weste, wie man glaubt, Eric.«

»Was willst du damit sagen?«

»Ach nichts. Das sind nur Vermutungen, aber was ich gewiss weiß, ist, dass ich nicht länger in seinem Haus herumsitze und mich darauf verlasse, dass er mir Charlotte wiederbringt. Wenn du mir nicht hilfst, reise ich selbst nach Afrika. Hilfst du mir?«

»In der Kongoregion schwirren einige dieser Legionäre herum. Aber bist du dir darüber im Klaren, mit wem du dich da einlässt?«

»Was kostet so etwas?«

»Das wird nicht billig.«

»Egal. Vermittelst du mir einen Kontakt?«

»Tina, ich komme in Teufels Küche!«

»Du brauchst absolut nichts zu machen, außer mir einen Hinweis zu geben, an wen ich mich wenden kann. Bitte Eric.«

»Ich muss los, ich melde mich, okay?«

»Wie geht es Marian?«

»Wir haben uns scheiden lassen.«

»Das wusste ich nicht. Wann?«

»Vor sechs Monaten.«

»Das tut mir leid.«

»Warte auf meinen Anruf. Unternimm nichts auf eigene Faust, hörst du? Das ist gefährlich. Ich möchte nicht, dass du irgendein Risiko eingehst.«

Tina erstarrte über seinen liebevollen Ton. So hatte Tobias seit Jahren nicht mehr mit ihr gesprochen, dachte sie. Dann wurde ihr klar: eigentlich noch nie.

58.
Catherine

Entebbe International Airport liegt direkt am Ufer des Viktoriasees. Seinem Ruhm aus dem Idi Amin Regime zum Trotz handelt es sich bei ihm um nichts weiter als einen kleinen afrikanischen Flughafen, wie viele alle andere auch. Nicht klimatisiert, heruntergekommen, schmutzig, ineffizient, von selbsternannten, lästigen Gepäckträgern und Taxifahrern umschwirrt. »Warum melden die sich nicht?«, wunderte sich Rivas besorgt. Lucien wartete mit Rivas auf Pedro und Miguel. Eden, Pierrette und Edmundo durchforsteten bereits mit Elvis‘ Phantombild bewaffnet Kampala nach dem vermissten Wagen und seinen Halter.

»Ist es nicht normal, Sie hinzuhalten?«

»Nein, Lucien. Das Bild müsste längst da sein. Abweichungen von der Terminabsprache sind immer ein schlechtes Zeichen.«

Sein Telefon klingelte. Major Godden meldete sich aus Kenia. »Der Wagen wurde gefunden, Rivas.«

»Wo?«

»In Yumbe. Das ist ein kleiner Ort in Uganda in der Nähe der Grenze zur Demokratischen Republik Kongo westlich und dem Süd-Sudan nördlich. Er ist beschlagnahmt worden und wird bereits auf Charlottes DNA Spuren untersucht. Das wird etwas dauern, aber wir sind dran.«

»Handelt es sich bei dem Besitzer um den Entführer?«

»Er wird gerade vernommen, aber es besteht keine Übereinstimmung mit dem Phantombild.«

»Ich muss mit ihm sprechen, Major.«

»Wir haben einen guten Draht zum ugandischen Polizeichef. Sie wollen es sich mit uns nicht verderben. Sie verlassen sich auf unsere Unterstützung an den Grenzen und die Entwicklungshilfe, wissen Sie. Ich werde es organisieren. Wann können Sie kommen?«

»Sagen Sie mir, wann und wo und ich werde da sein.«

»Alles klar, ich melde mich.«

»Der Flug aus Nairobi ist gelandet«, sagte Lucien, nachdem Rivas aufgelegt hatte. Sekunden später erhielt Lucien eine SMS. »Das Bild ist da, Rivas.« Er reichte Rivas sein Handy.

Rivas erwartete ein Bild von Charlotte.

Stattdessen erblickte er ein Bild von Catherine.

Im Schlafanzug.

59.
Catherine

In einem Kofferraum transportiert zu werden, war für Catherine eine neue Erfahrung. Und viel schlimmer, als sie es sich hätte vorstellen können. In dem Moment, in dem die Kofferraumtür zugeknallt wurde und sie sich von Dunkelheit umhüllt fand, verschärften sich ihre Sinne. Jedes Geräusch vernahm sie dumpf und vibrierend, wie durch die brummenden Lautsprecher einer schlechten Stereoanlage verstärkt. Der Knall der Autotüren, ihre Atmung, die Gangschaltung, die Geräusche aus dem Wageninneren. Deutlich vernahm sie die Konversation ihrer beiden Entführer, verstand aber kein Wort. Sie sprachen Französisch. Auch die Bewegungen, Gas geben, Abbremsen, Schlaglöcher und Kurven verspürte sie so intensiv, dass sie kaum zu ertragen waren. Schon nach wenigen Minuten erfasste sie eine entsetzliche Übelkeit. Sie war zwar nicht geknebelt, aber an Händen und Füßen gefesselt. Durch ihre hilflose Lage fürchtete sie, sich jeden Moment übergeben und in dem herumschwappenden Erbrochenen liegen bleiben zu müssen, wenn nicht daran zu ersticken. Platzangst verspürte sie nicht. Sie war klein, der Kofferraum leer und groß und ausreichend belüftet. Auch die Angst vor dem ungewissen Schicksal plagte sie nicht. Nur der augenblickliche Terror der Reisekrankheit, die mit dem Tod durch Ersticken enden könnte. Nach einer halben Stunde hielt sie es nicht mehr aus. Sie brüllte wie am Spieß und stampfte mit den Füßen gegen die Wände des Kofferraums, in alle erreichbaren Richtungen. Der Wagen hielt an.

Claude sprach aufgrund seiner Aufenthalte in Asylantenheimen etwas Englisch. Aristide, der die Schule abgeschlossen hatte, verfügte über Englischkenntnisse auf Hauptschulniveau. »Was ist, warum kreischst du hier herum? Halt die Klappe!«, schrie Claude.

»Ich werde ersticken.«

»Du hast genug Luft.«

»Mir ist so schlecht, ich werde gleich euren Wagen vollkotzen und daran werde ich ersticken. Und ihr an dem Gestank.«

»Reiß dich zusammen. Wir müssen weiter.«

»Ich *werde* ersticken, dann bin ich tot - und dann? Was immer ihr mit mir vorhabt, das darf es ja wohl nicht gewesen sein.«

»Was bist du denn für eine Diva? Bist du bekloppt oder was?«

»Bitte lassen Sie mich vorne sitzen. Sie können mich auf die Rückbank legen und zudecken.«

»Dann können wir uns nicht unterhalten.«

»Ich höre euch auch hier hinten, aber ich verstehe kein Wort. Ich spreche nicht Französisch. Ehrlich.«

»Wir können uns nicht unterhalten, weil wir von einer Quasselstrippe wie dir vollgelabert werden.«

»Vorne mache ich keinen Mucks. Ich verspreche es Ihnen.«

Aristide kam hinzu. Sie unterhielten sich. Aristide brüllte ihr auf Französisch Obszönitäten über die weibliche Anatomie ins Gesicht. Catherine runzelte die Stirn über den Ton, aber vom Inhalt verstand sie kein Wort, das war offensichtlich. »Also gut. Eine Chance. Wenn du auch nur einmal hustest, ist es vorbei, hast du kapiert?«

»Ja. Danke.«

»Wie geht es deinem Bein?«

»Geht so.«

Kurz nach der Anfahrt war es ihr wieder übel. Sie wollte die Männer bitten ihr Fenster öffnen zu dürfen, wagte es aber nicht, aus Angst, dass man sie wieder hinten einsperrte. Bis es nicht mehr ging. »Mir ist schlecht. Darf ich das Fenster aufmachen?«

»Einen Spalt. Komm nicht auf den Gedanken, rauszuspringen!«

Während der Fahrt kurbelte sie heimlich immer weiter an dem Fenster und schnupperte wie ein Hund nach Luft.

Sie fuhren die Nacht hindurch und erreichten das Grenzgebiet von Burundi kurz vor Mittag am nächsten Tag. Wie zuvor, über Tansania, wichen sie von der Route ab, ließen den Wagen zurück und überquerten die unbewachte Grenze zu Fuß. Diesmal allerdings führte die Route durch den dichten Urwald. Um das zu schaffen, gaben sie Catherine vier Schmerztabletten mit ihrem Antibiotikum. Claude hatte ausreichend Antibiotika und Verbandszeug in Kinshasa besorgt, aber vergessen Schmerztabletten zu kaufen. Claude meinte, es müsse ohne gehen, doch Aristide hatte darauf bestanden, das in Nakuru vor Catherines Ergreifung nachzuholen, um ihnen den Transport zu erleichtern. Catherine wollte die Tabletten nicht nehmen.

»Was ist das?«

»Das ist Paracetamol. Völlig harmlos.«

»Harmlos? Davon kann ich nicht vier auf einmal nehmen, Paracetamol schadet in hoher Dosis der Leber.« Als Antwort schoben sie ihr die Tabletten tief in den Rachen und strichen ihr über die Kehle, wie man einem Haustier Medizin eingibt. Fragen nach dem Zweck und Zielort ihrer Entführung zu stellen, ersparte sich Catherine. Das war ohnehin nicht erfolgversprechend, das wusste sie aus Erfahrung. Allerdings hütete sich Catherine vor weiteren Begegnungen mit afrikanischen Giftschlangen und verlangte nach Schuhen. »So kann niemand durch den Dschungel stapfen. Mit Urwäldern kenne ich mich nämlich aus.«

»Ach ist das so? Sie kennt sich mit Urwäldern aus«, spottete Claude zu Aristide auf Englisch.

»Schlimm genug, dass ich im Pyjama verschleppt werde, aber ohne Schuhe setze ich keinen Fuß in den Urwald.« Aristides Nerven lagen blank. Er versetzte ihr eine Ohrfeige und zog sie in den Wald. Catherine fing an zu wimmern. »Bitte. So kann ich nicht gehen. Ich beschwere mich ja auch nicht über mein schmerzendes Bein, aber ohne Schuhe? Bitte.« Claude ließ sich erweichen und band ihr Verbandszeug um die Füße und rollte Klebeband darüber. Das war noch schlimmer. »So kann ich nicht laufen und das hilft sowieso nichts.« Sie rissen die Notlösung von ihren Füßen und schleppten sie wütend durch die Büsche. Aristide ärgerte sich darüber, dass Claude auch das Schuhwerk vergessen hatte. Claude war sauer auf Aristide. Er warf ihm an den Kopf, dass die ganze Hetzerei seines Onkels ihm nicht ausreichend Zeit zur Planung eingeräumt hatte.

Sie ernährten sich ausschließlich von Kartoffelchips mit französischer und arabischer Beschriftung und von Schoko-Haferflocken-Riegel der Marke Kellogg.

Als sie aus dem Urwald herauskamen, stiegen sie wieder in ein Auto, das an einem abgelegenen Weg auf der anderen Seite des Dschungels für sie bereitgestellt worden war. Unterwegs hielten sie Ausschau nach einer Passantin am Wegrand, der sie ihre Schuhe abkaufen konnten, trafen aber nur barfüßige Fußgängerinnen an. Sie mussten einen Abstecher machen und an einem Markt anhalten. Dort erstanden sie ein paar harte, gebrauchte Männerstiefel, die Catherine viel zu groß waren und ihre Fersen schon im Auto wundrieben. Nach vier Stunden Fahrt wiederholte sich der Vorgang. Aussteigen, Grenzüberquerung in den Kongo zu Fuß durch den Busch am nördlichen Ende des Tanganyikasees. Auf der anderen Seite: Fahrzeugwechsel. Sie fuhren den Rest des Tages und die Nacht durch und legten in Mbuji-Mayi eine Pause ein.

»Mein Freund wird das Geld für mich besorgen. Ich gebe euch seine Nummer«, offerierte sie, während sie ihre wunden Fersen verband. Da sie nicht auf ihr Angebot reagierten, redete Catherine weiter und beteuerte mehrmals, wie finanzkräftig ihr Freund sei und dass er jeden Preis bezahlen werde. Catherine hatte zwar praktische Entführungserfahrung, aber nicht Charlottes Training, was das richtige Verhalten während der Verhandlungen betraf. Und, die diesbezügliche Unterhaltung damals in Boston konnte sie in ihrer Krisensituation nicht so schnell abrufen.

Claude fragte schmunzelnd: »Was bist du denn für eine Nummer?«

»Ja, so ein Plappermaul hatten wir noch nie«, lachte Aristide.

»Ihr braucht mich gar nicht so weit zu transportieren, wir können das gleich hier abwickeln. Er wird überall hinfahren, um mich abzuholen.«

»Wie heißt du überhaupt?«

»Catherine Zitgow.«

»Was ist das für ein doofer Name?«

»Ich bin Deutsche. Meine Regierung wird bereits nach mir fahnden. Eure beste Chance ist, mich so schnell wie möglich loszuwerden.«

»Okay, Zitgow! Jetzt hör mal gut zu. Wir scheißen auf deinen Macker, sein Geld und deine beknackte Regierung. Wir haben bereits einen Käufer für dich. Dein Scheißkerl kann uns den Buckel runterrutschen. Und du übrigens auch.«

»Käufer?« Catherine wurde schwarz vor Augen. »Was soll das? Wohin bringt ihr mich und warum wird eine Patientin aus einem Krankenhaus entführt und verkauft?«

»Halt jetzt die Fresse. Willst du noch was zu essen?«

»Gibt es etwas außer Chips und Riegel?«

»Nein.«

»Dann nein. Danke.«

»Was gegen die Schmerzen?«

»Nein, aber ich muss meinen Verband wechseln. Das dauert etwas, aber alles ist nass. Ich könnte mich neu infizieren.«

Claude warf ihr Verbandszeug hin. Mach schnell, wir müssen weiter. Während sie sich verarztete, fragte Claude: »Was ist mit deinem Bein?«

»Schlangenbiss.«

»Pech.«

»Ja. Aber nicht wegen der Schlange«, zischte Catherine wie eine.

»Stimmt. Wenn man so blöd ist, als Stadtmensch im Urwald herumzukrebsen und sich beißen zu lassen, kann die Schlange wirklich nichts dafür. Deshalb sagst du, du kennst dich damit aus, oder wie? Woher stammst du überhaupt? Frankfurt?« Frankfurt war Claude ein Begriff.

»Ich wurde in Köln geboren, bin aber aus Afrika.« Catherine erhoffte sich Solidarität.

»Wo?«

»Johannesburg.«

»Das ist nicht Afrika.«

»Kapitalistenschweine, die Südafrikaner«, stimmte Aristide zu. Schwimmen in Geld und lassen ihre Brüder und Schwestern jenseits des Äquators verrecken.«

»Wo jenseits des Äquators befinden wir uns?«, startete Catherine einen neuen Versuch.

»Wir sind im Kongo. Im demokratischen! In der DRC, der Demokratischen Republik Kongo. Kapiert?«

»Ja, ja. Der *demokratischen Republik*!«, bestätigte Catherine in ungehaltenem, sarkastischem Ton.

»Ari, ich glaube, unsere Zitgow braucht auch ein Mittel gegen Frechheit! Was haben wir denn da auf Lager?«

»Entschuldigung!«

»Okay, aber reiß dich jetzt zusammen. Den Busch hast du hinter dir, okay? Wir sind noch ein paar Stunden mit dem Auto unterwegs. Schaffst du das mit deinem Bein?«

»Ja.«

»Braves Mädchen.«

Catherine erstarrte. Das war zu viel. Sie sehnte sich nach Rivas und brach in Tränen aus.

»Na, na, komm. Das wird schon«, spendete Claude Trost, der Geiseltränen absolut nicht gewohnt war. Charlotte weinte sehr selten. Bei seinen früheren handelte es sich um Männer, die flennten auch nicht gleich los.

»Hör auf mit dem Rumgeheule«, forderte Aristide sie weniger mitleidig auf.

Die restlichen zwölfhundert Kilometer legten sie ohne Pause zurück und brauchten dafür weitere zwanzig Stunden. Kurz vor ihrem Zielort hielt der Wagen an. Es war Nacht. »Du musst jetzt nochmal kurz in den Kofferraum. Ist nur für ein paar Kilometer.«

Claude legte ihr eine Augenbinde an und wollte sie knebeln. »Bitte nicht. Ich werde ersticken. Bitte. Ich werde nicht schreien, ehrlich. Ich verspreche es euch. Und bitte keine Fesseln, damit ich mich ein wenig aufrichten kann, wenn mir schlecht wird.«

»Sonst noch was gefällig?«

Claude tippte Aristide an die Schulter und sage auf Französisch: »Ist eh besser fürs Ausladen, Ari, dann haben wir sie schneller im Haus.« Also nahmen sie ihr die Augenbinde wieder ab und ersparten ihr den Knebel.

Der Wagen hielt immer öfter kurz an und fuhr wieder los. Geräusche von regem Verkehr deuteten darauf hin, dass sie in einer Großstadt mit vielen Kreuzungen unterwegs waren. Etwa zwei Minuten vor Ende der Reise vernahm sie das Wiehern von zwei Pferden, dann rumpelte der Wagen über viele Schlaglöcher und rollte aus. Sie zogen sie aus dem Wagen und brachten sie in einen Lagerraum von der Größe einer kleinen Garage neben einem Haus. Viel konnte sie nicht erkennen, es war stockdunkel.

In der Unterkunft brannte kein Licht. Sie stolperte über etwas und vernahm die Umrisse einer weiblichen Gestalt, die aufgesprungen war und auf sie zukam. Sie sprach französisch mit den Männern. Mit ihnen verließ sie die Behausung und sie schlossen hinter ihr ab. Catherine tapste durch den dunklen Raum und erkundete ihre Umgebung. Ihre Augen gewöhnten sich an die Dunkelheit und sie erkannte, dass sie beim Eintreten über eine Decke gestolpert war. Auf ihr legte sie sich nieder und wartete auf den Tagesanbruch.

Ein paar Stunden später kehrte das Mädchen mit einer Taschenlampe zurück. Die Tür wurde hinter ihr verriegelt. »Ich habe dir etwas zu essen gebracht«, sagte das Mädchen auf Englisch mit amerikanischem Akzent. »Claude sagt, du heißt Catherine. Ich bin Charlotte.«

Catherine riss sich in die Höhe. »Chuck?«

Charlotte antwortete freundlich: »Claude hat dir meinen Spitznamen verraten? Ja, ich bin Chuck. Komm, iss. Ich habe es selbst gekocht. Das sind nur Süßkartoffeln und Kürbis, ist nichts drin, was dir schaden könnte. Ich werde mir gleich dein Bein ansehen, Claude meinte, ich solle mich darum kümmern.« Sie stellte den Teller auf dem Boden ab.

Catherine riss ihr die Taschenlampe aus der Hand und beleuchtete ihr Gesicht. Es sah gespenstisch aus. »Claude hat mir deinen Namen nicht verraten, Chuck.« Catherine brach in Tränen aus und umarmte das Mädchen.

Charlotte erstarrte eine Sekunde, machte sich los und fragte: »Warum lügst du? Ich tu dir nichts.«

»Chuck, die ganze Welt sucht nach dir. Deine Mutter ist außer sich vor Sorge. Dein Vater hat das Afrikakommando mobilisiert.« Plötzlich hielt Catherine inne. Was, wenn sie mit den Tätern wirklich unter einer Decke steckte?

»Wer bist du?«

»Catherine.«

»Ich meine, woher weißt du das alles? Haben sie es dir erzählt?«

Catherine schwieg.

Charlotte rüttelte an Catherine. »Catherine ist das wahr? Man sucht mich?«

»Ja, Chuck. Dein Vater hat das Lösegeld bezahlt, aber es wurde gestohlen.«

»Pst. Es kommt jemand.«

Die Tür ging auf. »Wie geht es ihr?«, fragte Claude auf Französisch.

»Gut.«

»Hat sie gegessen? Was ist mit ihrer Verletzung?«

»Noch nicht, ich bin dran, Claude.«

»Quasselt nicht so viel, hast du gehört?«

»Entschuldigung.«

»Soll ich dir die Taschenlampe halten, während du ihren Verband wechselst? Das hat Vorrang. Sie soll sich nicht infizieren.«

»Nein, das kann sie machen. Es geht schon. Danke.«

»Nimm ihr die Schuhe ab und gib sie mir.« Sie tat es. »Okay bis morgen.«

»Ja, bis morgen.«

Catherine merkte an dem Ton, dass Charlotte Angst vor dem Mann hatte. Sie wagte einen neuen Annäherungsversuch. »Deine Mutter ist Tina Mertens, dein Vater Tobias Palmer. Im Haus deiner Mutter in Boston steht im Wintergarten rechts neben dem Eingang eine Vitrine. In ihr steht eine Vase aus der Ming Dynastie. In diesem Raum trank ich Tee. Im Garten vor der Gästesuite ist ein Swimmingpool, der im Winter überdacht wird und im Sommer freiliegt. Dort rauchte ich eine Zigarette. Im Haus deines Vaters hängt an der Wand über der Anrichte im Esszimmer ein persischer Wandteppich aus dem Jahre 1895. Dort habe ich gefrühstückt.

Ich kenne diese Einzelheiten, weil ich Teil des Teams bin, das dein Vater aussandte, um dich zu finden. Bitte verrate mich nicht, okay? Du schadest dir dadurch nur selbst.«

»Natürlich nicht, ich kann, ich kann das alles gar nicht glauben. Erzähl weiter.«

Catherine erklärte schemenhaft, dass man nach ihr suchte, hielt aber viele Details zurück. Sie wusste ja nicht, wie Charlotte sich unter Druck oder gar Folter verhalten würde. Aber ihre Auskünfte reichten aus, Charlotte zu versichern, dass sie beide auf der gleichen Seite kämpften. »Was weißt du darüber, was sie mit mir vorhaben, Chuck?«

»Nichts, Catherine. Claude sagte nur, dass ich ein paar Tage Gesellschaft haben werde und dass wir beide bald zu Hause wären.«

»Claude?« Ist das der Ältere?«

»Ja, und Aristide ist sein Komplize. Im Haus sind noch Junior und Thierry.«

Charlotte erzählte den Rest der Nacht hindurch. Sie begann mit ihrem Ausflug an den Hafen in Kapstadt. »Ich versteckte mich also mit diesem Jacques im Lagerraum des Schiffs. Wir krochen hinter gigantische Kabeltrommeln. Dort hatte er ein richtiges Lager aufgebaut mit Vorräten und so. Er erzählte mir, er sei gar kein Techniker sondern reise oft als blinder Passagier und habe so schon die halbe Welt erkundet. Das imponierte mir. Als er sagte, dass er ein Segelboot besitzt, das im Jachthafen von Port Elizabeth liegt, wollte ich es unbedingt sehen. Ich stimmte sogar zu, mit ihm von dort nach Durban zu segeln, weil er mir versprach, dass man auf der Route Delphine sehen kann. Ich schäme mich so, Catherine.«

»Musst du nicht.«

»Ich weiß nicht, was in mich gefahren war. Die Schule war vorbei, für immer! Britta und ich waren so fröhlich, übermütig weißt du. Und Jacques. Ich kann dir gar nicht sagen, wie charmant er war. Ich habe mich Hals über Kopf in ihn verliebt. Heute ist es mir unverständlich, aber ich war wie blind und taub.«

»Ich kenne das, Chuck. Niemand macht dir einen Vorwurf. Auch deine Eltern nicht. Du bist nicht das erste Mädchen, das so einen Fehler begeht. Erzähl weiter.«

»Wir machten aus, dass unsere Reise in Durban enden würde. Ich wusste natürlich, dass ich Ärger bekommen würde, weil Brittas Eltern mich dort abholen und nicht alleine nach Kapstadt zurückreisen lassen würden. Trotzdem war alles so abenteuerlich. Erst auf See wurde mir klar, was ich angerichtet hatte. Meine arme Mutter. Ich wollte Britta anrufen, aber wir hatten keinen Empfang, und er nahm mir das Handy danach weg. Als wir in die Nähe von Durban kamen, verlangte ich mein Handy zurück, aber er schickte selbst irgendeine Nachricht ab und sagte mir, wir würden nach Mosambik weitersegeln, um die Delphine einzuholen. Ich weigerte mich natürlich, wollte unbedingt an Land gehen, aber er hielt nicht an. Alberte nur herum. Es war entsetzlich, so nah an der Küste vorbeiziehen zu müssen. Das Land war in Sichtweite und doch unerreichbar. Ich machte ein Riesentheater. Als er mir dann eine knallte, war der Spaß vorbei. Ich schmollte die ganze Zeit und hoffte nur noch, endlich in Mosambik anzukommen. Wir holten die Delphine tatsächlich ein, aber ich durfte nicht mit ihnen schwimmen, wie er es mir versprochen hatte. Er sagte, man könne sein Boot nicht einfach verlassen und dass es Haie gebe und dass ich blöd sei, das überhaupt in Erwägung zu ziehen. Die Delphine schwammen ein paar Stunden neben uns her. Ich wünschte mir nichts mehr, als ins Wasser zu ihnen in die Freiheit zu springen, aber das ging natürlich nicht.

In Mosambik hielt er wieder sein Versprechen nicht ein und sperrte mich in eine Kajüte ein, während er die Lebensmittel aufstockte. Danach segelten wir einen Tag weiter und dann ging alles ganz schnell. Zwei Motorboote mit bewaffneten Piraten tauchten neben uns auf. Sie waren aus dem Nichts aufgetaucht. Als Jacques es bemerkte, versuchte er zu fliehen, oder tat wenigstens so, aber sie feuerten Schüsse ab und zwangen uns zum Anhalten. Dann enterten sie unser Boot.«

»Wieso glaubst du, er tat nur so?«

»Ich weiß nicht, Catherine. Das war so komisch. Statt unser Boot zu kapern, ergriffen sie nur mich und brachten mich auf eines der Motorboote. Als einer von ihnen grob wurde, versuchte Jacques zwar schon, mir zu helfen, aber sie stießen ihn nur beiseite und ließen ihn und seine Yacht zurück. Das ist nicht normal. Normalerweise schnappen sie sich auch das Boot, durchsuchen es nach Wertsachen und kapern die gesamte Besatzung, oder?«

»Stimmt.«

»Sie hatten es gezielt auf mich abgesehen und schienen zu wissen, dass es auf dem Boot keine Wertsachen gab. Jedenfalls fuhren sie mit mir in Windeseile in Richtung Sansibar und übergaben mich auf See der

Mannschaft eines anderen Boots. Das war eher ein kleines Schiff, so für Fischer. Es stank überall nach toten Fischen. Es war grauenhaft.«

»Die Piratenboote tummeln sich gern unter den Fischerbooten, weil die Radarschirme der Schiffsartillerie die den Indischen Ozean bewachen, sie dann nicht unterscheiden können.«

»Woher weißt du das?«

»Ich habe mich in Kenia ein bisschen über Piraterie schlaugemacht.«

»Naja, so war es hier anscheinend auch. Auf diesem Boot kreuzten wir im Indischen Ozean acht Tage umher und legten dann im Hafen von Stone Town an. Was aus Jacques wurde, weiß ich nicht. Zwei Typen, ich nannte sie Niemand und Picasso, brachten mich im Auto nach Kenia...«

Charlotte erzählte und erzählte, während Catherine aß und sich verbinden ließ und sich hinterher von ihren Strapazen erholte. Als die ersten Sonnenstrahlen durch die Balken und Ritzen des Holzdaches traten, schliefen sie beide ermattet ein.

60.
Catherine

Dass die schwammige Beschreibung des Verkäufers nicht nur auf Charlotte, sondern auch auf Catherine zutraf, und dass die Kalkulation einer Geisel von Catherines Niveau entsprach, war Rivas inzwischen bewusst geworden. Sein Täuschungsmanöver, eine Geisel kaufen zu wollen, um an Charlotte heranzukommen, war Catherine zum Verhängnis geworden. Er durfte jetzt nicht die Nerven verlieren, und wenigstens kam Licht in Catherines Verschwinden, aber das Warten wurde zur Qual.

Weitere Tage waren verstrichen, als Olivier sich endlich bei Rivas meldete. Olivier hatte Rivas hingehalten, weil er abwarten musste, bis die Geisel wohlauf in Kinshasa eingetroffen war. Lucien reichte Rivas den Hörer. »Ich möchte mit der Geisel sprechen«, verlangte der rigoros.

»Wozu?«

»Ich muss mich vergewissern, dass sie lebt.«

»Ein Lebenszeichen ist nicht üblich. Es handelt sich nicht um eine Lösegeldforderung, sondern um einen Kauf.«

»Eben, ich kaufe keine toten Geiseln.«

»So machen wir das hier nicht«, klärte Olivier seinen Kunden auf.

»Aber in Argentinien machen wir das so. Ich lasse mir kein totes Fleisch andrehen.«

»Ich kann jede x-beliebige Frau an den Apparat holen. Das ist doch kein Beweis für Sie?«

»Fünfhunderttausend von meinen Dollars liegen untätig herum, weil Sie sich nicht an die Absprache hielten. Das macht mich misstrauisch und ist schlecht für meinen Cashflow. Jetzt muss ich noch vor der Abholung die Angehörigen verständigen, um deren Seite in Gang zu setzen. Hierfür muss ich mit der Geisel sprechen.«

»Was wollen Sie wissen? Wir fragen sie.«

»Meine Vorgehensweise ist allein meine Sache.«

»So arbeiten wir nicht«, wiederholte Olivier.

»Schade, aber wenn Ihnen mein Geschäftsgebaren widerstrebt, habe ich dafür volles Verständnis. Dann müssen wir es eben sein lassen. Vielleicht klappt es beim nächsten Mal. Bieten Sie mir gerne wieder jemanden an. Aber auch dann zu meinen Konditionen und vor allem das nächste Mal bitte etwas pünktlicher. Ich muss jetzt mein Geld wieder auf die Bank tragen. Auf Wiederhören.«

»Warten Sie. Also gut. Es leuchtet mir ja ein. Ich versuche, das zu arrangieren. Sie hören von uns.«

»Moment noch. Ich brauche ihren Namen.«

»Catherine Zitgow. Eine Deutsche aus Johannesburg oder was weiß ich. Da soll sich einer auskennen. Tz!«

»Danke.«

Rivas' Team war entsetzt. »War es wirklich nötig, derart zu bluffen?«, fragten sie.

»Könnt ihr euch vorstellen, was gerade in Catherine vorgeht? Sie dreht doch durch. Die Übergabe dauert noch ein paar Tage. Wenn sie weiß, ich bin der ‚Käufer' und an ihr dran, wird sie ausharren und nichts Unüberlegtes auf eigene Faust unternehmen und sich unnötig gefährden. Sicher ist sie schon am Pläneschmieden.«

Da hatte Rivas sich nicht geirrt.

Rivas und sein Team befanden sich mittlerweile in Yumbe. Rivas hatte aus dem Autobesitzer herausgepresst, dass er den Wagen an der Grenze zum Urwald abgestellt vorgefunden hatte. An der Stelle, wo jeder befahrbare Weg endete und man nur noch zu Fuß weiterkam. Statt den Fund zu melden, behielt er den Wagen und ließ ihn auf seinen Namen umschreiben. Das erledigte ein Kumpel im Verkehrsamt. Für eine kleine ‚Entschädigung' hatte er ein tolles Gefährt erworben. Charlottes DNA Spuren waren in dem Wagen gefunden worden. Der Wald wurde bis zur Grenze durchkämmt. Dort fand man einige ihrer Sachen und die Leiche eines Mannes. Erkennbar war er nicht mehr. Die feuchte, warme Luft hatte den Körper zersetzt und Tiere an dem Leichnam gerissen. Die Polizei forschte nach einer Vermisstenanzeige, deren Beschreibung auf Elvis' Phantombild passte. Dabei stießen sie auf Mrs. Ethel Nasara. Rivas und Pedro fuhren nach Kampala zurück, um sie zu vernehmen.

Unterdessen durchforsteten Eden, Edmundo, Miguel und Lucien unter ugandischem und amerikanischem Militärschutz jeden Zentimeter des Grenzgebiets nach weiteren Indizien über den Verbleib von Charlotte.

Tina hatte zwei französische Legionäre engagiert und sie Rivas zur Verstärkung gesandt. Sie bat Rivas, dies vor Tobias geheim zu halten und sie gesondert einzusetzen. Einem gemeinsamen Einsatz mit den Streitkräften hätten sie ohnehin nicht zugestimmt.

Rivas und Pedro trafen sich mit ihnen in Kampala, bevor sie Elvis' Witwe aufsuchten. »Das mit dem Süd-Sudan könnte in die Irre führen«, sagten sie und schlugen stattdessen vor, das Grenzgebiet auf der Seite der DRC zu erkunden, nachdem Uganda und der Süd-Sudan ohnehin abgedeckt waren.

Rivas wandte ein: »Das ergibt keinen Sinn. Erst nach Norden und wieder runter in den Süden. Wenn die neuen Käufer sie in den Kongo brachten, mussten sie ja nur direkt nach Westen. Warum dieser Umweg?«

Die beiden beharrten auf ihrer Theorie, dass es sich um ein Ablenkungsmanöver gehandelt haben könnte und dass sie vermuteten, dass sie parallel zu Uganda die Grenze entlang gewandert waren und Charlotte dort in einem Dorf festgehalten wurde.

»Warum sind Sie sich so sicher?«

»Weil wir eine Bande kennen, die so vorgeht. Dieses Dreiländereck, wo man die Leiche gefunden hat, ist ihr bevorzugtes Gebiet. Der Anführer heißt Claude. Er hat drei Komplizen, deren Namen wir nicht kennen.«

Rivas staunte. »Was haben Sie mit denen am Hut?«

Sie grinsten verschmitzt. »Monsieur, was machen Sie beruflich, wenn ich fragen darf?«

Rivas war so verdutzt, dass er nicht wusste, was er darauf antworten sollte. »Ich bin Psychiater«, stammelte er hilflos. Auf diese Frage musste er sich für die Zukunft endlich eine Antwort zurechtlegen, dachte er.

Die Zwei hielten sich die Bäuche vor Lachen über Rivas' Berufswahl. »So wie Sie Ihr DSM auswendig können, halten wir es auch mit unserem Fach.«

»Sie kennen sich ja bestens aus. Aber aus welchem Grund ist Ihnen das umstrittene ‚Diagnostische und Statistische Handbuch' der Psychiatrie ein Begriff?«

»Das muss ich Ihnen nicht erklären.«

»Doch sag's ihm«, knuffte ihn sein Kollege.

»Also in unserem Quartier in Marseille haben wir eines in der Bücherei rumliegen. Ein Relikt, aber ich fand es faszinierend, darin herumzustöbern, wissen Sie. Dazu wurden wir auch ermutigt. Diese ganzen Geisteskrankheiten! An deren Symptome bedient man sich gerne mal, wenn man in Bedrängnis kommt. Sie verstehen?«

Rivas erwiderte trocken: »Also dann, schnappen wir uns diesen Claude.«

»Das ist nicht so einfach. Wir sollten erst die Gegend absuchen. Bei so einem Transport bleibt immer etwas liegen oder in den Büschen hängen. Wenn wir Indizien auf dieser Route finden, haben wir mehr Sicherheit, dass es sich um seine Gruppe handelt. Monsieur, wenn Claude nicht dahinter steckt, ist es Zeitverschwendung und ihn damit zu konfrontieren gefährlich.«

»Wir müssen los, Rivas«, drängte Pedro.

»Also gut, kämmt den Kongo ab«, sagte er zu den beiden und machte sich mit Pedro auf den Weg zu Elvis' Witwe.

Mrs. Nasara erwartete sie bereits. Ein hochrangiger Polizeibeamter begleitete die beiden. Man hatte Ethel nichts von der Entdeckung des Wagens ihres Mannes oder dem Leichenfund erzählt. Sie vermutete aber, es handle sich um ihre Vermisstenanzeige. Als ihr Rivas ein Bild von Charlotte unter die Nase hielt, erschrak sie, glaubte, ihr Mann stecke in Schwierigkeiten und stritt ab, sie zu kennen. Chuck hatte schwarze Haare, nicht blonde, und nicht so lange. Das reichte ihr als Ausrede, obwohl das Gesicht definitiv dem ihres Gastes glich. »Das Mädchen heißt Charlotte Mertens. Ist ihr Name irgendwann gefallen?«

»Nein, ich kenne keine Charlotte.« Das stimmte, Ethel brachte den Namen Chuck nicht mit Charlotte in Verbindung.

Elvis' Tochter zupfte ihre Mutter am Arm. »Chuck, Mom!«

Rivas horchte auf. Der aufmerksame Polizist beobachtete das.

»Sei still, geh nach draußen zu deinem Bruder«, wies die Mutter Nabulungi an.

»Nein Moment!«, sagte der Polizist. »Bleib hier. Was möchtest du sagen, Kleine?«

»Ach nichts, Sir. Ich dachte nur, Chuck ist der Spitzname von Charlie Brown. Da fiel mir ein, dass Charlotte und Charlie vielleicht... ach es tut mir leid.« Das Kind war zwischen den zwei Autoritäten hin- und hergerissen, hatte große Angst vor beiden. Charlotte hatte den Kindern Geschichten von dem lustigen Versager Charlie Brown erzählt und seinem Hund Snoopy, und dass Lucy, seine Freundin, Charlie Chuck nannte.

Rivas zeigte dem Mädchen Charlottes Bild. »Ist das Chuck?« Sie schwieg. Rivas wies Pedro an das Mädchen nach draußen zu bringen und wandte sich an seine Mutter. »Mrs. Nasara, in Yumbe wurde ein verdächtiges Auto aufgefunden. Der Halter des Wagens erwies sich nicht als der rechtmäßige Eigentümer. Das Verkehrsamt bemüht sich noch die Fälschung aufzudecken, aber wir vermuten, dass es sich um den Wagen Ihres Mannes handelt. Welche Marke und welchen Typ fuhr Ihr Mann, als Sie in das letzte Mal sahen?« Sie sagte es ihm. »Es wurde auch eine Leiche gefunden. Sie ist nicht mehr zu identifizieren, aber das DNA-Material wird mit den Spuren im Wagen momentan abgeglichen. Geben Sie Kommissar Verumbe bitte ein paar persönliche Artikel Ihres Mannes, um sie mit der Leiche abgleichen zu können. Wir gehen davon aus, dass er einem Verbrechen zum Opfer gefallen ist. Ihr Mann ist sehr wahrscheinlich tot, Mrs. Nasara. Es tut mir sehr leid.«

»Wie können Sie das behaupten, ohne sich sicher zu sein?«

»Mr. Romero hat recht, Mrs. Nasara«, schritt der Polizist ein. »Es besteht so gut wie kein Zweifel. Alles deutet darauf hin, dass Ihr Mann tot ist. Bitte helfen Sie uns, wenigstens das Leben dieses Mädchens zu retten. Noch haben wir Hoffnung, sie lebend aufzufinden. Sollte Ihr Mann noch leben, würde es ihn vor Gericht auch entlasten. In den Augen des Gerichts hätte er ihren Mord mitverschuldet, auch wenn er ihn nicht begangen hat.«

»Ja, das ist Chucks Gesicht, ich meine Charlottes. Nur hatte sie kürzere schwarze Haare. Elvis stellte sie mir als seine dritte Frau vor, aber sie blieb nicht lange. Er fuhr mit ihr fort und wollte in spätestens drei Tagen zurück sein. Ich nahm an, er sei mit ihr nach Kisoro gefahren. Außerhalb der Stadt hat er eine Hütte direkt am Bwindi Wald. Er hält sich gerne dort auf und wenn, meldet er sich selten. Er hat mir auch verboten, ihn zu belästigen, wenn er auf Reisen ist. Als ich allerdings gar nichts mehr hörte, habe ich versucht ihn zu erreichen, aber sein Telefon funktionierte nicht. Daraufhin alarmierte ich die Polizei. Ich bat sie, in der Umgebung von Kisoro nach ihm zu suchen, aber es hat sich niemand um ihn bemüht. Bis Sie heute hier auftauchten. Ich musste ein Formular ausfüllen und hörte nie wieder etwas.«

»Ich werde mich Ihrer Beschwerde persönlich annehmen«, versicherte ihr der Polizist.

»Das können Sie sich jetzt wohl sparen, Herr Kommissar«, sagte sie traurig und fragte: »Was ist mit Chuck? Sie sagen, noch lebt sie?«

»Wir wissen es nicht, Mrs. Nasara.«

»Für eine Ausländerin wird jeder Stein umgedreht. Um uns kümmert sich niemand.«

Der Polizist wies sie in scharfem Ton zurecht: »Mrs. Nasara, Ihr Mann steht unter dem Verdacht des Menschenraubs. Das ist kein Bagatelldelikt. Selbstverständlich gehen wir dem Fall nach. Wie wir auch nach Ihrer Tochter suchen würden, sollte sie je in eine solche Lage kommen. Ich wünsche ihr es nicht!«

»So etwas würde mein Mann nie tun. Er ist ein guter Mensch. Er hat sich eine Touristin aufgegabelt, nichts weiter. Sie hat sich nicht wie ein Mensch benommen, der unter Zwang festgehalten wird. Elvis verbot ihr nach draußen zu gehen, aber das machte er wegen der Nachbarn. Die zerreißen sich sofort das Maul. Ich meine, man würde sich doch wehren, weglaufen? Sie hatte Spaß mit den Kindern, es gefiel ihr bei uns. Sie hatte es gut bei Elvis. Und bei mir«, protestierte sie zaghaft.

Rivas ersparte der Frau, die unter Schock stand, einen Grundkurs in den Verhaltensmustern von Entführungsopfern und zeigte Mitgefühl. »Selbstverständlich, Mrs. Nasara. Das bezweifeln wir nicht. Erzählen Sie uns nun bitte alles, was Sie über Chucks Aufenthalt bei Ihnen wissen.«

Hauptsächlich berichtete sie über Charlottes Schlafkrankheit, ihren Fleiß und die ‚schöne' Zeit, die sie mit den Kindern verbracht hatte. Was Charlotte am Tag ihrer Reise getragen hatte, wusste Ethel nicht, weil sie nicht dabei gewesen war, als sie mit Elvis abgereist war.

Auf dem Weg ins Hotel informierte Rivas alle Beteiligten, dass sie nun nach einer schwarzhaarigen Charlotte mit zwanzig Zentimeter kürzeren Haaren suchen sollten. Und dass alle Kliniken Ugandas auf Schlafkrankheitspatienten überprüft werden sollten.

--- oOo ---

Die Leiche wurde als die von Elvis Nasara identifiziert. Das Auto als seines. Seine beiden Witwen erhielten es ein Jahr später zurück.

61.
Catherine und Charlotte

Am nächsten Tag plauderten die jungen Frauen weiter über ihre Abenteuer. Vor allem Charlotte redete sich ihren Schmerz von der Seele. Sie berichtete auch von Fern und von den Unterrichts- und Schachstunden. Catherine warf Geschichten über Andalus, Make-Me und Illusion dazwischen, blieb aber weiterhin vorsichtig, was Auskünfte über Rivas' Mission betraf. Auch seinen Namen verschwieg sie ihr. Charlotte versorgte Catherines Bein, kümmerte sich um ihre Mahlzeiten und brachte ihr Eimer, Wasser, Seife und Tücher für die Toilette und zum Waschen. Charlotte verbrachte viel Zeit im Haus mit den Männern, Catherine durfte ihr Verlies nicht verlassen. Die langweilige Zeit alleine vertrieb sie sich mit dem Schmieden eines Fluchtplans.

Claude verhieß Charlotte während des Kochens, dass ihre Übergabe unmittelbar bevorstünde.

Am Abend malte Charlotte Catherine mit Worten ein Bild von Helikoptern, Konvois, amerikanischen Flaggen und Blitzlichtern. Sie hatte eine klare Vorstellung davon, wie ihre Befreiung ablaufen würde, und vertraute ihr an, wie sehr sie sich über die Wochen an dieses Bild geklammert hatte. Als sie sie in ihre Pläne Naturwissenschaft zu studieren einweihte und dass sie eine Karriere als Primatenforscherin anstrebe, staunte Catherine über Levanas Vorhersage. Sie hatte damals schon behauptet, dass das Mädchen sich in einem Urwald und nicht in der Wüste befand, und dass sie sie eines Tages in ‚ihrer Währung' vergüten würde.

Zusammen träumten sie von ihrer Zukunft bis Catherine vorschlug: »Schau, da oben, das sieht alles so marode aus. Vielleicht können wir über das Dach fliehen?«

»Da kommen wir nicht hin.«

»Zusammen schon. Lass mich mal auf deine Schultern steigen.«

Sie versuchten es. Diese wackelige Angelegenheit war eine große Strapaze für Catherines verletztes Bein, und auch für Charlotte, die Catherines Gewicht auf ihren dünnen Schultern trug. Charlottes Füße waren nie richtig verheilt, schmerzten schon bei der kleinsten Anstrengung. Catherine war sich nach einer gründlichen Begutachtung ganz sicher, dass sie über das Dach entkommen könnten. »Ja und dann?«, fragte Charlotte.

»Du kannst doch *gut* reiten oder?«

»Ja, ich reite seit meinem vierten Lebensjahr.«

»Western?«

»Catherine, wo denkst du hin? Ich bin aus Boston! Ich reite englische Dressur. Ich war Kapitän im Dressurteam meiner Schule.«

»Wir klettern in den frühen Morgenstunden raus, wenn es noch dunkel ist, kurz vor Tagesanbruch. Wir schnappen uns zwei Pferde und hauen ab.«

Charlotte glaubte, es handle sich um ein Fantasiespiel und erwiderte lachend: »Ja es warten zwei Vollblüter vor der Tür, die uns in rasendem Tempo zur Botschaft bringen. Den Weg kennen sie natürlich auch.«

»Naja, Vollblüter eher nicht.«

Charlotte bemerkte, Catherine meinte es ernst. »Catherine, ich bin schon längere Zeit hier und habe noch nie ein Pferd gesehen.«

»Es muss welche in der Gegend geben. Ich habe, kurz bevor wir vor dem Haus anhielten, eines in unmittelbarer Nähe wiehern hören, und ein anderes, das antwortete. Ich kann dir sogar die Richtung sagen. Im Kofferraum kriegt man viel mit.«

»Ja, das kenne ich. Aber wo soll es in diesem Slum Pferde geben, und wozu?«

»Chuck, in Südafrika gibt es in den Slums immer mal Pferde, die Karren mit Material transportieren. Kabeldiebe laden das Kupfer nachts auf die Karren und schleppen es so zu den Hehlern. Tagsüber sieht man von den Pferden kaum etwas. Kabeldiebstähle gibt es doch hier auch, oder?«

»Du, da ist ein Holzlager ungefähr zwei Blocks von uns entfernt. Claude und Aristide unterhielten sich einmal über das Holz, dass es sich um gestohlenes oder illegal abgeholztes Baumaterial handelt. Beim Kochen konnte ich es von unserem ersten Haus aus sehen. Wir wohnten vorher zwei Häuser weiter.«

»Na siehst du.«

»Aber Catherine, das mit dem Dach halte ich für keine gute Idee. Selbst wenn wir durchkämen, gäbe es einen Riesenkrach.«

»Wie viele Schlüssel gibt es zu unserer Tür?«

»Vier. Jeder von den Männern hat seinen eigenen. Sie würden sich nicht mit Schlüsselsuchen aufhalten, sollte es einen Notfall geben. So dumm sind die nicht.«

»Schau doch mal nach, ob du einen findest, vielleicht von einem der beiden, die ihn seltener benutzen, dann fällt es nicht sofort auf.«

»Thierry und Junior kommen nicht mehr hier rein, seit Claude und Aristide zurück sind.«

»Eben.«

Nach einer Denkpause sagte Charlotte: »Catherine, nimm es mir bitte nicht übel, aber ich traue mich nicht.«

»Schon gut, wir versuchen es übers Dach.«

»Nein, ich meine, ich will nicht fliehen. Es tut mir wirklich leid für dich, aber...«

»Ja, ich weiß, du stehst kurz vor der Freilassung. Ist gut, Chuck. Mach dir keine Vorwürfe. Ich werde mich schon allein durchschlagen. Wie sagt man so schön? Ich bin eine von denen, die bescheuert genug ist, keine Angst zu haben. Hauptsache ist, du kommst heim. Bitte informiere dann sofort deine Eltern über mich. Sie müssen gleich meinem Freund Bescheid sagen. Sie kennen ihn.«

»Selbstverständlich.«

Gleichzeitig ging beiden ein Licht auf.

»Die können mich ja gar nicht freilassen, Catherine.«

»Ja, du würdest über mich berichten, sie verraten, das Haus identifizieren, Phantombilder erstellen können. Man müsste dir nur alle Slums Kinshasas zeigen. Früher oder später würdest du das Haus erkennen. Im Dorf, wo du vorher warst, war das anders, es gibt Millionen von Dörfern. Und ich bin eine zusätzliche Bedrohung.«

Die Tür ging auf. Charlotte musste Aristide ins Haus begleiten. Claude blieb bei Catherine. »Dein Käufer will dich sprechen. Halte dich zurück. Ich warne dich. Beantworte seine Fragen und gib ihm keinen Hinweis auf uns, hast du verstanden?« Sie nickte schluckend. Claude wählte eine Nummer und reichte ihr das Handy.

»Hallo?«

»Frau Zitgow?«

»Ja?«

Das ist Rivas!

»Geht es Ihnen einigermaßen gut?«

Catherine erkannte, dass er, indem er sie genauso ansprach, wie damals in Venezuela, der zweiten Station ihrer Verschleppung, ihr Gewissheit geben wollte, dass es sich um ihn handelte, falls sie an der Stimme Zweifel hegte. Dass er sie nicht Catherine nannte, war, um das Gespräch zu entfremden, damit sie auch ihrerseits nicht zu erkennen geben würde, dass sie sich kannten. Auch das begriff Catherine sofort.

»Ja, hier geht es sehr ‚fetzig' zu, aber man schlägt sich durch. Ich habe sehr viel Geld auf der Jozibank. Die Kontonummer ist 5678765, die Bankleitzahl ist 1248. Das Losungswort ist resiak4. Bitte heben Sie alles ab, damit man bald freikommt.«

Was quasseln die da?, fragte sich Claude, der so einen Ablauf noch nie verfolgt hatte. Auch sein Englisch vermochte der schnell sprechenden Catherine kaum zu folgen. Er riss ihr das Handy aus der Hand. »Das reicht okay? Wir melden uns«, bellte er ins Telefon on legte auf. »Was sollte das eben?«

»Ich habe ihm gesagt, wie er an das Lösegeld kommt. Ist das nicht normal?«

»Nein, du dumme Kuh. Jetzt kann er an das Geld ran und braucht dich nicht mal abzuholen.«

»Oh? Daran habe ich nicht gedacht.«

»Ach, Typen wie er schnappen sich das Geld und verkaufen dich weiter. Selber schuld! Und wenn nicht, finden wir für dich schon eine Lösung.«

Sie blieb den Rest des Tages eingeschlossen und schmiedete trotzdem weiter Fluchtpläne. Nun war der Spieß umgekehrt. Rivas würde sie retten, aber Charlotte ging die Zeit aus. Nun war es Chuck, die nicht lebend herauskäme, das stand fest. Sie mussten fliehen. Dringend.

62.
Charlotte

»Du hattest recht, Ari«, gab Claude zu. »Das mit Charlotte haut nicht mehr hin.«

»Woher die späte Einsicht?«

»Die beiden hecken irgendetwas aus. Die Neue führte so ein merkwürdiges Gespräch mit Oliviers Käufer.« Er erzählte, was er von dem Gespräch mitbekommen hatte. »Ich überlegte, ob wir nicht das Geld selbst abheben sollten. Ich hätte sie nochmal nach der Kontonummer gefragt, das ging mir zu schnell, aber inzwischen weiß ich, es gibt keine ‚Jozibank'. Warum sollte sie in ihrer Lage den Käufer belügen? Und Chuck ist so ängstlich geworden. Da stimmt was nicht.«

»Wir trennen sie. Hätten wir von Anfang an machen sollen.«

»Das bringt nichts mehr und wohin auch mit den beiden? Nie mehr zwei Deals auf einmal, das sage ich dir!«

»Ja, zu viel Stress. Gut, jetzt ist es eben passiert. Sie wissen zu viel. Vor allem Charlotte. Sie würde Hinweise über Zitgow weitergeben, sie weiß, wo wir sind.«

»Zitgow weiß auch, wo wir sind.«

»Da liegt für mich der Hund nicht begraben. Sie ist die ganze Zeit eingesperrt. Kam nachts an, hat nichts von der Umgebung mitbekommen, kennt die anderen nicht. Außerdem ist das Oliviers Deal. Wir können ja schlecht seine Ware abmurksen, und bis der Argentinier sie verramscht hat, sind wir über alle Berge. Und sie ist ein einfacher Bürger, während bei Charlotte, sobald sie in Sicherheit ist, die Amis ihre Maschinerie anwerfen werden. Charlotte kann über den Dorfarzt aussagen, das verknüpft uns mit seinem Tod, weil du ihn abknallen musstest. Dann kommt Mord hinzu, und über ihren ugandischen Händler wird sie ebenfalls aussagen, den unsere Transporter ja auch erschossen haben. Noch ein Mord. Außerdem hast du Charlotte zu viel über dich erzählt.«

»Woher willst du das wissen?«

»Ich spüre das, Claude. Du hast ihr von Frankreich erzählt, nicht wahr?«

»Ja.«

»Ich werde mit Jean-Pierre reden.«

»Nein, Ari, das erledige ich.«

»Warum?«

»Weil ich kein Feigling bin. Ich habe das angefangen, ich bringe es zu Ende. Außerdem will ich ihr den Terror ersparen. Wenn ich es mache, kriegt sie nichts mit. In ein paar Sekunden ist es vorbei.«

»Claude willst du mich reinlegen?«

»Du traust mir nicht? Du kannst gerne dabei sein.«

»Wie willst du das bewerkstelligen?«

»Sobald wir morgen das Geld in den Händen haben, gebe ich dem Palmer die Koordinaten für den geplanten Übergabeort im Dschungel durch. Die werden ein paar Stunden brauchen, da hinzukommen, aber sie nicht vorfinden. Ihr werde ich sagen, ich will mit ihr ein letztes Mal Schach spielen. Sie setzt sich an den Tisch, stellt fröhlich die Figuren auf, ich gehe kurz raus. Du bleibst so lange bei ihr und lenkst sie ab. Ich komme zurück. Genickschuss von hinten. Fertig. Wegen eines Schusses schaut hier in der Nachbarschaft sowieso keiner auf.«

»Erstick sie lieber mit einem Kissen.«

»Muss das sein?«

»Ja. Was machen wir mit der Leiche?«

»Wir bleiben bei Zitgow, und Thierry und Junior versenken sie im See an dem stillgelegten Bergwerk an der östlichen Stadtgrenze. Sie werden wochenlang den Dschungel durchkämmen, bevor sie darauf kommen. Wenn sie sie überhaupt finden.«

»Da kannst du ihr ja gleich weismachen, wir bringen sie an den Übergabeort und ihr sofort nach dem Ausladen am See ihren Todeskuss verpassen. Dann kannst du sie auch erschießen.«

»Ja, so machen wir's, okay?«

»Alles klar. Darf ich Thierry und Junior einweihen? Sie verlieren langsam die Geduld. Es ist nicht gut, sie im Dunkeln zu lassen.«

»Ich weiß. Ja, sag's ihnen.«

»Dann kannst du nicht mehr zurück.«

»Es gibt kein Zurück mehr, Ari. Daran sind nur die Musiker schuld. Wenn wir mit im Dorf hätten bleiben können, wäre alles nach Plan gelaufen. Aber durch diesen verdammten Raub mussten wir alles umwerfen und die Kleine muss ins Gras beißen. Jammerschade. So haben wir uns das nicht vorgestellt, oder Ari? Ist auch sehr schlecht für unseren Ruf. Sehr schlecht, Mensch. Verdammt.«

»Ich sag ja immer, wenn der Plan beim Teufel ist, kommt der Coup nicht in den Himmel. Willst du eine gute Nachricht?«

Claude spitzte die Ohren.

»Ich habe einen neuen Kandidaten für uns.«

»Du? Das ist doch mein Job. Und wollten wir nicht mit den Musikern abrechnen und dann eine Pause einlegen?«

»Während wir hier sitzen, entfaltet sich eine Gelegenheit in Gabun. Sollten wir die nicht am Schopf packen?«

»Lass hören.«

»Industrieller.«

»Ich liebe Industrielle! Geld – check. Risiko - check. Aufwand – check.«

»Eben. Es handelt sich um einen Pumpenfritzen aus Dänemark. Sein Unternehmen hat gerade den Zuschlag für einen Millionendeal von den Gabunern bekommen. Er wird sich in nächster Zeit in unserem Terrain tummeln. Es ist sein erster Großauftrag in Afrika, posaunt es überall herum. Er kennt sich hier noch nicht besonders gut aus. Wir müssen das ausnutzen und geschwind zuschlagen.«

»Westlich ist gut. Den Osten müssen wir einige Zeit ruhen lassen.«

»So sehe ich das auch.«

»Eine schnelle, saubere, sichere Sache. Ohne den ganzen Weiberkram.«

»Exactement! Willst du ein Bier?«

»Bring mir gleich ein Dutzend«, feixte Claude.

63.
Catherine

»Warum redet Catherine solchen Quatsch? Und in der dritten Person?«, fragte Pedro, der wie alle aufmerksam dem Gespräch auf Lautsprecher gefolgt war.

Alle rätselten mit Rivas über Catherines verschlüsselte Botschaft. Sie kamen nicht voran. »Wir müssen das systematisch angehen«, entschied Rivas. »Eden und Edmundo, arbeitet ihr die Zahlenkombination durch. Die Bankleitzahl könnt ihr ignorieren. Das ist ein Code, den wir benützen, um uns in Notlagen zu identifizieren. Pierrette und Lucien, ihr kümmert euch um den Text. Pedro und Miguel, ihr helft mir bei dem Losungswort.« Die Gruppen verzogen sich in verschiedene Ecken.

Pierrette brüllte schon nach zehn Minuten: »Rivas, fetzig - der Fetzen von Charlottes Kleid! Sie hielt die Rede neutral und sagte ‚man', weil sie nicht ‚wir' und ‚uns' sagen konnte, aber darauf hinweisen wollte, dass sie nicht alleine ist.«

»Sie glauben Charlotte ist mit ihr zusammen?«

Sie nickte eifrig. Eden tippte sich mit dem Zeigefinger zweimal kurz an die Stirn, um zu zeigen, dass er seine Frau für übergeschnappt hielt.

»Das darf doch alles nicht wahr sein!«, stieß Rivas aus.

»So einen Zufall gibt es nicht«, sagte Miguel.

»Naja, einen bestimmten Zusammenhang gibt es da schon. Immerhin habe ich mich als Interessent auf einem Markt angeboten, zu dem die Spuren aus allen Richtungen zu führen scheinen. Miguel, ruf die Söldner an. Frag, ob sie was aufgetrieben haben.«

Sie rätselten weiter. Rivas erkannte schließlich, dass die Kontonummer nur eine Zahlenfolge und dass Jozi nichts weiter als Slang für Johannesburg war. Eine Jozibank gab es nicht. Die Botschaft musste in dem Losungswort verborgen sein. Lucien drehte das Wort um: 4 Kaiser.

»Was bedeutet ‚vier Kaiser'? Ist das ein Märchen? Ein Hotel? Eine Band?«

»Andalus!«, rief Pedro.

»Warum Andalus? César passt, aber seine Generation ist acht, nicht vier.«

»Vielleicht hat sie das in der Aufregung verwechselt.«

»Das glaubst du doch selbst nicht! Eher könnte Catherine uns die Anzahl seiner Fellhaare nennen, als dass sie Andalus' Stammbaum nicht korrekt runterrattern könnte. Pierrette gehen Sie mal ins Netz. Gehen Sie die römischen, chinesischen und deutschen Kaiser der Reihe nach durch und finden Sie heraus, wie der jeweils vierte hieß. Vielleicht meint sie ja den vierten Kaiser, nicht vier Kaiser und sie gibt uns einen Hinweis auf den Namen des Entführers.«

»Okay«, sagte Pierrette.

»Leute, welches Land hatte noch Kaiser?«

»Japan.«

»Die japanischen auch, Pierrette. Fangen Sie mit dem Römischen Reich und Deutschland an, die sind ihr sicher am geläufigsten.«

Miguel hatte die Legionäre an der Strippe. »Sie haben ein leeres Tablettenröhrchen gefunden. Gegen Schlafkrankheit. Einige Kilometer vom Fundort der Leiche entfernt, aber tatsächlich auf der kongolesischen Seite. Die Legionäre hatten recht mit ihrer Vermutung, Rivas.«

Rivas griff zum Hörer. »Warum haben Sie sich nicht gleich gemeldet?«

»Das war vor fünf Minuten, beruhigen Sie sich bitte.«

Pierrette rief: »Rivas, der vierte römische Kaiser hieß Claudius.«

Rivas musste sich setzen. Er holte Luft und sagte dann ins Telefon: »Sie hatten recht. Es handelt sich um Claudes Bande. Aber wir stehen vor einer neuen Situation: Sie haben zwei Frauen in ihrer Gewalt. Sie müssen in Kinshasa sein, weil dort eine von ihnen unmittelbar vor der Übergabe steht.«

»Rivas, wenn das stimmt, haben wir sie in kürzester Zeit. In Kinshasa kennen wir uns besser aus, als Sie sich in Ihrem Schlafzimmer. Sobald wir dort sind, fragen wir uns im Milieu innerhalb von ein paar Stunden durch. Halten Sie uns bitte die Streitkräfte vom Leib. Wir können uns da keinen Wirbel leisten, sonst scheucht es unsere Kontakte auf. Ein Problem müssen wir noch lösen. Wenn es sich jetzt um zwei Geiseln handelt, müssen wir vorher noch mit unserer Auftraggeberin sprechen.«

»Weshalb?«

»Für vier Kerle und zwei Geiseln brauchen wir noch einen Mann. Wir müssen einen anheuern, und das kostet extra. Und es wird leider etwas dauern.«

»Dafür fehlt uns die Zeit. Ich übernehme das.«

»Wir brauchen einen Sniper, der den Mädchen und uns Deckung gibt. Können Sie das?«

»Ich bin kein Scharfschütze, habe aber einen bei mir. Er heißt Miguel. Wo wird er auf euch treffen?«

»Wir melden uns, wenn wir da sind. Wir brauchen ein Flugzeug, das uns von Ariwara nach Kinshasa bringt. Können Sie eins besorgen? Wir machen uns jetzt auf den Weg nach Ariwara. Rufen Sie uns bitte an, sobald der Flug organisiert ist. Wir melden uns, sobald wir in Kinshasa eingetroffen sind.«

»Pedro, buch für uns alle Flüge nach Kinshasa.«

»Für wann?«

»Jetzt gleich. Pierrette und Eden, helfen Sie mir einen Charter für die Söldner aufzutreiben.«

»Miguel und Edmundo, packt unsere Sachen, und helft uns dann einen Charterflug zu organisieren.«

Auf der kurzen Strecke von Kampala zum Flughafen in Entebbe rief Rivas Tina an. Er erzählte von den neuesten Erkenntnissen und bat sie, Tobias nicht zu informieren, um die Truppen fernzuhalten. »Tina, Sie sind ein Genie«, sagte er abschließend. »Ihre Leute hatten den richtigen Riecher.«

»Rivas, ich nehme die nächste Maschine nach Kinshasa und fahre von dort gleich zur Botschaft. Tobias sage ich einfach, ich wäre das Warten leid.«

»Gute Idee, Tina. Wir sehen uns.«

»Ja, in Kinshasa. Viel Glück, Rivas.«

64.
Catherine und Charlotte

Charlotte grübelte während Catherine ihr Abendessen verspeiste. Catherine hatte ihr von dem Telefonat mit ihrem Käufer berichtet. »Es ist schon merkwürdig, dass du kamst, um mich zu retten, und jetzt wirst du verkauft. Ich dachte, dass sie dich als zusätzliches Druckmittel oder als Abschreckung benützen. So ein komischer Zufall. Das ist logisch nicht nachvollziehbar.«

»Vielleicht sind sie nur gierig und wollen zwei Fliegen mit einer Klappe schlagen?«

»Kann sein.«

Catherine plagte das schlechte Gewissen, denn sie verschwieg Charlotte, dass es sich bei dem ‚Käufer' um Rivas handelte. Das war einfach zu gefährlich. Aber im Stich lassen würde sie Charlotte nicht. Sie würde auf jeden Fall mit ihr fliehen, sonst würde sie sterben, davon war sie überzeugt. Alleine hatte sie keine Chance. Dafür war sie zu analytisch. In so ein Vorhaben musste man sich stürzen. Wenn man anfängt, lange darüber nachzudenken, wagt man es nie, das wusste Catherine aus Erfahrung.

»Wir werden morgen früh abhauen. Ich habe keine Lust mich von einem Menschhändler verschleppen zu lassen«, erfand sie schnell einen ‚logisch nachvollziehbaren' Grund. »He, was ist das denn?« Catherine war mit dem Löffel in ihrem Essen auf etwas Hartes gestoßen.

»Eine Überraschung.«

»Der Schlüssel!«

»Er gehört Thierry. Jetzt bin ich erledigt, Catherine. Sobald er das entdeckt, ist es mit mir vorbei. Das letzte Mal ging's nur um ein paar grüne Bohnen. Was mir für hierfür blüht, darf ich mir gar nicht ausmalen. Jetzt müssen wir so oder so fliehen. Sie sind nebenan am Saufen, so habe ich auch den Schlüssel ergattert. Hoffentlich schlafen sie heute Nacht recht tief. Wir waren vor dem Kochen bei den Pferden stehengeblieben. Nehmen wir an, wir stoßen wirklich auf welche in der Nähe, und dann?«

»Wir reiten mit ihnen in Richtung Stadtmitte und suchen nach der Botschaft, wie du gesagt hast.«

»Du barfuß im Schlafanzug und mit deinem Bein! Hier beritten im Slum. Und ich bin mit meinen Zahnschmerzen auch nicht viel besser drauf. Catherine, die Stadt ist riesengroß, sie hat neun Millionen

Einwohner. Hast du eine Ahnung, was auf den Straßen los ist? Wie wir auffallen werden?«

»Das ist doch gut.«

»Das hängt davon ab, wem wir auffallen.«

»Hast du vor der Stadt mehr Angst als vor den Gangstern da drüben?«

»Das nicht, aber anscheinend mehr als du. Claude ist vernünftig und manchmal nachsichtig, aber nur weil er sich das erlauben kann. Er kann auch ganz schön brutal sein. Die anderen drei werden dich schikanieren, aber Claude spielt da nicht lange rum, er würde keine Sekunde zögern, dich abzuknallen. Das macht ihn viel gefährlicher als die anderen drei zusammen. Er ist nicht umsonst ihr Anführer. Man muss sich mit ihm ein bisschen ‚auskennen', sonst macht er einen fertig.«

»Bist du schon mal auf einem fliehenden Pferd gesessen, Charlotte?«

»Ja klar.«

»Was machst du dann?«

»Schenkelhilfe, Sitzhilfe, Zügel leicht geben und nehmen, wenn das nicht mehr funktioniert: Zügelbrücke, Schenkel bleibt dran, tiefer Sitz, weiterhin vorwärts leicht in die Hand treiben, so viel Überwindung es auch kostet.«

»Hat's geklappt?«

»Jedes Mal.«

»Und wenn du stattdessen kapituliert hast?«

»Bin ich runtergeflogen, und ich meine geflooogen!«

»Bist du schon mal auf einem *durchgehenden* Pferd gesessen, Charlotte?«

»Du meinst so richtig ‚Crazy Horse', rollende Augen, ‚rennt-in-einen-Baum-durchgehendes-Pferd'?«

»Ja.«

»Natürlich nicht. Das kann man nicht sitzen. Was willst du mir damit sagen?«

»Denen, die so eine Erfahrung heil überstanden haben, gelang es, indem sie *alles* losließen. Zügel hinschmeißen, mitgehen, Freiheit lassen. So ein Pferd lässt sich nicht mehr ‚reiten', Chuck.«

»Worauf willst du hinaus?«

»Ich bin dieses verdammte durchgehende Pferd. Mich reitet man nicht. Nicht mehr. Der Tag, an dem ich mir noch einmal meinen Willen brechen lasse, ist der Tag, an dem ich sterbe. Lieber renne ich in einen

Baum - wie das durchgehende Pferd. Die fliehen nicht aus Angst. Ja, es gibt einen Auslöser, vielleicht hat es sich sogar erschreckt, aber das durchgehende Pferd hat beschlossen, *ich* mache, was *ich* will! Die rennen nicht in den Baum, weil sie ihn nicht gesehen haben, Chuck, die rennen da rein, *weil* sie ihn gesehen haben. Die Angst treibt das fliehende Pferd. Der Wille treibt das durchgehende Pferd.« Charlotte setzte einen bedrückten Blick auf. »Oh nein, so habe ich das nicht gemeint, Chuck. Ich will damit nicht sagen, dass du feige bist, weil du dich anpasst und ich ach so mutig bin. Du hast richtig gehandelt. Was ich meine ist etwas anderes.«

»Was ist dir passiert, Catherine?«

»Ich habe mir einmal geschworen, dass ich mich niemals mehr unterdrücken lasse, seitdem ist die Angst weg, wie bei einem durchgehenden Pferd. Klar, habe ich Ängste, aber ich habe keine Angst. Wenn wir abhauen, Chuck, fliehen wir nicht. Wir gehen durch, okay?«

»Du hast meine Frage nicht beantwortet.«

»Also gut. Der Grund, warum ich hier bin, ist, dass ich auch einmal entführt wurde.«

»Wie hast du dich verhalten?«

»So wie du, nicht so klar denkend wie du, aber ich habe mich auch mit dem Entführer ‚arrangiert'.«

»Bitte erzähl mir davon.«

»Okay, wir machen einen Deal. Wenn wir beide frei sind, erzähle ich dir meine Geschichte, okay?«

»Okay, aber sag mir eines: Wie hast du überlebt? Hat man dich ausgelöst?«

»Ich hatte Glück.«

»Inwiefern?«

»Mein Kidnapper hatte einen Sinneswandel.«

»Wie hast du den bewirkt?«

»Gar nicht. Ach Chuck, ich war viel zu doof. Ich lebte nur in den Tag hinein, ich hatte keinen Plan. Es ging von ihm aus.«

»Nein, Catherine, irgendetwas musst du gesagt oder getan haben, das den Wandel herbeigeführt hat.«

»Das sagte mein Therapeut auch. Er hat mir sogar auf die Schulter geklopft. Das einzige Mal.«

»Siehst du, du bist nicht doof, du bist so schlau, dass du es gar nicht merkst.«

»Aber nicht halb so klug wie du. Woher weißt du eigentlich die Zahl der Einwohner hier?«

»Das lernt man doch in der Schule. Hast du im Erdkundeunterricht nicht aufgepasst?«

»Anscheinend nicht, aber ich wette, du weißt die Einwohnerzahl von São Paulo nicht.«

»Du?«

»Nein, aber darum geht's nicht.«

»Elf Millionen.«

»Paris?«

»Zwei Millionen.«

»Okay, warte, warte, gleich hab ich dich. Melbourne.«

»Vier Millionen.«

»Nein, das war zu einfach. Harare.«

»Für Harare gibt es keine zuverlässigen Zahlen. Man schätzt bis zu drei Millionen mit Umkreis. Los, frag weiter.«

»Moment. Mm. Heidelberg.«

»Ich passe.«

»Jetzt musst du mich was fragen.«

»Womit kennst du dich aus?«

»Literatur.«

»Auch mit amerikanischer?«

»Ich glaube schon, ja.«

»Wer schrieb ‚Tom Sawyer und Huckleberry Finn'?«

»Mark Twain.«

»Wie heißen die Protagonisten von ‚Vom Winde verweht'?«

»Scarlett und Rhett.«

»Nenn zwei Werke des Autors John Steinbeck.«

»'Jenseits von Eden' und ‚Von Mäusen und Menschen'.«

»Wann wurde ‚Onkel Toms Hütte' veröffentlicht?«

»Ich passe.«

Charlotte und Catherine schossen sich wie im Lampenfieber einer TV-Quizshow Fragen und Antworten entgegen, wurden immer alberner. Zum ersten Mal seit ihrer letzten Vision von Fern flossen bei Charlotte die Tränen. Diesmal vor lauter Lachen. Auch Catherine hatte lange nicht mehr so von Herzen gelacht. Sie hatte... eine Freundin.

»Chuck, magst du Claude?«

»Nein. Warum sollte ich?«

»Gar nicht?«

»Nicht wirklich nein, warum fragst du?«

»Ach nur so.«

Elvis hat mich auch schon so etwas gefragt. Ich verstehe diese Frage nicht. Sprecht ihr von einer absichtlichen ‚collaboration sentimentale', wie manche Frauen im Krieg, die mit den Soldaten der Besetzungsmacht flirten, um an Nahrungs- und Genussmittel heranzukommen und sich dann verlieben? Oder über ein wahres Sympathisieren mit dem Verbrecher? Theoretisch weiß ich darüber Bescheid, aber ich weiß nicht, wie sich das anfühlt. Ich habe mich nie verbündet gefühlt. Ich meine, du weißt ja, wie das ist. Oder hast du deinen Kidnapper gemocht? Ist dir das passiert?«

»Ja schon, aber eine ‚notbedingte Kollaboration der Gefühle'? So habe ich das nicht betrachtet. War meine Zuneigung wirklich *nur* eine Überlebensstrategie?«

Catherine fühlte sich zum ersten Mal beschämt und zog ihre Liebe zu Rivas in Zweifel. Hatte Dr. Lammingcourt den Verdacht, dass auch das eine Rolle spielte? War dies der Grund, warum auch Rivas so lange ihre Liebe abwehrte? Musste es ausgerechnet eine Achtzehnjährige sein, die endlich zu ihr durchdrang?

»Was mochtest du an ihm?«, forschte Charlotte weiter.

»Er ist so mutig, weißt du«, lenkte Catherine vom Thema Liebe ab.

»Was fandest du an ihm mutig?«

»Nicht nur an ihm. Ich meine alle Gangster, die haben doch was. So ein Bankräuber, Chuck. Stell dir vor, du gehst einfach in eine Bank und holst dir, was du willst.«

»Möchtest du auch eine Bank ausrauben können, Catherine?« Catherine riss den Kopf hoch. »Warum starrst du mich so an?«

»Das war eine klassische Therapeutenfrage.«

»Nein, eine logische. Wenn jemand davon schwärmt, wie mutig ein Bankräuber ist, ist es naheliegend, dass man sich fragt, ob sich die Person insgeheim wünscht, so ein Verbrechen zu begehen oder dazu imstande zu sein.«

»Ich möchte natürlich keine Bank ausrauben, aber den Mut dazu möchte ich schon haben, Chuck.«

»Das findest du mutig?«

»Du nicht?«

»Pass mal auf. Ich gehe in einen Waffenladen, fülle ein Formular aus und blättere ein paar Dollarscheine hin. Wenige Tage später hole ich mir meinen Waffenschein und meine Pistole ab. Ich laufe Catherine über den Weg, halte ihr meine Pistole an den Kopf und sie gibt mir ihr Geld, aber es reicht mir nicht. Ich tippe ein paar Zahlen ins Handy und rufe ihre Mutter an. Gib mir Geld, sage ich, sonst knalle ich sie ab. Sie gibt mir das Geld. Bin ich ein Held? Ist das Mut? Mutig ist für mich das Pferd, dessen Reiter sein Herz über den Sprung wirft und ihm folgt, weil es ihm vertraut, obwohl es nichts lieber täte, als an dem Hindernis vorbeizulaufen, wie jedes Pferd. Mutig für mich ist auch dieser Reiter, der seinem Pferd vertraut, obwohl er weiß, dass es sehr wohl vorbeilaufen *könnte*. Mutig ist für mich der Fabrikarbeiter, der jeden Tag gewissenhaft Nähte schweißt, obwohl es ihm stinkt, weil er darauf vertraut, dass seine Ersparnisse ihm nicht irgendwann geraubt werden. Mutig ist für mich die Krankenschwester im Altersheim, die dem Greis den Hintern abwischt, weil sie darauf vertraut, dass ihm das gut tut.«

Catherine schluckte über die letzte Bemerkung. Sie dachte an Rivas im Krankenwagen. »Du bringst Mut mit Vertrauen in Verbindung?«

»Ja. Mut beweist man, indem man vertraut – den Menschen, dem Leben, wie Fern das tut. Das nenne ich Mut.«

»Äh, wie alt bist du?«

Charlotte lachte. »Ich bin achtzehn, Catherine, das weißt du doch. Warum?«

»Weil du dich gerade wieder wie mein weiser hundert Jahre alter Therapeut angehört hast.«

»Das ist keine Frage der Weisheit, sondern der Logik. Für mich ist es stringent, dass eine Abkürzung über den Pfad der Kriminalität nicht auf Mut beruht, sondern auf Feigheit. Das sind Drückeberger, die sich nicht dem wirklichen Leben stellen wollen. Das, einmal von dem Leid, das sie erzeugen, abgesehen, imponiert mir nicht.«

»Ja schon gut, Mr. Spock.«

»Warte, ich bin noch nicht fertig. Mein Hauptargument kommt noch.«

»Jetzt bin ich gespannt«, lachte Catherine.

»Du Catherine, bist für mich die Mutigste von allen. Da kann kein Claude, kein Elvis, kein Aristide oder sonst ein Schurke mit hundert Pistolen mithalten. Das durchgehende Pferd hat nämlich Vertrauen zu *sich*. Es nimmt sein Schicksal in seine eigenen Hände. Du vertraust deinen eigenen Händen. Ich kenne dich noch nicht lange, aber lange genug, um zu wissen, dass genau das dich ausmacht. Und ich kenne auf der ganzen Welt niemanden, außer Fern, den ich mehr bewundere. Das, Catherine ist auch nur eine *logische* Folgerung meiner Beobachtungen. Nicht mehr und nicht weniger.«

Catherine schluckte. Mrs. Levines Worte drangen durch die Schuppenwände. Gefährlicher als die Gefahr ist die Sicherheit in den falschen Händen. Blicken Sie auf die Hände. Was sehen Sie?

»Du wirst eine wunderbare Forscherin und Tierschützerin, Charlotte.«

»Wirklich?«

»Ja. Du hast Verstand *und* Gefühl. Und weißt du was? Jetzt weiß ich ganz sicher, dass wir es morgen schaffen werden.«

»Glaubst du, Catherine? Ich habe Angst.«

»Ich weiß es. Unsere Hände machen es möglich. Du, sei mal still. Hörst du das?«

Charlotte lauschte angestrengt. »Ich höre nichts.«

»Eben! Der Regen hat aufgehört. Morgen wird für uns die Sonne scheinen, wirst sehen.«

»Also gut, Captain Kirk. Zu Befehl. Morgen gehen wir durch und verschwinden von hier.«

»Wir sollten endlich schlafen, wir müssen früh aufstehen.«

»Wenn wir verschlafen?«

»Das werden wir nicht. Dafür sorgen dein Verstand und mein Gefühl. Gute Nacht, Charlotte. Unsere letzte in Gefangenschaft.«

»Gute Nacht Catherine.«

65.
Catherine und Charlotte

Morgens um vier schlichen sich die beiden nach einer unruhigen Nacht aus ihrem Gefängnis und rannten in der Dunkelheit durch das menschenleere Slumviertel zum Holzhof. Der Zeitpunkt erwies sich als perfekt. Nach den nächtlichen Lieferungen warteten die Hehler das Tagesgeschäft ab. Catherine und Charlotte irrten auf dem Platz umher und entdeckten direkt am Straßenrand zwei Wallache, die an einer leeren Karre eingespannt waren und vor sich hindösten.

»Unglaublich, die machen sie nicht mal los!«, schimpfte Charlotte.

»Das ist kein gutes Zeichen, Chuck, das heißt, dass sie nicht lange hier stehen werden und dass bald jemand kommt. Spann sie so lange aus und halte Ausschau. Ich suche nach Sätteln und Zaumzeug. Wirf einen Stein an das Wellblechtor da drüben sobald jemand kommt, und versteck dich okay?«

»Haben die überhaupt Sättel? Und kann man auf denen überhaupt reiten?«

»Garantiert. Die Sättel sind wahrscheinlich in schlechtem Zustand, aber Afrikaner finden für alles eine Lösung, und die funktioniert auch, glaub mir. Pferde sind unglaublich wertvoll hier, wer sich die hält, wird sie ausschöpfen und nicht nur zum Kutschieren nutzen.

»Das geht doch ohne Sättel! Und die Fahrleinen taugen im Notfall als Zügel. Wir müssen uns beeilen. Catherine, ich darf nicht darüber nachdenken, was Claude mit uns macht, wenn er uns erwischt. Für mich wird es noch schlimmer, weil ich sein Vertrauen missbraucht und den Schlüssel gestohlen habe. Er wird außer sich sein vor Wut.«

»Schau dir mal die spitzen dünnen Widerriste an, Chuck. Das halten wir nicht durch, und die Pferde auch nicht. Die haben immer Sättel, das gegenseitige Anpassen von Reiter und Pferd an die Bewegung sind sie nicht gewohnt. Die Arbeitspferde hier sind nicht rittig, wie wir das kennen. Sie sind Lastenträger und ohne jede Ausbildung, was den Einklang zwischen Reiter und Pferd betrifft. Das wird ein harter Ritt. Und die langen Leinen sind gefährlich. Die paar Minuten werden sich lohnen.«

»Okay, mach schnell.«

Catherine fand sofort ein paar Sättel und Zaumzeug. Sie nahm die Zügel ab, stülpte die dünnen, klapprigen Sättel übereinander und schleppte sie zu den Pferden. »Lass ihnen das Gebiss, dafür haben wir jetzt keine Zeit. Nimm nur die Kutschzügel ab und bring die hier an, ich sattle inzwischen auf.«

»Catherine, die Pferde sind so dünn und klein und vollkommen verwahrlost. Wie soll das gehen? Du bist ja klein, aber ich? Mit denen kann ich Rollerfahren. Wie soll mich so etwas tragen? Vielleicht ist das keine so gute Idee mit den Pferden, lass uns ohne verschwinden. Ach dein Bein! Oh Mann, wir sind verratzt!«

»Gib ihnen Namen.«

»Was?«

»Die Pferde brauchen Namen, dann musst du mit ihnen reden und sie bitten, uns zu helfen.« Catherine wollte Chuck davon ablenken, sich zu viele Argumente zu überlegen, woran ihr Vorhaben scheitern könnte. Das müsste es eigentlich auch. Catherine gründete ihre einzige Hoffnung auf folgendes Prinzip: Für den, der nicht weiß, dass etwas nicht geht, *geht es*. Deshalb mussten beide den Kopf ausschalten.

»Das ist Kin und das ist Shasa.«

»Super Namen. Und unterschätze sie nicht, das sind Basutos. Die sind stark.«

In Wahrheit hatte Catherine keinen blassen Schimmer, um welche Rasse es sich bei den beiden Zottelburschen handelte. Sie tippte auf Basutoponys. Sicher war sie sich nicht. Sie plapperte mit der bemerkenswerten Überzeugungskraft eines Hochstaplers irgendwelchen Stuss, um der zögerlichen Charlotte Mut einzuflößen.

Charlotte half Catherine hoch. »Geht‘s mit dem Bein?«

»Ja, ja, steig auf, komm.«

Charlotte bestieg das Pferd wie ein Treppchen, was Catherine zum ersten Mal in ihrem Leben nicht mit Neid, sondern mit Freude erfüllte. »Wo lang?«

»Keine Ahnung. Da lang!«

»Okay.«

Sie wollten losreiten und... bissen auf Granit. Die Pferde waren nicht vom Fleck zu bekommen. Sie klebten, warfen die Köpfe ruckartig auf und nieder, um ihnen die Zügel aus der Hand zu reißen. Es entbrannte ein Machtkampf zwischen Pferd und Amazone, wie beide Frauen ihn noch nie erlebt hatten. Die kleinen, unscheinbaren Pferde, kaum größer als Ponys, gaben nicht nach. Gar nicht. Je einschneidender die reiterlichen Durchsetzungsversuche wurden, desto mehr wuchs die Auflehnung der

Pferde. Sie rannten rückwärts, drehten sich im Kreis, setzten zum Steigen an.

»Das gibt es doch nicht«, stöhnte Charlotte. »Ich bin doch keine Anfängerin! Was soll das, Kin? Soll ich einen Zweig oder Stock suchen? Vielleicht brauchen sie eine Gertenhilfe.«

»Das glaube ich nicht, Afrikaner reiten selten mit Gerten.« Catherine rang mit Shasa, wie sie noch nie mit einem Pferd gekämpft hatte. Der viel muskulösere, fein gerittene, noble Andalus in seinem allergrößten Zorn konnte sich nicht mit diesen unkultivierten Barbaren messen. »So ein Mist. Ich verstehe das auch nicht. Mensch sind die stark! Wie Ochsen!«

»Und stur!«

»Komm Shasa, bitte, bitte, komm, wir müssen weg. Was ist los mit euch?«

»Kin gibt immer nur leicht nach, wenn er in die entgegengesetzte Richtung gestellt ist.«

»Okay Chuck, wir lassen sie einfach machen, ist ja egal. Wo immer sie hinwollen, kann nicht schlechter für uns ausgehen, als was uns da hinten in dem Schuppen erwartet.«

Sie kapitulierten, im nächsten Moment drehten Kin und Shasa ab und rasten davon. Und Charlotte und Catherine waren im nächsten Interessenskonflikt gelandet - sie gerieten außer Kontrolle. Weder die Richtung noch das Tempo konnten die beiden Reiterinnen bestimmen. Zum Reden und Zurufen fand sich keine Gelegenheit mehr. Sie wurden zu nichts weiter als gerade noch tolerierten Passagieren auf zwei durchgehenden Pferden. Hinter dem Zügel aufgerollt, dann wieder vor ihm, zogen sie die beiden einfach auf der Vorhand mit. So klein, abgewrackt und schwächlich Kin und Shasa wirkten, so enorm war ihre Willensstärke, dem Slum zu entkommen. Catherine merkte bald, dass die beiden nicht ziellos durch die Stadt galoppierten. Sie navigierten sich durch den heruntergekommenen Vorort von Kinshasa, wie ein malaysischer Taxifahrer durch Kuala Lumpur. Sie erreichten die Stadtgrenze, liefen weiter über rotbraune Sandstraßen, über brachliegende Grasflächen und trugen Charlotte und Catherine tiefer und tiefer in ländliches Gebiet und aus der gefährlichen Stadt hinaus. Kin und Shasa merkten irgendwann, sie waren nicht mehr eingeschränkt, und gingen etwas beruhigt in den Trab über. Eilig hatten sie es dennoch und an Durchparieren war selbst im Trab nicht zu denken. Jeder Versuch beschwor den nächsten Übergang zum Galopp herauf. Charlotte versuchte leichtzutraben, fand aber ihren Rhythmus nicht, weil das Pferd das noch niemals erlebt hatte und sich auch dagegen auflehnte. »Kin, das ist viel einfacher für dich, lass mich es dir doch leichter machen.« Kin hoppelte herum, bis Charlotte nachgab und auszusitzen versuchte. Catherine konnte aufgrund ihres steifen Beines sowieso nicht leichttraben. Sie hüpften auf den Sätteln auf und nieder. Aber die afrikanischen Nutzpferde waren nichts anderes als das Gehopse auf ihrem Rücken gewohnt. Lieber den Teufel, den ich kenne... mussten sie gedacht haben.

Mit den ersten Sonnenstrahlen tauchte ein winziges Bauerndorf auf, Lehmhütten mit Reetdächern, Krale aus Ästen, in denen Kühe gelangweilt wiederkäuten. Ziegen, überall Ziegen. Und Kinder, die lachten, winkten und vor Aufregung über die ungewöhnlichen Besucher auf und ab hüpften und sich in die Hände klatschten. Vor einer Hütte mit einem staubigen Vorhof aus tiefrotbrauner, erzhaltiger Erde hielten Kin und Shasa unmittelbar an. Die Bewohner der Hütte, ihre Nachbarn, alle waren schon wach und kamen lachend und vor Freude strahlend angerannt. Männer gafften mit offenstehenden Mündern, Frauen hielten sich die Hände an die Wangen. Ein Bauer mittleren Alters nahm die beiden Wallache und ihre Begleiterinnen in Empfang. Kinder holten Strohmatten aus Hütten, Frauen schleppten Trinkwasser und Essen herbei. Charlotte saß ab und half Catherine vom Pferd. Sie ließ sich in den Staub sinken und verzog vor Schmerzen das Gesicht. Catherine hatte während ihres Teufelsritts nicht den leisesten Schmerz verspürt. Jetzt brach er gewaltig über sie herein. Sie wurde umringt, neugierig angestarrt und ihr Bein auf einen Ast hochgelegt. Jemand bot an, die verletzte Frau in die Hütte zu tragen, aber sie lehnte ab. Sie war einfach nur glücklich. Sie hatten es geschafft! Charlotte und Catherine umarmten sich, weinten. Dann wurde das Drängen auf Antworten zu groß und Charlotte musste auf Französisch erklären, dass nicht sie Kin und Shasa hierher gebracht, sondern die Pferde die Frauen in die Freiheit getragen hatten. Wie sich herausstellte, waren die Pferde dem wohlhabendsten Bauern im Dorf gestohlen worden und die Dorfbewohner hatten angenommen, die beiden haben ihm seine Wallache zurückgebracht. Der Besitzer war beinah zu Tränen gerührt, umarmte seine Pferde und klopfte ihnen auf die Schulter.

»Chuck, wir müssen telefonieren. Ich muss meinen Freund anrufen.«

Ein Telefon! Alle riefen nach einem Telefon. Festnetz gab es natürlich nicht, aber alte Handys in Hülle und Fülle, doch keines von ihnen hatte auch nur einen Franc Guthaben. »Sind die Notrufe hier kostenlos?«

Charlotte erkundigte sich. Das wusste man nicht. Endlich fand sich jemand mit einem knapp ausreichenden Guthaben, die Polizei zu verständigen. Charlotte übernahm das Gespräch und wies die Polizei an, die amerikanische Botschaft zu verständigen. »Gleich kommt ein Hubschrauber«, prophezeite Charlotte, obwohl das niemand bestätigt hatte. Ein Dorfbewohner gab der Polizei ihren Standort durch. Es dauerte ewig, bis ein Polizeiwagen erschien.

»Ich muss dringend einen Angehörigen anrufen«, insistierte Catherine nach seiner Ankunft. Der Polizist wählte Rivas' Nummer und führte ein Gespräch mit ihm auf Französisch, bevor er ihr das Autotelefon reichte.

»Chuck ist bei mir, Rivas. Wo bist du?«

»In Kinshasa.«

»Bitte komm uns holen.«

»Seid ihr verletzt?«

»Überhaupt nicht, ich will nur, dass du kommst, bitte komm.«

»Catherine, der Polizist hat kein GPS, er kennt die Koordinaten nicht, ich habe ihn schon gefragt, aber Eden und Pierrette sind aus Kinshasa, wir finden euch. Lass dich von dem Polizisten auf seine Station mitnehmen.«

»Nein, wir warten hier.« Catherine fühlte sich bei den einfachen, lieben Landleuten viel sicherer als auf jeder afrikanischen Polizeistation.

»Okay, gib ihn mir bitte nochmal.«

Rivas versprach dem Beamten ein großzügiges Trinkgeld, wenn er bei den Frauen bliebe, bis er ankam. Der stimmte zu, so lange er keinen anderen Befehl von der Zentrale bekäme.

Es dauerte über eine Stunde, bis Rivas und Pierrette das Dorf gefunden hatten. Rivas erzählte, Charlottes Mutter sei bereits auf der zwanzigstündigen Reise von Boston nach Kinshasa, und dass sie am Nachmittag eintreffen würde.

Es war der glücklichste Tag in Charlottes bisherigem Leben.

Rivas kümmerte sich um Catherine und Pierrette nahm sich Charlotte an.

»Rivas, du musst einen Helikopter organisieren.«

»Wozu das denn? Das ist nicht notwendig, Catherine. Wir fahren jetzt zur Botschaft, da kann sie auf ihre Mutter warten. Sie wird kurz nach 17.00 Uhr landen.«

Sie berichtete ihm flüsternd von Charlottes Vorstellung darüber, wie ihre Befreiung ablaufen würde.

Rivas griff zum Telefon und rief Tobias an. »Charlotte ist in Sicherheit, Tobias.«

»Wo? Wo? Ist sie in Ordnung?«

»Sie ist unverletzt, sie braucht dringend einen Zahnarzt, aber sonst ist sie wohlauf hier bei mir in einem Bauerndorf. Es liegt ungefähr eine Stunde vom westlichen Stadtrand Kinshasas entfernt. Es hat keinen Namen.«

»Haben Sie eine Transportmöglichkeit? Ich verständige sofort die Botschaft. Was ist mit ihren Zähnen? Haben sie ihr etwas angetan? Diese Schweine.«

»Halb so schlimm. Schicken Sie einen Hubschrauber.«

»Was? Braucht Sie einen Notarzt?«, fragte Tobias wieder.

»Nein, sie ist in Ordnung. Ein Arzt kann sie auf der Botschaft gründlich untersuchen und in eine Klinik überweisen, sollte das nötig sein. Aber die Botschaft ist besser für sie als das Chaos hier mit der Polizei und der Ambulanz, Tobias. Und ich meine keinen Ambulanzhubschrauber, sondern einen Militärhelikopter.« Rivas gab ihm ihren Standort durch.

»Gibt es in der chaotischen Innenstadt überhaupt einen Heliport, wo der Hubschrauber in der Nähe der Botschaft landen kann?«

»Das wissen die schon. Zur Not müssen sie in dem Park in der Nähe oder am N'Djili Airport landen. Am Flughafen brauchen sie nicht mal eine Landebahn. Die Leute bauen Gemüse in den Grasflächen zwischen den Runways an, da werden die Fluglotsen wohl ein Fleckchen für einen Hubschrauber finden. Von dort organisieren Sie bitte eine diplomatische Limousine, mit US Flaggen, einem Polizeikonvoi und dem ganzen Drum und Dran. Und sobald Tina angekommen ist, ein paar Pressefritzen mit Blitzlichtern.«

»Weshalb? Was hat sie? Rufen Sie doch einen Notarzt verdammt nochmal.«

»Sie braucht keine Ambulanz, sondern einen Helikopter, Tobias«, wiederholte Rivas geduldig. »Tun Sie's einfach und verständigen Sie Delta Air oder gleich Air France. Tina ist nach ihrem Stopp-Over mit AF 888 von Paris nach Kinshasa unterwegs. Sie sollen Tina eine Botschaft übers Cockpit übermitteln, dass Charlotte in Sicherheit ist und Sie unverzüglich zur Botschaft kommen muss. Ich werde sie abholen, und um das Gepäck kümmern wir uns auch.«

»Also gut, aber die Presse ist ausgeschlossen«, fügte Tobias hastig hinzu.

Rivas schüttelte den Kopf. Wünschte sich zum ersten Mal in seinem Leben ein Kind. Eine Tochter.

Eine weitere Stunde verging.

Ein Helikopter landete auf dem Grundstück des Bauern. Platz war mehr als genug vorhanden. Die Kinder und auch die Erwachsenen waren außer sich und von dem Lärm und dem Ereignis vollkommen überwältigt. So einen fliegenden Metallvogel kannten viele nur aus Erzählungen. Charlotte verabschiedete sich unter Tränen von Kin und Shasa, von den Dorfbewohnern, dem Polizisten - alle umarmte sie. Sie war so aufgelöst, dass sie es kaum zum Hubschrauber schaffte. Rivas, Pierrette und die humpelnde Catherine brachten sie vor die Tür.

Als Charlotte merkte, dass Rivas und Catherine nicht mit ihr einstiegen, erklärte Catherine: »Das ist dein großer Moment, Chuck. Worauf du so lange gehofft hast, geht endlich in Erfüllung. Sie bringen dich zur Botschaft, und Pierrette wird bei dir bleiben, bis deine Mutter ankommt.«

»Bitte kommt mit.«

»Das geht nicht, Chuck, Rivas hat den Wagen hier und wir müssen noch etwas erledigen.«

»Was denn?«

»Etwas Wichtiges. Ich erzähle es dir ein anderes Mal. Lass mich wissen, wann du in die Staaten fliegst, wir sehen uns auf jeden Fall vorher nochmal, okay?«

»Oh Catherine. Ich danke dir. Captain Kirk!

»Bedank dich lieber bei Fern. Sie hat dir geholfen durchzuhalten. Vergiss sie nicht. Und ihre Artgenossen.«

»Niemals. Catherine, soll ich dir noch schnell etwas verraten?«

»Ja.«

Charlotte flüsterte dramatisch: »Die Pferde. Ich habe den Eigentümer gefragt. Es sind Basutos, Catherine, du bist eine große Pferdekennerin!«

»Das bin ich in der Tat. Oh Mann!«, lachte Catherine und wischte sich nicht weniger dramatisch über die Stirn. Mach‘s gut, Mr. Spock. Bis später oder morgen dann, okay?«

»Okay. Warte, warte. Ich muss dir noch etwas verraten.«

»Ja?«

»In dem Dorf, als Claude verschollen war, habe ich mir mit einem Messer in den Hals gestochen. Ich habe es dir nicht gesagt, weil ich mich schämte.«

Catherine dachte, das wäre nicht nötig gewesen, ich kenne das.

»Ich war am Verbluten, sie mussten einen Arzt holen. Ich lag im Sterben und röchelte mit letzter Kraft ‚Ambassade'. Der Arzt schien so besorgt zu sein, ich glaubte, er würde mir helfen, aber er tat es nicht.«

»Das tut mir leid, Chuck.«

»Aber du hast mir jetzt geholfen. Ich komme zur Botschaft. Meine ganze Hoffnung war darauf ausgerichtet, ich weiß, dass man da Hilfe bekommt. Jetzt wird alles gut.«

»Chuck!«

»Ja?«

»Komm nochmal her.« Catherine flüsterte ihr ins Ohr: »Wenn ich dir auch ein Geheimnis verrate, schwörst du, es für dich zu behalten?«

»Ja.«

»Beim Leben von Fern?«

»Catherine, ich bin kein Plappermaul, aber gut, ja.«

»Der Mann da, mein Freund, das war mein Kidnapper. Von ihm habe ich gelernt, dass man ein Pferd jederzeit um Hilfe bitten kann. Wer weiß, wie es ausgegangen wäre, wenn sie uns nicht hierher gebracht hätten. Aber nicht nur Pferde sind gut. Vielleicht hat dir der Arzt ja doch helfen wollen, aber er konnte nicht? Verlier nie deinen ‚Mut', das Vertrauen in das Gute im Menschen. Die Welt ist gut, Chuck, auch wenn es oft nicht so aussieht. Es gibt viel Schlechtigkeit, aber das Gute überwiegt. Man muss es nur sehen lernen.«

»Das sagte Fern auch. Ich werde nie wieder daran zweifeln.«

Sie sahen dem Hubschrauber nach, Kinder und Erwachsene winkten. Kin und Shasa waren von Kindern umringt und knabberten zufrieden an dem frischen, saftigen Kongogras, als könnten sie kein Wässerchen trüben.

»Rivas komm, wir müssen die Bande schnappen«, drangte Catherine. Ich bin mir ganz, ganz sicher, dass ich das Haus finde. Wir müssen nur den gleichen Weg von hier zurückfahren, den Kin und Shasa genommen haben.«

»Wer sind Kin und Shasa?«

Sie deutete auf die Pferde. »Die beiden Helden da drüben. Das sind durchgegangene Pferde, Rivas, wie Chuck und ich.«

»Das musst du mir noch näher erklären, aber erst kommst du schnurstracks ins nächste Krankenhaus.«

»Das glaubst du ja wohl selbst nicht. Außerdem finde ich den Weg nur von hier aus.«

»Wir wissen wo das Haus ist, und die Bande ist bereits außer Gefecht gesetzt. Aber gut, ich kann dir nicht verübeln, dass du nicht in eine Klinik willst. Wir fahren jetzt ins Hotel und lassen dich dort von einem Arzt untersuchen.«

»Alles klar und jetzt erzähl mir, wie ihr die Schurken aufgespürt habt.«

»Erst bist du dran.«

»Nein, du.«

Rivas sagte: »Okay, gleich«, und rief Pedro an.

»Pedro, alles ist in Ordnung. Kannst du bitte das Team für 14.00 Uhr zusammenrufen und besorge bitte einen Arzt für Catherine. Er soll ins Hotel kommen. Wir sind in einer Stunde da. Und nach der Besprechung brauche ich dich auch. Wir fahren zum Flughafen, um Charlottes Mutter abzuholen. Und ruf bitte Maria an und sag ihr Catherine und wir alle sind wohlauf. Dass ich das bloß nicht wieder vergesse!«

»Pedro ist hier?«, fragte Catherine. »Ich will dabei sein, wenn Tina ankommt.«

»Nix da. Du legst dich jetzt sofort hin. Bist du denn gar nicht erschöpft?«

»Eigentlich schon. Ich freue mich auf frische weiße Laken. Schön steif. Hat das Hotel gestärkte Laken?«

»Oh ja.«

»Du musst mich einmummeln.«

»Mach ich, sobald ich dir deine neue Medizin geholt habe und du sie genommen hast!«

Catherine fühlte sich wohlig und behütet. Und geliebt. Sehr geliebt. »Jetzt musst du erzählen.«

»Sag mir vorher noch eines. Wie konntest du dir so schnell die verschlüsselte Botschaft ausdenken? Ich meine, Buchstaben umzudrehen ist auf die Schnelle nicht so einfach.«

»Oh? Hat sie dir geholfen?«

»Sie war ausschlaggebend. Wie kamst du darauf?«

»Ach, ich habe mir damit die Zeit vertrieben, Auskünfte über die Entführer zu verschlüsseln, so ganz unvorbereitet war ich nicht. Das Wunder ist doch eher, dass dir der Name Claudius auch etwas bedeutete, du also schon so weit warst, mit deinen Ermittlungen, Herr Kommissar! Aber Rivas, ich habe damals in Peru so viel dekodiert, da ist es für mich nicht schwer, mir schnell einen Code auszudenken. Wenn ich etwas kann, ist es Botschaften zu ver- und entschlüsseln. Rückwärts, vorwärts, seitwärts. Buchstäblich! Und Charlotte meinte zwar, ich hätte im Geographieunterricht nicht aufgepasst, aber anscheinend im Geschichtsunterricht sehr wohl. War wohl ein Fehler von Claude, Charlotte die echten Namen zu verraten. Warum legen sich Kidnapper eigentlich keine Entführungspseudonyme zu oder verschweigen ihre Namen? Du hast das ja auch nicht gemacht.«

»Doch, manche machen das. Siehe Diddeldi und Diddeldum. Sie verschwiegen ihre Identitäten und akzeptierten Charlottes Namen für sie. Aber wenn man länger mit einer Geisel zusammen ist, noch dazu in einer Gruppe, oder wie bei Elvis in einer Familie, wird das mit der Zeit kompliziert. Irgendeiner verplappert sich immer. Deshalb lässt man es ganz. Eine kleine Illusion von Unbezwingbarkeit ist auch mit im Spiel.«

»Arroganz?«

»Mhm.«

»Jetzt erzähl du!«

»Tina hatte zwei Helfer angeheuert. Die hegten von Anfang an den Verdacht, dass es sich um Claude handeln könnte. Deine Botschaft war die entscheidende Bestätigung, dass sie richtig lagen und so erfuhren wir natürlich auch, dass ihr euch beide in Claudes Gewalt befandet. Sie spürten das Haus auf, das sie für das der Bande hielten. Aber wir trafen nur einen einzelnen Bewohner an. Er berichtete von einem temporären Häusertausch, da die Männer eine Behausung mit Anbau suchten, und schickte uns zwei Häuser weiter. Aufgrund seiner Auskunft über den Schuppen nahmen wir an, dass ihr beide euch darin befindet, was uns unser Vorhaben erleichtert hätte. Es war fünf Uhr früh, als wir vor dem Haus standen. Den Schuppen fanden wir leer vor. Jetzt wussten wir nicht, ob sie euch im Haus gefangen hielten, wo anders, oder ob alle ausgeflogen waren. Wir umringten das Haus und benützten Major Goddens Ausrüstung, um zu erkunden, wer sich im Haus befand.«

»Mit diesen winzigen Kameras auf Schläuchen wie sie die Spezialeinheiten benützen?«

»Mit Lichtwellenleiterkabeln auch, ja. Ritzen und Lücken waren zur Genüge vorhanden.«

»Hatten sie nicht bemerkt, dass wir weg waren?«

»Nein, hinterher wurde uns klar warum. Sie hatten am Abend zuvor gefeiert und getrunken. Charlottes Lösegeld sollte an dem Tag eintreffen, und die Geldübergabe für dich war für den nächsten organisiert.« Rivas erklärte Catherine alle Zusammenhänge seit ihrem Verschwinden aus dem Krankenhaus und fuhr fort: »Nachdem wir in dem Haus nur vier Männer und keine Geiseln ausfindig machten, strömten Eden, Pierrette und Edmundo in die Nachbarschaft aus, um nach euch zu suchen, falls ihr euch in der Nähe versteckt hattet. Allerdings glaubten wir eigentlich, sie hielten euch andernorts gefangen. Pedro, Lucien, Miguel - das ist ein Freund, den kennst du nicht -, Tinas zwei Franzosen und ich stürmten schließlich das Haus. Wir standen vor der Schwierigkeit, keinem der Männer eine tödliche Verletzung zufügen zu dürfen, weil nur sie, und vielleicht sogar nur einer von ihnen uns zu sagen vermochte, wo ihr euch befindet. Das erwies sich jedoch nicht als Problem, denn sie lagen alle vier auf engstem Raum in einem Zimmer und schliefen ihren Rausch aus. Die anderen hielten drei von ihnen in Schach, während Pedro und ich diesen Claude zum Schuppen begleiteten. Wir verrieten nichts von dem leeren Schuppen. Er führte uns arglos zur Tür war offensichtlich überrascht, die Unterkunft leer vorzufinden. Wir brachten ihn ins Haus zurück und übten etwas Druck aus, aber sie wussten wirklich nichts über euren Verbleib. Damit kenne ich mich ziemlich gut aus. Einer von ihnen entdeckte dann auch, dass sein Schlüssel fehlte. Allerdings quetschten wir aus ihnen heraus, mit welchen Unterhändlern und Geldwäschern sie arbeiten, und wer der Mann ist, der deinen Deal eingefädelt hatte. Claude blieb standfest und auch der eine Typ, der ihm wohl sehr nahe steht, aber die anderen beiden lieferten ausreichende Informationen. Wir riefen den Major an, der verständigte seine Truppen und die werden die Gruppe wohl noch etwas bearbeiten, bevor sie die kongolesischen Kollegen verständigen. Tobias will schließlich sein Geld zurück. Die zwei Franzosen mussten verschwinden, sie arbeiten ‚verdeckt'. Und Pedro und ich bewachten die beiden, bis Major Goddens Einheit eintraf. Wir saßen wie auf Kohlen, weil wir uns natürlich dem Suchtrupp anschließen wollten. Nachdem die Einheit eingetroffen war, pfiffen wir Eden, Pierrette und Edmundo zurück und suchten dann neu gruppiert, systematisch weiter das Viertel ab. Bis dein Anruf mich erreichte. Eden und Edmundo fuhren inzwischen ins Hotel zurück.«

»Wahnsinn. Was passiert jetzt mit der Bande?«

»Kongolesische Gefängnisse gehören zu den allerschlimmsten auf der ganzen Welt. Ich gehe davon aus, dass sie in einem davon landen werden. Aber Catherine, ich muss betonen, das hast du gut gemacht. Nur mit deiner Hilfe haben wir nicht nur dich und Charlotte freibekommen, sondern auch die Bande geschnappt. Heute Nachmittag kümmern wir uns um den Händler. Die zwei Franzosen sind ihm dicht auf den Fersen. Mit dem habe ich noch eine Rechnung offen, um den Rest kümmern sich die Staaten und die Behörden.«

»Dann sind wir hier fertig?«

»Also Tanner und Richards sind abgehandelt, die Somalier auch. Ebenso der Ugander, der ist tot, und nun Claudes Bande. Um die Piraten muss sich der Major kümmern, aber ich wüsste zu gern, was es mit diesem Jacques auf sich hat. Hat Charlotte dir von ihm erzählt?«

»Ja alles, was sie weiß.« Nun übernahm Catherine die Berichterstattung und erzählte bis sie sich frisch geduscht, vom Arzt verbunden, und mit Medikamenten und Zimmerservice eingedeckt in ihr Hotelbett kuschelte.

Rivas hielt danach eine Lagebesprechung mit seinem Team ab, außer Pierrette, die Charlotte noch Gesellschaft leistete, und schickte alle los um diesen Olivier zu fassen. Er selbst machte sich mit Pedro auf den Weg zum Flughafen, um Tina abzuholen. Pedro blieb mit Tinas Gepäcktickets und einer Gepäckvollmacht zurück, während Rivas sie in Windeseile zu Charlotte in die US Botschaft brachte. »Eines lässt mir noch keine Ruhe, Tina. Wer ist dieser Jacques und welche Rolle spielte er in diesem Plan? Versuchen Sie bitte so viel wie möglich von Charlotte herauszubekommen. Sie erwähnte Catherine gegenüber, er habe sich vor allem bei ihrer Gefangennahme merkwürdig benommen.«

»Rivas, kann das nicht warten?«

»Ja, das kann es. Den kriege ich schon noch.« Er brachte Tina bis vor die Tür zum Sicherheitsbeamten, der sie bereits erwartete.

»Kommen Sie nicht mit, Rivas?«

»Nein, gehen Sie nur. Schicken Sie Pierrette raus. Ich warte hier im Auto auf sie. Und ich werde jetzt einen wunderschönen Abend mit Catherine verbringen. Tina, sorgen Sie sobald wie möglich dafür, dass Charlotte gründlich untersucht wird. Die neurologischen Auswirkungen ihrer Schlafkrankheit könnten sogar in zwanzig Jahren erneut aufblühen und jederzeit fatale Gehirn- oder Organschäden auslösen. Die unregelmäßige Verabreichung ihrer Arznei war bestimmt nicht förderlich für eine langfristige Genesung. Holen Sie das so schnell wie möglich nach.«

»Denken Sie, das kann bis Ende der Woche warten, wenn wir wieder zu Hause sind? Ich kenne aus meiner Diplomatenzeit eine vorzügliche Tropenklinik. Ich möchte ihr nicht zumuten, sie in Kinshasa einzuweisen.«

»Tina, diese Frage kann ich Ihnen nicht beantworten.«

»Was würden Sie tun, wenn Chuck Ihre Tochter wäre?«

Rivas empfand den Schmerz einer alleinerziehenden Mutter, die so gut wie alle Entscheidungen alleine treffen musste. Tina hatte augenscheinlich jegliches Vertrauen zu Tobias verloren. Er spürte zum ersten Mal ihre tiefe Einsamkeit, die sie durch ihre Gefasstheit grundsätzlich gut zu verbergen vermochte. Er nahm sich vor, Catherine dieser Erfahrung nie auszusetzen, sofern ihm dieser Vorsatz nicht durch einen frühen Tod entrissen würde. Er lächelte sie an und erwiderte: »Wenn sie meine Tochter wäre, würde ich sie ‚einpacken' und so schnell wie möglich von hier verschwinden.«

»So sehe ich das auch. Treffen wir uns Morgen kurz? Zum Abschied?«

»Gerne.«

»Ich rufe Sie an. Wir wollen morgen Mittag gleich nach Boston fliegen. Sofern Chuck es verkraftet. Darum kümmere ich mich als Erstes. Rivas, danke für alles. Ich hoffe, es geht alles gut für Sie aus. Privat meine ich.«

»Was meinen Sie mit privat?«

»Tobias erwähnte am Rande etwas von einer Todesstrafe für Sie. Hat er einen Deal mit Ihnen ausgehandelt?«

»Ja.«

»Was immer Sie angestellt haben, Rivas, ich wäre froh, wenn Sie und Catherine dennoch glücklich werden könnten. Wenn Tobias irgendetwas, ich meine, wenn es nicht so läuft, wie ausgemacht, geben Sie mir bitte sofort Bescheid.«

Rivas war verwirrt. Was sollte das bedeuten? Aber er sagte nur: »Ich werde mir schon zu helfen wissen, Tina, aber danke. Und auch für die Legionäre, mit deren Hilfe wir nicht nur Charlotte, sondern auch Catherine gefunden haben. Aber eines müssen Sie mir noch verraten: Wie sind Sie als unbescholtene Bürgerin an die herangekommen?«

»Sagen wir mal, ich ließ meine Beziehungen spielen, und das werde ich gewiss auch für Sie tun, wenn Sie mich je brauchen. Ich bin nicht umsonst *Diplomatin!*«

Während Rivas auf Pierrette wartete, rief er Tobias an und brachte ihn auf den neuesten Stand. »Gut gemacht, Rivas. Ich werde Ihnen immer zu Dank verpflichtet sein. Wann werden Sie in Washington eintreffen?«

»Ich möchte noch nach Südafrika fliegen, nach Port Elizabeth, und die Spur zu diesem Segelboot aufnehmen, um diesen Jacques zu finden.«

»Das ist nicht nötig, Rivas. Kommen Sie nach Washington, wir müssen die Finanzen abrechnen und Sie wollen doch sicher ihr Pferd wiederhaben?«

»Natürlich, aber ich bin nur ein paar Flugstunden entfernt, wir sind gerade im Rollen. Ich kann das nicht offenlassen. Wollen Sie denn nicht wissen, wer diese Kettenreaktion ausgelöst hat und weshalb?«

»Nein, ich habe meine Tochter zurück, alles andere ist mir egal.«

»Aber Tobias, dieser Jacques könnte jederzeit wieder ein Mädchen entführen. Vielleicht das nächste Mal eines mit weniger Möglichkeiten als Charlotte. Und dieses offene Ende gefällt mir gar nicht. Für mich ist der Fall noch nicht abgeschlossen.«

»Rivas, Ihr Weg endet hier. Das ist mein letztes Wort. Ich lasse jetzt Ihre Konten öffnen. Sie sind frei, Rivas. Wie abgemacht.«

»Also gut, ich werde mit Catherine sprechen, und wir melden uns, wenn wir wissen, wann wir in Washington ankommen. Dann besprechen wir, wie es mit Chilanchi weitergeht.«

»Das hat sich erledigt.«

»Wie das?«

»Es handelt sich um ein Gerücht. Ich bringe Sie auf den aktuellen Stand, sobald Sie hier sind.«

Als Nächstes rief er Maria an. Rivas nannte ihr alle ihm bekannten Einzelheiten über Jacques und bat sie, ihn durch die WICED ausfindig zu machen.

»Rivas, ich bitte dich, das ist nicht dein Problem, das soll der Vater des Mädchens erledigen. Bist du jetzt zu Interpol übergelaufen?«

»Ich muss es nicht machen. Er hat nicht darauf bestanden, im Gegenteil, er sagt wie du, ich soll die Finger davon lassen.«

»Also, wo liegt das Problem?«

»Maria, da passt etwas nicht zusammen, ich muss dem auf den Grund gehen. Vielleicht hat Chilanchi ja doch mit der Sache zu tun. Ich verstehe nicht, warum das niemanden interessiert. Dich nicht, Palmer nicht, sogar Charlottes Mutter scheint es damit nicht eilig zu haben.«

»Palmer? Ist das der Name des Vaters des Mädchens?«

»Ja.«

»Und das ist der Staatsanwalt, mit dem du einen Deal hast?«

»Ja, Tobias Palmer, warum fragst du?« Rivas hatte ihr bis dahin weder den Namen genannt, noch, dass es sich um den Attorney General handelte, nur dass er ein hochrangiger Oberstaatsanwalt war.

»Ach nichts, mir kam der Name nur plötzlich bekannt vor.«

»Er ist eine bekannte Persönlichkeit. Es ist der US Generalstaatsanwalt, Maria.«

»Ja, das muss es sein. Also, ich melde mich, sobald ich etwas über unseren Monsieur Jacques weiß.«

»Danke. Was habt ihr über Chilanchi herausfinden können?«

»Nichts Rivas. Ich glaube langsam, es handelt sich bei der angeblichen Neuformierung um ein Märchen. Wann kommt ihr? Wann kommt Andalus?«

»In den nächsten Tagen. Würdest du bitte seinen Transport vorbereiten? Ich möchte mich nur noch kurz bei Catherine über ihre Pläne vergewissern. Sie möchte vielleicht nach Hause. Wenn nicht, fliegen wir wahrscheinlich schon morgen Mittag los, bleiben einen Tag in Washington, das heißt, Freitag könnte er fliegen. Und dann Maria, möchte ich Catherine in die Karibik ‚entführen'. Könntest du Benji fragen, ob die große Bertram zur Verfügung steht, die Achtziger? Und eine zweiwöchige Kreuzfahrt arrangieren?«

»Nichts tue ich lieber als für dich Reisebüro zu spielen, damit du dich endlich mal erholst. Wo wollt ihr ablegen, und welche Stopps hast du dir vorgestellt?«

»Montego Bay und dann kreuz und quer. Antillen, Bahamas, aber nicht zu luxuriös, und bau bitte auch was Abenteuerliches ein, Trinidad und Tobago oder Kuba, das würde Catherine auch gefallen.«

»Du bist lustig. Du buchst die ‚Achtzig' und verlangst gleichzeitig wenig Luxus.«

»Ich meine an Land.«

»Weshalb nicht auch fürstlich an Land? Luxus ist genau das, was sie jetzt braucht. Du musst sie jetzt verwöhnen.«

»Nein, bitte im Rahmen, ich weiß schon, was ich tue. Es ist allerdings sehr wichtig, dass wir am 21. März ablegen. Wenn der Termin der WICED nicht passt, organisiere mir bitte einen Charter im gleichen Stil, vielleicht eine Ferretti 960?«

»Rivas, die WICED ist nicht mehr aktiv. Hast du das vergessen? Natürlich kriegst du die Yacht.«

»Maria?«

»Ja?«

»Ich möchte Catherine einen Heiratsantrag machen. Glaubst du, sie nimmt ihn an?«

»So kenne ich dich ja gar nicht, mein Schatz.«

»Das wird der furchterregendste Tag in meinem ganzen Leben. Ich zittere alleine bei dem Gedanken daran.«

»Dazu besteht kein Grund. Oh, wie ich mich freue, ich werde gleich mit der Planung beginnen. Welchen Termin visierst du an? Wir heiraten natürlich auf der Hazienda.«

Rivas bremste Maria sofort aus. »*Wir* heiraten, wo und wann Catherine will. Wenn sie überhaupt will. Ich sage dir schon noch, wann ich was brauche, okay?«

»Darf ich wenigstens einen Ring auswählen?«

»Danke, aber diesmal muss ich mich selbst bemühen. Das würde sogar Catherines Toleranz übersteigen.«

»Wann sagst du es ihr?«

»Ich sage es ihr nicht, ich frage sie. Ach was, ich flehe sie an. Auf Jamaica, bevor wir ablegen.«

Maria lachte glücklich. »Alles klar. Ach übrigens, ich habe mit Alberto telefoniert. Conquistador ist wohlauf und reisefertig. Soll ich ihn einfliegen lassen? Andalus würde sich freuen.«

»Danke, Maria, aber auch das muss Catherine entscheiden.« Rivas durchschaute, dass Maria erwartete, dass sie bei ihr in Argentinien leben würden, was natürlich absolut nicht infrage kam. Doch diese Debatte hob er sich für ein andermal auf.

Als er mit Pierrette die Hotelsuite betrat, saßen Edmundo und Eden am Tisch und spielten Karten, Catherine schlief in dem verdunkelten Schlafzimmer nebenan.

»Dieser Olivier wartet auf dich, Rivas. Die Legionäre, Lucien und Miguel plaudern seit über einer Stunde mit ihm.«

»Wisst ihr was? Ich habe keine Lust mehr. Fahrt hin, damit die Söldner verduften können, und alarmiert dann die Behörden. Die sollen mit ihm machen, was sie wollen. Hier gibt es nichts mehr für uns zu tun. Wir treffen uns morgen früh alle zur Nachbesprechung und gehen dann unserer Wege, okay?«

Pedro stieß zu ihnen.

»Alles klar mit Tinas Gepäck?«

»Ja, ich habe es an der Botschaft abgegeben.«

»In welchem Hotel sind sie abgestiegen?«

»Streng geheim.« Rivas lachte. »Ehrlich gesagt, ich glaube die wohnen in der Botschaftsresidenz.«

»Wahrscheinlich ja. Das wird Charlotte gut tun. Je mehr Botschaftsrummel, desto besser.«

»Gehen wir alle nach unten in die Bar? Ich lass Miguel und Lucien wissen, wo wir sind. Der Abend fängt gerade erst an. Leute, ihr hättet den Sonnenuntergang sehen sollen, auf dem Weg hierher. Das gibt es wirklich nur in Afrika.«

Pierrette und Eden sprangen auf. Setzten sich wieder.

»Geht ihr nur, ist schon gut, Eden und Pierrette, eure Aufgabe ist auch beendet. Ich brauche euch nicht mehr. Und nein, Pedro, ich bleibe hier bei Catherine. Aber morgen früh sehen wir uns alle ein letztes Mal zum Frühstück, bevor wir alle aufbrechen, okay?«

Aus Rivas‘ gemütlichem Abend wurde nichts. Catherine war nicht wach zu kriegen und er legte sich schließlich zu ihr und schlief auch früh ein.

Am nächsten Morgen trafen sich alle zum Abschlussbriefing. Der Abschied von Pierrette fiel Catherine besonders schwer. »Was hast du als Nächstes vor, Pierrette?«

»Mit dem Geld von diesem Auftrag werde ich ein Jahr Pause machen, Zeit mit den Kindern und meinen Eltern verbringen.«

»Ja, deine drei brauchen dich.«

»Meine vier.«

»Oh, da habe ich etwas falsch verstanden. Verzeih.«

»Eines ist noch auf der Reise.«

»Auf welcher Reise?«

»Es kommt in fünf Monaten auf die Welt.«

»Pierrette! Oh, herzlichen Glückwunsch. Aber im vierten Monat? Dann warst du die ganze Zeit schwanger?«

»Ja, Eden und ich wünschen uns ein Mädchen, wir haben ja nur die drei Jungs.«

»Oh«, lachte Catherine. »Ob das gut geht? Falls es wieder ein Junge wird?«

»Dann wird es beim nächsten Mal ein Mädchen.«

»Habt ihr schon einen Namen für sie?«

»Catherine.«

»Echt?«

»Ja. Eigentlich wollten wir sie Marie nennen, immerhin ist sie eine kleine Schottin, aber gestern Abend entschieden wir uns für deinen Namen.«

»Da ist es passiert? In den Highlands?«

»Ja.«

»Ich möchte auch ein Baby, Pierrette«, jammerte Catherine begehrlich.

»Wenn das so ist, dann... na, du weißt ja, was ich dir geraten habe.«

»Fang bloß nicht wieder damit an. Aber solange er mich nicht heiratet, kommt das für mich überhaupt nicht in Frage. Dazu habe ich mich inzwischen fest entschlossen.«

»Wenn du unbedingt heiraten willst, stelle ihm doch einen Antrag.«

»Soweit kommt‘s noch!«

»Aber es ist eine kluge Entscheidung. Ich bin froh, verheiratet zu sein. Es ist schön. Eden hat den vollen Brautpreis für mich bezahlt und so sind meine Kinder geschützt. Wenn in meinem Klan eine Frau ein Kind bekommt, ohne verheiratet zu sein, weil ihr Mann nicht für sie bezahlen kann, gelten ihre Kinder als Hexenkinder und werden von der Gemeinschaft ausgeschlossen. Falls die Frau stirbt, darf sie nicht beerdigt werden, bis der Mann ihre Eltern für sie bezahlt hat.«

»Was macht er dann?«

»Spätestens dann muss er das Geld auftreiben, auch wenn es geliehen ist.«

»Was hat er für dich bezahlt?« Catherine nahm es gelassen, sie kannte die Labola-Praxis aus Südafrika und auch ihre Hintergründe, die Frage nach dem Preis allerdings war indiskret, denn oft war ihr Wert nicht mal der Braut bekannt.

»Das weiß ich nicht genau. Aber ich war aufgrund meiner gehobenen Bildung nicht billig, der Preis richtet sich nach der Herkunft der Braut, ihrer voraussichtlichen Fruchtbarkeit und ihrem Bildungsniveau.«

»Naja, ich bin auch nicht billig für Rivas, so viel steht fest. Nur muss er mit Nerven bezahlen, nicht mit Geld oder Rindern.«

»Alles Gute, Catherine. Pass auf dich auf, ich kann das nicht mehr für dich erledigen.«

»Danke für alles, Pierrette. Dir auch alles Gute, vor allem für das Baby.«

Nachdem sich alle verabschiedet hatten, meldete sich Catherine bei Tom und Claudia.

Ihren Pferden ging es gut. Der Firma auch. Im Fall Chilanchi hatte Tom trotzdem weiter geforscht, obwohl sie ihm das untersagt hatte. Er sagte ihr, dass er mittlerweile der Ansicht war, Van der Sonsen habe sie auf den Arm genommen. Er wollte gerade noch zu einem Satz diesbezüglich ansetzen, aber sie unterbrach ihn kurz, weil Rivas sie rief. Als sie zurück ans Telefon kam, vertröstete sie ihn um ein paar Wochen, versprach aber, bald zu klären, wie sie sich die Zukunft vorstellte.

Rivas zündete Catherine und sich eine Zigarette an. »Catherine, ich hatte gestern vor, mit dir unsere Pläne abzusprechen, wollte dich aber nicht wecken. Möchtest du nach Hause, nach deinen Pferden, deinem Haus und deiner Firma sehen? Ich komme mit dir, wenn du möchtest.«

»Rivas, mein dringendstes Anliegen ist Andalus aus seinem Gefängnis zu befreien. Und aus den Fängen dieser blöden Katy! Illusion und Make-Me sind in den besten Händen, Firm Commitments und das Haus auch. Das geht schon noch. Aber wir müssen uns um Chilanchi kümmern und ruf bitte Alberto an, um zu sehen, wie es Machu Picchu geht.«

»Ihm geht es gut, er ist kerngesund und reisefertig. Ich würde auch gerne nach Washington fliegen, dann machen wir es so. Nur den Mittagsflug kriegen wir nicht mehr. Ich werde für morgen buchen.«

»Tom hält Chilanchi für ein leeres Gerücht.«

»Habe ich dir nicht gesagt, du sollst ihm sagen, aufzuhören, herumzuschnüffeln?«

»Habe ich ja! Was ist mit den anderen, Rivas?«

»Pedro ist auf dem Weg nach Bogotá, Lucien fliegt zurück nach Toulouse, Edmundo nach Angola und Miguel nach Amsterdam. Er hat da eine Freundin.«

»Was fangen wir mit dem angebrochenen Tag an? Charlotte kann ich nicht erreichen. Tina auch nicht.«

»Wie geht es deinem Bein?«

»Gut. Der Verband kann in zwei Tagen runter, sagt der Arzt.«

»Catherine, wie haben dich die beiden aus dem Krankenhaus gebracht? Haben sie dich betäubt?«

»Nein, ein Raumpfleger kam ins Zimmer und putzte in der Nähe meines Bettes herum. Davon wurde ich wach. Dann kam plötzlich noch einer und trat von der anderen Seite des Betts auf mich zu. Er hielt mir die Hand vor den Mund und zog mich hoch, während der andere mir eine Pistole in die Rippen stieß. Sie drohten mir abzudrücken, und ich humpelte mit ihnen ganz einfach durch einen Hinterausgang an den Mülltonnen vorbei zu ihrem Auto, das im Hinterhof geparkt war. Sie schoben mich in den Kofferraum und zack, weg waren wir. Kurz darauf hielten wir an, sie fesselten mich und machten die Kofferraumtür wieder zu. Hätte ich anders reagieren sollen?«

»Nein, das war richtig. Möchtest du mal die Kongo-Bonobos sehen? Oder die Zonga Fälle?«

»Oh, die Bonobos ja!«

»Okay, dann mach dich fertig. Ich werde das so lange organisieren.«

Am nächsten Tag flogen sie nach Washington. Zu einem Treffen mit Tina und Charlotte war es nicht mehr gekommen. Sie mussten sich kurz vor ihrem Abflug telefonisch voneinander verabschieden.

66.
Catherine

In Washington traf Rivas sich mit Tobias, der ihm abermals dankte, sich jedoch nicht sehr gesprächig gab, was die Chilanchi Angelegenheit betraf. Er beteuerte nur wieder, sie habe sich erledigt. Sie besprachen Rivas' beachtliche Ausgaben und Tobias versicherte ihm, das Geld binnen vierundzwanzig Stunden zurückzuerstatten. Er erzählte ihm noch von dem tot aufgefundenen Dorfarzt, und dass Claude für dieses Verbrechen unter Mordanklage stand. Charlotte gehe es gut, sie müsse diesbezüglich als Zeugin aussagen, aber das könne er von den Staaten aus schriftlich regeln. Tina habe es geschafft, erzählte er, Charlotte für das nächste Semester bei Harvard für ein Naturwissenschaftsstudium anzumelden. Aufgrund ihrer überdurchschnittlichen Leistungen, ihres tragischen Erlebnisses, und Tinas Beziehungen hatten sie eine Ausnahme gemacht und sie so spät noch zugelassen. Sie wollten Charlotte so bald wie möglich konstruktiv beschäftigen. Ihr Traumapsychologe hatte diesbezüglich auch seine Beziehungen zu Harvard spielen lassen. Er arbeitete als Dozent an dieser Uni. Abschließend vergewisserte sich Tobias: »Haben Sie das mit der WICED geregelt?«

»Prinzipiell ja. Ich lege mit Catherine jetzt eine Pause ein, dann werde ich dafür sorgen, dass die Gruppe aufgelöst wird. Aber die Frau, die über die Finanzen verfügt, rückt kein Geld für neue Aktivitäten heraus. Darauf können Sie sich verlassen, Tobias.«

»Wo soll es hingehen?«

»In die Karibik.«

»Halten Sie sich in Zukunft von kriminellen Aktivitäten fern, Rivas. Unsere Abmachung gilt nur für Ihre Vergangenheit.«

»Ist mir klar.«

»Wie wollen Sie jetzt Ihren Lebensunterhalt verdienen?«

»Mir wird schon etwas einfallen.«

»Leben Sie wohl, Rivas.«

Rivas und Catherine besuchten Andalus, fanden ihn wohlauf und schickten ihn auf die Heimreise nach Argentinien.

Catherine meldete sich telefonisch bei Levana, um ihr zu erzählen, wie es ausgegangen war, und bedankte sich bei ihr. Sie freute sich auf die

Reise nach Jamaica, nur drei Flugstunden von Washington entfernt. Sie kaufte sommerliche Strandsachen ein und sie flogen am nächsten Tag ab.

In einem Rasta Café am Hafen von Montego Bay gab Catherine Rivas schluchzend und unverzüglich das Jawort. Bei dieser Gelegenheit erfuhr sie, dass sie zwei Wochen mit Benji als Skipper und einer Bertram in der Karibik unterwegs sein würde. Rivas versorgte sie mit jeder Menge Tabletten zur Bekämpfung ihrer Seekrankheit.

Nach der Kreuzfahrt planten sie, Machu Picchu nach Argentinien zu holen. Catherine wollte unbedingt bei seiner Ankunft dabei sein. Die guten Vorsätze, das Pferd auf offiziellem Wege zu transportieren, zerschlugen sich, als Catherine die Strapazen einer Quarantäne bewusst wurden. Mit der Ausrede ‚ein allerletztes Mal', ‚erlaubte' sie Maria ihre Beziehungen spielen zu lassen.

Die sich aufdrängende Frage, wie es weitergehen sollte, überdeckte Catherine mit romantischen Hochzeitsplänen. Rivas bereitete die Frage umso mehr Kopfzerbrechen. Welchen Ort sollten sie als ihren gemeinsamen Lebensmittelpunkt wählen? Was sollte aus Catherines Firma werden? Wie sollten sie ihren Unterhalt bestreiten? Rivas hatte genügend Rücklagen für mehrere Jahre, aber er gehörte nicht zu der Sorte Mann, die sich in einer Hängematte baumeln ließen. Die zwölf Millionen US Dollar, die die WICED Catherine für die Beschaffung Ruckebiers bezahlt hatte, lagen unangetastet auf dem Firmenkonto. Mit dem Ende des Finanzjahrs waren sie als Firmeneinkünfte verbucht worden. Das beruhigte Catherines Gewissen, da sie das ganze Jahr so gut wie keinen Beitrag geleistet hatte. Trotz der ungewissen Zukunft verliefen die Urlaubstage friedlich, so friedlich, wie das nur in der Karibik möglich ist. Angesteckt von der Gelassenheit der Inselbewohner und der anderen Urlauber, ließen die beiden die Sorgen noch an sich vorüberziehen. Der erste Konflikt entwickelte sich, wie so oft, auch bei Catherine und Rivas bei der Erstellung der Gästeliste für die Hochzeit.

Maria hatte angeboten, ja drängte darauf, die gesamte Planung zu übernehmen. Allerdings wichen Marias Vorstellungen fundamental von denen Catherines ab. Maria plante ein Event in Buenos Aires und Rivas rang mit dem Problem, wie er die beiden wichtigsten Frauen in seinem

Leben gleichermaßen zufriedenstellen könnte. Im Notfall würden Catherines Wünsche entscheidend sein, dennoch enttäuschte er nur ungern die Person, die ihn bedingungslos liebte wie keine andere. Catherines Liebe zu ihm unterschied sich grundsätzlich von Marias. Maria, die auf der Oberfläche egoistisch erschien, aber eigentlich immer das Wohl anderer im Sinne hatte, insbesondere das von Rivas, lag ihm sehr am Herzen. Sie war ein ausgesprochen sozialer Typ. Stets gab sie den kollektiven Bedürfnissen der Gesellschaft Vorrang, allerdings glaubte sie zu wissen, was gut für diese war und wich keinen Deut von ihrer jeweiligen diesbezüglichen Überzeugung ab. Catherine war, was man in der Persönlichkeitspsychologie einen ‚sexuellen Typ' nannte. Ihre Anliegen waren auf eine intime Zweierbeziehung ausgerichtet. Rivas fiel in die Kategorie ‚Selbsterhaltung'. Sein Blick war auf das Überleben fokussiert, seinem und das der Personen, die ihm in einem gewissen Zeitabschnitt jeweils wichtig waren. Diese drei Naturen auf einen Nenner zu bringen, war ein Balanceakt, den er irgendwie meistern musste.

Sie befanden sich auf dem Boot auf dem Rückweg nach Montego Bay, als das befürchtete Drama vor seinen Augen abrollte. Es begann damit, dass er sie vorsichtig an Marias Pläne heranführte.

»Das ist nicht notwendig«, wies Catherine deren Vorschläge bestimmt von sich. »Ich möchte in Paris heiraten, ohne Rummel. Ich kaufe mir ein cremefarbiges Chanel Kostüm, wir wohnen im Heriton. Ich möchte die Sehenswürdigkeiten sehen und nochmal zur Cadre Noir. Hast du etwas dagegen?«, setzte sie gerade noch hinzu.

»Natürlich nicht. Wen möchtest du einladen?«

»Trevor wird unser Trauzeuge. Tom, und eventuell Claudia und Gabi möchte ich auch dabei haben.«

»Und sonst?«

»Sonst habe ich keine Freunde, Rivas und auch keine Angehörige.«

»Darf ich versuchen, deine Mutter ausfindig zu machen?«

»Danke nein, darauf kann ich gerne verzichten.«

»Du hörst dich verbittert an. Hat sich das nicht im Prozess mit Humphrey aufgelöst?«

»Doch, Rivas, aber nicht, dass ich sie jetzt unbedingt zu meiner Hochzeit einladen müsste. Dr. Lammingcourt hätte ich auch gerne als Gast gesehen. Glaubst du, er wäre der Einladung gefolgt?«

Die Antwort darauf war für Rivas ein klares Nein, aber er brachte es nicht übers Herz, sie zu enttäuschen. Das wollte er ihr ersparen, doch hatte er ihr geschworen, sie nie wieder zu belügen. Also rechtfertigte er sich damit, dass er ihre Frage nicht mit hundertprozentiger Sicherheit beantworten konnte, und entscheid sich für: »Ich weiß es nicht.«

»Wen möchtest du einladen?«

»Maria und Pedro, seine Frau Carolina und seine Söhne Juan und Esteban.«

»Sonst niemanden?«

»Ich habe auch wenig Freunde und Angehörige, Catherine.«

»Sandrine?«

»Ja, gute Idee. Sandrine.«

»Rivas, wäre es nicht schön, wenn wir Pierrette und Eden einladen würden? Können wir uns das leisten? Wir müssten ihre Flüge bezahlen.«

»Ja, das machen wir.«

»Und Miguel?«

»Ja, gute Idee.«

»Lucien und Edmundo?«

»Catherine, jetzt mach aber mal einen Punkt. Lucien und Edmundo müssen nun wirklich nicht zu unserer Hochzeit kommen.«

»Aber es wäre doch schön, eine Wiedervereinigung.«

»Catherine, sei mir nicht böse, aber das ist in diesem Milieu wirklich nicht üblich. Die halten mich doch für übergeschnappt.«

»Ach, du bist übergeschnappt, weil du mich heiratest, dir das wichtig ist und sie einlädst?«

»Da gehen wir nicht hin, Catherine, okay?« Rivas versuchte, den beginnenden Streit im Keim zu ersticken.

Sie riss sich zusammen. »Gut, dann noch Charlotte.«

»Ja, das machen wir.«

»Und Tina und Sylvia. Müssen wir dann Tobias auch einladen?«

»Der kommt sowieso nicht.

»Levana auch.«

»Die kommt auch nicht, das weißt du doch. Die Katzen.«

»Tom erzählte mir übrigens, er habe Sylvia vermittelt. Sie fängt im April bei einer Schutzorganisation für Nashörner in Südafrika an. Eine weniger glamouröse Aufgabe, aber sie sei überglücklich, meinte er. Das heißt, sie hat auch eine weite Anreise. Ach du meine Güte! Sam und Joe!«

»Alles klar.« Rivas stöhnte innerlich, ließ sich aber nichts anmerken.

»Und Benji!«

»Okay.«

»Komm, du musst überlegen. Wen gibt es noch, der dir in deinem Leben wichtig ist oder war?« Catherine drängte und drängte.

Er gab nach. Ein Fehler. »Es gibt noch jemanden, der mir wichtig ist.«

»Oh, super. Um wen handelt es sich?«

»Frau Basu. Sie wohnt in Peru.«

»Wer soll das sein?«

»Das ist die Mutter meiner langjährigen Freundin. Sie ist eine wunderbare Frau, Catherine, du wirst sie mögen.«

»Als Nächstes wäre dir dann auch noch deine Ex gefällig? Und Katy aus Washington?«

»Vergiss es. Das war eine blöde Idee.« Wie konnte ich nur?, dachte Rivas. Ich werde immer bekloppter.

»Carlos?«

»Das muss nicht sein.«

»Aber er ist Maria doch wichtig. Ich finde es merkwürdig, ihn auszuschließen. Mir macht das nichts aus, Rivas, wirklich.«

»Also gut. Warte, Catherine, es gibt tatsächlich noch jemanden. Eine schwedische Familie. Ich rechne mit einer Absage, aber ich möchte sie einladen.«

Catherine notierte auf ihrer Liste. »Wie viele Personen?«

»Vier.«

»Namen?«

Er nannte sie ihr.

»Bezug?«

»Bin ich in einem Verhör? Was ist das überhaupt für ein Ton?«

»Das muss ich doch wissen.«

»Das sage ich dir schon noch. Es ist kompliziert.«

»Ich mache gerade meine Hochzeitsplanung. Ich muss das jetzt wissen!«

»*Wir* machen gerade *unsere* Hochzeitsplanung. Catherine ehrlich gesagt, mir stinkt dein Verhalten manchmal ganz schön.«

»Ach ja? Was ist dir an meinem Benehmen nicht genehm?«

»Dieser schnippische Ton. Ich bin nicht einer deiner Lakaien, okay?«

»Sorry!«

»Schau mal, jetzt sind wir schon bei vierundzwanzig Personen, uns ausgenommen. Sollen wir das nicht doch lieber bei Maria machen? Paris wird langsam kompliziert und dann auch sehr teuer.«

»Andere Brautpaare laden Hunderte von Gästen ein.

»Das wolltest du doch nicht?«

»Und seit wann spielt Geld für dich eine Rolle?«

»Seit du mich von deinem Sparprogramm überzeugt hast. Was ist eigentlich daraus geworden?«

»Andalus hätte ich schon gerne dabei«, lenkte sie ab.

»Muss er auch nach Paris fliegen?«

»Wenn du mich lieben würdest, hättest du mir das schon längst angeboten.«

Rivas atmete tief aus, um die Beherrschung nicht zu verlieren. »Welche Rolle soll Andalus bei unserer Hochzeit übernehmen?«

»Und Machu Picchu auch. Also, ich reite mit einem weißen langen Hochzeitskleid auf Picchu ein und du auf Andalus. Du holst mich vom Pferd und wir schreiten vor den Altar.«

»Wo befindet sich in einem Pariser Standesamt bitteschön der Altar? Und was ist aus dem Chanel Kostüm geworden?«

»Hm.«

»Das ist doch Kitsch. Eine Hochzeit mit Pferden! Du weißt doch gar nicht, was du willst. Lass Maria das regeln, Catherine ich flehe dich an!« Rivas rief sich mit Grauen den letzten Heiligen Abend vor Augen. Ihm wurde plötzlich klar, dass Catherine gar nicht imstande war, so ein Event reibungslos abzuwickeln. Es gäbe nur Stress. Er entschloss sich durchzugreifen und nahm die bevorstehende Auseinandersetzung bewusst in Kauf.

»Das ist nicht Kitsch, sondern Romantik. Und ich weiß sehr wohl, was ich will, aber du glaubst nicht, dass ich das unter Dach und Fach bringen kann.«

»Ehrlich gesagt, genau das glaube ich.«

»Was verleitet dich zu dieser Annahme?«

»Dein Hin und Her. Und weil es stimmt.«

»Ich bin Headhunterin und Managerin. Ich schüttle Dutzende von Projekten aus dem Ärmel. Alle sehr komplex, nur damit du es weißt.«

»Von deiner fachlichen Kompetenz hast du mich in Peru überzeugt, trotzdem werde ich die Hochzeitsplanung noch heute an Maria übergeben. Diesen Auftrag erteile ich Ihnen nicht, Frau Zitgow!«

»Das ist *meine* Hochzeit, Señor Romero! Das werde ich wohl selbst entscheiden dürfen.«

»Sch!«

»Sch?«

»Ja, still jetzt, sonst versohle ich dir den Hintern, mir reicht es langsam.«

»Hihi.« Catherine entzückte die Vorstellung.

Rivas ließ sich nicht lange bitten und riss ihr den trägerlosen Nina Ricchi Bikini vom Leib. Er war lila mit grünen Halbedelsteinen verziert. Erschrocken warf sich Catherine ein Handtuch über. »Rivas, doch nicht hier auf dem Deck!«

»Wo denn dann?«

»Na unten?«

»Warum?«

»Warum? Spinnst du? Benji!«

»Glaubst du, Benji interessiert es, wenn ich dir den Hintern versohle?«

»Das glaube ich sehr wohl.«

»Moment.« Rivas ließ Benji den Paraanker ausfahren und schickte ihn kurzerhand unter Deck.

»Rivas, wir sind fast direkt an der Küste.«

»Ich sehe nur blauen Himmel und türkisblaues Wasser. Was siehst du?«

»Darum geht es doch gar nicht«, protestierte sie und schlüpfte wieder in das Unterteil. Er riss es ihr wieder herunter und legte sie übers Knie. Catherine quietschte vor Vergnügen. Am Anfang. Als die Proteste ernst wurden, hob er sie mit einem Schwung hoch und legte sie mit dem Po auf den kurzen Rand einer weißen, dick gepolsterten Bank. Ihr Oberkörper ruhte länglich auf der Bank, er stellte sich vor sie zwischen ihre Beine und drückte sie auseinander. Catherine war entsetzt. »Nicht, nicht. Wenn Benji kommt.«

»Der kommt nicht, Catherine. Plappere nicht so viel, sonst fangen wir nochmal von vorne an.«

»Ich fühle mich vollkommen entblößt und hilflos.«

»Ja! Bei dem Anblick läuft mir das Wasser im Mund zusammen.«

Sie schlang die Beine um seinen Rumpf, hob ihren Oberkörper hoch und klammerte sich wie eine Akrobatin an seine nackte Brust. Die Sonne wärmte ihren Rücken und eine leichte Brise kühlte ihn gleichzeitig sanft ab. Rivas beugte sich nach vorne und sie küssten sich. Sie ließ sich wieder zurückgleiten, aber sie konnte sich ihm nicht hingeben. Sie fühlte sich beobachtet - von imaginären Flugzeugen, Hubschraubern, Paragleitern, anderen Booten, Seglern mit Fernstechern, Benji.

»Schlag mich.«

»Was?«

»Zur Ablenkung.«

Er küsste sie.

»Ins Gesicht. Schlag mich Rivas.«

»So?«

»Ja, nochmal.«

Er schlug sie wieder.

»Nochmal. Härter.«

»Schlag zurück.«

»Was?«

»Hau zu, sonst kann ich nicht härter.«

»Hallo? Klar kannst du.«

»Mach's.«

Sie klatsche ihm sanft an die Wange.

»Streng dich an, komm.«

Dann schlug sie ihm mit aller Kraft ins Gesicht. Und er haute genauso heftig zurück. Einen Moment musste sie Luft holen, so sehr schmerzte ihre Wange. Sie holte wieder aus, aber Rivas packte ihre Hände und zwang sie härter in die gepolsterte Bank. Der blaue Himmel versank unter ihren Lidern. »Komm, komm«, flehte Catherine. Rivas in den Genuss seiner Machtposition gekommen, tat ihr den Gefallen nicht, sondern versenkte seine Zähne wie ein Vampir in ihren Hals. Catherine befreite mit aller Kraft ihre Hände und griff sich mit einer zwischen die Beine. Sie presste mit weißen Knöcheln an den Ort, den Rivas grausam ignorierte. Sie öffnete ihre Faust, lockerte ihre steifen Finger, setzte an... Er schlug ihr die Hand weg. »Das ist nicht deins.«

»Bitte, bitte. Jetzt.«

»Warte.«

»Ich werde wahnsinnig. Jetzt. Bitte«, flehte sie ihn an.

Rivas' Zunge leckte überall, nur nicht da, wo sie sich es wünschte. Catherines Mund stand offen, die Augen blieben geschlossen, ihr Begehren wurde zur Qual. Noch ein Biss, in die Brust diesmal. Das tat so weh, dass sie aufschrie. Vor Lust. Catherine verstand das nicht. Rivas war so ungreifbar, schloss alle Zonen aus, von denen sie wusste, dass sie ihr einen Orgasmus bescheren würden. In ihrem Verlangen nach seiner Penetration schaltete sich ihr Kopfkino ein. Sie fühlte Rivas im Geiste in ihr. Eine Wolke bahnte sich an. In ihr schwebte sie gerade davon, als sie von einer gewaltigen Welle erfasst wurde. Gefolgt von einer zweiten und einer dritten. Nicht watteweich, wie sie es gewohnt war, strammer, glatter, straffer.

Ein besonders genüssliches Nachzucken setzte ein und Rivas nutzte die Gelegenheit, um ihren Rumpf anzuheben und rammte sie förmlich bis an ihre natürliche anatomische Grenze. Tiefer einzudringen war körperlich nicht mehr möglich. Im Einklang mit ihrem Zucken wiederholte sich innen, was sich vor wenigen Minuten in ihrem Gesicht abgespielt hatte – er schlug sie innerlich. Jeder seiner harten Stöße glich einem elektrischen Schlag, einem dumpfen achttausend Volt *schockierenden* Schlag, wie an einem Elektrozaun, von dem einem der Atem stockt, weil man glaubt, gestorben zu sein und nicht verstand, warum der Geist noch arbeitete. Was Rivas mit ihr machte, fand man nicht in einem Streichelzoo, sondern in einem Wildpark für Nashörner. Sie kam dabei nicht noch einmal. Aber es war eine neue, beinahe unerträglich schöne Empfindung für sie. Wenn sie doch nie enden würde! Das geschah aber schon bald. Mühsam öffnete sie ihre Augen und blickte direkt in sein schönes von der Karibiksonne gebräuntes Gesicht. Womit hatte sie so viel Glück verdient? Unsicher fragte sie ihn: »Hat es dir gefallen?«

»Ja.«

»Bin ich eine gute Liebhaberin?«

»Oh ja.«

»Ach was«, winkte sie in falscher Bescheidenheit ab, obwohl das gar nicht ihre Art war. »Das sagst du nur, ich habe doch gar nichts gemacht.«

»Es war dir nicht bewusst, aber analysier nicht immer alles.«

»Stimmt. Mir ist heiß.«

»Spring ins Wasser.«

»Kommst du mit?«

»Okay. Willst du schnorcheln?«

»Ist das ein guter Platz zum Schnorcheln?«

»Weiß nicht.« Er zuckte die Achseln. »Ist keine Bucht, wahrscheinlich nicht.«

»Nein, lass uns nur schwimmen.« Sie griff nach ihrem Bikini. Er schlug ihr in aus der Hand. »Ohne.«

»Nein!«

»Bist du noch nie nackt geschwommen?«

»Nein, und überhaupt, wenn Benji uns sieht?«

Er schmiss den Bikini über Bord. Sie rannte zum Vorderdeck auf das Torpedo-Sprungbrett, aber zögerte mit dem Absprung. Rivas schubste sie ins Wasser und sprang hinterher. Gerade schaffte sie es noch, sich die Nase zuzuhalten. Sie ging unter und trieb wieder hoch. »Na warte!«, blubberte sie nach dem Auftauchen, und versuchte ihn unter Wasser zu drücken, was ihr natürlich nicht gelang, bis er sie gewinnen ließ und so tat, als habe sie ihn bezwungen.

Sie schwamm zu dem im Wasser treibenden Bikini und stülpte sich die Teile um das Handgelenk. Die erste Stufe der Bootsleiter zu besteigen, war immer ein Riesendrama für Catherine, weil sie so hoch angebracht war, deshalb stieß Rivas sie an ihrem abgewinkelten Bein hoch, wie man einen Reiter aufs Pferd befördert. Sie hievte sich über die Reling aufs Deck auf und plumpste lachend auf den Boden. Ihr übermütige Stimmung wurde jäh von einem Anflug von Sentimentalität unterbrochen. »Ich will nicht wieder ins wirkliche Leben zurückkehren, Rivas.«

»Wir müssen nicht. Such dir eine Insel aus. Wir bleiben, bis uns das Geld ausgeht.«

Diese Taktik holte sie zurück in die Realität, Rivas drückte den Knopf, der den Fallschirmanker löste, und rief Benji, der sie an den Hafen von Montego Bay zurücknavigierte.

Der Urlaub war beendet. Sie flogen nach Argentinien.

Zu Maria, Andalus und, bald, Machu Picchu.

67.
Catherine

Im Flugzeug hatte sich Catherine in einem Buch über Argentinien schlaugemacht. Die oberen zehn Prozent, also die Reichen, verdienen sechsunddreißig Prozent des Landeseinkommens, die unteren zehn Prozent, die Armen, eineinhalb. Zwanzig Prozent der Bevölkerung lebt von weniger als zwei US Dollar pro Tag, erfuhr Catherine. Und dass die Differenz zwischen Armen und Reichen der von Südafrika entsprach und doppelt so hoch geschätzt wurde wie die in Deutschland. Catherine war mit armen sowie reichen Verhältnissen vertraut und fand sich gut in beiden Welten zurecht. Aber nichts hätte sie darauf vorbereiten können, in welch grenzenlosem Luxus Rivas aufgewachsen war.

Marias Vater, erklärte Rivas bei einem Spaziergang nach ihrer Ankunft, habe kurz nach Marias Geburt eine kleine Reißverschlussmanufaktur gegründet, die zwei Jahrzehnte erfolgreich die Textilindustrie belieferte. In einem Aufschwung in der Bauindustrie sah der Unternehmer seine Chance und nützte seine kleinmetallverarbeitenden Vorrichtungen und Maschinen für die Herstellung von Schrauben und Nägeln für das Baugewerbe. Nach dem Einzug der Demokratie diversifizierte er sein Unternehmen abermals. Im Alter von sechsundfünfzig Jahren stieg er in die Automobilzuliefererindustrie ein und schon bald gründete er eine neue Fabrik ausschließlich auf die Produktion von sicherheitskritischen Präzisionsteilen und Verbindungsstücken ausgerichtet. Damit belieferte er die internationalen OEMs, die Autobauer. Mit den hohen Qualitätsanforderungen dieser Industrie und der preisbestimmenden Politik der Autohersteller begannen die Umsätze zwar zu steigen, aber die Gewinnspannen sanken drastisch. Hinzukamen zahlreiche gewerkschaftliche Unruhen, von denen auch seine Organisation nicht verschont blieb. Bis ins hohe Alter leitete er seine Firmen selbst, Maria unterstütze ihn dabei. Nach seinem Tod wurde ihr das Automobilzuliefierergeschäft zu anstrengend. Sie verkaufte dieses Unternehmen und beschränkte sich wieder auf die Bau- und Textilindustrie. Inzwischen hatte sie alle Firmen abgestoßen und lebte von dem Vermögen, das diese Verkäufe ihr eingebracht und das ihre Eltern angehäuft hatten. Es war beachtlich.

»Warum hat Maria die Firmen verkauft, du hättest sie doch übernehmen können?«, bohrte Catherine neugierig.

»Das hätte sie gerne getan, aber da ich nicht das geringste Interesse an der Geschäftswelt zeigte, merkte sie schnell, aus diesen Plänen wird nichts.«

»Ich finde das schade. Du wärst ein toller Manager, Rivas.«

Seine Antwort darauf war, ihr ihre Sonnenbrille abzunehmen.

»He! Was machst du da?«

»Ich nehme dir deine rosarote Brille ab.«

»Es ist wahr, schau mal, wie du in Afrika alles gemanagt hast. Du bist ein Naturtalent. Ich könnte zehn Anrufe tätigen und dich zehnmal vermitteln.«

»Soweit kommt's noch!«, empörte sich Rivas in seiner Ehre gekränkt.

Das Grundstück glich einem Park, das Haus der Residenz einer Adelsfamilie. Eine überdimensionale, flach ansteigende Treppe führte direkt von der prunkvollen Eingangshalle in die oberen Räume. Catherine bezog eines der Gästeluxuszimmer, Rivas sein altes. Sanchez schleppte Gepäck nach oben, Sophia servierte Tee mit feinem Gebäck. Catherine verspeiste mit großem Appetit auch alle anderen erlesenen Köstlichkeiten, die laufend angeboten wurden. Der Gewichtsverlust ihres Afrikaaufenthalts wurde aufgeholt und der Zeiger der Waage kroch verdächtig weiter in die Höhe. Bekleidung wurde erneut zum Problem. Maria hatte Catherine eine kleine Auswahl an exquisiten Kleidungsstücken und Reitsachen zur Verfügung gestellt. Extra für sie gekauft und jederzeit bereit zum Anziehen hingen sie im Schrank. Catherine zog aus Trotz keines davon an. Außer den Reitsachen.

Auf Andalus erkundete Catherine zu Pferd ausgiebig das Grundstück, während sie mit Spannung die Ankunft von Conquistador erwartete. Sie freundete sich auch mit einem von Marias Poloponys an. Sie nannten die Polovollblüter Ponys, obwohl es sich definitiv um Pferde handelte. Seine geschorene Mähne legte seinen athletischen Hals frei und der kurze Schweif ließ den Wallach der nervösen Catherine irgendwie hart und bedrohlich erscheinen. Sie fand ihn schwer zu reiten, obwohl Maria ihr das bravste Pferd im Stall anvertraut hatte. Hätte sie ihm seinen natürlichen Vorwärtsdrang gelassen, hätte er ruhiger auf ihre Einwirkungen reagiert. Aber sie hielt ihn ständig zurück, was er nicht verstand und ihn verunsicherte. So dauerte es nicht lange, bis sie nach einer kleinen Meinungsverschiedenheit herunterplumpste. Die Zügel hielt sie, was sie selbst erstaunte, noch in der Hand. Sie rappelte sich auf und führte den Fuchs zu Fuß zum Stall zurück.

Rivas eilte herbei. »Bist du runtergefallen?«

»Ja, aber Jazz«, so hieß das Vollblut, »kann nichts dafür. Ist auch nicht schlimm, ich bin nur seitlich über seine Schulter gerutscht.« Das war eine typische Aussage einer Pferdenärrin. Sofort wurde das Pferd verteidigt. Trotzdem erhoffte sie sich Trost und Fürsorge, aber Rivas vergewisserte sich nur kurz, dass weder sie noch der Wallach verletzt waren.

Dann forderte er sie auf: »Los, wieder rauf.«

»Nein, ich glaube die Poloponys sind nichts für mich Rivas. Ich habe genug für heute.«

»Nix da, du steigst jetzt sofort auf. Oder tut dir was weh?«

»Ja, mein Stolz.«

»Eben. Komm rauf jetzt, wo du noch ein bisschen Adrenalin hast. Sonst wird es beim nächsten Mal schlimmer.«

»Ach nein, ich reite ab jetzt nur noch PREs.«

»Das kann dir auch bei Machu Picchu passieren, Catherine.«

»Nein, die drehen nicht so ab, weißt du.«

»Pass mal auf. Wenn du jetzt mutig bist und aufsteigst, lassen wir morgen Marias Reitlehrer kommen und dann kannst du mit ihm zweimal am Tag Longierstunden nehmen. Dann klappt das mit deinem Sitz wieder besser. Du bist ja ganz aus der Übung. Aber jetzt gehst du noch ein paar Runden Schritt mit Jazz. Ich gehe mit dir, okay? Das ist ja auch für ihn, schau mal, wie er dich anschaut. Er weiß doch gar nicht, was los ist. Er glaubt, er hat etwas falsch gemacht. So kannst du ihn nicht in den Stall zurückbringen, Catherine.«

»Reite du ihn.«

»Er will aber dich.«

Catherine musste lachen. »Also gut.« Dann sagte sie: »Danke, Rivas.«

»Wofür?«

»Dass du mich so liebst. Mehr muss ich nicht sagen, du weißt schon, was ich meine.«

Unverzüglich orderte Maria den Reitlehrer herbei, der Catherine jeden Morgen und jeden Nachmittag an der Longe herausforderte. Maria bemühte sich sehr darum, dass Catherine sich wohlfühlte und es ihr an nichts fehlen sollte. Sie aber fand das vornehme Haus steril und kalt, die Anlage übertrieben gepflegt. Bei einem morgendlichen Spaziergang zu dritt zu den Stutenställen bemerkte Catherine: »Dieser Rasen. Wie ist es möglich, dass auf diesen großen Flächen nicht ein einziges Unkraut oder wildes Blümchen hervorsprießt?«

»Dafür sorgen Sanchez und seine Leute und sehr, sehr viel Dünger und Wasser.« Das stimmte, die Rasensprenger liefen fast den ganzen Tag und auch die Blumenbeete und sogar die Bäume wurden mehrmals täglich besprengt. »Gefällt Ihnen mein Garten nicht. Catherine?«

Rivas erkannte eine bedrohliche Situation und folgte angespannt dem Gespräch. Er fürchtete Catherine würde die Wasserverschwendung bemängeln, aber stattdessen sagte sie: »Doch, er gefällt mir gut, aber ich finde wilde, verwachsene Gärten und Koppeln noch schöner. Die Pferde mögen auch gerne an verschiedenen Gräsern und Kräutern zupfen, je nachdem was ihr Körper gerade braucht.«

Rivas dachte, nein, bitte nicht Marias Pferdeansichten infrage stellen. Aber zu seinem Erstaunen erwiderte diese: »Wissen Sie was, Catherine, Sie haben so recht. Was wir hier brauchen, ist ein verwilderter Zaubergarten.« Und schon telefonierte sie nach Sanchez und erteilte die ersten Anweisungen. »Kommen Sie, wir suchen zusammen einen geeigneten Ort. Jede Hexe braucht schließlich ihren Wald mit Knusperhäuschen.« Sie zwinkerte Catherine zu.

Catherine war bestürzt. »Oh, Maria, das tut mir so leid. Ich hätte Sie nicht Hexe nennen sollen, damals in London.«

»Ich verstehe das, Catherine. Aus Ihrer Sicht würde ich die Dinge genauso sehen. Wissen Sie, ich bin es nicht gewohnt, dass man mir widerspricht oder mich kritisiert und es tut gut, so jemanden in seinem Leben zu haben.«

»Trotzdem Maria, Sie haben meine Garderobe bemängelt und ich Ihren Charakter. Das steht niemandem zu, es sei denn, der Kritiker selbst wäre perfekt, was bei mir wirklich nicht der Fall ist. Leider kann man nicht zurücknehmen, was man einmal ausgesprochen hat. Aber ich möchte, dass Sie wissen, dass ich es bereue. Ich habe mittlerweile meine Meinung über Sie geändert. Sie tun alles, um es mir Recht zu machen, bitte denken Sie nicht, ich sehe das nicht.«

Maria schwieg.

Rivas ebenso.

Dann sagte Catherine: »Würde es Ihnen etwas ausmachen, wenn wir uns einmal umarmen würden? So richtig? Wie in einer Familie?«

»Du bist schon lange Teil meiner Familie, mein Kind. Du wusstest es nur nicht.«

Sie umarmten sich, während Rivas sich verdrückte. Sein Handy klingelte. Es war Sophia. Der Pferdetransporter sei auf dem Weg zu den Ställen. Die Hengste und Wallache waren auf einem anderen Teil der Anlage untergebracht, und sie machten sich sofort auf, um Machu Picchu in seinem neuen, vorübergehenden Heim willkommen zu heißen. Hier würde er bleiben, bis Catherine und Rivas sich endlich für einen Wohnort entschieden und sich dort eingerichtet hatten. Das konnte also noch ein paar Monate in Anspruch nehmen.

Der Schimmel war in bester Verfassung, nicht abgemagert, nicht angespannt und absolut nicht ängstlich. Catherine war im siebten Himmel, als er seine große Box betrat und an dem Bodenbelag schnupperte. Zufrieden begutachtete er seine neue Behausung, als stünde ihm dieser Luxus schon lange zu und dass es endlich jemand begriffen hatte.

»Können wir ihn gleich auf seine Koppel bringen?«

Rivas zuckte die Achseln. »Das ist dein Pferd. Er muss aber gleich wieder rein, weil Pablo, der Tierarzt, auf dem Weg ist, ihn zu untersuchen.«

Sie führte ihn auf seine Koppel und er tollte ein wenig herum, wollte aber hauptsächlich nur mit Catherine herumschmusen. Sie verbrachte den Rest des Morgens mit ihm. Der Tierarzt bestätigte seinen einwandfreien Gesundheitszustand und nach dem Mittagessen bat sie Rivas, ihn zu den Koppeln bei Andalus zu bringen. Die Wiedersehensfreude war enorm. Über den Zaun wurde sich erst vorsichtig beschnuppert. Daraufhin begann das Quietschen, Hälse wurden aufgerollt, mit den Vorderbeinen ausgeschlagen und dann wurde angemessen am Koppelzaun nebeneinander hergelaufen. Auf und ab, auf und ab. Sie zeigten sich gegenseitig ihre Gänge und verglichen die Höhe ihrer Bocksprünge.

»Hast du gute Nerven, Catherine?«

»Claro.«

»Dann pass mal auf.« Rivas öffnete Andalus‘ Koppelgatter und dann Machu Picchus. Beide stürmten heraus und tollten davon, kehrten zurück, zischten wieder ab. Das gegenseitige Steigen und Ausschlagen nahm zu und Catherines Nervenstärke ab. »Rivas, nein, sie tun sich weh.«

»Die wissen schon, was sie tun. Und wenn nicht, lernen sie, das nächstes Mal etwas klüger zu spielen und besser aufzupassen. Wir sind hier nicht in einer Dressuranlage, wo jedes Vögelchen, das ihnen auf den Rücken springt, schon eine Panik auslöst. Das ist nur Horseplay, Catherine.«

»Horseplay? Das ist ein Wort, das man nicht auf Deutsch übersetzen kann. Zur Abwechslung mal umgekehrt. Aber dass ihr eure Pferde nicht in Watte hüllt, wurde mir bei Alberto klar.« Sie nutzte die Gelegenheit, ihre Beschwerde über Alberto einzureichen. Rivas aber hatte keine Lust ihn oder den in Spanien üblichen Umgang mit Pferden vor Catherine zu verteidigen. Er zuckte gleichgültig mit den Achseln und rief nach Andalus, der ihn natürlich ignorierte. Machu Picchu war viel unterhaltsamer.

Die Pferdepfleger mussten sich abmühen, die beiden übermütigen Burschen einzufangen. Machu Picchu und Andalus schienen sich abgesprochen zu haben, das so lange wie möglich hinauszuziehen. Eine gute Viertelstunde jagten sie die genervten Männer auf dem Grundstück herum. Kurzerhand schritt Catherine mit Butterkeksen ein. Immer wenn die Pferde in ihre Nähe kamen, streckte sie ihre volle Hand aus. Wie Andalus erfasste, dass sie welche hatte, war ihr unbegreiflich, aber er sah sie und konnte ihnen einfach nicht widerstehen. Machu Picchu, von Neugierde getrieben, fiel ebenfalls auf den Trick herein.

Maria überredete Catherine zu einem Stadtbummel, unter dem Vorwand sich Hochzeitskleider ansehen zu wollen. Catherine erklärte ihr, dass sie sich zu einer standesamtlichen Trauung entschlossen hatten und dass sie sich in Paris ein Chanel Kostüm kaufen wolle, wenn es so weit sei. Maria wusste das bereits von Rivas. »Wir schauen einfach einmal, was es zum Vergleich alles gäbe, und ein Tangokleid müssen wir für dich auch besorgen, wir gehen heute Abend nämlich aus.« Catherine stimmte Rivas zuliebe zu, weil er sie gebeten hatte, Maria nicht *jedes Mal* vor den Kopf zu stoßen, wenn sie ihr etwas kaufen wollte.

Sie kaufte Catherine zwei wunderschöne Cocktailkleider, ein Tangokleid, Schuhe, Handtaschen und einen Friseurtermin hatte Maria auch hinzugeschmuggelt. Bei einem Kaffee eröffnete Maria, sie würden ‚noch schnell‘ bei Chanel vorbeischauen. Das sagte sie immer, wenn sie eine kleine exklusive Boutique meinte, die eine kleine Kollektion hauptsächlich auf Bestellung einführte, da Chanel keine eigene Modeboutique in Buenos Aires betrieb. Maria flüsterte verschwörerisch auf Spanisch mit der Eigentümerin und Maria gestand Catherine: »Rivas weihte mich in deine Pläne ein. Ich habe dir ein beigefarbenes Chanelkostüm aus Paris einfliegen und auf deine Maße anpassen lassen. Wenn es dir nicht gefällt, ist es kein Problem, es wird einfach wieder geändert und zurückgeschickt.« Das stimmte zwar nicht, aber Maria bereitete die Notlüge kein Kopfzerbrechen.

Catherine war das peinlich, aber als sie es sah, stand sie vor ihrem Waterloo. Es war das schönste Kostüm, das Catherine je in ihrem Leben gesehen hatte. Klassisch geschnitten, aus dem festen Chanelstoff von anno dazumal, erschien es ihr aus Mademoiselle Cocos Ära in die Gegenwart gezaubert. Sie zog es an, und obwohl sie fand, dass es wie angegossen passte, zupften die beiden Frauen wichtigtuerisch an dem Gewand herum. An hundert Stellen brachten sie Stecknadeln an und entschieden, es müsse abermals umgeändert werden. Hier etwas herauslassen, dort ein Stück kürzen, hier etwas länger, dort etwas enger. »Gefällt es dir?«

»Ja, natürlich, aber ich kann das nicht annehmen, Maria.«

»Papperlapp. Das ist Teil meines Hochzeitsgeschenks.«

»Teil davon?«

»Ja«, sagte sie kurz und sprach wieder Spanisch mit der Verkäuferin. »Keine Angst, wenn sich deine Figur bis zum Hochzeitstag verändert, passen wir es schnell noch einmal an.« Erst als sie von Sanchez nach Hause chauffiert wurden, gestand Maria ihr die Wahrheit über das Kleid. »Catherine, ich muss dir sagen, das Kleid ist gebraucht gekauft.«

»Oh?« Catherine wunderte sich. »Aber das macht doch nichts«, fügte sie höflich hinzu. »Ich hoffe, ich bin der schicken Pariserin, der es gehörte einigermaßen ebenbürtig.«

»Zweifellos.«

»Weißt du mehr darüber? Kanntest du die Besitzerin?« Catherine nahm plötzlich an, es handle sich um ein Familienstück, denn dass Maria das Chanelkostüm in einem Altkleidershop aufgetrieben hatte, stand außer Frage.«

»Persönlich nicht, nein.«

»Schade, ich hätte gerne gewusst, zu welchen Anlässen sie so ein schönes Kostüm trug.«

»Es handelt sich«, sie räusperte sich, »sozusagen um einen ihrer Arbeitskittel.«

»Arbeitskittel?«

»Das Kleid gehörte Coco Chanel, Catherine. Es ist eines der wenigen Stücke, die man auf Wohltätigkeitsauktionen ersteigern kann. Ich habe Himmel und Erde in Bewegung gesetzt, um eines in dieser Farbe aufzutreiben, aber wir hatten Glück. Es hat wohl sein sollen.«

Catherine bemühte sich nicht, das Kleid abermals abzulehnen oder sich andauernd zu bedanken. Außerdem hätte sie sowieso nicht die richtigen Worte gefunden.

»Das Kleid ist also nicht nur ein Kleid, sondern auch eine Investition, Catherine, deshalb sagte ich, es ist Teil meines Hochzeitgeschenks. Ich würde euch beide doch nicht mit einem Kleid abspeisen. Wo denkst du hin? Ich freue mich. Wirst du das Kostüm auch zur Hochzeit tragen?«

»Maria, wer würde das nicht? Ja, ich werde es tragen, mit Stolz und Freude. Rivas wird es sehr gut gefallen. Und ich liebe es.«

Maria rieb ihre Handflächen in einer Tschuff-Tschuff Bewegung aneinander, so als habe sie gerade drei Körbe Wäsche weggebügelt. Hochzeitskleid – check.

Am Abend entführte Maria sie in den versprochenen Nightclub. Rivas weigerte sich, sie zu begleiten und Catherine merkte, er brauchte etwas Freiraum. In diesem Klub herrschte eine sagenhafte Atmosphäre. Sie trafen kurz vor Mitternacht ein und Catherine wurde von neuen Eindrücken überrollt. Eine Vorstellung nach der anderen rollte ab. Weltklassetänzer führten die ausgefallensten Tangokombinationen vor, vor allen möglichen Kulissen und in ausgefallenen Kostümen. Einmal klassisch in Rot und Schwarz mit Rose, im nächsten Moment Rock 'n roll-artig, dann im Kuba Stil mit alten Autos über die alle möglichen Variationen von Tango getanzt wurde. Eine Tänzerin ließ sich regelmäßig von ihrem Partner in die Luft werfen und wieder auffangen, aber das Publikum tobte erst, als *sie,* zierlich wie sie schien, *ihn* in ihren Armen auffing. Die Tanzakte klangen aus und ein tosender Jubel empfing einen jungen aufstrebenden Star aus Irland. Maria erklärte, die High Society von Buenos Aires war heute zugegen, um sich davon zu überzeugen, dass es sich bei ihm um den allerletzten Schrei in der Jazzblues Szene handelte. Man hatte den Argentiniern nicht zu viel versprochen. Jaime Nanci and the Blue Boys legten eine sensationelle Show hin. Catherine stockte bei jedem Song der Atem. Solch wunderbare Klänge hatte sie noch niemals gehört. Als Jaime Nanci in Nina Simone Manier ‚My baby just cares for me' sang, konnte sich Catherine nicht mehr beherrschen. Sie stürmte auf die Tanzfläche und vergaß alles um sich herum. Ein Argentinier nutzte sofort die Gelegenheit und schwang sie übers Parkett, dass ihr vor lauter Vergnügen fast die Tränen kamen. Nachdem sie sich wieder gesetzt hatte, konnte sie nicht mehr stillhalten, jede Zelle ihres Körpers hüpfte im Rhythmus der vier Künstler auf und ab. In einer Pause stand Maria auf und bat den Vokalisten um eine Wiederholung von ‚My baby just cares for me' und er stimmte zu. Er sagte: »This is for Catherine from South Africa.« Wieder sprang sie auf, diesmal von Maria begleitet und die beiden flogen ausgelassen über das Parkett.

Völlig außer Atem geraten nahmen sie wieder Platz. Catherine, ein wenig beschwipst, fand den Mut das Thema anzugehen, das ihr schon lange zu schaffen machte. »Maria, ich finde es rührend, wie du mir jeden Wunsch von den Lippen abliest, wie zum Beispiel jetzt das Lied nochmal für mich singen zu lassen.«

Maria lächelte.

»Aber ich muss nicht alles haben, was mir gefällt. Ich fühle mich unwohl dabei, Maria. Nicht nur weil es dir Umstände macht, sondern auch weil ich mich selbst nicht mehr respektieren kann. Ich lasse mich gerne verwöhnen. Und oft bilde ich mir ein, alles haben zu müssen, wonach mir gerade der Kopf steht, aber ich bin es gewohnt, dass man nicht immer darauf eingeht. Und ich brauche das von meinen Mitmenschen.«

»Was brauchst du, ich verstehe nicht?«

»Ich werde wahrscheinlich immer enthusiastisch plappern oder mir laut Sachen wünschen, das bedeutet aber nicht, dass man mir keine Grenzen setzen darf.« Catherine ging absichtlich in diese Richtung, weil sie glaubte, Maria mit dieser Bitte eher dazu bewegen zu können, ihre Großzügigkeit zu zügeln. Das ewige ‚das ist nicht nötig' verfehlte ja seine Wirkung. Maria jedoch sprach auch darauf nicht an.

»Es macht mir Freude, das ist alles.«

»Also gut, Maria, ich sehe das so: ich glaube du kompensierst mit Geschenken und Aufmerksamkeit, was in der Vergangenheit zwischen uns vorgefallen ist. Aber mit diesem Verhalten erreichst du genau das Gegenteil. Ich werde ständig daran erinnert, und du erleichterst dein Gewissen. Ehrlich gesagt empfinde ich dein Benehmen mir gegenüber als egoistisch.« Catherine bereitete sich auf das erwartete Donnerwetter vor und schluckte tapfer.

»Unter diesem Aspekt habe ich mein Vorgehen noch nie betrachtet.«

Catherine schnaufte erleichtert auf. Zu früh.

»Aber das stimmt nicht, Catherine. Mein wahres Motiv ist noch schlimmer. Ich mag dich, aber alles, was ich tue, tue ich für Rivas.«

»Hast du schon einmal bedacht, dass ihm das auch zu viel sein könnte?«

»Unsinn!«

»Denk darüber nach. Was versuchst du, in seinem Leben auszugleichen?«

Maria hüllte sich in Schweigen.

»Rivas ist nicht mehr vierzehn. Er braucht das nicht mehr. Das muss dir klar sein, also was ist es?«

Keine Antwort.

»Fühlst du dich für Barcelona verantwortlich Maria?«

Maria nippte an ihrem Getränk und starrte auf den Tisch.

»Hast du seine Mutter gedrängt, zu dem Spiel zu gehen, obwohl Rivas außer Landes war?«

»Seinen Vater kannte er nie. Seine Mutter verlor er durch den Anschlag. Dass ich nicht für ihn da sein konnte, war der dritte Schicksalsschlag.«

»Nichts davon war deine Schuld.«

»Rivas verbrachte die Ferien bei einer Familie in Schweden, die ich für gute Freunde hielt. Rivas war bis zu diesem Zeitpunkt ein offener, anständiger Junge. Spitzbübisch ja, aber gut erzogen. Er zeigte erstklassige Manieren, war zuvorkommend...«

»Das ist er immer noch.«

»Ja, die Wurzeln einer guten Erziehung gründen tief. Aber lass mich fortfahren. Tamaryn, seine Mutter, wollte ihn eigentlich nicht alleine fliegen lassen. Sie hing sehr an ihm. Ich überredete sie dazu. Nach dem Anschlag schickten die Schweden Rivas ohne jede Betreuung in seine zerstörte Welt zurück. Sie gaben ihn in einem Heim ab und machten sich aus dem Staub.«

»Deshalb machst du dir Vorwürfe?«

»Ja, Rivas wurde schwierig. Das ist ja kein Wunder.«

»Stimmt. Maria, damals in Südafrika warf ich dir vor, du seist rachsüchtig.«

»Ich erinnere mich daran.«

»Aber dass du dich für dich rächtest, stimmt nicht. Du hast mit Freya die WICED gegründet, weil du dich für Rivas rächtest. Tamaryn war tot. Jemand, der auf dieser Welt nicht mehr existiert, leidet nicht mehr in ihr. Und du warst erwachsen. Du konntest die Zusammenhänge verstehen, aber stelltest dir vor, wie es ihm dabei ergangen ist. Du musstest mit ansehen, wie ein fröhliches, intelligentes Kind zu einem harten, zynischen alten Mann wurde, der niemandem vertraute und alles Menschliche von sich wies. Einem gottlosen Wesen, das weder an höhere Gewalt noch an seine Mitmenschen glaubte und die Gesellschaft provozierte, wo er nur konnte. Eine einzige Fehlentscheidung von dir und zwei Leben waren zerstört.«

Maria nickte stumm.

Das ist also die schwedische Familie, dachte Catherine und fragte sich, was in Rivas vorging, sie zu seiner Hochzeit einladen zu wollen. Das konnte nur bedeuten, dass er seinen Frieden gefunden hatte. Sie hätte es Maria gerne gesagt, um sie zu beruhigen, aber Rivas würde das vielleicht gar nicht gefallen. Sie nagte an den Lippen und ging dann, wie meist, das Risiko ein. »Rivas spielt mit dem Gedanken, diese schwedische Familie zu unserer Hochzeit einzuladen, Maria. Er wird dich sicher noch fragen, ob du damit einverstanden bist, aber er erwähnte sie, als wir die erste Gästeliste erstellten.«

Maria stockte. »Das kann ich nicht glauben. Um Erlaubnis bitten, muss er mich keinesfalls. Das ist seine Hochzeit. Aber Catherine, das ist ausgeschlossen, da musst du etwas missverstanden haben.«

»Er erwähnte sie, Maria.« Catherine nickte bestätigend.

»Entschuldige, aber das muss ich erst verdauen.«

»Maria, was schließt du daraus, wenn es stimmt, was ich sage?«

»Dass er damit abgeschlossen hat und es dadurch zum Ausdruck bringt.«

»Was bedeutet das für dich?« Sie antwortete nicht. Also tat es Catherine: »Das bedeutet für dich, dass es nichts mehr gibt, das du dir vorwerfen musst. Auch ich sehe mich nicht als Opfer sondern als Gewinner. Ich habe eine zweite Chance auf das Leben bekommen, weißt du wie schön das sein kann? Wie wunderbar es ist, alles zu schätzen, jede kleine Freude und sogar die kleinen Sorgen? Alles ist gut, Maria. Die WICED wird nicht mehr gebraucht. Du kannst sie nicht nur praktisch loslassen, sondern auch seelisch. Du warst, bist nicht böse, Maria. Kennst du Kurt Tucholsky?«

»Ja, das war ein deutscher Schriftsteller.«

»Er behauptete das Gegenteil von gut ist nicht böse, sondern gut gemeint.«

»Verstehe. Ich habe es zu gut gemeint.«

»Ja, das darfst du dir anlasten. Aber du kannst jetzt damit aufhören. Rivas hat den Absprung geschafft, ich auch. Du kannst das auch.«

Maria wurde wieder fröhlich. »Ein bisschen Geduld musst du noch aufbringen.«

»Geduld hatte ich noch nie. Maria, Geschenke ja. Unangemessene nein! Okay?«

»Rivas deutete in Marseille etwas Ähnliches an, hat aber wieder nachgegeben.«

»Mach es ihm nicht mehr schwer, okay?«

»Okay.«

»Maria, wie stehst du jetzt zur WICED?«

»Ich werde meine Leute abfinden und entlassen, Catherine. Wie du sagtest, die Gruppe wird nicht mehr ‚gebraucht'. Das Geld werde ich für andere Zwecke verwenden.«

»Bereust du es?«

»Was?«

»Die WICED gegründet zu haben.«

»Nein, wie es gekommen ist, ist es eben gekommen.«

»Rivas bereut seine Mitwirkung.«

»Das kann ich verstehen. Er war sozusagen an der Front. Aber wenn du wissen willst, ob ich, wenn ich zwanzig Jahre zurückdrehen könnte, nochmal so handeln würde, wäre die Antwort nein. Ich würde meine Energie anders einsetzen.«

»Was ist mit Carlos? Hat er sich damit abgefunden?«

»Freya setzte damals sehr klug durch, die Finanzen von dem operativen Teil zu trennen. Und diese Verantwortung obliegt nur mir. Wenn kein Geld zur Verfügung steht, ist Carlos machtlos. Davon abgesehen, Catherine, Carlos ist alt und müde. Er sträubt sich zwar, aber ich glaube innerlich kommt auch er langsam zur Ruhe. Er ist wahrscheinlich erleichtert, weiß es nur noch nicht.«

»Maria, apropos müde. Ich bin es auch. Machen die hier nie zu?«

»Noch lange nicht, Catherine, aber du hast Recht. Es ist spät. Lass uns aufbrechen.«

Am nächsten Tag ritten Rivas und Catherine aus. Sie hatte Rivas gebeten, Machu Picchu zu nehmen. Sie setzte sich auf Andalus. Als sie merkte, wie brav Picchu war, tauschten sie Pferde und für Catherine erfüllte sich der Traum einer jeden pferdebegeisterten Frau: mit ihrem geliebten Mann auf seinem geliebten Pferd neben ihr auf ihrem geliebten Pferd herzureiten. Nicht nach ihrer Befreiung im Kongo, nicht in der Cadre Noir und nicht am Heiligen Abend in Boston hatte sie sich jemals so frei und glücklich gefühlt. Und auch nicht während ihrer Gefangenschaft. Mit Lammingcourt hatten sie das paradoxe Phänomen der ‚Freiheit unter Besatzung' erörtert und Jean-Paul Sartres Spruch ‚wir waren niemals so frei wie unter der deutschen Okkupation'. Wenn man nicht wusste, was der nächste Tag bringen würde, lebte man jeden Moment aus, ohne Rücksicht auf Konsequenzen. Auch diese Erfahrung hatte Catherine an manchen Tagen in Peru gemacht, aber keine ihrer Freiheitsemotionen reichte auch nur annähernd an den Höhenflug dieses Ausritts heran. Jetzt war sie wirklich frei. Sie hatte ihr ganzes Leben vor sich, ohne die ständig lauernde Angst um Rivas' Zukunft. Er war durch sein Arrangement mit Palmer abgesichert. Glaubte sie.

Sie trällerte Pippi Langstrumpfs Lied auf Deutsch vor sich her: ‚Wir machen uns die Welt, trallalala, wie sie uns gefällt. Hey Pippi Langstrumpf, trallali trallala trallahoppsasa...' , niemand drängte sie, keine Aufgabe oder Veränderung rückte bedrohlich näher, sie war nicht mehr im Kreis gefangen, sondern frei. Jetzt wirklich frei. »Wir machen uns die Welt, wie sie uns gefällt, okay, Rivas?«, schlug sie vor. Er stimmte zu. Das war ohnehin seine Devise, darin sah er kein Problem. Aber eines nagte noch sehr an ihm, das war es auch, was ihn davon abgehalten hatte, endlich die Zukunft anzupacken. Eine Rechnung hatte er noch offen: Jacques. Er fasste den Entschluss, nun die Initiative zu ergreifen.

Schon eine Stunde später erfuhr er diesbezüglich haarsträubende Neuigkeiten.

68.
Catherine

Catherine musste sich dringend mit praktischen Sachen zum Anziehen eindecken und ließ sich von Sanchez in die Stadt fahren. Maria nutzte diese Gelegenheit, um Rivas von ihren neuesten Erkenntnissen zu berichten.

»Rivas, ich muss dir etwas beichten.«

»Hattest du Streit mit Catherine?«

»Nein, ich habe dir etwas verschwiegen. Ich wollte, dass du dich ein wenig unbekümmert in deiner alten Umgebung ausspannst und dass auch Catherine sich ein bisschen an mich gewöhnt, bevor du das, was ich dir jetzt sage, in Angriff nimmst. Denn das wirst du unverzüglich tun, wie ich dich kenne.«

»Du hast Jacques gefunden?«

»Nicht nur das, Rivas.«

Rivas bot Maria eine Zigarette an. Aus Höflichkeit, er wusste, dass sie seine Marke nicht mochte. Sie nahm eine ihrer eigenen.

»Bei einem unserer Telefonate erwähntest du den Namen von Charlottes Vater.«

»Ja, ich erinnere mich. Der Name kam dir bekannt vor.«

»Ja. Ich war damals gerade dabei, die Spenderlisten durchzuforsten. Der Name ließ mir keine Ruhe. Ich ging Freyas journalistische Artikel und Interviews durch. Das war durch die Suchfunktion leichter, als die oft verdeckten Spenden zurückzuverfolgen. Ich gab den Namen Palmer ein und stieß auf ein Interview mit einem US-Senator: Geoffrey Palmer. Wie sich herausstellte, handelt es sich bei ihm um Tobias‘ älteren, verstorbenen Bruder. Er beging vor kurzem Selbstmord. Anscheinend hatten sie sich entfremdet und seit Jahren keinen Kontakt mehr miteinander. Geoffrey Palmer war Republikaner und viele Jahre im Senat. Ich recherchierte ihn ausgiebig und stieß dabei auf zwei bedeutende Tatsachen. Er war ein begeisterter Segler mit Yachten unter anderem auch in Südafrika. Danach war es nicht schwer, eines seiner Segelboote als das zu identifizieren, in dem Charlotte gefangen gehalten wurde. Ausschlaggebend bei der Identifizierung war Charlottes Aussage über die Messingplatte, die an dem Ruder angebracht war.«

»Ja, mit der Aufschrift ‚Lilian‘. Ihr habt es gefunden?«

»Ja, es lag in Durban vor Anker.«

»Tobias sagte, sie hätten alle Yachthäfen der Gegend abgeklappert und dass es verschollen blieb.«

»Tja.«

»Erzähl weiter.«

»Wie ich herausfand, ist Lilian die Tochter eines industriellen Investors in hohem Alter, aber er lebt noch. Unter anderem hat er Anteile in Firmen in der Telekommunikationsindustrie. Ihn und seine Tochter recherchierte ich als Nächstes und fand...«

»Jacques.«

»Ja. Er heißt Jack Jackson.«

»Ist das ein Witz?«

»Nein, er heißt wirklich so. Er ist US-Amerikaner aber lebte, wie er Charlotte erzählt hatte, lange auf Mauritius und nannte sich dort Jacques.«

»Dieser Jacques war ein Industriespion, ein junger Mitarbeiter von Lilians Vater. Durch ihn eignete sich ihr Vater wohl Wissen über Innovationen in der Telekom Branche an, die er auf der Börse für Spekulationsgeschäfte einsetzte.«

»Deshalb kannte Jacques sich auf dem Schiff der France Telekom so gut aus.«

»Es kommt noch dicker. Ich ging daraufhin die gesamte Spenderliste durch. Diesmal ging ich in chronologischer Reihenfolge vor und machte eine wichtige Entdeckung. Geoffrey Palmer leistete in den Gründerjahren der WICED über Freya Spenden an uns. Wie auch Lilians Vater.«

»Die beiden waren befreundet.«

»Davon können wir ausgehen.«

»Mir schwant Böses«, stellte Rivas fest.

»Auch Tobias kannte Freya. Auch Tobias leistete eine Spende. Eine einmalige, ganz am Anfang. Ich habe eine Theorie.«

»Okay?«

»Geoffrey Palmer hat, von Lilians Vater inspiriert, ebenfalls an der Börse spekuliert, sich aber nur Verluste eingehandelt. Jedenfalls war er finanziell vollkommen abgestürzt, auch seine politische Karriere erlitt vor einigen Jahren einen drastischen Absturz. Das Letzte ist keine Theorie, das ist so.«

»Geoffrey hat Charlotte entführen lassen?«

»Ich glaube, dass Tobias in die Sache verwickelt ist, Rivas.«

»Das halte ich für ausgeschlossen.«

»Weißt du, was ich vermute?«

»Geoffrey hat Tobias erpresst? Damit, dass er Freya unterstützte? Seine Karriere wäre im Eimer.«

»Genau. Anscheinend ist Tinas Familie sehr vermögend. Vielleicht haben Geoffrey und Tobias eingefädelt, eine Entführung vorzutäuschen, um an das Geld heranzukommen, damit Tobias Geoffrey damit ausbezahlen konnte?«

»Und dabei ist etwas schief gelaufen.«

»Das sehe ich ebenso.«

»Aber das Lösegeld kam nicht von Tina. Er hat mir ausdrücklich vorgejammert, wie schwer es ihm fiel, das Geld zu beschaffen.«

»Bist du dir sicher, dass das stimmt?«

»Nein«, gestand er.

»Kannst du es herausfinden?«

»Worauf du dich verlassen kannst.«

»Also ich nehme an, dass Geoffrey diesen Jacques über Lilians Familie gekannt hatte. Dass sie sich in Seglerkreisen zwischen Mauritius und Südafrika im Indischen Ozean vergnügten und Geoffrey oder Tobias oder beide ihn anheuerten, Charlotte zu entführen.«

»Die Forderung nach einem Lebenszeichen war eine Finte. Um Tina anzudeuten, Charlotte wäre entführt worden. Dass sie schnell Geld bereitstellen würde, damit Charlotte nicht zu lange festgehalten werden muss, vielleicht sogar ohne es zu merken, entführt worden zu sein? Was ist da bloß schiefgelaufen?«

»Vielleicht wurde das Boot von Piraten gekapert?«

»Nein, ich glaube, die ganze Aktion wurde vielleicht von diesem Jacques „gekapert".«

»Noch eine Erpressung?«

»Ja. Was ist mit Chilanchi?«

»Nichts, das ist ein Phantom. Wo dieses Gerücht von Chilanchis Wiederaufleben entstand, weiß ich nicht. Aber dass nichts dahinter steckt, dessen bin ich mir ziemlich sicher.«

»Ich muss sofort herausfinden, woher das Lösegeld stammt. Ich werde Tina anrufen.«

»Sie will dich auch sprechen. Sie hinterließ, kurz bevor du reinkamst, bei Sophia eine Nachricht. Ich wollte dir nur vorher von meinen neuesten Informationen berichten.«

Rivas rief sie umgehend zurück, konnte sie aber nicht erreichen und hinterließ ebenfalls eine Botschaft.

Catherine trat mit ihren Einkäufen ein und stellte sie gerade ab, als ihr Handy klingelte. »Hallo Schatz. Moment, ich muss schnell rangehen. Es ist Tom.«

»Hallo Cat.«

»Hallo, wie geht es dir?«

»Super, Catherine, alles läuft prima. Tut mir leid, dass ich in letzter Zeit so ungehalten war.«

»Schon gut, was gibt's?«

»Cat, Alex hat etwas herausgefunden, das meine Theorie bestätigt, dass dich dieser Van der Sonsen an der Nase herumgeführt hat. Ist dir das noch wichtig?«

»Eigentlich nicht, aber du weißt ja, wie neugierig ich bin. Also schieß los.«

»Erinnerst du dich an das Theaterstück?«

»Ja. Du meintest damals, dass sich dahinter ein Hinweis verbirgt.«

»Dessen bin ich mir jetzt sicher. Ich weiß nämlich, worum es in dem Stück ging.«

»Ja, um eine Großmutter vom Lande.«

»Alex traf sich neulich mit einem ehemaligen Komplizen, der zu der Zeit im Trakt 4 der B-Stufe mit Van der Sonsen einsaß. Er lenkte das Gespräch auf das Stück, weil er mir ja damals half, die Chilanchi zu recherchieren.«

»Was hat er herausgefunden?«

»Die Moral von der Geschichte ist, dass man nicht alles glauben soll, was einem aufgetischt wird. Dass die Dinge nicht immer so sind, wie sie erscheinen, Catherine.«

»Aber was hätte er mir damit sagen wollen?«

»Keine Ahnung. Ein blöder Witz um die Gefängnisöde zu vertreiben.«

»Okay, danke.«

»Hilft dir das weiter?«

»Ja«, log Catherine, aber das tat es eigentlich nicht, es war ihr auch vollkommen schnuppe. Trotzdem berichtete sie Rivas davon.

»Tz, so ein Blödmann. Erzählt mir Stuss und schickt dann eine verschlüsselte Botschaft nach, dass das alles gar nicht stimmt. Der tickt doch nicht richtig. Tut mir leid, dass daraus so ein Wirbel entstand, wenn das ja überhaupt stimmt, was Tom vermutet.«

Rivas sagte: »Verschlüsselte Botschaften schickt man, wenn man etwas sagen muss, aber etwas anderes sagen will, nicht weil man nichts Besseres zu tun hat, oder Catherine?«

»Worauf willst du hinaus?«

»Wo ist das Chilanchi Gerücht entstanden? Ich meine, wie weit können wir das Gerücht des Wiederauflebens zurückverfolgen?«

»Bis zu dem Tag, an dem ich im Gefängnis war.«

»Mhm. Das ist sein Ursprung. Weder Tom noch Alex noch die ganze WICED Maschine konnten es von dort weiter zurückverfolgen.«

»Das klingt ja so, als hätte ich das Gerücht in die Welt gesetzt.«

»Mhm.«

»Dass man mich benützte, das zu tun.«

»Dass man in erster Linie Van der Sonsen benützte, das zu tun.«

»Aber warum und wie?«

»Wir werden es herausfinden.« Er erzählte Catherine von Marias Enthüllungen und nannte Jack Jacksons Namen.

»Rivas, an dem Tag, an dem ich Van der Sonsen besuchte, hatte er kurz vor mir Besuch. Ich sah diesen Namen auf der Registrierungsliste. Dieser Jack Jackson gab sich den Behörden gegenüber als Buchautor aus, der Van der Sonsen für eine Recherche interviewen wollte.«

»Das könnte bedeuten, dass Jack Jackson Van der Sonsen zwang, dich auf diese Fährte zu locken. Der aber wollte dich gleichzeitig warnen, weil du Rainers Tochter bist. Aber die Verbindung zu dir verstehe ich nicht. Wie kamen sie auf dich?«

»Eine Beschattung? Noch eine!«, stöhnte Catherine.

»Ja, aber mit welcher Begründung?«

»Das weiß ich auch nicht. Aber heißt das nicht auch, dass Van der Sonsen den Grund für meinen Besuch schon kannte, sich aber nichts anmerken ließ. Ich komme mir vielleicht blöd vor. Und wie er mitspielte! Das gibt es doch nicht! Chuck hat ihrem Vater wohl zurecht nicht getraut. So ein Schuft.«

»Wir wissen noch nichts Genaues, aber wir müssen morgen nach Boston. Wenn sich Tina nicht meldet, fliegen wir einfach hin, und dann gleich nach Washington. Oder möchtest du lieber hierbleiben?«

»Auf keinen Fall!«

Tina rief Rivas zurück, wollte ihn auch dringend sehen.

Am nächsten Tag saßen sie wieder im Flugzeug nach Boston.

69.
Catherine

Charlotte verbrachte gerade ihre Zeit bei ihren Großeltern auf dem Land, kehrte aber rechtzeitig nach Boston zurück, um bei Catherines und Rivas‘ Ankunft da zu sein. Das Wiedersehen war wunderschön. Charlotte hatte einen superkurzen Haarschnitt und war wieder blond. Die beiden zogen sich in Charlottes Zimmer zurück und Rivas und Tina begaben sich in den Wintergarten.

»Tina, wissen Sie, ob Tobias die zweite Lösegeldzahlung zurückerhalten hat?«

»Nein, hat er nicht.«

»Wissen Sie, wie er das Geld damals besorgt hat?«

»Er bekam die zwei Millionen von mir. Meine Eltern haben mir das Geld geliehen. Wir hätten es auftreiben können, haben aber so große Summen nicht flüssig. Vor allem Tobias nicht. Ich bin sehr wohlhabend, aber wir hatten einen Ehevertrag. Er ist prominent aber bei weitem kein Millionär. Aber diese Kriminellen haben ja keine Ahnung, sie denken in den Staaten schwimmen alle in Geld. Warum fragen Sie?«

»Das sage ich Ihnen gleich, erzählen Sie mir erst, warum Sie mich sprechen wollten.«

Tina legte ihm ein Dokument vor. »Ist das die Zweitausfertigung Ihres Abkommens mit Tobias, Rivas?«

Er betrachtete es und nickte.

»Es ist eine Fälschung.«

»Nein, ich habe den Wortlaut jetzt nur übersprungen, aber dieses Dokument entspricht, soweit ich es ersehen kann, meiner Ausfertigung.«

»Rivas, die Unterschrift des Präsidenten ist eine Fälschung. Ich weiß nicht, warum Tobias das getan hat. Es ist nicht notwendig. Er ist absolut befugt, einen Deal dieser Art auszuhandeln.«

»Vielleicht nicht, wenn es in dem Deal darum geht, seine Tochter zu retten? Er dient ja nicht der Aufklärung eines Verbrechens, das mit dem Abkommen in direktem Bezug steht? Außerdem habe ich darauf bestanden, aber wie kam er an den Stempel des Oval Office?«

»Rivas, Tobias geht fast wöchentlich im Oval Office ein und aus. Er legt dem Präsidenten zahlreiche Dokumente zur Unterschrift vor. Eines mehr abzustempeln, würde niemandem auffallen. Die Unterschrift ist aber nicht die des Präsidenten.«

»Woher wollen Sie das so genau wissen?«

»Er würde niemals ein solches Dokument unterzeichnen. Wenn, dann würde es sich um eine offizielle ‚Begnadigung durch den Präsidenten' handeln. Und das tut er äußerst ungern und auch nur dann, wenn ein Mensch bereits verurteilt ist, die Umstände transparent und für die Bürger größtenteils nachvollziehbar sind. Niemals greift der Präsident in ein staatsanwaltliches Verfahren ein. Er kann sich auf dieser Ebene nicht in die Justiz einmischen. Dazu ist er nicht berechtigt und bedenken Sie nur, welchen Skandal es auslösen würde, wenn es an die Öffentlichkeit geriete. Und das würde es, wie so ziemlich alles in unserem freien Land. Ihre Abmachung ist ungültig, Rivas.«

»Woher haben Sie es?«

»Tobias bewahrte es in seinem Privattresor auf. Charlotte lenkte ihn unten mit einem Tischtennisspiel ab, während ich oben sein Büro durchsuchte und mir eine Kopie anfertigte. Ich war fast zwanzig Jahre mit ihm zusammen, sechzehn davon waren wir verheiratet. Für eine Ehefrau ist es nicht schwer, hinter die Kombination des Tresorschlosses ihres Mannes zu kommen, Rivas. Wir Frauen haben ein untrügliches Gespür für so etwas.«

»Wonach suchten Sie in seinem Büro? Wussten Sie von dem Deal?«

»Rivas, ich bin zufällig darauf gestoßen. Ich weiß, was ich Ihnen jetzt sage, hört sich schlimm an. Kann ich Ihnen vertrauen?«

»Ja, Tina.«

»Ich suchte nach dem angeblich verschollenen Geld, also zweimal eine Million US Dollar. Oder irgendeinem Indiz, das etwas Licht in Tobias' merkwürdiges Zögern bei den Geldübergaben bringt. Chuck erzählte mir von den Verzögerungen. Diese betrafen nicht die übliche Zeitspanne nach der Überweisung nach London, sondern den späten Zeitpunkt der Geldsendung selbst. Die Entführer erfahren ja von ihren Vermittlern, ob und wann die Überweisung getätigt wurde, auch wenn es noch nicht zur Auszahlung bereitsteht. Chuck aber wurde beschimpft, weil viele Tage nach der ersten Forderung der Transfer noch nicht getätigt worden war. Bei der zweiten Forderung fiel sogar mir auf, dass er zauderte. Ich hatte den Verdacht, dass er die zweite Zahlung nicht vornahm. Und diesem Claude die erste mittels seiner Mitarbeiter im Kongo wieder abluchste. Inzwischen bin ich überzeugt davon, dass ich damit falsch liege, aber seine ganze Vorgehensweise lässt einige Fragen offen.«

Rivas glaubte nicht, dass Tobias nicht bezahlt hatte, vermutete aber sofort, dass er mit einem Teil des Geldes seinen Bruder zum Schweigen bringen wollte, während er sich bemühte, die Differenz selbst aufzutreiben. Das war für ihn die plausibelste Erklärung für die Verzögerung. Aber er führte vorerst das Gespräch in Richtung Deal weiter. Das interessierte ihn brennend. »Kommen wir noch einmal auf meine Abmachung zu sprechen. So oder so gilt sie, es sei denn, er geht das Risiko ein, sich selbst zu gefährden.«

»Das stimmt, Rivas, aber ohne ein gültiges Abkommen sind Sie nur so lange geschützt, bis niemand anderer Ihnen auf die Schliche kommt. Und ein Dokument mit einer gefälschten Unterschrift ist nun mal nichtig.«

»Warum diese angebliche Unterschrift des Präsidenten? Das ergibt doch keinen Sinn.«

»Vielleicht spielte es für ihn keine Rolle. Wenn Sie danach verlangten, war es sicher ein schnellerer Weg das abzuhandeln. Oder wie Sie andeuteten, aufgrund der Rechtslage liegt keine ausreichende Rechtfertigung für einen Deal vor. Man müsste einen Juristen befragen.«

»Am besten gleich ihn.«

»Das habe ich vor. Er kommt in einer Stunde vorbei. Ich habe ihn um einen dringenden Termin hier in Boston gebeten, aber er weiß nicht, dass Sie hier sind. Haben Sie etwas dagegen?«

»Im Gegenteil. Ich hätte da noch ein paar andere Fragen an ihn.« Rivas schwieg nachdenklich.

»Worüber grübeln sie nach?«

»Ich ärgere mich, das übersehen zu haben.«

»Rivas, wer ist schon mit unserem Rechtssystem vertraut? Unser Präsident erscheint sogar vielen Landsleuten so gut wie allmächtig. Und Sie sind ja nicht einmal amerikanischer Staatsbürger.«

»Tina, das sagt einem doch schon der gesunde Menschenverstand.«

»Sie standen unter Druck, Rivas. Tobias hatte Catherine, Ihr Pferd und Ihre Zukunft in der Hand.«

Tinas Trost verschlimmerte Rivas' Gram. Von ihr auch noch verteidigt werden zu müssen, beschämte ihn tief. Er wechselte das Thema. »Kennen Sie einen Jack Jackson?«

»Nein, wer soll das sein?«

»Jacques.«

»Sie haben ihn gefunden?«

»Noch nicht. Aber seine Spur führt zu Geoffrey Palmer.«

»Tobias‘ Bruder?«

»Was wissen Sie über ihn?«

»Absolut nichts. Außer dass er ein gestürzter Senator ist. Tobias hat ihn stets von Chuck und mir ferngehalten. Sie sind seit ihrer Kindheit zerstritten. Hat er etwa Charlotte entführt? Aber wie kam sie dann in die Hände dieser Händler?«, setzte sie eilig hinzu.

»Bisher steht für mich lediglich fest, dass Jacques und Geoffrey sich kannten.«

»Gut, lassen Sie uns abwarten, bis Tobias eingetroffen ist. Er hat uns einiges zu erklären. Möchten Sie noch einen Drink?«

Er bejahte und schlenderte nach draußen zum Rauchen. Sie gesellte sich dazu und zündete sich ebenfalls eine Zigarette an. »Sie rauchen nicht in Ihrem eigenen Haus?«

»Warten Sie, bis Sie eine Tochter im Teenager Alter haben. Eine, die sich bei jeder Gelegenheit als Gesundheitsapostel aufspielt, dann können Sie sich diese Frage selbst beantworten. Ich ‚darf‘ so gut wie nie rauchen, und schon gar nicht hier im Haus oder irgendwo sonst in ihrer Nähe.«

Rivas schmunzelte. Sein Kinderwunsch blühte erneut auf.

»Rivas, es gibt im Anschluss an das Gespräch mit Tobias noch etwas, was ich mit Ihnen und Catherine besprechen möchte. Darf ich Sie einladen, bei uns zu übernachten? Ich bevorzuge, das morgen anzugehen. Es ist schon spät.«

»Gerne, wir bleiben ohnehin ein paar Tage in Boston, aber ich habe ein Haus hier. Wann morgen?«

»So gegen 10.00 Uhr?«

»Hier bei Ihnen?«

»Nein in der Stadt. Hier ist die Adresse.« Sie wurden unterbrochen. Tobias war eingetroffen. »Schicken Sie ihn herein«, sagte sie zu ihrem Angestellten und dann zu Rivas: »Ich gehe nur kurz nach oben, damit Catherine und Chuck uns nicht unterbrechen. Fangen Sie ruhig schon an.«

Nach einer knappen Begrüßung schenkte sich Tobias einen Drink ein. »Sie habe ich hier nicht erwartet. Wo ist Tina?«

»Sie kommt gleich.«

»Haben Sie wieder ein Geständnis für mich, Rivas?«

Sein sarkastischer Unterton entzürnte Rivas. »Nein, heute geht es um Ihres.«

Tobias runzelte die Stirn und lenkte ab. »Ehrlich gesagt, ich habe ihr Geplapper über den verarmten Kartoffelbauern nie nachvollziehen können. Warum erzählten Sie mir diesen Quatsch? Sagen Sie mir endlich, warum Sie so schnell gestanden haben. Das habe ich in meiner ganzen Laufbahn noch nicht erlebt.« Rivas schwieg. Die dicke Luft beunruhigte Tobias. »Ich habe es mit einem außergewöhnlichen Verbrecher zu tun, das ist mir schon klar«, beantwortete er dürftig seine eigene Frage mit einem fadenscheinigen Kompliment, um die Atmosphäre aufzulockern.

»Sie haben unsere Vereinbarung gebrochen, Tobias.« Er hielt ihm den Vertrag unter die Nase. Die Unterschrift des Präsidenten ist gefälscht.«

»Sie haben sich dieses Dokument andrehen lassen, aber es spielt keine Rolle. Ich werde keine Anklage erheben. Ich rate Ihnen aber, sich nicht so aufzuspielen, ich kann es mir jederzeit anders überlegen. Sie haben ja, wie Sie jetzt wissen, nichts in der Hand. Ich kann Sie jederzeit auffliegen lassen.«

»Sie irren sich.«

»Sie drohen mir, mich in Ihren Untergang mitzureißen?«

»Nein, Ihren Untergang müssen Sie schon im Alleingang machen.«

»Rivas, wie sollte Ihnen das gelingen? Aber es bringt nichts, uns hier herumzustreiten. Seien Sie nicht verbittert, ich werde unsere Abmachung einhalten.«

»Welche Abmachung? Die, auf die Sie bereits durch eine gefälschte Unterschrift gespuckt haben? Tobias, ich werde das Geheimnis lüften, das Sie so brennend interessiert. Mein Geständnis war ebenfalls Teil eines ‚Deals'. Ich habe das Versprechen eingelöst, mich zu stellen, und die Konsequenzen zu tragen.«

»Sie sind den Konsequenzen entgangen, also tun Sie nicht so rechtschaffen und geben Sie sich zufrieden.«

»Ich sehe das so: Im Zuge meiner Abmachung mit dieser Person habe ich alle Taten, die ich bereue, gestanden. Darüber hinaus das Verbrechen an dem Pädophilen, das ich nicht bereue. Dann gingen Sie als Vertreter der Justiz aus freien Stücken mit mir einen Deal ein, von dem ich meinen Teil einhielt. Ich betrachte meine Strafe als getilgt, indem ich in Afrika mein Leben aufs Spiel setzte und das meiner Verlobten fast verloren hätte. Ich würde Sie mit allen mir zur Verfügung stehenden rechtlichen Mitteln bekämpfen, Tobias.«

»Und allen unrechtlichen.«

Tina kam dazu und lauschte schweigend dem Gespräch.

»Das würde nicht nötig werden. Unter den Umständen würde ich alles offenlegen, was zwischen uns vorgefallen ist, aber wenn das nicht reicht, nein. Mit neuen Verbrechen als Bereinigung von alten habe ich abgeschlossen.«

»Sie erpressen mich, das ist auch ein Vergehen.«

»Sie damit zur Einhaltung Ihres Parts zu zwingen, wird mir keine schlaflosen Nächte bescheren. Und Sie, Tobias, können vielleicht damit leben, für Ihre Taten ins Gefängnis zu wandern, aber können Sie es auch verkraften, wenn Charlotte in der Washington Post liest, was ihr Vater ihr angetan hat? Vielleicht wollen Sie hören, wie es zu dem Bild kam, dessen Fetzen Sie mir damals vorlegten? Hat Sie Ihnen je anvertraut, was sie Catherine erzählte, wie man sie in Afrika gequält und gedemütigt hat? Wollen Sie wirklich, dass sie erfährt, wer hinter dem Ganzen steckt? Wissen Sie, dass sie so verzweifelt darauf drängte, mit ihrer Mutter telefonieren zu dürfen, dass sie sich für das Telefonat sogar prostituiert hätte? Wenn es das Überleben erfordert, wird der Körper zu einem Handelsobjekt. Das ist ganz normal, aber dieser Dreckskerl Claude verachtete sie dafür und drohte ihr, ihr die Haare zu scheren. Können Sie sich vorstellen, wie sie sich dabei fühlte? Und wie sehr sie das Telefonat mit ihrer Mutter mit ihrem Überleben in Verbindung brachte? Zurecht! Hat Sie Ihnen anvertraut, wie sie wegen einer Handvoll gestohlener Bohnen bestraft wurde? Nackt am Stuhl angebunden, spielten sie mit ihr ‚Gericht', weil ihr Vater ein verhasster Justizbeamter war. Das alles hat sie Ihnen nie erzählt, nicht wahr, Tobias? Vermutlich nicht nur, um sich selbst zu schonen, sondern weil sie Ihnen ersparen wollte, dass Sie sich mies fühlen. Können Sie damit leben?«

»Ich werde einen neuen gültigen Vertrag aufsetzen lassen und dann verschwinden Sie bitte für alle Zeiten aus meinem Leben.«

»Und Sie bitte aus meinem. Aber vorher werden Sie mir, wie ich Ihnen damals, alles gestehen und Tina wird unsere Unterhaltung mitschneiden.« Er nickte Tina zu, sie stellte das Gerät an.

»Das ist legal nicht zulässig.«

»Das Internet kümmert das einen Dreck. Youtube hätte fünf Minuten nach dem Hochladen hunderttausend mehr Likes! Also los.«

Tobias ließ sich nicht einschüchtern. »Dazu können Sie mich nicht zwingen, Rivas. Regel Nummer eins in meiner Welt ist niemals etwas zuzugeben. Das weiß sogar der dümmste Kleinkriminelle.«

Tina erhob sich.

»Wo willst du hin?«

»Charlotte holen.« Sie ging zur Tür und rief nach ihr.

»Tina, ich bitte dich! Bist du wahnsinnig geworden?«

»Ja?«, rief Charlotte.

»Kommst du bitte mal nach unten. Dein Vater ist da und hat dir etwas zu sagen.«

»Okay, Mom«, ertönte es von oben.

»Also gut, also gut!«, gab Tobias verzweifelt nach.

Charlotte und Catherine traten ein. »Hallo Dad. Was gibt's?«

»Ich wollte dich nur begrüßen, Schatz. Geh wieder nach oben. Wir haben hier ein paar langweilige Geschäfte abzuwickeln.«

Catherine blickte verwundert auf Rivas.

»Okay, ich wollte Catherine gerade mein Pferd zeigen. Ist es in Ordnung, wenn wir schnell zum Stall fahren?«

»Natürlich. Geht nur. Bob wird euch fahren«, antwortete Tina.

»Nein, ich fahre selbst.«

»Aber sei vorsichtig, du bist noch nicht an den neuen Wagen gewöhnt.«

»Grandpa hat mir ein neues Auto gekauft, Catherine«, erklärte sie strahlend. »Einen Import. Er behauptet, dass ich damit ich sicherer bin.«

»Als ob unsere Autos nichts taugen«, meckerte Tobias, in seiner patriotischen Gesinnung verletzt.

»Fahr jetzt, aber langsam. Und bleibt nicht zu lange. Wir essen in einer Stunde. Rivas und Catherine, Ihr bleibt doch wenigstens noch zum Dinner?«

»Ja gerne!«, nahm Catherine an. »Bis gleich.«

Ich bin zu alt für Catherine, dachte Rivas insgeheim und wunderte sich über Catherines kindliche Verbindung zu dem Mädchen. Trotz seiner Erfahrung unterschätzte er, wie tief ihr gemeinsames Erlebnis im Kongo die beiden aneinander geschweißt hatte

»Wie kannst du nur daran denken, Chuck zu benützen, um einen Streit zu gewinnen, Tina?«

»Fang endlich an!« Sie drückte auf ‚Aufnahme'.

»Ich stand damals am Anfang meiner Karriere. Ich war ein kleiner Staatsanwalt im Distrikt Columbia, mein älterer Bruder bereits viele Jahre im Senat. Durch Freya Dahlberg wurde er auf die inoffizielle Bekämpfung des östlichen Terrorismus aufmerksam und begann, sie finanziell zu unterstützen. Wir hatten uns kurz vorher versöhnt, und in dieser Zeit überredete er mich, mich ihm anzuschließen. Ein paar Jahre nach den Anschlägen von 2001 unterstützte auch ich kurz Freyas radikale Theorien. Einige ihrer Argumente klangen überzeugend. Das muss ich Ihnen ja nicht erklären, Rivas. Allerdings merkte ich bald, dass ich ihre fundamentalen Ansichten nicht langfristig mit meinem Gewissen in Einklang bringen konnte. Es kam zu einem Streit mit meinem Bruder, mit dem ich ohnehin inzwischen wieder ein schlechtes Verhältnis hatte. Ich bereute meine Verstrickung mit der Spinnerin, konnte aber die Zeit nicht mehr zurückdrehen. Fortan beobachtete ich weiterhin in nervöser Anspannung Freyas Blog. Je höher ich aufstieg, desto bedrohlicher wurde mein ‚Ausrutscher'. Da begeht man einen Fehler! Einen einzigen, aber in meiner Position ist das in den Staaten unverzeihlich. Über die Aktivitäten der Gruppe ließ sich nicht viel ergründen, aber durch Freyas Blog stolperte ich auf einen Bericht über den Anschlag in Málaga. Er schien mir auf die WICED zu deuten. Ich brachte mich unter einem Vorwand in den Fall ein und stieß dadurch auf Sie, weil Sie verdächtig waren, daran beteiligt gewesen zu sein, allerdings waren Sie untergetaucht. Von der WICED selbst hatten die spanischen Behörden keine Ahnung. Als ich vom Sûreté von den Vorfällen in Paris erfuhr, standen Sie und Catherine fortan unter meiner Beobachtung. Durch das Abhören ihrer Telefonate mit ihrem Anwalt und ihrem Geschäftspartner erfuhr ich von Catherines Vorhaben, die WICED auffliegen zu lassen. Das konnte ich nicht zulassen. Als sie sich aufmachte Van der Sonsen um Hilfe zu bitten, setzte ich mich mit Geoffrey in Verbindung. Wir schickten einen Mann namens Jack Jacksons zu ihm ins Gefängnis. Auf ihn und warum Geoffrey mir half, komme ich noch zu sprechen. Jack Jackson bestach Van der Sonsen mit Geldern für seine Familie, damit er Catherine mit der erfunden Geschichte über Chilanchi auf die falsche Fährte führen würde. Damit wollten wir Zeit gewinnen, während ich mich weiterhin bemühte, die WICED aufzudecken. Ich musste Catherine hinter den Kulissen ausschalten, bevor es ihr gelingen würde, die WICED und ihre Sponsoren, und somit auch mich, auffliegen zu lassen. Ich musste die Kontrolle behalten. Die Chilanchi-Affäre war mir aus meiner Studienzeit bekannt.«

Rivas pfiff sich im Geiste durch die Lippen. Sagenhaft, irgendwie hatte Catherines Plan, die WICED dadurch auszuschalten, indem sie die Angelegenheit publik machen wollte, doch gewirkt. Sie hatte es tatsächlich geschafft, zwei prominente Beteiligte aus dem Hintergrund zu locken.

»Sie wollten die WICED damit ablenken?«

»Nein, ich plante lediglich, damit Catherine zu beschäftigen. Ich wusste nicht, dass auch die WICED Catherine abhörte. Meine Absicht war mit Ihrer ‚Hilfe' die WICED in die Knie zu zwingen. Ich erhielt ja nun durch Catherine die Bestätigung, dass Sie einer ihrer Drahtzieher waren. Auch Sie standen nach ihrer Verhaftung unter meiner permanenten Überwachung. Auch darauf komme ich zurück, aber lassen Sie mich chronologisch fortfahren.«

»Ja, erzählen Sie weiter.«

»Ja, erzähl ruhig weiter«, warf Tina schnippisch dazwischen.

»Geoffrey hatte über die Jahre zunehmend an Wählern verloren und schließlich auch seinen Posten. Er war einem überschwänglichen Lebensstil verfallen und hatte auch durch Fehlspekulationen an der Börse massive Schulden angehäuft, aus denen er nur noch einen Ausweg sah. Er bat mich um finanzielle Hilfe. Ich versagte ihm diese, nicht nur, weil mir nichts an ihm lag, sondern auch weil es ein Fass ohne Boden gewesen wäre. Daraufhin erpresste er mich damit, meine Spende an Freya an die Öffentlichkeit zu bringen.«

»Das hätte in eine Sackgasse geführt«, wandte Rivas ein.

»Mit oder ohne die WICED, eine Verstrickung mit dieser Radikalen wäre der Todesschuss für meine Karriere gewesen. Ein Bürger darf sich das Recht auf ‚politisch unkorrekte' Meinungsfreiheit vorbehalten, jemand in meinem Amt leider nicht. Auch nur der Hauch eines Verdachts hätte in meiner Position einen Skandal ausgelöst. Geoffrey hatte nichts mehr zu verlieren. Meine Existenz jedoch stand auf dem Spiel, aber ich konnte ihn wirklich nicht ausbezahlen. Geoffrey schlug vor, Charlotte unter einem Vorwand kurz verschwinden zu lassen und Tina eine Entführung vorzutäuschen. So schmiedeten wir den Plan, sie mit diesem Jack Jackson auf eine fünftägige Segelfahrt zu schicken. Ich hatte ihn auf Zureden von Geoffrey schon mit der Van der Sonsen Geschichte beauftragt und Geoffrey versicherte mir, er sei ein guter Bekannter von ihm und absolut vertrauenswürdig.«

»Moment«, warf Rivas ein. »Catherine besuchte Van der Sonsen vor Charlottes Entführung.«

»Ja, ich komme jetzt darauf zusprechen. Wir waren schon seit September in der Planungsphase. Kurz nach dem Treffen mit Van der Sonsen ergab sich dann die Gelegenheit mit Charlotte in Südafrika. Ich verließ mich darauf, dass deine Eltern das Geld kurzfristig zur Verfügung stellen würden, Tina. Von dem Geld hätten wir Jack Jackson, also Jacques, ausbezahlt und der Rest war für meinen Bruder gedacht. Die telefonische Forderung für Geld im Gegenzug für ein Lebenszeichen stellte Geoffrey. Du kanntest seine Stimme nicht und damit wollten wir andeuten, dass Charlotte entführt worden war. Hinterher hätte es lediglich so ausgesehen, als habe Jacques Charlotte mit einem Trick und nicht gewaltsam entführt, also uns reingelegt, aber daran würde keine Mutter Anstoß nehmen. Lieber so.«

»Und dann kam alles anders«, stellte Tina fest.

»Ja. Jacques sollte mit Charlotte auf Geoffreys Segelboot langsam in Richtung Mosambik segeln und sie dort in ein Flugzeug setzen. Er gaukelte ihr vor, sie seien nur nach Durban unterwegs, weil ich annahm, dass sie, wenn sie gewusst hätte, dass die Reise über die Landesgrenze führt, ihn nicht freiwillig begleitet hätte. Und schon gar nicht ohne ihren Reisepass, dafür war sie viel zu pragmatisch. Nach einer angemessenen Wartezeit waren wir gerade im Begriff die Lösegeldforderung zu stellen, als Tina die SMS von Jacques aus Durban erhielt. Und ich einen Anruf von ihm. Er forderte plötzlich selbst Lösegeld für Charlotte und segelte mit ihr inzwischen weiter in nördliche Richtung. Ich befand mich in einem unglaublichen Dilemma. Meine Leute hätten ihn schnell schnappen können, aber dann wäre ich aufgeflogen. Er versprach mir, Charlotte befände sich bei ihm nicht in Gefahr, er würde ihr nichts tun. Er drohte aber, dass er sie bei einer Zahlungsverweigerung meinerseits mithilfe seiner Kontakte auf den Inseln des Indischen Ozeans an Menschenhändler verkaufen würde. Geoffrey und ich waren gerade dabei eine höhere Lösegeldforderung und die Übergabe vorzubereiten, als Jacques uns mitteilte, Charlotte sei von Piraten geraubt worden. Wie sich herausstellte, hatte er bereits Erkundigungen eingezogen, so erfuhren die Leute im Indischen Ozean von der hochdotierten Geisel an Bord seines Bootes. An ihm waren sie nicht interessiert und ließen ihn laufen. Allerdings bemühte er sich, Charlotte zurückzuholen. Durch die entstandene Fehde unter diesen Kriminellen wurde das Ganze brisant. Man verkaufte sie schneller als geplant einfach billig über erfahrene Händler in Sansibar, statt die Lösegeldforderung durchzuziehen. Für

Jacques blieb Charlotte verschollen. Er kannte sich im Indischen Ozean gut aus, aber eine Überlandverschleppung entzog sich seinen Möglichkeiten. Geoffrey ‚kümmerte' sich ohne mein Wissen um Jacques, sobald er wieder am Hafen in Durban anlegte. Seine Leiche wurde mittlerweile in Durban gefunden, ich habe es euch nur nicht erzählt. Das Boot liegt dort noch vor Anker.

Natürlich bemühten wir uns noch zu Jacques Lebzeiten um Chucks Freilassung, aber ich befand mich in einer entsetzlichen Lage. Ich musste einerseits meine Tochter befreien, andererseits konnte ich meine Leute nicht direkt auf die Spur in Sansibar ansetzen, weil sie zu Jacques und somit zu mir führen würde. Außerdem ahnte ich, dass sie sich nicht mehr dort aufhalten würde, was sich später durch den Anruf aus Uganda auch bestätigte.«

»Tobias, wie konntest du nur? Das alles wäre ihr erspart geblieben, wenn du den Mut gehabt hättest, sofort einzuschreiten. Was bist du doch für ein Monster?«

»Während Charlotte sich also in Gefangenschaft befand, trafen Sie in Boston ein, Rivas. Ich erzählte Tina, dass ich von einem Untergrundaktivisten weiß, und dass wir in Zusammenarbeit mit ihm eine bessere Chance hätten. Tina stimmte zu. Allerdings musste Tina herausfinden, ob Sie tatsächlich auch in Kidnapping bewandert waren, was sich bewahrheitete. So hatte ich nun die Chance auf einen guten Ermittler ohne die Gefahr aufzufliegen.

Mir kam gelegen, dass die WICED sich von dem Chilanchi Gerücht hatte ablenken lassen. So glaubte ich, durch Sie zwei Fliegen mit einer Klappe schlagen zu können: die WICED in die Knie zu zwingen, damit sie sich auflöst, und die kleine Chance, mit Ihrer Unterstützung meine Tochter zu finden.«

»Dein Bruder kann dich immer noch erpressen. Jetzt erst recht. Wie willst du dieses Problem lösen?«

»Mein Bruder ist tot, Tina.«

»Hast du ihn umgebracht?«

»Er hat sich zwei Wochen nach dem Mord an Jacques erhängt. Wie geht es jetzt weiter, Rivas?«

»Wie es für Sie weitergeht, müssen Sie selbst entscheiden, Tobias. Sobald ich die echten Dokumente in den Händen halte, werden Sie mich nie mehr wiedersehen.«

»Tina, was hätte ich denn tun können? Ich war verzweifelt. Aber ich habe Charlotte zurückgeholt. Alles ist gut ausgegangen. Wirst du mich dennoch verpfeifen?«

»Und Chuck das Stückchen Herz, das man ihr gelassen hat, auch noch brechen! Als ‚gut ausgegangen' würde ich deine Lösungen nicht gerade bezeichnen. Aber welche Mutter würde ihr antun, ihr Leid noch zu vergrößern?«

»Das heißt, du wirst es nicht?«

»Ich werde das entsetzlichste Geheimnis meines Lebens mit mir ins Grab nehmen, es sei denn, du zwingst mich irgendwann zu einer anderen Entscheidung.«

»Ich sah keinen anderen Ausweg Tina. Und ich bezahle dir das Geld zurück.«

»Vergiss es! Das Geld ist weg. Solltest du es doch wiedersehen, wirst du jeden Cent für Chuck zurücklegen. Meine Eltern betrachten es längst als eine Auszahlung auf mein Erbe. Darüber haben wir schon gesprochen. Du kannst Chuck jederzeit sehen, aber ich werde dein Haus nie wieder betreten und du nie wieder meines. Aber eines will ich dir noch sagen, Tobias. Andere Auswege gibt es immer, wenn man den Mut aufbringt, sich seinen Fehlern zu stellen. Warum hast du mich nicht um Hilfe gebeten?«

»Können wir das bitte ein andermal diskutieren? Wenn wir alleine sind?«

»Ach, ich glaube das erübrigt sich.«

Tobias wandte sich Rivas zu: »Sie wissen, ich habe Sie jederzeit in der Hand, sollten Sie irgendwann versuchen, mich zu verraten. Sie hängen genauso in dieser Geschichte drin wie ich.«

»Irrtum. Ich kann rechtzeitig untertauchen, bevor ich ihr Geständnis anonym ins Netz stelle. Und gerade die gefälschte Unterschrift des Präsidenten wird nicht nur die Presse und Justiz interessieren, sondern auch das Weiße Haus gar nicht amüsieren. Das Oval Office macht sich vollkommen lächerlich. Warum haben Sie das getan?«

»Warum hätte ich lange mit Ihnen herumdiskutieren sollen?«

»Der Weg des geringsten Widerstandes?«

»Die Chilanchi Ausrede half mir, die Geheimhaltung auf Präsidentenebene vorzutäuschen, um zu erklären, warum ich die Lösegeldforderung privat abwickeln musste, statt sie mit meinem Amt in Verbindung zu bringen. Eine FBI Ermittlung hätte mir gerade noch gefehlt! Die US Marshalls unterstanden mir. Offiziell arbeiten sie parallel mit dem FBI zusammen, rivalisieren aber miteinander. So musste ich das FBI gar nicht erst einbeziehen. Und, nachdem ich Ihnen vorspielte, dass nur wir zwei, Tina und der Präsident eingeweiht waren, hielt ich Ihre Bitte für nachvollziehbar. Warum sollte er als Verbündeter nicht zustimmen? Also machte ich kein Aufheben darum und gab nach. Können Sie es mir verübeln? Aber ich hatte ohnehin nie die Absicht, unsere Abmachung zu brechen, Rivas. Sie mögen über mich denken, was Sie wollen, aber dies ist die Wahrheit. Im Rückblick war es natürlich ein Leichtsinnsfehler.«

»Ehrlich gesagt, daran habe ich nie gezweifelt, bis mich Tina mit der Fälschung konfrontierte. Tobias, warum lehnten Sie mein Angebot, Ihnen das Geld zur Verfügung zu stellen ab?«

»Sie sagten das Geld sei nicht Ihres, sondern das der WICED. Da hätte ich mich noch tiefer hineingeritten. Und sind wir doch ehrlich: Beabsichtigten Sie nicht genau das?«

Rivas nickte.

»Außerdem wollte ich mir die Meute nicht auf den eigenen Hals jagen. Rivas, das bleibt doch unter uns? Ich meine, was ist mit Catherine? Werden Sie sie einweihen?«

»Selbstverständlich nicht«, log Rivas, um Catherine nicht erneut einer Gefahr auszusetzen. Dass es ihm allerdings nicht gelingen würde, auch nur ein winziges Detail vor Catherine *und* Maria zu verheimlichen, war ihm vollkommen klar. Rivas war der US Justiz gewachsen und jedem Verbrecher auf der Welt, nicht aber seinen zwei Frauen.

Am Abend erzählte er Catherine alles. Was sie nicht klärten, war die zwingende Frage: was jetzt?

Am nächsten Tag ließ es sich nicht mehr vermeiden. Eine neue Entwicklung löste eine Lawine von Entscheidungen aus.

70.
Catherine

Als Catherine und Rivas zu ihrem Termin erschienen, machte Tina sie mit General Rubinsky bekannt. »Eric und ich werden bald heiraten und Sie beide sind herzlich eingeladen.«

»Herzlichen Glückwunsch«, freute sich Catherine mit dem Paar. »Rivas und ich feiern auch bald Hochzeit. Und Sie stehen ebenfalls auf unserer Gästeliste.«

Sie versorgten sich mit überdimensionalen amerikanischen Lattes und setzten sich in einen gemütlichen Besprechungsraum..

»Was haben Sie jetzt vor Rivas? Ich meine beruflich. Werden Sie als Therapeut arbeiten?«

»Das geht nicht Tina, ich habe keine Erfahrung, keine Verbindungen, bin nicht auf dem neuesten Stand, was die Psychiatrie betrifft.«

»Darüber wollte ich heute mit Ihnen sprechen. Eric hat Ihnen einen Posten in einer Militärklinik besorgt. Dort werden unsere Soldaten behandelt, die schwer traumatisiert von ihren Einsätzen im Nahen Osten zurückkehren. Sie hätten eine ausgezeichnete Supervision, Fortbildungsmöglichkeiten und könnten praktische Erfahrung sammeln.«

»Tina, seien Sie mir nicht böse, das ist gut gemeint, aber das ist wirklich nichts für mich.«

»Liegt es an der Art der Patienten? Oder stört es Sie, dass es sich um eine militärische Einrichtung handelt? Sie wären ein ziviler Mitarbeiter, Rivas.«

»Der Papierkram und die Klinikstrukturen würden mich in den Wahnsinn treiben. Ich würde mich schon bald auf der anderen Seite befinden, und mich selbst behandeln lassen müssen!«

»Lassen Sie mich ausreden. Es geht nur darum, dass Sie Ihren Horizont erweitern, aber innerhalb kürzester Zeit könnten Sie als forensischer Gutachter praktizieren. Privat und unabhängig. Für Aufträge werde ich schon sorgen, allein was im DC über Tobias' Tisch geht, reicht aus, eine ganze Armee von Gutachtern zu beauftragen. Und hier in Massachusetts habe ich auch juristische Kontakte.«

»Mein Mentor war stets der Überzeugung, dass diese Art von wirtschaftlicher Abhängigkeit unausweichlich dazu führt, dass man keine neutralen Gutachten mehr erstellen kann. Es wäre für mich verpflichtend auch außerhalb des Gutachtergeschäfts zu praktizieren.«

»Dann tun sie es doch. Ich schicke Ihnen mehr Patienten, als Sie je annehmen könnten. Alleine in meinem Golfclub gibt es genügend Freundinnen, die nur darauf warten von jemandem wie Ihnen therapiert zu werden.«

Rivas hatte langsam die Nase voll und sagte forsch: »Das fehlte noch! Danke, Tina. Aber nein.«

»Also, was haben Sie sonst vor?«

»Es wird sich etwas ergeben. Das tut es immer.«

»Gut, gehen wir bitte ein paar Stockwerke höher. Dort werden Sie erwartet, Catherine.« Sie brachen auf und nahmen den Lift in den sechsten Stock.

»Ist Chuck hier?«

»Nein, aber das Geheimnis wird sich gleich lüften.«

Sie betraten ein Großraumbüro. Junge Männer und Frauen mit Telefonkopfhörern verursachten ein Catherine vertrautes Stimmengewirr. Manche blickten auf und nickten der VIP-Gruppe zu, manche ignorierten die Besucher, in Gespräche vertieft. Sie bahnten sich einen Weg durch das Großraumbüro und betraten ein kleineres. Tom telefonierte im Stehen, Alex saß an einem PC. Alex stand auf und begrüßte sie, während Tom per Zeichensprache vermittelte, dass er sein Telefonat schnell beenden würde.

»Alex? Was machen Sie hier?«

»Hallo Catherine.«

»Alex! Sind Sie unter die Headhunter gegangen? Hier in Boston?«

Tom fiel sie von hinten an, so dass sie beinah umgekippt wäre. »Cat! Endlich sehen wir uns wieder.«

»Tom, was ist hier los?«

»Kommt, jetzt setzt euch erst mal.« Er streckte Rivas seine Hand entgegen. »Ich bin Tom.«

Nach der Begrüßungszeremonie erklärte Tom: »Wir sind hier, um für General Rubinsky einen großen Auftrag abzuwickeln.«

»Du vermittelst Soldaten?«

»Du wolltest doch für das Pentagon arbeiten.«

»Wir arbeiten für das Pentagon?«

»Nicht ganz«, schritt der General ein, der sich die ganze Zeit über stumm verhalten hatte. Die Vereinigten Staaten arbeiten augenblicklich fieberhaft an der Entwicklung von Software zur Bekämpfung des Dark Net Trends. In diesem Projekt geht es spezifisch um den diesbezüglichen

Bedarf des Verteidigungsministeriums. Für meine Afrikakampagne alleine rekrutieren wir dreihundertsechzig Softwarearchitekten aus der ganzen Welt und hierfür beauftragen wir Headhunter, unter anderem Firm Commitments.«

»Tom, wie lange bist du schon hier? Und was ist das für ein Team?«

»Seit drei Wochen und Alex auch.«

»Weshalb weiß ich nichts davon?«

»Wenn du hie und da im Büro angerufen hättest, hätte man es dir nicht verschwiegen. Hier schnapp dir ein paar Profile und ein Headset und fang an. Wir haben Not am Mann, äh Frau. Und nächste Woche musst du mit Alex nach Mumbai. Alex, schieb Cat mal die Shortlist für euren Indientrip rüber. Cat, die kannst du dann gleich heute Abend durchgehen. Und wenn du zurück bist, muss ich sofort nach Johannesburg.«

»Halt! Nicht so schnell. Wie kommst du zu diesem Auftrag?«

Tina intervenierte: »Äh, das ist meine Schuld, Catherine. Ich hoffe, es macht Ihnen nichts aus? Ich habe Eric lediglich gebeten, Firm Commitments in den Tenderprozess einzuladen. Tom unterbreitete ein Angebot, wie viele Ihrer internationalen Konkurrenten auch. Alles lief ganz offiziell, da ist keine Vetternwirtschaft im Spiel. Naja, bis auf den Hinweis auf die kleine aber feine Personalberatung in Johannesburg.«

»Das stimmt, Catherine. Selbst wenn ich so veranlagt wäre, würde ich niemals einen Korruptionsskandal riskieren. Ich gab natürlich meine Zustimmung, aber nur als einer von fünf Unterschriftsberechtigten. Und ich hätte es nicht getan, wenn ich geglaubt hätte, Ihr Unternehmen könnte nicht liefern. Tom unterbreitete ein wettbewerbsfähiges Angebot, wurde zur Präsentation eingeladen und erhielt mit neun anderen Suchfirmen den Zuschlag. Zwölf Researcher wurden ihm, wie Ihren Wettbewerbern auch, von uns zur Verfügung gestellt. Die Leute in diesem Büro stehen Ihnen für die nächsten sechs Monate zur freien Verfügung. Sie können das Büro gerne in eine andere Stadt verlegen, aber wir raten Ihnen, in Amerika zu bleiben. Schließlich sind auf diesem Gebiet unsere Jagdgründe immer noch die ergiebigsten, bis auf Indien natürlich.«

»Mich fragt wohl keiner?«

»Das muss ich nicht mehr«, erwiderte Tom. »Neunundvierzig Prozent, Catherine. Da werde ich doch wohl einen Auftrag annehmen dürfen. Wenn du kein Interesse hast, schaffe ich das auch ohne dich.«

»Nein«, sagte Catherine.

»Was nein?«

Sie streckte ihre Hand aus. »Fünfzig Prozent und Co-GF. Schlag ein Tom! Das hast du dir redlich verdient.«

»Und Gehaltserhöhung! Du kannst ruhig noch was von dir abzwicken.«

»Oh nein, Tom, von jetzt ab bist du als Geschäftsführer für die Kosten mitverantwortlich und mein Geld werde ich ab sofort wieder selbst verdienen. Sorry! Du hast doch nichts dagegen, Rivas?«

Er schüttelte den Kopf. »Warum sollte ich? Das heißt, doch.«

»Doch?«

Er winkte sie zu sich und flüsterte ihr etwas ins Ohr.

»Rivas! Ist das dein Ernst?« Sie fiel ihm um den Hals. »Gut, aber noch nicht. Erst muss ich nach Indien, und dann den ganzen Auftrag abwickeln. Moment, dreihundertsechzig Stellenangebote, neun Wettbewerber. Da müssen wir uns gleich mal zusammensetzen, Tom, so geht das nicht. Von den dreihundertsechzig besetzen wir nicht sechsunddreißig, sondern mindestens hundertachtzig, okay?«

In ihrem Wettbewerbsfieber war Catherine wie von Sinnen. Rivas schmunzelte darüber, sie derart aufblühen zu sehen.

»Was haben wir denn für ein Honorar ausgehandelt? Ich hoffe, du bist nicht zu weit runtergegangen, verdammt, komm mit, ich will das jetzt alles ausrechnen. Wo ist dein Schreibtisch?«

»Meine Cat ist wieder ganz in ihrem Element«, warf Tom verlegen in die Runde und dann zu Rivas gewandt: »Verzeihung, ich meinte natürlich Ihre Cat.«

»Okay und jetzt sagst du mir sofort, warum du mich seit neuestem immer Cat nennst.«

»Das ist einfach«, mischte sich Rivas ein. »Weil du eigenwillig kämpfst, fauchst und kratzt wie eine Katze.«

»Nein«, sagte Tom. »Weil sie sieben Leben hat.«

»Sind es nicht neun?«

»Nein, sieben.«

»Ich lasse euch das alleine auskämpfen, ich muss zu Ed in die Pearl Street. Wann kann ich dich abholen?«

»Ich rufe dich an.«

»Wir müssen auch los«, sagte Tina.

»Tina, danke, danke für alles. Und Eric. Danke.«

»Nein, ich danke Ihnen, Catherine. Für alles. Chuck wollte wissen, ob Sie am Samstag mit ihr reiten gehen?«

»Ja gerne, ich melde mich bei ihr.«

Überglücklich und erschöpft von dem ungewohnten Businessstress sank Catherine erst am späten Nachmittag in den Sitz von Rivas‘ Dodge. Sie krochen im abendlichen Stoßverkehr die breite amerikanische Straße entlang und sie seufzte: »Genau das habe ich mir immer gewünscht, Rivas. Du und ich ganz normal von der Arbeit heimkommen und zusammen den Abend verbringen. Gibt es auf der ganzen Welt etwas Schöneres? Nur wenn man den Alltag einmal entbehrt hat, erkennt man, wie wertvoll selbst der einfachste Moment im Leben sein kann.«

»Das hast du schön gesagt, Cat.«

»Rivas, warum hast du Tinas Angebot abgelehnt? Ich kenne dich, du hast doch etwas vor oder?«

»Catherine, ich spiele seit einiger Zeit mit dem Gedanken, Andalusier zu züchten und auszubilden. Und jetzt, wo du vorerst in Indien und Boston beschäftigt bist, möchte ich die Gelegenheit nutzen, die letzte Tür des Hauses WICED zu schließen. Ich habe Maria etwas aufgebürdet, für das ich eigentlich selbst die Verantwortung übernehmen möchte. Ich muss in die Camargue und dort eine Pferdeanlage auflösen und die Pferde gleichzeitig woanders unterbringen. Ich überlege mir gerade, wie sich das mit meiner Gestütsidee verbinden lässt.«

»Oh Rivas, das ist ein wunderbarer Plan. Ich bin sprachlos.« Es folgten die ersten Bedenken: »Rivas, wird dir das nicht zu langweilig? Ich meine, du hast so große Herausforderungen gemeistert…«

»Catherine, ich habe in den letzten Monaten so viele Fehler gemacht, so viel übersehen. Jahrelang bildete ich mir ein, ich sei unbesiegbar und allen überlegen. Inzwischen weiß ich, ich war nur ein kleines Rad in einer gut funktionierenden Organisation. Und selbst diese zu bezwingen, bedurfte einer einzigen kleinen Lüge, zusammengefasst in dem Wort Chilanchi. Ich kann mir nichts Besseres vorstellen und wünsche mir nichts sehnlicher, als mit ehrlichen Pferden arbeiten zu dürfen. Sie sind für mich nicht weniger komplex und herausfordernd als Menschen, wenn man mit ihnen in die Tiefe geht, aber es zeichnet sie eine Ehrlichkeit aus, die ich am Menschen leider immer noch nicht beobachten konnte. Auch sie schützen sich, auch sie wehren sich und wollen für sich das Beste erkämpfen, aber sie tun es auf transparente Art, sie betreiben keine bösen Spiele.«

»Pferde manipulieren auch, Rivas.«

Er lachte. »Ja, das stimmt. Aber es ist ein verschmitztes, kluges Lenken und Denken, um eine friedliche, nicht anstrengende Situation herbeizuführen. Man geht mit ihnen den Kampf des Verstandes ein und hat Spaß dabei, zu versuchen, ihnen einen Schritt voraus zu sein. Es artet nicht im Perversen aus. Sie bleiben nüchtern und unschuldig. Diese wesentliche Unschuld habe ich irgendwann verloren und möchte sie mir wieder aneignen. Und von ihnen werde ich sie wieder erlernen. Die Unschuld erquickt die zermarterte Seele.«

»Was für ein schönes Zitat. Wer hat das gesagt?«

»Das ist kein Zitat. Es wurde mir bewusst, als du im Krankenwagen nach Nakuru transportiert wurdest.«

»Rivas, ich möchte auch diese Unschuld erwerben. Darf ich dir dann bei den Pferden helfen und auch unschuldig werden?«

»Du darfst alles, aber du hast sie nie verloren, Catherine. Du verkörperst für mich ein Pferd.«

»Das ist das größte Kompliment, das man mir machen könnte.«

»Mir auch.«

»Ein durchgehendes Pferd!«, setzte sie hinzu und erzählte ihm bei dieser Gelegenheit im Detail, wie sie und Chuck mit Kin und Shasa die Startschwierigkeiten überwanden, indem sie sich vorstellten, sie seien durchgehende, von Willensstärke getriebene, nicht fliehende Pferde. »Rivas, eines verstehe ich nicht. Kin und Shasa hätten doch längst auch mit einem anderen Reiter abzischen können. Warum ausgerechnet mit uns?«

»Glaubst du das wirklich? Du weißt doch, wie jedes Pferd seinen neuen Reiter testet?«

»Willst du damit sagen, dass Chuck und ich nicht reiten können?«

»Ihr reitet sicher anders, als die beiden es gewohnt waren, sie witterten eine Chance. Du warst durch dein Bein geschwächt, Charlotte durch ihre zögerliche Art, von der du mir berichtetest, das leichtere Gewicht, die gefühlvollen weiblichen Hände, die sanftere Einstellung. Zweifellos wart ihr beiden die ersten weiblichen Reiter auf ihren Rücken. Sie haben es darauf ankommen lassen. Das war ihr Glück.«

»Ja, und unseres. Gut, dass Pferde immer mitdenken und sich hie und da vorbehalten, auch ein Wörtchen mitzureden.«

»Das gab es im Krieg oft: Ein Pferd verweigert scheinbar den Gehorsam, hat aber Gefahr gewittert und vermeidet es so in ein Unglück zu rennen, was dem Soldaten letztendlich das Leben rettet.«

»Wir sollten also immer reinhören und nicht immer alles als Ungehorsam abtun.«

»Genau. Sich erst zu vergewissern, was los ist, schadet nie. Hin und wieder wissen sie es eben doch besser.«

Schweigend fuhren sie ein Stück weiter. »Was wird eigentlich aus Pedro und den anderen?«

»Pedro, Sam und Joe kann ich gut für mein neues Projekt brauchen, jedenfalls fürs erste Jahr.«

»Und Miguel?«

»Miguel? Ha, der kann nicht reiten. Jedenfalls nicht so, dass man es als Reiten bezeichneten könnte. Aber um den brauchst du dich nicht zu sorgen. Der tingelt mit einer Vielseitigkeitsreiterin durch die Lande.«

»Was? Ein Spanier, der nicht reiten kann?«

»Das habe ich ihm auch gesagt, Catherine«, lachte Rivas.

»Oh, eine SMS von Charlotte. Warte mal.« Catherine las sie und lächelte glücklich.

»Was schreibt sie?«

»Catherine, Testresultat des Tropenlabors soeben erhalten: absolut keine Spuren des Erregers Trypanosoma brucei gambiense im Blut. Das heißt, Langzeitschäden meiner Schlafkrankheit sind so gut wie ausgeschlossen.« Catherine textete zurück.

»Was antwortest du ihr denn?«

»Das verstehst du nicht.«

»Gib mir eine Chance.«

»Also gut. Ich habe geschrieben: ‚Chuck, Telegramm von Fern soeben erhalten: Die Welt ist gut'.«

»Schick ihr eine Botschaft von mir.«

»Okay, was soll ich schreiben?«

»Der Wille treibt das durchgehende Pferd. Das Vertrauen kuriert den verwundeten Willen.«

Catherine tippte die Botschaft und legte das Handy nachdenklich in ihren Schoß.

»Alles okay, Catherine?«

»Ja, Rivas. Alles ist gut. Danke für die Botschaft an uns beide.«

Kurz vor der Einfahrt zu Rivas' Haus kam ein kleiner Brauner an den Zaun gerannt, begleitet von zwei Schäfchen. »Bitte halte an, Rivas.«

Sie stiegen aus und streichelten die Tiere. »Andalus lässt dich grüßen, lieber kleiner Harry und euch Schäfchen soll ich sagen, er vermisst euch so!«

Fast neuntausend Kilometer südlich von Boston ertönte ein ohrenbetäubendes Protestwiehern.

»Was war das Rivas? Hast du das gehört?«

»Ja, es hörte sich an wie ein Wiehern, aber von woher kann das kommen?«

»Das war kein Wiehern, Rivas. Das war das Wiehern *von Andalus*. Ich kann es aus tausenden heraushören.«

»Wenn ich es nicht besser wüsste, würde ich dir sogar recht geben, Catherine.

»Du weißt es nicht besser. Er war es. Was er uns wohl sagen will?«

»Tja, wenn wir das wüssten. Komm jetzt, ich habe Hunger.«

»Ich auch. Ich koche uns etwas.«

»Aber bitte keine Gans.«

»Warum? Was bitteschön war mit meiner Gans verkehrt? Rosalie brauchen wir nicht mehr. Ab jetzt müssen wir sparen, Rivas.«

»Ja, das müssen wir, Catherine.«

»Ich meine es ernst.«

»Ich auch. Für unsere geplante Familie.«

»Ich liebe dich.«

»Ich liebe dich mehr.«

»Nein ich liebe dich mehr. Für immer.«

»Ja, für immer.«

Nachwort

Pierrette brachte ein gesundes Mädchen zur Welt. Eden und Pierrette nannten sie Catherine-Marie.

Paul Tanner trank nie wieder einen Tropfen Alkohol. Er gründete eine rechtschaffende Fahrschule in Leeds. Douglas Richards verkaufte einwandfreie Gebrauchtwagen an seine Fahrschüler.

Tabans Eltern zogen für einen Neuanfang nach Mogadischu um.

Weil Elvis als Verbrecher entlarvt wurde, weigerten sich seine Brüder für seine Hinterbliebenen zu sorgen, wie das üblich gewesen wäre. Mrs. Nasara übernahm kurzerhand das Geschäft ihres Mannes und baute es durch ihren Fleiß zu einem blühenden Unternehmen aus. ‚Gib einer Kongolesin einen Franc und sie macht drei daraus'. Dieses Sprichwort bewahrheitete sich auch für die Uganderin Ethel Nasara. Elvis' zweite Frau übernahm den Haushalt. Beide Frauen heirateten nie wieder.

Elvis' Sohn Ojore ging nach der Mittleren Reife von der Schule ab und half seiner Mutter im Bauhandel.

Seine Tochter Nabulungi, bestand das Abitur und wurde Polizistin. Später studierte sie Veterinärmedizin an der Universität Kampala und wurde danach von der Uganda Wildlife Authority als hochrangige Offizierin zur Bekämpfung von Wilderern eingesetzt.

Ihr Studium wurde von einer Stiftung mit dem Namen ‚Fern Bwindi Foundation' finanziert. Tobias Palmer, von Charlotte gedrängt und von Tina erpresst, hatte im Zuge des Social Responsibility Programms des US Justizministeriums in Zusammenarbeit mit dem US Peace Corp in Zentralafrika diese Stiftung als verbrechensbekämpfende Maßnahme durchgesetzt. Auch privat unterstützen er, Tina und ihre Eltern sowie Levana Bruck diesen Fond finanziell. Es handelte sich dabei um eine Bildungsstiftung für die unterprivilegierten Waisen, Halbwaisen und ‚Hexenkinder' der Demokratischen Republik Kongo und Ugandas. Zehn Prozent der Geldmittel dieses Fonds wurden ausschließlich für veterinärwissenschaftliche Universitätsstipendien ausgeschüttet. Mit dem Rest ermöglichte die Stiftung Kindern ihre Schulbildung zu beenden und Studienplätze zu finanzieren, wenn das aufgrund ihrer familiären Situation nicht möglich war. Auch Pascaline und die zwei anderen Kinder von Dr. Jérôme Muamba erhielten diese Unterstützung. Pascaline trat in die Fußstapfen ihres Vaters, studierte Allgemeinmedizin und eröffnete und leitete eine Dorfklinik im Osten der DRC. Die Klinik wurde vom Gesundheitsministerium ihrem Vater zu Ehren nach ihm benannt.

Nabulungi und Charlotte blieben über Jahre in Kontakt.

Die Wilderer Ugandas, verärgert darüber sich von einer Frau Vorschriften machen zu lassen, nagelten Nabulungi regelmäßig Morddrohungen an die Haustüre, die sie lachend abriss und Charlotte stets mit einer kurzen persönlichen Notiz als Trophäen schickte.

Auf die letzte Drohung, die Charlotte von ihr erhielt, schrieb sie: ‚Chuck, die Welt ist gut'. Nabulungi wurde kurz darauf von ihren Feinden gekidnappt und exekutiert. Ein gerahmtes Bild von ihr in Uniform erinnert an sie. Es hängt in einem Wildschutzbüro in Kisoro, eine Stunde Autofahrt vom ‚Bwindi Undurchdringlichem Wald' entfernt.

Claude verbrachte Jahre damit, aufgrund von Folter in seinem Gefängnis Asylanträge zu stellen. Kanada, Schweden und Belgien lehnten nach knappen schriftlichen Prüfungen ab. Auf sein neues Gesuch an Frankreich erhielt er keine Antwort, das an Großbritannien kam nie an. Über die US Botschaft sandte er Charlotte einen Brief mit der Bitte, seinen Antrag an die US zu unterstützen. Er erreichte sie nach sechs Monaten. Ihre Antwort darauf war ein billiges Schachbrett für Kinder ohne Anschreiben. Claude bekam es nie zu Gesicht, es wurde von den Wärtern beschlagnahmt und in ihrem Aufenthaltsraum aufgestellt. Am nächsten Tag wurde es gestohlen.

Charlottes Füße machten ihr bis an ihr Lebensende zu schaffen. Nur im Urwald hatte sie keine Beschwerden. Egal wie schwer bepackt und wie lange sie ihren Primaten nachwanderte.

Ob Tage oder Wochen.

In den undurchdringlichen Wäldern Afrikas schmerzten sie nie.

Weitere Bücher von Annette Kinnear

Andalus hatte sich aufgerappelt und preschte, leicht lahmend, auf die sich nähernden Pferde zu. Steigbügel und Zügel flatterten im Wind. Als sie sah, wie blitzschnell er bei ihnen war, gab sie auf. Sie kroch zum Wegrand zurück, setzte sich in den Sand und fing an zu beten.

Lieber Gott, wenn es dich gibt, bitte lass mich das überleben.

Die Truppe hatte sie erreicht.

Eine junge Headhunterin mit einer kryptischen Datenbank,

Ein gerissener Kidnapper mit einem diabolischen Plan,

Ein sensationelles Pferd mit Menschenverstand...

...auf Kollisionskurs.

Ein romantischer, exotischer Thriller, der den Atem stockt.

www.rappenschwarz.com

ISBN: 978-3-00-038862

„Brauchen andere Romane ein seitenlanges, vor sich hin plätscherndes Vorgeplänkel, wird der Leser bei "Rappenschwarz" vom ersten Kapitel an mitgerissen. In die Abgründe der menschlichen Psyche. Sofort wieder herausgezogen durch die Stärke und die Einzigartigkeit der dargestellten Personen. Dieses Buch ist die Achterbahn der Literatur. Und der Leser sitzt in der ersten Reihe... Ein Buch, welches so noch nie geschrieben wurde. Feine spanische Reitlehre verpackt in einem spannenden Roman..."
Equimondi Magazin

Rappenschwarz

Weitere Bücher von Annette Kinnear

Annette Kinnear hat Personalverantwortliche, Headhunter und deren Kunden Arbeitgeber und Arbeitnehmer interviewt und ihre prägendsten Erfahrungen in 16 spannenden Fallstudien zusammengefasst. An jedes Kapitel schließt sich zudem eine Analyse mit hilfreichen Tipps für die eigene Karriere an.

In Headhunting gewährt die Autorin exklusive Einblicke in eine Branche, die für ihre Diskretion berühmt ist. Die lehrreichen Fallbeispiele aus dem In- und Ausland machen dieses unterhaltsam geschriebene Buch zu einem Muss für alle, die sich für den globalisierten Arbeitsmarkt fit machen wollen.

Headhunting. Bitte husten Sie, falls Ihr Chef gerade mithört. Insiderberichte von der geheimen Jagd auf dem Arbeitsmarkt.

www.annettekinnear.com

ISBN: 978-3862652143

Headhunting